U0066801

AQUARIUS

AQUARIUS

AQUARIUS

AQUARIUS

每個人心中都有一座島嶼，
藉文字呼息而靜謐，
Island，我們心靈的岸。

殺鬼

甘耀明

各界撼動推薦

（以下依姓氏筆劃順序排列）

文學主編

宇文正（聯合副刊主任）
孫梓評（自由副刊副主編）
楊澤（中時人間副刊主編）
蔡逸君（印刻雜誌執行主編）

藝文界

小野（作家）
季季（作家）
阿盛（作家）
南方朔（文化評論家）
莫言（作家）
陳雨航（前編輯人）

陳義芝（詩人、作家）
舞鶴（小說家）
駱以軍（小說家）
蘇偉貞（作家）

文學教授

邱坤良（台北藝術大學教授）
邱貴芬（中興大學台文所教授）
李永平（東華大學創作與英語文學研究所教授）
李奭學（中央研究院中國文哲研究所副研究員）
周芬伶（東海中文系教授）
范銘如（政大台文所教授）
洪致文（鐵道研究者，台師大地理學系助理教授）
陳大為（台北大學中文系副教授）
陳明柔（靜宜大學台灣文學系主任兼所長）
梅家玲（台灣大學台文所教授）
郭強生（東華大學創作與英語文學研究所教授）

黃錦樹（暨南大學中文系教授）
廖炳惠（清大外語系教授）
鍾怡雯（元智大學中語系副教授）

書店通路

徐璨瑄（紀伊國屋書店副總經理）
張元慧（法雅客環亞店長）
陳嘉宏（Page One中文圖書部）
曾　閎（水準書局店長）
楊宏文（藍海文化股份有限公司董事長）
劉虹風（小小書房店主）
蔡耀仁（敦煌書局商品二部經理）
藍秀珠（高旻圖書有限公司經理）
藍源宏（墊腳石中壢旗艦店店長）

他們說《殺鬼》

• 甘耀明的書寫，就像是如今在臺灣某個祕境的山林掩體壕裡，竟能意外找出一架嶄新的數十年前二次大戰飛機，而且還是夢幻逸品般的塵封新貨。這部小說，生動地重現戰爭時代的故事。這樣的奇蹟，就如出土的戰機一樣，大概就是甘耀明給讀者最大的驚奇了。

——**洪致文**（鐵道研究者，台師大地理學系助理教授）

• 殺人容易殺鬼難，如此文筆可驚天。昨日青年六〇后，文光射斗百花園。

——**莫言**（作家）

• 甘耀明以強大的敘事技藝和豐沛的想像力，營構出一個充滿閱讀樂趣的故事，宛如鄉野奇譚，又似魔幻小說。他取消了人鬼生死之間的疆界，讓故事擺脫現實的束縛，因而寫得更自由更放肆，原本不起眼的細節和人物，都被他寫活了。

——**陳大為**（台北大學中文系副教授）

• 《殺鬼》的魔幻展示，在整個華文小說都可算頂尖之作。這樣的極限書寫，其磅礴鬼魅，像飆出不可能極速的鬼之列車，我感到一種創造力鍋爐高壓重磅，超限運轉的「如果是我，應已爆炸解體」的恐怖驚嘆。

——**駱以軍**（小說家）

• 「歷史、鄉野傳奇、民間故事和台灣多語社會的相遇相融。《殺鬼》神祕而壯闊，豐富又細膩的敘事，為我們示範了華文小說的無限可能。」

——**鍾怡雯**（元智大學中語系副教授）

目次

我的願望是馬上死掉，快快樂樂的當野鬼。當鬼好好，不用人管，每天在外頭玩，也不用回家。我當鬼就不用寫作業，不用上學。我當鬼，不用吃飯洗澡，我的祖父再也不用打我罵我了。

——關牛窩公學校・劉興帕・作文題目〈我的願望〉

未老心跡倩誰猜？翻為啼血杜鵑來！耳盈虜語已堪恨，目滿蒿萊更可哀！
世異空垂悲國淚，愁深莫上望鄉台。死生容易何曾惜，報國無門枉塵埃！

——三十遣興・鬼王（吳湯興）

海行兮，為水流屍
山行兮，為草掩荒屍
死在大君側，無懼無悔

——二次世界大戰日本名歌〈海行兮〉

名字裡有番字的少年

殺人的大鐵獸來到「番界」關牛窩了。牠有十隻腳、四顆心臟，重得快把路壓出水，使它看起來像一艘航在馬路的華麗輪船。新世界終究來了，動搖一切。有人逃開，有人去湊熱鬧，只有「龍眼園家族」中的帕（Pa）要攔下大鐵獸。帕是小學生，身高將近六呎，力量大，跑得快而沒有影子渣，光是這兩項就可稱為「超弩級人」，意思是能力超強者，照現今說法就是「超人」。

大鐵獸來時，帕和同學正放學。那時的天氣霜峻，他們赤腳走在一種早年特有的輕便車軌道上，想用冷鐵軌痲痺腳板，走路就不太痛，卻常踢破了趾頭流血而不自知。忽然間，帕跪落去，耳朵貼上軌道，上頭除了輕便車的奔馳聲，還傳來大鐵獸的怒吼。他跳起來，大喊他要攔下大怪獸，喊完，戴上戰鬥帽。一旁老是跟班的同學戴上盤帽，拉一拉帽簷，學他張開手，搞不清楚自己的蠢樣是要幹麼。帕的目珠激動，肌肉膨脹，他多走幾步，站上那座才建好的「香灰橋」。他張開腳，鐵著腰，直到胸肌滿出了旺盛的氣力，大吼一聲，要在這橋頭擋下那改變關牛窩的魔魅力量。

香灰橋是不久前由百位年輕人建的。他們扛十八座小工寮進庄，吃住在裡頭，走時把工寮扛走。這些推行皇民化的人，把畫有兩把鍬子的旗子插地，立即幫山路動手術，拿丁字鎬、鑿子及鋤頭猛刨，庄子到處瀰漫著泥灰。他們工作多麼有幹勁，幾乎像在玩把戲：把路在這裡往上撬、那裡往下捶，幾下就平了。拓寬用手抓住路兩邊，傾身往後拉開便行；截彎取直是站在庄子的兩頭把路扯了直，再鋪回這種稱為輕便車或台車的軌道，過程好到沒可嫌。遇到關牛窩溪，他們架起檜木橋，淋上瀝青強化。才扛走工寮，當夜的溪谷就鬧鬼了，流過的洶湧嘲笑聲把橋沖毀了，順河流五公里找不到什麼殘木。青年人又扛回工寮，改用石頭建橋，加班到午夜才竣工。當晚的溪水少，卻流過激烈的鬼聲，把石橋拆崩了。青年人再扛回工寮外，還扛來一台黑轎車。車放在大檜木板上，由四十人扛跑，像迎神祭慶典中扛著遶境的寶輦。到了目的地，把轎車搬下，郡守走下轎車。因為戰爭使得汽油欠缺，郡守又想坐車，才由抬得手癢癢的青年人扛來。文武官、保正早就在路邊站一排夾緊腿，恭敬迎接。庄人跑來鬥熱鬧，表面正經，私下更正經說，這橋連內地（日本）的師傅都沒法度呀！因為河裡住了一群烏索索的毛蟹，是恩主公的營兵。要是沒先去廟裡丟個聖筊，得不到恩主公的同意就蓋橋，毛蟹會拆到你脫褲子。

郡守嘰哩呱啦用日語罵，「虧你們是大國民呀！是大東亞聖戰的非常時期了，連橋都建不好，要是軍錙不能運，大家就完了。」內地來的工程師聽了猛啄頭，播通了道理。他們在溪流上架模板、綁鉛絲，再將水泥摻入水和砂子，攪拌後灌入模板。一位老農看了大笑，說：「噯痟，石橋與木橋都垮了，顛倒用爛泥做。」好多村民拍膝應和。到了當夜，有人提火把來看，聽到毛蟹憤怒對橋墩猛甩耳光的響聲，樂得把話悶著，明日再拿出來趁人多取笑。第二日，天才光，大家跑到橋頭，神鬼搓把戲似的，橋穩穩的沒垮，只有模板脫了，亮出非鋼非鐵非石頭的東西。那散落的模板上全插滿了斷螯，像蜂蛹顫個不停。恩主公的大將都沒用了。幾位孩子在地上找，看有沒有昨日留下的軟泥，吃了身體變成鐵。老農忍不住罵：「一群憨朘子！那香灰在廟裡最多，不用搶。」

「那不是香灰橋，是在橋上膏（塗）了紅毛泥，才十分硬。」在那橋蓋好後幾日，帕的阿公劉金福在橋隘對帕說：「照你阿興叔公的講法，那泥羹是紅毛人帶來的。他們將奇石碾碎，再用鍋子炒熟成泥灰，用時，把泥灰摖水攪砂，水乾後會變回你想要的石頭，怎樣的形狀都行。你知道紅毛人吧！就是荷蘭人，被國姓爺打走的。他們鼻孔翻天，目珠有顏色。大清國時，他們行過關牛窩，到**紅毛館山**住，僱腦丁（樟腦工）焗腦，一擔的腦砂能換一擔的錢。」

現下，帕要在水泥橋擋下鐵獸。咚咚的，鐵獸來了，把煙吐上天，搔得群山的稜線微漲了。轉過彎，大怪獸亮出藍綠色車殼，肚子長了十顆輪胎，有四個猛搗的直立式汽缸。它是一列不靠鐵軌也能走的火車。火車後頭跟著兩台卡車和五匹馬，前頭有吉普車引導。吉普車上的憲兵對車伕大吼，要不就搬走鐵軌上的輕便車，要不就變成肉泥的分。幾位大膽的孩子跑去，用日語大喊：「是汽車（火車）來了。」有的用日語大喊：「自動車（巴士）來了。」他們隔著火車爭吵，吼叫全被鐵獸的喘息聲壓下。村人的焦點很快又轉移了，因為有一頭被火車嚇壞的牛直衝帕去。這黃牛嘴吐白沫，牛鼻被銅貫扯出血，後頭拖著的空車蹬到石塊就蹦得高，讓緊追的老農大叫大哭。只見帕把力氣灑滿身，不過是一手拗牛角，一手扯牛環，使一箸菜的力，牛就乖乖靠在他懷裡了。

那一刻，是人的都歡呼尖叫。坐在火車裡的日本陸軍中佐鹿野武雄嚇到，從座位彈起來，問隨行的庄長，那壯漢是誰？「那是帕，一位爸媽不要的孩子，雖然高大卻還是小學生。」庄長恭敬回答下去：「他是大力士，喜歡攔下路上的怪東西，連北風都敢攔。」鹿野中佐遠視著帕，抿嘴不語，心想：「大力士，不就能配稱『超弩級』的人。」便要考驗帕的能耐。他要傳令點督下去，帕要攔就攔，就是能攔下全世界更好。鹿野中佐治兵如鬼見愁，極為嚴厲，說一句話，旁人得做出百句的內容，因此有「鬼中佐」封號，而「鬼」在日文漢字有兇狠的意思。傳令勒韁騎馬，喝聲去傳令了。於是，前導吉普車緊停在帕前面，不是怕被人攔，是怕違令而害慘自己。帕卻怒眼圓睜，天真無比的吼：「閃，你擋下後頭的怪物了。」他連人帶車的把憲兵推到路邊，撒泡尿也比這省力。帕拍拍手上的灰塵，站回橋頭，把十根的手指關節捏得又響又燙，然後張開手臂。庄人叫得半死，閒閒等著帕攔下鐵獸。

火車的前頭有個小駕駛房，裡頭的**機關士**轉著大方向盤，只要拉一根鐵棒，汽笛喊出的尖銳聲，能讓路人頭髮全豎成了插針。火車鳴笛來，帕也大吼回去，憋滿了氣力迎接。這一叫，火車像紙糊的，搖搖顫顫的煞停，兩側滮了幾泡蒸汽。這時節，機關車尾蹦出一位十七歲、名叫趙阿塗的**機關助士**。他臉上老是掛著鼻涕，甩呀甩的！人爬上車打開水箱，又從驛邊的水塔拉下了輸水器「水鶴」，注水給火車。村童大叫，覺得帕真厲害，要鐵獸停，牠哪敢走。接下來孩童輕嘆，原來幾日前建完的木房不像驛站，倒像是畜獸欄，水塔也是給牠洗刷喉嚨用的。機關助士加完水，跑回爐灶間。那裡熱得空氣中游滿了透明蚯蚓，大火把他的汗烤乾，白色的體鹽落滿地，腳踩沙沙響。他用鏟子給火室餵石炭。火舌舔得兇，把煤咬出脆亮。一團石炭從煤箱滑落，縱身一彈，還沒落地就給一位俐落的孩子接著。他一啃，牙咬崩了，滿嘴黑呼嚕的喊：「這石頭能燒火了。」

鐵獸不來，帕上前理論。火車真壯觀，車前掛有黑檀木底紋的菊花環，環內寫「八紘一宇」四字。意思要納八方於同一屋宇，即四海一家，潛台詞是征服世界的意思。車頭還交叉掛著日丸旗和陸軍十六條旗，迎風獵獵，好不剽武。火車的線條雄悍，迷宮般的轉軸和精巧齒輪的神祕運轉。輪胎是實心橡膠胎，主動輪直徑有一米八。夕陽斜來，車殼發出閃光。帕摸了車頭用來推開路障礙的鐵鴨嘴，上頭流動一路所累積的靜電，啪一聲，他被電得大喊：「它咬人。」帕的膽都冒疙瘩了，小心的繞到另一邊觀察，不料叫得更大聲。這回不是觸電，是看到車牆貼了張報紙，頭條是「皇軍奇襲米國，爆彈轟沉真珠灣」。美國珍珠港報廢了，用「轟沉」不是「擊沉」，表示珍珠港像戰艦般瞬間沉沒。帕高興得鼓滿了肺氣，雙臂一擠，喉管高聲響出：「**爆擊**（轟炸）米國，米——國——陷——落。」**陷落**就是淪陷。帕喊聲出，千山潑了回聲，讓所有的孩子也興奮得不斷喊陷落、陷落……

帕忘了攔下鐵獸這回事，興奮的抓它搖晃，其他孩子跟著搖車。火車漸漸的顫抖起來。鬼中佐要看帕如何面對新式火車，要士兵們等待，即使帕點一把火燒他們，也要有稻草人被活活化成灰的精神。孩子搖完火車，學帕爬上車，他們跑上躥下，熟悉得當灶房來逛。這時候，帕第一次看到鬼中佐，毫無畏懼，卻被他身邊一位叫秀山美惠子的女子驚著。美惠子足蹬白襪鞋，穿西洋白衫，下著淡藍長裙，身材纖細。她是關牛窩公學校的新教師，和傳統穿褲子的女人相較，她洋派多了。尤其是臉頰紅如蘋果，白皙透透，是內地人特有的面相。

美惠子敞出了兇臉，對帕說：「你們『番人』好野蠻。」見帕不言，又問：「你是畢業生吧！」

帕注意到她腳邊的敞開大黑皮箱，一些書籍及日用品因搖晃而散落。「我還在讀書。」帕說，看著美惠子夕陽下清淡的線條，美極了。

忍不住的是巡察，他們站在驛站前恭迎火車多時。在大鐵獸前，他們的佩刀興奮得發出細微聲，連忙用手按下，卻發現手抖得更兇。車站一帶屬翹鬍子巡察管的，這綽號來自他留有仁丹廣告那種上將式的翹鬍子。翹鬍子巡察多少怕帕，但看不下荒唐了，拿了短鞭走到車內，猛揮去，往帕額頭鑿出鮮血。「笨蛋。」車尾傳來鬼中佐的聲音，他站起來，眼神豺，斜陽把高筒軍靴炸出了刺眼的反光，好像腳踩怒火。一旁的士兵寒毛豎直了。翹鬍子巡察把腿併得沒縫，鬍子一翹，隨後又怒罵著帕，要這個清國奴滾下車。鬼中佐又罵笨蛋了，拍響軍刀，指著巡警的腳說：「所有文武官，明天起給我打綁腿。」翹鬍子巡察了解自己被罵，應聲下車。這時候，鬼中佐走過帕，要是正眼看這孩子會有點怕。他走下車，穿過黑壓壓的村民，爬上備妥的樓梯，站上車頂鋪好的紅豔絨布。他看著縱谷的某座山，抽出銀亮的佩刀，對鳩集的村民說：「這是新的時代，從現在開始，你們要做工奉獻給天皇。不惜任何代價，給我剷平那個山頭。拿起工具，唱歌出發。」火車響出汽笛，抖動起來，四周炸出白靄的蒸汽，像浮在海上裝滿朝氣的輪船。整座縱谷也彷彿甦醒了。

新世界來了，人逃不過去，連鬼也是。長眠土下的「鬼王」被尖銳的汽笛聲擾醒，他睡得夠久，也夠累了，時間摧毀他的肉體，卻沒有磨光他的銳氣。鬼王暖好筋骨，推開雙手，碰到堅硬的大鐵棺而收手。他以為下雨了，伴淅瀝的雨聲睡去，直到帕一個月後暴怒的吵醒他。雨聲是鬼中佐尿的。那時節，鬼中佐騎馬，走向磅礴的森林，後頭跟著吉普車和數百位扛工具的村民，要去砍平一座山頭。他們沿通往原住民部落的山道走，路上的小坑積滿水，裡頭的水黽趴開長腳滑行。隨著中氣十足的步伐，水窩震動，抖開水波，來不及逃走的水黽被密集的人群踏死。樹蔭兜頭淋下，鬼中佐的眼角閃入光芒。他勒韁繩，岔入暗隱的小徑尋光，士兵擋下了隨後的村民。在長草盡頭，鬼中佐解開褲襠小解，撒出熱尿，把土裡剛睡醒的鬼王澆得湯燙。勒緊腰帶時，鬼中佐發現了蹊蹺，出刀撥開草，露出一塊風雨模糊、上頭刻的字跡已淡暈的大石碑。鬼中佐跳上大石碑，放眼綜觀，在冬風壓低的草叢中，前方魚湧著無盡的死人碑，自己陷在標準的漢人墳場。他大笑，暢快喉嚨，而鬼王卻聽他撒落的尿聲睡去。兩位士兵聞笑聲跑來，腋下夾步槍，手指勾在扳機。「清國奴就是清國奴，做鬼也一樣。」鬼中佐指著亂葬崗，咧開嘴：「死了也是一盤散沙，沒有秩序可言。」兩位士兵聽了傲然，嗨一聲收槍。鬼少佐抽出白布，拭淨軍刀上的灰塵，收入刀鞘，勒馬離開。

鬼中佐發現關牛窩不是傳說中毒蛇、瘧疾和「生番」砍人的荒地，是物產豐饒的天堂，宣布此地叫「瑞穗」——稻穀飽滿豐潤，像鮮乳一樣從穗尖滑到底，也像鮮乳一樣餵養人——可惜九降風過刃，太犀利，皮膚常被割傷，與內地關東著名的下山風一樣，往往傷人於無形中。他在公學校旁的空地紮軍營，開始操兵，要把士兵練成九降風般銳利，去戰場收割敵人。不過，吉普車的發動聲和馬匹嗚叫，干擾了學生上課。

學生每日面向東升旗後，要轉向東北朝內地的皇宮鞠躬，代表對天皇、皇后的敬意。可是離學生最近的，只有馬匹吐氣。牠們向學生們噘嘴皮。士兵連忙把馬拉過去，學生這下看到更精采的馬屁股開闔，一坨糞直落地，冒熱氣。帕忍不住大笑，一次比一次誇張，肺囊笑癟、腸子折傷，鞠躬時快拗不回腰骨了。師長對這大孩子沒法度，要是其他的孩子敢笑，一巴掌甩回去。特別是校長更是狠，平日聽到誰講客語或泰雅語，罵完就呼巴掌，把人甩得五官翻山，再把寫著「清國奴」的狗牌掛在學生身上。被罰的學生要去找下一個不講「國語」的人，移交狗牌。狗牌最後全找到主人，掛在帕身上，像鬍子密集，要是一般的孩子早就被壓得脊椎側彎。狗牌掛越多，帕就越講方言，鐵著挑戰規定，校長要是敢呼去巴掌，手肯定腫得找不到指甲。所以，校長看到帕對馬狂笑，只有咬牙的分，想來想去，只好把他調為升旗手，也許拉拉繩子能讓他專注些。三天後的升旗典禮，即使六匹馬齊一放屁拉屎，帕半個笑紋也不皺，冷得像中風的石頭。校長以為這是他的功勞，把帕調為旗手是對的，其實是新老師美惠子無意間用黑土丸馴服了帕。

美惠子教學生飯前洗手，說蒼蠅這麼髒，專吃腐敗東西，也知道要不停的把手搓洗，把臉抹乾淨才動嘴，何況是人呀！美惠子也教他們飯後刷牙，說不刷牙的比動物園的猩猩「麗塔（リタ）」還糟，麗塔還會刷牙呢。她還要求學生每天要洗澡，上完廁所用紙擦屁股。她把報紙裁成一塊塊，掛在公廁使用。帕常在蹲廁時看報紙廣告，趁大腸抖擻、屁股大開大闔時，數著劉金福教他的漢字還認得幾個，大聲唸給隔間的同學聽。但是最吸引人的還是報紙上的廣告圖，呈現萬花筒的世界，眼花得上完廁所起身會頭暈。他們會在學校的畢業旅行第一次到大都市開眼界，但廣告早就預習過一切，那是有錢就能體驗的新世界。比如，冰箱能分泌冷颼颼的荷爾蒙蒸汽，讓豬肉睡成木乃伊，八角就能租用。水死掉後硬成冰淇淋，花五分錢，可買它在嘴中復活的威力。電扇能製造小型「神風」，附加絞碎飛蚊和蟑螂的威力，十圓有找。學生沒閒錢，深覺最好的享受就是看人吃冰而自己流口水，他們看廣告就能乾過癮。等上課鐘響才起身，為了珍惜報紙給他們的驚喜而不願當衛生紙用，只用竹片刮屁眼。

有一次上課，美惠子要帕和一位很瘦的同學站一塊比較，說明什麼叫營養不良。對照組憔皮邋遢，瘦成竹竿，吃下肚的營養被蛔蟲攔截——牠們又肥又長屬於盜匪型的過動兒。美惠子告訴全班，帕的魁梧身材，是吃米飯的模範生。大家羨慕得鼓掌。帕搖頭，說他一年只在除夕喝白湯，裡頭找不到飯粒。美惠子說，那種白湯叫牛奶，喝這種高營養湯的才強壯。帕猛搖頭說，那叫「糜飲（稀飯）」，淡得不牽絲。因為帕用客語講糜飲，難翻成日語，用粉筆灰摻水來示範。最後，帕掀開裝書的花布包，滿足美惠子對他吃食的好奇。帕連飯篼都沒帶，每天帶米酒瓶，嚇得美惠子把他認為是酒鬼。瓶子像現今的清酒瓶大，裡頭塞滿當成餐飯的蘿蔔乾。美惠子難以相信這能讓人強壯，無病無痛的長成。帕說，他倒是有牙蟲發瘋的病，鑽入腦漿或下顎了。美惠子知道那是牙痛，用一種溼臭的黑藥丸，塞入帕的臼牙縫，說：「這是天皇賜藥，你要更尊敬祂。」帕的蛀牙好了，記得那種外殼畫有喇叭的橘紅盒子，藥名「征露丸」——這是一九〇四日本人在日露戰爭中發明的腸胃藥，意謂征服了「露西亞（俄國）」。

帕很聽美惠子的話，拉旗繩時，不再亂笑馬屙屎。但是學生很快看不到馬抖屁股了。鬼中佐把公學校改成練兵場，把學校搬到恩主公廟，把恩主公搬到廟埕的供桌，準備用火燒祂們。鬼中佐要讓寺廟升天，擇日把支那神燒了，要大家改拜供奉在神社的天照大神，祂的地位等同是玉皇大帝。恩主公成囚神，供桌上擺了米食和豬鴨，這是祂的最後一餐。恩主公多日睡不著，眼袋浮腫，眼角囤了一泡眼屎。祂很快就有伴，因為全關牛窩二十八尊的神像都來了，要送回西天。一旁由士兵架槍看守。怕恩主公被民眾生劫法場，祂被釘子釘死，用鐵鍊纏肥得跟彌勒佛一樣，卻少了笑口常開的豁達。由神道教的僧侶祝禱完之後，行刑開始，放火燒，加木柴又潑油，把眾神牢牢的關在裡頭。祂們握著火焰欄杆，身體直冒濃煙。燒到最後，只剩恩主公活著，其他的化成灰。活下來的祂也好不到哪，一張紅臉燒成黑臉張飛了，神服和繡球官帽被火剝透透，禿醜又見笑，恨不得找牆磕死。

鬼中佐命人把裸身的恩主公搬出，放在車站前示眾，等待火車輾出祂的神魄。一刻後，火車翻過牛背崠，大煙燻黑了白雲，直衝驛站而來，見著恩主公就像遇到蟑螂踩去。恩主公嚇出力量，牙一咬，成了踩不死、壓不扁、跺不爛、輾不出腸的泥團，火車來來回回、前進巴顧的壓也沒辦法。鬼中佐要火車停下，走到恩主公前，大吼一聲：「帕，出來。」帕人很高，頭從人群中浮過來，不久露出全身。鬼中佐要他報上名來。

「我是帕。」他雙手扠腰，眼大而不厲。

「這是『番名』，漢名呢？」

「劉興帕。」帕又補充說：「我的名字裡有個『番字』。」

「你是爸媽不要的孩子，我收你為義子。以後，你的名字是鹿野千拔。」鬼中佐說罷，對帕不斷複誦「鹿野千拔」，不疾不緩。帕先是捏拳抗拒，不久搗上耳朵，但來不及了。那名字在腦海放大，如雷澆灌，如海銷蝕，要驅逐它不如接受了，於是帕張嘴放逐那些心音，說：「鹿野千拔。」

「鹿野千拔，來。拔刀，斬支那神。」鬼中佐拍了腰間的佩刀。

帕上前幾步，握刀柄，把那把刀拔出鞘。他把刀快揮，幾乎看到空氣裂開的傷口，才吼一聲劈去。恩主公分家了，迸出一大泡的塵，並飛出一群虎頭蜂。虎頭蜂是製神尊時封在泥內以顯赫神威，如今仍然猛剽，翅膀生風，撅起帶刺的尾巴攻擊。帕空拳撈下蜂群，一掌抓了三十六隻，放入嘴嚼個爽。這時節，火車火室也燒得悍，火舌自己頂開爐門，想把機關助士捲進去。日本兵趕緊把恩主公的殘肉丟進去燒。火車吸收了神魄，輪胎又刨又跳，不用多半顆炭的助興，一溜眼就跑到縱谷的盡頭，只留下藍天中的黑煙。老村民紛紛跪落地，用雙手盛接下那稱為「神灰」的煙灰，仔細收藏祭拜。煤雲轟隆隆的膨脹，落下閃電，嘩啦啦下大雨。人都散了，帕還站在場上，雙手在紫冷發抖，聽著雷雨響在每座山的懷抱裡。他竟然殺了神，而且怎麼殺的都不曉得。他沒處可逃，一輩子被神詛咒了。

全關牛窩最慢知道恩主公被殺的，就屬帕的阿公劉金福。劉金福當年是關牛窩的土豪，用一株百年龍眼樹繁殖出無數樹苗，靠此養活子孫。庄裡產的蜂蜜漿稠，如月光，如摻了時光的液態瑪瑙，每季珍品皆裝入雕有桂圓花的玉罐。珍品進貢給巡撫劉銘傳吃，他的痲子臉好了不少，但他妻妾的感情更壞了，常為養顏美容的蜂蜜爭來爭去。劉金福因此獲武官八品，領軍一百位的官兵隘勇和民兵隘丁，好防堵原住民侵擾。劉金福娶了三個老婆，以曾搞垮三張眠床自豪，卻苦於記不得十五位子嗣的排序和名字。清朝敗給日本後，立馬關條約割讓台澎。劉金福聽說日本人愛抽稅，吃飯洗澡放屁要抽頭，跟老婆上床還要繳稅。他氣不過，領了軍民一百二十人，攜十把防「番仔」的火繩銃、戳山豬的雞油柄鏢刀二十支、竹篙插菜刀四十支，加入「義軍」對抗日本的現代化武器，展開俗稱為「走番仔反」的戰爭，這回的「番仔」變成日軍。義軍越打越慘，打輸顛倒志氣高，最後在台灣中部的一座大山頭被日軍徹底擊潰。劉金福退回關牛窩。日本人到村子治理後，劉金福有萬萬個理由反抗，發現沒有比老理由更好的，就是寧願那裡綁死也不繳半滴「滕（精液）」稅。他志氣高的拋家棄子，獨隱深山，用竹籬圍成圈，延續一個叫「綠巴碧客（Republic）」的神祕小國。他自擁國璽和國旗，國土有菜園幾畦，子民有雞鴨三兩，繼續和日本人消極抗衡。

國璽有拳頭大，上刻官銜「伯理璽天德」，是洋文「總統」的音譯，不料給帕吃光了。帕小時候對世界的認知由嘴巴進入，拿到什麼就吃，還差點喝掉一條山溪水，沒好吃就吮自己的拇指。他這貪吃鬼，舌頭老是黏在地上，像蝸牛到處捲東西食，兩口啃光國璽，不肯屙出來。劉金福兜著臉盆苦追一個月，才對粉紅的小屁眼嘆氣，說了上百回的算了。他自嘲不是作總統的料，至少能保護好藍地黃虎旗。他趕緊升起旗，在蝸牛殼中放月桃的種子當鈴鐺，繫在竿底讓帕往上吃起時能提防。藍地黃虎旗是從戰場拿回的，燒剩下一半，金蔥繡虎只剩下半身和五個銃孔。其中穿過旗子的兩顆銃子，卡在劉金福體內，他說他那時把國旗綁在身上殺向日軍。此後，每當氣候和溼度對時，他便大嘆：「唉！兩尾鰗鰍活了。」他體內兩顆銃子開始竄流，彼此分不清是仇人還是愛人在追逐，不客氣的打爛器官，快搞死人。這時劉金福會唸上幾回的《般若波羅蜜多心經》，安慰銃子，更能安定自己。

他卻活得長壽，是全庄最強悍的「活死人」。他在籬笆外築短墳，碑石刻上自己名字「劉金福之墓」，如果不想見的外人來打擾，就指著墓說：「他死了，鬼仔已轉去**唐山**。」這神祕國越來越冷清，訪客只剩下越積越多的青苔。只有過舊曆年時來一群來自山下懂門路、吃甜頭的孩童，走兩小時山路，在籬笆外跪喊：「綠巴碧客，萬歲；伯理璽天德，萬萬歲。」劉金福歡喜極了，要封他們作哨官、營官，頒賜美食糕點，滿山土地自己去畫封。那時光總是恬靜，夕陽大把大把的流滿森林，黃粉粉的停妥在墳頭上。帕的下巴磕在窗台上，摳著腳趾頭，看著劉金福坐在碑上、端著美食，一遍又一遍講在民主國時代如何「走番仔反」，如何和日本人相打，如何擋銃子、扛大銃，如何在竹篙頂插菜刀和對方相殺，盡興處要村童弄個棍棒互打，擺個戰場風光。帕總是想著，眼前這老頭如此憨直，不通情理，對自己好就像要刮下自己一層皮難，又老是講些五四三的老狗屎故事，竟然跟他生活了這麼久。而村童這麼配合，完全為了好彩的。他們最後吵到了紅龜粄、丁粄或幾塊山豬肉，吃得滿嘴油光，手還兜幾塊糕餅，順道罵罵日本人，笑著下山去，約定明年再來。明年懂事不來了，只剩劉金福在門口端漆紅盤子，聽著寒風咻咻跑過，怪起孩子怕一種叫「魔神仔」的山鬼而不來山上了。久等不到，他對屋內偷窺的帕喊：「來玩玩大將軍，仰般？」「自家吃自家的，有什麼好玩。」帕緊躲在窗下，摸摸印在下巴的窗溝痕，他要的是過年紅包而已。他記得兩年前劉金福給他一個**佛銀**——佛朗機銀元，由俗稱佛朗機（西班牙）的殖民地菲律賓流入台灣，是清末台灣常用的民間貨幣——當作紅包，他拿去換了一套制服與帽子。有紅包，他狗屎也吃。

這兩人平日很少私情對話，像不同時代的野鬼。要是話超過十句，都是在吵架了。帕在籬笆內很順從劉金福，講一不二，在籬外就馬虎，常逗弄劉金福。他們相依為命，要是哪天沒聽到對方的屁響，全身發痠不對勁。這種關係得從帕的天生異能說起。帕出生兩個月就會爬，因為命剋爺娘，由不信邪的劉金福從「龍眼園」帶回撫養。帕忘不了那天，有個頭上長了黑尾巴的人要他揹一捆棉被和草蓆，艱困的爬了四公里，來到樹蕨比草多、潮溼濃過雲的山谷居住，一住就是十年。如今，帕每日放學後，把日文書和制服掛在墳邊的小屋，換上台灣衫走入籬笆。這天，帕轉家後主動對劉金福提及，恩主公被人打爛了。劉金福問：「誰打爛的？」帕頓了會，說：「四腳仔。」在村人眼裡，日本人跟狗一樣吠人，故稱「四腳仔」。劉金福又問：「那四腳仔叫什麼名？」「鹿野千拔。」帕才勉強說完日本名字，狠狠吃了劉金福一巴掌，哪躲得去。帕犯了大忌，因為在劉金福的竹籬內不能說日語。

劉金福得發明新辭彙，對抗那日語，手錶不叫時計，名喚「日頭盒仔」；巴士不是自動車，叫「木包人」；番茄不叫「橢蔓多」，是軟柿仔；百香果不是「橢結索」，叫酸菝仔。但是，劉金福發現要對抗那些日語，簡直像要躲陽光一樣困難，它們如此頑劣的滲入生活，影響思維，甚至在夢裡化作蛸蛇作怪，於是劉金福學會消極對抗。每當帕在言語中夾雜日語，劉金福會大吼阻止。如果帕說我要去「便所」，劉金福怒聲回應「給我恬恬」，雖然他還不知道「便所」是什麼，絕對不是好東西。又有一回，帕拿回香噴噴的麵包，說我們來吃「胖」！劉金福拍掉麵包，踩個爆炸不說，還怒罵：「給我恬恬，這叫『阿督仔（洋人）的包子』，當我憨瓜呀！」帕也學乖，省下很多山下學到的艱澀詞句，用「這個」或「那個」模糊帶過去，也躲過那些不必要的挨罵。於是談話變成：「好了，山下的這個已經那個了。」或者：「那個現下變成了，唉！自家想吧！」甚至是簡化成「那個已經那個了。」劉金福答得更妙：「對，都那個了。」到底怎樣了，劉金福全然不知，但是只知要說清楚「那個」會中了帕的詭計。不過，最近帕經常多嘴的形容火車，用詞超過這個、那個的，這沒有引起劉金福的不快，反而讓他數度動念想要下山去看。

在搧了帕一巴掌後，兩人安靜多了，這時山下傳來火車的尖銳笛聲，清楚可辨。劉金福心頭癢，要求帕準備「馬擎仔」，準備下山看看那傢伙，省下這個、那個的溝通，也能化解祖孫這時的僵持關係。所謂馬擎仔，是改良自扛木材的工具「竹擎」的一種座椅，架在帕的肩上，方便劉金福乘駛。劉金福用纏頭——某種老時代的黑長布，把腦後的長辮子攏起來，騎上帕，才左潑風來，右甩雲去，就晃到幾里外的庄子。在那裡，天空醜了一匹煙，像虯竄的龍，龍尾散開來，濃稠的龍頭卻鑽進火車煙囪，鑽個不停。火車跑出五座山外，巨聲泛在十座山內。從煤煙的厚薄來判斷，帕馬上可追上，讓劉金福被鐵獸嚇著，要是能罵上牠幾句更好。馬擎仔快奔，震得劉金福渾身的關節吐酸水，骨頭快拆了，便踩帕的肩暗示，說：「你莫憨了，山裡沒火輪車，那種行鐵枝路的，在縣裡才有。」帕聽了這話更是硬頸的要載他去瞧，直到劉金福又說骨節篩出粉了，才愣下腳。劉金福說得是，那怪物不會就此消失，總會再來，不急一時。

　難得下山，劉金福要帕在庄子多繞幾圈，給人看看，也看看新世界。村人稱這對祖孫為「兩子阿孫」，便猛喊兩子阿孫來了。他們看到劉金福，歡喜的喊他「老古錐」，有骨氣跟日本人耗；見他走了，在後背笑「死硬殼」，在山頭當窮土匪、又搞什麼食飽閒閒的鬼皇帝。兩子阿孫摽了幾圈，把孩子都吸引來，劉金福用老時代的講法，說剛剛的叫火輪車，它靠的站叫「火輪車碼頭」。村童報以熱烈的掌聲，覺得這老貨仔真行，把火車說成流動的火，難怪車站叫碼頭。他們最後停在有錢的阿舍家所設的報紙欄。頭條仍是皇軍爆擊珍珠港，快一個月了，報紙沒換掉。帕大聲說，阿公你看，米國人輸了。劉金福唯一反駁的是把米國糾正成「美利堅」。說罷沉默了好久。這幾年來，劉金福每回下山便以騎在帕肩頭的方式，吸引小囝仔來讀報紙，教導夾藏在日語中的漢字。自從日中開戰後，開始禁絕漢文化，漢文報紙漸漸沒了，連學校每週一堂的漢文課都取消了。經劉金福的教導，這些村童已習得十幾個漢字與讀音。但是他們玩心重，總是顧不好腦殼中的漢字，常不小心讓字從耳朵溜走。

　這時又像往昔，劉金福要村童在擠滿孑孓字的報紙中，挑出俗稱「正字」漢字，來個教學。帕在山上是條蟲，下山變成龍，在庄子反而大尾來，常常藉村童和劉金福戲耍。帕在地上用腳趾寫下「內地」，幾位孩子見狀，手指停在日文報的不同處，卻是同字。劉金福知道這是挑勢，怎麼會問題一樣，便生氣說：「教不精，這不是講過了，仰般忘記？」他再仔細解釋，內地就是唐山，我們從那兒來的，然後用俗稱「正音」的漢音唸上一遍內地。孩子王的帕會猛搖腳板，小孩便大笑的喊：「錯，內地是日本啦！」用日文頂了回去。劉金福怒說這些日文是孑孓字，說出的是蚊子音，講的是吸人血。四腳仔不是仁中鬍，就是屐仔腳，那講的、穿的、用的都是唐山早就丟掉的邋圾，才被狗仔叼去東洋用。你們小囝仔顛倒學，不學一手，學二手的，譏衰人。

　帕覺得劉金福很老古板，壯膽跟他唱反調，說：「那火輪車是哪來的？人家說是內地貨。」

劉金福嘆了口氣，喃喃自語，說那一定是「木包人」，這世上沒有不用鐵枝路就會轉大彎、爬大坡的火輪車，要是有，肯定是唐山貨。

「阿公，我們可以坐火輪車去看阿興叔公。」帕忽然說，「你不是講，要帶我去看他。」

「你阿興叔公沒閒，過年才去看吧！」劉金福忽然提高音量，對四周小孩說：「大過年時，記得上山來領糕餅。」

從現在開始，我要成為日本人

在客語稱「年三十夜」的除夕夜，夜風越吹越冷，萬物睡息。只有遠處的大頭茶花盛開，獨自芬芳，墜花還經過樹叢幾番攔阻，才嘆罷落地。劉金福蹲在竹籬邊吃著乾枸杞當零食，等著帕扛大木頭回來。他想著，這幾年的年關越來越難過，光是繡旗上的金虎也不耐風霜，用針線縫得重，金虎已經夠臃腫，旗子飛不起來。某次還被小囝仔笑，看呀！那是神豬。

大頭茶花又落了，夜中白花如霧。劉金福聽到落花窸窣，以為帕回來，便喊聲，你轉來啦！大樹不應，大頭茶花繼續落。於是劉金福把落花聲錯聽成山鬼的呢喃，人老怕鬼，他生了皮寒，兩手把雞母皮揉下去。冷風又打劫，他抖得胃生寒氣，心驚起來了。誰知他看到門前自己的風水碑，傍晚時祭拜、用碗公盛著的長年菜在那兒，又看著碑上名字，斗大的劉金福之墓，心想他早已死透透，還驚鬼不成。劉金福笑起來，這方圓幾公里內，被人稱鬼的不就是自己。他補嘴饞的走出籬笆，拿了碗公，抓長年菜吃。長年菜是整株炆肥湯，照舊俗要整片吃，才有長年的意思。劉金福吃著菜，長葉哽在喉嚨，也哽在心裡，胃中酸水直往外衝噴。菜園裡的三隻雞鴨被吵醒，先是憨面，再撲翅來，聚在墳邊竄，脖子快結成一團。劉金福吃罷，衣袖往嘴邊一抹，把碗公摔爛地，都給畜生去搶。

「歲歲平安，畜生也懂，我今天就把滿山分封給你們，哈哈。」劉金福雙手一拂，又當起土皇帝，說：「聽好來，臭屁蟲，左側河流給你；大蛇哥，還在搶食，做了大將軍，要有樣子……」

其實帕早就來到山屋邊，躲在遠處的樹幹，手上拿根大木。他看到劉金福蹲在風水碑上哭，嘴上掛一條湯湯水水的菜葉，那像長舌頭，人不像人、鬼不像鬼。他悄悄的退到百公尺外，把手中的大木敲小徑旁的櫸樹，儘量發聲，好給劉金福聽到他回來而有時間擦乾淚。殘葉敲落了，星星露出，每顆在黑夜中泡得又白又大。帕快到家時，大喊回來了，然後跪地把那棵從保安林偷砍來的大樹揹上身，跪著前進。劉金福聞聲，早已備妥了黃藤，用它使勁的抽打從籬笆爬進來的人。黃藤長滿針，針長一吋，插入帕的肌肉，得用力抽才能拔出來。帕的皮膚又痛又燙，覺得祖父今年受了不少氣，靠抽打洩憤，每一鞭打歪自己脊髓似。好在他提早用破布子汁抹身，皮膚帶麻了，少受疼些。之後，帕揹大木爬進屋，不懂事的雞鴨還撲上頭站，搧翅膀調笑。

這是新舊年的交替，劉金福照例給帕來個「逐出家門」的儀式。把家中大樑換了，換樑等於換了房，換房後還得移房才行。原由是帕命太硬，換樑祈福，每年照做，不然霉運當頭。劉金福認為去年對帕手軟，今年才運不好，下手都是硬扎的功夫。儀式開始了。帕把房子中央的地板拆開，用那腰粗的新木抵地後，往上頂，便把舊木抽換了。換完木，帕抱柱，大喊：「不孝子孫劉興帕，永遠出家門。」

「不孝子孫劉金福，趜（趕）他出門了。」劉金福也大喊，把囤積一年的舊樑塵往他身上倒，又補一聲：「走。」轟隆一聲，屋樑震動，屋子要走路了。劉金福奔出門，拿火把，把雞鴨趕進屋，把風水碑拔走。忽然間，他想起什麼，跑到屋前帕放讀書用品的日本小木屋，放火燒了。

小木屋的橘子霉了，掛繩上仍插松針、舊白紙紮，在夜風中翻弄，是日本人過年樣式。日本過陽曆年，要台灣人摒棄舊曆新年，改吃屠蘇酒、黑豆、醬油煮昆布、醋醃炸魚。帕過新曆年時，從鬼中佐家拿了日本味的菜尾，磨碎後用魚腥草蓋味，端給劉金福吃。誰知劉金福瞧見了，發現平日吃菜是這樣來的，腦門充血，趁腳就是踹下去。難怪劉金福整年來胃脹亂放屁，要服用山下藥商那兒買來的恩主公的「眼屎」——商人用姑婆芋包征露丸才騙過山上的老古板，還揩油賣貴——如今劉金福餘怒未消，放火燒這日本小屋，臭罵幾回，然後轉身勾腳爬上浮起來的竹篙屋。

在房屋中央，帕全身鼓起來，大吼一聲，用新木把屋子撐起來，代價是每根骨頭彎成發青的弓。劉金福也沒閒，往帕一邊潑木灰一邊用狠毒的話罵，用藤條打。屋子重心不穩，要倒了，雖然帕把最重的廚房那方給提起來，屋子仍往山下溜。他一個煞腳，眼角回勾，倏忽來個蟒腰扭，抱柱子轉起了房子。房子起先是淺淺的繞動，最後嗡嗡快轉。帕抓到平衡前行，還說課本上說得對，地球是一顆轉不停的陀螺，停下就死掉了。劉金福氣炸了，大過年談日本課本這鬼書。房子越轉越快，劉金福的頭髮邋遢得散開，眼裡冒出了金星，把胃中的長年菜整片吐出。但是，帕沒法從繞動的窗口看到山徑，他瞎路了。劉金福提起了精神跑，原地跑步，窗戶也在繞圈子，他看窗外報路。房子往前要繞過一些大樹，不然會撞個粉碎。

劉金福越跑越快，房子也越轉越快。家具飛來飛去，桌子的年輪糊了，所有的影子和主人分離且暈得捲邊。那雞鴨也都在地上滾。帕則滿身是血，膝關節響個不停。最後，這「逐出家門」把房子扛離原地一百公尺就行了，更接近溼苔和森林。直到劉金福喊停，儀式才完成。

儀式過後，帕疼得難眠，睡不著，他只好跍在灶房看書，手捧書，用門牙咬火炭，藉少得可憐的火光慢慢看。那是手抄書，是帕回頭從劉金福放火燒的小屋救回的，有幾處燒得臭爓。書更早是掉出美惠子的皮箱時偷撿來的，那是火車來的第一天。書名《銀河鐵道之夜》，作者叫宮澤賢治。書中描述一位孩子坐上銀河列車，遨遊星河間。以帕的日文能力是讀不懂，但想像力是與生俱來的，憑認得的少數字彙拼出比原故事更棒的世界。他每讀幾行，會仰看窗外的夜空，想像有一輛列車奔馳在銀河上，石頭輾成流星，煙囪噴出星雲，那種宇宙要用夢境丈量才有邊際。帕有時看得忘神，把嘴上叼的火炭誤為是從窗口掉入的流星，用舌頭舔，又痛又不敢叫。

長年菜太鹹，唐山夢太淡，劉金福起床，走到灶房尋水喝，瞄到帕把日本書拿入屋內看，打破了小國的禁忌，大大怒喊：「畜生子，這鬼書也敢看。你阿公還沒過身，不要給我作亂。」帕驚得把炭吞入嘴，這一慌，搞不清楚要收書，還是收拾火炭。他的鼻孔開始冒煙，嘴吐蒸汽，舌頭痛得把火炭踹出，連忙用書本夾藏。不料，濃煙又從書縫泌出，燒透好幾頁，在裡頭氾濫成火了。帕只好躲出去，跑出籬笆，不忘慢下來回頭關心。一定要這樣，只要惹得劉金福生氣，帕先逃開，讓追來的劉金福藉由小跑消怒氣。但是，這次劉金福怒火兇燒，腦門綁滿青筋，拿擔竿扁擔追打，再下去要喘死了。帕不得不跪地，給追來的劉金福打。帕也趁機抓起路口邊、留給今年沒上山的孩子的糕餅，吃得滿嘴泥沙，說：「你不要氣了，你封我大將軍，我受封了。」劉金福把擔竿打斷，還踹上一腳，指著帕的眉心：「這野靈鬼轉世的狗屎將軍，把鬼書拿出來。」帕蹦了幾圈，偎在一株小樹邊，聽到劉金福的繳書命令，心想，不就一本故事書，難道也要玉皇大帝同意才行看？他不懂，不懂這老貨仔為何活在自己的棺材裡。帕也惱怒，用超過第十句的方式吼回去：「聽你濫糝講。我行出竹籬，莫管我的書了。你轉去，轉去你譏衰人的小國。」他跑開，邊氣邊擰乾書裡面的火，使勁過頭，竟絞落一些餘燼。劉金福氣得只看成那是幾個日本字與漢字抱著發抖，全部踩死給倉頡分類。劉金福想，落單的漢字會被日文帶壞，早死早回唐山超生。他又緊追帕。這時候下起雨，越下越緊湊，雨把森林洗得透白，劉金福迷路，骨子涼透，不知不覺來到山下的關牛窩。雨中的百來間土厝好安靜，鬼壓床似。劉金福順著氾濫成河的馬路走，足陷泥濘，道路被雨點得歡沸了。一輛摩托車擦身而過，上頭的日本兵罵他快點滾，不然會送死。劉金福聽不懂，隨後聽到，更看懂了。一聲尖銳的笛響，追之來的是撥開了雨叢的大車燈，刮薄了他的目珠。然後，衝來的火車像巨大的龍船，車廂纏滿了雨霧與光芒，比想像中的還要恐怖。如此的快速與壯觀，一恍神就錯失了，只能看到它的屁股紅燈，這足足讓劉金福激動的喊：「妖精，那一定是妖精。」

這大雨下得像連珠炮，炸得山林震動，各樣的昆蟲和鬼魂爬出積水的土穴。帕沒跑下山，故意跑進那條小徑盡頭的塚埔堆，睹到一塊大石碑。他滿肚怪怨，見了這座怪墳，更是氣沖沖。帕拔了三根一丈高的綠竹，連根帶土的拋出來，猛往大石碑打。墳泥飛濺，四周的鬼都不敢接近。對帕而言，墳裡埋的是劉金福開口提、閉口講的阿興叔公。曾有無數次，帕跟蹤劉金福來到這，看他跪拜行禮，祭品用最好的米酒、雞髀、豬膽肝和鴨蛋，燒的金紙是拜天公用的大白壽金，當聖人在拜。這一次，帕把這幾年欠劉金福的憤怒，本金帶利的還給阿興叔公。用竹子鞭完，帕又再祭上鐵拳頭，擂起墳，土墩一吋吋癟陷了。憤怒打不光，只會源源不絕。墳底很快的露出了三支鏽爛的火繩銃及毛瑟銃，帕又趁興打爛。一聲硬響，他打到了棺材，撥開看，是一尊俗稱「大銃」的百餘斤銅鐵大炮。炮身糊了綠鏽與爛泥，還烙了一行微凸的英文。帕哪懂這是德製「克魯伯過山炮」意思，直覺是地府陰文。他喉膛爆喝，肌肉吹滿了力，雙手插入土中便撥出了大銃，往旁邊的大樹揮去。樹葉擰出萬響的雨豆，直勾勾落，滿地響。睡在大銃裡的鬼王便滾出來，一串撲跌，便拔起了身，怒目圓睜，對人不客套，也毫不客氣起來。

爬起來的鬼王，很快被大雨壓倒地上。他在土裡睡了快五十年，今日才被帕吵起來了。他有骨質疏鬆症之類的病，筋骨也沒扣緊，不太會站了。待鬼王站了起來，帕用下堂腿劈倒，不斷重複。鬼王硬頸，每次跌倒，都繃骨站起來，老以為是一陣風扳倒，還從土裡摸出一把毛瑟銃拄起身子。直到他發現是有人故意惡搞他，從身上抽出一根髮簪，刺穿手掌，把自己釘上樹幹。他堅持不倒落。鬼王穿著襤褸的短衫夏襟，腳蹬草鞋，披著一瀑長髮，骯髒極了，就像圖畫中描寫的清國奴一樣。帕看過的、殺過的鬼可多了，那些咒罵他、欺負他的人死後，變成的鬼魂全被他虐殺，提早去見閻王爺。鬼王可怕之處是一雙瞎眼，眼窟黑幽，只要他專心看人，眼窟會有鏡子效用，反射他人的多心。帕多看一眼而猜疑起來，暴露自己被人看衰、看悲、看不起的恐懼，即使鬼王什麼都沒看到。

「巴格。」帕先用日語罵他笨蛋，再罵：「你是目瞨（瞎眼）鬼。」

「寇賊，去死吧！」鬼王一個巴掌呼去。帕手臂擋下，才發現是聲東擊西的招式，另一頰吃滿了痛。對鬼王而言，這是打賊打雙邊，左右開弓才是，抽出釘在樹幹上的手打去。帕覺得有趣了，第一次遇到能跟他作對的鬼，決定饒他一命，但基於以牙還牙的原則，先重踹一腳。鬼王被打成腦震盪，退到嬰兒般的記憶與爬行，該忘的都忘了，忘不了的是每天提起精神去打仗。

此後的每夜，鬼王從大銃爬出來，摸索附近的一草一木，慢慢拓展記憶的領域。天光之前，他用髮簪把爬過的土地畫成圈，背熟草木的位置。簪子一插，鬼王在雞鳴第二回的變天之際，爬回大銃睡覺。每到暗夜，趁劉金福熟睡，帕順小徑來到塚埔，坐在大石碑看鬼王醒來往外爬。到了第七天，是頭七之日，鬼王要向閻王爺報到了。帕有點不捨，畢竟這鬼滿耐玩。這夜鬼王又從鐵銃出來，爬到插簪的所在，一吋吋摸索下去，摸索到一座新墳，從裡頭拉出一隻爬滿白蛆與白蟻的新鬼。鬼王吸入雄蟻翅膀，呼吸急促。帕真難過他要死了。不料，塞在鬼王喉嚨的蟻翅成了聲帶，他顫巍巍的豎起腳，大吼：「走——吧！眾軍勇！『番仔』反了，打『番王』去。」

帕以為鬼王罵他，跳下大石碑，來到鬼王邊，要用拳頭劈碎他。沒劈中，只覺胸口一陣風，帕反而給蹦起的鬼王用虎口鎖喉嚨，被逼得狼狽。帕俐落的斬斷鬼王的手。鬼王又爬上帕的肩頭，用另一手扼他的頸根。帕跳個三呎高，以背部重落地，壓制鬼王，扯碎那隻鬼手。鬼王沒了雙手，改用雙腳鉗住帕的腰。帕大聲吼，不只把那雙腳扯碎，連鬼王的肚子都撕裂成洞，肝腸掛了出來。帕勝了，當他站起身時，全身冒出一泡透涼的冷澀，腦門鼓起雞母皮。因為鬼王還沒死，不認輸，用嘴狠咬他的背。帕怎樣都扯不開、壓不碎，他翻臉發狂，像狗甩水般把鬼王的內臟從傷口甩光光。這下好了，乾扁的鬼王咬著帕的腳成了影子，永遠黏住不放。帕走回大石碑，屁股坐下，趾頭摳著上頭的文字，等陽光出來曬死身後的鬼王。到了卯時，冬陽就要溜出了山頭。鬼王復生了，失去的手腳筋骨像竹筍快速冒出來，內臟咕嚕膨脹，發出細瑣聲。帕突然覺得活活曬死鬼王很無趣，再多玩幾天更好，連忙找個撿過骨的墳，把自己埋入，靠一根竹管對外呼吸。日頭出來了，墳場好亮，在又深又重的土裡，穿透的光像星星，蚯蚓、馬陸、蟑螂游過帕的身邊。帕感到自己無盡的下沉，身體越來越熱，靈魂就快降到地獄時，鬼王說：「我是不是死了，是個鬼？」帕覺得死都死了，還鬼話這麼多，始終沉默不回應。鬼王得不到回答，嘴巴大笑，眼眶都是淚，他最後鬆開手腳，繼續睡沉下去，發出的鼾聲如水泡咕嚕嚕的往上冒。帕乘著泡泡浮起，推開泥土回到人世間，陽光刺眼得好恐怖。他大步上山，要去做工了。

一種名為「奉公」的義務勞動早在鬼中佐來時展開，村人騰出半日工，用以回報皇恩。小孩子割馬草、挖炮陣地，或者種製造飛機潤滑油的蓖麻，或種製造瘧疾藥的金雞納樹。成人拿著畚箕、鋤頭闢山，砍掉樹木，一路前進到了目的地後，放火燒山。在那山頂上，他們效法愚公移山的精神，把山頂的土挖掉，填入山谷，每天有數百位的原住民和漢人幹活。像帕這樣的大力士，耐操又耐撞，把上噸的大石翻下谷，把大樹根從土裡像魚刺很快的拔出來，一次挑八擔土，所以肩頭老是騎著四根老擔竿。但是他的用途不只如此，連玩遊戲也讓人耐看。

有一回休息，帕和孩子玩起「紅白對抗」的遊戲，兩邊分組，拔下對方的基地旗才贏。帕以一人為組對抗三十位孩子。孩子站在石頭圍成的城牆外，用小石丟中裡頭的紅旗就勝。但是，帕用棒子當野球打出去，還能打中飛鳥。鬼中佐騎馬路過，告訴帕，打仗要積極，不是拿球棒打鳥，要他反攻。帕點頭，對其他孩子說他要反攻了，回去守吧！小孩趕快跑回去守城，人圍成籬笆，做疊羅漢鎮守隊旗。帕從東邊高喊，我——來——了。人卻從西邊切入，很快拔走敵旗，完全是腳底養了一匹風，來去一朦朧。鬼中佐驚訝得很，發訊給對山頭的高炮兵，命他們在一棵高樹上掛白旗，然後要這邊的山炮士兵和帕較量，看是炮彈先打中白旗，還是帕先搶到，贏的論功行賞。一聲令下，山炮轉向調校，一發打中對山的腰，回音哽在縱谷間轟隆響，鳥飛了起來。第二發過高，第三發完全命中，目標物粉屑高飛，陷出數呎深的凹穴。士兵激情歡呼，回音還沒從對邊傳回來，帕就把半棵腰粗的樹扛了回，上頭的白旗還在燒，要不是以為樹都要帶回，哪會這麼慢。孩子們圍上去歡呼。帕張開手，露出四隻喳喳叫的雛鳥，那是從那棵樹上拿下的。這回帕也嚇著。他體悟到鬼中佐好嚴肅，認真起來會玩死人。

帕每個禮拜選三天和鬼中佐聚餐。日本菜幾乎是涼的，只有味噌湯不是。用完膳，他們坐在走廊的檜木地板，敞開門，面對山，風呼叱叱吹，冬天也要面對這種飛來飛去的風刀子。這對鬼中佐而言是乘涼，頗能享受，他出身自寒冷的滿洲，是日露戰火中的孤兒：在某個深夜，日軍受到沙皇哥薩克騎兵隊逆襲，情況越接近天亮越糟。有人從獸棚抓來一隻母鹿，剖開肚子，把當時半歲大的鬼中佐縫入，只露出頭呼吸。母鹿撒腿，逃出了敵炮，在山裡吃喝拉撒和交配。小鬼中佐餓了，吸吮鹿奶，渴了喝鹿尿或雪塊，無聊時對風聲、母鹿或跑過的動物說話。他長得夠大時，母鹿受不了，內臟和子宮爆炸了，小鬼中佐和弟妹（那隻鹿另懷了兩隻胎）出世了。他手爬腳爬，趴在鹿媽媽身邊發出悲鳴的獸語，想躲回攢滿人糞的鹿肚。第三天，哭聲驚擾了巡哨的日軍曹長，循聲找到小獸人。曹長當時看到小鬼中佐的頭埋進母鹿的頸部，一邊吃鹿肉，一邊愛撫母鹿。小鬼中佐被認定是鹿孩子，由當時的總指揮乃木希典大將親見，授姓「鹿野」，另由陸軍參謀長兒玉源太郎授名為「武雄」。小鬼中佐回到日本關東受教，長大後讀陸校為軍官，幾年後派往中國作戰。在上海的某次戰爭中，他們包圍一群死守大樓的官兵，雙方撒火網，密集的銃彈在空中撞出火光，黑夜變得像白天。一位中國兵把炸藥和銃子吃下肚，直到血液變黑粉，抱滿手榴彈，從樓頂跳下引爆，五臟六腑炸得到處是。鬼中佐被炸傷腦袋，傷重退出第一線，來台灣帶兵。

鬼中佐對帕說了些自己的身世，不是全說出，很短，卻像槍聲嚇著了帕。大部分時候，鬼中佐談的都是政治，那才是談不完的。他對帕說，大和民族進入支那，帶有光榮的使命，是要支那興盛起來。支那的榮富向來靠外族壯大，蒙古和滿洲人的統治下使得文化和武功最盛，現在由優秀的大和民族管理，才能再提升。蔣介石不行的，他的貪污和自大，把支那搞得破敗。如果把支那、高麗、越南、菲律賓等國家一起結合，建立共榮圈，由日本統馭成富強世界，能一起面對西方世界的挑戰。鬼中佐之言，讓帕的血液也沸了。

閒談中，茶已泡好，由女侍端到帕跟前。茶碗很特別，是內地大萱地區出產的「美濃窯」，一種仿製的志野茶碗，樣子像是捏壞的竹筒。白釉中透出紅霞與鐵焦色，佈滿釉孔。帕覺得要用這種小茶杯喝水，根本喝不滿胃，他這種粗人只配用茶壺對嘴，或匏杓喝水。他要鬼中佐先喝，怕出洋相。鬼中佐倒要帕先喝。帕點頭稱是，一手撈碗腹，拇指扣在碗內，就是往嘴斗潑茶。鬼中佐看了大笑，說他喝茶像快渴死的鯉魚。帕也笑，把茶湯都笑出，用袖子抹去。鬼中佐也顧不得那套娘娘腔的茶藝，拿碗就喝，一派沙場風範。末了，他從櫃裡拿出一些茶碗，攤了一排，要帕選幾個回家。帕哪懂那些像餐後沒把油膩洗淨的小碗，各個樸怪，裝湯嫌小，喝茶嫌秀氣。他拗不過好意，馬虎選了一個老碗。一個隨意挑，是青白釉的碗體，浥白中略泛天青。帕在手中掂幾下，粗估這斤兩不足前頭的，碗緣沒上釉，有點髒，又有開片的裂紋，以為爛貨一個，選這也不讓鬼中佐吃虧。那是景德鎮瓷碗，從中國帶來的戰利品。鬼中佐稱讚帕有眼光，識貨。帕聽得半懂不懂的，管他是褒是貶，是罵是疼，來勁的猛點頭稱嗨（是），他認為日本人都是這樣回應，先學起來就對了。

庭院的緋寒櫻迸花了，是疏淡的單朵，又醜又孤，更遠的李花、桃花卻不顧性命的開。鬼中佐對帕說：這櫻花老是拖拖拉拉的開，謝得也不乾不脆。你一定要去內地看，那的垂櫻像神靈哀愁，瞬間把血肉盛開成花海，瞬間又決絕的落成雪花，才有生命，才是武士精神。且櫻花火光四射，晚上亮得不用打燈，落花還能燙死人、壓死人。每當他站在櫻火下，會忍不住往上爬進花海裡，趴在樹幹上感受那種溫暖無比，彷彿回到鹿肚裡的舊時光。

「做人當做武士，做花當是櫻花。千拔，你要做武士，超越我。」說罷，鬼中佐走到樹下，抽出佩刀，刀子如手臂的延伸，像螳螂般要用鐮刀腳攫物，刀唰一聲，流光爆閃，便喝倒兩株緋櫻。鬼中佐說：「這根本不配當櫻花，連花都不是。千拔，給我拔起來。」

嗨，帕猛點頭回應，卻沒起身動作。等到他幾番猜出意思，緊張跳起來，幾乎打翻了茶碗。他走到庭院，捲起袖子，先把墾倒的兩株櫻樹拿開，只見他雙腳擰蹬，胸膛憋了緊，俯仰間，把兩株樹根捻起，看不出有使力。可是庭院土地震動，被樹根帶來的泥土也撒了滿天，落在屋瓦劈哩啪啦響。帕把樹根和樹枝拋出院子外。女侍把落花掃起，不留殘紅，免得鬼中佐怨怒。

看著庭中一雙骷髏洞，鬼中佐大笑，轉身對帕說，要他過幾年到內地讀陸軍軍校，一切經費由他負責。帕的耳朵和舌頭不習慣純正的日語。很多時候，帕不疾不緩搖動一種木盒子的尾巴，能從黑唱盤刮下奇異的歌聲。唱盤有世界名曲一百零一首，有獨國希特勒的演講，也有米國國歌——激昂歌聲不太像**鬼畜**之聲，帕聽過一次不敢再放。大部分的時候，父子倆聽華格納音樂，聽到黃昏的樹影爬上膝頭，再爬上胸口。到晚餐前，帕恭敬的退離，在門口的迎賓石轉身告別。當他聽懂自己能前往內地求學，是第二十八次父子聚餐了。那次回家路上，他憧憬美夢，對內地的遐想焚燒內心。他看著巨大的落日，像對日丸旗發誓：從現在開始，無論如何，要成為一位真正的日本人而努力，努力講國語、學軍事和習慣日本食物。他高興得很，拔了一根粗藤揮舞，把路上的雜草與石頭劈開，唱著日語歌配合節奏。走到半路，他想起提回家的日本貨肯定會被劉金福罵，便把帶來的清酒打爛，留下瓶底當門杜臼，聲響小，又好開。又把景德碗底的蓮花紋磨花，看不出來是內地貨。再用石頭把黃漬蘿蔔、甜醋薑芽、醃鮭魚、天婦羅等磨碎，加入採來的豬屎菜壓味，用紫蘇蓋色，才拿回家給劉金福吃。現在，他發現煮湯也很省，一鍋熱水加入些許的神奇粉，竟然甘甜無比，讓劉金福喝了忍不住想「食百歲」，仰起碗，大呼恩主公。他瞞著劉金福說那粉粒叫「香灰粉」，其實是內地人的新發明，叫味精。

帕越來越忙，不只要上學，下課後也要練兵。那時的恩主公廟不過是木造瓦房，當成學校也裝不下這麼多人，他們在旁邊加蓋了竹屋。課餘時間，學生要種菜和養豬羊，菜蟲抓不完，豬羊也叫不停。豬最煩人，被恩主公的神駒赤兔馬附身，起乩時出來巡堂，學生謔稱「豚校長」。要抓到豚校長很難，牠像古靈刁鑽的鰻魚一樣，鑽女孩的裙子、掀男孩胯下。牠被人圍捉時，乾脆撞牆鑽洞，逃得好快。當美惠子彈奏她天籟般的風琴後，豚校長變乖，能來段吉魯巴或恰恰，最後大汗淋漓的回豬寮睡覺。

原本放恩主公的神龕，改放奉安櫃。奉安櫃寄放了兩項聖物，一是天皇、皇后照片，一是天皇頒發的教育聖旨「教育敕語」，學生每日要恭敬的對這兩樣東西鞠躬唱誦。某日打早，師生打開櫃子行禮，裡頭傳來狂浪的叫春，男生樂得大笑，女生駭得臉紅。是兩隻公的豚校長在那奮力交配，把天皇、皇后照片當床墊踩。校方順從豚校長，神龕留給祂睡，把奉安櫃改成更大的奉安殿，就設在廟埕原本放金紙爐的位置。奉安殿像個小神宮，上有石雕屋頂和飛簷，下有大理石基台，門上繪一對金鳳凰和菊花紋飾。每當地震或空襲演習時，天皇、皇后的照片勝過一切，十位學生扛起奉安殿往防空洞跑，跑到庄尾最大的山洞躲。十人也抵不過帕一人，他戴一雙白手套，先行禮如儀，再把整座奉安殿舉在眉梢，低頭小跑步帶走，哪有可能讓上頭的擺置掉落損壞。

下課後，帕是教育班長，軍階屬中士的「軍曹」，配一位稱為「當番」的助手。助手是來自橫濱的坂井一馬，軍階二等兵，四十餘歲，曾做過流氓和居酒屋助理，主要是幫帕洗衣、傳令、馬殺雞和打新兵，也教一些粗魯的日語。帕越來越討厭回山上的家，在那好孤獨，只能跟家畜說話，還有厭惡的咬著草莖，山上也太潮溼了，半夜還要起來趕走爬上棉被的苔蘚。他以前最想當野鬼，不用上學，每天能在外頭玩到三更半夜。現在最喜歡當兵，喜歡陽光、同伴、大聲嘶吼，喜歡汗水掉到眼裡癢得睜不開，這在練兵場全找到了。

來這受訓的先是日本人，後來大東亞戰爭吃緊，台灣人、滿洲人、高麗人也入伍受訓。關牛窩什麼氣候和森林都有，適合作戰場的預習場，所以鬼中佐在這設練兵場。訓練的第一科目，要士兵了解服從的真諦。鬼中佐下令隊伍「前進」，要帕擺動雙手、抬高腳帶隊。做不好的，由助手坂井一馬拿像棒球棒的戒心棒打，要把那些屁股打爆。坂井光這樣就把手上的繭練肥了。一小隊的士兵縱隊走，嘿咻嘿咻，雄壯威武像火車，磅礡氣勢震撼人。路沒有永遠的直，人肉火車遇到岩壁得爬上去，落隊的被打落山谷處罰。人肉火車遇到百姓房屋就推開，不管裡頭的人在睡覺或吃飯，所以關牛窩的房屋會移來移去。如果遇到大崩崗，擔任機關車的帕不考慮的跳去，再原地踏步擺手，唱軍歌，隨後跳來的人斷手斷腳，把野戰醫生花崗一郎忙翻了。帕後來跳下崩崗後，接著後頭掉下來的兵，贏得大家敬愛。光練習前進就會死人，士兵想到後退就快發瘋了。好在鬼中佐說，士兵只往前殺，只有屍體才後送。不練習後退，就練習休息，吃飯是最棒的科目。士兵高興的坐上餐桌，看到菜拚命上，快嚇壞了。端來的是木雕花椰菜、牛蒡和海菜，飯是砂子，味噌湯是臭墨汁。鐵齒的帕一口飯配一口菜，放屁不用翹屁股硬擠，飯後剔牙，不忘瞇眼打嗝。士兵認為飯菜是真的，吃了牙齒與舌頭刮花，只敢喝味噌湯，想像那是好滋味的墨魚湯才喝得下。軍中哪能給你偏食，鬼中佐下令要吃完，否則連桌子也要啃完。大家拿出吃奶的力，啃了三天三夜還沒吃完。只要一人沒吃完，全體施以「鬢打」懲罰——士兵面對面站，大力的互摑耳光。哪有人敢和帕鬢打，帕只好打自家，面皮像大鼓一樣鼕鼕響。在苦難、折磨與屈辱後，鬼中佐才慢慢放鬆帶兵的教條，從嚴父轉為慈母的關愛。這是治兵之道，他在戰場待過，有些子彈竟然會轉彎，直截射中軍官的後腦，這說明了，始終苛刻只會讓士兵把槍眼對準自己將官的背，未戰先死。

有一天，帕帶新兵在暗夜練習前進，他們翻過樹頂，游過埤塘、急河和臭屎坑，最後來到塚埔。由於才掛紙掃過墓，菅草被燒光光，數百座的墳墓散落在斜坡，更遠的山頂掛著一輪月亮，士兵踏步去，像收隊返回月宮的鬼。除了帕，他們越走越驚，不小心踩破墳，紺藍的鬼火跳出來，膩在士兵的屁股後頭亂飄。隊尾的士兵嚇破膽了，只能往前跑，如撐跳箱般翻過前一位人的肩，共翻過五十個人落跑。坂井大罵，拿戒心棒揮打，可是眼前的兵年輕腿壯，他哪追得上。隊伍慌散了，大家往前逃，坂井往後瞧，只剩帕一人擺手闊步，比一個中隊的軍人還雄壯，比一座森林的竹子還挺。帕的後頭有著熒熒的鬼火亂竄，他像走在藍花凋亡的地獄。坂井叫都不應，認定帕被稱之為「無緣佛」的孤魂野鬼附身，喊聲阿彌陀佛，腳尖撒影，莎喲娜啦去了。人都跑光了，只剩帕大步走到那個鬼王的大石碑。石碑上頭用小石壓了一疊被雨水泡脹的壽金，他繞了過去，又不對勁的跳上去，扠腰顧盼。月光下，以石碑為中心，半徑五十公尺內的石頭、土壤、草葉都得了毛細孔粗大症，整塊地有微微的陰影。帕用腳抹地，怎麼用力也擦不去粗毛孔，才驚覺那是鬼王用髮簪插出的細孔。他忽然又發現了大石碑上有新字跡，鑿痕淺。他用手去摸，手卻被哪來的簪刺麻了，毛細孔綻開。最後，他的手被一道從後方來的髮簪插穿在地，釘死死在那。

「豎子，這是我的地盤，你休想。」鬼王怒眉，一口咬著帕的耳朵。

帕用另一隻手去摸碑字，上頭寫著「北白川宮之墓」。帕笑了起來。北白川宮是皇親國戚，小學課本上說他是當初率兵從基隆進入台灣的總司令，平息不少土匪。鬼王這麼自大，厚顏無恥，何德何能自稱是民族英雄的北白川宮能久親王。帕笑起來，輕蔑的對鬼王直呼北白川宮能久親王殿下，還跪地叩頭。

鬼王咬牙說：「我沒有名字，也不需要自己名字。北白川宮，我恨不得這逆賊『番王』火速死在這，這是他的墓。」

帕倒是笑不出，默默看著鬼王，任時間之流洶湧的橫過，有一炷香之久。這時候，山下傳來「祝新嘉坡陷落」的歡呼聲。帕對鬼王小聲喊「土匪再見」，拔掉手中的髮簪，吮著血，走幾步後回頭看了一眼鬼王，說：「你有種，好好照顧自己別那麼快死，多注意狗，牠們夠兇。」說罷，帕翻過一座小山，看到庄子有數百人敲鑼打鼓，手提燈籠，把山路燃成大火龍。施放的高空花火炸亮了縱谷，回音久久才消退。天上地下都是光，他大笑也大叫，快速衝下山去玩，不跟鬼王耗了。

大東亞開戰後，皇軍像形容的那樣，如甘霖澆灌了東亞地區，武漢、香港、古阿姆（關島）、緬甸、比島（菲律賓）、蘭印（印尼）陸續陷落。每陷落一國，夠高的帕跑到教室前，用紅筆把牆上的世界地圖圈出陷落區，到處是喜洋洋大紅。每次捷報，庄人上街頭遊行，大唱軍歌，揮動萬國旗。新加坡陷落的快捷在下午傳來，鬼中佐立即在晚上辦時局遊行，化裝慶祝，以紅豆包和紅白麻糬號召小孩來參加。連夜慶祝的目的，是新加坡為英國殖民地，皇軍花幾天就攻下，絕對的聖戰大捷。在夜遊的浩大群眾中，有務實派的警防團大漢仔，他們頭戴厚棉頭罩的防空巾，肩扛救火梯、滅火棒、推著兩輪簡易消防車，左看右尋，擔心落下的煙火渣鬧災，這種歡樂場合也拚命找火救，沒有娛人把戲。要樂子，多虧話劇派的俳優，用牛車輪和麻竹做成大戰車，炮管放入七彩紙屑和乙炔，澆水讓乙炔溶化成白煙。點上火，轟聲，噴出繽紛的炮屑，在眾人一片「砰！終於打到花瑠璃（舊金山）了」的激情聲中，前方牛車拖的竹籠裡傳來男優扮演邱吉爾、羅斯福、蔣介石的哀號。三巨頭紛紛中彩倒地，嘴巴流出大量皂泡，惹得大家笑。最引人矚目的，算是孩子王帕領導的兒童樂園隊。八位小孩半蹲，拳手抵地，幾乎用上唇遮蓋住下唇，鼻子皺成一小團，有的叼菸斗，有的穿裙子或西服，有的刷牙或拿飯碗。他們扮演內地大阪動物園的猩猩「麗塔（リタ）」。麗塔是動物明星，是當時世界上最聰明的動物，什麼都會，什麼人都喜歡牠。十幾隻小猩猩打的打，鬧的鬧，不吝在地上滾得眼冒金星，像從縱谷兩頭滾下來的獼猴進香團。另外，還有十個孩子扮演米、英、支那、高麗、滿洲的俘虜，捆得像燒肉粽，再用長繩子分別串在一根大粿子頂。帕換上將校軍服，身上掛滿當作略綬、飾帶的藿香薊，胸前綴滿了權充勳章的番薯葉。他抬頭挺胸，腳步呼呼，拿著粿木猛轉，小俘虜在空中馳散，努力叫饒。這是旋轉木馬表演。帕走上香灰橋時，高空炸出幾泡的煙火，照亮了縱谷。他看到遙遠的河底有另一組的幽冥遊行，一列的鬼魂前進，搖搖晃晃的溯溪上來，有數十隻之多。鬼隊伍好熱鬧，為首的「鬼王」高有八呎以上，莫非是鍾馗嫁妹的陣仗？帕趁興致好，想去戲弄鍾馗。

帕要下河，得卸下粿上的人才行。玩瘋的孩子卻不肯下來，拉著繩子吵鬧。帕想，自己有陰陽眼能看見鬼，就順著那些孩子沒關係。他故意落隊，趁遊人不注意，一個鷂子翻身落下二十五公尺的溪底，就落在鬼隊後方。帕在河裡很難拿穩大柱，便猛旋轉平衡，讓孩子全都暈了。他定睛看，前方都是一干被打壓的神將，很哀萎。帶頭大神將叫伯公，祂以前的外貌是耳大頭方、笑憨可親，現在淪為地頭蛇，走路頭懶懶，好像走狗。中間的大神將以前叫媽祖婆，現在是女海賊仔，穿得破爛，旁邊是千里眼、順風耳等一干鱸鰻。之後的恩主公不拿青龍偃月刀，是拿菜刀，不騎赤兔馬，打赤腳走；怎麼看，都像梅毒上身的羅漢腳。殿後的是狼狽的城隍爺，印堂發黑，眼袋積滿眼屎，倒是祂的打手七爺、八爺像吃了鴉片一樣瘋狂搖頭。至於那些隨隊的鬼嘍囉則是庄裡剛死的老人，隨風顫抖，扛著掛有刺繡劍帶、桌圍的小神轎，有人擺出破道具卻舞著瘋狂的鬥牛藝陣，有的拿舊的羅傘沉默，一步步涉水。帕更看到死去的劉金福。他拎著用紫蘇糊成的鬼燈籠，無聲無跡。帕很難過，目汁在眼眶打漩渦，感到脊髓液漏光似的麻冷。自從上次看日本書後，帕被劉金福趕出籬笆，已斷絕了祖孫關係。他白天上學，暗時待在練兵場，沒回過家。一個月不見，祖孫如今生死兩茫茫。這時節，劉金福沒走細膩，跌落溪往下流，把二十餘位不敢驚叫的隊伍沖倒。殿後的兩隻鬼隔岸張開藤編的網子，攔下沖來的鬼，卻一併被強大的撞擊力扯下水了。帕兩腳插下水去，敞開胸膛擋河，使出鍾馗救鬼的戲法，一手轉大柱，一手又把藤網提起，抓回不少好兄弟，赫然發現他們都是有體溫的人，不是鬼呢！有兩位老人失蹤，被帕在深潭拉出來，這下真的氣絕成鬼。他們圍著屍體，不敢嚎出聲，怕淚水反光引來巡警或憲兵逮捕，更不能生火，便抱著彼此取暖。帕這才搞清楚，這是附近四庄合辦的迎神廟會，昔日的宗教活動，如今只能在黑夜的河谷方便了。

差點死的劉金福看著帕，呼了巴掌過去。帕倒有些喜歡，隔著臉頰用舌頭磨蹭那掌印。打是和解的開始，他感到那嚴厲的掌痕多麼雋爽。劉金福把噤聲用的榕樹乳膠吐出，說：「這野靈鬼，人不成人，鬼不成鬼。走開。」然後含回乳膠封嘴。老人又扛神轎前進，用紗布裝著在腐爛孟宗竹才長得出的螢光菇，當作鬼燈籠。他們雙腳各綁十斤石頭，走穩急流，也用水掩埋蹤聲。最艱苦的莫過於扮神將的老人。這些俗稱「公仔」的神將由粗糙的舊衣編製，表情苦哈哈，走法狼狽。神像過於高大，重心差，往往走幾步就給溪石絆倒，不只跌個狗吃屎，也成了落湯雞，但是他們跋起身，堅持前行的毅力，就像關牛窩溪那些不分年月溯溪前行的小毛蟹和鰍苗，如此動人，再強悍的溪水都撲不倒。幾里的溪途，有老婦沿岸設桌跪拜，在家畜受日警配給下，牲禮用瘦小的斑鴿蛋和貓頭鷹代替，也不能燒香燒金，拈筷拜即可。

老人完成遶庄巡境，走出溪水，循小徑前進，衣服漸漸被體溫烘乾，最後來到塚埔的竹棚演出酬神戲。沒有歌聲，必要的八音彈奏，用吹葉片、撞石頭和鬥蟋蟀聲取代，以大自然的悲奏配樂。帕隨之跟來，歪歪倒倒的走，坐上大石碑看表演。荒暗處，鬼王從竹林爬出來，嘴叼髮簪，他來到老人面前，像雲豹吼出的一陣陰風把他們的毛細孔吹綻了。老人顫起雞母皮，卻沒寒意。忽然間，山下又傳來遊行隊的高呼，施放的花火炸亮天空，也照亮神轎內一罈被鬼中佐燒毀的恩主公神灰。祭拜後，老人把神灰分批用符誥包好，放入鐵球，塞入屁眼，躲過日警的搜查。藏好神灰，老人放心的大哭。天空中，又有幾朵花火炸開，冷清塚埔亮出數百座的熱鬧墳墓，人鬼分不出了。帕拿的大柱上的孩子被炮聲嚇醒，看到詭異的地獄風景，失心瘋的大哭起來。

絆倒火輪車的九鏨頭

一九四二年春天，日軍七天內攻下英軍的東方要塞新加坡，將之改為「昭南島」。聖戰大勝，關牛窩進入瘋狂時期。鬼中佐下令戶口清查，要所有人投入奉公，有手動手，還不懂得用手的小孩喊口號。不願奉公的，得受軍法審判。經過調查，全庄只剩下劉金福沒投入奉公，鬼中佐下令逮捕。帕連忙請求，願意代替自己的祖父做十人份的奉公。因為帕知道，日本人敢踏入籬笆，劉金福會拚個死活。

鬼中佐不理，祕密的派兵去抓人。三位憲兵荷槍，沿著風聲和蟲噪層層掩埋的山徑，沒有太多迷途，來到神祕小國的竹籬前。他們看到一位老人打赤膊，只穿寬鬆的水褲頭，喃喃祝禱上香後開始今春的種菜。他這麼老，沒有軍國文明薰陶，過著自己的老帝國生活，尤其那又長又硬的髮辮子，在陽光下發光。憲兵推開籬門，還沒說明來意，只見那個老頭暴怒的斥吼，舉起鋤頭揮過來。憲兵發現話說通不了之下還是暴力最能溝通，撂倒老頭，把他的頭摁在新闢的壟土。有幾隻雞鴨撲了過來幫助劉金福，憲兵拿刀劃。畜生被割落的頭在地上叫，身體卻飛在林間亂撞。劉金福見狀，大吼也剁下我的頭呀。然後，風來了，從遠方來，伴隨轟隆隆的震動。憲兵看去，山下一道風竄來，行過處的樹葉都掀飛了。一位憲兵睜大眼的說，那是鹿野千拔跑來了，小心，要是他，會從後頭踹人，我們屁股靠著就踢不到。沒說罷，一陣地動來了，三位憲兵伴隨著喊叫，當下飛過籬笆倒栽在草叢。

當然是帕來了，迅速回到久違的家阻止。他兜了板凳，拍在門前，一腳擰個稀巴，對三位憲兵大吼，看過廢柴吧，跨來的會像板凳趴爛。鬼中佐的命令，鬼中佐的義子抗命，憲兵無奈離開，帶回五十位的兵支援。他們擔心成了爛凳，圍在籬笆外，用帶掛勾的大繩拋去，把竹篙屋勾出來。帕來不及反應，木屋跑出界了，他又跑到大門坐，說歡迎跨進大棺材。士兵們又想出辦法，他們掀起木屋的四角，大力搖擺，把屋內的人倒出來。桌椅、衫服、鍋碗亂撞了，碰撞出巨大聲音，連灶火都暈成了水狀到處流動。帕關上大門，逆著鍋碗形成的堅硬河流，奮力泅去，兩手攬柱，雙腳扣住劉金福，把人緊緊的囥在屋內。不過劉金福對帕的伸手不領情，撕開衫服，溜出門去，對士兵說：「我自家會走，誰人碰我，只能扛去一條死人。」帕連忙翻譯說：「敢碰歐吉桑，我拳頭服侍他。」劉金福接著說，他要吃飯了，吃飯皇帝大，吃飽後要怎樣處置都行。帕聽到有好東西吃，充血的舌頭差點噎昏自己，結結巴巴的翻譯：「我們吃飯了，你們流口水吧！」

劉金福殺盡籬內的子民們——八隻雞鴨，有的先被憲兵砍掉頭了。帕懊惱起來，雞鴨在夢裡可以乾過癮的吃，實吃就沒影了。劉金福又摘光菜園，砍倒一棵山櫸做出更多碗盤，還從土裡挖出私匣貨——兩斗發黃生蟲的米。帕樂翻了，原來老暴君還能從骨頭擰出好貨，殺雞宰鵝，炒菜煲湯，好彩的都掇上桌了。兩子阿孫撇去斯文，放勢吃了，兩手是筷子，直截挖到嘴斗。劉金福吃幾口，佯裝衝出個飽嗝，自嘆胃真小呀！他剔完牙，吃淨牙籤尖的肉渣，才看著帕吃。帕要劉金福一起吃，用嘴的功夫用看的是不行的，不過他的嘴塞滿了菜，只好對劉金福比了猛扒飯的手勢。劉金福要帕緊食、緊飲、緊流大汗，還從屋角挖出一罈香酒，要他也嚐嚐長生不老的祕方。帕喝完了香酒，把殘餚再吃一回，咬碎骨頭吮出髓汁。他的腸胃飽滿，整件皮囊灌足了鐵漿似快活。很快的，他發現酒在體內暴動，自己控制不了。酒衝斷了筋脈、撬鬆關節，把骨頭悶軟，內臟也像在沸水中跳動。那種香酒由劉金福偷加了大花曼陀羅的汁液，有迷幻麻痺的效果，飲上毒液，目珠會放大而竄火花。砰一聲，帕感覺自己醉成一攤爛泥，滿桌糊塗，把鍋碗擠落地。帕中計了，劉金福徹頭徹尾就是要醉他。至此，劉金福用纏頭綁好頭髮，擐了草蓆，打赤腳，到菜園把旗繩扯斷。目送國旗隨風消失在天空，他才隨憲兵從容下山，像是過家聊去了。

五十三位兵帶劉金福到公會堂大公審。公會堂鬼灰灰，四周湧來的村民快把房子擠扁了，憋眼憋氣的看戲。公會堂是村民聚會、宣導政令的場子，還有一座上頭橫掛著萬國旗子的半月形舞台。有麻雀在堂裡飛，叫聲把空間盪得忽遠忽冷的。鬼中佐坐上藤椅，前有桌子，一疋從氣窗射下的光讓桌子發亮，湧著鬼亮的埃塵。不多時，日光走了，桌上露出一把牛胺鞭。牛胺鞭是牛陽具乾製的，堅硬無比，早給日光暖得勃起，夠長夠脹。

鬼中佐對劉金福說：「歐吉桑，我給你最輕鬆的奉公，每天在屋外撿起一顆小石，再放下即可。不然，給你當上保正，就連撿石頭也免了。」

「今晡日要我低頭，明天要我彎腰，我的子孫最後只能世世代代爬下去。要我做官，你等靚吧！等到鬮牛窩落大雪。」劉金福說罷，把背上的蓆子抽丟到跟前，意謂寧願死不屈。

不做奉公，得依法受牛朘鞭四十下，坐監二十九日。劉金福說：「要打，我自家來打。誰來碰我，只能打到一條死人。」經過翻譯，鬼中佐把牛朘鞭扔出，落地上。劉金福捻起，不願在掛日丸旗的公會堂自懲。他走到馬路，面仰青天。日頭朗朗，雲緣暈出絲，天藍得像低掛的鏡子，劉金福彷彿看到鬮牛窩倒映在上頭，一切不會更好，也不會更差了。他往自身鞭笞，打得狠勁響亮，滿身都是瘀裂和血爆，幾乎可以說明憤怒與意志力讓神經在他身上失去作用。村人幫忙算鞭數，越喊越小聲，終於算不下而哭了。劉金福接著吼聲算下去，過二十九又從二十算起，要用極蠢的算數示範精神的高度。算到第三回的二十九下，他雙腳站不穩，便把纏頭扯開，讓長辮子垂到地上。「支那辮子，那是豬尾巴。」孩子不禁大喊。劉金福把辮子在脖子纏七圈，坐地上，抄起一塊尖銳石頭，用那削起硬皮的腳板，直到血肉泥濘，再同樣處理另一腳。他跋起身來，用鮮血和爛肉當作強力的漿糊，把腳板黏死在路上，還試試牢不牢靠。他這才高高的舉起牛朘鞭，重重把鼻樑打斷，大吼第二十下。又慢慢的舉起牛朘鞭，遠遠把門牙敲崩，大吼第二十一下……

在深山山屋處，中毒的帕仍是地上的一攤廢肉，心臟在皮囊裡游竄，心跳每分鐘兩百下以上。當帕看到劉金福降國旗，擐草蓆離去，就知道神祕小國從此熄燈了。他這一去，決絕的，是和日本人輸贏。帕要去救他，不惜任何代價，但得先把骨肉變硬才行。帕流來流去，流出房子，癱在菜園的番薯藤上曬日頭，汗水冒不停。這樣太慢了。他流回灶下，把自己塞進爐灶內，大口吃火焰，讓火在全身跑來跑去。怒火燒淨了衫服，把皮膚舔破，他身體熱死了。酒精漸漸蒸發，帕在痛苦中清醒，手腳像剛蛻蛹的蝶翅慢慢展開。砰一聲，帕踹出了手腳，土灶炸壞了，鍋子衝破茅屋。由於骨肉很柔軟，帕只能裸著身爬。他撞翻了衣櫃，爬進了一套舊衫穿上，蜷著身體滾下山。滾久了，帕的骨頭硬起來，一個風躍，落地後用四肢跑。又過了數百公尺，他用雙腳朝著村莊跑，朝聲音都流不出的稠密人群去。

當帕推開人群時，劉金福怒吼出「第二十七下」。劉金福的腳黏死地上，倒地後迅速彈起身，活像俗稱「阿不倒」的不倒翁。有人告訴帕，你家的歐吉桑自打了百過回，可是算數不行，老是算不過三十下。於是當劉金福舉鞭又打時，帕大聲吼出「第四十下」。劉金福愣的停下動作，沒回頭瞧。他緩緩的透大氣，鼻孔呼出血泡，隨即又自打，這次村人學帕不斷的吼出「第四十下了」。劉金福這才臣服眾聲的垂手。他身染紅血，目珠也是，露出血紅的牙齒說：「打完了，我在這坐圄仔（監牢）。」他用漿滿了血的牛胺在周圍劃一圈線當「血牢」，約四分之一張榻榻米大。鬼中佐先是震懾，然後大笑，派五位憲兵架起高台監管，要是犯人踏出半步，儘管開銃。一位士兵受令，打燈號給山腰的高炮隊，再轉信號給火車的引導車駕駛。縱谷末端有了回應，火車鳴笛，奔向關牛窩了，擋路的劉金福死路一條。帕走到牢前，伸手幫劉金福捽血，卻痛吃了他揮來的牛胺鞭。劉金福血眼大瞪，看清眼前的是帕，掏出口袋的一枚佛銀，說：「你做日本人去，我當唐山鬼去了。不過，你是我的孫仔，這『手尾錢』要細膩的囥起來。」劉金福打斷手骨顛倒勇，對帕交代後事。他說過身後，要帕挖下他的右眼，掛在關牛窩最高的樹頂，生已不能，作鬼也要看到四腳仔退出的一日。他又交代，他過身後，包了草蓆直立下土，這塊田地他躺不穩，直到四腳仔退出關牛窩才把他橫埋。劉金福話講煞了，動也不動。無論帕如何使力，都拉不起劉金福的腳。

賽夏勇士帶著頭目獻計。泰雅獵人揹來了巫婆幫忙。巫婆看著有神人鬼特質的帕，興奮得像獵人看到角有五個分岔的大水鹿。她把手指頭咬破，滴在血牢上，用血和劉金福的血溝通，答案卻很害羞的只對帕說：「他的血根往下長，腳板生根了。」最後巫婆紅著頸子，害羞的重複說：「我只能燒死血根，讓血根不再長下去。」說完暈倒。旁人叫不醒她，帕一摸就跳起來。醒來的巫婆搬手法燒劉金福的血根。賽夏頭目則派人去擋火車。三十多位勇士拿了鋤頭，抄小徑去。還是帕風神，搶下其中的一把鋤頭，跑得影子沒滓，風景才糊，人已狠狠的往火車揮去。鋤頭頓時脆成火沫，火車還是火車，連山都能撞出隧道，怕鋤頭不成。帕繞到車尾一把抓住鐵板，赤腳向下杵去煞車。馬路滾出一大霧的泥灰，帕的腳板也滾出血花，他感到一股巨大的痛麻從腳底殺上來，衝到喉嚨，上擠的龍骨快把腦殼頂翻。帕痛得放手，翻了幾十輪圈，順勢蹦跳後，再度抓到車尾。帕攀上最後一節車廂，腳痛得站不起來，便爬過兩節車廂到了車頭，大喊停車，不然要機關士和機關助士下地獄去。

「打死我們也沒用，死亡還是會撞上歐吉桑。」機關士逆著風，說：「我們死了，還是會有另一批人來開車，只要你阿公站在那，永遠會被撞。」

機關助士趙阿塗說：「你爬進機關車裡，去撞一個增加蒸汽壓的『膽囊』，能放慢車速。」然後丟出一套專洗鍋爐的厚衣，能防火熱，他又說：「那是地獄，穿上這衫服。」

地獄也得去。帕穿上厚衣服，用車間的水打溼身體，沿車頂爬到前頭，轉鬆三岔把手，打開一個像豬鼻子的絞蓋。焰熱擤了出來，溢出滔紅紅的光芒。帕躐進去，熱空氣嚴重的變形，他成了迷路的無頭蒼蠅，溼衣很快的迸出雲朵，最後著火了。他扶著熾熱的汽管和煙管前進，在手燙熟前找到了膽囊——說不出是什麼樣的燙鐵塊。趁鐵獸忘情的高速運轉，帕重拳捶下，就如機關助士說的，火車因為受驚而暫時麻痺，減緩運轉。帕這才鑽出來，猛打噴嚏、流鼻水，冷得快沒魂了。這時賽夏勇士到了，趁車速慢跳上前窗趴滿了，要遮去火車眼睛，讓它瞎停。然後又來了小孩和三十人的挑擔隊。挑擔隊把籮筐與自己放上車，要壓斷火車。他們還抽出丁字褲布條，綁上鐵勾，丟到路旁要錨下火車。小孩放石頭要絆火車，用竹竿插鐵輪，喊出無頭鬼的恐怖故事要嚇昏車子。火車要是怕鬼，就不是鐵打的，越是煩它，越是發火往前跑。帕知道，唯一能解決問題的剩下詭計最多的鬼王了。

帕跳落火車，跑到塚埔地。土墳這麼多，帕找不到鬼王這下睡哪張床，他大力的跺腳，這時是白天鬼不出來，躲得更深。帕打通一根麻竹的節，插入土裡聽鬼王獨特的動物鼾聲，在某座墳找到。不料，墳隙鑽出一隻揉眼的穿山甲。帕好失望，失去耐心了，這時忽然想到點火燒溼芒草的方法，大口吸草煙，從竹管吹入地底。濃煙在地下竄，整座墳場冒煙，傳出鬼王咳嗽聲。帕把竹管插上那，把鬼王鎮住不動，免得逃出來給夕陽曬到中暑。帕開口說：「日本人攻來了，開著大鐵怪快要輾死人了。」鬼王立即打斷：「那叫寇賊。」接下來，鬼王每次糾正帕不斷說出的「日本人」。等到帕好不容易講完始末，鬼王勃然大怒：「下三濫的玩意，無奈我何，帶我去治治寇賊。」鬼王爬進尿臭的竹管，要帕帶他下山。誰知他死前身中的銃彈還卡在體內，子彈剛好裝滿竹管，就沒魂體的餘地。帕拿大銃來，夠氣派也夠豪華。鬼王會認床，還是躺進這鐵棺比較舒爽，棺材是自己的好。

另一方面，巫婆帶領下，大家砍柴又提水的要煮劉金福的「血根」。他們先用鐵絲在血牢鑽下無數的細孔，灌水進去，再放燒紅的石頭。細縫裡的水很快沸騰冒氣，把劉金福的血根燙死。村人往劉金福身上套了粗藤，百餘人使勁拉，要把他拔出血牢，不怕憲兵開槍。被槍打死全屍，抵過火車撞死一攤肉。高台上的憲兵怕瞄不準，乾脆站在牢外，五支槍口抵上劉金福的心臟和腦袋。無論大家怎麼拉，劉金福不動如山，眼皮都不眨。大家再用一次「水煮血根」，直到他的腳板鬆動了，再拉拉看。

黃昏了，帕翻影上山崗，跳到公會堂前一片炭亮，有數百人舉火把，像濃稠潑光的熱麥芽糖。劉金福黏死在中央，面向北方。北方傳來車吼，不顧一切的南衝，怒迸的燈柱在山谷凌亂的撥跳，一刻後要把人轟成肉餅。帕起風跑，來到公會堂前的血牢。大家說有救了，因為帕用粗藤綁了一尊大鐵銃在背上，要用它轟爛火車。但是心情來得快，去時更慘，他們發現大銃鏽裂了，別說開火，就怕多誇幾句就震碎了它。帕用十字鎬挖，把地牢挖兩公尺深。照鬼王的暗算，攔不下火車，人藏入地底便可。劉金福知道帕的用意，不客氣的拿牛鞭阻攔，先把那尊大銃打成鐵粉，再下去是打人。帕的背又流血，好不容易硬起來的龍骨又鬆動了，快被打成客家糍粑。

好多村人看不下去，流淚對劉金福：「古錐伯，打死你孫仔，也死了你的活路。」他們摘下花瓣、草絮拋去，要掩埋劉金福的怒氣。

忽然間，帕跪落地，先牙研目皺的討棒子打，才能耗掉劉金福的怒氣。劉金福不客氣的打。帕挺身轉背，哪塊是白肉，送上門打成紅的。他最後敞開胸，那被火糟蹋的血肉不是黑的，就是爛糜。劉金福得了方便，照樣牛朘揮去，一棒打斷帕的左手臂。「啊！」帕輕輕的笑，抬頭看著祖父，他已盡力，如果生死注定了就讓訣別的手勢成形吧！這時節，劉金福看到帕無慍的雙眼，純潔得像大蝌蚪，游在飽滿的目汁。劉金福想起上一次看到帕流淚，是帕人世回魂。那時帕出生後一個月內不吃不喝，甚至不想呼吸，拒絕活下去。劉金福用盡辦法才把嬰魂喚醒，深記他轉魂後的嚎啕淚水，不哭則矣，哭則天雷地動。如今帕夠壯，夠有膽跟日本人混，目珠仍像孩子。劉金福想，怎能打小囝仔，小囝仔懂什麼。劉金福鬆手，朘鞭咚嚨響地上。

天給的時機。帕拾起了十字鎬，一嘴嘴的啄地，一泡泡的濺土。村人也用鋤頭煞猛的挖，鐵鋤挖鈍了，手臂也唉唉痠。鬼王趴在地，伸手到土中摸出血根的結構，然後貼上帕興奮消化的肚皮，說：「有救了，把東西吐出來。」帕難得吃這麼澎湃，不捨的摳喉嚨，把糜狀菜飯吐在血牢。吃越多，胃酸分泌越多，強酸會把泥土腐蝕。村人來幫忙，掏舌根，伏在地上吐胃液，泥土地像著了火的往下陷落。

地牢才挖陷兩呎。劉金福寧死不折，強強把身體露出來。再挖也赴不及，帕聽從鬼王的新計畫，對大家喊：「你們緊走，把火車趕快點過來。」村人撤到路旁。火車來了，汽笛嘶鳴，聲音近得讓人心肝也蹬蹬跳。火車裡外塞滿百餘人，大力跳腳要壓爆它，後頭用繩子拖了五根大圓木，沒壓癟半個輪胎或把它拖得半死。火車翻過山崗後使性子往下衝。這時百餘人得到訊息後跳落地，劈斷拖木繩。有人推車加速，有人拿棍子猛抽十顆輪胎，因為帕要他們把車再趕快些。他們深信帕有暗算，一切交付各自的信仰，只在車頭紮上稻草，劉金福好命的話被撞死也不難看。火車沒重擔，煙囪暢快的噴肥煙，迅捷的連桿成了軟鞭，猛抽輪子不放。鐵輪唰唰喊苦，齒輪軋出淙淙的花火，落地成了鐵屑。這時候，鬼王用右手抽出自己的左手臂以為劍，當武器殺去，雞蛋碰石頭，頓時被火車衝成一片死亡的黑煙。反正他會復活，又賺到一次經驗。

可是活人不會復活。火車在縱谷跑，彷彿從炮管射出的鐵銃子，要把兩子阿孫撞成了骨粉。「你目珠擘開，看真來。」帕在後頭，他手斷了，用另一手死捉著劉金福的褲腰，又說：「我們不是活著穿越過去，就是死。」火車撞來，帕默唸自己隱晦的全名，全身攢滿氣力，單手把劉金福拔上了天。

劉金福飛了，岔開手腳，飛過最高的煙囪。機關車不是迎面來，是從胯下爬過，黑煙衝散了他的辮子，散成了碩大的黑翅膀。他是鳥，黑色的唐山大鳥，在那迎風揮翅，瞥到縱谷口最遠、最靚、最餘末的落日，整個焚燒的地平線從晚霞那裡沿著綿延的山路流到驛站，讓觀眾的眼神發光。死亡不在，他落下時，濺起村人的歡沸。而帕在拋起阿公後，順勢後仰，擠入小小的地牢。他看到高速的火車底盤化成風，像強颱吸空一座森林的藤葉，吸起自己的頭毛與衫服，一切失去引力，連汗水都飄起。帕也慢慢飄起了，攤手靠近那鋼鐵，要被吸入急流了。忽然間，火車唰聲過去，隔闋沒了，天朗了，風靜了，劉金福從碎密星子的夜空飛落，手張得天大地大。帕原地接著，這兩子阿孫又睹著了。

帕把牢圈往下挖兩公尺，給劉金福跕落去。洞上用木板釘死，防人跌入，也防他蓄意探頭被火車斷了頭。吃喝由帕照三餐送，拉撒就屙入夜壺，定時由帕倒掉。劉金福的硬頸個性，刑期滿也不願做奉公，一坐就是兩年牢。他每天看著木板縫塞下好瘦的光，由西側走下，再由下頭移到東邊，一日就結束了。晚上，他可以掀開木板，算著牢圈上的星星。天淺淺的轉，星雲像安馴的羊往西牧移，星子流進地牢上空又流走，看得讓人累呼呼睡。待劉金福睡去了，帕搬來小屋，壓在地牢上頭陪伴。在清晨變天之際，帕會在熟夢中遙見海浪不怠的沖海岸。他驚醒了，浪聲從地下傳來呢！透過地板縫，他看見劉金福刨下泥牆，貼到另一邊，發出浪聲。就這樣一釐釐剝泥皮，挖東牆補西牆，地牢以不為人知的速度南移。看守的憲兵發現異狀，用三公尺的長鐵釘下在四周。瘦成影子的劉金福照樣擠過鐵釘，繼續挖。沒逃獄，只有監牢移動，憲兵任其發展。然而劉金福崛起的聲譽像地牢奇異的移動速度，逐漸在附近的聯庄傳開，綽號從死硬殼、老古錐，最後成為「九鑿頭」。九鑿，青剛櫟也，生長慢且質堅，是火車枕木的首選。九鑿頭即樹根頭，是樹最堅硬的，意謂「壓不扁的枕木」。而九鑿是有九層皮的異木，無論剝之、燒之、砍之、劈之、燙之、鋸之、刺之、削之、啃之都不死，唯有不斷摘光葉芽折磨至死，才能用斧頭鑿倒使用。憲兵想盡辦法要摘除劉金福的「葉芽」，趁帕不在時凌辱，慘拔頭髮或脫盡衣服，都摘不掉「嫩葉」，想像力的破解比殺人難多了，只好放棄。不少老人幹了這輩子最大膽得意的事，是趁守兵不備或暗晡時，爬近地牢投下幾把的九鑿籽。籽滾進洞或者散落周遭。種子有硬殼，九十噸的機關車壓不碎，反而嵌入土中發芽，讓地牢周圍拱成小森林。接著的半年，地牢和小森林移動二十公尺，又再半年後，移動四十公尺，向目的地——瑞穗驛的路燈下挺進。

每到日頭落山，庄子唯一的路燈運作了。這燈泡瓦數夠，稱「電火球」，比一般家庭號的「電火珠」亮多了。割眼的迸亮，光芒讓附近的植物趁夜生長，像一座大森林。燈光吸引附近十公里的動物。上千隻的蟪蛄棲在木電桿，這蟬的集體噪聲嚇死人，有人因此耳聾，有人的目珠被震破了。用棒子敲電桿，牠們嚇得撒泡尿後疾飛走，在天空繞幾圈又回來，把燈光攪濁了。蜻蜓、瓢蟲、蛾類也飛來，拖出上千根的鎏金之光，吸引蝙蝠和夜鳥奪食。地上跳來數百隻蟾蜍，張嘴就塞滿掉落的蟲仔，也被人踩成屍乾。光芒也是娛樂的媒介。大人們跕在地上賞燈暈，抽菸喝酒蹺二郎腿，聊五四三的。孩子全聚在這打鬧，在戰爭氣氛的烘托下，男孩愛玩英勇殺敵的遊戲，拿刀槍追來跑去；女孩持家，扮家家酒最好，要多捏一些泥娃娃增產，將來去打仗。但是不管男女，他們喜歡混合玩一種名為「爆擊重慶」的遊戲。

這由來是日軍轟炸機花五年的時間爆擊中國的陪都重慶。這種融入死亡的遊戲真迷人，吸引孩子去探觸自己未來的命運。遊戲由作鬼的孩子趴在電桿上，被人逆襲拍肩時，得回頭喊：「一、二、三，重慶大爆擊。」這時躲空襲的孩子趕緊跑開，選好所在撲地，慢一步則死。這遊戲是「一二三木頭人」的源頭。路燈也是課堂的延伸，他們在這寫完功課，順道畫圖。有些圖充滿時代氣氛，把皇族畫成在雲端的神明，天皇撒櫻花，皇后丟下粉紅色的石竹花。落花變成炸彈，把地上穿草鞋、揹鍋子的支那兵炸了，在半空中撐著破傘。當他們不玩「爆擊重慶」和畫圖時，抬頭呆望電火球，蟲子飛來飛去像小型空戰。耐打的金龜子永遠是皇軍飛機，摔死的飛蛾都是米機，還被小腳踩個稀巴爛。孩子總會扠腰，以邪惡的哇哈哈笑聲，用石頭擦去腳板上的蟲屍，然後仰起頭，因一盞路燈而感到幸福，讚：「這是全世界最棒的小星星。」

關牛窩的末班車是在晚上八點樂烘烘的發出，隔早七點入站的首班卻常常帶來壞消息。早上安靜得很，輕便車載送糖膏、稻米等物品，車伕傾力推動，呼喊聲膨脹四周，在山壁節奏的迴盪。稍遠處，黃牛在蔗房拖動了碾輪榨白甘蔗，不時哞哞叫，不時磨嘴反芻。蔗汁熬成糖膏，煙囪冒出香甜的白煙，往南盤旋、繚繞與消失，五公里外都能嗅出令人骨頭酥爛的甜味。火車被甘蔗味引來，沿途打落各種的花樹，特別在轉角處，紫苦楝、白桐花、綠烏桕花落滿地。那些報紙就貼在火車旁，容易被樹枝打爛或染上碎花的容色，甚至沒黏好飛走。當火車鳴笛進站，不少人趨前看。破報紙總是不完整，但完整的消息會來自最遠的南太平洋戰場，變化多端的戰況得用陌生的古漢詞才夠形容。有天，頭條有詭異的「玉碎」兩字，有種壞預感，看完新聞便知道了：在名為阿圖島之地的數千位皇軍遭米軍逆襲，寧死不屈，在短短幾天體驗了極限沸騰的憤怒、無助、吼叫、痛苦，連噴出的血液及淚水都澆熄不了，悉數陣亡。寧為玉碎，不為瓦全，人全死了叫「玉碎」。村人擔心起自己下南洋的子弟兵。

有幾回，帕和一些人徹夜坐在站內的長椅上等戰報。時鐘滴滴答答走，在大廳寂寞迴盪，像戰場的士兵走過長路回鄉報信。陽光從窗隙落下來，火車轟隆到站，報紙沾了露水而黏糊，更夾雜血味的消息：塔拉瓦島、馬肯島守軍被殲滅。玉碎、玉碎、還是玉碎。年輕人唱起悲傷的歌曲：「海行兮，化成水中的國魂；走向群山，化作草掩的鬼雄，一切為天皇成仁取義。」第三次玉碎消息傳來，帕割指頭寫血書，照著報紙上鼓勵從軍的言詞抄幾句，要上呈鬼中佐。可能是水喝太多而血較稀，下手就暈開，還寫一堆錯字，塗塗抹抹太多了，最後氣得乾脆在白布上塗出了日丸旗。旁人被那種豪壯的繪圖激得直呼**大和魂**，讓帕感到自己真行。一呼百諾，不少年輕人捲袖子模仿，也忍痛失血畫國旗，並真情寫篇血書，表明不要待在**銃後**（戰火後方），願到前線擊斃被他們痛罵為「鬼畜」的英美聯軍。四十八封的志願書送到鬼中佐辦公室。體格夠的都進練兵場報到，帕什麼都有，只有年紀不夠。他站在鬼中佐家門前三天，不願離去，表達抗議。第四天，鬼中佐再也無法用年紀不足為由勸退，靜靜說：「千拔，你是我的兒子，而且練兵場需要你，需要能號召的班長。」

越多士兵入伍，首班車得加掛車廂，速度變慢，得誤點到九點才進站。等不及報紙的人，跑到五公里外等消息。九點將到，遠遠傳來雄壯的軍歌，一百位年輕人在三公里外的火車上高唱。車站這頭的人也唱和，等兩股歌聲交盪時，帕會舉起廣場上的半噸重石頭，朝地上摔出巨響，向車上的人證明這玩意不是膨脝的，而他也是。他喊：「我是軍曹鹿野千拔，你們的教育班長。新兵注意，滾下車集合。」沒有不歡呼、不服從的，年輕人排隊進入練兵場，學習真前進、吃假飯，練習刺槍術、打靶和無盡的體能訓練，等到六個月後他們有帕的萬分之一厲害，坐上晚間的火車離開。送行時，車站湧入無數歡送的人群，數百位士兵坐上五節車廂，朝左欣賞舞台上的俳優演出。話劇時間到了，舞台掛上繪有**新高山**（玉山）的布幕，旁邊分別插上幾株的桃花。桃樹時稱「櫻桃」，歸順為櫻花的嫡系，老人則譏笑為「皇民樹」。話劇開始，一隻山猴穿武士裝、拿武士刀，腳蹬木屐，頭箍一條有日丸旗的白布條，跳上跳下的輕盈。台下的孩子激動鼓掌，大喊孫悟空來了。又上來了一隻野豬，穿相撲手的丁字褲，鼻孔拱開，走路大外八，大手揮出銀亮的鹽粒，不時朝觀眾祈福。「豬八戒加油。」孩子們大喊。最後上來隻穿破襖的黑水牛。孩子大喊，嘿，支那大憨牛。牠揹著大鑊和一把破傘，腳著草鞋，頭頂斗笠，說笨就笨到蒼蠅黏滿臉還說是芝麻了。孩子趕快發出噓聲，大喊：「支那兵，滾回去。」三隻動物相見，吵得刈刈惹惹，只好冤家相打，差點拔掉對方鼻子。野牛功夫差，但耐摔、耐撞，打不死，最後由山猴和野豬連手打敗。這齣戲叫《西遊記之大戰牛魔王》。最後，來了位穿紅衣、踩短高蹺的俳優，他鼻大眼大，皮膚在路燈下慘白嚇人。他們不知道他是西遊記裡的誰，卻懂得拿石頭丟，直罵：「鬼畜米英，鬼畜。」這戲碼叫《西遊記之大戰紅孩兒》，還等不到孫悟空、豬八戒上場，戲台被丟來的石頭壓垮了，第二天得重建。戲演完，帕從恩主公廟的舊籤筒抽出一根籤棒，報出上頭的軍曲名，通常都是〈海軍進行曲〉之類的雄渾曲。觀眾唱軍歌歡送，大力的搖動日丸旗。遠行的士兵很激動。

那時節，地牢已經移到路燈正下方，天窗被進站的機關車遮住，熱氣、炭屎渣和澎湃的汽爐運轉聲掉下來，只有劉金福這種對理念執纏得近乎著魔的人才能活在這些鋼鐵的嗚咽聲中，且培養情趣。他原本抗拒這種日本怪械，但越要遺忘，腦海反而全落入那種影子。火輪車，比夢還要頑強的佔據了他。於是他接受它，並想像車聲的美妙。他想像，運轉聲像春雨，酥潤的落下，森林撐起的地平線微微發光，每片葉子承受了雨滴，大地慢慢溼了。再仔細聽，又像一種時間離去的愁響，摻點毒，聽多了還戒不掉，他咬牙握拳，咒罵自己，怎麼會沉迷這四腳仔的玩意，甚至撞牆好把腦中的魅音流出來。最後劉金福用九盩葉塞耳朵，安靜多了，但玄妙的機械會勾引他看。他安慰自己，一天只看一次，但是看完一次得花上一天在想。從此他邊罵邊看。車盤下拴了大小不一的齒輪，尖齒互相嵌咬，俐落得很，精密度不下於兩座小人國的士兵在殊死決戰。齒輪能儲存記憶，把車頭的速度和轉度暫存，依序傳到後頭的每節車廂，整班車能安全運轉，成就了無軌火車的奧祕。趁火車進站，一些打死也不說日語的老人朝車底丟九鏨種，整把的抛，不少種子彈得高而掉入齒盤。劉金福看到種子從這大鐵盤遞到另一個小鐵盤，又從小鐵盤跑到鉸軸，大叫，好，夭壽得好呀！那些平日看得眼花的火車腸子，藉種子的消化，他看通了。但是堅硬的種子會害火車胃潰瘍的。有一次，種子卡在齒輪，齒片鉸裂了，火車鬧肚疼，車廂在離站後的第一個轉彎「脫路」。從此驛伕仔在發車前，仰趴車底，舉火把照，在齒輪和潤滑油構成的經絡中找種子，直到放出訓練過的松鼠巡邏，才叼出那壞東西。時日一久，九鏨籽在牢邊爆芽，比火苗竄得快，劉金福要摘除惱死人的樹枝，才看到火車底。在送行歌聲的高亢處，民眾高揮的日丸旗遮去了燈光，劉金福只看見地面全是透下的大紅光，染了血似的。火車離開不久，天窗透亮了，他看到一盞刺眼迷濛的路燈，把地牢照滿。

這時帕扛著小房子和助手坂井來了，伴劉金福入眠。坂井拿掃把，揮打空中飛的蟲子，抱怨台灣的蚊子和雜草多如牛屎，人遲早生瘧疾。「七竈桑，試試看樟樹葉。」坂井從口袋拿出一把葉子，對劉金福說：「對付蚊子最有效。」

「七竈（ななかまど）？那是什麼？」帕從小屋子探頭。

酒蟲上腦的坂井賣個關子，拿出一瓶燙過的清酒，得到帕的允許後，打開瓶蓋喝。又從口袋裡掏出幾個紅柿子，一口燒酒、一口紅柿，還說**本島**人（台灣人）教他這樣吃會很爽，冷風吹不死，冷水潑更勇。

帕看得直誇：「爽爽食，煞煞（快快）死，不怕冷風吹。」帕用客語說，反正內地人不信這套。但是，坂井聽到「死」字了，原本大聲啜軟紅柿，嚇得柿肉從鼻孔噴出來，像爛屍肉。帕見狀，真是哭笑不得，便大聲說，我是問七竈是什麼，你不是要說嗎？

坂井聽到主子有求了，自然喝口酒，來一段家鄉的「最上川」情歌，氣氛暖了，把情感綻放了。末了，又喝口酒，罵太棒了，才說：「七竈是我家鄉的怪樹呢，夏天開白花，秋天結紅果。那樹真硬，鹿野殿，可比你的骨頭還硬，你不相信？它得用七個竈的大火燒才能燒著，才叫『七竈』。有錢人的房子、神廟的鳥居都會用七竈蓋，雷也打不壞呀！這麼硬的樹要做木炭，得花一百零一天燒，才能成炭。奇怪的是，這木炭白色，剛開始時起火很難，一旦著火了又能燒上七天七夜。這怪木頭，倒是跟歐吉桑的精神很配，對吧！」說罷，又是半口燒酒配上半口柿肉，發出吸拉麵那種唰唰的聲音。他最後臉像被人踩爆殼的蝸牛，五官糊了一攤，鼻翼抽，喉嚨響，倒下去睡個天亮再說。

坂井的鄉音濃，清濁音黏一塊。帕半懂半猜，知道個大概後便打開小木屋的底板，對下頭說：「有人講你是灶神，硬頸又火氣大，極見笑。」

劉金福臭罵著，拿泥糰丟，直到手關節疼才睡覺。帕與坂井也睡了。路燈還在亮，燈透過小木屋滲到更深的地牢，九鏨籽發芽了，發出燒開水聲音，咕嚕嚕的、嘩啦啦的，整夜鬧不停。隔日清晨，枝枒舉起了小木屋，在風中輕晃，紅嘴黑鵯也躲在枝間叫得勤。來車站早市交易的人看到那座房子，發出了讚嘆，說那是一艘沉入水草間還能行的小船。帕這時再也受不了暈船之苦，頭殼痛得快爆了，用毛巾緊緊纏住才能撐下去，天一亮，他從窗子探頭嘔吐，吐舒服後趕快把房子揹離開。坂井還在屋內睡死，從這頭滾到那尾都醒不了，酣聲還有家鄉船歌的節奏。等到日頭出來，晨曦點亮驛站，驛伕仔過來砍了牢邊的小森林，總是看到樹枝托著一座空房子的雛形，露水閃閃，像是在夢中遇見的。他們說那是王船殼，手拜一番，甚至避開巡察在暗處偷燒把香，祈求瘟神的寬容，才忍心砍掉小森林。

爸爸，你要活下來

路燈下總會發生故事，誤會是故事的源頭。某晚的送行會，來了一位泰雅族女孩，她叫拉娃，給當兵的父親尤敏送別。拉娃十歲，追趕不輸貓，但今夜是她此生最後一次走路了。她發現廣場有座小樹林，林中有洞，洞裡住了一位老怪。拉娃拔一支竹條，朝洞裡的劉金福逗，說：「快出來，『洞』快飛出來。」許久，劉金福站起來，盤根錯節的洞裡飛出十五隻的蝙蝠，還有趴在牆壁的蟾蜍群也跳上去。拉娃不怕，繼續用枝條勾，用泰雅話叫他出來。劉金福生氣的吼：「沒大沒小的『番妹仔』，走。」這下拉娃嚇著，掉入牢底，把蟾蜍們壓成一攤汁，氣得劉金福大喊：「我的捕蚊器壞了。」摔昏的拉娃沒有回應，陷入恐怖的夢境，夢見自己的父親尤敏在戰場上被剖開肚子死去。當尤敏救出她時，拉娃躺在驛站內的長椅上哭泣，手裡還捏著隨手抓到的九鑿籽。悲泣引爆力量，她捏爆種子，連火車輪胎都幹不出這檔事。這時火車鳴笛進站。尤敏揹她在驛站內踱步，又唱又哄，祈求祖靈給小女孩更多力量不被第一次看到的火車嚇到。接下來尤敏嚇壞了。拉娃的腳扣住他的腰，一扭身，用兩手抱上樑柱，以己身為繩子將尤敏鎖在車站內。

「放開妳這螞蝗腿，放開來，火車子要走了。」尤敏大喊。

「放開你，你會死掉。」拉娃哭著對四周的人說：「他們不是去打仗，是去送死。」尤敏扯不開拉娃，任何人來幫忙，反而使她哀號痛哭，也鎖得更死。車站內慌忙了兩刻鐘，車站外的西遊記也演完。火車要開動，鬼中佐命令帕找根大木先把樑柱拆換下來，連人帶柱運上車。帕把大柱搖鬆了，一抽就換上新的，扛著樑柱與上頭的父女，追上才走的火車，從車窗戶塞進去。在歡送的歌聲中，大樑木從車窗橫出，像火車長出的一雙手把沿路的樹葉撥落，好快樂呢！第二天清晨，早班的車上沒了大樑木，但是父女仍在車上。拉娃的手緊抓住車椅，雙腳纏著父親的腰，以「人鎖」留人。憲兵隊衝上車，用盡蠻力的扯，用盡汗水而已。又來了二十位兵，用繩子穿過拉娃的腳朝兩邊拔，拉娃哭泣，但從不放棄的張腿。人鎖的結越拉越死，士兵越拉越喘，汗水從車廂流到了道路。

當火車靠站，月台、廣場、屋頂和樹梢擠滿看熱鬧的人，疊起的影子足以絆倒人。靠近車廂的人不斷的跳，想看清楚裡頭的人鎖。高處的人瞇眼，一旦有了動靜，便激動的大喊：「他們動了，沒死。」或者「真的是獸鋏夾『番仔』。」甚至曖昧的說：「他們是羊，只有羊才會父女黏屁股。」直到叫聲過大，翹鬍子巡察又吹哨子趕人。鬼中佐走上車廂，來到拉娃的身邊，用一種嚴厲而不帶殺氣的眼神看著她，跟她說，怎樣都行，只要鬆開腿就行了。拉娃又累又髒，像掉在鹽堆的小水蛭，卻知道大家都用謊話套她，更是緊緊的夾住尤敏。不過她的眼神躲著跟在鬼中佐旁邊的帕，怕給他看到。拉娃的苦心也沒有得到尤敏認同。他不能下南洋，羞愧得要死，不只一次的毆打她。拉娃腹背受敵，仍用堅悍的口氣對鬼中佐說：「我只要爸爸。」鬼中佐瞪回去，也用同樣口氣回答：「皇軍不能苟活在火車上，妳是在害妳父親。」他看見遠方山徑傳來折光，一群小原住民來了，鬼中佐又說：「乖，妳同學要帶妳回家了。」

小山路遠處，二十位小原住民走一縱隊，每個人的腰綁繩子，串成一起。他們身後揹著竹籠，籠裡插著一根剛熄滅的火把，走了幾小時的夜路，他們憔悴得像煙縷了，用繩子確保免得飄走。帶隊的是年輕的原住民警手，「番童教育所」的老師由當區的巡察兼任。這警手兼老師的動作大，走路時雙手雙腳擺高，要學童也配合他的動作，一起唱著改編的山地兒歌：「快去躲貓貓，拉娃快去躲，不要老是躲在奶奶的織布機下，噓！**莎韻**姊姊去找妳了。」他們唱得大聲，快把蛀牙給吐出來了，手腳抬高，管他同手同腳。「快看呀！妳同學要帶妳回家了。」火車上的鬼中佐再次提醒。拉娃放尖耳朵，聽到熟悉的歌聲而拚命爬起來，好把眼光從窗台看出去，喊回去招呼：「看到了，麗慕依、哈勇、娃郁、尤瑪，low——ga——su（你好嗎）？」遠方的小原住民並沒聽到，他們耳裡全是自己歌聲，眼裡則充滿山下光怪陸離的景象，人群、吉普車、和洋雜貨店屋頂上的鯉魚旗，還有馬路上不斷噴白雲和黑煙的五節漂流木。他們的震懾差不多是把二十滴水放在冒煙的熱油鍋，發出巨大的驚嘆，世界變得恐怖又陌生。

這時翹鬍子巡察吹起哨子，把廣場的群眾趕出一條路，好指揮小原住民快點過來這。所有人的目光投注過去，了解火車誤點發車，就是為了這二十個小毛頭的遠足教學。小原住民們嚇著了，眼神驚恐，腳步僵硬，排最後的那位停下了腳步，害前頭的人全被繩子拖倒。翹鬍子巡察走過去，把他們的繩子解開，氣沖沖的對警手說，一旦穿上金梅花釦的黑衣，要有警察的威武，不要跟小學生一樣大力擺手。但車站處隨即響起另一批小朋友的歡呼，同手同腳的繞火車走，還故意的整排跌倒。帶隊的是帕，是鬼中佐要他這樣做，好讓拉娃高興，回到美好的學校時光，連課本燒掉也沒關係。倒是翹鬍子警察又羞又怒，鬍子硬得可以吊豬腳了，氣哼哼的要警手把小原住民趕上車。小原住民誤認坐火車是把他們裝入木籠裡賣掉，這比打預防針還恐怖，都擠在車門前尖叫起來，挨成一團。一群民眾衝過來，強悍的把小原住民推進車，死塞活塞的。火車啟動了。這下拉娃安慰他們，說我們活在火車裡，就像待在媽媽的肚子裡安全。二十位小原住民的哭聲仍然尖銳。那些哭調好恐怖，隨火車加速而提高，警手非常肯定，這種沒完沒了的淚水即使停了，日後也會在他們的夢隙中冒出來。現在只有「咕嚕嚕」藥水能治癒他們，他曾被此治好過。那是在他十歲的事了，父親帶著皮毛來關牛窩買賣，被一輛按喇叭的公車嚇得打嗝，直到聽從旁人的建議喝下汽水，讓氣體把身體裡的驚恐帶出就好了。

警手這時從口袋掏出三塊錢紙鈔，探窗大喊：「納姆內（汽水），來二十瓶。」廣場攤販的心揪起來，每個人都想接下這筆生意，但翹鬍子警察禁止他們販賣東西給啟動火車上的人，很易造成事故。按捺不久的，一位十來歲小販把胸前的木箱頂上頭，便追上去，一邊得看路，一邊把汽水遞上。警手啃開瓶蓋，像奶嘴塞入每個哭不停的嘴，二十個小孩馬上喝到老師曾傳述過不下數十回的「沸騰得冒泡泡的冷開水」，馬上從惡夢中醒來，發現自己活在顛簸的長形教室。

那是由車廂布置的教室，前頭有天皇、皇后的照片，後頭貼有毛筆字和作文範本，窗柱上的標語依然聳動。這下他們才理解，山上教室裡的東西不是被黃鼠狼偷走，而是提早搬移到這。上課開始了，班長喊起立敬禮，學生喊先生好。但是老師不是警手，是漂亮的美惠子。但是世上最美的老師永遠在窗外，他們不時瞄外頭的風景，害得警手忙於把他們的眼神趕回來。只有拉娃看膩了，最認真上課，還禁止尤敏打擾她。到了臨暗，火車進入夕陽染紅的瑞穗驛，就著提早上燈的路燈，下車的二十位小原住民跟拉娃揮手說再見。這計謀差點成功。拉娃掙扎身體想下車，最後她微笑的揮手，說再見，又說她在車上就好。小原住民晚上住車站的公務員宿舍，躺在榻榻米上害怕、瞎想及興奮，抱著汽水瓶入睡。第二天吃完早餐，他們上了早班車，和拉娃一起上課，忍著列車勞頓。他們下課一起玩丟沙包，山豬和竹雞定時從下一個車廂闖入教室遊蕩。一切模仿山上的生活。經過的山洞太多，光是一堂課，明暗變化好像過了幾天幾夜。這樣的學習對拉娃最是難忘，主要是帕。因為車廂塞不下黑板，帕便擔任「移動的黑板」。比如上有關鯨魚的課，美惠子說牠是混不下陸地後回到海洋生活的生物，還殘留陸地生物的特徵，比如尾鰭的形狀與用肺呼吸。但是窗外也有一條鯨魚在游，竄上竄下，穿過樹林。可是風太強，幾乎揉瘦了眼，學生關上窗才看清楚。原來鯨魚畫在黑板上，帕扛上肩跑，跑得腳底彷彿沾了鰻魚黏液，跨出第一步即自動往前滑，只消保持平衡即可。

教學的最高潮在第六天，末班火車破例在廣場停了兩小時，好讓大家欣賞電影《莎韻之鐘》。電影情節描寫一位十四歲的泰雅少女莎韻，私戀擔任警手的老師。支那事變（盧溝橋事變）後，老師將入伍赴中國戰場，莎韻便自告奮勇幫老師揹負行李，卻不幸在途中落河溺死。電影演得冗長，觀眾甚至從小學課本得知結局，觀賞時，一張嘴不是忙著跟人打嘴鼓，就是打哈欠。不過當中國籍的女主角李香蘭出場，邊走邊唱歌時，人人驚呼起來，每人十個嘴巴都不夠稱讚，因為她太美，連電影布幕都快融化。可是每到情節的高潮處，就在莎韻要落水時，電影中斷，火車也走了。觀眾發出噓聲，啞巴放屁抗議，連牛也發出哞哞聲。到了第五天，越來越多人聚集，先放話要是電影中斷，他們就不走，直到李香蘭從布幕走出來跟他們道歉才行。當電影就要放到莎韻落水時，有人跳起來，大吼：「我們要看到美麗的水流屍。」一位從三條河外趕來的原住民也吼：「再不放，我明天放山豬戳人。」這時電影果然中斷，群眾忍無可忍的爆跳，丟鞋子抗議，有人更發出山豬的怒吼。就在這時，火車上的二十位小原住民唱出天籟之聲，主題曲〈莎韻之鐘〉水水嫩嫩的冒出來，大家的耳朵聽得酥。觀眾往車廂看去，那是廣場唯一的聲音與光源所在，學生在那演出莎韻落水的那幕，以話劇的方式延續未竟的電影：一個原住民女孩揹著巨大的行李，要涉過湍急的河流。車廂頂的電扇狂吹，碎紙屑捲襲，彷彿天空下暴虐的大雨。而鑼聲不斷，傳達雷電轟隆隆的恐怖。

觀眾屏息以待。有人甚至多心的大喊，「小心，橋會斷的。」結果被人報以噓聲。車上的拉娃幾乎嚇呆了，身子發抖，活生生的畫面呈現眼前，讓她融入電影情節中。她腦袋空白，哪想得到她的同學這幾天來在隔壁車廂排演的就是這一幕，還以為在玩扮家家酒。戲劇的高潮是由一位叫麗慕依扮演的莎韻來到橋中央，轟一聲，車門開，隔壁的小原住民踩著煉鐵用的大鼓風爐，強風嚎啕，吹過那簍各色長紙條時，成了劈哩啪啦的彩色洪流，大水洶湧，像神話中足以淹沒整個泰雅族的洪水。假河水把橋搖得發響，也把車廂前的地圖吹得啪啦響，被風撕走一半，粉筆灰都揚起來，場面太真實了。

「完了，我不會游泳。」莎韻跌落河中，衣服被獨木橋的杈枝勾住衣服。她雙手掙扎，而且喊出電影中沒有的台詞：「拉娃，救救我。」

「等一下，我來了。」拉娃說。

整齣戲的關鍵就在這，利用故事的張力撼動拉娃，要她爬去救莎韻，好掙脫尤敏。拉娃太入迷了，伸手要把莎韻拉出水，但她雙腳絞著父親，搆不著。車廂外的人深深陷入戲中，衝上車救莎韻，門上鎖，觀眾便從窗戶爬上去，上半身趴在車裡頭，在外的兩腳還踢踢蹬蹬的找支撐點。戴口罩的警防團衝上去，抓住腿把人扯落。那些人被送往車站內躺著，仍喊「我來救妳，莎韻」，完全是中邪，直到警防團用沾了氨水的手帕摀住他們口鼻才清醒。廣場的人，一半在看車廂的人演戲，一半在看靠近車廂外的觀眾在入戲，不時發噓。可是他們聞到一股淡淡味道後，眉頭深鎖，也被小原住民的三流演技撼動，跑前去大喊：「我來救妳，莎韻。」那味道是警手在車廂偷偷燃燒Rong流洩出來的味道。Rong是烏桕製的泰雅占卜工具，有勾狀。巫婆把乾燥後的山豬眼睛磨碎，餵孩子吃，讓他們睡時看清楚惡夢面目。之後，用Rong在孩子的頭上勾斷一些頭髮，能撈走惡夢。把斷髮繫在Rong上，又能增加它的功力。巫婆得知警手要以演戲的方式帶回拉娃，送上自己占卜的Rong，要他連頭髮一起燒，能釋放十幾年來凝聚在上頭的童夢。凡是聞後，會進入如真的夢境。

在車廂的表演區，拉娃要救到莎韻了，努力放開尤敏。尤敏也使力掰開拉娃的腿。她的腿就像鍬形蟲被黏住的大顎，被幾盡折磨，幾乎聽到骨頭被撐開的聲音。

倒是莎韻不夠入戲，因為「獨木橋」勾住她的衣服，不讓她落水死掉。她憤恨的擰了「獨木橋」，說了戲裡不該有的台詞：「放掉我，讓我死掉。」在無效的情狀下，她大力拍擊橋身，又用牙齒狠狠的咬，只希望橋早點斷。

那一刻，拉娃終於碰到「獨木橋」了。這場戲，她始終要救「獨木橋」，不是莎韻，便喊：「帕，你要被沖走了，醒醒呀！」沒錯，那「獨木橋」是由帕扮演的。他身穿木頭衣趴在兩座椅子間，扮演中流砥柱的橋，努力的用一根手指勾著莎韻的衣服。

帕再也忍不住了，噴出肺裡的Rong味道，大喊：「身為一根獨木橋，也要堅持到底不斷掉。」來個翻身，跳浪似的肌肉把整身的木頭裝給撐爆。帕一手撈了莎韻，一腳踹開車窗，人伏在窗台，大喝一聲，目珠逡巡，把廣場的目光都蒐集來之後，嘶吼著：「看，我把李香蘭帶來了。」群眾這時賞了價響的掌聲，呼聲不止，對跳下車扛著小女孩的帕拍胸。只有在遠處觀看的鬼中佐氣得頭頂冒煙，叫小演員們下車，令火車速速駛離。

第二日，警手搖醒睡在宿舍內的小原住民，要他們到水龍頭下洗臉，準備回山了。他點燃十幾根火把，把火車大廳照得炯亮，點完名就要出發了。可是孩子們的火把很快熄了，他們才坦承，忘了用木頭蓋套住火把頭，油揮發了。警手向驛伕仔討油。驛伕仔悍然拒絕，說現在油貴又少，還說大廳是嚴禁煙火，難道你沒看到標語。那些小原住民只好待在大廳，等天亮後出發。他們頽喪的偎在長椅上，忘不了昨日失敗的話劇。一位小原住民對窗戶哈口氣，對著映在玻璃上的模糊影子依樣畫葫蘆。警手問他在畫什麼。小原住民大力的朝窗戶哈氣，那些消失的線條又出現。一條水草裡的沉船，他說。可是玻璃上的霧氣消匿後，船仍在，出現在玻璃後的廣場上，且在風中款擺。警手叫孩子們出去看，那其實是一間被枝條舉起的房子。這幾天他們早睡晚起，竟然錯過這幅美麗的陸上行船的景致。

離天亮還遠，廣場陸續來了許多小學生，對著房子大喊，日頭曬屁股了，懶屍鬼快出來。帕把助手坂井扔出來，要他去管管。坂井喊聲混……蛋字還沒脫口，眼皮已趴，躺地上呼嚕了。翹鬍子警察來了，恭敬的敲敲小房子，說今天是紀念日，廣場要用。帕趕緊跳起來，腋下夾著死豬樣的坂井，揹著小房子離開，這時他看到車站前廊坐了一排小原住民用驚愕的眼神看來，背籃插有沾露的馬櫻丹。帕知道他們要回部落了，向前去為昨日的鬧劇道歉，也希望他們日出後才上路，才不會在樹林走得太冷。警手只怪自己弄巧成拙，把Rong燒得太多了，之後又問，一早怎麼這麼多人。帕說今天是「始政紀念日」，日曆上畫有國旗，放假了，大家來慶祝的。警手看了左右，原來昏晦的晨光下沒發現附近掛了慶祝旗與標語。倒是路燈下有小狀況，有人趁夜掛起寫著「死政紀念日」和「屎政紀念日」的白旛，翹鬍子警察和警防團拿竹竿扯落，從毛筆字研究誰是嫌疑犯。

掛有代表校級軍官黃旗的吉普車來了，一身軍裝的鬼中佐下車，對廣場聚集的人講話。廣場地牢還傳出干擾的屁聲、唱山歌與胡言亂語。在唱國歌、遙拜皇宮、高呼天皇萬載後，鬼中佐帶領大家進入車站觀賞始政的光芒。這時候，東方轉亮，天色由橙轉白，忽然晨光射亮關牛窩，又從車站屋塔的老虎窗噴入，細膩的光霧如一疋薄紗飛盪。警手和小原住民待在站內，目睹這聖光天啟的時刻，發出讚美。

「始政紀念日」乃一八九五年六月十七日，日本總督樺山資紀在布政使司衙門宣布治台之日。瑞穗驛的建築設計迎合始政日。這天的晨光從窗戶正射而入，不久，從牆上往下爬，過了六分十七秒，照在那座大時鐘上。鐘面開始旋轉了，一個木偶兵從打開的鐘窗走出，唱著始政紀念歌。鐘面把晨光打成碎片，迸轉在車站內。大家往上仰，桁架的光影魔魅，柔軟似水，連建材檜木的味道都快滴出來似，恍如夢中之夢。

警手被這幕撼動，神經無時不竄著細微的電流，回到部落的山路上，腦海還是那些壯闊燦美的光影，得花時日才能消化完。小原住民也很興奮，他們的背籃裡裝了帕給的汽水罐，裝了水不用煮就會滾。當他們翻過第五個山崗時，有人大喊，看那，山谷咕嚕嚕了。那裡以低溫沸騰，水氣從谷底鼎沸，世界又要陸沉在雲的懷抱裡了，這時遠山傳來火車鳴笛，迴盪在山崗，他們想起拉娃和尤敏還在車上。警手說，希望拉娃要堅強，不要忘記雲影滑過山崗的形狀，雨落檜木的芬芳，這都會給她祝福。「也不要忘記可怕的老巫婆，和她養的專門啄人頭的烏鴉也是。」一個小男孩說。一個餓壞的女孩又說，「還有還有喔！又熱又香的小米飯、樹豆湯，我們都餓了吧！」他們扠腰笑了起來，揮著登山杖，高唱「奶奶家就在那，在雲的旁邊，在雲的上邊，在雲的裡面」，邊唱邊走，一首童謠飛揚，半日時光便悠閒了，轉過第六個山頭，就是那個以大冠鷲眼神為名的山頭，風來了，帶來部落的炊煙味，密匝匝的森林和濃霧便堙埋他們最輕微的蹤跡了。

原住民解救隊走了。軟的不行，來硬的了，該是帕上場了。但鬼中佐先用消耗戰，要拉娃渴死、餓死、流口水到死。幾位廚娘在火車上弄石板烤肉，煮小米飯，儘量讓香氣冒出，有烤焦味更棒。飯菜好了，由憲兵親自餵尤敏吃，吃多少都行。拉娃卻不准吃喝。憲兵讓吃飽的尤敏睡覺，而拉娃才瞇上眼，立即大掌摑醒來。這激怒了尤敏，他怎能夠撐死睡死，卻眼睜睜看女兒餓死睏死，要拉娃也獲得同樣食物，不然絕食。憲兵便在她面前表演對絕食者尤敏的灌食把戲，拿鐵片撬開牙，把流體食物泥灌入。尤敏抵抗，把食物噴得哪都是。憲兵會把灑到拉娃臉上的擦淨，一滴水都不給。過了三天，尤敏知道憲兵是惡魔，會折磨人到死，夜裡對拉娃悄聲說：「放了我吧！不然我們都會餓死。」

「不要，打死我也不要，餓死我也不要。」拉娃說。

尤敏知道拉娃的意念甚堅，比石頭還硬，一千條河才能磨掉她堅拔的意志和眼神，便說：「如果要活下去，我要割開我的肚子和妳的腿，記得那個故事吧！山羌母女被落石堵在山洞裡，牠們怎麼度過難關的。」

隔天，尤敏憤怒的對憲兵大喊：「我要吃東西了，你們把山搬過來、把河搬過來，我照樣吃掉喝掉。」

馬上搬來白飯、雞肉和味噌湯，食物冒出大量的熱氣，玻璃和天花板都因霧氣而滴水了。於是憲兵得貼近，監視尤敏有沒有把食物偷塞給拉娃。尤敏是條山豬，嘴拱出來，吃相夠狠，鬼中佐來驗收時很滿意，心想尤敏這條山豬肥得如神豬時，一定會把拉娃那小小如樹藤的雙腳撐爆。但是憲兵發現蹊蹺了，尤敏越吃越狠，連堅硬的豬大骨都咬碎吸髓，吃完馬上睡死。拉娃一點都不受影響，不吃不睡，還能拿衣角幫父親拭汗，關心他有沒有著涼。問題在哪？憲兵想不通，還怪廚房煮得不好，沒動搖拉娃的食慾。半個月後，三十位士兵衝上早班車，待了半天害拉娃哇哇叫，才從末班車爬下來，體力不支的倒地，酣聲連連。他們奉命扯下那對父女，半天只拔下拉娃的頭髮。他們搞不懂，不吃不喝的沉默小女孩怎麼會如此神健，而且力氣越大，還懂得講笑話助興了。

隔天的末班車，鬼中佐清空那節車廂，下令帕不惜代價的解開人鎖。帕半個箭步就跳上車，站在父女前，喝令監視的憲兵退到門邊。尤敏睡翻了，只有拉娃的目珠金金，溫柔的凝視著帕。車燈下，帕終於看清那幅駭異的人鎖：拉娃的手猛抓而陷入車殼，雙腳鉗住父親的腰，在腳踝纏了死結。隨道路的高低蜿蜒，窗外射入的月光也忽上忽下。帕叫醒尤敏，對父女倆說：「不下車，你們會這樣。」帕彎身撬起旁邊的椅子。轉目間，固定木椅的螺絲軟了，蹦得滿地，雙人椅也被掀翻了。尤敏用泰雅話對拉娃說：「放開我，**哈陸斯**來了，會扯斷妳的腳。」「簡直像夢一樣。」在拉娃眼裡不是泰雅傳說中的哈陸斯，一種擁有大蛇般陽具和血盆大嘴巴的巨人，而是比夢更繽紛的漢人。她感受到他的力量，他的聲音，他的眼神，都令車震動了。接下來，帕又掀開一張高級的彈簧皮椅，暗示父女的下場會這樣：筋脈會像螺絲咻咻的飛出身體，內臟像彈簧一樣滿地彈跳，最後他們像椅子翻肚，躺在車上抖。可是拉娃很天真的說：「真好，他在搬空石頭，我們就會有更大的屋子住了。」還對帕稱讚一番。

帕停下手，和父女對看，也看著車內上下跳的窗形月光，充滿一種河中水草漫舞的寧靜，久看令人不知道該醒來或睡去。他使出撒手鐗了，冷酷說，「我會扯死妳，留下妳父親。」便掀開蓋著尤敏肚子的小布，去扯開拉娃的腳。拉娃害羞的拉回布遮，但感受一股力量要她和父親分離。她全身用力回應，尖叫大哭，尤敏還大力捶打帕阻止。帕要解開時，一股反擊的熱液噴上來，搞得頭髮溼黏黏。他以為拉娃對他尿攻，但一舔竟是人血。那一刻，他驚異，看到拉娃的雙腳和尤敏的肚皮融成一塊，因過力拉扯而裂傷，血噴出來。他要拉娃夾緊腳、再緊一點，直到尤敏快不能呼吸了。原來，尤敏用磨利的指甲割破自己的肚皮和拉娃的腳，等兩邊的傷口癒黏，長出的血管互通了。尤敏把養分輸給拉娃，拉娃把睏意輸給尤敏。他們是生命共同體。帕趕緊跳車，感到自己做錯什麼，一陣暈眩，得扶著路邊的樹休息。

幾天後的夜晚，鬼中佐又刻意空下那間車廂。帕揹著醫生花崗一郎，從後頭追上火車。現在他們只能偷偷做，上車也不能光明正大，因為這對父女的名聲太大，獲得不少村民的支持。車內鬱暗，椅子凌亂，那對父女坐在那，花崗醫生想不透之前曾發生什麼事，彷彿進入鬼火車。憲兵不再給兩人睡覺和吃飯了。但是尤敏幾乎犧牲自己，用血管輸出養分，吸回穢物和睡意。因此拉娃有精神，雙眼深邃，滿臉紅光。而尤敏極為疲困，他身體消瘦，骨頭浮出皮膚，還剩天生的大眼稍有神。花崗醫生摸了父女相連處，足足有一刻鐘，沒有驚訝、也沒興奮，問帕：「要救誰？」

「義父說，把男人留下來。」

花崗醫生拿出手術刀，共問了三回：「我是說，你，想要救誰？」

「兩個都救。」

「他們的動脈連在一塊，最好的救，就是不救。」

之後，帕把這件事跟鬼中佐轉述，還騙他說，無論自己如何用力，都解不開骨肉情誼。鬼中佐只好暫時不處理。

拉娃的事蹟連劉金福也知道。每晚牢窗被機關車遮去時，他抓一隻蟾蜍，對牠的肚子吹入一枚九鳖籽，往上拋。蟾蜍倒趴在底盤後往上爬，如果不幸碰到紅熾的爐管，唧一聲，焦成疙瘩皮飄落。三天後，一隻蟾蜍成功的爬入車窗，吐出種子才停止了胃痛。快餓昏的拉娃要父親趁憲兵不注意時，把種子撿給她吃，咬破殼吃核仁。從此，村民從窗外不時拋入九鳖籽。拉娃一人吃兩人補，把營養反哺給父親。

關牛窩已實施食物配給制，能吃的東西要標示，在豬羊雞鵝的身上打孔綁標籤，有時嚴苛到連稻米、竹筍、番薯等也一樣，收穫後先繳給練兵場，再依各家人口分配。大部分的糧食屬軍隊，少部分才依等級發給庄民。拉娃和父親屬「番籍」，配給更少，但是從九鳖籽獲得高熱量，相偎活下去。每當火車入站，拉娃想起車廂下有位怪老頭，她沒有蟾蜍郵差，不知道如何差信，便想起悲傷的事引爆力量，比如有隻瞎眼的母豬踩壞她家的小米園，牠和它都令人難過。這讓她能用力戳破地板，七天後的地板像麥芽糖一樣陷下，露出個小洞。洞的下頭，劉金福在牢內煞猛的繞圈，鍛鍊身骨。

劉金福感到日子越來越難熬，不是意志力枯竭，是肉身衰敗。他得久撐，只要多活一天，就給大家多一天的精神示範。但是，他最害怕的事發生了，某天感到體內悶燒起一股燥熱，快把內臟烤壞，張口傳出焦味。三天後，燥熱燒盡，內臟又急速冷凍，嘴唇完全霜白了。冷熱速替，他的身體因為膨脹不均匀而裂出更多的皺紋，瞬間衰老了幾歲，大多時只能翻白眼看人。他得了叫「馬拉力拉」的瘧疾，這是傳染病，得立即隔離。翹鬍子巡察用竹子掛上草繩圍起洞，禁止外人靠近。只有火車敢靠近，還把封鎖繩狠狠的輾橫了。

趁這時候，帕跑到火車上，從拉娃挖的地板洞丟下糯米紙團，正中劉金福微張的病口。那是他跟花崗醫生拿的美製金雞納樹藥，用糯米紙包妥藥粉，騙劉金福吃下，說這是恩主公從肚子搓下來的神垢。但瘧疾比巡察還毒，神藥也控制不了病情，只有跟它逆抗。劉金福脾寒時，帕用繩子繞過燈柱，吊上來曬日頭，或用熱水摻上青草倒入地牢泡；要是劉金福燒熱，挑冷泉很有效。事到如今，自覺將死的劉金福更懂得適時演說的時機和意義了，當火車帶來人潮時，他講出細微的講詞，不注意是聽不到的。幾天後，有位老人聽出意思了，把話傳開來，聽者莫不激動落淚，從此老人們每天來這等這句話。「時代艱苦再久，也不會超過一條命。」劉金福重複說。有一天，牢窗被車底盤蓋上時，他又準備演講。但是，在那噪震的鐵盤子宇宙中，有顆溼亮的星星不斷的眨眼，降得好低呢！劉金福踮起腳，用一根前頭分岔的枝條把九藝籽呈去。種子被拿走了，接著星星閉上，傳來拉娃的啜泣聲，且落下嚎啕的目汁。劉金福張口接下淚水，閉上眼，舌頭不斷的浪動。他大吼：「海，我看到海咧！」嚇壞那些等著聽演講的老人。

火車最遠到達海岸線，然後折回來，車木殼沾滿了鹽粉，連濃濁的煤煙也變得很鹹。早班車入站，許多蝴蝶停在上頭，用彎曲的小嘴管舔鹽，吸飽後隨黑煙往上盤旋，鱗光浮散，最後稀釋在藍天。火車棲滿拍動的蝶翼時，像長滿毛的大馬，十分俊俏。日頭下，那麗妍不是東一塊、西一區，是液狀的。下車來的受訓兵用手沾一些蝶粉，藏在衣領或信冊裡。等他們再想起此事，可能困守在某座鹽味與戰火都很鹹的海島，或涉過螞蝗與河流都很洶湧的森林。那是被米軍和豪州（澳洲）軍玉碎前的清晨，他們衣領或信裡飄出一隻白蝴蝶，無憂自在，乘著輕風，逃向桔梗藍的天空。

然而，在關牛窩的藍天下，拉娃帶來海上的故事。她說下第一句話，蝴蝶轟然漾開。這讓火車在日頭下顯得蒼老，聒噪冒煙。但故事精采，報紙沒得比。拉娃說，那些載滿年輕士兵的戰艦，成群的牽手出港，跳馳在海浪上。但是米軍的船不是駛在水上，是游在海下，慢慢的跟蹤在日本船後頭，發射會冒白泡泡的「海豚」擊沉船艦。船員都跳海逃生，海上漂著我們的爸爸、哥哥、姊姊、弟弟，手牽手大叫，像一畚箕一畚箕倒下去的垃圾，看吶！會哭的垃圾，會流血的垃圾，會掙扎的垃圾，怎麼倒也倒不完。他們揹著槍、戴頭盔，無助的抱成了一團，在風浪上勇敢的唱國歌，沉入風浪下流淚的喊：「天皇陛下，萬載。」全送給鯊魚吃透透。

故事就像風散開了，鑽進村民耳朵，鬼中佐得想辦法消毒。第二天火車運來十幾籮的腥肉，後頭縈繞著蒼蠅，像揮發出來的黑煙。只有官兵和講純正日本話的家庭，才吃到怪異的碎肉。肉有火藥味，落地會冒火花，要吃得仔細的嚼，深怕牙齒碰出星火而引爆了。鬼中佐留了一籮筐給驛前的群眾，告訴他們，這是鯨魚肉，是世上最棒的魚。他又說，米國的潛艇不是發射海豚，是魚雷。不過，大和船艦得了天皇保佑，鯨魚會游去以肉身擋下魚雷，為國捐軀，這些含硝味的破碎聖肉就是見證了。他說，那些鯨魂已入籍靖國神社，受人朝拜，化成錦鯉活在皇居二重橋下的護城河。鬼中佐解釋完，帶領大家遙望皇宮，舉雙手高呼：「天皇陛下，萬載。」

隔天晚上，趁月光照路，帕從溪谷嘣上道路，兩步跳上末班車。車廂內坐滿了士兵，愣看著窗外的景致，看到魔鬼班長帕來了，趕緊下巴抵胸，椅子坐三分之一。帕想私下問拉娃一些事，要求士兵唱軍歌遮掩後，這才坐到拉娃身邊轉達鬼中佐的用意，要是她再亂放話，用針縫死她的嘴巴！警告完，把一支三吋長的布袋針插在前座的椅背上，針鼻孔掛著粗線。但拉娃贏了，講故事的目的徹底就是引帕再度上車，她喜歡他，感到愛情和死亡一樣，總讓靈魂陷入了漫漫的黑路迷途。帕還是為自己問：「故事是真的嗎？」尤敏插嘴說：「這是鹿野中佐的，還是你的問題？」帕沒回答，大聲要新兵們停唱，都坐下，才起身開門。就在他要跳車時，拉娃石破天驚的說：「那是真的，一個比一個慘。」聲響迴盪在車廂，遠行的士兵想到自己命運，垂頭又垂淚。那氣氛真是低迷，車廂變成殘暴的死寂。帕再度命令士兵們唱軍歌，而且用嘶吼的方式：「不管敵人有多少，不管炮火有多兇，大和精神油然而生……」原地踱步加上價響的軍歌讓地板跳動，火車就要散了，一聳一聳的離開。帕咬著牙，抓緊門邊的扶柱，把鐵漆捏龜裂了。他看著不遠之地，黑夜腐蝕一切，關牛窩的微燈在那裡顛簸、閃動或餘燼蒼涼，風一吹，一道路轉後，世界已經還諸黑暗了。

我叫作鹿野千拔

局勢越來越吃緊了，米國飛機經常飛過，說來就來，說去就去。小孩每天頭戴鋼盔上學，肩揹書包、小圓鍬，腳紮綁腿，足穿夾腳靴。男人戴戰鬥帽，女人戴防空巾和穿寬大的裙褲，搞不完的防空和救災演習，累得半死卻只能吃半碗的番薯籤飯，而且是和都市人共食。因為米國轟炸機爆擊大都市，都市人**疏開**到鄉下避難，早班車可裝滿七節車廂的人。晚上也實施燈火管制，末班車出站後，庄子得消燈，連河水平靜處都要撒樹葉防止反光。關牛窩上空是飛機路，米機從這過，定時定點的去炸大都市，再從這回南海的航空母艦。驛站的士兵和庄人經常仰看，南方傳來隆隆天雷，一群碎密的飛機燈朝北去。剛開始時，年輕人朝天空丟石頭、吐口水，想捏死那些螢火蟲。有一回落下爆彈，他們才改觀。那是一架米機回途時，把反光的河水當作道路，甩下炸彈。炸彈掉入太軟的河流忘了爆炸，打起了水漂，翻上了岸，衝破三間土屋、兩道陡坡與一隻牛，最後停在驛站的地牢上。劉金福以為是火車爆胎趴在上頭，吼：「你磧（壓）死天窗了。」拿竹條去搔，要它怕癢挺起身，免得剛丟上去的蟾蜍爬不到車窗。村人躲遠遠的觀察，一位孩子大喊：「是機屎，我剛看到飛機屙屎。」炸彈的尾巴有個高速轉動的小螺旋槳，發出嗡嗡的刺耳聲。很快趕到的帕一腳踩在炸彈上，雙手一攤，接受大家激情的歡呼。練兵場的吉普車隨後來，一位跳下車的工兵發抖的爬去，對小螺旋槳猛吹，要是它停下來就爆了。帕趕緊抓一隻蟋蟀放上，鬥牠嘰嘰高鳴，好讓小螺旋槳得了夥伴唱下去。帕把五百磅的炸彈抱上吉普車，要士兵慢慢載走，好把這寶貝蛋用飛機載回去還米國。車子顛簸離開，那隻趴在爆彈下的蟾蜍好不容易爬了上來，吐出九藍籽，吃掉唱歌的蟋蟀。砰的大爆炸，滿村咚個隆咚倒。村民爬起身，拍拍心臟，一看，喲，遠處爆出一顆壞脾氣的太陽，少了三個兵、一台車和五位村民，換來一口乾池塘。

另一次也嚇死大家。那是多雲的晚上，雷電直往下牽絲，兩架戰鬥機先低空飛下，胡亂的開銃，只打死兩個房子。山腰的高炮來不及回應，防塵套沒脫。接著，一個快著涼的巨大女人騎在掃把星上，拖著長長的花火，闖入關牛窩上空。距離夠近時，高炮、機關銃反應快，每支堅硬得射銃子，噴得又亮又腥，要把飛過的女人搞出兒子似的。這時候，村民才看到那是架早就遭了炮傷的爆擊機，後頭噴出火光，巨大女人就騎在飛機頭上，手比蓮花指。飛機最後朝深山撞毀了，巨大女人也是。鬼中佐招了大批人前去搜查，帕也被派去。六個小時後，他們到達墜機處，在那找到碎鐵片和人肉碎醬，空氣中有汽油味和一股香水味。帕看到一攤肉汁內臟時，還能用那是死豬死狗的念頭壓過，可是看到斷手斷腳時反胃起來，連忙找地方吐，中途把一座機頭掀翻了。赫！大家猛然間發現那個巨大的女人沒死，騎在沒破裂的機頭殼，猛拋媚眼。他們這才發現洋女人只是機頭上的一幅圖畫，穿泳衣，下邊用英文寫著Iris。她又窮又病，窮得身上沒幾塊布，病得大奶和大屁股像腫瘤末期。有人說艾莉絲用手比蓮花指，便搖頭說，唉哉！觀世音娘娘到米國後變壞了，再過幾年會見笑到沒衣穿了。一位農民顧不得冷，脫衣服給艾莉絲穿，勉強用樹藤才能綁上大鐵塊，然後他藉尿遁到離人群遠的地方，在那裡他可以看到艾莉絲但不被日警看到，準備對祂祈禱。

幾天前空襲的落彈，炸死了老農的兒子，他得用麻布袋的線縫補殘破的屍塊。組合好的屍體縮水好多，像天真的小嬰兒張眼，怎麼安撫都不願睡去，只好用線縫上眼皮。但此刻老農的身子僵，冷風幾乎鎖住他的關節。他不得不先撒一泡尿，用尿熱了腿，再掬一把尿把臉搓紅，好醒醒精神。他跪下，身子不斷的寒顫，腦海中浮滿兒子滿臉血水的怖狀，沒有比每晚在夢中重播這些畫面而無法解救，更讓身為父親的他失格的，除了無助、除了流淚，別無他法。於是他喃喃祈求，米國的艾莉絲娘娘，保佑我們，保佑我們不要被飛機炸死。這時候，吐完的帕恰巧經過，把老農嚇得雞母皮亂竄，眼神驚恐，深怕被告密他在拜「番婆神」。帕轉頭走，但知道老農可能會從此活在恐懼中，便說：「我看到也聽了，但你安心，什麼也不記得了。」便跨過一棵被撞斷的樹，掄起了火把，去搬移又扁又重的艾莉絲。穿泳衣的艾莉絲被當成戰俘搬回驛站，用油漆畫上比體重還重的和服。午夜前會有老人跑去祭拜，留下一堆香灶腳，午夜後只剩寂寞的男人跑去想摳開她的衣服，留下指痕和精液亮痕。每當末班車的車燈照亮那個圓凸的飛機頭時，洋女人又活過來笑，一些出征的頑皮士兵歡呼，猛轉頭找好角度，能看油漆下泳衣熱褲包不了的俏屁股痕跡，打個董眼神，說：「來去找艾莉絲。」一旦有人正經的朝窗外吐她口水，意淫的人改口罵：「走，打死艾莉絲的老公們。」還高唱軍歌以示清白。

有一回過激的西北雨，關牛窩朦朦朧朧了，草木被壓倒，魚順著河岸落下的激流游上來，有的會游進每家串門子，成了餐餚；有的會游上馬路，游出庄子旅行，游到太陽出來後相濡以沫。一群剛放學的小孩，把麻布袋當雨衣套上，露出手腳，樣子像是可愛又會跑的麻竹筍，所以叫「雨筍鬼」。「雨筍鬼」的書包塞滿了鰻魚和三角鮎，踩著小腿深的水回家，他們跑過驛站時，看到一位老鬼從地獄口爬出來，長頭髮漂在水上。劉金福的頭髮游滿鯽鰍，眼神癡愚，嘴吐泡泡，坐在地牢邊發呆。翠鳥停到他頭上，直截啄食鯽鰍，然後失控的打嗝起來，七彩羽毛抖呀抖。

由於鬼中佐認定劉金福此生不想出獄，早撤了憲兵，沒人管他。倒是「雨筍鬼」想管他了，激烈的討論要如何處理逃獄。當劉金福多爬一步時，他們沒下結論就把他推回洞，丟入作業本給他當浮木。地牢早成了水牢，劉金福趴在作業本上，不斷咳嗽，看到一堆日文字從簿子裡跑出來，像油污般擴散成彩光，他笑了笑，日文字都是瘦不啦嘰的乾柴，哪會冒油，說這是夢境，拿起髮鞭，笞打日文自娛。帕隔天才想起什麼似趕來。洞裡長了蝌蚪、魚類，他撥去水草，伸手去探，被軟滑滑的東西狠咬，一掃鬱卒而歡喜起來，至少祖父仍活得挺番的。但是，帕抓的是一隻水獺，水面上那隻看似大眼睛的青蛙才是劉金福。那是劉金福的鼻孔露出水面呼吸，他身體掛滿水蛭，泡水的皮膚白皺得像失控的蠟淚。帕起火，用火炭燙下百來隻的水蛭，擠回血給劉金福喝。之後，帕暫時住在牢裡，剷除污泥，用乾木炭除溼，要服侍祖父到病好。末班車進站，巨響吵醒了昏迷的劉金福，他伸手向漆黑的天空，大喊，啊，有星仔。帕發現那是拉娃的大目珠，便把劉金福架上肩，努力踮腳。那是悲傷的星星，帕看了一眼，便低頭閃開，全然不知是拉娃昨夜夢見他而難過。劉金福顫抖著手摸到星星了，那一刻，拉娃的熱淚順著手灌下來，把全身的蛭傷洗淨，結疤了。有幾滴淚掉進帕的眼睛。帕很驚恐，從淚水看到劉金福最後死亡的景象。劉金福溺死在河裡，而帕幫了大忙。

天氣越來越熱，劉金福熬過大雨，也難熬自己體內速燃的時光。他的瘧疾從三日發，轉成逐日發，而且是脾寒多過燥熱的那種。如今之計，帕把劉金福吊上燈桿，要用火車的煙囪燻療。火車燒煤，煙也有地獄之熱，多少能治療瘧寒。劉金福高掛路燈下。好多人跑來看，以為有人走「押密（黑市）」被日警抓到，懸在燈下懲罰。「鬼，他是『遮仔鬼』。」一個孩子喊他是雨傘鬼，發現沒有比這再貼切的詞了。劉金福披著落腰的長髮，糾結成綹，覆蓋了臉，像收起來的破傘，發出酸餿味。傍晚到了，電火球一亮，他身體被強光箍得癱縮，朝地上投下巨大的暗影，因苦痛而失禁的尿糞也從褲襠落入地牢。他在彌留之際，瘋狂又無意識的碎碎唸：「海，我看到海咧！」電火球的近螫下，他酸著眼，瞇到逞著大燈的火車翻過了山崗，光影吵亂，朝驛站衝來。也看到地上有人朝牢裡投了鮮花和九螿葉，還有一位頭毛發金光、面肉白、穿和服的「白番婆」對他笑。她是艾莉絲。最驚人的是地上有隻大鳥，毛光禿禿的。這把劉金福嚇暈了，醒來發現那只不過是自己影子。他想到什麼似的仰起頭，電火球好近，伸手想抓住燈泡，像是聖徒面對天神。火車進站了，極熱的煤煙往上直冒，把燈桿上的劉金福衝浮了。他快碰到上頭的電火球。不料帕降繩，把戴著防毒面具的劉金福放入煙囪燻療。這時人群又為另一件事騷動了起來，他們往火車靠去，上頭貼了來自內山的消息。帕用繩尾抽去，把人群揮開來，看到久違的「陷落」字跡而顫抖，把新聞喊出：「『紅毛館山』流出仙水了。仙水爆擊馬拉力拉。馬拉力拉陷落。」所有孩子舉拳，好久沒這樣大喊陷落、陷落、陷落……。

紅毛館山，荷蘭人曾在那指揮原住民和客家人砍倒樟樹，埋灶焗樟腦，一個世紀間把堅挺如少婦的豐奶榨癟，像老婦的垂癱，半滴也沒了，如今卻冒出治瘧疾的仙女淚水。原來是那裡有戶人受瘧疾之苦，受九天玄女託夢，可用祂悲憫的目汁治病。夢醒了，主人把一家八口撥出門找，不要說淚水在哪？連九天玄女都尋沒影。到了第三天，這戶人家的八歲小孩，找著找著，全身筋骨發脾寒，瘧疾發作，找棵樹下縮著發抖，無意間發現樹上鳥巢中有隻藍鵲也得了瘧疾似，發抖不止。他爬上去抓，可憐牠，放入懷中取暖，忍著自身的痛苦唱歌安慰牠。鳥竟然流淚，小孩好奇的舔那目汁，瘧疾竟好了，全身充滿元氣的跑回家，邊跑邊喊我找到了，山姑娘（藍鵲）就是九天玄女娘娘。回到家，鳥卻死了，他嚇得鬆手，鳥墜落地，喙尖把地啄破個洞，從那直冒泉水，喝了把瘧疾當屁放了就好。奇蹟傳開，無數的人翻山越嶺，從四面八方湧向紅毛館山。有錢的坐火車，甚至開出了直達紅毛館山「超特急」班次，只見火車轟隆的經過瑞穗站，車站吸收音量而漸次發出嗡鳴。沒錢乘台車，再不濟的人自備茶水飯糰走路，累了就躺個屋簷下過一宿。即使是纏腳的閩南女人也忍受數十公里的奔波，只為了捧喝仙淚。到了山下，徒步上山，患者在夜裡擎火把，炬光使紅毛館山像一座火山爆發出的熱熔岩。帕提著大木桶衝破人群，到達水泉湧處，只見那不過是一盞緊得像屁眼大的泉口，竟有數百人擠燒，相爭鑽進去。等不及，鬧起脾氣，有人冤家相打，最後乾脆挖泉取水，把爛泥猛吃下肚治病，搞得像瘋人院。帕提了兩桶子，用屁股把一幫人推走，硬是挖滿了泥漿。他一看，泉水旁有顆裹滿苔的大石，被十來個瘋人用嘴巴刨著，石上拓滿齒印。石頭內少說藏有幾兩水，帕又用屁股把人頂開，腳盤把石頭勾了，頸一縮，就上了額頂，姿態乖張的跑十公里回地牢。他把稀泥倒入牢，又把大石頭摔碎，擰出水來，把手都擰破皮。仙泉摻著帕的鮮血落下，落入劉金福的口裡。第二天，睡在洞邊的帕被早班車的笛聲吵醒，趕緊翻落洞躲，發現劉金福極為清醒，腦殼露出凝固的稀泥，手腳動不了，卻能動嘴罵人。但是，他們很快平息往日深情的鬥嘴，仰看進站的火車底盤，複雜的齒輪傳遞美妙節奏。晨陽穿過車窗，從車板的小洞透下，不時被車內的來往旅人踩斷。火車啟程時，拉娃的大眼睛忽然出現在小洞窺看，丟下一顆亂滾的種子。然後火車駛去，晨曦又落滿了地牢。世界安靜了，唯獨那顆種子還在滾，好像沾了風，沿著牢壁繞了幾圈才躺平，成了陽光下發亮的寵兒。兩子阿孫看不出是哪種植物的種子，一個說是七層塔，另一個說是月桃，兩人吵得用口水淹死對方的樣子。最後，劉金福把種子塞入自己的腳趾甲縫，說等它發芽長大不就有結論了。

每年冬天，九降風吹來了，乾燥凜冽，沿梯狀的縱谷下落。風降一山，磨一回，九降成刀。很多植物看似好好，其實被風切過，一摸就倒。鬼中佐騎馬沿山徑而上，視察沿線的六座高炮要塞，冬風強吹來，磨亮的馬轡鞍濺出凜光。山毛櫸褪光了葉子，露出縱向天的樹椏，小徑也鋪上薑色的齒葉，風景颯爽。他想起明治天皇的御製詩：「新高山麓的子民有繁盛無上的喜悅／難以承受的是烈日高砂島的暑熱」，看來這時沒有燥熱，更涼爽無比。他小時也聽說了，台灣是熱得要命的番島，往中午的太陽丟一隻雞，烤好好的掉下來，何況夏日池塘會變成魚湯，河流變成溫泉，打蛋在石頭上能煎熟。如今一切看來不攻自破，遠方**次高山**（雪山）積雪如此凜人，那山下還出產一種亞熱帶才有的馬蘇（鮭魚）。冬景美，眼前的溪谷蜿蜒，把縱谷灌溉得鬆軟宜人，妍彩呢喃。這條小山徑，景色絕佳，剛入山的路段由鬼中佐令人鋪上石板階，稱為「乃木坂」，末段的小土徑稱為「乃木之道」，好紀念自己的義父乃木希典大將。好幾次，鬼中佐與帕在此散步，談論歷史、科學與哲學，或者單純只為走一遭山路，享受暖陽與樹林的微風。

鬼中佐記得某回，和帕漫步這條「乃木之道」時，在一處山腰俯瞰瑞穗，風光迢遠，好個春雨酥軟，他便指著驛站附近一座火車入站前得爬過的小山，問帕那是什麼山。牛背崠，帕解釋說，牛背山的意思。鬼中佐自然知道，只是確定父子所說是否是同座山。因為那座山，每每讓他想起日露戰爭的203高地，一塊長兩百五十公尺、寬三十五公尺，高兩百零三公尺的高地，雙方為了爭奪這靠近滿洲國旅順港的制高點，付出近三萬條人命。鬼中佐告訴帕，乃木希典大將膺任日露戰爭的軍團司令官後，在故居豎立三座石碑。墓碑面向皇居，分別刻上自己和兩位兒子乃木勝典、乃木寶典的名字，豎碑求死，然後抬三座靈櫬上戰場，表現武官的決死無憾。他說，在拉鋸戰的203高地，露西亞軍盤據山頭，白天用水泥碉堡、鐵絲網阻攔，夜裡用探照燈睇瞎日軍眼睛，以先進的馬克沁重機槍掃蕩。沒有壕溝，那填滿屍體了，無處躲，只能往前攻。乃木大將最後祭出了險招，派出三千位肩掛白襷的敢死隊衝鋒，自己則手持機關槍在後督陣，遲疑或退卻的士兵，立即射殺。年輕士兵喝完烈酒、抽濃菸，才有勇氣衝刺，幾經失敗，才把露西亞大軍從203高地徹底蒸發。想到此，鬼中佐問身旁的帕，如果身為軍官，要如何帶兵攻下眼前的牛背崠。

「多桑，你怎麼做，我就怎麼做。」帕說。

「怎麼做？」鬼中佐大笑，罵帕是蠢蛋，說：「打仗如同下棋，需要勇氣與智慧，因為棋子不是木頭做的，有血有肉，中彈會死，哀號聲很刺耳。」

「我會帶隊殺出去，在陣前督軍，不在陣後。」

「混蛋，指揮怎麼能莽撞，輕易暴露在敵火中？」

「我死不了的，我祖父幫我算過命，說我會活到九十九。」

「混蛋，不要把迷信帶到戰場，子彈是嗜血的。」

「反正我會贏。」

「為什麼？」

「我已經夢見這樣的場景好幾次，每打必贏。」

對話在荒謬中結束，惹得鬼中佐哭笑不得，他希望帕更成熟，或天真到底也好，但不能搖擺其中。鬼中佐也知道，帕有扳動世界的神力，但力量過於充沛反而危險，用槍會扣斷扳機，只能把槍當標槍射敵人，手榴彈也丟過頭。只適合肉搏戰，拳拳見血，但控制不好真像無人駕駛的戰車，掉到壕溝就報廢了。

同樣與帕的那次聊天中，鬼中佐還說了另一個關於乃木大將的故事。故事是鬼中佐讀官校時聽來的，他授姓之後再也沒有見過義父乃木大將，也沒通信求證。但這故事讓他相信義父活得真實。事情是這樣的：乃木大將贏了日露戰爭，卻輸了自己的兩個兒子，都戰死了。戰後他住在東京，擔任皇太子的老師。課業之餘，素裝前往各地，憑著戰亡的士兵名冊，到各家亡靈牌位前祭拜。離別時，不忘在門前深深一鞠躬，那彎腰不像是告別，像祈求寬恕。某一回，一位老婆婆對乃木大將說：「你是劊子手，為了勝利，不只殺了我孫子，連你的兩個兒子都殺。」乃木大將不否認也不承認，他抬起頭看著老淚縱橫的老婆婆，然後轉頭離開。這話對乃木大將是一大打擊，延遲了半年，才能提起勇氣再度到各陣亡戰士家祭拜，不過他沒進門，只在門口鞠躬。漸漸的，乃木大將發現無論到哪家，門前總插上茶花。有一回他躲在柱子後，忍著掐熄心跳的冷風，看看是誰早他一步來祭拜。最後他看到熟悉的身影從街尾走來。是靜子，他早就知道是妻子所為，只有她懂得他每次的行蹤。靜子要代他受罪，替每位士兵獻花。可是乃木大將現身時，靜子回頭跑走了。停下來，靜子呀！乃木大將又喊。小巷好瘦，寂靜好大，那回音如此遼闊，只見幾隻烏鴉撲翅遠去，遠處的晨光流動在巷子。乃木大將追了一會，在街心看到一隻遺落的女用木屐，旁邊散落著茶花瓣。屐鞋是他替妻子買的，板子的櫻花圖才很眼熟。屐耳沒掙斷，方位擺得端正，是靜子刻意放的，要乃木大將不要追來了。乃木大將把木屐揣入懷心，又把地上的幾瓣茶花帶走，坐火車回東京寓所。應門的靜子溫靜的跑來應門，躬身遞上鞋子，說辛苦了，她熱茶泡好了。然後她轉身離開，一切彷彿沒發生過。乃木大將把鞋櫃打開，看到另一隻木屐在那，沾著髒雪垢，一摸卻還有溫度，便把自己懷中的那隻也拿出，安靜擺一起。這樣的夫妻感情讓他們在明治天皇駕崩，靈車緩緩的駛出皇宮、禮炮高響時，兩人盛裝，在寓所自殺，在血泊中，唯有一對舊木屐漂浮著。

「我以後會討厭走這條山路了。」帕很誠實說出自己的想法，「它會讓我一直想起這個故事。」

視察完五座山炮，鬼中佐往第六座去。他沿著山徑，馬匹蹬蹄而上，發出嘶嘶的噴氣聲。一個小彎處，陽光照亮路旁的山芙蓉，白花受日照而漸次豔紅，好不芬芳。鬼中佐的眼神越過花叢，卻被後頭展開的風景逼得瞇上眼，好美呀！他驚訝。豐沛的冬陽流淌，抹亮視野，也抹亮自己稀微的思緒。近處村莊，磚屋錯落，雞犬相聞，火車唰唰的馳過山道，能聽到上坡時的強悍加速聲。他注意到冬天的桂竹，帶著名為「山吹色」的焦黃，風不知從哪來，滿山也飛滿蓬勃陰沉的落葉，害得馬無法前進，這是九降風的威力。他繼續往高炮地前進，共花三小時視察完，時局歹歹，得時常調動炮台，免得被米機炸到。現在的制空權不是日本的了，天空少有飛機盤桓廝鬥。一旦飛機被擊墜山間，村童照舊先鼓掌，點頭叫好，他們走兩小時去看墜機，還是零式戰機，難過的花六小時走回。鬼中佐仰看，還是太陽旗的藍天，哪時才能飛滿帝國飛機？

就在這時，練兵場傳來高聲唱呼，大喊「第九九九人」，大聲敲鼓通知鬼中佐。他聽到，也知道時候到了，在這困頓的時局仍有令人振奮的消息，他勒馬繩回頭，叱一聲，奔過森林、溪谷、菜田，揮刀衝過割人的蔗田，酣暢衝殺，只為早一刻馳回練兵場。在練兵場，帕正站在相撲用的土俵台，身穿丁字褲，雙手抵地蹲踞，一雙眼睛銳如鬼。相撲術語中，把對手舉出界謂之「拔」。鬼中佐會是這個月來第一千位被帕拔起的，也是他給帕取名「千拔」的厚望，成為力大無懼的大和武士。

鬼中佐駕馬繞著土俵台，怒斥：「拿出真本事來。」一說罷，揮著馬鞭逼士兵向前扳倒帕。百來位的士兵大吼，從四面八方衝上土俵台，後頭的鬼中佐繞圈子揮鞭，怠慢的兵則背部吃痛。塵埃飛揚，士兵們發出激情的大吼，好像一腳踏入瘋狂的死境，衝去台上，要把帕撕個粉碎。

台上的帕胡亂蹬土，瞎瞇那些兵，不管一雙、一打來人都扔走，儼然天下都是他的。當鬼中佐的馬鞭再度揮向高台，逼近士兵時，鞭子竟然卡死，他定睛一看，鞭梢被帕狠狠的抓著。鬼中佐用皮靴操控馬後退，要把帕扯下台，哪知鞭子扯直了都沒用。一拉一扯間，帕又佔上風了，像是丟鏈球那樣甩起鞭子命令馬匹繞著土俵台馳奔，好撞開士兵。

「這是垃圾場嗎？全是廢物，滾開。」鬼中佐胸中盡是羞怒，喝退士兵，駕馬衝上幾乎潰敗的土台，勒馬回身，用後蹄猛蹬。帕雙手環護胸口，穩住身，一腳抵住界繩。

鬼中佐喊：「混蛋，你是誰？憑什麼能氣焰囂張？拿出本事來。」一場父子的對決，讓鬼中佐腎上腺激素噴湧，不要讓帕輕易得逞。

帕毫不受激怒，咬牙捏拳，眼神無畏的頂回去。鬼中佐令座駒高高的舉起蹄嘶鳴，揮鞭往前打，現出泰山壓頂的氣勢。帕這下吃了鞭痛，生出無比烈焰的氣勢，趁隙躍了去，雙腳釘住地面，兩手以神力綰抱，吼聲先去，氣力後追，肯定把這數百公斤的馬和主人填滿胸口之後拔出界。鬼中佐知道，再努力都徒然，再掙扎都枉然，他成為兒子第一千位「拔」了，成就了千拔。他紅了眼，把鞭拋了，把威嚴都拋光光了，攤開手喊：「你是誰？」

「我是鹿——野——千——拔。」帕怒目大吼，向風去，向雲去，向那無邊無礙的天去。

焚藍的天空下，風靜了，雲停了，世界無窮無盡。在世界的盡頭，一條地平線剖開了天地，在細線間，一隻大冠鷲逆風盤旋，牠孤傲，牠羽翮大展，牠顧盼自雄。牠的眼中無盡藏了，整個地球也行，卻只顧著地上那小小的人影，聽他大喊：「我是鹿——野——千——拔……」

少年的夢裡只有坦克

昭和二十年、西元一九四五年春天，麥克阿瑟將軍率軍在呂宋島打贏了太平洋戰爭中最激烈的城市巷戰，傳言將進攻台灣。日本總督府頒發學生動員令，規定五年制的中學修業四年即可，最後一學年徵調為學徒兵。一種特攻隊便在庄子成軍。在報紙大幅報導「學徒出陣，對抗米英」後，少年兵自新竹與台中州奔向關牛窩，有的從大市街，有的自小庄，原住民和漢人都有。他們晚上從各校束裝出發，打綁腿，穿國防色制服，揹背包，裡頭放個墓碑，由壓隊的**配屬將校**（教官）在黎明時帶到這。他們從不同的山道走上縱谷的老隘口時，風如鐮刀，削得臉龐發白，嘴角咬不住的哆嗦落了滿身抖。早班車恰好進站，他們看到縱谷底的車站像是急流中的漩渦，好多亮麗的蝴蝶捲入那，又隨火車的煤煙噴向藍天，漾得繽紛。在清朗早晨，聲音傳得遠，當有學徒兵從這頭的山唱軍歌時，山那頭來的人會呼應，踏下微凹的石階，奔聚在站前廣場。他們踢正步，揚起的灰塵瞇了彼此的眼，不得不流淚，全然的激昂。然後從包袱拿出那塊家族墓碑，比年代、比陰氣邪，連幾世幾代都能比，往哪下碑，那馬上成了亂葬崗。

在軍官和幾位士兵的帶領下，他們在森林搭兵寮、蓋便所。到了傍晚，晚霞的襯托下，樹影子如烈焰，一位戴戰鬥帽、穿卡其色防寒大衣的士官走來，衣下的肌肉發達得隨時要把人炸掉似。他目光金金，如兩把刀插臉膛，老遠就喊，他來帶兵了，你們這些躲在銃後的**古兵**（老兵），快滾回練兵場。學徒兵嚇著了，那正是傳說中的**鬼軍曹**帕，恐怖的魔鬼班長。鬼軍曹能吃下石頭，拉出軟屎，胃是軋碎鑽石的絞碎機，甚至說他能從手臂拉出一條血管纏死公熊，一拳把戰馬打成血霧，簡直是筋肉戰車。等到鬼軍曹又怒喊，還不滾回練兵場，慢的，嘿，吃吃他的拳頭炮嘛！帶隊的軍官和古兵大喊一聲是，把影子提了，敏捷的落跑。鬼軍曹喝了酒，腰間插了酒罐，掩藏在大衣像短銃，扣指能打死多嘴的人。學徒不敢多嘴，站在原地看著鬼軍曹咆哮和發酒瘋，被罵：「真笨的**一分五釐**，沒事來當兵，我是被逼來的，你們本島人卻自願來當兵。」一分五釐是軍部以明信片寄發徵兵紅單的郵資，是最低郵資，變成軍中新兵的賤稱。

「聽好，我叫坂井一馬。」仗著酒氣，他又嘶聲大吼：「一群白痴，志願送死。既然來了，我要你們每晚在床上哭，新兵哭吧！」說罷，要學徒兵回到寮內的床前就定位，再緊急集合。如是幾回，搞得學徒兵在走道上撞成一團，不然就是在廣場絆個狗吃屎。他們前一晚以體能訓練的目的，走來鬪牛窩，腳關節快爆開，沒想到在這會遇到鬼軍曹，深覺來日不好過了。接下來，坂井從腰邊抽出酒瓶，大喝幾口，藉有無共產黨反對天皇制的理由，檢查新兵的行李。那些背包裡還放了進修的書，文字密麻，他看幾行就暈，大罵：「你們是用這些書來打瞎羅斯福，還是先讀瞎自己？」但是，背包裡搜出的大量食品，讓坂井開了眼界，有冰糖冬瓜、糖漬鳳梨心、蜜番薯、花生仁糖和各式溼淋淋的滷味等零嘴。坂井多少看過這些，就是無緣就口，這下他食指大動，舌頭也成了槍管對準那些食品抖動。有些東西很奇特，像先用麵糊裹上芋絲、番薯籤、九層塔和紫蘇等，再下鍋滾炸，這種客語叫「烰菜」的食物讓坂井看傻眼。一位學徒兵巴結，喊：「隊長，你吃吃看，趁熱，好吃呢！這是我姊姊的拿手菜，炸得不錯。」坂井聽了火氣旺，大喊混蛋，拿酒瓶往那個學徒兵的肩上大力敲，把他打趴地上，叫對方滾得油爆啪啦的。學徒兵被折騰到癱，嚇一跳，不清楚為何被打，他目珠驚恐，最後坐地上哭了起來。其他人也嚇慌了，氣氛很僵。

「我要你們知道，皇軍是不接受賄賂的。幹嘛？你們站在旁邊的一分五釐不會扶起他嗎？」坂井大喊，又喝了一口酒，說：「他給我們一個啟示，不要小看皇軍。你們向這位學徒兵說謝謝，多虧他的錯誤示範。」

大家向那位學徒兵彎腰敬禮，虔誠的說謝謝。這時，坂井再次用酒瓶指著那個炸麵糊食物，氣著說：「我只是想知道這叫什麼？」這麼說，也是緩和剛才的舉措，好沖淡驚恐的氣氛。見整好隊伍的學徒兵眼神狐疑，又不回答，坂井喉嚨囮著火，大吼你們真不懂，還是假不懂呀！一群巴格野鹿。然後從前排第一位依序揮巴掌。等到第五位的學徒兵要挨打時，他機伶的先搶答：「報告隊長，那叫本島天婦羅。」

「吧嘎！看你的頭髮，要來當兵還去燙髮。」坂井抓到機會照樣打去，好懲罰他電頭髮，等到他搞清楚那是自然鬈，搖頭說：「本島一堆捲毛人，要怪就怪爸媽。」這時候他已怒氣減半，倒不是誤打先認錯，而是聽到那食物叫「本島天婦羅」，心想，要命呀！天婦羅就算了，還有本島味的。他酒蟲從腦門爬到喉嚨，頂得喉結一鼓一鼓，忍不住從木盒中拈出烰菜，先找台階的說：「這是檢驗，看你們有沒有說謊。」說罷，趁喉結快活，用牙齒痛快的擊滅，舌頭掃伏。巴格野鹿，坂井又咆哮了，雙腿盤地，把腰間的毛巾綁在頭上，用酒瓶指人，說：「拿出來，還有什麼沒檢驗完？」眾學徒兵懂得該服侍大人了。一時間，食物盡是台灣味。粽子變成了本島飯糰，用麻竹葉包、月桃繩子綁牢，內餡有蘿蔔乾、豆乾和香菇等，卻沒內地味的酸梅。而本島的酸梅用紙包住，叫陳皮梅。坂井目珠越來越凸，嘴巴越來越尖，興奮的大喊還有什麼口味，都拿出來。無意間，他看到有人帶了整包消毒用的棉花，是什麼？「這叫肉鬆，是媽媽熬夜用豚肉炒成絲，用來配飯的祕方。」某位學徒兵說。坂井拍開袋子，張口吃完，大喊這是泡了醬油的雲呀！沒想到雲是鹹的，是海雲吧！

食物連番上陣，徹底的本島和內地連袂演出。桔子醬，改叫本島味噌，是廣東族（客家人）的荷爾蒙，什麼東西蘸了都好吃。坂井用蘿蔔乾搵了食，嚼得牙縫有回音，舌頭霹靂彈，果真萬物都能入味。然後是本島萬年卵。坂井心想，萬年二等兵、萬年筆（鋼筆）聽過，但哪種蛋能萬年不壞，趕快剝開皮蛋殼。蛋白透凍又可愛，卵黃卻髒得像鬼的黑鼻涕，吃得舌頭痙攣。坂井閉口不吃，卻開口大罵這是「混蛋」，原來是傳說中泡馬尿的玩意，給鬼都不吃，難怪放萬年不壞。接著是本島的覺醒劑（興奮劑），一顆顆藥丸狀的綠菓子。正當坂井破口大罵這是違禁品，能吃嗎？攜帶來的學徒兵連忙折腰，說這是檳榔，是天然的覺醒劑，「天然的。」他又強調，是他父親要他帶的，哺一顆，晚上站哨不偷懶，保家又殺敵。坂井眼睛噴火，快把檳榔看出影子，誰知道吃了頓時額角冒汗，頭皮抽麻，五臟快纏一塊了。啊啊啊！他呻吟得像禁慾十年才出柙交配的種馬，眼中風景全發皺。坂井投降了，盤著腿，拿酒瓶拄地，管他天皇降臨，也翻白眼以對。沒想到好戲在後頭，一位原住民學徒笑嘻嘻、恭敬呈來本島的「高砂牌」清酒，坂井聽到有酒，酒神又到位了，抄了小米酒也不把酒底的沉澱物搖一搖，便把酒罐口塞入喉嚨牛飲。怪了，難道是萬年酒不成，放壞了，坂井感到越喝越像蜂蜜漿，喉嚨長苔似，味道老是囤在那，便問這酒怎麼會流鼻涕，有點黏，有點甜甜的。原住民小兵告訴他，小米酒是用嘴巴把米嚼爛後當酵母，再吐回蒸熟小米的酒缸釀酒，而擔任嚼米工作的是媽媽，「那甜是媽媽的味道，那黏黏的是媽媽的口水，讓我喝了能想到媽媽呢！」坂井知道自己喝了人家的口水酵母，瞪大眼，舌頭大抖：「啊！好在我醉了，醒了就忘。」

坂井說著說著，淚水窸窣，鼻水也吸得窸窣響。眼下，這些學徒兵帶來的食品，雖不合胃口，但都各自充滿故鄉的味道。他來自日本東北的山形縣，美麗的最上川流過家門前，那河終年流動著家鄉味，從來沒有在內心停過。膏腴的毛蟹火鍋、味噌醃鱒魚、豆腐燉鴨兒芹，甚至嗆得流淚的芥末醃小茄子，味道從記憶腦門一路流入嘴內，讓他口水怒湧。如果再配上醋醃姫竹筍，和現烤得金燦燦的飯糰，飽食後，雙腳一攤，隨著最上川的浪波而死也行。他年輕時離鄉，在東京澀谷一帶混，做放高利貸、收保護費的勾當，自認什麼事都能做，卻老是做出讓他母親傷心的錯事。母親很擔心這小兒子。坂井在一次械鬥中受傷，休養時卻收到母親摘野菜跌落川中而溺斃的電報，正當要回家奔喪時，母親數日前特地託人從山形縣送來的家鄉解饞食物才到。他還沒開盒看，淚就落下，因為一股最上川的河味與水聲湧出來，傳來川上的船歌。裡頭還有各種家鄉醃漬物、一個娃娃造型糖果罐，及一封信。信中寫明：要坂井好好養傷，不要再誤蹈歧途了，免得有朝一日，媽媽與你在另一個世界相見時，坂井你呀，已非我以前生出的四肢完好的小坂井了，媽媽不忍呢。坂井看完信，跪在地上哀慟久久，淚水停不住，彷彿禮物是母親化成一縷鬼魂送來的，當下放棄從前，避難到橫濱下町一帶當居酒屋廚師。原以為能好好過日子，但戰爭吃緊，在四十歲時徵調入伍，輾轉來到台灣戍守。

涙水是情緒的荷爾蒙，坂井趁醉唱起最上川船歌，用酒瓶當船槳划，大聲唱誦松尾芭蕉的俳句：「收集梅雨，成了最上川（五月雨を集めて早し最上川）。」來自內地的坂井，不是俗稱灣生在台灣出生的日本人，從小沒有強烈的殖民地階級概念，江湖味、裝老大的樣子，很快被自己拆台。他拿檳榔沾桔子醬吃，又猛喝米酒，甚至脫掉了軍衣，只穿內褲，把毛巾綁在額頭，大跳八扛神轎舞，唱橫濱的情色風俗曲，臉色猥褻。這讓聽懂的學徒兵心發癢，聽不懂的茫然。最後，坂井手腳岔個大，躺在地上呼嚕睡去了。「這就是當兵了。」一位學徒兵說，大膽捏坂井的鼻子，看來捏斷也不會醒。狀況解除，他們依區域或族群各自築起小團體聊天。在他們距離死亡前的八個月內，用半生不熟的日語交友，用各自最熟的方言或母語罵人，最後用拳頭搏感情。

隔日，有五個吃不慣軍中臭糙米飯的學徒兵躲在廁所附近，吃著向農民買來的地瓜飯，用糞臭掩蓋飯香，免得被人發現。他們吃相又急又難看，不時晾著燙傷的舌頭，發出呼呼的吹氣聲。「喲！你們看，那是大象人。」一位學徒用筷子指著山谷的小溪，驚嘆發聲。那有一位少年走在河中，骷髏臉，臉上露出長長的象鼻子，步伐誇張的踢正步。鬼呀！五位學徒嚇得站起來，站起來想看個清楚。只見少年走到深潭時，一手拎個百斤大石，一手把鼻子舉過頭呼吸，慢慢把身子沉入水就消失了。

這少年是帕，頭戴防毒面具練習行走。他從另一端的溪水走出來，把面具通氣管尾端的濾罐收入腰邊的帆布袋，到廁所時，聽到竹林後的窸窣響，以為野豬在覓食，繞路去看。喲！看得他大笑，有人摸魚摸到廁所了，便把手中大石猛力的摜地上，地皮一緊，幾個嘴巴還吮著筷子、用芋葉盛飯的學徒兵便彈起來了，不是空中噴筷，就是連番叫苦，臉色白得能當鬼了。帕順手接了他們，像馬戲團的小丑拋球般把他們在空中輪轉，一路拋，一路唱軍歌，來到兵寮前的小廣場。學徒兵都跑過來，看到幾個同伴在天空尖叫，褲子溼答答，連縮舌頭都是要命的事。帕把五位的瘺人給晾在樹上，摘掉面具，下令集合，說：「注意，注意還動。我是軍曹鹿野千拔，是你們的隊長。」這時宿醉的坂井被帕吼醒，跑過來，雙腳打岔蛇行，邊敬禮邊罵學徒兵們快集合，卻發現只有自己落尾，就知道完了。帕大罵坂井混蛋，順勢踹他個滾蛋，力道讓坂井差點翻到兩腳分家了。坂井滾到胯下撞上樹幹，那兒痛得他大叫，最後屁股朝天。這一幕讓學徒兵腳夾緊，感到自己的卵葩也痛到抽筋了。這下他們終於搞清楚，眼前的少年才是大尾的。是傳說中，不，是活生生的鬼軍曹。

倒栽的坂井翻回了身，搓著撞傷的子孫袋，跪地不起，折腰點頭，嘴巴小聲賠錯。

「萬年二等兵坂井一馬，都昭和幾年了，你還在廢話個屁？」帕大吼。

坂井有竊盜、抗命案底，始終只能當最低階的二等士兵，軍中術語叫**萬年二等兵**。坂井對帕的怒吼不是不理，是還無法振作，只能怪體內酒精還很兇。他勉強站起身，醉眼啫嘴的說：「報、報告軍曹，我剛剛說的是：收集那梅雨後，成了鬭牛窩川。」

帕又踹了下去，好把他的酒意踹掉，說：「是嗎？巴格野鹿，是『收集梅雨，成了最上川』，你天天說這夢話，我會記錯嗎。不要以為做錯事，改句子來賄賂我，記得，耳朵拉長點，皇軍不接受賄賂的。」帕轉頭對學徒兵，喉頭扯緊，高音量說：「當兵不要打混，這古兵混得兇，混到了歐吉桑還是二等兵。還有，我最恨人家小看皇軍，坂井給大家一個好榜樣，小看皇軍就是這下場，我會把他的大和精神踹出來。大家感謝坂井，他給大家一個錯誤示範。」學徒兵各自感謝，有人大聲，有人小聲，有人低頭帶過。帕說他只要一種聲音就好，便先教他們稍息立正的變換，直到大家的雙腳齊一發出聲音，才停下休息。

學徒兵腿發痠，坐在地上捏，看到帕的胯下一鼓一鼓的跳，都瞪大眼，心想鬼軍曹的老二太強了，強過馬屌。有的學徒兵還懷疑帕是深山的狸貓。他們看過日本戰爭漫畫，狸貓的陰囊可以膨脹成防毒面具或降落傘，更能變成盾牌擋米國子彈。帕看出大家的驚訝，大喊集合，挺腰把那兒撐出了大帳棚，說：「我的弟弟在這紮營，他叫鹿野山狗大。聽好，他要出擊了，誰要是伏地挺身輸他，就倒大楣。」然後伸進褲袋把老二扯出來，丟入隊伍。那些士兵瞬間像小女孩尖叫的跑開。帕的老二粗皮疙瘩的，毛還沒長齊，好兇，不斷張嘴叫。原來是一隻攀木蜥蜴。學徒兵覺得好笑，又不敢笑，心想牠體能好到哪。比賽開始，鹿野山狗大趴在地上一挺一伏，夠慢吞吞。「坂井，『恩賜菸』拿出來給弟弟抽。」帕說完，坂井很不甘願的拿出天皇頒賜、紙筒上繪有菊紋的香菸，撕掉鋁箔包，點著後先吞幾口，嘆說糟蹋了，便塞給蜥蜴。牠叼皇菸，抽幾口，張嘴猛的咳出，眉目大開大闔，前肢就像火車的汽缸連桿快速活動，學徒們都趕不上節奏。只剩帕用單指做伏地挺身跟牠較勁。伏地挺身沒人贏，帕便說：「比跑步總可以，誰跑輸鹿野山狗大，誰就倒楣。」講煞了，他大腳蹬地皮。蜥蜴把菸蒂呸出來，吐出煙泡，後肢蹲起馬步，一溜煙跑到樹上去跑步。學徒兵又輸了，只有帕在那笑個不停。

之後，帕開始訓練他們那一套了，照例從真前進、吃假飯開始，學徒兵又累又餓。而且接下來幾天都重複練習，他們私下抱怨，連槍都還沒碰過呢！要是就這樣餓死，哪看得到步銃表尺上的菊紋。到晚睡時，上百人擠在通鋪床上，冷風厚，棉被薄，新製的竹床又容易割人。有人聽到貓頭鷹叫都會怕，咕咕的聲音像取笑他們，半夜都不敢下床尿，情況悽慘只能用吞淚形容。

不久鬼中佐才來派新任務。他騎著烏金色的驃馬，後頭跟著兩位騎馬的憲兵，來到操場。憲兵拿一面繡有白馬的旗子，馬旁繪有刀盾，迎風揮響。旗上的金蔥繡馬有些粗糙，刺藝凌亂，是倉卒做的。鬼中佐把旗子插在地上，不說道理，只說故事來表達學生們的任務。他說：事情在一八六八年，地點在內地，當時仍有許多藩主不願降於新政府。與德川將軍有親戚關係的會津藩，是力抗新政府的主力之一。會津藩的軍隊編制採年齡分組，依支那的四方守護獸而分為玄武、青龍、朱雀、白虎四隊。其中，白虎隊是十六歲左右的少年組成。新政府的官軍逼臨到城下，鏖戰月餘。最後三百員的白虎隊手持武士刀和長矛，束裝衝出城，憑著武士道精神殺向現代化武器的大炮和銃彈，和官軍決一死戰。講完這故事，鬼中佐把那些關鍵、僻澀的字再解釋，直到馬都聽懂點頭了。最後，鬼中佐以激情的聲調對學徒兵下結論：戰車飛機不耐用，唯有大和魂才是武器，那是最強的精神鋼鐵，「你們要成為天皇的醜陋盾牌，抵禦米鬼，你們是現代的**白虎隊**。」鬼中佐高聲說。

白虎隊成立，正式名稱是「對戰車肉迫特攻隊」。他們不拿槍，是揹十五公斤的爆藥或反戰車地雷，憑武士道精神，衝向米軍戰車引爆自己，是用腿跑的神風特攻隊。每天早上，帕吹哨子催人起床時，白虎隊要大聲齊喊**一生懸命**提振士氣，衝到溪谷盥漱。岸邊人多了，很多學徒兵被擠得摔入溪水。吃飽早飯，他們又蹲在冷水，雙手合十，虔心打坐，稱這是用冰水把自己鍍為鐵人的電鍍時刻。鍍好身體，他們穿上俗稱丁字褲的纏腰布——綁得鬆，小雞雞會探出頭；繫得緊，蛋蛋會窒息——跑步，不是逆著激流跑，就是拖木樁在馬路上跑。操過頭時，動起來還好，不動時哪都痛，連頭髮也瘦嘰嘰的。連澡都沒洗就上床睡，身體又臭又多水泡，只能側睡。半夜要是貓頭鷹的叫聲過大，還以為是帕在喊起床命令，衝到山溝，用中指猛刷牙，以為訓練開始了，清醒後蹲在那哭個夠。

更晚時，月光從窗口照下，蟋蟀躲在榻榻米的縫隙叫不停。有人偷偷開門進來，坐在床緣。那個人裸著上半身，把身上長滿的黑色光芒拔掉。學徒兵又以為見鬼，細看原來是令人懼怕的鹿野軍曹。帕叫醒幾個學徒兵，要他們幫忙一根根拔下滿身的鬼針草和含羞草籽，草針有倒勾，把皮膚都扯爛。有些學徒兵猜測：帕晚上跑去跟鬼交關，得了不死之身，才力大無比。想到這，他們嚇得蒙被大聲哭，聲音讓棉被如墳墓鼓起來，汩汩流出來，像瘧疾傳染開來，聞者啜泣不已。帕這時會大吼，混蛋，給我安靜下來。寮舍才又淪陷在蟋蟀的巨大鳴叫中。

操練時，他們把帶來的祖上墓碑揹在身，那重量約十五公斤，滿山滿谷的奔跑，訓練極限體能。有時候，他們吼著衝進民房，不管居民在灶房做飯或在床上做愛。有時候，他們衝進火堆，不管火舌多麼熱情或無情。有時候，他們衝進開火的高炮，永遠衝不出日後隆隆的耳鳴。演習的重頭戲叫**肉迫**，是揹炸藥衝入敵陣感受到敵人體溫時才引爆。他們把火車當假想敵。在首班車進站時，白虎隊在山頭伺機，看著車殼上的蝴蝶反光。火車離站了，蝴蝶也飛散了，敢死隊從四面衝來，穿過蔗田或河谷，朝火車撞擊。機關助士在離開關牛窩前，會先看到一群原住民小兵拿竹竿殺來，竿尖裝有當作炸藥的石灰包，刺中車身頓時迸了灰。不消多時，三人一組的學徒兵衝出，戴鋼盔、揹墓碑，不是絆倒、體能不支的跪地，就是被火車的煙塵嗆翻了。帕站在車頂，射彈弓當銃子，丟拳頭大的石灰包當作手榴彈還擊。中彈或染到白灰的人，算是陣亡了，得在晚點名後以夜行軍加強教育。小肉彈攻擊目標，不是碰觸火車就行，得衝上火車鍋爐室或車頭的豬鼻蓋，才能引爆車體。那就像神風特攻隊駕炸彈機，得衝入航空母艦的煙囪引爆鍋爐，或衝炸飛機升降口才能引爆到艙內。白虎隊達成任務，會站上火車頂，興奮的舉拳喊「虎、虎、虎」。不過這樣的機會少，夜行軍多。

到了後來，白虎隊有了妙計，他們在黎明前互相把彼此埋在假墳墓，躲到土裡等火車來，忍受螞蟻和寂靜的騷擾，一等是數小時。等到肚子餓，便在墳裡吃罐頭，有時他們會吃到大正年間、貯存有二十餘年的牛肉罐頭，肉質綿，入口立即化成泥肉，公認是罐頭中的**天霸王**，忘記自己該裝死而跳出墳墓，嚇壞趕夜路的人。當日頭出來，陽光穿透土而碎閃閃，他們以為看到了滿天星斗。不久，入庄的火車震動世界了，星雲拚命眨，甚至崩下來。自埋在塚堆裡的學徒兵趁墳墓震塌前衝出來，揹上插在墳前的石碑，三人一組向火車特攻。現在他們懂得技巧了，利用漢人亂葬的習性，隨時隨地造墳，更有機會靠近火車。他們小組特攻時，還有妙計，體能最差的先喊出「我先了」的經典告別後便在半途引爆自己，製造紊亂，讓其他兩位體能好的從旁夾擊，總會有一人成功。演習結束，百餘位的學徒兵一身塵灰汗水，有的綁腿鬆了滿地，有的還從褲管掉出長長的丁字褲帶，像累死了脫肛，大腸掉出來。他們聚在庄子口，由帕帶領對火車揮手喊：「莎喲娜啦！」車間的機關助士脫下防煙的玻璃眼罩，眼中帶淚，揮著鏟煤用的小鏟子，回喊：「阿禮嘉多。」火車迴轉，又是迢山遠水外，兩邊人的眼裡剩下淋漓藍的天，晴空廣袤，太陽正青春。

到了夜裡，關牛窩有不少東西張開毛細孔，不是呼吸，是在漏氣，連河水也因為這樣而容易蒸發成雲。花了兩年，鬼王把村子戳滿小孔，摸索地標，終究會有帶鬼兵出庄的一天，攻殺北白川宮能久親王。帕為了延遲鬼王出征，先在鬼針草叢打滾，全身裹滿刺，再滾過那些毛孔粗大之地。毛細孔會收縮，恢復原本的質地，甚至更平滑，讓路過的鬼王滑倒。有一回，鬼王帶領幾個願意出征的老貨仔鬼，像螞蟻沿著記憶的道路前進，走到山谷時聽到山豬在打滾，不留神便在石頭上滑倒。鬼王俯下去摸，石頭太滑了，先前的髮簪記號全消失，被破壞的紀錄是這幾個月來的第七十一回，比章回小說還多。鬼王用髮簪遍插回去，包括那隻發情的山豬。地上裝山豬打滾的帕哪敢動，抿舌頭不說話。鬼王的簪子快插上帕的眼睛時，聽到狗熊驚叫，忍不住罵：「好像是蝦蟆叫。」裝狗熊不成的帕，趕緊在地上蛙跳。鬼王跳騎上去開罵，說又變成山貓了。帕學貓爬上樹，鬼王忍不住嘆氣：「帕，你終於變回猴仔，親像人了。」講煞了，鬼王罵帕把他的地盤搞亂，還問他為何這樣做。帕倒是先問起鬼王，如何發現那些假動物都是他。鬼王說，「你有三個心臟，跑得比人快，力也大。你怎樣變都無法隱藏，我摸不到也聽得到你的血流得比別人快三倍。」

「我是來同你講，」帕拍去灰塵，吸口氣，說：「你的冤仇人來了，要同你爭輸贏。你煞煞準備一下吧！」

鬼王先是大笑，然後說：「你的第三顆心在亂跳，不是講黑白吧！」

「隨在你。」帕說完離開，決定帶領子弟兵和鬼王一戰，驗收成果。

第二天傍晚，加強夜間教育的白虎隊行軍到塚埔，眉眼端正，腳步泰然。這些學徒兵被本地小孩戲稱「大街憨」，因當時市鎮的行政單位稱「街」。這大街憨考試讀書好，和洋文化看得多，但卻怕鬼這老祖宗，越是接近塚埔越是長雞母皮。到了陰氣強的墳場，強風吹低了菅草，把躲著的墳堆都請出來了。真是淒涼得好，多些鬼更冷清，誰知帕趁此時下達對戰車攻擊準備。學徒兵傻眼了，隨即三人一組，先下手的挖墳邊的空地，後下手的只能跳腳。等到帕不滿的喊，笨蛋呀！都有現成的，就地躲藏。各組才把最老實的成員推到剛撿完骨的空墳穴，迅速埋上，插上風水碑。日落山頭前，全員自埋成假墳，帕一一檢查，還踩上墳堆看牢不牢。其中一個墳插上寫滿梵文、俗稱卒婆塔的長條木頭，掛白燈籠，這是和式墳墓，而且墳土冒的是煙，不是鬼火。帕很火，一個手穿破，把裡頭抽菸的坂井甩出來，罵他做鬼也抽，死了還皮癢是吧！帕大腳把菸擰熄，而菸還叼在坂井的嘴巴。

等到了下半夜，鬼王仍沒出現。墳墓不是冒出淒厲的鬼叫，是眾小兵的打呼聲，害得帕集合點呼時，得挖開真假難分的墳墓找。有的是死人，有的是睡死的人。到了隔天傍晚，帕又帶兵去作戰，一樣是等到下半夜，擁擠的墳場快成了學徒兵的夢囈樂園。夢話像菜市場買辦，討價還價，殺完價順便要根蔥。到了第三天，自埋在墳裡的學徒兵開始踢來踢去，始終安分不下來。帕覺得怪怪的，對白虎隊下達：「肉迫戰，出來作戰。」卻沒有活人跑出墳。他掘開每個瞧，裡頭的學徒兵泡睡在一種像母親羊水般的軟液體裡。他們的肚臍都長出一條細絲，穿過地下串連在一團了。帕拉出所有的絲，墳場冒出了巨大的線網，最粗的線頭源自鬼王睡的大石碑。帕用力扯線頭，把鬼王拉出土。鬼王金剛怒目，因為他透過線絲進入每位學徒兵們的夢境，得知日本人早就進庄子，世界變天，而帕是個「小寇王」。鬼王咬碎牙，齒屑噴滿了帕的臉，說：「走狗，寡廉鮮恥的豎子。」

這幾年，帕把每個剛死去的新鬼刺瞎弄聾，有的還得挖腦漿毀壞一部分記憶，讓他們不對鬼王說出世局，但還是破局了，而且是自己搞砸的。帕從鬼王的情緒看來，還不知世局變得多深，便說：「要打贏我，才能打敗你的『番王』北白川宮大將。」

鬼王扠腰大笑，說：「你種下的局，就自家收淨吧！」講煞了，學帕用日語高喊：「肉攻，肉攻。」百位的學徒兵立刻蹦出土，杵在夢遊狀態，猛凜凜的對帕攻擊。帕一掌推倒，兩腳踢翻，三下就把全隊摔地上，但發夢狂的學徒兵又爬來，完全是不怕摔的空肉殼。帕開始逃跑，不然得打死他們才能停戰。夢遊狀態的學徒兵紛紛追散，有的摔傷，有的追得心臟快衰竭了，還以為在夢中不會痛，只等失血過多而死才停下肉攻。這下情況可頭大了，把情況越弄越糟的帕跑回塚埔，向鬼王討饒，答應帶他去攻打北白川宮，只希望自己的子弟兵快點醒來。鬼王要帕唱一首他們知道的童謠便可。帕把鬼王的耳殼擠入耳道，讓他不要聽到，才爬上大樹梢，大唱日本童謠〈晚霞飄飄〉。月光下，緩調的曲子蔓延出去，聽到的學徒兵在各處醒來，開始嚶嚶啜泣，慢慢爬出河流、山谷或草澤，屈膝抱腿，看著月亮，直到它落下山去。

隔天晚，帕依約定來到墳場，帶他去打北白川宮。鬼王站在那，穿上全副武裝的竹籜衣，穿草鞋，手拿竹矛，帶著生死之戰的面孔。帕帶鬼王走入庄子，後頭跟一群淒厲叫的狗，烏鴉也聒噪。月光在每棟土墩厝旁打轉，台車軌道反射寒光，馬路上剩下輕風翻翻蹭蹭，樹葉落下都有聲。他們穿過驛前的地牢，走過公會堂、郵便局出張所和庄役場，到神社的鳥居下。當鬼王踏入神社第一步，驚覺不對，踢掉草鞋再走，果真這塊地在關牛窩是他從來沒用髮簪刺過的。這是帕花了半年，先用針在四周扎下一條技法綿密如護城河的細孔，瞞過鬼王不要進入這塊傷心之地。鬼王抽出髮簪，用陰風的速度刺探，密匝匝的攻佔。唐獅子、高麗狁、青銅馬、石燈籠、手水舍，全在月光下張開毛孔呼吸，再下去是拜殿和神饌所，這是帕和學徒兵們每月初定期參拜的所在。在微燈的本殿，鬼王碰觸到神道教稱為「大麻」的白絡狀神札，共三座，中央是最高神權的天照大神，左側是類似五穀大帝、司職農桑的稻荷大神，右側是一八九五年攻台的近衛師團團長北白川宮。鬼王一個殺撲，碰到右側的神札時，虎口被割破，感到無比的痛麻，一股悲憤與殺氣便瀰漫全身。他忍了氣，雞母皮纏滿了身，問帕這是哪裡。

「這是日本人的廟。」帕用正統的方法拜，拉響神鈴告訴神明有人來了，再兩躬拜、兩拍手，喃喃祝禱：「能久親王殿下，有個支那老鬼來找您了，願您原諒他。」之後帕才對等到不耐煩的鬼王說：「別怒譴。你**出差世**（生錯時代）了，碰到的是北白川宮能久親王的神主牌。他是神了，而你是過身快五十年的死人骨頭了。」

「真不公平呀！」鬼王大笑，說，「給他逃過一劫，沒被我打死。」

「算你衰，我們再玩一次，仰般？」帕說罷，把鬼王狠狠揍一頓。鬼王的記憶被打退了兩年，什麼都不記得，只記得要去打北白川宮了。

在鬼王之役後，不少中邪的白虎隊員分辨不了虛實，在白天看到父母的蜃影，在夜晚夢見被五百節的火車輾過，沒壓死更慘。他們情緒錯亂，有人終於吃不了苦，半夜集體逃兵，一逃就是十餘位。第二天早點呼，帕把狀況回報練兵場的鬼中佐。五十位憲兵和士兵立即搜山，有的在他們回家的半路攔到，有的跨區從親戚家抓回來，有的從深山尋到。逃兵風氣蔓延，憲兵在夜晚死守兵寮的門窗，半夜不斷巡床。有三位隊員潛逃無蹤，像空氣融化在森林。帕帶著兩位泰雅獵人，憑著足印和氣味，在一棵因為溢滿青苔而壓垮的巨木下發現他們。三位隊員哭成一團，遺書早已寫好，內容寫明：「願以死謝罪，千萬不要拖累家人和朋友。」帕讀了也動容，告訴他們：「台北**菊元百貨**的少主當兵時自殺，給人有錢人家經不起操的笑話，你們要走，就走吧！」帕帶回遺書交差，任憑那三人天涯海角自行去。鬼中佐看了遺書，哀默不語，但是過幾日當他知道帕在縱人時，立即集合所有的白虎隊，命令他們兩兩鬢打，讓腦袋發生芮式八級大地震。鬼中佐又拿上頭刻有「精神注入棒」的木劍，要帕戴上鋼盔，在白虎隊的面前對他的頭狠狠的揮打。鋼盔打凹，木劍斷成兩截，鬼中佐繼續用前頭開岔的斷劍打人，直到帕身上流血，便大吼：

「你這清國奴、支那豬，要是誰再脫柵（逃兵），你就等著送軍法。」

一直默默承受的帕，這時低頭沉思，沒有帶走隊伍的意思，不吃不喝不語的站了好幾天。近百位的隊員陪他站，兩小時倒了十位，一天後只剩下五位，剩下的隔天用擔架送醫。鬼中佐嫌帕礙眼，要憲兵搬走他。憲兵哪搬得動，將高陞遷調的憲兵隊長千拜託、萬拜託帕離開練兵場，軟硬都不行，改採智取。他們挖空帕腳下的土，讓他倒落，用三匹馬和十個人浩浩蕩蕩的拖過整個關牛窩。帕一路上始終堅持軍人的禮儀，併攏雙腳，手貼緊褲縫。憲兵最後把帕丟入河裡。河水會用自己的蜿蜒帶走帕。可是帕落水後，反而卡在蜿蜒處，在漩渦中打轉了幾天還是漂不出庄子。

帕丟了隊長的職務，鬼中佐另派人帶領白虎隊。學徒兵的日子更艱苦了，代理的日本少尉是火鞭子，操他們過頭。他們跑到趾甲脫落，得用腳側跑，嚴重到血尿得跪著小便；吃的喝的更摻入了大量征露丸，練習不准生病，更不准體無完膚。他們刻苦操練、應付彼此的摩擦之餘，還面對一群新來的老兵。這些老兵多半是來自滿洲的**關東軍**速射炮兵，原本要馳赴菲律賓作戰，但是運兵船陸續被米國潛艇擊沉，便半途轉入台灣戍防。他們平日駐守在山崗對空警戒，下山後走路有風，特別的是不穿布鞋或夾腳鞋，穿三斤重的戰鬥皮靴，往人的屁股踹，讓人痛得脊椎快從嘴巴吐出來。這群老兵趁學徒兵出操時，吃掉他們父母寄來的食物，把家書亂改後貼在樹上，祝福被侮辱。令學徒兵厭惡的是越兇狠的老兵還是台灣人，把被日本兵欺壓的怨氣加在他們身上。學徒兵每晚躺在竹床上流淚，無助又無語。他們想起一首歌叫〈月月火水木金金〉，意思是當兵沒週末，操到你爆肝，沒放假就算了，還讓人陷入地獄。尤其消燈後喇叭傳出揶揄人出名的〈晚安曲〉：「初年兵（新兵）！初年兵呀！好可憐，又躲在床上哭泣了。」一由老兵蹺二郎腿打拍子，邊笑邊唱。學徒兵躲在又溼、又多虱子的棉被流淚，聽了歌聲莫不咬牙，猛捶竹床。他們開始團結，在食物偷下瀉藥巴豆，在家書裡夾一張「古兵下地獄」的大字。第三天，老兵的大腸激動得像煮開的水，匍匐到廁所，有的乾脆滾入草叢，來不及脫褲就啪啦響，直到屁眼睜得痠痛才用木頭塞。老兵們夾緊屁股，氣得更團結，藉機內務大檢查好徹底消除學徒兵的迷信，凡是從誰的袋裡和頸部搜出媽祖或關帝的**綦**（紅神符袋），先過肩摔，再罰面向以天照大神為主祀的伊勢神宮方位正跪。然後，罰體能訓練，學徒兵只穿丁字褲滾旱溪，褲布鬆的，得跪著對它大喊：「**越中褌**（丁字褲）大人，我會把你洗白。」道歉五百回。再來是訓練刺竹銃，槍桿頭上掛鋼盔，鋼盔裡放入石頭，掉槍的人罰喊：「三八式步兵銃大人，害你受傷，對不起。」沒一千遍以上是不行的，直到竹槍管自動冒火說好。

這種苦日子，學徒兵快受不了，偷派幾人趁夜到河邊，跳下水，攀在帕隨水旋轉的身體上，說：「隊長，你快起來救我們。」

「自己靠自己去吧！」帕睜眼回答後，又閉上雙目。

十位學徒兵怎麼拖，那根木頭就是不肯上岸，只好坐在岸邊大哭，哭到天亮才走。老兵知道他們找帕解圍，半夜把學徒兵叫起來，大罵這些萬年二等兵想報復呀！沒有銃桿高，倒比銃子硬，不滿意的可以拔下肩章單挑。當第六位挑戰失敗的白虎隊被踹得屁股開花後，被迫觀看的近百位的學徒兵忽然計畫性的逃了，一分鐘後，又從四面八方衝回，把墓碑抱在胸前，喝下哭淚當力量，決絕的跟十位老兵同歸於盡。白虎隊的暴動開始了，到第二天都沒停，鬼中佐帶領憲兵隊衝上山抓人，他們聽到寮舍傳來悲傷的〈**荒城之月**〉歌聲，只能抬回快沒呼吸的老兵。凡是有人靠近，五位小肉彈一組，戴鋼盔、揹墓碑，大喊「天皇萬載」的殺出來，成了一波波擋不下的失控潮水。鬼中佐承認搞砸了，不是向學徒兵低頭，而是派憲兵隊把帕撈上岸來收拾殘局。帕裝死，把河當眠床睡死，死也不起床。憲兵隊忙死了，用木棍趕十八條水牛去拉人，牛群反而被拖下河壩，水花大濺。這時節，一位老阿婆到河邊洗尿桶，唸了聲阿彌陀佛，便說那條水流屍黏在河壩裡，拉不起來的，除非連人帶河給拔起來。她講煞了，示範撈人的方法，丟了一片葉子權充是帕，用尿桶同時把河水與樹葉盛起便行了。憲兵懂了，去找來三十位警防團幫忙，把車站邊的消防木池倒乾後，連人帶水把帕盛起來，靠水的浮力把他盛大的抬回練兵場。

「不判你軍法，你就回去帶兵吧！」鬼中佐說。

「不是。」帕再也忍不住的說話，語氣像是告解：「多桑，我那麼努力當個日本人，努力當你的兒子。好的時候就是好，可是，為什麼做錯事，我就變成清國奴，就是支那豬。難道再努力，我在你骨子裡還是永遠成不了日本人？」

鬼中佐掉頭離開，當他打開辦公室大門前，頭也不回的說：「千拔，回去吧！我懂了，你放心。」然後待在裡頭三天內不出來，極為沉默，送來的飯菜都堆在外頭腐爛了。

通往白虎隊兵寮的山路，咸豐草花開兩畔，花白了一地，迎風輕顫。帕皮膚悶爛，頭頂著水草，髮中蛙鳴蓋過喘息聲，眼皮浮腫到闔不上眼，看來像是給城隍爺告饒的衰鬼。新任的憲兵隊長像一塊擦亮的迎賓石，眼神兇煞，黑服的線紋清晰。他看到「泡爛的豆腐」走來，憑著柔道五段實力，老早想跟這個傳說中的金太郎——日本傳說中穿紅肚兜、拿斧鉞、騎著棕熊的大力神童——較量比畫。隊長把帕攔下，呈出一張早寫好、簽好名的軍令狀——不分軍階的私下比武，輸者任憑受辱。帕看著旁邊三十多位被憲兵逮捕的學徒兵。他們揹墓碑、罰跪地上，想說些話，嘴唇卻腫得像香腸，眼神流露出說不盡的疲憊和求助。帕微笑，點頭答應，贏了，只要放了學徒兵就可。他顫抖的手拿著繪有印度卷紋和維多利亞浮雕的鋼筆，一時想不起簽哪個名字，太累了，得用另一手幫忙扶持手腕才寫下小名「ぱ（帕）」。

比賽開始，隊長不脫衣，只摘下肩章，一旁鼓譟和緊張的氣氛幾乎勒死附近的雜草，風也停止在樹梢呼嘯。隊長先按捺不住，兩腳按出蹲身，眼一尖，一個豹突，使勁要把帕過肩摔，竟然感覺兩腳空了。還用說，是帕抓起了隊長的領子往前走，他從頭到尾沒注意對手，只注意森林中的小徑。終於可通過了，便對學徒兵說：「你們是誰？」他不斷重複這句，從輕聲詢問到激烈的大吼，但眼神放得好遠。

那些跪在地唉唉叫，那些整個人癱地上，甚至被打到連呻吟都無法的學徒兵，慢慢從落單的回答到同一口吻，說出自己的答案。

「你們是誰？」帕嘶吼，聲盪森林，好像要那些樹開口回答。

「白虎隊。」學徒兵全都站起來吼，聲音震動整個森林，傳得好遠。連坂井也站起來吼，還大膽對一旁劣勢的憲兵調侃。

「丟掉支那劣性，你們是天皇陛下的赤子。走！給我抬起頭，挺起胸，回兵寮去。」帕大聲講煞了，往森林走去。白虎隊彼此攙走，抹淚前行，腫脹屁股像鴨子搖搖擺擺，咸豐草也在風中學他們搖擺呢！陽光下，山谷裡，有好白好亮的花。

在山上的白虎隊兵寮，另一批被斷糧的學徒兵繼續跟包圍的憲兵對峙。他們餓得目花花，看有人影來，先發的五人先是吃下榻榻米的稻稈解飢，再揹墓碑衝去和憲兵對抗。憲兵抓到就踹、打頭和過肩摔，再命令半蹲，要他們翹出瘦屁股，用棒子狠狠打。這是最嚴厲的海軍式制裁，凡再抵抗的立即槍斃。學徒兵的屁股頓時烏青，腫得拉不出屎。就在這時候，躲在兵寮的殘餘隊員聽到遠處傳來的呼吼，白虎隊、白虎隊……，聲音激情，連去年被颱風吹跛的樹都想站起來。然而那聲音，彷彿是臨死前的告白，不然怎會如此真情，令人聽了很激昂。他們決定衝出去會合。

不過這回來的不只有憲兵，還有帕。那可怕的鬼軍曹，他一手高舉著憲兵隊長，要圍守的憲警撤開。之後，帕把隊長掛在樹上，攤開雙手，把衝出來攻擊的學徒兵撈起，像馬戲團的小丑拋球般在空中輪轉，走到兵寮前的小廣場。兩股的白虎隊很快的聚一塊，又跌又爬又尖叫的，從原本喊的「萬載攻擊」化成「萬載歡迎」。他們把帕拋起來，手勁又嫩又激情，可比水花，自然把他丟個高。早被河水搞得疲憊不堪的帕在空中翻動，闔上眼說：「注意，我是軍曹鹿野千拔，現在開始又是你們的隊長。部隊聽令，起步走。」他又重掌兵符，縱情的發出酣聲了，睡得不成人。好讓隊長睡下去，學徒兵輪流把帕不斷的高拋起來，直到帕五小時後自然醒。這之間他們爬過五座高山，在佈滿星光、螢光的山路行軍唱歌，精力用不完似的。

天公伯終於青瞑了

白虎隊也擔任起少年工，製造起飛機。飛機是竹飛機，不是真的飛機。鬼中佐允諾，誰的假飛機做得有夠像，可派到內地的**高座海軍C廠**做真飛機。白虎隊卯足勁幹活，到內地能觀光，又能造飛機賺薪水，總比在關牛窩練習撞戰車自殺好多了。他們三人一組，用剖成條的孟宗竹編成飛機。好增加竹條的韌性，有時得用火烤軟，竹飛機做好是熱的，抬著走時要不斷往上拋，不小心掉到河裡會吱喳冒出不少的蒸汽。村人也造起飛機，用鋤頭背捶軟竹條，完成速度快得說是竹林挖出來的也行。他們這樣賣力做，完全是為了贏得鬼中佐舉辦的造飛機大賽，頭等獎是大閹雞十隻。

一星期內，全庄冒出一百多架竹飛機，大部分是白虎隊做的。每架有兩人手臂寬、三人身高長，凡空地都當停機坪。鬼中佐駕馬巡視，花了五小時巡完所有的飛機。竹機的比例正確，細節都有，機翼也畫上日丸旗。但有一架很見笑，放在恩主公廟改建的學校廣場。那是個中央鼓膨的大圓盤，飛機該有的都沒有，不該有的都有，沒有人知道那是什麼，笑稱那是大斗笠。幫忙做盤子的白虎隊被譏衰了，緊張得冒汗，把出餿主意的隊長推出去。帕挺直身，囁嚅的說：「這是神的飛機。我夢見了天皇，祂坐這種盤子降落。」好不容易安靜下來的人又笑壞臉了。鬼中佐要吵鬧的人抹淨嘴邊的譏罵，說：「比賽還沒有比完。裁判是米國飛機，誰的能引誘它下來才算贏。」原來造竹飛機的目的是騙米機攻擊，高炮再藉機擊落。村人覺得被騙，又是四腳仔的伎倆，敢怒不敢言，氣得目珠噴火，走夜路省了打燈。

造好飛機，白虎隊也成了飛行員。他們把三十斤重的竹機揹上身，用布繩繫在腰部，手抓住飛機兩側的掛勾，靜待帕的起飛命令。竹塔傳出空襲警報，一半的村人悠閒走進防空洞，另一半在田裡營生。大學徒兵把竹機搬兩下試鬆緊，依著帕的手勢，從隱蔽處潑亮身影，堂堂在馬路衝刺。帕的玩具是那個竹盤，重達一百公斤，直徑有六公尺，屬超弩級竹機。帕把竹機打扮得靚，上頭貼滿碎玻璃、亮金屬和蜻蜓翅膀，畫上原住民的斜紋圖騰，這讓其他的小竹機看來像他的影子而已。他們滑稽的開竹機，要引高空的米機來攻擊。不過米機的肚臍不長眼，嗡嗡的飛過，讓這百來架竹飛機跑疲了。

有一日，日頭好刺眼，回巢的米國轟炸機落下一滴光，直墜山區。看到的學徒兵吵起來，認為那不是飛機屎，是飛機落下的悲傷淚。他們出發找，終於在深山找到一顆丹橢的東西。它比炸彈大幾倍，砸破濃密的樹冠落地，日頭落下，燦出一圈圈七彩的漣漪光。「裡頭有東西。」帕大膽的貼上聽，怦怦，呀！裡頭傳來很強的心跳回聲。其他的學徒兵也用胸口貼去，當然聽到自己的心跳音，不約而同的喊：「這不是飛機淚，是飛機卵。」他們小心翼翼的扛回大機蛋，放在稻禾結成的大窩上，要孵出小機。消息傳開，來看的村人趴落地，說那是超級炸彈，怎麼看都不像機蛋。這時節，惡毒的蚊子來亂，把大家皮膚叮成了蟾蜍也不敢打，就怕吵醒爆彈，全庄轟死死。鬼中佐和憲兵隊駕著馬來。他看到情況，沒踏穩鐵鞍，快跌下馬，大笑：「那是爆擊機的輔油箱，不要了丟下來。」

白虎隊仍深信那是機蛋，不是油箱，想孵出小飛機的決心甚強。他們紛紛攤在機蛋上，旁邊放一隻孵卵的母雞以便模仿。母雞怎麼做，學徒兵就怎麼做。母雞翻雞蛋，學徒兵合力翻大機蛋。母雞咕咕叫，學徒兵肚子咕咕叫。母雞快樂的吃雞姆蟲，學徒兵想吃快樂的母雞。雞卵最後破殼，滾出黃絨絨的雞子，嘰嘰對學徒兵笑。他們這才信心崩毀，不是對自己，是飛機也會生出不受精的冇卵。但是，久孵的機蛋因熱膨脹，從隱密的輸油孔嘶嘶吐出氣，彷彿是小鐵禽要破殼的呼吸聲，惹得他們歡喜。一禮拜後，卵裡的鐵雛啄殼，尖銳的響聲連小鳥都感受到大驚將來，逃多遠算多遠。又過半個月，在學徒兵萬載的歡呼聲中，小飛機誕生了，抬著它四處秀。那個是被人恥笑過的大圓盤，如今有了鐵皮鋼肉，在日頭下，成了爆開炫光的最新款飛行器。村民來鬥熱鬧，驚喊：「這是恩主公的鐵鑊掉下來了，但鐵鑊呢？」他們最後發現飛機不是機蛋孵的，是學徒兵把剝下的油箱殼用鐵鎚敲在竹機上，再彩繪而成。那些乒乒乓乓的聲音也不是鐵禽破殼，是學徒兵在捏製鐵盤子。

白虎隊現在有了新機種，一種沒人能解釋的鐵盤子。每當警報想起，帕揹起那個鐵盤子跑了，後頭跟著一群小竹機。他們通常從縱谷頭的防空塔起跑，警報響起，立即跑。偽裝成樹的防空塔高六公尺，上頭有哨兵對空警戒，從飛機引擎的聲音判定是敵機或我機。防空塔的主警報響起，各哨的警防團再搖手動的「水雷」警報器，摩擦機器裡的牛皮軸，發出吽吽的長鳴。有一回，三架米機用了靜音戰術，從五公里外的高空關掉引擎，背著日頭滑降，使防空塔上的士兵沒聽到飛機引擎。倒是帕看到天空的風緊張得開始奔流，他一聲令下，百架的竹機一波波衝出來。忽然間，米機轉動引擎，朝防空塔一路開槍。帕發現米機低低殺來，轉頭大吼：「臥倒。」他回身跑走，一口氣把百架的小飛機撞入路旁的草叢。說時遲，那時快，米機的火炮停不下，把地面射出灰塵，瞬間把一頭牛皮戳成一朵爆開內臟的血花，嚇呆一旁的農夫。這時高塔上的警報器才響，村民到處蜂竄，盲目跟人跑，有的防空洞快擠死人，有的卻沒半人。米機俐落的翻了身，再度向大鐵盤攻擊，銃子往下射，地面潑土，兩位學徒兵頓時被打死。美國人來真的了，他們幾日前從空照圖發現關牛窩有飛碟移動，旁邊有很多假飛機掩護。他們研判幽浮是德國發明的，用潛水艇運送草圖給日本製造，在祕密山村試飛，於是派出戰鬥機非擊毀不可。

帕揹起大鐵盤，衝入路邊的蔗田躲，嚇得手軟腳軟，怎會料到三架單引擎的格魯曼潑婦式戰機是衝他來。當米機第四次朝他開火時，帕把懼怕變成力量，再下去是懦夫，只有迎戰才是大和武士。他解下繩子綁在鐵盤子，往天空甩，放風箏那樣用力拉著到處跑。鐵盤子成了幽浮飄在空中。帕的節奏飄快，越跑越有名堂，咕溜得連自己的影子都滑掉了，上萬根的蔗葉攔不了，反而掩護他的行蹤。三架米機散開後實施交叉攻擊，機槍即使打中能轉直角的幽浮，卻無法擊落，纏鬥了十幾分鐘便慚愧的飛離。這時候日軍高炮才開火，天空炸出一朵朵的黑雲，什麼也沒打到，彷彿是用回音嚇米機。躲草叢的白虎隊驚魂甫定，抬起頭看，大鐵盤仍安靜的空飄著，好像玩開了。忽然間，轟一聲，晴空爆出雷聲，另外又有三架戰機低空的飛來，機關炮往鐵盤射去，銃彈劃光，落地濺出大火。蔗田冒出了火煙，空氣甜滋滋，葉子發狂的燃燒，火光拋滿天了。躲在遠處的白虎隊軟癱了，定睛看，來者不是誰，是防空手冊介紹的P38戰鬥機。機身由兩架飛機黏起來的，一架抵兩架用，素有「雙胴惡魔」之稱。那種雙引擎飛機咆哮竄過，引擎排出的熱煙使天空扭曲，像惡魔飛翔了。

兩個班的士兵從練兵場跑來，趴落掩蔽物後方，擎槍射擊。這後來被村民形容為拿羽毛搔雷公屁股，沒屁用。能擊下飛機只有山頂的高炮和速射炮，不過得搬運到山底射擊。高炮拆卸後要六隻馬載運，一小時才定位，屆時什麼都走了，只能打空氣。於是，兩個班的士兵把速射炮拆解，沿山路揹奔而來，重炮零件幾乎磨斷脊骨。他們翻下稜線時，一架飛機高速的平行飛過，那是神經緊張、情緒快漲破的短暫，彼此距離短得好像可以握手，士兵甚至瞄到座艙中的飛行員也轉頭看過來，雙方都如此年輕，手中拿著能幹掉對方的武器。速射炮士兵猶豫了一會，才繼續跑下山，他們的遲疑是一種壞預感，因為那架P38在空中翻個大彎，衝回原地開銃，一陣機槍彈的火光從前方數十公尺的樹林奔來。士兵連忙跳入山谷，在陡坡翻滾，有人翻落百公尺的山底，腿已粉碎性骨折了。有人被炮零件壓傷，有人被子彈擊中。帕以為自己的戰鬥能換取速射炮部隊馳援，現在他沒了後援，而且他不知道這點。

另外一邊，那些白虎隊只能躲在山坡邊發抖，頭毛翹不出半根，聽到飛機子彈掃來，用尖叫聲回應。一位學徒兵被銃子打中，摀著頭頂傷口在嚎啕，喊：「我死了。」不久，那位學徒兵發現頭殼仍好，只是被飛機落下的熱彈殼燙傷，流血少得連蚊子都不屑。被嚇過的人膽子大，他大力深呼吸，吐出恐懼，從土坡探出頭，看到米機被帕操控的大鐵盤激怒了，化身成老鷹似的猛攻。而帕更猛了，變身成敢跟老鷹搏鬥的烏鶖，不時用大鐵盤迎向米機。白虎隊見狀好激動，心臟裝了鍋爐似的有力，有人竟然大唱隊歌〈**爆彈三勇士**〉。這首歌是歌頌在一九三七年上海淞滬戰爭、三位用雷管炸毀鐵絲網的日本工兵，被神化為自殺以成全大局。白虎隊的歌聲越唱越大聲，串成雄渾的大合唱。一些人不顧命的衝出，因為帕跑得太快被鐵盤給扯到空中，要去幫忙壓艙。當第四位學徒兵抱上帕的粗腰時，帕嘶聲大吼，把控制鐵盤的繩子放卻。鐵盤往上拋去，剎那間，與一架高速低飛的米機擦撞。飛機螺旋槳斷裂，失衡的咻咻旋轉，墜地爆炸了，機身逃出的火與煙真嚇人。另兩架飛機在失事上空盤桓，還朝那趴在地上的大鐵盤狂射直到它活過來似的猛跳，打完子彈才飛走。久久，大家才感到風在吹，日頭很辣，學徒兵歡呼：「帕打落米鬼了，打落米鬼了。」歡聲響徹雲霄。這時節，大家知道要鑽去哪鬥熱鬧，工作一拋，岔腳跑，抄下路上能打人和不被人打的工具。

這世界好恬靜，剩下那架米機在火中騷動，巨大的爆炸聲說盡痛苦外還是痛苦。村民稱讚這火真壯，咬勁兇，把機骸當檳榔嚼，往外吐鐵渣和鐵汁。這樣的火勢，不要說米國人，就是影子也燒成灰。村民紛紛大膽的靠近，他們知道米國人只有武器強，沒了就是廢渣。也深信米國人像話劇裡的演員，不必出操，皮膚細白像搽了挽面的新竹白粉，曬月光都受傷。鬼畜活著也是為了吃，大眼找、大鼻嗅，在食飽和睡飽中輪迴，身體夠壯但不耐撞。果真如此，摔機的地方散落了一些屍塊，另有白粉狀的細末，沒訓練好的人就是沒捏緊的泥巴，不愧摔得這麼精采。現場還有巧克力、梳子、手錶和一個被誤為忍者飛鏢的十字架。帕撿到一對黑眼眶，他曾在舊雜誌上看過米國明星克拉克蓋博戴這玩意。帕把眼眶掛上鼻樑，搞不清楚方向。世界夠黑了，鬼畜幹嘛要這樣遮瞎自己。不過，那付墨鏡讓他看見有個飛行員從大火的座艙跳出來。飛行員的衣服燒著，大火紅啾啾的，白虎隊嚇得大喊：「哇！紅孩兒來了。」然而，一根鐵條穿過飛行員的腰，他拔不拔都痛，躺地上哀號的哭：「媽咪，黑婆蜜（Help me）。」「啊！我們不是孫悟空，別找我算帳。」白虎隊回應。接著黑人飛行員痛得扯掉火燒衣，裸著身體，又摘掉飛行盔，露出鬈髮。村民卻看成飛行員掀掉衣服與腦殼，露出燒焦身體與皺摺狀的腦漿，驚喊：「阿姆唉！他烏索索，火炭人來了。」他們沒見過黑人，不信有人能活生生的掀開腦殼、手腳燒成炭、嘴鼻熟得外翻，還不當一回事。更可怕的是，火炭人不用目珠看，用眼白凝視人，躲在哪都被看光光。最後火炭人滴著火爬走，逃向森林。白虎隊偷偷跟去，地上盡是跳著的火苗，忍不住往地上摸去，發現是血。

憲兵和步兵跑去看飛碟，上頭的子彈孔密密麻麻的；再跑去看墜機，上頭的火是密密麻麻；最後跑去看帕，對他說出了密密麻麻的讚嘆。但是，鬼中佐沒讓大家稍事休息，揮軍去緝捕火炭人，誰先抓到的得到十條大肥豬獎品。有件事再度證明米畜無用論，鬼中佐說火炭人是黑人，住在赤道非洲那種最靠近太陽的地區，生下來就被烤黑了。米國人從非洲抓來奴役，沒事時當看門狗，有事時當馬騎。他們吃飯由黑人餵，上便所由黑人抱，騎黑人上戰場，騎黑人開飛機，摔飛機時還不忘拖黑人下水。這讓村人頗同情起黑人的，往肩後看，彷彿自己的背也有人騎。火炭人藏入森林後，不時趁夜出來偷東西吃，利用黑身體的特性躲。有人掉家畜、米糧，有人掉了棉被與衣服，怪火炭人是對的；有人跑了女人，也只能怪火炭人。最後大家怪起日本人，一根著火的木炭在村子亂跑，出動了數百人都找不到灰。

好多人得了火炭人恐懼症，晚上抓不到他，白天更別想了。有的男人說，在傍晚走路，回頭時被驚到，看到火炭人偽裝成長影子，瞬間像水蛇跑掉。有的人發誓說，火炭人的朘仔好大根，像胯下冒出一根緊握的拳頭，見男人揮去，見小孩想掐死，見女人才招手。最苦惱的算是鬼中佐，聲譽下跌之外，連米國人也教起他如何做，用飛機投下傳單，寫著：「善待俘虜，並禮遇飛機的大體。」到了第三天，鬼中佐責成帕擔任「抓米鬼大隊」隊長，無限的提供後援。抓黑人簡直是在夜空中找出剛誕生的一顆星星，帕也做不到，但是他聽到火炭人的呼喚，無時不在。那是唯一的線索。帕便趁夜前往塚埔，尋求鬼王的幫助。他走過驛站前的地牢時，裡頭傳出劉金福的聲音：「美利堅人會報仇的，你會害死庄人。」

多日不見，鬼王的記憶又從空白漸漸恢復，想起了江山易主，覺得人生到此已淒涼，何況又身滅成鬼。他無心戀棧了，四處遊遊野野，不時站在死水攤上，用樹枝寫下：「死後原知萬事空／但悲不見九州同／王師北定中原日／家祭無忘告乃翁。」風吹來，水波洗淨一切。有時又寫下懷妻：「十年生死兩茫茫，不思量，自難忘。千里孤墳，無處話淒涼。縱使相逢應不識，塵滿面，鬢如霜。」直到悲從中來，把水膜撕下，拋成了雲霧，化成雲中錦書寄去，但故鄉在何處？靠一支髮簪探路，要刺探到何時？鬼王大嘆人有記憶，是情緒上的退步，連死後都是折磨。帕走到鬼王前，用任何方式都激不起他的情緒，便揮拳打去，好把他的記憶打退到殺氣重的日子，下手重，打過頭又抓他的肩搖醒些，打打搖搖的，鬼王才回神到帕要的記憶點，喊：「天殺的『番王』在哪？」

帕心中大喜，有恨才有力量呢！他把鬼王放上肩跑，翻過山崗，看到夜裡的村子一片火亮，數百位村民和士兵等著他指揮。帕有暗算，要大家禁說日語，別被鬼王戳破。鬼王站上帕的頭，側耳傾聽，遙遠處確實有人在哭泣中不斷的呼喚，便說：「用回音戰術。」帕用方言傳下去，翻譯成閩南語和原住民語，白虎隊和村民拿火把散成一大圈幾乎把村子圍了，把火炭人困裡頭。火炭人喊媽咪，大家也喊媽咪。火炭人以為那是回音而啜泣，大家也哭回去。這時人圈縮小成一千坪大，還聽不出火炭人位置。鬼王聽出蹊蹺，臉色不悅說那是美利堅人在喊媽媽，何來「番王」。帕說那是會說美利堅話的「番人」。講煞了，帕拿了顆小石，朝一位脾氣不好的學徒兵丟去，讓那個人回頭用日語大罵。鬼王聽了士氣旺，說：「用四面楚歌戰術。」帕聽了，心生一計的跑回鬼中佐家拿來留聲機，慢慢搖動它的尾巴。喇叭嘰嘰喳喳的，傳出稀薄的米國國歌，聲音逐漸壯大，數百人隨之哼起。忽然間，火炭人卸下心防，從驛前的地牢內發出嚎啕，全村都聽得到巨大哭聲。憲兵從地牢揪出戰俘，像把落水狗拖出來，用二十支槍瞄準。之後火炭人二十幾小時哭不停。有幾位男人刻意被守兵放過，用木屐敲他。倒是有剛分娩完的婦人家擠出乳汁，用陶罐裝來給火炭人喝，希望他不再哭，避免引來米機轟炸。花崗醫生來探視米國人病情後，向鬼中佐說：火炭人傷重救不了，被鐵條貫穿的腰部嚴重腐爛敗血，他用哭來轉移傷痛，哭到死是最幸福了。

這時候火車來了，機關車多麼黑，煤煙更黑。火炭人被笛聲吸引，抬頭看見上帝坐火車來了。祂在某個車窗伸手用力揮，揹個十字架，而且是黑人上帝。車站聚集的人也看到這位黑人上帝了，黑得活見鬼了。上帝的專車靠站了。祂脾氣不好，下車時，拖著的大十字架卡在車門，祂罵巴格野鹿，腳一碰就令它飛走了。憲兵對祂立正，白虎隊對祂敬禮。有位九十餘歲的老人激動大喊：「**鬍鬚番**來了，恁久不見，你鬍子長滿全身了。」「鬍鬚番」是清末經過關牛窩、用螃蟹鉗一次拔掉二十位排隊者爛牙的**馬偕**，特徵是臉上鬍子多。在場的一些被宗教打壓的基督教徒連忙跪下，呢喃著哈雷路亞，讚美上帝。這麼多人對祂好，上帝的脾氣溫和了些，微笑，高舉手招呼。一位小學生忍不住的下跪，也忍不住大笑說，祂的腋下發霉了。上帝往自己高抬的手臂下看去，那裡因流汗而掉妝了，氣得要白虎隊用煤灰幫他補。這上帝是帕扮演的，他裸身用火車的煙管煤灰塗黑，黑得烏疏滴答，只有眼白要看透人似的。最後帕走到火炭人邊，把十字架插地上，攤開手，偷瞄遠處的白虎隊拿著的大字報，用現學的英文喊：「我是媽咪，媽咪帶你回家。」

再悍強的男人也有畏懼的女人，再濫情的男人也有一生鍾愛的女人，那是母親。火炭人緊抱著帕，說：「媽咪救我。」

帕仍然照著情境錯誤的大字報唸：「我叫湯姆，今年十五歲，你呢？」人卻機伶的抽出火炭人腰部的鐵棒。火炭人鮮血直噴，把帕的煤灰洗淨，現出打赤膊、穿丁字褲的裸身。火炭人不再湧血，眼眶滲出淚水，長睡不醒了。

「米鬼要回家了。」帕說完，一旁待命的白虎隊搬出大鐵盤。他們用墜機殘骸重新打造鐵盤，至於那個螺旋槳，怎麼裝都不順，裝在盤子頂端剛好。帕一撓，它猛轉，螺旋槳甩成光滑透亮的膜子，呼嚧嚧的。帕大喊：「飛機唱歌了，打開路。」白虎隊拽開路旁的竹子，拉出一條跑道。火炭人的鬼魂登機，看見窗外的村人對他揮手。鐵殼被白虎隊搖晃得像起乩的神轎，帕拉繩子讓鐵殼飛起來，拉了一百公尺，回到格魯曼戰機的墜機地，把繩子綁在旁邊的那株榕樹。大鐵殼飽吃了強風，螺旋槳轉不停，永遠浮在那，讓米鬼誤認為踏上了歸途而樂暈了。那是空中大鐵墳，他葬在旅路上，不會哭號，不曉得出來做亂。

劉金福匿藏火炭人，依軍法起訴，但是鬼中佐卻下令放他。釋放原因多到匪夷所思，比如地牢讓火車絆倒，又如那座小森林滋長蚊蟲是瘧疾的溫床，或者就是礙眼什麼的。憲兵不斷拿令狀要劉金福簽收，反而被他當餐點吃掉。他不出牢就是不出，硬拖也沒用，把關牛窩翻過來也倒不出他，最後用密招把自己困鎖地下。劉金福模仿出打雷聲，屙尿澆九蘡，讓它鹹得長更多根去找水喝，纏根爬滿洞穴，像是上萬隻的蜘蛛噴出絲線。末班火車入站時，拉娃從小洞往下看，地牢好黑，什麼都看不見，丟下的種子還彈了出來。她抬起頭，好讓車廂燈光透下去些，看到快塞死地洞的樹根，藏有溼濁的雙眼。裡頭的老人用泰雅語說再見：「斯嘎亞大啦！」拉娃不相信聽到的，哭了起來，說得那樣決絕呀。火車啟動了，拉娃也只能喊「斯嘎亞大啦」！誠懇的祈求再相見。此刻的她多麼恨火車，要是沒這吃火的怪獸，這世界不會有戰爭、分離和哀傷，尤其是汽笛，簡直是摧銷人的靈魂。到了第二天，地洞不見了，開早班車的機關士再也不用小心閃。憲兵砍除小森林，看到細根把洞填滿，像小墳場隆起，連刀也無法斬斷那種強悍的東西。劉金福作繭自縛，決定把自己鎖在裡頭變成巨大的九蘡種仁，永不屈服。

鬼中佐只好下令帕帶出劉金福，任務沒有獎賞，「像你祖父那樣的，沒辦法不吃不喝超過三天。」鬼中佐訴諸情感，要帕自行處理。帕又向鬼王求助，編個自己都臉紅的理由。鬼王也不吝情的說了計畫。帕當晚便向鬼中佐說：「好，我只要一百公斤的大鐵鎚就好了。」隔天天氣陰，天空飄雨，車站的燈殼發出輕微的雨嘆。早班的火車到了，五位上車搬大鐵鎚的憲兵耽誤了車程，讓機關士猛拉汽笛催人。帕上車，才彎個身，把那支一百公斤的鐵鎚拎下來。雨越下越狂，天空響雷，帕把大鐵鎚放入站內避雷，盤坐冥想。白虎隊拿著圓鍬和十字鎬從地牢外的五公尺處向內挖去，用大鐵鉗剪斷九蘡根。越靠近地牢，樹根越密越粗，挖的速度也變慢。另有十位學徒兵，拿稻稈從地牢上方穿入，好吸走大量落入的雨水。但雨太大了，劉金福猛嗆咳，還把救援的稻稈全拔斷。兩小時後，一位學徒兵衝進驛站，用青冷顫抖的嘴唇喊：「報告隊長，歐吉桑快淹死了。」瓦屋上跳著豪雨，屋內飄著震落的灰塵。帕闔眼不動，五分鐘後起身拿大鐵鎚出去。走到外頭才知雨狠，世界快融化了，廣場陷成了大凹槽，中央有個突起像燭芯的黑虯。帕大喊停，要忙碌的學徒上來躲雨。爬上來的學徒兵擠在車站和民宅廊下，身上都是水痕和顫抖，嘴裡塞滿了噴嚏聲。帕跳下洞，在渾水裡走向九藝根繭，用力打它一下，裹繭的泥土馬上崩壞，積水洩出來。劉金福的咳嗽聲從裡頭傳出來，怒喊：「你們不會爭贏的。」話沒說完，帕大吼，把大鐵鎚往地上捶，穴內數噸的雨水噴開來，附近的玻璃窗震動，樹葉掉落，大家以為是米機哪時丟下的啞彈忽然爆炸了。帕趁穴內的雨水還沒回攏，大腳擰穩，吼力往九藝繭的底部揮鎚去了。地板鬆動了，轟一聲，來個全壘打，那個「洞」從地穴飛出去了二十幾公尺，落在馬路上滑，迸開水花，最後卡在無法入站的火車底盤下。拉娃從車板的小洞看去，那有個大繭，像是足夠把關牛窩洗到破皮的大菜瓜布。她聽到繭裡傳來還算順暢的呼吸聲，放心說：「歐吉桑，我就說你的『洞』會飛出來。」

一架三菱飛龍式貨機徘徊在藍天，灑下細小的雨，雨隨風飄到哪都是，盤旋的盤旋，跳躑的跳躑，飛舞的飛舞。好多人停下工作仰看，張手接到這種乾燥的雨，原來是種子。有些籽有細長的絨毛，它抓到風飛了，飄過河流與森林，來到山林做奉公的人群處。現在，他們花更多的時間和人力在鏟山填谷，每天有數百人投入，非加緊完工不可。那些落下的汗，讓地面的鹽分過高，幾乎快長不出植物，倒成了動物半夜跑來舔取鹽巴的聖地。白虎隊加入工作，身上黏滿有絨毛的種子，它隨汗水落地。帕趁餘閒，沿山路下去，轉入森林後硬是把那走出一條回家的新路徑，進籬前把種子拍落。籬笆是帕新圍上的，裡頭各養有十隻小雞和小豬，都是他打落米機和抓到米國人所獲得的縮水獎品。但是老主人不照顧牠們了。

帕把藏了劉金福的樹根繭扛回山中，光是解開繭就花三天，好在那些樹根是活的，泡了鹹水便死了。劉金福被強制拉出地牢，深覺屈辱，此後自囚在夢裡，拒絕醒來，他牙齒緊咬，雙手緊握而使指甲嵌入掌肉，憤怒完全呈現在肉體上。照料這植物人，帕依三餐把配給的軍米嚼碎吐哺，用竹管接上雞腸當工具幫祖父灌食。定時按摩劉金福的手腳，拍打背部，從嘴鼻把膿吸出。按時翻身，免得長褥瘡。每日清晨，伸手從祖父的肛門掏出一顆顆球狀的硬屎塊，傍晚時揹他去散步，一邊唱歌一邊拍他的屁股，哄他放屁清腸。如是半個月，飄來的新種子在門前竄成了呎長的野菜，開出下垂的紅花，帕摘下來燙熟，嚼碎後灌給劉金福吃。那種菜俗稱南洋春菊，日文漢字叫**紅花襤褸菊**，煮後的菜色襤褸，滋味苛澀黏腸，卻成為村民飢荒時的桌餚。有人說是飛機草，因為從飛機上撒的，將就食食。有人說是飢餓草，肚枵了，什麼都沒得吃時，加減有。沒有一種名字比光榮天皇更值得的，帕用天皇的年號命名，叫**昭和草**，意謂「今上（當今天皇）」御賜的。

植物人每天猛長趾甲和頭髮。帕用軍用剪刀鉸趾甲，喀聲斷裂，趾片竟射嵌在竹牆上。再用磨刀石修腳趾甲。趾甲很難處理，劉金福會緊握手，趾甲老是刺傷掌，搞得一片膿瘡。後來帕發現，握拳不代表戰鬥，是孤單需要夥伴，便把自己的手鑽進劉金福的拳窩。那手抓到依靠，淡淡牽著，膿瘡就好了。只有帕要出門時，才會抓兩隻小豬代替自己，給劉金福牽著。劉金福的頭毛長得更快速，像流水往下潑，到處積滿斑白的潮水，還流到菜園。有一日，頭髮碰到陽光，瞬間變白，陽光順著髮絲傳送到他的腦袋。夢裡的劉金福頓時看見路燈亮了，自己盤坐在路燈下，除了一盞路燈，之外都是堅壁清野、一望無際的世界，於是他大喊，吹掉燈火。帕聽到劉金福的夢囈，把他的頭髮墊在樹頭上，用菜刀鏨。頭髮太韌了，剁不斷，被菜刀嵌進木頭。帕看傻了，用手猛扯頭髮，痛得喊出，髮絲像細微的刀子割入掌中。那是劉金福的憤怒之髮，斬不斷，理還亂，他把不滿都囤積在上頭，不然會悶死的。

某天下大雨，雨勢狠，把屋頂砸出破洞，晴後的日光射進來。那個落下的光印隨日頭移動，好像在晦潮的房裡找什麼。隨日頭北移，光印路線略微南移，九天後照到劉金福的腳。啵一聲，植物人發芽了，從腳趾長出植物，葉子茁壯，上頭飛滿發光的塵埃，如飛鳥環繞在十座小森林，讓觀看的帕發出喟嘆。原來是劉金福的老趾甲鈣化腐空了，塞滿牢土，便把當時拉娃從車洞丟下的種子全藏在那，共長成三百多株的小苗。其中大拇趾的森林很澎湃，一公分厚的鈣化層養了好多熱情的祕密，以雀榕最霸道，溢出的纏根裹著他的腳板。帕覺得劉金福想藉植物和他說話，便摘入耳朵放，蹲下，摀著聽。哇！他聽到細根竄長聲音隆隆響，起初以為是風大，但他記得劉金福說過植物會趁打雷時趕快長根，要喝隨來的落雨，於是他知道劉金福的夢中在打雷了，豪雨將至。他幫他蓋上蓑衣，刻了一條船當床，要祖父躺在兩條小豬中央牽著蹄，在日頭天也掛上煤燈以防天色隨時轉暗，讓祖父安心。然後他把趾甲苗全拔下，移種菜園，扠著腰，望著日頭時還打噴噓。帕關上竹門要離開時，杵在那看小豬小雞在籬笆裡玩，小豬用鼻子亂拱，小雞亂掘地穴，到處是疤坑。他又抬頭看屋頂的雜草，被陽光磨得泛光，遠處的森林在最細微的風中動，好像是喘息的河流，而更遠處由樹梢構成的山稜線在浮動。他看太久，忘了要出門還是進門。這才進門，看著躺在兩條豬中間的劉金福，探探他還有鼻息嗎。他腦門總是這種猶豫、遲疑與愁纏的煙霧，幾乎遮瞎眼，就是深怕劉金福隨時會斷氣。他最後撒了一把豬菜，去招呼小雞和小豬，便大聲唱歌，邊吼邊沿著小徑回山林做奉公，這樣就什麼都暫時忘了。快走到時，他聽到遺忘在耳朵裡的植物還在長，發出咕嚕聲音，把它種落土，拔光附近的雜草和石頭。這植物的日文漢字是**躑躅**，即杜鵑，叫得更精確是玉山杜鵑。那是拉娃自族人手中轉送給劉金福的。玉山杜鵑，在雪中微捲樹葉，忍冬待春，泰雅語故稱北德拉曼，意思是「再試試看，別放棄」。拉娃的族人曾攜帶此種子走五天四夜，夜攻玉山頂，面對曙光，背對帝國最高海拔的神社「新高山祠」，手掌高盛種子，跪地祈求全世界的泰雅祖靈給它力量，能在更低海拔的燥劣環境發芽。然後把種子送給拉娃，期許她獲得植物發芽的力量。

夜露滋潤，北德拉曼一暝大一吋，半個月後長成樹，迸出如白色的花朵。那些數百位鏟山的人，終於看到平坦盡頭那株開花的玉山杜鵑。他們這才相信先前的猜測，眼前長一公里、寬八十公尺的平台，是一個被雲霧掩藏的簡易飛行場。他們開始整理飛機道，十六人一組拖動大碌碡壓平。碌碡大如房子，從巨岩上鑿下來，每個耗時三個月鑿成。碌碡也像火車輪般，把石子軋得火花爆竄後剩下灰燼。帕一人就拖動了，他傾斜身體，綁上拳頭粗的麻繩，每拖一次就像刀子割肌膚。過度勞動使他們手腳冒水泡，常常半醒著工作，也半睡著吃飯。疲憊得想放棄時，山下傳來洶湧歌聲，學徒兵爬上樹梢或崖邊瞧。群山奔騰，有好多人從三個方向走來，還有一朵大雲飄來飄去，飄到哪，被雲影遮到的人群會唱起高昂的軍歌。北方是來自新竹州的兩百位警防團人員，西側是來自苗栗郡的百位愛國婦女，南邊是來自台中州的三百位中學女子挺身報國隊。他們來這奉公，睏的睏，累的累、渴的渴，但是白雲朝頭頂飄來時，用響徹雲霄的軍歌趕走雲。人聲的趔趄之下，白雲只能朝東奔向機場。忽然間，晴雨落下，把厚薄各異的樹葉敲出節奏，白虎隊知道他們為何唱歌了，這是「西北雨」的雲，得唱歌應和，便在雨中豪情起來。上千人投入奉公，機場在兩天內迅速完工。

天氣漸暖了，日頭朗朗，躑躅花隨日躑躅，襤褸菊逐風襤褸。某一個山徑轉彎的地方，有位採野菜的孩子發現龍葵上沾了白色物。他大喊，下雪了。說它是雪，它就飄了，像風的靈魂般遷徙。孩子追著喊：「大熱天，落大雪了。」他追到視野好的山頭，看見到處下起這種雪了。雪景的中央，有一台新式的機關車從瑞穗驛發車，後頭只拖著一節花車，繞蝸牛殼紋似的山路往殼尖的機場駛去，汽缸永遠處在亢奮狀態。那聲音泛得遠，動物落跑，風到處亂流，把山屋的樑子都泛歪了，陽光直截戳進劉金福的眼皮。目珠是夢的入口，水晶體折射出的七彩燒壞了劉金福夢境，連白寂寥都不剩。以夢鎖國的策略敗亡，昏迷一個月的劉金福醒了，感到口渴，端不起身，將就翻落了床，爬到灶下撞翻了水缸喝水。他注意到異狀，地上的水攤不斷的泛漣漪，便貼上翻缸底形成的巨大集音器，聽到遠處傳來的嘶嚎聲。錯不了，是那魔鬥的力量把他震出夢外。劉金福要殺了這力量，一頭撞刀架，一把菜刀插落地。用嘴叼了，頂開門，爬過庭院裡開滿的杜鵑花與嗡鬧蜜蜂。他嚇一跳，到處是像雪的東西，昭和草的絮滿天飛，數量大得把山稜線撐得鼓鼓的。劉金福想不透這些討人厭的棉絮哪來的，但不久就愛上它們。白絮黏上了他，風一吹，他跑起來，身子輕盈得像離開弓的箭，拖著又長又白的頭髮。他忽然有某種感覺，是憤怒，是源源不絕的復仇力量，他要殺光路上睹到的每個日本人，直到也被日本人殺死。劉金福不知道復仇加速了自己奔向最初的允諾——降雪之日就輸誠。他跑上帕一個月來往返而成的小徑，想不透，這路哪時走出來的，要引他到哪？小徑的盡頭接上一條通往機場的山路，來到巨大聲音的源頭。

那是新式機關車，拖了一台花車，爬往飛機場。花車用黑檀木打造，兩側鑲上皇室十六瓣菊紋，錯上金漆。車內飄滿鮮花味，幾位十八歲的神風特攻隊少年坐在彈簧皮椅，臉上搽了淡妝，頸子繫了絲綢方巾，一手擱在窗上，失神的北望藍天。機場的零式戰機掛滿炸藥，只加了去程的汽油。喝完聖酒一杯，他們會從這啟航到太平洋，撞擊米國的航空母艦，肉體為聖戰死亡，靈魂歸靖國神社。這新式的機關車叫「紫電」，有三個汽缸，而輪胎上有細釘增加摩擦，力量之大，村童稱之為「天霸王」。天霸王煙囪噴出的煤煙與昭和草的白絮絞成一股煙泉往上噴，染了煙塵的白絮又過重的落地。大白天變黑，車頭亮起大燈，拚命往機場爬，路太陡峭，三汽缸劈哩啪啦的搗，還是難拖動，得由兩百多位的村民幫助。帕傾斜身子，與十匹悍馬在前頭用粗繩拉機關車，士兵與年壯的在車旁推，小孩則拿火把照亮路，他們唱起《大地的呼喚》助興。每當車輪空轉，白虎隊用木棍插去，撒石子增加摩擦力。在到機場的最後大陡坡，天霸王下滑，巨輪把兩位村民的腿壓成肉醬。所有人都聽到那痛苦的呼叫，像錐子鑽人心，不過要是少數人放手救，大部分的人會遭殃，所以只能繼續幹活了。

這時候，旁觀的劉金福靠在樹上，一種濃烈的哀毀瀰漫全身，他正想要用死亡為自己插翅膀，離開這世界，卻看到無數的親友還陷在地獄揮手。這是最大折磨。他失聲痛哭，淚水洗掉身上的白絮，失去輕盈的力量，一吋吋下滑。九降風吹來，把他的長髮、寒毛和陰毛瞬間摘光，隨風湮滅。一瞬間，慈悲使九鬣頭成了無毛人，他跪下祈饒：「天公伯呀！你不成青瞑了？我給你做牛做馬，你從今要保佑關牛窩，保佑台灣人呀！」劉金福擰乾淚、咬緊牙，拖著顫巍巍的步伐，走出森林，上前推天霸王，成為奉公隊的一員。

臣服的劉金福拔擢為瑞穗驛的「助役」，也就是副站長，這是頂天官位，驛長只能內地人做。他的工作輕鬆，結領帶，戴盤帽，手提信號燈，用最複雜的心情做最聖潔的工作——擦亮星星。他不反對這頭路，還有點喜歡上，唯一的要求是打赤腳，放褲管遮醜。每到臨暗的上工前，日警准他燒炷香。劉金福在車站後頭，雙膝一折，額頭觸地：「不孝子孫劉金福，腦筋朽朽了，在此向列祖列宗跪拜。」之後將香炷插在地上，去幹活了。等他一走，巡警便把香炷踩熄，踢到崩崗下。車站廣場早就聚集了上百人屏息，目珠不眨，就怕錯過擦星星的好戲。過不久，加掛副廂的引導機車先進站了，向後方打出通行燈號。八節的列車隨後翻過牛背崠下坡，煞車器猛響，來令片裡耗出了一泡泡的火屎沫，滿出一道流灩的天河鐵道，恰給列車自天上踢躂來。村童捏住呼吸，不能歡呼，也按捺歡呼。天霸王隨後也要進站了，它的汽缸在遠處發出雷響，而頭燈這裡撥、那裡挑，像極了閃電，壯觀得很。不多久，被村童稱為「製雲機」的天霸王爬上牛背崠，亮出額前直徑四呎的菊紋盾，那是與大和艦同屬的超弩級機關，或皇室乘車「御召機」有此榮光。只見天霸王站上牛背崠，氣不喘、汗不灑，放一響笛聲，噴出十隻飛鳥高的蒸汽，浮了朵大白雲。它衝下坡時，煞車花火往後丟，像是拋出一款繡花的披肩，那碎飛的小光晶，惹得路旁的草木伸出影子瞧。但火花隨即被車旁灑水器噴出的水網抓熄，免得釀災。孩子再也憋不住氣，連連喊萬載，歡呼和奮力的高跳，歡迎機關車中的天霸王到了。這場面他們看了數十回，還會看上一百餘回，每一次都永遠像第一次看到時動人。

天霸王才靠站，有人在車邊靠上梯子。劉金福跨上擎馬仔，由帕揹了一步步登上了車頂。他們經過一位坐在沙包堆裡的機關槍士兵，來到路燈下——那是世上最低的星星。劉金福用撢子拂去燈泡上的煤塵，從口袋抽出布絨，盛了電火球擦。那麼輕，那麼溫柔，光亮從指縫漏下，驛站流動著細微的光影。劉金福又翻到絨布比較乾淨的另一面，再擦電火球，多點手勁，玻璃會咕唧響的。孩子閉眼聽，這咕唧聲讓孩子猛吞口水，全身縮癢起來，便會喊劉金福生病時的那句家常話：「海，我看到海咧！」海呀！孩子們都仰望著，想像那燈光如海潮淹沒了整個山谷，在最暗最潮溼的角落慢慢乾燥，連最隱微的東西都啵一聲長出影子，光影卷卷，奔盪洶湧，輻射出去的影子讓車站如盛開的曇花浪蕊。擦亮的電燈更透明，二十公里外都可以看到，更多的昆蟲飛湧來，快把劉金福撞落了。在最光明時，劉金福演出自己的西遊記影子戲，手靠近電火，把影子投射在附近的山壁上，蟲影成了戲途上不斷掉落的豪雨或大雪。眾人仰疲了頭，蟲雨也唰滿了整車站，約一分鐘後戲終了，劉金福翻個手，只見山牆的三藏師徒都走入大雪中幽隱。江湖恩怨，都枕在今夜夢中，行路迢迢，且待明日分曉。手影人分辨不出穿什麼衣，也沒說話，端看觀眾各自的配音了。最完美的獨白來自個人內心對世界的對話。憲兵認為這沒有違法，啞巴戲，鬼才懂，睜一隻眼閉一隻眼。

「十、九、八、七、六、五、四、三、二、一，消……燈……」

影子戲結束了，帕揹劉金福下火車，準備熄燈。廣場上的百餘人一起倒數計時，喊出聲音，希望全世界的夜都能看到這盞燈的睡去。

好多看一眼燈，孩子特別把「燈」字拖得長，足足一分鐘，把山催眠得打呼了，充滿狗熊、山豬和飛鼠的叫囂。劉金福扣下路燈扳手，啪一聲，電火球緩緩的闔上眼，燈芯把光亮吸回電線，沿著獨立系統的水力發電機往回送去，經過水輪、流水、山坡、流風、白雲，瞬間送回天上。啊！所有人尖叫，電火送回天了，散成滿天的星斗。天河鮮鮮，星圖淋漓，低得對星星喊話它們會眨眼回應呢！全宇宙為關牛窩點起敻邃的電火珠。夜轉濃，風轉涼，清風又把星星吹得鬆動，咻來咻去的，滿天流星了。

之後，全庄宵禁熄燈，火車也得熄燈。幾位士兵用四根竹子頂著的鋁板，放在火車煙囪上，不要讓火星露出。不久，夜空中嗡嗡響起，定時到北方轟炸的米機飛過上空，防撞燈飄過了銀河。村人知道米機轟炸關牛窩也沒用，有好幾次他們看到炸彈落下，不是被觀世音娘娘接走，就是恩主公開牛車來收淨淨。他們不認同鬼中佐的做法，得在庄子到處挖防空洞，每家地上都有個肚臍，那是防空洞入口的蓋子。他們覺得更見笑的是，竟然挖了一道五十公尺深的大山洞，說是火車的防空洞，現在成了養蝙蝠住的旅館。

米國爆擊機和戰鬥機飛過後，火車移動調車，連結器匡噹一聲接上。天霸王在前頭拉，後頭是老火車姆推。頭燈大亮，汽笛一響，沙管放沙好增加主動輪起步的摩擦力，天霸王便去追逐引導車了，轟聲通過驛站送行的祝福幡布。八節車廂太多，每節增加一名技工，每轉一次彎便用轉盤調校齒輪，好讓車廂安穩轉過去。齒輪快速絞磨，發出奇異的轆轆獸鳴，混合牛群與鬼歌的曲調。蒸汽爐高速的運轉，車沿山路蜿蜒，貼近山壁時，乘客能看到詭譎變化的光影，看久了會吐。於是靠山谷且視野廣的座位，成了好所在。一位派往內地的白虎隊員往外發呆，伏在窗上，看著落入河谷的窗燈忽遠忽近的飄躍，他大喊：「看，鹿野殿來了。」引起大家的騷動。

月光下，深谷囤積了光亮、獸鳴和溪鳴，悠悠然，一抹燈影閃過，把河水擦得閃閃發亮。只見帕兩手各提大尿桶，晃眼間，跳過河上的石踏，努著身，順小徑奔踏而來。劉金福則坐在他肩上的馬擎仔，一手提信號燈照路，一手抓牢帕的短髮，身子貓伏，眼神虎亮。劉金福有暗算，昨日已委屈不成那獨善其身的小國皇帝，今日就失去自我而成了戰火中的孩子的長工，救救他們，加減撈回幾條命。但這些救援行動得避開車站日警，便趁發車後行動。追到車尾門，帕放上尿桶，再放劉金福上車。兩子阿孫走入末節車廂，那堆滿了硬幣、鐵釘和鐵窗，是強制徵收後好送往兵工廠煉製成火炮、戰車。帕看到公學校的銅像——楠木正成和二宮尊德，身掛「祝出征」的白布條。那個騎著昂蹄戰馬、一身盔甲的楠木正成，那個揹著柴薪、一手握卷讀書的二宮尊德，那不是以前入校門時必定敬禮的文武二將，終要熔為炮彈，捐軀為國出征了。帕摸了二宮尊德背上的柴薪底，果真刻了好多名字，那時他們相信奉上一束柴火，把剛出生弟妹的名字偷偷刻上，嬰兒不會亂哭，因為二宮會幫忙揹著照顧。

兩子阿孫走到下一節車廂，三百位的工業戰士、志願兵往這擠來，其中的四十位白虎隊特別興奮，他們是徵調到內地造飛機的少年工，乘這班車走。帕微笑以對的說：「看，你們的戰友也來了。」這時其他的六十位學徒兵才從窗外亮出頭，雙手撓著木窗邊，笑喊：「肉攻成功。」他們鼓著屁股，撐起身，勾起一腳便爬進窗，強者還把落在外掙扎的隊友拉進車來。大夥從背包倒出油紙包，和一叢叢的苦楝花。日式的畢業在三月底，當季的紫楝成了畢業花代表。花在車燈下好釉亮，隨車顫晃彷彿在盛開，人人稱美，心中也沾染了畢業情愁。

帕提的桶內也有百來塊的油紙包，倒完後，跳車離開。油紙包有拳頭大，紅綠各半。劉金福要大夥各拿一包，說是向媽祖婆求來的海上專用型錦囊妙計，危險時節能用。大家樂不可支，但操煩要如何用。這時，砰一聲，火車後門打開，咻咻風聲和巨大的機械運轉聲衝入，是帕回來了。他從河壩提了兩大桶水上車，由於步伐貓穩，身移如風，水在桶裡都睡了，怎樣晃都不動。但是，尿桶才放到劉金福跟前的地板上，隨車晃，水醒了，從水桶裡吐出來。

「各位後生人，你們會出海港，但是美利堅的潛水艇會打沉大船仔，極多人不是跳海浸死，就是被鯊魚食掉。大船沉水時，愛記得兩件事才能自救。先扯開紅包，把裡頭辣椒粉丟落海，能嗆走食人鯊。要是鯊魚再來，莫驚，把底褲（丁字褲）解下綁在腰上，鯊魚看到比自己長的東西會著驚，不敢咬。跳海前，得將綠包的桐油抹在衫服上，人可浮在水上。」講煞了，劉金福用桐油把衣服搽勻，鋪在水桶上權充救生衣，叫三個人站上去。薄衫吃了油，肥得跟木頭一樣，多幾個人站都不沉。示範完，劉金福又說：「後生人，聽真來，你們繫在腰部的『針布』，是庄裡的婦女特別做的，一半泡了酸梅汁，一半泡粥。你們打仗口渴時，撕下來吮能夠解渴。肚枵了，扯下來泡水吃就行了。大家千萬記得，要撐下去轉來，咬牙撐到最後，命就是你們的了。」帕帶劉金福到每車廂，把話翻譯，直到大家都懂了。

火車要走遠了，六十餘位的白虎隊趁上坡時跳車，大喊：「**同期之櫻**，莎喲娜啦。」同期之櫻的意思是同梯戰友。

車上的白虎隊則熱情說：「同期之**栴檀**（苦楝），再會。」

跳車的白虎隊繼續追上去，送行三公里，互勉要寫信聯絡，最後大唱〈螢之光〉——曲調即是蘇格蘭民謠Auld ang Syne，即畢業曲〈驪歌〉——餞別。車上白虎隊也唱和惜別，趴在窗口，或爬上車頂，揮著楝花道別。過了個路彎，發著苦楝紫光的火車走入山水之後。車燈淡，晚風冷，世界終於變得又暗又難解，只有歌聲拉得又細又遠，成為彼此記憶中互為牽絲的情感。

莎喲娜啦，大箍呆閣下殿

劉金福所謂的那種泡了酸梅汁或稀飯的特製「針布」，實際叫**千人針**。它長約七呎二，是幸運布，繡上祝福文字，得一人一針共千人完成，給出海的士兵戰士綁腰際。每日打早，為丈夫或為兒子的婦女會徒步行，走過每戶人家，求人為幸運布縫上一針，往往走上十幾公里路。好多人學會針黹幹活，不為自己縫，是替人編織祝福。

早在半月前，拉娃在火車上撿到一條千人針，她問父親上頭繡什麼字。武運長存，父親說。那一刻，拉娃的肚子忽然絞痛，日漸頻繁，拉娃咬牙撐過，但猛使腳勁，夾得父親忍不住哀號。那種淒厲叫聲讓上車診療的花崗醫生，誤以為生病的是尤敏。

「我曾偷吃祖母醃的飛鼠腸，鼠腸變成一條蛇，在肚子作怪了。」拉娃告訴醫生。

「沒錯，」醫生摸她的肚子，說：「那是響尾蛇，牠擺動的尾巴在唱歌，摘掉就可了。」

割盲腸手術選在當晚進行，再拖下去的話，尤敏會被鉗死。白虎隊奉命用肥皂水洗淨車廂，再以用水泡開的高錳酸鉀錠消毒。末班車提前進站，花崗醫生和兩位看護婦（護士）上車。看護婦打麻醉藥時，拉娃尖叫，認為有人會趁她沉睡後帶走父親，便用力緊繃皮膚，擋壞了六根針。「打到我身體也一樣。」尤敏說罷接受針藥，還主動拿起麻藥呼吸器就鼻，貪婪呼吸。麻藥從尤敏體內流給拉娃，但是循環速度太慢，喝上一罐的小米酒助興也沒效。老等不到替拉娃動刀的時機，搞得大家都累了。

天色暗下來，路燈亮了，帕掀開車頂的氣窗讓燈光射入，說：「小星星來了。」在忽然熾烈的白光，拉娃暫時失明，然後世界才又點點滴滴的顯影。她感到自己活在井底，氣窗邊的帕成了在井邊打水的小孩。帕唱歌放繩子，笑得開心，露出玩耍時撞斷的門牙，他背後的天空有著穿透午雲的陽光。好美的景象，拉娃還把帕喊的「小星星來了」誤聽成「小飛鼠來了」。小飛鼠，要命的讚美，拉娃這泰雅名字的本意正是小飛鼠。她害臊了，微笑低頭，沉醉在酥酥麻麻的世界。愛情是最有效的麻藥，拉娃腦袋分泌這種沒有用的幻影，兩頰緋紅，雙眼迷濛，沒有比現在更適合動刀。醫生拿刀劃開她的肚皮，用鉗具撥開內臟，他訝異拉娃因長期使力，臟器亂成一團，找到闌尾切除時，失血已是她未來十年經血的量，也耗掉好多的時間。醫生不擔憂失血，體肉相連的父親自動輸血給她，他擔心的是時間急迫，一到八點的燈火管制時間，路燈熄滅，連燭火都不准點，等於沒了手術燈，拉娃的性命堪憂，車廂將成為她豪華的大靈柩。

早在電火球亮的霎時，群山淡景中，關牛窩對空暴露了位置。現在，米機不定時爆擊，地面有光就投彈，有一次竟把上千隻聚集的螢火蟲誤炸。五位憲兵進入瑞穗驛，命令消燈，但劉金福堅持到八點消燈。時間分秒流逝，等待真的很耗耐性，特別是花崗醫生說「八點不可能完成手術」時，快急死大家了。八點差一刻，山路的暗處發出窸窣聲，不多時，近兩百位的婦女跑來，揹著自家的厚棉被。來自聯庄的千人針婦女隊來了，她們聽劉金福的指揮，馬上縫製一塊四十公尺見方的大燈罩，要把路燈和火車藏起來。她們用麻袋針縫，好方便使力，用上石頭敲針。沒針的，用鐵絲戳棉被，再用粗線串起來。時間越接近，婦女越緊張，好多人發抖得做不下，口唸觀世音菩薩保佑，就怕落彈把大家蒸發了。這時候，有人起頭帶唱山歌，合唱讓人集體的忘記恐懼。八點到了，火車熄燈，炭爐門緊鎖，煙囪用大鋁板遮住。整輛車毫無光源，只剩蒸汽爐的運轉聲。憲兵扳下路燈的開關，卻因為劉金福動過手腳，電火沒熄。電火局的工人要找出隱藏的電氣線切斷，怪的是找不到。憲兵隊長把劉金福按在燈柱上，手槍管塞入他的嘴裡，命令消燈。這使旁人尖叫後，氣氛安靜得像一攤木灰。劉金福的牙齒被撞斷一顆，他起先是害怕，但喝到口中的鮮血後，心想即使吃銃子也要把話說出。他用舌頭頂開了嘴中的槍管，說：「再等一下，我把命豁上。」要不是帕跑來阻止，他會迸腦漿。

七公里外的縱谷口，防空塔上的士兵對空警戒，用聽或用看的找出轟炸機的影子。他們訓練貓頭鷹，幫忙找天空中一閃一閃的飛機燈，要是看到燈還叫就打牠。幾隻貓頭鷹一字排開，張著敏感的眼睛，對天空咕咕叫。忽然間，貓頭鷹都縮頸閉眼的不叫了，深怕被打。B29轟炸機沉悶的聲音從遠空傳來，士兵趕緊搖警報器，縱谷警戒起來。空襲來了，一位憲兵開槍打熄電火球，燈暈太大，目珠花，槍法就糊了。於是凡有佩槍的憲兵一起打，手槍才舉，發現關牛窩的地板震起來，東西抖出線條。火車也在震跳，車上一切跳得更瘋，手術刀在鐵盤上跳芭蕾。花崗醫生趕緊向窗外探出頭，要帕不要砸那顆大石頭了，他這才看到整個車站的人為了救拉娃而努力，縫被的人縫被，祈禱的祈禱，大叫空襲的大叫，熱鬧得像殺人狂衝入了夜市。他還看到五位憲兵對電火球猛開槍，要不是帕不斷砸那顆近半噸重的石頭，電火球要被射破了。

眼看自己體力越來越耗盡，帕把大石高舉過頭，吼得喉結快噴出了：「肉迫星星。」講煞了，把石頭砸地。地皮一緊，近五十人的白虎隊員豆彈了起來，火速衝上車，在車頂疊上五層疊羅漢，嚴密的包住電火球。憲兵開不了槍，合力用斧頭砍路燈桿，用腳踹，終於把木桿弄斷。但是帕早就把電火球和燈罩折下，連著電線從天窗降入車內。電火球不再是星星，像一顆沾滿滾燙蒸汽的太陽，強光把車廂的影子全沖出窗戶了。村人看了流洩在地上的影子就知道手術進度：花崗醫生慌忙的幫拉娃縫肚皮，汗水滴落，又打翻工具。如果這時熄燈，大家相信拉娃肚子會縫入手術刀，將來走路會發出生鏽的鐵器聲。五位憲兵衝上車，忽然溺在那種割爆眼球的亮度而迷失視線，得閉上眼走，兩手像蝸牛觸角摸來摸去，他們要擊碎電火球卻在手術室玩起了捉迷藏，場面非常糟。忽然間，婦女隊的歌聲沒了，一陣厚重的黑風闖上火車，空氣變悶。原來那件燈罩終於做好，被帕拉了上去蓋。大家仰天看，鬆口氣，米機剛好成群的飛過，飛往新竹市、台北市去夜炸了。

第二天火車來時，拉娃不再鬧肚疼，腸胃清爽，簡直有一朵新鮮的白雲盤據在那一樣舒服。她注意到靠河谷方向的車窗邊，坐了好多人。除了將軍與一群隨從之外，另有幾位穿飛行衣的神風特攻隊。後者頭綁白布條，條子上寫著**七生報國**，意謂著轉世七次也要報答皇恩。除了正期生飛行員，有些是大學生畢業後短訓，成員中有一位是本島人，名叫金田銀藏，漢名劉興全。這時的銀藏用筆記本素描窗景。火車經過山洞後，他伸手到窗外，不意被馬纓丹勾傷，但也得到小小報償，一隻吸馬纓丹蜜源的蝴蝶飛進車內。蝴蝶亂撞，隨著窗外捲入的風飄搖，翅膀一下子襤褸了。銀藏舉出受傷的指頭，說也奇怪，蝴蝶停在指尖，伸直捲曲的口器舔血。其他的神風特攻隊見狀，對銀藏稱許，說他是蝴蝶專家。銀藏說，蝴蝶要吸血中鹽分，這反應很自然，然而在這故鄉有個傳說，蝴蝶會舔血，因為那是人死後轉世變成的，想從舔血變回人。「生為人，死為蝴蝶，也不錯呀！」銀藏講煞了，用拇指輕壓，便抓住指尖上的蝴蝶，往窗外放生。赫然間，他被窗外的嚇著。三十餘個穿軍服、揹墓碑的少年掛在車廂外，有的上爬，有的掙扎身體。

砰！有人從車頂大力踏下，帕在那喊：「你們是誰？」

「特攻隊。」車廂外的少年回應。

車裡的年輕人心頭一震，彼此互覷，原來眼下的少年們也是特攻隊。

「巴格野鹿！根本是**大箍呆**。蝸牛們，你們要到第幾次才會長手腳，不要給我用舌頭爬。」帕又用力踏車頂，大喊：「跳車，你們的迎賓表演大失敗，給我滾回車站。」

學徒兵不敢哀叫，撿個火車轉彎放慢速度時，紛紛跳下車，跑回瑞穗驛。

火車又轉彎，銀藏才回神，放開手中的蝴蝶。不料受強風的蝴蝶貼在窗柱上，翅膀爆濺，只剩殘軀。銀藏心頭一揪，把窗軌上的殘蝶拈出，乾笑幾聲算是歉意。他把旅客先前吃便當掉落在窗台上的一粒乾飯糝放入嘴，用口水軟化，當漿糊把蝴蝶黏在筆記本，拿筆幫牠補上翅膀。這時候一位青年過來銀藏身邊，稱讚畫得真美，跟真的一樣。銀藏闔上筆記，把鋼筆掛上口袋，也是一番敷衍，不敢自豪。其他的年輕人也靠過來，手扶在椅背上，就著窗外涼風談天，聊起本島的小吃炒米粉、零食糖蔥和阿里山風光，忽然有人問起大箍呆是啥意。大箍呆是閩南語傻大個之意，音與「特攻隊」相近，有諷刺意思。

銀藏感得這解釋會消磨人心，便說，大箍呆就是特攻隊，是本島人發音不正確。

不久，火車進入了熱鬧的瑞穗驛，廣場站滿了憲兵、士兵和白虎隊，迎接用的大紅布氈鋪得好遠。一位將軍從車廂走下來，伴隨盛大的軍樂，身上的勳章在晨光下爆亮。廣場爆出歡迎掌聲，小學生揮動國旗。銀藏平靜的內心又湧起波濤，他想起從內地的大津陸軍少年飛行學校畢業，前往熊谷陸軍航空學校就讀操縱科（飛行組）時，乘坐的火車每靠一站，月台上擠滿穿水手服的中學少女和小學生，他們唱軍歌，拚命揮旗歡迎，女學生還送上繪有皇室菊紋、文情並茂的信箋表達敬意。此刻，那些盛大的歡迎式就在自己故鄉，難免激動。但是銀藏不想在鄉親前被認出身分，他把理由告訴同伴，從另一節車廂離開那些熱情得快冒煙的群眾。

歡迎神風特攻隊之外，還有表揚帕。將軍在廣場的講台上看著龍骨筆挺的帕，內心激動，但眼神裝得冷峻。「大日本帝國陸軍軍曹鹿野千拔。」將軍忍不住先鼓掌，說：「空手擊墜米機有功，即刻擢升為少尉。」台灣兵能官升將校（軍官），沒有比這新聞更聳動了。將軍把一枚象徵高榮譽的金鵄勳章別在帕的胸前。帕也舉起廣場上的大石頭，朝地上摔幾回，讓關牛窩的地板震幾回，表示他不是浪得虛名。當帕知道除了勳章，還有軍部贈禮時，一改冷酷表情，恢復童心的爬上火車頂看——那個玩具有兩個大眼睛，會隨火車震動而滴溜溜轉。帕把腳踏車高舉，在煙灰中憋氣，往人群中的劉金福凝看，等他為這玩意取名。大家猛鼓掌，手掌腫了，但帕沒有下一個動作，也就沒人把掌聲捺熄了。十分鐘後，站在燈桿下的劉金福忍不住激動含淚，用客語喊：「那是鐵馬。」「這是鐵馬。」帕用盡肺氣的告訴眾人，他手上的玩意叫這個。連日本人也興奮的用半客半日語的吼：「鐵馬，萬載。」驛站歡聲雷動，讓電桿嗡嗡顫。

四月了，小溪潺潺，山櫻花已凋敝，樹木扶疏，苦楝的餘蔭逐漸濃密而遮蔽小徑，空氣中浮動奶甜的柚花香，潮溼深處傳來一種彷彿偷了公鵝喉嚨的沉悶蛙鳴，走入森林的銀藏很著迷這些風景。他頭戴飛行帽，嘴上叼酢醬草，順著堅硬的泥路前行。他喜歡酢醬草的滋味，非常春天呢！在溪谷的深處，赤楊木和溪水聲同樣茂盛，從那傳來的少年兵操練聲也是。轉個彎，在火燒柯樹下，有一位拿木槍的小哨兵看到他著飛行裝，背上還長出一對大型透亮的翅膀，連忙敬禮，問：「飛行士閣下殿，有什麼貴事？」對將級以下軍官用敬稱「殿」；將級以上用「閣下」。哨兵兩個敬稱都用上，銀藏差點笑出來，知是對方太緊張了，便裝嚴厲的說：「我是跟鹿野殿比賽跑的，誰贏，就是你們的新隊長。」哨兵一時無措，看了看他背上血脈分明的翅膀，跑回兵寮報訊。跑上十幾個階梯，哨兵衝進白虎隊在吊單槓、伏地挺身練體能的場子，朝帕跑去，大喊：「隊長，有人開飛機來跟你比賽了。」整個場子安靜下來，一個走竿的學徒兵顧不了平衡，便橫坐竿上，從高處喊：「來了，他來了。」只見階梯那頭先浮出一對綠靈靈的大翅膀，人才虎蹬而出。大家才看出翅膀只是芎蕉葉，插在背上生姿，把牙齒都笑亮。有人甚至小聲的說，真像歌仔戲中那種穿奢華死人裝的背上才有的行頭。

「吧嘎，誰在笑？」帕怒吼，指著銀藏，說：「看清楚，這是我堂哥，他是**加藤隼戰鬥隊**的飛行員。」加藤隼戰鬥隊，日軍在緬甸、馬來西亞一帶南方天空的飛行隊，盤桓如鷹，素以勇猛剽悍聞名。

銀藏微笑以對，說只是為皇國效命的，不足掛齒。帕卻得意的向隊員介紹銀藏是單槓王，拿下過郡內競賽的冠軍。講煞了，邀個表演，命令站在單槓下的人離開。銀藏老是在推辭，尋思間，他想到學生們在這山谷特訓，生活操煩，該給些激勵性的節目，便說來段「大」字的獻醜表演。他往地上抹把細土吸乾掌汗，跳上單槓，下腹頂著鐵桿讓身子弓成蝦狀，翻轉起來，用幾乎雷響的音量大吼：「這招叫，大和撫子。」大家頓時悶笑起來。大和撫子象徵女性貞靜美好的內蘊，只對女子的稱許，但出自銀藏這種飛行員口中，娘了點。衝著那笑聲，銀藏更驕傲的再喊，這叫大和撫子。幾個平日調皮的學徒兵終於笑出聲，用吼著笑，舌頭快岔了，連帕也悶笑幾下後要大家安靜。即使是簡單的大和撫子招式，銀藏做得俐落，每轉正一圈稍停留，轉了五分鐘久，直到笑聲停下。銀藏又翻正身，騎上槓，用胯間夾緊，邊轉邊喊大楠公。大楠公本名楠木正成，是日本中世紀智勇雙全的武將。公學校門口都立有大楠公騎馬英姿的銅像，以崇尚武德。銀藏的大楠公招式便是模仿馭馬技術，由於動作難，學徒愣著眼致敬。接著他手抓槓來個上馬翻，腳挺直，喊個「大車輪」便像電扇不停的怒轉，咻咻不饒人；又喊聲「大日本帝國」，當空停頓時側個身，換方向又是轉起大車輪。這虎虎態勢，攪得風也疼了，學徒靠過來看，讓整個操場的空氣被那筋肉電扇給吸走了，不能多呼吸。遠處坐樹下休息的人也站起身，到人牆後頭跳著看。銀藏轉了三十來圈，固定地上的單槓腳都鬆了發出嘎嘎聲，幾個學徒兵連忙扶著才行。末了，銀藏趁勢翻上，放手把身子甩個騰空大轉，漂亮落地，高舉摩擦而溜皮流血的手掌，讓它在斜陽下發亮。「這叫，大和魂。」他聲音小得像螞蟻咳嗽，學徒們卻清楚聽得如同內心對白。他們對忍受飢餓、傷痛有著無比天分，卻無法忍一下感情上的輕晃，此時心情激動，心想怎麼有人能孤獨的轉，任汗水噴到觀者的臉上，讓他們幾個月來在這的苦悶操練都得到理解。他們圍在銀藏身邊舉手呼應，不斷高呼大和魂、大和魂，聲音青嫩，淚水已老，巴不得把靈魂要從喉嚨喊出，直到森林安靜下來的風為他們再流動起來。

傍晚已到，幾個學員從練兵場抬回晚餐，放下海菜味噌湯。大家盛了菜飯都圍在銀藏旁邊問不停，比如南洋戰爭如何，沖繩的軍民如何抵抗米軍。銀藏有的暢言以對，有的微笑不答，然而說到有關飛行之事，他卻滔滔不絕，比如問大家讀不讀他最喜歡讀的月刊《飛行少年》或者暢銷書《航空驚異》，裡頭有很多有趣故事。又說，他十六歲已能駕駛滑翔翼做到三百六十度大迴旋和連續8字盤桓，博得官校第一名控手的美譽。未料，引起內地同學的嫉妒，捏造說他不滿學校伙食，偷了水池的錦鯉變賣後在校外大吃大喝。他百口莫辯，氣得在零下五度的氣溫中跳進消防水池，在操場匍匐前進五十圈，快凍成筷子，連那些本島生也來聲援，寒風中戴著防毒面具跟在他身後爬。這樣做無非是證明自己清白。這件事驚動到中將校長，把引起事端的學生訓罰，才平息風暴。談到戰爭，銀藏又說「擊墜王」坂井三郎在台南航空戰鬥隊時如何擊落米國戰鬥機P40，又在豪州空戰中，被子彈打穿腦袋造成一眼失明之下，仍駁機在那些如起司一樣纏黏的米機中脫困。最後，在眾人的起鬨下，銀藏激昂的來一曲加藤隼戰鬥隊隊歌，權充加菜。這時候，銀藏發現始終在微笑聆聽的帕，沒用餐，才知自己用了他的分，便起身道歉。帕搖頭說幾粒飯而已，胃磨幾下就沒大腸的分，還蹲不出屁！便問旁邊的坂井一馬：「今天幾粒飯？」「三百五十一顆，比昨天少五顆。」戰爭吃緊，少幾口飯正常。帕見銀藏滿臉紅，嫌他太見外了，要坂井把房裡掛的山羌肉乾拿出來，給大家的牙齒上葷油。聽到有吃的，坂井這才像勇猛軍人，衝鋒喊殺，殺去把東西拿來。帕差點沒昏了，坂井把他私藏的麥芽糖、牛肉罐頭與幾隻飛鼠肉乾都帶來，故意沒拿山羌肉，才又裝糊塗的折回去。這些原是帕用以戰備的糧食，如今被瞧見，也大方的犒賞下屬。大夥得了肉，蹦個散，找好位置躺下。時光大好，把肉塊放入嘴緩緩吸，舌頭逗弄，先把纖維中的甜汁吸淨，最後成了白蠟，再連骨頭都嚼爛吃下，又折了小枝，把齒縫的肉屑剔出，咂呀咂的出聲。一時間，到處是喉嚨的嘆息，懶得動了。大家吃了肉，嘴巴有些葷，又稱讚起銀藏。有人說還想看一回「大」字單槓表演。倒是打飯班錯過時機，嫌大家把銀藏的技術說得過火，其中一人說自己也會單槓，手往褲管抹，一個鐵槓跳抓，沒想到手滑，掀個四腳朝天。大家笑翻了，諷刺說人家是槓上、你是槓下的「大」字表演。那落地的人爬起，開罵是誰在槓上吐口水害他滑落，張開手，發現那是血。他這才注意起銀藏老是插著手的口袋也透著大片的殷紅，於是把拳頭捏緊，慚愧似的走到樹旁不語。

「我今天不是來表演單槓的。」銀藏走到帕身邊，又說：「我是來找你們隊長比賽跑，贏的就當你們隊長。」

大家聽了驚異，咸認銀藏槓上功夫好，槓下的跑步未必行。倒是帕縮頭，一副未比先輸的表情，說：「改天吧！人家手都流血了，怎麼跑。」

「手掌流血，可以用拳頭跑。」銀藏雙手高舉，握起雙拳，來個倒豎身以拳盤子抵地，說：「我們就跑到『鬬牛窩的盡頭』吧！先到先贏。」

帕咒罵幾聲，一個豎身倒立，慢慢跟去。這下大家都明白了，原來是比「逆立」賽跑，難怪老是推辭，這種跑法正是帕的死穴。正當等著看好戲時，帕大吼：「全部給我逆立跟來，誰慢的，就把屁股準備好，晚上來個海軍制裁法。」聽到制裁兩字，學徒兵感到屁眼抽痛，趕緊把手抵地，屁股晾起來，沒想到才豎身，就失去平衡感的往前倒，於是不斷重複動作而成了翻筋斗前行。這詭異奇趣的隊伍展開來，由銀藏引領，後頭跟著帕，其他學徒兵個個翻滾如獼猴嬉鬧。不久，帕暈了，胃酸和肉餚逆衝到喉嚨，把食道燒痛。他嫌浪費食物，硬是了得的吞回去，沒想到回頭看，四十餘位滾得腦纏金星的學徒兵把晚餐都噴得精采，全身沾滿臭肉。來到溪溝，帕以肉身為橋，咬了草管當呼吸器栽入水中，只把腳露出水。從山坡滾下來的小兵哀號一聲，都被帕踹過小溪，倒栽到對岸去。算了算人頭，還少那個笨蛋還沒跟來，帕爬出水，大吼，坂井一馬，你金玉（睪丸）長在頭上了，給我跳。只見倒豎的坂井臉紅，雙手發抖，兩腳抱著樹幹，不敢跳下土坡。忽然間，坂井被不知哪時出現在身後的銀藏給大腳推下坡，滾兩蛋，喊聲我的媽呀，趁勢給帕踹個大字飛過溪，姿勢滿百。帕勉力抬頭看，心想銀藏方才在前頭，哪時繞到後面，這才是他的厲害。銀藏笑兩響，說：「剛剛你讓我先，現在歸我追你了。」講煞了，翻滾下土坡後順勢倒立，追了來，用手把帕「踹」入水中了。

落入水中的帕想起那個從小夢想飛行的劉興全，即使改日本名，也要用大正十三年第一位來台架機表演的日本人野島銀藏的名。當金田銀藏還叫劉興全時，生活與飛行完全分不開。三歲時，他的父親劉添基用麻竹製作大滾球，要小興全站在內圈，張大的手腳套入踏環，腰骨一扭，便滾動起來。四歲時，劉添基用麻繩綁牢小興全的腳踝，倒掛在大木樁上，再轉動木樁，利用離心力甩人繞圈子，小興全便張開手尖叫的享受飛行。五歲時，小興全學習倒立行，到了上學的那天，手穿草鞋靠這招走上三公里到校，進校門時由於上衣倒掀像裙子遮住了頭，腳上提了巾布書包，嚇得校長以為他是無頭女生。等到搞清楚他的性別，校長氣得頭髮捲起來，要他罰站在銅像二宮尊德前。小興全二話不說，倒立在銅像前，還睡著打呼、流口水，讓路人以為有人在那拉尿。那些倒立與旋轉的訓練，不過是他父親劉添基得知進入飛行學校後，得學習這項目而提早強化他的技能。然而小興全把它玩得爐火純青，從小贏得「逆立王」稱號，連小帕都不是他的對手，只有落在後頭聞屁的分。九歲時，劉添基從天燈得到了靈感，製作一個燒瓦斯的大型熱氣球升空，用公牛拖過村庄遊行，讓人開眼界，不料，半路殺出幾個原住民，捫弓一放，射箭解救了他們口中的「太陽罣丸」，拖走那張皺巴巴的大卵葩皮。劉添基做出更大的熱氣球，下頭繫了藤椅，不顧親友反對把小興全送上半空中，用牛拖過村庄展示，半路照樣殺出原住民要用弓箭射下這偉大的時刻。趁他們起內鬨爭執要解救「太陽的兒子」或是「另一個罣丸」時，小興全把瓦斯開大，氣球升高，把坐在藤椅上的小興全和公牛拉到空中，越過二十座山。而牛以狗爬式揮動四肢，成了村子頭一條「飛牛」。三天後，小興全把癟掉的氣球、藤椅與自己放在牛背上，馱回關牛窩。這次的長途空飄，把小興全的飛行細胞都激發出來，他還學希臘神話中公開的祕技，用竹篾、鴨毛與蠟燭製作翅膀，套在手上揮，再強的日頭也不會融化蠟，結果從牛眼樹跳飛的代價是斷腳，躺床上半個月，卻沒有摔斷他的夢想。

這一切讓帕最記憶深刻的是他三歲時，劉添基帶他們去看飛機表演。那是初春，林風料峭，劉添基挑了兩擔人——用兩籮筐分別擔了小興全和小帕，穿草鞋走古道，爬山崠，每走一步，擔頭彎得像慈眉，一路上說說笑笑。到崠頂隘口時，正是俗稱「變天」之際，就是由天光至日出的幾分鐘，天色層層，雜糅瞬變。劉添基指著東方說，這時的天會像天弓（彩虹）有七重色，赤橙黃綠藍青紫，如果穿過這七重天，人會看到自己的心願映在天空呢。東方擰了奇異的光彩，看不出七色，小帕甚至分不清楚天色是灰是白，小興全卻以應付的謊言說自己看到了，那顏色層層堆疊上青天呢！

「記得，今晡日，我們『自家人』就要飛破那七重天了。」劉添基講煞，曙光才衝破山稜線，強光腐蝕黑暗，刺痛大家的眼睛。

所謂「自家人」是指有位叫陳金水的飛行員要表演「鄉土訪問飛行」的處女航，駕駛用兩千多兩黃金買來的二手貨紐波爾（Nieuport 24）雙翼機，從新竹公園的草場起飛，成為台灣史上第三個駕機起飛的本島人。小興全和小帕當然知道此目的，趕赴看演出，然而在這變天之際，站在切風大的埡口，衣領翻動，頭毛豎立，看著劉添基指著曙光紅的中央山脈，說著飛行的一切，感動得頭殼起雞皮疙瘩，好像三人真的馭機翱翔在天空了。

在變天之際，妍麗天色成了小興全和小帕的深刻記憶，到如今也成了金田銀藏和鹿野千拔的共感經驗。他們的逆立走，也會在天光時刻分曉。爬到最後，那些學徒兵散落一地，有的靠在樹幹休息，有的倒在草叢打呼，綿延一公里長，只剩下帕與銀藏的對決賽。帕磨破手掌，把戰鬥鞋脫下塞入手走，汗水都流入靴內，每走一步鞋子就咕啾響。銀藏則把衣服脫下，纏在手臂上，改用手肘貼地前行的方式逆立，小便直截放，尿沿肚子流到嘴中解渴。銀藏不敢多休息，因為帕立即追來，得把握這輩子最後贏他的機會，站著跑不贏他，只有把兩腳晾高比賽才行。他們穿過難堪的森林與各式各樣的困難，被村童追著取笑。他們從黃昏爬行到天夜，螢火蟲爆開熱死人的光火，照亮他們的路途。到了深夜，螢火蟲都睡了，銀藏把火把綁在腳上照明，給自己也給落後的帕看。累得快爛肝的時候，鬪牛窩的盡頭到了，過去就沒路了。銀藏把身子攤在地上，等待天光。帕不久也趕到了，倒在地上幹譙幾下後，鼾聲睡去。這是鬪牛窩的盡頭，山風很野，只能長些低伏的植物如馬蹄金。在大石頭邊，銀藏發現了大片的紫色花酢醬草，這種莖大肥厚，咬起來酸且多汁，仔細摘下肥莖，莖裡有一根連著葉子的白絲，拿這和別人勾扯比賽，也是童玩。他記得公學校畢業時，要導師推薦才能報考少年航空兵，日本導師不屑本島人的劣性而遲遲不肯。全校六十位學生便幫助銀藏，把倒心形的酢醬草夾在書本裡乾燥，塗上金色，三天三夜做出一千枚「八重表菊紋」，一種代表皇室的複瓣菊花徽印，以民族情操賄賂導師才打動他。此刻的銀藏摘了酢醬草，咬吮莖汁，眼皮子緊皺，滋味酸透，死纏著牙齒不去。天將亮，也是最冷時，他打冷顫，仰天說：「還裝睡，都天光了。」

「被你發現了。真的很想睡，但又怕錯過變天。」帕懶乎乎的跋起身，因疲累而雙眼皮變得深刻，仰天說：「天光了。」

始曉時刻，天空一片茜紅，雲朵向東的部分翻亮，空氣嘹亮得似乎傳來了冰裂的聲音。然後雲彩泥淖，日頭跳出來了，爆開金光，所有的雲瞬間融化掉，只剩夐藍把天地撐得又高又深。仰望天際時，銀藏說話了，把幾年來的變化一一說出。他說，世上最美的日出是在雲海上看，雲被陽光一染，彷彿滾燙的油慢慢噴湧。在那美麗時刻，通常也是敵人戰機拂曉攻擊時，他們貼著雲海飛行，除非一瞬間看到金屬反光，否則很難發現。某次他們升空迎擊，在一望無際的雲海上搜尋，眼睛被雪盲的白光螫痛，忽然，他發現一群英國戰機從左後方雲層揚升。他說，他四點零的視力好得可以分辨對方是英戰機還是米國飛虎隊，便向小隊長打手勢通報。通訊不好，小隊長戴上風鏡，打開罩艙，逆著高空強風向僚機打手勢，分配作戰任務。隊員紛紛拉機槍拉柄迎戰。一瞬間纏鬥開始，機槍子彈飛竄。銀藏說，不久就發現他的**隼**（一式陸上戰鬥機）失控，方向舵踩都沒用，他以為是襟翼被銃彈擊壞。這時從他下身傳來痛楚，低頭看見雙腿都是血，是銃彈從右側打穿艙板，射穿雙髀，腳無法踩方向舵了。這時一架英戰機死咬他的機尾不放，甩都甩不開，他緊張得發汗，自知厄劫難逃，永遠葬在雲海也不錯。他說，未料心中浮起的這個死念令他坦然，閃過念頭，用稍微可使力的左腳踩舵，讓飛機不斷做出螺旋狀的大車輪翻轉，最後脫困，迫降在緬甸密鐵拉（Meiktila）機場外的稻田。起落架壞了，用機腹滑著著地。地勤員要把他從駕駛艙拉出來時，腳底被乾掉的血黏在地板，一扯又痛起來了。醫護看到他嘴角流血，怕他內臟破裂或胸腔被射傷，仔細檢查卻只有腳傷。銀藏用手抹了嘴角一看，是檳榔汁，不顧腿痛大笑。他空戰時嚼了隨身攜帶的「檳榔錠」，能防止翻轉時眩昏。消息傳出去，不少隊友也從台灣請人把包了荖葉與白灰的檳榔先曬乾再寄過去，不只夜戰提神，也防飛行眩暈。而他的粉碎性斷腿，醫生沒把握治好，得有截腿的準備。眼看飛行命運就要斷送，不能飛，不如死了好。後來廣瀨隊長聽說高雄有位外科醫生對這種腿傷很在行，能用手術把碎骨治合，把他送上一班正巧回台的班機。他說，為什麼沒再回馬來半島的戰鬥隊，那是他在高雄醫院待了八個月，南洋天空逐漸被米英掌控，來往危險，他便就地服務，編入戰功彪炳的台南航空戰鬥隊服務。在服務期間，遇放假，他會到高雄拜訪讀一女高、名叫幸子的女孩，因為她不願疏開到鄉下，加入女子挺身報國隊，留在醫院服務而認識受傷的銀藏。有一次放假，他依信的邀約前往驛站前等待，一下公車，那被俗稱「地獄鬼」的B29爆擊機炸癱了，白天的街上沒半人，樹枯了，風也死了。銀藏說，他等了好久，幸子不來，他便前往她服務的醫院找，那裡也沒有她。原來她前兩天被炸死了，已在**高雄川**（愛河）邊火化。他走到火化處，川水靜靜，朝哈瑪星流去，河邊有人把堆成小山的柴灰鏟入河中，他不知道哪部分是幸子的，哪些又不是，河水無言的帶走他們，成為大海的部分。他用白紙包了些土灰放在胸口，緊搗著，花了整夜才走回基地。骨灰吸收了他的汗水結塊，像極了酢醬草的心型樣子。然後在某任務中，他把那包土灰當空撒下，告訴幸子這就是飛行，這是他千百回形容的感覺，如今她也飛了，希望飛到他方，變成鳥、變成蝶、變成石頭都行，就是不要再變成人了。銀藏又說，有一次，他升空攔擊米戰機時，得知將從**下淡水河**（高屏溪）方向飛來一群地獄鬼，便脫隊去擊墜他們，為幸子，為高雄川火化的靈魂討公道。像地獄鬼這樣的飛機高度都在八千米以上，隼至多飛到六千米，但非拚不可。他把隼飛到極速五百五十公里，機胴快震爆了，操縱桿因高速飛行成了插死在石頭上的武士刀，很難操控，好不容易拉升，隼的爬升力又減弱，於是他放平機頭，加到極速後爬升，讓隼一路以梯狀爬升。高度讓他的血液衝往腳底，情緒卻由先前的憤怒，慢慢變平和，期待隼能飛多高。就在隼快爬到臨界點，他難呼吸了，全身硬得像冰棍，腦袋快脹裂。他瞄了飛行高度錶，赫然是八千餘米，而且還在上升，是真的嗎？隼不可能飛到這種高度的。這時他快窒息了，脫下手套，拿氧氣罩呼吸的力量都快沒了，手碰到冰冷的金屬板時被凍在上頭，連忙硬扯下一塊皮，看來外頭的氣溫零下二十幾度。他說，更詭異的是，戰機最後停在空中，動也不動，沒風也沒震動，儀錶靜止不動。他當下感到自己死了，隼在急速升空中出錯而爆炸。但是，他又突然省悟，他沒死，他只是到了七重天，能證明論點的，是父親講的抬頭就能看見自己的心願映照在天。他抬頭往上看的瞬間，隼活了，機胴震動，引擎聲轟隆隆響，同時間有道影子從頭頂高速滑過。銀藏說，那影子是一架地獄鬼，距離不到十幾公尺的上方。近得讓他看到機翼下的五芒星標誌，或成排的鉚釘，甚至看到那個因暖氣空調而穿汗衫、躲在機腹的下方半圓形炮室裡的機炮手，連對方臉上的雀斑和鬍碴都看見，連藍眼珠裡的驚訝淚水都看見了。

「藍瞳孔，像天空的透水藍呢！」銀藏仰望天空，白雲襯托下，天藍得這麼失魂落魄，好像頭也不回的以光速離開地球。銀藏嘆了一聲，說：「這麼美麗眼睛的人，為什麼會殺我們？」

「米國人就是鬼畜，比蛇還可怕。」

「那怎麼可能贏他們，我們拿什麼去比？你不是第一線，不會了解，人家武器比我們強。」銀藏有點頹喪。

「巴格野鹿，你還算是皇軍嗎？這種話說得出來。鋼鐵不是武器，大和魂才是最強的。」帕生氣說，要不是顧到血緣之誼，恨不得賞他個連環耳光，打成火燒豬頭才行。接著他更憤怒的說：「不能贏也要同歸於盡，一起玉碎。」

「所以你是特攻隊？」

「沒錯，是特攻隊，對戰車特攻隊。」帕驕傲的說。

銀藏吐掉叼在嘴的酢漿草，稱讚帕，不愧是天皇陛下之赤子。帕聽了，嘴角昂揚，差點把胸挺壞了。末了，銀藏才說：「我也是特攻隊，回來執行任務。」

「什麼？」帕炸跳了起，用手指杵著銀藏的頭，憤怒說：「你跟人爭什麼神風特攻隊，你爸爸要你去開飛機，不是要你去做大箍呆。」

「你才是大箍呆，我是特攻隊。」銀藏吼回去。

「我是大箍呆，你是特攻隊。」帕反駁，卻因為氣憤而舌頭癱了，竟把意思講反。他惱怒的推銀藏一把。兩個人你撞我搡，在地上扭打成一坨屎樣。滾了幾圈，帕才多使些蠅頭之力，自知不妙了，喊聲小心，就把銀藏推到一丈之外。銀藏落地後又滾幾圈，兩手抓牢草才停下，差點滾出關牛窩的盡頭。

關牛窩溪在村裡衝撞，這山擋，那山攔，切開邊界的某座山才突圍出去。被切穿的地形叫牛鬥谷，形如兩牛牴角，相距三十餘米。對銀藏與帕而言，躍不過對岸，故稱這邊是關牛窩的盡頭，對面是關牛窩的開頭，或倒過來說也行。銀藏被帕推到了關牛窩盡頭，站了起來，嘶聲大吼。連聲音都跨不過這谷口，因為風也從這擠出關牛窩，強勁得很，把聲音都帶走了。銀藏吼去，把淚水都逼出了眼角，回音都隨風而去。他張開手，那是一種飛行的姿勢，只有飛行能超越這個盡頭，到達迢迢對岸，大喊：「帕你這大箍呆，你先跳過去吧！」在他後方的帕便往前奮力跑去，跳入牛鬥谷上方，張手張腳，凌空的走了十幾步，大叫「我是特攻隊」，才被引力帶往山谷去。銀藏知道再強的人也不可能跳過山谷，順著地心引力的心意去吧！他站在懸崖邊，張大手腳，以頭下腳上的姿勢縱落，飛往谷底。他張眼面對疾風，總有茫然時刻，不知此生所為而來，但飛行帶來了寬慰。短短的墜落，讓他從小在這有了飛行的快感，最後由溪水溫柔的接住他。銀藏在河中仍張手飛翔，順著翻湧，想像那是亂流，想沉入江底不起來。在河上游泳的帕，抽了口氣，沉入水底摸出銀藏，一個腳蹬，半個身子便插出水面，把他拖到岸邊。

帕把仍然呈大字飛翔的銀藏放在肩上，嫌他在河裡泳技差，不早拖出來就死了。帕撥開前頭的草，忽而停下來，發現這上岸處是淺澤，是長滿野薑花的河灣，充滿燦白的花朵與香氣，水聲在這轉角發出彷彿禮讚之聲。帕把銀藏放下，也把他的手收攏，用客語告訴他：「啊！這裡哪都是山薑花，你看，山薑花也能變成『莎庫拉（櫻花）』。」

銀藏回頭看，走過處的白花，沾了他們的血。他摘了朵，那白中透出瓷光的花瓣，被血佔領。血滲入花瓣呈現微血管的走紋，那麼清晰，陽光甚至強化那光度。銀藏悲從中來，淚水滑落花瓣，他用清淚擦掉血漬，越抹越暈開，反而越櫻紅。

「如果可以，我寧願是山薑花。」銀藏抬頭說。

他們此時的情感好脆弱，一觸即發。冷不防，帕給銀藏一個耳光，把他搧倒入水。「身為特攻隊，我不准你亂說話，不准喪氣，更不准把淚流出來，你是皇軍，皇軍呀！」帕說完，轉過頭去離開。他也想哭了。

「我跑贏你了，我是隊長了。」銀藏從水裡爬起來，大吼：「我命令你是大籬呆，不——能——死。」

帕不想回頭，走出水澤，把身上的枯花瓣拿掉，順小徑往山頂走。他在路彎處回盼，看著那片野薑花被陽花下的水光托著。銀藏還躺在那，看起來像就該擱在那的水流屍。他累死了嗎？帕想。他發現野薑花都被摘光了，一朵不剩，剩下純然的葉片。摘落的紅、白花瓣從水澤漂離，進入溪流而波濤，而翻騰。帕眼光順著河流上的花屍看去，千山擋住了視線，但河流奔騰不息，光聽到水洶湧的回聲就知道多少曲彎造就了多少洄瀾，河終會掙脫一切流得遠。他靠在一棵豬腳楠，樹梢的苞瓣是紅的，如插滿了燃燒的蠟燭，多麼亮。然而帕卻感到生命的無奈，感到人需要神呀！可是天空這麼空洞，神在哪，天皇陛下又在哪？帕抬頭期盼。樹上的葉苞紛紛然，樹幹吸走他的暴躁，也給了依靠。他呼吸沉重，疲累得骨頭都要爛掉，不久就靠著樹睡去了。

幾天後，凌晨三點整，大部分人還在睡夢時，機場的傳令兵提著燈在樹林快跑，到處有岔徑，夜裡看來似曾相識，他為自己的迷路而緊張。在傳令兵進入白虎隊營舍範圍，一個躲暗處的小哨兵喊：「站住，口令。沒口令就是間諜。」「混蛋，有急事找少尉殿。」傳令兵高舉著燈大罵，更為找對路而高興，他迅速來到掛有「少尉殿休憩室」木牌的寮舍，敲門要帕受命，不顧後頭快急哭的小哨兵用木槍戳著他的背糾纏著口令。帕穿著這個月來連上床都穿的戰鬥裝，下床後拍平皺褶，便應門接令。他受命後點亮煤燈，火老是在跳，哆嗦得很，屋內的擺飾搖晃影子。坐回床緣，他兩手杵在膝蓋，愣著滿房間的影子，尤其是桌上種在麻竹筒內的酢醬草，樣子孤單，但影子卻無比壯碩。它是一株四葉的酢醬草，幾天來他命令學徒兵在操課之餘去找，幾乎把整座山頭倒出來分類才覓到一株。帕把盆栽捧在手裡，看呆了。窗外漆黑，無邊無際的森林充滿詭譎的獸鳴，說不出牠們是歡娛，還是悲傷，或許只是單純的發聲。但是，帕好希望此刻是暫停的，不用執行任何命令。不多時，窗外飛來夜蛾，熱切的撞擊燈瓶。帕要熄燈，覺得這燈是牠們最後的溫暖，便留了。他振起身，吹響哨子，大喊：「緊急事態，緊急事態，全員著裝集合。」寮舍傳來床板如釋重負的聲音，學徒們早就發現隔壁的隊長室透來燈光，新命令將執行，便偷偷在棉被裡套衣服、戴鋼盔、打綁腿，一切如同在墳堆中完成。只等哨音響，他們踢翻被，很快集合點名，拿火把往機場移動，只留下哨兵。他們跑在山徑。跑得夠快了，在後督陣的帕仍數次責罵他們快點。在一個轉彎處，帕檢查帶來的四葉酢醬草是否無恙時，忍不住順從心念而回頭看，夜太深了，他發現房裡的那葩燈火，被寒涼的森林吞噬了。

來到飛行場，學徒兵照先前的小組分配。有的六人為組，把飛機從掩體壕推到跑道。更多的學徒兵拿馬口鐵燈具，在跑道上每隔十五米擺上，點上夜航燈，綿延一公里長。要是強風吹倒燈具，學徒兵趕忙去滅，不然燒著野草可不好。帕在跑道頭看夜航燈，有種神祕如夢的感覺，沒有天，沒有地，人彷彿浮在宇宙中，有想飛的快感。今天又是什麼日子，特攻隊得起飛？自從米軍以跳島戰術掠過台灣，登陸沖繩後，戰鬥機起飛的頻率提高。帕記得一禮拜前的此時，天濛初亮，八架特攻隊飛機出征，隊員在空中打開艙罩向地面揮手，地面的人員猛揮帽子。當然，帕不會知道在那天四月七號出征的主因，是主力艦大和號從瀨戶內海出航，載了三千位士兵奔赴沖繩海域，與米軍航空母艦決戰，半途遭遇四百架的米機用炸彈與魚雷狂擊，直到海濤埋葬了它。而日本四國和台灣方面，也趁機出動兩百架的神風特攻隊，對後防大開的米軍空母猛螫，直到自己全部陣亡。

「隊長，隊長。」一位學徒兵破壞機場安靜原則，激動大喊，朝帕拔腿奔來，喘氣說：「到內地造飛機的隊員，寄信回來了。」

「信在哪？」

「是、是飛機信，好大的一封信。」

帕跑到機坪的那架戰鬥機。飛機裝了四百公斤的烈性火藥，不能點強燈，只能憑微弱燈光瞧。那一刻，帕自己也發出驚嘆，在俗稱「疾風」的四式陸戰機的機翼隱密處，畫了隻虎。那是白虎隊的標誌。虎圖邊用油漆寫了幾個米粒大的字：「米機炸死好多人，我們沒事，你們多注意。」到高座海軍廠等地造飛機的少年工寫信來了，字數單薄了些，卻令人精神振作。帕到每架飛機觀察，凡新來的，在機翼藏有小虎標，另有幾個字，不外乎鼓勵與互勉。他們在每架新造的飛機上寫信，終會有寄到關牛窩的。飛機信的消息傳開來，大家都知道內地來信的消息，莫不拍手叫好，說今天一定能出擊成功，打沉幾艘空母，要米國人嘗苦頭。

清晨五點半，機場暗濛濛，各種蟲鳴正昂揚或歇息。從寮舍走出六位束裝的特攻隊員，頸子披白巾，著褐綠色飛行裝，手臂上綁著白布襯底的日丸旗，銀藏也列位其中，口袋中插一束酢醬草的紫花。他們有些疲態，昨夜多夢淺眠，寒夜一瞬，強作精神的站在桌前。這天是一九四五年、昭和二十年四月十三日，是米國總統羅斯福病逝的隔日，日軍認為有機可乘，決定大反攻。鬼中佐對一字排開的特攻隊員嘉勉，說：「昨天，羅斯福死了，今天，是皇軍反擊的大日子，勝利就在你們這些荒鷲的出擊。」說罷，舉清酒一杯，對他們致敬。荒鷲是陸軍航空隊的稱呼，隊員聽了莫不併腳，持杯互敬，互勉說待會兒靖國神社見了。在不遠處，一個地勤兵拿著ㄣ字型的工具插入戰機引擎下方的啟動孔發動，另一個用手撓螺旋槳旋轉，並確查艙內的儀錶數據。稍後特攻隊跳上機翼，爬入座艙，拉上艙罩。赫然間，入艙的銀藏發現儀錶板放有一株酢醬草，四瓣葉的，種在麻竹筒裡。他閉眼呼吸，知道是帕送的，主要是希望飛機半途故障停在台北。銀藏把襟上的那株也拿下，種入竹筒，然後逆著引擎聲要拉開輪擋的那位地勤兵把它們種回地上。對銀藏而言，酢醬草自由了，幸或不幸，都跟戰火無緣了。他把飛機緩緩滑入待命區，加速起飛。戰機越過跑道頭，立即卸下輪胎，空投到綁滿稻草當緩衝墊的樹林，回收給下批的特攻隊使用。他是無腳的隼鷹，無法停下來，此後以命死搏。銀藏的座機起飛後，拔上了天，伴隨巨大的引擎聲在天空翻了漂亮的大跟斗，連轉三圈。地上的白虎隊知道飛機在秀訣別禮物給他們看，屬男人間的祕密通訊，因此神情亢奮，有的喊那是大楠公，有的喊大車輪或大日本帝國，最後齊喊大和魂，讓淚水在仰看的臉盤上游來游去。飛機的引擎聲盤桓在森林，守在操場的小哨兵端槍，往後退找出好位置看，槍管碰著單槓，鐵槓上的血漬因露水而滴落了。引擎聲也徘徊在村落，耕作的農人抹了汗，從斗笠下摸出菸抽，冷冷的說，「今晡日又有人要去**縱崩崗**了。」意思是跳懸崖。

幾個學徒兵從跑道尾跑來，把一包東西遞給帕。帕一看，便知那是銀藏投遞給他的。特攻隊起飛後，打開艙罩丟下香菸、紙鎮、皮帶之類的東西，希望撿拾者使用，好給特攻隊員祝福。銀藏留下的是飛行衣、飛行帽與風鏡，另一是筆記本。帕打開筆記本，首頁畫上一隻隼，帕知道那是他與銀藏小時候躺在第一期稻收割後的梯田上，仰看那隻翼下夾著沸騰般的午後上升氣流而在縱谷上越盤越高的鵪婆（大冠鷲）；牠高成微影，快割破藍天，才發出沉鳴，孤寂一鳴，天空瞬間迷人。

帕又翻開下一頁，又突然闔上。因為那有一隻蝴蝶，怕牠飛走。那隻蝴蝶有七重顏色，翅膀模仿野薑花的形狀，補上各種顏色而成。牠是人造蝴蝶，栩栩如真，卻只有身軀真的，是銀藏第一天坐火車回到關牛窩抓到的那隻。帕又翻到下一頁，那繪有關牛窩的第一架飛機，一個男人駕著滑翔翼飛過新高山，後頭有個小孩揮著蠟燭和羽毛黏織的翅膀追去，那種飛翔好像深海的兩條魚在游。再掀至下一頁，只有題字：「在世界盡頭，我們起飛了。」帕看了皺眉頭，大力闔上筆記本，幾個步伐跑前，大喊吧嘎，把這本遺書丟向遠方。它在空中翻開頁，劈哩啪啦響動，朝樹林飛去。那一刻，天光了，反光的筆記本以大弧度的振翅飛落，埋葬在森林的某處了。

六架飛機朝北飛，時速四百公里。東方剛破曉，朝陽把台灣西岸的田疇與樹林殺亮了，亦將中央山脈磨成一把刀樣。銀藏刻意不去看那邊，但還是忍不住瞥一眼，那就是他父親要越過的死亡稜線。十二歲那年，他考上大津陸軍少年飛行學校，全村瘋狂慶祝，祝他出頭天。劉添基更是發瘋似了，堅持提早分家，用得到的兩甲旱地與一分水田，買了架命名為「關牛窩號」的滑翔翼和一台拖行的自動車，實踐了飛翔夢。後來嫌自動車拖得慢，又研發了鐵架發射器。在某個風大的中午，頂著日頭，劉添基用十頭牛往後把滑翔翼拉緊在彈簧和橡皮條上，發表征服中央山脈的檄文，要越過新高山到花蓮港廳，帶回太平洋海水。砰！他發射了，在關牛窩上空盤桓，撒下數百張關於飛行夢想的傳單，越飛越高，在東方的森林人間蒸發了，如願的讓那些高凜的**聖稜線**成了他最寬廣的墓碑。此刻，銀藏搖擺機翼，向大山墓碑致意。這是他最後的飛行，也是用生命換來的。他那次追擊地獄鬼，駕隼飛到眼淚都能凝固、看到那個藍眼珠的米兵時，引擎終於熄火，飛機下墜出現恐怖的旋轉。他在眩昏前，開艙跳傘，忍痛看著飛機墜去。他雖然逃過一死，卻被判定是愚蠢的脫隊攻擊，損失飛機，無限期的停飛。不能飛，不如死去，他加入神風特攻隊才重獲飛行權。飛行是他的生命了，別無所求。

過台北盆地時，與台北飛行場的十架飛機會合。在基隆外海，又與宜蘭南機場與花蓮方面的十六架飛機編隊，快速北去。不多時，第一波的三十餘架米國潑婦型戰機從低空攔擊，炮火全開。日本機隊迅捷的飛出壓隊、配有炮火的陸戰機，予以迎擊，雙方纏鬥得像發情的蒼蠅。銀藏迅敏的突破幾波的圍困，躲幾叢炮火，看到前方有冒出戰火的島嶼，便知目的地到了。猛然間，他眼角瞥見東方的太陽透過雲層發出詭異的光芒，看到七重天了，是七色彩，絕對的天際光啟。但他正眼望去，什麼都沒有，只有暈眼的折光鋪滿太平洋。唯一能驗證這傳說的是往上看，心象如果在天上便知方才看到的是七重天。他不想抬頭了，那又如何，再美好又如何，世界盡頭就在下方呢！他用無線電報對基地台報出：「我先俯衝了。」便推前操縱桿，令飛機下衝。眼前就是沖繩登陸戰，始自一九四五年三月底，歷時八十三天，米國的四十艘航空母艦、上千艘戰艦與二十萬軍人把沖繩包圍，最後犧牲一萬五千人才攻克。沖繩軍民則接獲死守皇土、不成功便自殺的指令對抗之，約十九萬人死亡。

淡綠的海洋佈了船艦，炮火齊飛，有的日本海軍零式戰機凌空爆炸，火光四射，有的米國驅逐艦斷裂兩截而大火燃燒，雙方冒出的死亡濃煙攪成一團，你儂我儂。從船身大小及艦尾掀起的航行水花分辨，銀藏選了那艘空母，加速衝去，速度超過時速六百公里，機胴抖動，他的視野激烈晃動，很難用儀表板頂端的機槍準星對準目標衝去。空母上的速射炮猛開火，撒出火網，子彈濃得化不開，太美了，簡直是歡迎銀藏去死的煙火大會。一個震顫，座機的機翼被打中了，偏離航線。他把操縱桿握更緊，修正俯衝的角度。霍然間，一排子彈貫穿引擎，打穿他的腹部，還把腦袋打成熱騰騰的白爛泥，頸口爆灑的血紅泡沫像搖晃後開罐的汽水。他沒了腦殼，躺在座椅，雙手仍握操縱桿。飛機不再是他飛行的鐵肉了，是更夢寐的鐵棺，俱化為火球，傾斜下墜，直到冰冷的大海永遠承擔了那熱情黑煙、無情烈火與年輕的夢。

螃蟹人與拋火蛋的大鐵鳥

帕擊墜米機的獎品是腳踏車一輛。白虎隊都說，帕不想要跑太快才學腳踏車。帕很珍惜這玩具，當它活的，不讓它吹點風，放在休憩室練習。不過要騎在鐵馬上超過一分鐘太難了。當他表演練了幾天的絕活給隊員看，大家不得不由衷敬佩，報以掌聲。一位都市來的隊員看出破綻了，對坐在座椅努力保持原地平衡的帕說：「隊長，往前騎會更不容易跌倒。」帕當然知道，但是踩踏板容易把車子摔傷，人跌傷了能長回皮，鐵馬壞就壞了。況且比起兩腳跑，用兩輪跑太難馴服，便放棄騎了。鐵馬放回山上小屋，劉金福每天偷偷跳上去騎幾回，踩得呱呱叫，車子卻沒移動，因為帕怕弄髒輪胎而用繩子懸空在樑上。帕有一次打開門，看到小豬和小雞圍著騎車的劉金福，另有一條表情殺人的豬坐在後座發抖，屎尿落滿車。劉金福急切的翻下車，多虧帕接著才沒跌傷。「不是我，是牠們講的，牠們愛（要）騎馬，想風神一下子。」劉金福結巴說，說完一改委屈，把畜生全趕到菜園，故意罵幾句才說得過去。帕告訴劉金福，他已經在夢裡學著騎鐵馬，夢裡的鐵馬摔不壞，他再睡回就做得了，早晚載阿公去風神。劉金福心肚歡喜，又板起兇臉把小子民罵進屋來，說外面日頭辣，會扒掉你們一層皮。牠們進屋，挨肩圍成圈，嘴窟張大，看著帕騎鐵馬載劉金福衝刺，兩人在半空中大笑。最後，劉金福催促帕早睡晚起，多作夢對身體好。說煞了，劉金福停頓一下，又說今晚讓他來夢到鐵馬好了！

白虎隊又多了一項任務，在馬路上拖竹馬。他們憑著造竹飛機的技術，做出一台像腳踏車能跑的竹鐵馬。輪胎和輪軸的技術很難克服，這部分就不做了。龍頭和坐墊也省下，理由是太簡單了。完成的竹鐵馬是怪樣子。它四腳黏在一根剖開的麻竹管上，竹頭用火烤翹，向前滑不會翻孔翹。帕坐在上頭，由二十幾位學徒兵用繩子拖，還得潑些水，減少摩擦力之外，又不容易起火。帕跌了上百次才抓到訣竅，把雙腳張開，腳踝各掛上一個尿桶平衡。帕學會騎竹馬後，跑回家，用馬擎仔揹了劉金福，拿了尿桶、拎起鐵馬往外跑。他們從斜坡往下騎衝，滑到驛站時，村人看呆了。帕坐鐵馬上岔腿平衡，肩上坐著劉金福。劉金福手上提個裝小雞的籠子。為了更好的平衡，後座還用一根扁擔挑了兩個尿桶，桶子各裝了五隻小豬。一台車裝下整個亡國的遺民，牠們頭一次坐車，吐暈了。尿桶裝滿了嚇出的屎尿，小豬們浮沉大叫，快要溺死。更慘的是後頭追來一群狂吠的餓狗，沿路搶食嘔吐物。鐵馬衝入村子，發出響亮聲，不會踐踏板的帕暗自叫苦。這時學徒兵早有暗算，用繩子綁上車頭拉過街。這樣詭譎的腳踏車遊行，直到傍晚才結束，兩子阿孫的情緒亢奮。鐵馬卻筋骨痠痛，螺絲鬆動了，差點沒累死。

鐵馬常放在車站的路燈下，給人欣賞，第二天打早才收走。如果半夜受驚的嬰兒，家長會拿衣服到鐵馬邊揮幾下，請恩主公的赤兔馬追回魂來。到了凌晨五點，那些拿著山珍來做黑市買賣的原住民，會帶著小孩掩護。小原住民跑去看鐵馬，覺得它好孤獨，身上被蜘蛛絲織了。蛛絲沾滿一串串露水，還黏了死掉的昆蟲和樹葉，晨風一撩都沒了。

到早上八點，火車來了，跟著家長留下來買貨的小原住民大喊：「快看，失火冒煙的河流。」然後又看到帕在摔大石頭，又喊：「哇哈哈！哈陸斯在摔自己的蛋蛋了。」火車靠站停，小原住民把脫下的衣服用竹竿頂到煙囪口，染一些火車的口臭，回部落給人聞聞。在車停的五分鐘，有些原住民跑上車，走到那個被布隔起來的位置，從底下塞上野豬肉乾或土芭樂，聊上幾句以示關懷。這對布幕後的尤敏很重要，聽到來自部落的消息，哪怕是一棵樹發芽或一條土狗骨折了，都充滿鄉愁的慰藉。等到火車笛響，拉娃會掀開布幕，拉下腿上的遮布，露出與尤敏皮肉膠銜的部分，滿足族人對他們的好奇。拉娃的事蹟很動人，隨著訴說傳得很遠，它像是有強壯的腿，跟著路人越過山谷，在某個寒夜的火堆邊，會暫住在另一雙耳朵。在天亮後，爬過山，游過河到達最遙遠的部落。

有一天，二十幾位原住民從最遙遠的永安部落（mbuanan）來了。他們跨越三十二座山與五條溪流，用雙人轎扛了一位長老。長老九十餘歲，臉上的紋面好清晰，不藏在皺紋下，要不是腿曾插入三根箭，百岳像雲影一掃就過。他身著傳統族服，帽子上綴飾的山豬獠牙與雄鷹羽毛在烈日下發光，尤其是銳利雙眼，永遠像他腰間就要出鞘的番刀般震懾人心。

他們見到融合和、洋風格的火車站時，對這大蛇窩驚異得很，也對屋頂上的龜殼花鱗片讚美。一位小原住民跑到蛇窩後頭，用蚌殼刮一些油漆紀念時，聽到遠方傳來大蛇的笛聲，嚇得逃出來大喊：「我什麼都沒做。」然後偷摘把抹草與刺莧，嚼爛後敷在破漆處療傷。早班車從遠處來，蛇來蛇去，從煤煙的高低起伏就知道爬過怎樣的山。火車靠站，小販叫賣蘿蔔粄、炒米粉等早餐。小狗對車狂吠後，把尿撒在輪胎。卻有兩位看到火車的原住民樂昏了，以為看到哈陸斯巨蛇般的陽具，長老便感嘆巫婆出發前塗在他們胸前的避邪草液根本沒屁用，反而像催情藥。

趁火車喘氣添水，有原住民拿竹筒裝大蛇的毒黑煙，好拿回家熏蟲；有人用刀子刮巨大的圓形蛇足，回去秀給人看。翹鬍子警察來趕人，不然車胎癟了。火車要開時，原住民看到一群被煤煙毒惑的旅客中邪了，甘願走進蛇肚被牠吃，成了俘虜，並透過方形的透明鱗片對外強忍微笑，揮手求救，而月台上的人竟假裝沒事的在吃飯。長老丟掉枴杖，用衰朽的骨頭爬上車，要解救俘虜。族人對長老敢爬進蛇肚，發出讚美，才驚恐的追去。長老最後被列車長擋下，以各種名義阻撓紋面老人別來嚇到第一節車廂的旅客。「我有買紙鱗片。」長老秀出車票，用蹩腳、只有自己聽懂的日語說：「我有五個比水鹿還會跑的孫子為你們打仗去，你卻一條路都不讓我過。」於是，他咆哮擠過車長，一路扶著椅背，很慢的，像要掉進夢裡去看到期待已久的傳說：一對螃蟹父女在大蛇肚子裡活了一年。這時候，一隻稱為**稀列克**的卜鳥往後飛，方向和叫聲很吉利。火車轉個彎，當他看另一邊靠山的窗時，同樣往後飛的鳥竟有了相反方向，叫聲也被山壁切割成不吉利的短鳴。長老嘆息，這種怪房子結合的東西，能顛倒事實，把族人載往戰場，年輕人比熊還少見了。

「我作過同樣的夢呢！有十二間喝醉的房子在洪水上跑，第一間還失火。年輕人都跨騎在上頭，揮著番刀。」長老走到螃蟹父女身邊，再補上一句：「最後撞毀了。」

眼前就是螃蟹父女了。拉娃用腳鉗住父親的腰，反鎖在車上，任誰都解不開。長老獲得同意後，伸手入覆布，觸摸螃蟹父女的身體。兩人皮肉相連之處很光滑，沒有障礙，自己的手就像河水滑過，實在難以想像這是人工開鑿的。長老摸著摸著，悲由心生，自顧自流淚。這嚇壞了拉娃和尤敏，趕緊拉下窗，怪起煤煙真兇。長老得了台階，點點頭，說自己今天來只是要講另一個螃蟹人故事，便閉上眼，講起部落的老傳說：

很久以前，有個老巫婆生出了螃蟹，一個四隻腳的肉球。各種流言傳出，她不是被哈陸斯調戲，就是給熊佔了便宜，肉球絕對是惡靈。於是，巫婆把小米稈墊在水缸底，養起小肉球；還用捶過的紅苧麻當線絲，要牠學習蜘蛛織布，房裡流出木梭聲，日夜都有，滴滴答比雨聲還快。巫婆死前，再三提醒小怪獸，一輩子把自己藏起來，千萬不要露出真面目，「你太醜，會嚇死人。」媽媽死後，牠終於走出家門，遵照媽媽的遺言，身上罩著大木缸去採藥草、提水、種苧麻。這麼做是因為牠相信媽媽生前告誡的預言，要是被看到醜陋面貌，會給部落引來恐怖的殺機。十幾年來，族人只能看到四隻腳在爬的木桶，再靠一步，牠蹲縮在桶裡，任憑人大力敲木殼或潑最臭的山豬屎都不動。孩子亂叫牠：「Kagan（螃蟹），Kagan。」然後丟石頭攻擊。

有一天，一個醉鬼對螃蟹人有恨念，認為自己老是喝不飽酒的不幸是牠招來的，便趁螃蟹人餵雞時，一把推下山谷。無論螃蟹人如何哀號，都沒有人敢靠近山谷，覺得那聲音會鑽爛腦漿。夜裡，山谷還飛上來用頭髮編的蝴蝶、葉子編的蚱蜢，它們沒生命，卻能呼喚，求人去山谷救螃蟹人。「那是邪靈的舌頭。」部落的人好害怕，認為：「螃蟹人能降靈在沒血的東西上。」一位叫巴鹿的年輕人忍不住，半夜掄火把、拿番刀，胸前掛著茄苳製的防鼠板好避惡靈，下谷為民除害。他先斬了那個木桶殼，燒乾淨，撒泡尿澆熄，讓煙都不冒。再下到深谷時，被眼前一幕嚇慌了，勉力拿穩火把，祈求祖靈給他勇氣不要被眼前的虛美迷惑了，因為他看到一個美少女。巴鹿哪知道那是螃蟹人，三歲後被巫婆用香蕉葉、木桶藏起，至今已十六歲，即使被爛泥、淚水和疲困搞得滿臉髒污，比鬼好上些。無疑的，巴鹿仍看出她是附近大安溪八個部落中最美的少女，連她身後的影子也好美，美得暈人呀！

「拜託，給我們水，海亞娜一直哭，快渴死了。」碧雅蒂開口說話，大膽的向巴鹿求救。

「多虧我，不然螃蟹人會吃掉妳。」巴鹿說。

「我們就是可怕的螃蟹人，我們不吃人，只怕人。」講話的竟是那個少女身旁的影子。

巴鹿嚇著了，需要強光才能照死會說話的鬼影子，便丟掉番刀，燒壯了一束乾草。他擎起火焰已有人高的草束，不斷揮動好讓火更大，轟隆隆燒，星渣也劈啪在跳。影子沒消失，還變成了人，皮膚凝滑，美得真糟糕，讓全世界的星星會掉落來看她呀！太可怕了，巴鹿跳向前，高興大喊，祈求祖靈給他智慧好不被眼前的虛美動搖了，因為眼前不是一個美少女，是兩個一模一樣的，整條喝過大安溪的女人都被比下去了。巴鹿懂了，部落長久來傳說的「四腳惡靈」，其實是胸部相接的連體人，她們經過那麼多的詛咒、誤解和攻擊，仍活了下來。眼下，火光把姊妹照亮。妹妹海亞娜的頭上停滿蝴蝶，那是姊姊碧雅蒂用頭髮編織安慰她的。姊姊的頭髮也被自己編成花朵，甚至繚繞的蜜蜂也成編織物。她們編織的技巧太高明了，靠此忘記恐懼。

故事講到這，長老伏著椅子，說：「拉娃，螃蟹姊妹是天生的，一出生就被鎖在一起，解不開，不像你們是自己黏上的。但我相信，你們受到的苦難是一樣的。」

「我知道，長老。然後呢？」拉娃說，「我是說螃蟹姊妹的故事，她們的名字真美，姊姊是**月亮**（byatin），妹妹是**星星**（hyanah）。」

「沒錯，月亮、星星都是躲在黑夜裡，很多人看不到，但太美麗的東西很危險，會引來災禍。」長老繼續說：巴鹿發現螃蟹人的面目，費勁把她們揹回家。從此，巴鹿常去探望螃蟹人，把獵得的最好獸肉掛在廚房，蹲在牆邊看織布。螃蟹姊妹織得好，任何圖案都行，快得眨眼就編好。他喊什麼，她們手裡就織出什麼。巴鹿甚至擠屁股或喉嚨一癢，話都不說，她們馬上織出一朵屁，或是狗熊打噴嚏。「他等太久了。」巴鹿指著自己的下體，壯膽說：「就織個小巴鹿吧！」螃蟹姊妹笑嘻嘻，拿著布梭棒，一棒打散他滿腦的腥煙。害他回家的路上見到什麼都笑，一坨豬屎也能勾魂，過家門都不知。兩個月後，巴鹿揹了大獠牙的山豬當禮物，唱情歌助興，想娶她們為妻。姊姊氣得說：「我沒問題，但你不能這樣問海亞娜，她很害羞。」沒想到妹妹動手把山豬的硬毛編出錦花，邊織邊低頭笑，洩露了心意，嫌起巴鹿少拿條山豬，將就先把姊姊先娶走吧！

可是，巴鹿的家人極力反對他娶一對沒人敢紋面的螃蟹人，怕生出有蟹殼的後代。巴鹿堅持婚姻，也發誓不生育好斷絕生出小螃蟹人，但是在無法獲得長老的同意下，他當夜揹著連體妻逃走。兩位妻子用大量的紅苧麻，織出彩虹衣穿上身，又編了公帝雉的翅膀套在手上，外邊的兩臂揮動、內邊的兩手抓住巴鹿，三人飄起來，出奔了四十個山頭。他們逃得遠，躲到雲海上的山。但部落的獵人嫉妒巴鹿能娶到一雙美麗的老婆，也嫉妒螃蟹人的編織手藝，紛紛追捕。然而她們那種織工，連半個月後追來的獵人都害怕。有一次，巴鹿穿上新編的紅衣，偽裝成熊熊的篝火，潛入獵人的露宿地偷走小米、鹽巴和弓箭。又一次，巴鹿揹妻子靠近熟睡的獵人，把他們的頭髮編成一照到晨光就會醒來掙扎的幼羌，把腿毛編成螞蝗，把睫毛編成張眼就嚇人的毒蜂。獵人醒來後亂叫，卻樂得拿弓射對方的頭髮，直到看破幻象，快氣死了。恐怖景象反而激怒獵人，她們改用夢把敵人的戒心泡軟。有一次，三人躲在織成小溪的長布下，由巴鹿吹口哨裝出溪水聲。溪蝦有半透明的身子，魚閃鱗光，連朱雀都上當的飛來。獵人踏過溪時，布絲如水濺起來，他們舒服的泡澡，忍不住抱怨溪水弄溼了火柴，不然可以烤魚吃。另一次，獵人為著從天空落下的是瀑布或陽光，吵得快打架，結論是不管是啥，美就好。對美景讚賞了約小米發芽的時間，殊不知這是巴鹿和妻子躲在樹洞，把外頭溢滿厚苔的檜木披上亮絲。更不用提的是，有次獵人醒來後，看到杜鵑開遍，巨大的彩虹能流動，七彩的水鹿成群跑過，熊長出翅膀，而天上銀河從山崗往山徑流動成小河，清得沒有水，全是嘩啦啦流的星星。都是螃蟹姊妹用各種鳥羽毛編的夢境。

直到有一天，獵人喝晨露，發現那是蜘蛛絲編的，更仔細瞧，濃霧是塵絲編的，風裡有線，而風吹走的夕陽竟是一幅編織的畫，好遮去後頭皎亮得撩動殺機的月亮。獵人這才解自己沉浸在螃蟹姊妹的夢境，深怕再下去連殺一隻飛鼠的勇氣都沒有，放火燒吧！最美的東西都有致人死的嫌疑。假河流、假動物和假流雲都冒火燒起來，接著真野花、真動物也燒了，白雲燒成烏煙，森林狂燃了。巴鹿揹她們逃竄。一路上，姊妹拔髮編螞蝗，丟下阻止獵人，編速之快連指甲都掉了。她們到這關頭還是像小螃蟹純真，老是丟鼻涕蟲，搞不死人，卻搞得自己禿頭和滿手流血。到頭來沒逃路了，著火的彩虹翅膀讓她們飛不起，只剩燒焦的手揮舞。當獵人追上時，用刀側上的太陽反光射向螃蟹人的眼睛，讓她們無法編織，並放箭射瘸巴鹿的腿。姊妹從巴鹿懷裡滾落了，像瘋婆子，表現人們眼中那種螃蟹人該有的惡狀，歪嘴吐口水，大吼大叫。她們用尖石割破了美貌更像鬼，這都是要保護巴鹿。

這時候，妹妹終於知道，她們的命運早就如媽媽預言，得斷絕愛人與被愛的能力，身藏在螃蟹殼中，無愛才能終老。如今她也體悟了，她與姊姊築起的人牆不是保護巴鹿，反而是害他，把他推向怪物一族。無論逃到哪，仍是世人眼中的怪物。於是妹妹拿出藏在腋下的刀子，往胸口插，把自己的身體割給姊姊。她早就想這樣，讓巴鹿和姊姊成為一對夫妻，終止殺戮。沒想到刀子早就被姊姊用織布掉包了，插入胸口就變軟。姊姊拔下腋毛織成繩子，綁住妹妹的手，再拿出真刀刺胸口，呱啦響的切開胸骨，把自己身體分給妹妹，她口冒鮮血，微笑說：「我不痛，妳不要哭。」還像往日哄妹妹睡覺時唱歌，假裝死亡像惱人的蚊子，揮揮便走。妹妹自由了，眼見的是另一個更殘破的自己，抱著她大哭，被失控的淚水嗆死。姊姊隨後也失血死去。她們不曉得，她們不是受詛咒的螃蟹，徹頭徹底就是完美的人，該有兩個頭、四隻手腳，一雙好靈魂。

「她們死後變成山，刀傷成了山谷，靈魂成了彩虹。落雨後，螃蟹姊姊先出現。如果妳看到第二道，那是比較害羞的妹妹呢！她終於穿上滿意的七彩衣出來見人了。螃蟹姊妹化成山後，用樹為線，替每座山編織不同的綠衣。還有山谷飄起的雲，那是她們用自己的血──最軟、最乾淨的河水搓出的線，織成美麗的雲衣，要給天空穿的。」巴鹿說。

故事已盡，餘味漾在尤敏的腦海，他沉默不語，只有拉娃轉著眼睛，就要看穿故事的真相，害得長老趕緊起身離開。

尤敏省悟的說：「她們像山豬一樣聰明，一定知道挨在誰身上的刀，就是雙亡了，那又為什麼要割？」

「我比樹根還要老了，想不動了。」長老說完這個故事，花了五公里，準備下車了。他拿出一疊車票，對拉娃父女說：「我幫你們買了一年的紙鱗片，祖靈會保佑你們的。」

「巴鹿長老，你就是巴鹿長老，我還想聽你的故事。」拉娃恭敬的說。她的結論嚇壞了尤敏。他整個人顫抖不已，看著長老。

「妳猜錯人了，拉娃，我不是。這傳說很老了，發生在太陽很年輕時。」巴鹿長老深知祕密被拆穿了，努力撐著椅背，說：「而且，我只講壞話。好故事留在人心，最後害死人。」

「你的衣服穿了兩層，那是彩虹衣，很舊，但是越穿越暖。」拉娃說，她看透巴鹿長老的族衣底下，伸出兩道有弧度的光，是虹和霓。那雙翅膀一定是螃蟹姊妹編織的顏色，世界上最美最大的一對翅膀，拉娃想。

巴鹿長老仰頭看。天空中有雲，一下子是鹿，一下子小米穗，像是天空的心情，今天螃蟹姊妹又藉此向他說什麼心事？巴鹿長老想，光是每天看雲就不虛此生了。巴鹿長老不再反駁拉娃，對他而言，征戰不再是刀光、血與力量，是舌頭對耳朵的挑釁，說一則瘋狂的故事，讓聽者從此離不開這戰場。老戰士只剩故事可說，其餘是時間的獵物了。他走向門梯下車，早先丟掉的枴杖仍在那，等老戰士扶起它。

巴鹿長老端起枴杖，揮著它，好趕著前頭那些好手好腳卻裝優雅走的旅客。終站紅毛館驛到了，大山巍巍，清風微微。族人眼看俘虜走下車，激情歡呼，認為他們全被巴鹿長老用一根枴杖解救了。巴鹿坐上轎子離去，高舉一條小花蛇——拉娃捏送的火車模型。族人高吼，那小模型表示長老征服火車，把哈陸斯的肋骨拆了一根，為自己的英勇再添一筆。

「你們不要來了。」拉娃隔著煤煙和笛鳴大喊，帶著預言的口氣說，「米國的大鐵鳥要來丟炸彈，山下就要著火了。」

大火災發生在幾天後，一個淨俐的臨晚，彩霞紅得發麻了。練兵場傳來士兵答數，沿軌道下滑的台車響出尖銳的煞車聲，躲在墳堆裡的白虎隊準備對火車肉攻。忽然，空襲警報又響起，會躲的仍是那些人，不想躲的照樣幹活。先發現異樣的是農夫。田裡插滿了快窒息的秧苗，好豐收更多戰糧，農夫只能跪在稻苗間隙抄雜草。他們看見水中飛過小倒影，帶著刺耳的咻咻聲，抬頭瞧，兩架爆擊機投下幾顆炸彈。炸彈在半空中爆炸，散成了小碎光。白虎隊從假墳鑽出來看，天空落下假雨。那是鋁箔片，發出喤啷喤啷的聲音。鋁片雨是米軍用來干擾日軍雷達，混亂高射炮兵的視野，一陣陣落不停。滿地的亮片把庄子變成大鏡子，白雲在地上爬，河流在天上飛，世界被複製成另一個更真實的蜃影了，好多人嚇得不敢動。練兵場這時不斷傳出急迫的叫喊，門口衝出六匹快馬，每到岔路分開跑，沿路要所有的人趕快躲空襲。「大爆擊要來了。」憲兵嘶吼。

練兵場燒起大濃煙，肥膩膩。煙飄開，順著風拉扯，在空中盤出個律動的綢緞。帕看到警告性的大煙瀰漫開來，在半空中亂了蹤跡，風好急躁，而且還下起了鋁箔雨，一定有大飛機要進庄子。他要白虎隊立刻從假墳中出來，大吼：「緊急事態，緊急事態。燒稻草，用煙把關牛窩藏起來。」六十位學徒兵翻出土，實施防空演練。他們把路邊的防空稻草燒著，用架子揹起火堆跑，沿規劃好的路線到下個定點燒稻稈堆，一路放火，到處起煙了。帕則是扛起整座點燃的稻房，猛往缺煙處衝，要用更濃的白煙填滿關牛窩。

鋁箔雨奏效了，高炮士兵看不清楚天空，到處是光點。而且山下飄起的濃煙把鋁箔片拂了起來，跳上跳下，在空中飄著，什麼也看不清。十架爆擊機沿縱谷飛來了，撒下每顆五百磅炸彈。天空綴了密麻麻的小黑點，咻咻響，誰敢抬頭看。帕想起了什麼，火車要進站了，拉娃還在上頭。他起跑走，高速活動的手腳讓關節冒煙了，三顆心臟快爆炸，揹著的稻草堆一路撒開。他跳上車時，恰巧有兩架低掠的P38猛開火，掃了過來，把車廂殼打破了一串洞。車頂上的機關槍手被打死，手仍緊扣扳機，機槍的震動讓他身子還像活著時跳顫，血也亂噴，直到銃子耗盡。尤敏低頭抱著拉娃。拉娃駭呆了，抬頭張著大眼，看著車頂的槍洞冒煙，然後冒血，士兵的血落滿了她的臉。帕走去抹去血，看她和尤敏都完好，鬆口氣。他趁機扳開他們的手腳，還是堅韌無畏的分不開。

忽然間，火車左右各有塊黑影飛過窗外，右側那塊撞到山壁彈開，砸進了車窗。那是俗稱火車耳朵的「排煙板」，位在機關車的前方兩側，作用是風流經煙囪時變慢，黑煙能上噴，不影響駕駛視線和車廂空氣。然而，此時列車要隱形了，技工拆了火車的兩耳朵，擴散的黑煙給它披上隱形披風了。整個關牛窩已經棲藏在濃煙中了，連火車也是。

濃烈的黑煙排進車內，大家猛咳，眼睛流酸水。帕走到車廂後，撿起那一塊砸進來的車耳朵，蓋在拉娃父女身上，當擋子彈的盾牌。拉娃從厚重的鐵板下探出頭，疾馳使得火車耳朵顫著，敲著她頭疼。她哭了，那些遭火劫的關牛窩就像她曾夢過的世界，被大鐵鳥毀了。而且帕走向後門要離開了，她希望他留下來陪她，哪怕多一秒也好。

「Pa-gia（稻子）。」拉娃大吼，猜起了帕的名字。帕的名字隱藏一個泰雅的全名。

帕停下腳步，停頓一會，又往前跨出一步。現在開始，他的每步都被拉娃耽擱了，她說出每樣隱藏

「pa（帕）」的音。然而，車外的米軍大轟炸，使得他又得加快每一步。

「Pak-kara。」莫非是藥草刺莧，拉娃喊。那是巫婆奶奶的治病良藥。

「Pa-ra（山羌）。」她猜起動物，但感覺山羌太小器，配不上帕。

「La-paw（瞭望台）。」但仔細想，不對呀！能幹嘛？

「Pka-pag（小米田中趕鳥的竹拍）。」隨口說說，拉娃連自己都不信，帕怎麼可能是硬邦邦的竹器。

「那是Ka-pa-rong（檜木）。」拉娃認定就是了。咦，帕沒反應呢！

「帕，那一定是Pa-ka-ri（八卦力）。」拉娃從地名猜起，八卦力位在關牛窩附近，泰雅語是老鷹聚集之地，這非常符合帕的速度和眼神。這對了，帕回頭走來了。拉娃不再懼怕，要翻開火車耳朵。

帕把火車耳朵按緊，說：「不要再猜了，拉娃，知道我全部名字的代價非常大，妳知道是什麼嗎？」

拉娃睜大雙眼問，連她的父親也從火車耳朵下探出頭。

「死。知道我全名的，都會死。」帕認真的說，「這名字是我高砂人的義父取的，他也死了。」

帕，名字裡有番字的少年。他八字太硬，年年犯太歲，要認義父化煞。漢人會怕煞，但是在原住民部落喊兩條豬價碼的話，有排上兩圈的義父在等。帕八個月大時，才被劉金福帶去認舅舅為義父，取名字。這舅舅不是親的，是劉金福二房的弟弟，一位原住民。原住民義父幫帕取了個名字，帕一聽就忘不了。一旁的劉金福已被小米酒的後座力打趴在地上，第二天醒來只知道有個pa的音，依族譜輩份後乾脆叫他劉興帕。原住民義父跟帕說，他數個音節的名字是全世界的力量核心，平日只說一個音節就夠用了，要是誰知道全名會招來死亡。隔幾天，帕的泰雅族義父就死於意外了。

此刻在火車上，帕絕對不會暴露自己的全名。他頭也不回的往前一節車廂走去，腳步多麼悍然。拉娃怕死，只要帕在她就不怕了。在父親的幫助下，她繼續大吼我是你的眉毛（pawimn）、我是你的耳朵（papak）、我是你的船（parnah）、我是你的棉被（pala）。然後生氣的喊，你是不理人的壞蛋泥鰍（papawit）。你是巴格（笨蛋）、巴格、巴格，她最後罵起日語，多少是諧音開頭。

門打開很久，帕早已走了，只剩巨大的轟炸聲從那走回來。

五百磅的炸彈落地，滿天落，以棋盤式方式拋下，發出駭人的咻咻聲，像閃雷似劈落地，地面頓時焦黑，炸出個屯水的埤塘，五十公尺內的東西躺平。炸彈落在火車後方，巨大的聲光泛開了，糊上紙的車窗爆裂，碎玻璃噴開。火車用濃煙再藏也只能逞一時之快，但是車班人員不放棄。機關助士趙阿塗猛往火室鏟煤，潑些水，好製造些燃燒不全的黑煙掩護。他一身糊滿汗，不怕大火衝來，早有車毀人亡的打算。帕走到爐間，拿了鋁桶，從火室舀滿了跳著火焰的煤。帕對趙阿塗說，再撐一下，他去引開米機。說罷，便往車外跳。

帕落地，撲個圈，倏然翻起身，跑上山壁而繞過火車，把手中的那桶火往不遠的一堆稻稈潑去，再抱起燃燒的稻草往前衝。稻煙像是從煙囪噴出，帕把自己喬裝成加速衝出去的機關車，要騙倒米機。假機關車果真吸引更多炸彈，朝他猛炸，強力地震讓帕跑幾步便彈起。爆擊機最後使出撒手鐧，投下燒夷彈，要用火海把帕擰成灰。帕衝出關牛窩，怒吼一聲，把攬著的稻草焰往胸口緊抱，擠爆成細細晶晶的竄苗。最後，他被一道兇悍的爆炸力拋入溪水中，感到焚灼的身體讓水沸騰了，毛細孔噴出蒸汽。死神把他往下拉，而水上全是流動的火焰。

火車防空洞擠滿人，不是曲身抱腿，就是跪在地上，努力的把自己變成發報機向神發出求救電報，祈禱恩主公開牛車來接炸彈，或者觀世音娘娘騎龍來拯救。他們身處在五十公尺長的隧道，還算安全，只有頭頂猛滴水。在爆炸的震動中，上千隻的蝙蝠以河流的速度往隧道外衝，飛出後散開，密密麻麻的，黑點像網結把夕陽捕捉了。忽然間，一顆燒夷彈在落地前爆炸，開出大火網，所有的蝙蝠馬上化成灰。更遠處，有人躲入池塘，落下的燒夷彈瞬間讓水沸騰，咕嚕嚕冒泡，什麼都熟了，一池魚湯香噴噴，浮起來的還有煮熟的屍體。有人躲不及，燒夷彈讓爆炸範圍的生物揮發，那些人連呼救都省下了，留著向閻羅王告狀用。

擠在火車防空洞邊的人，身體仍顫抖不止，看著鬪牛窩被火海燒得捲邊。爆擊機沒停過，一架架飛來，直接把機艙當軍火廠，不懈的投彈。炸彈從先是米粒小，接著是清酒瓶大，直到瓦斯桶大時，墜地炸出小太陽，也讓地牛翻身。小孩流淚不止，喃喃自語說：「現下，米國小囝仔一定在玩『爆擊鬪牛窩』的遊戲。」

這時候，帕衝進火車防空洞，他的頭髮燒光，焦黑的身上只剩丁字褲。他頂著小屋似的奉安殿進來，說：「怎樣都不能忘了天皇。」說罷又衝出去。

最後一架爆擊機正通過庄子上空，差點炸毀驛站，落彈把附近的商店炸癱了。商家的防空室就在客廳下方，躲了三個人。防空室發揮功能，成了他們現成的墳墓。現在，這架轟炸機往火車防空洞去，爆炸聲近了。飛機飛到正上空時，大家鬆口氣，終於躲過一劫。忽然間，帕又從外頭大喊：「讓路，車來了。」一道大火龍怒凜凜的駛進來，噴出濃嗆的煙，帕就騎在車頭上指揮。好多人以為炸彈轟進來，直到火車鳴笛才回想起那是怎麼回事，重生似大哭。滅完火車上的大火，大家陸續走出防空洞。

村子裡，有人從坍屋下的防空室爬出，有人永遠不用爬出。他們想救火，根本無從救起，怵目的烈焰把灰燼捲入高空，天上飄了灰塵雲。能做的，只有呆坐地上，好等大火燒盡，好等惡夢醒來了。鬼中佐帶兵從防空洞衝來，心有餘悸的士兵們抖著手，往路旁恍神的村民摑耳光，好清醒他們去救火。警防團揮著消防棍，用棍頭上的綹狀布革拍火，有的房子燒朽，一拍屋頂竟垮了。不少人排成鏈狀，從河邊傳水到驛站周圍的商家滅火。桶子竟潑出了塊狀的水銀，火場馬上傳出烤魚的焦香。他們跑到河邊看，溪水鋪滿了煮死的魚，魚鱗在火焰下反光，河流如一條碎冰塊的水銀河，發出呱啦啦推擠聲，綿延幾公里。有五具屍體漂浮其中，面朝上微笑，肚子挺得好高，煮脹的內臟不斷嘶嘶排氣，好像喟嘆這樣吃飽了死去也算有賺到。等火熄一半，活人去找死人，見到親人屍體也沒悲傷，只清除四周木殘骸，坐在那發呆，等待奇蹟會降臨。有一家八口不顧戰火而仍在那吃飯，小孩搶菜，大人喝湯，湯汁滴在嘴角，屋邊牛欄下的牛還在反芻。家具、菜餚、碗邊的蒼蠅都好好的，只是不會動，一顆兜頭落下的燒夷彈把他們瞬間炭化。風吹來，最後的晚餐變成一陣嘆息的黑風，快樂的消失了。

帕衝回山上的竹篙屋。籬笆倒了，房子被兩公里外最近的落彈震圮了，裡頭傳來哀號。帕掀開橫斜的竹片，看到樑木插入那隻最貪吃的小豬的肚子，流出來的小腸還在消化食物。劉金福和其他的家畜圍著牠哭。兩子阿孫互看良久，直到帕說沒事了，劉金福才點頭站起來。天空飄下了灰燼，從窗戶口飛進來，他們沿著黑雲的來向看去，庄子好亮，劈哩啪啦的響著燃聲，好多東西都化成塵埃。劉金福從垮木下拖出馬擎仔。帕懂得意思，肩起了阿公奔下山。到了山下，車站前搭起了臨時的衛生醫療棚，三十位傷患躺兩排，會呻吟的都活著，不過血水從溼紅的榻榻米流下來。照明的柴火太亮，看來像炸彈的餘火，大家得了恐火症，身體好冷，卻不敢靠近取暖，寧願躲在遠暗處。劉金福扳下路燈開關，發電機運轉了，燈桿攔腰折斷而路燈亮了。人們臉上擠出微笑，伴隨好大的一聲嘆息，又繼續幹活。花崗醫生已調往前線，這裡沒有醫生，重患只能在哀號中走向盡頭。無助的等待中，劉金福大聲的對鬼中佐嚷嚷，說送他們到城裡看醫生，在這只有等死。經過翻譯，鬼中佐即刻下令火車當救護車，火速開往城區。

「沿線設施的好多功能被打壞了。而且路壞了，引導車也爆炸了。」機關士說。

帕跨前一步，說：「我來引導。修路也沒問題，我有兵。」

「你跑太快了，根本不了解路面哪有破洞。」

「這都沒問題，火車即刻發車。」帕堅定的說。

火車從防空洞開出，轉調車頭與車廂。有人把三十位重患搬上車；有人把庄子的道路填平；有人把路障搬開；有人幫火車加水、把石炭櫃倒滿煤。當機關助士趙阿塗燒飽蒸汽，拉響汽笛，村人合力把火車推上了出庄子的大坡，又繼續推了兩公里直到力竭，才揮手說加油。五節火車在蔓延的山道奔馳，喊喳運轉的聲響撞上低垂的雲，回音落滿山谷。

這時更需要引導車。它距離機關車前頭兩百公尺，以訊號燈回報路況。帕騎著鐵馬當引導車，感受路況的好壞。他要是用跑的，會忽略對火車而言的危險坑洞，唯有滾過每吋路面的鐵馬車胎能勝任。這鐵馬跑得沒帕的一根趾頭快。他生平第一次感到飛馳是件苦差事，雙腳拖著沉重的枷鎖。劉金福坐在帕肩上的馬擎仔，倒坐的方式，向後高舉著電土燈。他不時暈車，所以把電燈綁在手上，怕掉了。

帕一直疼惜的鐵馬，這次幾乎摔壞。遇到坑洞或爆炸引起的小山崩，鐵馬都摔得不輕。帕也摔飛了出去，先顧劉金福而接下他。劉金福則護好信號燈，摔壞就慘了，並快速的站上帕的肩頭，撥電土燈的控制閥，閃著燈火。火車上的白虎隊得到訊號，從車尾跳下來，戴鋼盔、揹畚箕和圓鍬往前奔跑，與那些轉動大輪胎的機械怪獸爭道路，超越它，然後讓火車的大燈把他們影子推得好遠。他們以死命的肉迫速度，來到路毀之處，火速的填平道路。等填平地，火車正好衝過，還被車上噴出的黏液濺滿臉，聞味道就知道那是血了。

好保持最佳體力，白虎隊以三十人為組上陣。另一批待車上的學徒兵也沒閒，火車下坡時，他們控制每節車廂的輔助煞車盤，上坡要跳下車幫忙推。由於發電機被打壞了，火車轉大彎，他們把二十盞電土燈舉出窗外，劃出燈線，讓機關士安全的轉過彎，也讓技工看燈調校齒輪。進入山洞，第一節車廂的白虎隊大喊關窗，後幾節的人慢一步則吃煤煙，有的重患經不起這一咳就死了。每到下一個村庄，帕被駭異的情景驚愣了，世界再也沒有一處能躲過米軍的戰火，處處複製了關牛窩的災情。村民只能躺在路上，攔下路過的火車，好把重患送上車，一路下來使得五節火車載了數百人上城去。

到最後，沉重火車終於發出悲傷的汽笛聲，不斷鳴叫，直到整輛停下來。帕煞停了鐵馬，仰頭看到劉金福已無力舉燈，把手綁在木棍上才能舉直。

劉金福說：「死了，沒人撐過去。」

兩子阿孫掉過車頭，騎向火車。火車內好肅靜，重患死在各自座位，地板滿是腥稠的血液，上車視察的帕走沒幾步，鞋子一緊，長筒軍靴被黏掉了。拉娃還是睜大眼睛，愣著看整車的煉獄景象，沒有人知道她在想什麼，她也是。白虎隊幫死者闔眼，他們起先做得很害怕，後來只害怕有人還活著，面對重患的哀號更無助。在首節車廂，坐有一位遭燒夷彈燒傷下半身、唯一沒死的學徒兵。在最悲傷時，學徒兵不忘唱國歌激勵同伴，歌聲漫過每個車廂，朝窗外黑夜飄去。一些趨光的蛾蟲啪搭啪搭大力的撞擊玻璃窗，爆開磷粉，好像亡靈的呢喃與淚光。帕不忍看，黯然跳下車，騎上鐵馬，導引火車回關牛窩。劉金福坐穩馬擎仔，用竹竿把脫下的衫服作成招魂布，照引領亡魂回家的習俗呼喚，遇橋大喊過橋了，遇山洞大喊過壟了，希望他們不要走失，遽遽跟上來，好轉屋家。

數百位重患死的死，不死的將死，難以撐過去，五節火車成了黑暗中幽緩的靈車，載滿鬼魂，重返關牛窩之路。

她喊加藤武夫時，沒有布洛灣了

大轟炸之後，關牛窩幾乎成了廢墟，倒的倒，毀的毀，唯有人最快從戰火中站起，扶起那些倒毀的東西。村人蓋起房子，整頓家園，累得無暇悲傷，只有在夜夢中才會流淚。幾陣風來，細小的種子佈滿土地，天亮後的菅芒和昭和草又活了，尤其在擁擠的墳場，綠得恐怖，蓋過那些新風水碑發出的螢光。

那些傷重病患，難逃死劫，一位叫尾崎的學徒兵卻活下來，他就是被火車運回的火炙傷患。重傷的尾崎在火車上唱國歌，精神感人，鬼中佐表揚他是「愛國少年」——這稱呼最初的由來是一九三五年的新竹州地震時，一位苗栗石圍牆的小學生被倒下的牆垣壓傷，高唱國歌才氣絕死亡——不過白虎隊不這樣稱，而是叫他「螢火蟲人」。因為尾崎的腰部被燒夷彈炭化，炭火沒熄，大約在肚臍下有一圈腥紅的悶火慢慢上移，燒過處成炭。

白虎隊在靠河的山泉邊，蓋了一間衛生寮，好給尾崎治病。他們試過千百種方法滅尾崎的炭火，悶熄、泡冰、喝仙泉也沒轍，只能等死亡爬上尾崎的頭。每四小時有兩名學徒兵公差輪班看守，定時用山泉澆尾崎，沒用也算用了心。公差兵不喜歡留在寮內，聽尾崎的哀號太無助了。他們蹲在屋外的山泉邊，一邊抓蝦蟹，一邊聊帕搬「冷氣」治療尾崎的怪法。當泉水冒得最兇時，火車正經過山腰上的道路，把地軋出水。這時節，公差兵會看到猛烈的一幕，數十位學徒兵衝過河，快把水都踩乾了，個個奮勇的揹墓碑上山崗，要去衝炸火車。他們見了不稀罕，換班後也會去搞這套。只是鬼中佐近期將驗收成果，操得特別緊。等火車的笛聲已遠，白虎隊才又來到河邊，他們被煤灰染黑得像活動木炭，衣服上滿是燒過的破洞，用河水洗淨，皮膚露出蟾蜍狀的水泡。他們洗戰鬥澡，只泡河搓幾下，避免破皮泡水痛。但這幾天，河面漂來數百張米機投遞的空飄宣傳單時，他們泡水時才全身不動，以目珠跟蹤身邊流過的傳單內容。上頭寫著，米軍已攻下小笠原群島（硫磺島），而沖繩之戰勝利在望，對投降的日軍絕不會殺害。另一張傳單又寫著：歐洲戰場，希特勒舉槍自盡了，獨逸（德國）敗退，日本再也沒有盟友依靠。白虎隊曾拿過傳單，看完撕掉，怕留紙條被憲兵抓到判軍法。於是，默送傳單隨水而去，他們視而不見，不公開討論就不會被憲兵逮捕，但沒有比裝無知更令人沮喪。

河流的祕密源源不絕，帕趕快帶他們回衛生寮。門邊的公差兵併腳，把門打開，大喊敬禮。「敬得好假。」坂井一馬忍不住開玩笑。在這種情況下大家的心情鐵了，哪敢笑。帕不顧大家認為風會加速燃燒的理論，頂開窗，讓微風和風景流進來。帕算過了，再十天，尾崎會被炭火燒死，即使他每夜從墳塚挑回幾大尿桶的陰氣灌洗也阻止不了。那炭火確實是燒夷彈引起，但燃燒下去的動力，是來自尾崎內心的絕望。

這道理很快得到證明。當晚衛生寮只剩五位學徒兵看守，其餘回山上兵寮睡。帕從墳場挑回兩尿桶陰氣，把尾崎泡進去。尾崎嘆一聲，旁人讚一聲，看見他在黑夜中迸螢光的下半身慢慢烏了。接著尾崎身體發抖，牙齒捉對廝殺，喊著冷。大家趕緊把他從尿桶拔出來，滾在棉被裡，只露出蒼白的面孔。尾崎很快停止顫抖，像個嬰兒放鬆眉目，很無奈的說，他這樣一定很狼狽，不像軍人。大家沉默無言，能講能說的早就抖出，再說下去都是敷衍之詞。

「只有你最像軍人，像是剛從戰場回來的。」帕說。

「說來愧疚。」尾崎勉強把頸子擠出棉被，又說：「我是為了多賺幾塊錢才來當兵的。鹿野殿，像你這樣當兵，才是真正報效國家。」

「不給我薪水，我也當兵。」帕抬頭說，「你們不少人是為了軍餉才來，而且我想你也是那種偷拿父親印章蓋的。」

尾崎點頭。他說，同樣是當兵，特戰兵薪水多，在學校教官的遊說下，回家偷拿了父親的印章蓋同意書。體檢一過，兩個禮拜後紅單由轄區巡察送來。巡察在兩條巷子外就刻意踩響長筒靴，啪啪啪的，是對當兵者的敬意。靴子響聲最後停在哪家，哪家就有男人要去當兵。那天靴響停在家門前，巡察送上兵單後中氣十足的說，恭喜，要去報效國家。尾崎說，應門的父親還以為搞錯了，收下兵單一看竟是他的，巡察才走，回身就呼了尾崎一巴掌，大喊：「你是做人做煩了，想做鬼呀！還要把風水碑帶去當兵，那碑是你祖上渡黑水溝的壓艙石，名字都先刻上了，渡過海，上山墾，死在哪就插在哪！你這不孝子。」他跪在防日警取締而偷藏祖先牌位的暗牆前贖罪，兩天兩夜，膝蓋烏青了，還是無法息去父怒。第三天凌晨入伍，他跛著膝蓋傷到學校集合，看到祖上碑就依在校門口，碑下半截還沾著溼泥。尾崎用餘光瞥，看見父親就站在對街的暗處。祖父母死去的喪禮上，他父親不流半滴淚，卻在給兒子送行的路上淚流滿面。那一刻，他開始後悔為了貼補家用來當兵，但已上路了。

「鹿野殿，不要跟爸爸說我死了，他會難過一輩子的。」尾崎說。

「我不說，軍部也會通知。」

「你幫我寫信，每個禮拜寫信給爸爸，他就認為我還活著。」

帕討厭寫信，自己不想寫信，卻下令每位隊員以後寫信給尾崎的父親，照表輪流，一星期寫一次，說尾崎暫住自己家玩。

第二天下午的休息時間，公差便依各學徒兵的戶籍分布，整理出一張不存在的動線，一封封虛擬尾崎旅行的信便得定時寄出。那些點大部分分布在新竹州，其次是台中州，最遠的是從台東來台南州讀嘉義農工的。有人都說將來環島旅行不愁了，憑這張同學會地址混吃混喝就沒錯。有人說將來結婚，憑地址寄紅帖「爆擊」大家好了。一扯又插科打諢起來，大家抖著趣事和笑話。青春的笑鬧很快沖淡死亡的主題。他們常笑得眼淚倒流至喉嚨，邊咳邊喘氣，得趕緊喊停才不會窒息。天氣熱過頭，只有窗外一陣透涼的風吹入青春發汗的人群，大家才倏忽不說話，在嚇人的安靜中，通通把眼神泡在窗外，天藍得能刮花眼膜，那種顏色好像宇宙和時間盡頭的熾熱反光呀！尾崎便問：「一百年後的天空一樣是藍色的嗎？」

這句話成了白虎隊間的遊戲語，發展成各種變化的語彙，一百年後的河有水嗎？一百年後的風有顏色嗎？一百年後的人會笑嗎？一百年後的月亮會變紅嗎？大家笑鬧時，什麼東西都能扯濫到百年後，最後會問到天荒地老之際：「百年後，我們的骨頭會躺在哪？」大家忽然語塞，時間安靜得打結。但是，這些句子不如尾崎問的百年藍天來得經典，先問先贏，徹底佔得人心。

倒是帕看穿尾崎的那句話，隱藏對飛翔的夢想。那些尾崎還沒受傷的日子裡，他揹竹飛機總是跑最快，在跳過田崁時，總是最早收腳、最慢放腳，好享受更久的騰空飛翔。但這常讓他摜地吃土，摔個竹機開岔不說，還得利用休息時間補強結構。尾崎的飛機是最靚的，他向附近的竹編專家學了些手上功夫，把縫紮密，收尾俐落，又糊上紙陰乾，塗上草綠色，根本就是剛出廠的戰鬥機。還摘幾蓬的吉野櫻，捶糜成泥，摻入顏料，把機翼上的日丸旗畫得紅啾啾，更有精神。這樣著迷飛行、對銀藏崇拜的人，對風很敏感，寧願花整個下午蹲在水澤邊拿竹竿等豆娘停上去，觀察牠泛油彩的黑翅膀，也不願意持釣竿耗上一分鐘。

「一百年後，我相信天還是藍的，而且更藍。」帕說。

米軍和沖繩軍民打得火熱，不意謂台灣不在戰火區。白虎隊仍得訓練，對付可能的狀況，他們整個早上幾乎在挖傘兵坑與坑道，用推車把泥土運走，堆成像螞蟻穴旁那些溼泥球的小山。尾崎不願待在衛生寮到死，堅持跟同伴做工，多流汗還能澆熄屁股上的火。他拿短鍬，趴在傘兵坑挖，有時挖得喘氣不及，昏倒在裡頭，嚇得大家以為他死了。帕好言勸他活動量別太太，會加速體內自燃，但對於生命將盡的人最好的照顧就是隨他去。帕用堅硬的鐵屎楠製成揹桶，把尾崎放裡頭，揹著到處活動，讓他參與隊上活動。

有一回他們練習完對火車肉迫，在河邊洗完戰鬥澡，到衛生寮小憩，摘了野果吃。空氣中飄著某種辛香味，讓人食慾大振，他們面探窗外，視線越過河，看見幾隻獼猴在摘過山香的嫩葉吃，香味從那來的。其中有隻落單的公猴躲在附近，遠望猴群，胯下勃起的生殖器露出粉嫩的龜頭。這又引起大家的話題，一說是牠肖想母猴，一說是被逐的老猴王用自己的老二向目前的老大抗議。

「牠在打手槍啦！」坂井找到好話題切入，連自己也得意了，直說：「猴子也懂得自爽啦！在我家鄉，我還看過兩隻公猴打炮。你們都是公的，可以自己玩自己的，但不要跟別的男人玩。」

氣氛高昂了，坂井取得說話優勢，便用掃把柄教學徒兵打手銃，怎樣才不會拉傷還無法褪落龜頭的包皮，惹得尾崎也笑出來。坂井見自己發揮功效了，越扯越葷，淫心大樂的說，「你們知道『酌婦』嗎？」語畢，坂井轉頭沉思，不知如何解釋**慰安婦**這種軍妓的賤稱，說透無聊，不說又心癢癢。

帕見坂井沉思時，腦殼直冒腥煙，嘴角淫揚，老是摸著下巴的鬍碴，一臉有老相好的吃相，肯定有隱情，便加重語氣的追問什麼是「酌婦」。

盤坐在地上的坂井把身子向前傾，嚥了口水，說：「呵呵，你們聽過**突擊一番**嗎？」那種詢問的口氣，眼神帶殺，好像老大問新入門的嘍囉，你們沒殺過人在跟人混什麼屁呀！

「突擊一番是什麼？」幾個學徒兵異口同聲。

一下是酌婦，一下是突擊一番，搞得暈頭轉向，兩顆腦袋也理不清，卻搞得他們像發情似興奮不已。這種性議題，已不是路上看到兩隻狗在任性交配、連火車來都拔不開這麼單調的笑話，而是神祕的成人遊戲，全新的世界領域。不待坂井的官方版解釋，學徒兵七嘴八舌，話匣子爆開了。有的說，他有一回經過高炮陣地，正好下起濛濛細雨，班長便大喊，把突擊一番戴上。突擊一番就是套在炮管上的橡膠套，防風砂用。有的接著說，那我知道了，我看過速射炮的炮管套，這跟坂井殿講的不一樣吧。抽著菸的坂井聽到此，悶笑幾聲，不意被肺裡的濃煙嗆得噴淚，揮手暫且不表，先讓大家自由發揮。一位學徒兵說，哎喲，我懂了，坂井殿不喜歡某個女人，又想跟她那個，便用炮管套套住她的頭，別看見醜樣。於是結論是，突擊一番是套住人遮醜的麻布袋，笑得他們差點撐壞肚臍眼。一位叫加馬太郎的學徒兵反駁說，炮管上的叫防塵套，像象皮厚，男人用的突擊一番很薄，像豬大腸，也就是大家拿來套在手指傷口用的「橡皮頭盔」啦！語畢，眾人驚聲，那就是橡皮頭盔了呀。

這由來是加馬太郎無意間發現的。他曾任打飯班，每日往返練兵場的廚房扛飯菜。由於個子不高，提竹籠時得使勁提，久了手指被銳利的竹條割破，操課時，傷口反覆沾黏沙土，疼痛又難癒合。某日他經過練兵場的排水溝，目睹幾位村童從溝水中撈起豬大腸，有人因少搶幾個而冤家，差點打起來。他們鼓著腮幫子吹氣，豬大腸頓時脹成氣球，隨風逐玩。加馬順水找上去，在雀榕邊的那間竹篙寮，散落不少一種子彈型的牛皮小紙袋。他蹲在窗外撿起那被撕開的牛皮紙套，套在指頭上剛剛好，心想在上頭畫上些臉龐表情就能舞個布袋戲。這時候窗口忽然探出一位婦人，嚇得加馬頭皮緊，不知自處。加馬認識這婦人，她是練兵場伙房的廚婦，平常匆忙交會，並無談過。這次，賽夏婦安靜的看加馬，說，你是「帕納」。加馬聽不懂，猛搖頭。賽夏婦見他的手指頭套上牛皮紙袋，只有受傷的那隻沒套上，便從窗下摸出一包牛皮袋，撕開後拿出橡膠膜套在他受傷的指頭上，說這樣就不怕水泡和沙塵了，又說傷口如果塗了硼酸軟膏再套上，治療效果更是好。此後，加馬有新傷口，便到那座寮舍討橡皮頭盔使用，也帶幾個給同梯的傷兵。每次去，賽夏婦主動撕掉牛皮袋，拿出橡皮頭盔，只要加馬藏入口袋帶回。不過這已經是兩個月前的事了，「我再也沒去過那。」加馬很強調。

此事不少人已知，又聽了加馬再說一次。加馬繼續說，這東西為什麼叫「突擊一番」，因為牛皮袋寫了這幾字，還有五芳星（五芒星）軍徽。說到這，大家都看向坂井，只見他笑咪咪的，嘴角都使壞了。末了，坂井才點頭認同，便說酌婦是在床上讓男人匍匐作戰的。練兵場廚房那幾個煮菜的阿桑，就是酌婦呀！那些憲兵、古兵呀，晚上會到她們的房裡睡覺，都是她們的老公。有學徒兵問，坂井殿也是她們的老公嗎？坂井挺起身，自知在這些有人連老二除了尿尿外就沒有其他功能的學徒兵眼中，得正派的搖頭，說沒去過那裡。然而，在眾人詭異眼光的嫌棄下，坂井改口說，是有啦！有一次超想去的，想到充血的腿都發抖，便跑去那些阿桑的宿寮，但是「突擊一番」用光了，心想要是得了性病就完了。他又說，要做那檔事，要用一種青蛙肚皮當原料作成的橡皮頭盔。大頭戴鋼盔，打倒敵人；小頭戴皮盔，能壓倒酌婦。沒錯，突擊一番也算是戴在男人那裡的防毒面具，不然咧！有些女人的那裡會長黴，害得你那根發霉就完了，尿尿會拉出膿水。

原來突擊一番有兩種意義，當名詞是保險套，動詞是「打炮」。有的學徒兵矇對答案，晃腦在笑。有人接著用肅然的口吻問坂井，你肯定有去突擊一番，不然怎麼會這麼清楚。

面對千夫所指，坂井當然不怕，哼然微笑。軍中文化不怪你嫖，只怪你不用保險套而嫖出病，性病傳給同僚影響戰力。但是當他開口說有時，見到站在牆角的帕怒目瞧來。那密度高的怒火幾乎裝不下眼睛，快把那黑影燒光。坂井嚇得目珠顫起來，知道自己不只捅樓子了，更捅到虎頭蜂蜂窩，微笑的嘴角塌了，眉毛下壓，壓出標準的軍人眼神。他說，他是堂堂正正的皇軍，想的都是打仗，連母狗都不看一眼，何況是女人。而且他舌頭一轉，對準加馬太郎開炮，說這裡最可疑的是你，混蛋，一定有去過突擊一番的。

加馬說沒有，態度堅決。坂井更嚴厲的問，難道你，連再去都沒去過。加馬支支吾吾的說，沒有，真的沒有。坂井見機不可失，隨便撒謊：「是嗎？我上禮拜路過那裡，那番婦還對我說，叫我的『帕納』快來，快叫他快來幫我『插花』呀！」

加馬有寬滿的額頭，深邃眼窩，還有平闊的獅鼻。那位賽夏婦人第一次遇見加馬，當下看出他就是俗稱「後龍番」的道卡斯族。「帕納」是賽夏對此族的稱呼，意思是鄰居。坂井哪知道這層意思，把「帕納（Pana）」誤聽成日文中妻妾對老爺親密稱呼的「旦那（Dan-na）」，亂槍打鳥的說，卻觸動加馬最柔軟的心意，那不斷被毀恨之淚沖毀的防線。加馬先是一愣，接著眼珠泛光，直說豆伊真的叫他過去嗎？是真的嗎？可是，她叫他不要去的，是她先說的，叫他永遠不要再去找她了。

加馬細細道來。賽夏阿桑叫豆伊，那次在宿寮相遇時多聊了些，此後對他視如己出，經常將熟豬肉、米飯包在姑婆芋葉，塞在練兵場附近的欒樹洞，要他去拿來吃。有一次他感冒，毫無食慾，喉嚨乾燥如炭罐，豆伊竟然弄到一片豬肝燉薑絲湯，熬了稀飯，要他趁熱吃。他惦記這份情，幾個月前，他向附近農家買了顆白柚。柚子散發香氣，捧過的手整天有迷人味道，再用雙手摸什麼東西都逃不了那股香，連石頭也是。他想把柚子送給豆伊，趁晚餐後的休息，摸夜路到她的住處。到了寮舍附近，傳來喧鬧的爭執，他膽小，有些驚怕，便折回。但是他聽出那哀求的聲音絕對是豆伊發出的，又跑過去，連偷瞧的勇氣都沒有，蹲在窗外頭聽。豆伊要求對方使用橡皮頭盔，不然大家都會生病。可是那個人，從嚴厲口氣與措辭聽出來他的軍階是班長，發酒瘋，掄拳就打豆伊。屋裡也傳出各種擺飾品摔破的聲音。豆伊狂叫，奪門而出，頭髮像著火一樣難看，沿著山路跑。班長追出去，抓住豆伊的頭髮往回拖，任憑她哭叫與蹬腳，最後把她摜地上，踹到她安靜下來。班長把豆伊的褲子和衣服撕爛，命令她跪下，自己也脫褲從後頭趴上去抽動，打她的屁股，發出沉悶鼻息。班長辦完事後，又踹了一腳豆伊，罵著髒話離開。躲在暗處的加馬完全被恐懼征服，手中的柚子掉落，滾到哪都不知。他知道豆伊死了，內地人強暴後會把女方殺死。這印象來自五年前，那時他擔任軍伕的叔叔從支那回來，和父親把酒言歡，越喝越晚，喝到什麼事都能說。加馬的叔叔說，「有一次我跟某個軍曹出差。半路上，軍曹說悶壞了，要找女人，看見路上有個拎書包的中學女生還不錯，就把她拖到巷子裡脫褲子。女孩掙扎不肯，胡亂咬人。軍曹先把她狠揍一頓，打得腦殼迸血，再扯下她的內褲，塞啞她的嘴巴，趴上去，用肘抵住她的脖子。軍曹辦完事，起身走，把褲帶勒緊，又回頭抽出軍刀往那女生肚子捅去，直到人斷氣，最後用書包巾把刀血抹乾。我嚇死了，腦子卻很清楚，那軍曹是畜生，好多日本兵都是畜生，發狂起來就是拿機槍對村民亂掃射，當狗殺，當貓玩。」在隔壁房正要起床尿尿的加馬偷聽到這件事，驚懼無比，連下床的勇氣都沒有，竟在床上尿起來。也因為這印象，加馬知道豆伊死了，班長打死她免得壞事傳出去。可是，那黑暗中又傳來窸窣聲音，豆伊爬了起來，她沒有哭，也沒表情，裸著微胖的身體走回宿寮，在門口的水缸前舀水沖身體。豆伊發現加馬蹲在窗下，因為他啜泣的聲音已經蓋過沖水聲。加馬為自己的懦弱與膽怯生氣，也擔心不知如何面對豆伊，死都不出來。倒是豆伊很大方的蹲過去，像媽媽面對做錯事的孩子，安慰的說他一定剛洗完澡，身上有一股柚子皂的香味。加馬終於嚎啕大哭，淚水直落，說：「我有四個月沒洗過香皂了，身上的香味是柚子，我是來送柚子給妳，可是它不見了，怎麼越抱越緊它就會不見。」豆伊從地上拿石頭，往他的胸口兜幾下，石頭便有柚香。她說，「看，柚子在這，它不是不見了，是變小了，一直躲在懷裡而你沒發現，你心裡藏有一顆好棒的柚子呢，能夠讓石頭變成柚子呢！」豆伊說罷，進屋穿了衣服，特地又拿出一塊蜂蜜香皂，塞到加馬手裡，催他趕快回去，要求他以後再也不要來這了，再也不要回來了。加馬聽了更是難過，沿著山路跌跌撞撞離開，那些淚水太多，手背抹不去，把手中捏著的肥皂融化了。

加馬說這段實情是斷續完成，中間穿插在場者的驚駭、暴動與寧靜。首先是坂井發出勝利微笑，笑加馬早該誠實說出。等到加馬接著說出慰安婦被打時，坂井的表情猛然煞車，眉頭快掉下，喝令加馬不要再講，那完全是瞎掰出來的。加馬仍然講下去，講到日軍在中國強姦女學生時，坂井顫了一個突跳將出來，狠狠賞加馬一個嘹亮的耳光，叫他閉嘴，再說就打。「萬年兵坂井一馬，閉嘴。讓加馬講完。」帕大吼，從牆角的影子堆吼出來，嚇壞所有的人。坂井先是噤語，然後不理主子的怒吼，更要加馬閉嘴。帕一拳把坂井撂倒，命令幾個高壯、臉上被青春痘佔滿的學徒兵制壓他。這時候的加馬講不下去，但帕命令他講，實話實說，如有半點扯謊，下場更慘。之後，加馬在報復坂井打的耳光，把詳情托出，沒有保留。

這故事最後講完了，整個過程像耳朵灌入鐵漿，在各自心中烙下印記，氣氛靜謐，只有屋外的河水喧嘩難堪，滔滔流逝。登時，帕走到桌邊把放上頭的軍帽戴上，也把軍刀掛在腰部，對加馬說，「你再說清楚些，那個欺負豆伊的班長是誰。」得到答案後直往門口走去。被制伏在地的坂井很容易站起來，因為壓制的學徒兵被後半段的故事驚擾而沒留神。

「鹿野殿，拜託你不要走出房子。」坂井跪下來，極盡哀求的說：「就當作大家忘了這件事，要是把支那戰場的事傳出去，在場的人都會被判軍法，吃不完兜著走。」

「拿起的故事，如何放下？」帕說煞了，扶正帽簷，往大門走去。

「請你站住。鹿野殿，你不要走出大門，你會殺人的。」用軟的不行，坂井來硬的，對主子吼完，一個撲，狠狠拽住帕的雙腳。

帕甩開坂井，卻被衝來的學徒兵擋下。他們也提起膽，攔下主子去尋釁，不然會鬧得天翻地覆。帕回身從窗戶出去，那也站了一堵的學徒兵。一時間，眾人霸佔了出路，有的貼在門口，有的攔在窗戶，其他的圍在竹篙牆上防止帕破牆。他們這麼做是希望主子冷靜下來。沉湎在怒火的帕找不到理由安撫自己，好多理由告訴他，正義就是他手上的刀。帕心緒快爆炸了，把刀鞘橫銜在嘴，蹲個身，死抓牆底，怒目金剛，一個大吼，竹牆便嗶嗶啵啵發響，房子當下翹起半邊。再使個半噸力，牆被擰得灰飛煙滅，只剩竹條歪倒，強過那些哀號又無奈的眾學徒。帕走出竹寮後又遇到困難，跟來的坂井把他撲倒，學徒兵也壓上去，緊張得流汗。帕不會被壓死，但可能被那些從上頭流不完的汗水淹死。他伏地像瘋狗甩水，把身上的十幾人都甩乾了，蹦起身，走向練兵場。可是被甩開的學徒兵發揮攻擊戰車的能耐，再度撲上去。

關牛窩在大轟炸中死了四十六人。亡者火化成灰，成了滋潤大地的養分。村民在警防團的帶領下舉行追思會，在路旁種上樟樹與櫻樹苗，撒上一些骨灰，期許亡靈安息。當他們種上樹苗時，嚇壞了，看到一個衣服破爛、身上黏滿學徒兵的人經過會場，後頭拖著一條長長的「人鏈」。那是帕。帕也看那些村人，燒夷彈的火好像在這些倖存者臉上復活，眉眼融化成焦，毫無表情。他邊走邊喊，部隊聽令，唱〈海行兮〉。包覆在帕身上的十餘位隊員，還有抓住腳在後頭拖行的人鏈，汩汩唱出悲歌。村童大笑，說那是猴子兵團，拖著一條大便。在荒謬的情境中，趴在人肉包裡阻攔的加馬說話了，對帕說，他說謊，那些什麼皇軍齷齪的事，不管在哪方面，都是他掰出來的。其他人很安分奉命，等歌唱完才附議說加馬說謊，他是個常吹牛的人，別相信呀！

帕深信不疑。加馬在肉迫行動中歸為「肉汁」，首發的炮灰人，在半途自我爆炸好製造敵軍紊亂。肉汁由最膽小的人擔任。帕知道加馬怯懦性格，抓住他的衣領搖幾下，絕對吐出實情。目前唯一讓加馬，也讓大家信服的就是真相。帕原意前往練兵場算帳，此時轉向，前往豆伊住的宿寮，問個原委。他挺直身子上山，還跳著，讓那些趴在身上的學徒兵因肌肉痠痛而自動掉落。

通往目的地的小徑，崎嶇蜿蜒，落滿樹蔭，涼風中藏有各種花香，紅嘴黑鵯在樹梢發出貓樣的叫聲。一位隸屬關東軍的速射炮上等兵走下山，拉著皮帶，也吹口哨學貓叫。他看向山徑那頭，熟悉身影的坂井跟在某位軍官背後對他猛揮手。那揮手，多麼熱情的招呼，但越看越像在趕人。狐疑間，那頭的人已來，他趕快閃到路邊對帕敬禮。

帕一個搶前，給上等兵兩個耳光，打得他快腦殘了。「看到軍官，得在距離七步時敬禮。」帕怒看他。

「報告少尉殿，我、我有在七步時……」上等兵被打得頸子轉傷，只能歪著回應。

「吧嘎，你用耳朵看著我回答呀！」帕吼著。上等兵轉過身來，正視帕，身體卻斜著。帕見狀，又吼著：「站好，你敢站三七步對我說話，看我是強固魯（清國奴）嗎？」

老兵嚇壞了，恨不得嘴巴有三根舌頭辯解，因為帕用輕蔑族群的罪強加在他身上。鬼中佐早已公布，「番人」改稱高砂人，要是誰罵本島人是清國奴或支那豬，一律嚴辦。帕用這招族群小把戲，嚇得老兵連忙澄清，說自己沒把鹿野殿看成強固魯，絕對沒有。

「吧嘎，我就是強固魯、就是強固魯、強固魯，你竟敢說不是。」帕不斷強調「強固魯」，眼睛怒睜。

這在規定之外了。鬼中佐規定不准罵人清國奴，可沒不准罵自己是強固魯。

老兵被搞得糊塗，一下點頭說是，一下又搖頭說不是，不曉得如何搭嘴，汗水直冒的說：「你說什麼就是什麼了。」

「我說，你越級報告了。先回去跟你的班長申訴吧！」帕說罷，用一個耳光把他頭搧正了。

上等兵頭正了，卻翻幾個大車輪滾下山，上百公尺長的灌木叢都攔不住，尖叫都省了，直摜河谷去。

鬧人命了，坂井當下閃現這念頭，直到山谷傳回哀號，便鬆口氣。帕這下動怒了，要是不阻擋，就真要出亂。於是坂井不斷的喊「鬼軍曹來了」，警告不遠處正在屋裡嫖的士兵，直到帕回頭狠狠的瞪，坂井才躲在一株泡桐樹後頭露出小眼睛。帕又往宿寮走去。坂井攀上泡桐，邊爬邊發出美滋滋的呼喚：「新的酌婦來了，又美又好用喔！」忽然間帕化成一道風吹來，怒踹樹幹，多幾番腳勁，粉紫色的泡桐花如雨的落下。帕繼續踹，花落光，樹叢也禿了，輪到樹皮疙瘩往外跳。坂井緊抱樹幹，體驗芮氏九級地震，又高喊新的酌婦來了喔！快喔！

這招有效了，幾個在寮宿外排隊嫖的士兵被性荷爾蒙撩撥了，大腿充電，爭相跑來，恨起路多彎曲，直截穿過樹林來，手上揣著保險套。可是他們看到最奇特的一景，坂井這老猴用丁字褲把自己綁在發狂跳舞的樹上，目珠翻白。直到樹木停止跳舞，士兵了解倒楣來了。帕就在樹下，他的憤怒連一個中隊的士兵都擋不下。他們馬上癱腿跪地，把帕當告解的對象，有錯就說。有的說他只打過一次白虎隊，有的說他只偷過一次軍糧，有人說「我想破頭都不知道曾做錯什麼，原諒我想不出」，完全不了解帕生什麼氣。帕瞪著那些士兵跪在紫花毯上，個個鑽腦的精蟲快變成蝌蚪了，一副伸頭欠砍，心想難道他們不知道自己幹了什麼下三濫的勾當，便吼：「來，給我跟過來，看你們幹了什麼。」

原本是禮拜日該有不少尋芳客的，聽到帕的聲音，人早就落跑了。帕帶領一群學徒兵和老兵來到寮舍。房間隔成間，每間三坪大。人都沒了，只剩門板隨風開闔，發出單調聲音。坂井隨門聲應和，頗有自信，直說這哪有什麼人，都是空氣。有扇門從裡頭上了搭，開不了，帕使個勁便把門推倒在地，踏門板而入。房內擺飾簡單，塵埃湧動，什麼人都沒，窗邊的啤酒瓶供養幾束野薑花，桌上也放幾朵柚子花，好驅臭醒腦。坂井又開口說，這裡也都是空氣，比較香的而已。帕卻發出嚴厲聲音：「出來，躲床下的兵給我出來。」使個眼色下令。幾個高大的學徒兵戰戰兢兢的走去，拍打竹床，最後從底下拖出一團棉被。赫然間，棉被滾出年輕女人，上身裸露微豐的奶子，下身只著大內褲。她馬上以手抵胸，蹲在地上，顫抖著。學徒兵也抖著，他們習慣了庄腳人家大方的把這種女大內褲穿錯在竹竿上曬，第一次看它穿在女人下身，難免錯愕。

即使那女人頭低低的，帕一眼認出，她叫加藤武夫。那個原住民女孩來自台中州新高郡的太魯閣，花了四天三夜，從花蓮繞過整個北台灣來到關牛窩，經常挨在驛站簷廊的木柱邊發呆，火車來就跳舞，不斷的拍手唱歌；火車走了，又愣著柱子發呆，偶爾會對山大喊著布洛灣，直到有回音才停，然後眼中全是淚。她餓了討攤販的剩菜，累了睡橋墩下，胸前掛個用日文寫著尋找加藤武夫的厚紙板，有空時便用撿到的鉛筆把上頭的字跡描深。日久，字越描越粗，人們乾脆叫她加藤武夫。村童老遠的喊這名字，她樂得跳起來，張望誰在叫，用難辨的族語叨唸幾句。後來人們才知道她是思念入伍的情郎加藤武夫，來到這尋覓。殊不知，載她情郎的火車早已開走，他新訓完下南洋，坐船在菲律賓外海被米潛水艇擊沉，永葬海底。

帕令士兵先退出房間，再叫那少女穿上衣服。加藤武夫仍裹著被蹲在地上發抖，緊張得拉尿，滴滴答答的，腳邊一攤水漬。帕不知如何是好，將就叫她坐地上好了，原住民喜歡席地而坐。不出帕所料，對方日語有限，又處於恐懼中，比手畫腳用不上，心想她來自花蓮便叫外頭一位來自台東的學徒兵來翻譯。這小兵喜歡野球，從台東遠道來西部讀以野球聞名的嘉義農工，後徵調入伍。小兵聽到那少婦來自花蓮，便對帕說她肯定是阿美族，話不通的，而且阿美族跟他們普優馬（卑南族）是世仇。帕手一揮，又叫了幾位原住民小兵，只有泰雅族語與那種立霧溪溪水般時而激昂、時而沉緩的太魯閣語能有些星火關聯。但泰雅小兵翻譯得煩了，對帕說，泰雅與太魯閣曾經是親兄弟，但最後成了世仇，卑鄙的太魯閣人才逃到中央山脈深居，刻意改變原本使用的語言。

「你跟她有仇恨嗎？」帕原本蹲地上，現下也站起來，說：「我的意思，世仇這話是誰對你說的？」

「我的歐吉桑（祖父）。」泰雅學徒兵說。

帕看著窗邊桌上的柚子花，已經乾萎，酒瓶內的野薑花也傾垂，不像剛進來時看到的勃發。帕嘆口氣說：他的歐吉桑常常說，閩南人最奸詐，「番人」野蠻得會砍人頭，內地人是他的世仇。可是，他又聽過閩南人說，客家人最奸，「番人」最頑顢；他也知道，你們高砂人抱怨客家人、閩南人最爛，騙人不眨眼。帕說，他以為高砂人最團結，沒想到走進來的都跟他抱怨跟這女人世仇。你看，她就蹲在那發抖，嚇得拉尿，像剛出生的小狗，連一陣冷風都能撂倒，她是客家人最常罵的「惱到絕渣的死番仔」，也是所有高砂人的世仇。帕的結論很簡單：「我只要人翻譯，請她站起來，穿衣服，好好坐在床邊。這麼簡單的話可能要花幾天才能翻譯完，沒想到她和我們是共同的世仇，竟然講不通。」

小房間安靜極了，氣氛卻很尷尬，幾位原住民小兵杵在那低頭。這時風從窗口吹來，帶入新鮮空氣，窗邊的野薑花味道再度瀰漫。忽然間一位學徒兵驚叫，那種音調好像發現死人。大家順著他的眼光看去，並不會太難找，因為他把左腳抬起，露出鞋底的血紅。在場者很快的發現那女的不是蹲著屙尿，是胯間不斷的血崩，許是花香，大家沒聞到血腥。帕把她扶上床。她躺床上發抖，睜開眸子，唇白如鹽，褲子全是泥淖的血漿。

「閉上眼深呼吸，」沒轍的帕對她深情說話，好像現在開始要和陌生女人相愛廝守，並再說一次：「閉眼呼吸，加藤武夫。」

這男性名字是帕對她僅有的認識，對那女人卻是全世界，乃至終極意義，取代她自己的名字、呼吸與生命，整座中央山脈都擋不下她的追索。她閉上眼，喃喃唸著加藤武夫的本名布洛灣，山谷回音之意。她想像情人就是整條流動的立霧溪回音，轟隆隆響，布洛灣、布洛灣，唸到唇瓣也停了，安靜躺在那死去。窗光落下，柚花很香，窗外不遠處一群台灣藍鵲掠過樹梢，爆炭似叫聲好清晰，甚至不堪；一隻飛入的紅蜻蜓盤桓一會，停在酒罐口的野薑花，牠感到安全而翅膀攤開，久久不離去。

帕退出房間，深為自己的莽撞而自責，要不是強迫把少女從床下拉出，或許她不會血崩死去。他把老兵都叫過來，攤開掌中的一塊黑肉，問那是啥？七、八顆頭湊一塊，嘖嘖稱奇，說也說不清楚那是啥。有的說是剛生出的幼鼠，有的說是雛鳥，什麼都能猜。等待帕說那是從加藤武夫的胯間掉下來時，老兵的臉都綠了，湊去的頭都彈了開，嘖嘖嫌噁。那團血肉又黑又腐腥，看似老鼠，細看是嬰兒的粗胎，一個只有頭、缺下身的嬰胎。這流胎大約有五個月大，為何只有上半身，帕也很好奇，他胡亂謅個引信，說加藤武夫已經說了，他不相信事件會是這樣，怎會是這樣呀！

「怎麼會這樣？」帕抓了坂井的領子，要他看清楚掌中的肉團，又說：「你說說看呀！」

「我說，別打我。」等到另一位古兵的衣領被帕勒緊時，他招供了，「是那個被炸死的憲兵村山八郎幹的，是他幹的。」

帕怒目看著古兵，好確定他不是把責任推給死人。帕對村山八郎的印象是他個子矮篤，下巴戽斗，夏天露出衣服的肌肉常活生生的蠕動，有的什麼壞印象的話就屬現在的這樁起。在帕的威迫下，那個古兵很快翻供，好像活著就等這一刻把祕密吐出才爽快。不過整件事件得從那古兵不知的一切說起。原來加藤武夫那女孩老是待在驛站，盤據不走，管那一帶的翹鬍子警察受不了，自掏腰包買票，親自押她上車，叫她回花蓮。過不了幾天，加藤武夫又回來了，穿著白色的碎花和服，梳了缽狀的島田髻，踩著木屐前齒，露出大腿肉跳著舞蹈，倒是胸前掛的紙板仍舊風漬，剛描的字跡好清晰。翹鬍子警察看著她深褐膚色配上淡雅色的和服，好氣又好笑，在趕不走之下，把她拘役到派出所，接近生活才發現加藤武夫的精神狀況不穩，像點燃的炸彈隨時會爆炸。那些待人嚴厲的警察真的頗盡責，要把加藤武夫送回東部，用盡電訊、公文和人際關係找出她的部落，好請家人接回去。但這可難，加藤武夫的日語沒人懂，又不知道她是哪一族的，只能憑著她喊的布洛灣為線索，先從平原一帶的阿美族詢問，然後擴展到玉里郡布農族的風諾歌社一帶，最後在太魯閣族的模範番社武士林社找到眉目了。該社頭目在電話那頭聽到布洛灣，馬上點頭，並模仿關牛窩警察的問話，好像回音一樣。這頭警察以為找碴，大罵死番人，巴格野鹿；那邊的頭目也誠實且溫柔的罵回來，死番人，巴格野鹿。關牛窩警察最後才搞懂布洛灣是回音的意思。既然是太魯閣語，一通通的電話直達立霧溪的警網，找遍阿喳、塔比多、哈魯可台、沙卡礑、托布拉、山里等駐在所，電報還爬上一千五百多公尺的巴多洛夫部落，一個被大霧淹死、常出沒的匪徒是獼猴的僻村，管轄的見晴駐在所警手回報了她家長的意思：「西雅娜與敵族私奔，叫她回家種地瓜了。」關牛窩警察憂喜參半，喜的是西雅娜能回家了，憂的是她家人始終不來接她。當然他們也不了解，所謂敵族是另一支太魯閣族，曾引領總督佐久間左馬太所帶領的正規軍在三千公尺的合歡山頂拔刀面對曙光，高呼萬載，挾槍炮下東部，剿平三千餘位頑抗的原住民，讓立霧溪血紅到海。對巴多洛夫部落的村民來說，寧可嫁女給殺祖的日人，寧可去打大東亞戰，也不願嫁給背叛祖靈的人。因此為雅娜冠上西（sk）代表她已死，種地瓜也是該族俚語，死亡的意思。加藤武夫回不去，兩地的警察不想接管燙手山芋，憲兵隊得知後，以間諜罪嫌帶走，終於了去關牛窩警察的一樁心願。

至於古兵所知的，從這時說起。當憲兵隊把「番婦」加藤武夫帶走後，發現她的精神狀況越來越差，凡是誰喊出加藤武夫，就對誰好得像麥芽糖黏人。她被送到寮舍當酌婦，有事時在床上，想像進出的男人都是情人；沒事時到溪澗捲起衣褲摘花，坐在溪石上用腳拍水，忽然停下動作，久久凝視水面後嫣然一笑，彷彿河流是對她唱歌的情郎。從那時開始，加藤武夫胯處時常流血，越流越多，還分泌難聞的味道。聞過的人都說那是老鼠腐爛的腥味。憲兵隊以為加藤武夫得性病，用療藥「星祕膏」抹了一星期也沒用，送去看醫生才知道她肚子有死胎，造成失血。胡亂吃了幾帖西藥，奇怪了，只讓死胎有生命般不願意出來，而且血崩日益嚴重，倒立過來才能止血。村山八郎便說有辦法，叫了幾個兵把加藤武夫綁在床上，兩腳向外拗開，綁在床頭柱。他把燒過的鐵絲用酒精消毒，穿進去掏呀掏的，把死胎勾出來，像排除炸彈一樣小心。即使小心得很，加藤武夫仍痛得快爆炸了，發狂大叫，竹床劇烈晃動，害得一旁壓制的古兵像哄小孩般不斷在她耳邊唸著加藤武夫，好讓她安靜些。真正痛苦的叫聲如何？是沒有聲音的。加藤武夫已經不想叫了，嘴巴卻張大，眼睛凸出，頭髮完全泡在汗水中而滴水。「要是有誰狠些，應該會拿刀子往她心臟刺去，好結束這場惡夢。加藤武夫怪異的眼神，老是出現在我腦海，我最近才搞清楚那不是痛苦的眼神，是怒火。我們把她的孩子挖出來，即使是死胎，仍是情郎還留在她身上的微弱訊息，唯一的聯繫。我們卻硬生生的鑾幹，掏呀、戳喔、摳的，她不絕望才怪。」古兵又說，他們花了整個早上，死胎只勾出一半，另一截怎樣都挖不出來，而且鐵絲扯破子宮，流血不停，嚇壞大家。村山八郎發現情況失控，最後用布塞進那裡止血，草草結束。

帕聽完始末，心中沒有洶湧的憤怒，或許他覺得連家都歸不得的加藤武夫這下安息了，只有死亡不需世仇，能包容任何痛苦，卻把死者的痛苦轉嫁給生者處理。吭一聲，他猛抽佩刀，這動作嚇壞所有人，都退得影子不見蛋了。但抽刀角度不對，加上先前用嘴叼刀鞘時咬出了個壞弧，抽到一半，刀柄斷裂。帕不囉唆，徒手抽出那卡著的刀，以刀在寮舍的地上畫過一圈，對那些古兵說：「傳話下去，我要關牛窩的每個官兵都知道，連步槍、速射炮都要對他們告知，誰再敢跨過線進去，就是找死。」說罷，握刀離開。利刃割入帕的掌肉，鮮血直冒，隨後有一截肉從手上掉落了。

坂井撿起那塊肉。是帕的小指，因用力被刀切落。坂井幾乎嚇得喪膽，知道帕要前去練兵場理論，便遠在一丈外，大喊：「鹿野殿，拜託你回頭看看，看看你的子弟兵。你跟那些古兵和憲兵作對，贏了又如何？白虎隊可能解散，我們被分散到各地，當兵的日子從此不好。」

帕頓了足，回頭看看子弟兵，一點也不假，他們的無奈、驚駭像午睡醒來後還留在臉上的草蓆印，擦也擦不去。

「那你們再回頭看看，看看身後的那些古兵。記得你們的抱怨嗎？怪他們欺負你、操你、罵你，可是等你們也老了，也開始操新兵、罵新兵，抱怨兵一期比一期還爛，該做的都叫別人做。因為這樣，你們腐敗了，一個個像敗家子，把皇軍資產都敗光了。」帕平靜說，完全沒有憤怒，「白虎隊解散又如何，如果你們記得自己是最棒的皇軍，到哪都沒人輕視你。」他轉頭走了，走幾步忽看到一株血桐樹，便把斷刀插上。流出的樹液很快氧化成紅色。帕以刀為誓，要在場的人莫忘當兵的初衷，一心報效皇國、奉獻給天皇陛下。說罷，朝練兵場大步跨去。

來到了練兵場，守衛看到衣著破爛又滿手是血的帕，緊張的不得了。他們沒能力不讓帕進入，卻擋下後頭跟來的一群學徒兵，把帶頭的兩人用槍托打趴地上，喝令其他的也趴下。上百位的士兵很快的接獲緊急命令，得知帕要血諫鬼中佐，有的手持由輕便車鐵軌打造的長刀，有的握著約五米長的尖竹篙，跑來圍著帕。這竹篙是要對付登陸的米軍，像史前人類湊合著來的武器，現在要用在帕身上。他們用竹尖碰著帕，只敢隨他移動，不敢去阻攔。有位平日看不慣帕的日本兵藉機用竹篙刺入帕的胸膛，血水順竹竿流到他的手上，他駭著，這血如此激動，他燙傷了，順勢往後倒在地，也把竹篙抽出。

一位憲兵喝聲要帕停下，還跑到帕前頭敬禮。帕知道這是先禮後兵。他曾在車站看到一位准尉因急事而插隊，被士官階級的憲兵攔下。憲兵先敬禮後拆掉准尉的階牌，以破壞軍紀為由，硬把他拖下車，當著打赤腳的菜販前，打他兩個耳光帶走。因此帕不待眼前的憲兵先動手，自己先拔掉軍階，放到對方手中。這菜鳥憲兵不知所措，全身發抖。倒是另一位憲兵站上前，抽出長刀橫在帕身前。帕徒手去抓，使力捲，那把刀就像受勁風的竹子綳個弧，硬生生斷裂，刀柄高彈後掉上屋頂。

帕走了幾步，回頭看著升旗台，閉上眼睛。他就站在那。這時最好下手，要是有人敢一刀斷下帕的頭就贏了。可是誰敢？

這時另外十餘位士兵從槍房拎著步槍來，值星官一聲令下，要拿竹篙和長刀的士兵退下。值星官又喝令帕退出練兵場，見他還杵在原地遠望，馬上下令槍兵拉槍柄，對空鳴槍。砰砰砰。槍聲迴盪在縱谷，一些兵即使早有心理準備，還是嚇著，更遠處的竹林叢，一群受驚的烏鶖飛逃到藍天。槍兵隨即舉槍對準帕，雙手微微發抖，氣氛冷凝，等待值星官的再次命令。值星官遲不下令，是因為眼前那個傳說中的鬼軍曹，面對數百人包圍，還閉上眼，站著不動，感覺帕沒有任何殺傷力，反而是求死。

「掛反了。」帕終於張開眼說話了。

讓在場的人不明所以，順著帕的眼神看去，還是一頭霧水。

帕用握刀的手指著五十公尺外的日丸旗，大聲說：「巴格野鹿，你們怎麼搞的，把國旗掛反了。」混在人群中的旗兵，把竹篙拋了，跑到升旗台，把旗子降下來檢查。空心的鐵竿柱被拉動的繩子打得噹噹響，彷彿大家的疑惑，因為日丸旗是對稱的，白布中繪有紅日丸，怎麼掛都對。旗手檢查完，立即從遙遠的那方對帕敬禮，期待帕的敬禮回應。帕高喊升旗，旗手才把日丸旗掛正，拉上竿頂。過程中，所有的士兵端槍或立正，看著旗子緩緩升到頂。這幕震撼大家，國旗怎麼有正反之分，即使有，如何從五十公尺外看出來。只有擔任過公學校旗手的帕才能感受到那最些微的變化。日丸旗為了表達旭日東升的意象，紅丸會高些，故有正反之分。旗手為了方便分辨正反，會在旗角做些記號，縫些白線微凸之類的。然而帕不是從這些微特徵看出，是國旗飄得硬邦邦。那些平日隨風撫弄的旗布經緯，早有它的順暢聲響，掛反就逆了，聲音不夠軟呢！

升完旗，氣氛軟了，火藥味也散了，他們知道帕不是存心來反的，便沒有阻撓他。於是，帕順利的握著斷刀來到鬼中佐的辦公室，在外恭敬敲門，三次大聲的自報家門，請求入內。敲門無人應，帕自行推開門進去，公廳闃無人影，各種擺飾整齊，安靜無塵，讓他誤以為自己得踮腳尖走才不會打翻聲音，只有桌邊的一盆藍色的紫陽花，強烈顏色散發一股生命。他走到那，發現桌上有個打開盒的留聲機，裡頭躺著哥倫比亞發行的黑唱盤。他轉動搖柄，先是發出沙沙雜訊，操著北京話唱歌的李香蘭以〈迎春花〉一曲劃破了沉默：

一朵兒開來，豔陽光。
兩朵兒開來，小鳥唱。
滿洲春天，喔！好春天，
別在旅人襟上的是迎春花兒。
令人喜悅的滿洲。

令人喜悅的滿洲，那是義父惦念的地方。他聽不懂支那語，可是歌中卻充滿精魂，好像夢中之夢的語言。帕隨著節奏哼，直到滿洲成了自己的故鄉似的，因此咬著唇，身體有些顫抖，帕感到這首歌是為他唱的，世上只剩這首歌懂他，反覆聆聽直到淚流。他順著落淚看去，發現鞋上黏了一朵紫泡桐，紫琉璃中鑲了血漬，很雅潔。他拿起花，拈著花梗揉轉幾回，放上留聲機，等淚乾才走出辦公室。衛兵戰戰兢兢的說，鹿野中佐去巡視高炮要塞，晚餐才回來。帕抬頭看，群山橫亙在眼前，山上的竹子像雞毛撣子揮動，像松鼠的翹尾巴，更像千萬隻手搖擺。他心情一鬆，覺得手疼。低頭一看，嘆聲唉，竟握著一把斷刀，利刃割入手掌，割斷的小指不知道掉到哪了。他把刀插在日本建築常有的魚鱗板，插得夠力，傷口更深了，只好緊握拳防止血噴出。他倚靠在門上，揮手叫圍住的百來位官兵離開，嫌他們真礙眼。沒有人敢動，也不敢多呼吸。

帕攀著廊柱，爬上了屋頂，靜觀前方，那濃得幾乎讓人咳嗽的霧氣從山頂翻落，漫到了練兵場。遠方紅磚牆角的番樣（芒果）樹被霧氣包圍，乾燥得像流光發亮，溼氣繞了過去。帕想起還在公學校時會爬樹摘番樣，夏日時光，吃得兩手湯汁，牙縫全是肉纖維，一排的樹如今只剩老欉一株，米軍炮彈與日軍刺刀的傷痕全在上頭。關於摘番樣的好時光，並不是很久以前的事，怎麼想起來，像是轉世前的記憶了。

母親死在自己的夢裡

梅雨來了，雨針綿綿密密的落下，森林吸了過多水而潮溼膨脹，多麼缺乏陽光。在雨季暫歇時，清晨的日頭照亮關牛窩，陽光氾濫了，水氣蒸騰，到處是又滾又跳的霧氣。那些水氣維持一定高度，村落像落了白雪，只讓屋尖、樹梢、路燈、警報塔等吐出雪外。附庸風雅者把這歸為關牛窩的八景之一，名為「雨霖小海」。久雨之後，霧氣成海也。

朝陽的照耀下，金黃的霧海翻動，似乎是關牛窩被水淹沒的預言。美惠子踱出學寮，在關牛窩恩主公廟改建的學堂前做西式伸展操，活絡筋骨。她忘不了這種美景，在金霧流蕩中，民戶的炊煙熱氣將濃霧衝了起來，直達高空才慢慢的散開。霧深景冷處，有一班火車亮著大燈，像掃雪車把霧氣推移，推到百公尺高空。霧氣排空的剎那，她看見孩童沿道路奔跑，路旁的水牛犁田，圳溝中的村婦擣衣。不過一瞬間，捲落的霧氣又填滿一切。

那班火車沒有停靠瑞穗驛，在村口處停下。車廂走下一些人，卸下一堆枕木或維修器材。不遠的竹寮邊，原本吃早餐的人，加快扒乾淨餐飯，嘴巴抹淨，加入搬運工作，用伐木運柴的「柴馬」——某種Y字型結構的單人運柴工具，扛起重達四十公斤的枕木，沿著土階往河谷走去。一個禮拜來，他們運送不下上千根枕木，甚至砍下附近森林木質堅密的如青剛櫟、肖楠、紅楠為枕木，害得山脈濯濯。然因久雨不輟，臨時造的土階泥濘，得小心走。仍有人滑倒了，被肩上的枕木壓傷。那些因公受傷的人被抬走時，還對著山谷喊：「拜託你們了，一定要救它。」它是機關車紫電，村童口中的天霸王，現在懸在一條跟自己體積不成比例的橋上，命在旦夕，隨時會死亡。

事件是這樣：在關牛窩大爆擊時，紫電恰巧在高速試車，調整性能。兩架米國潑婦型戰機在後緊盯著它，以機槍猛射，隨後又有數架轟炸機爆擊。煙硝與塵埃中，機關士什麼也看不清楚，情急之下沿著台車鐵軌走，顧不了路況。經過一個大路彎，他沒注意到路旁的標誌警告，直行後車體傳來異常強烈的震動，才緊急煞車。火車一停，山谷傳來的爆炸音波與震波讓它搖晃，車班人員抓著能抓的，腦袋空白，連怎麼呼吸都忘了。等災難過，遠方著火的村子帶動了熱氣流動，把周圍的塵煙去除。他們下車時嚇破膽，還以為自己正前往地獄的途中，因為下頭是近百公尺深的山谷，機關車浮在空中。機關助士趙阿塗當下腿軟，跌在地板上發抖，連呼這不可能。機關士成瀨敏郎往下頭丟了石炭，風大的關係，煤塊在半空中撒出個弧度，沒掉入河水，是落入山谷邊的叢林。關牛窩的風這麼野，難怪火車會晃。但火車為何飄在空中？成瀨走到車門最底的踏梯，倒懸的趴下去看，目珠驚顫，約八十噸重的巨無霸就停在一條舊輕便車橋上。這連結兩山之間的棧橋較窄，也供人通行，橋幅恰巧是火車的輪寬。成瀨車長臆測，是在慌亂中，火車上了台車橋。這情況危急只能用相撲力士站在竹竿上比擬。

「發車。」成瀨大吼，決定一搏。

趙阿塗被這吼聲驚醒，拉鐵鍊，打開連結的爐門，往火室丟煤，直到蒸汽壓力飽和，火車這才像充滿豐沛水量的河流要向前衝。成瀨拉動加速棒，火車震晃一下，沒有動靜；他又排至倒退檔，火車仍無法脫困。他馬上要求趙阿塗檢查水箱水量與石炭箱的計量，確定量夠，夠重能增加主動輪起步的黏著力。待成瀨再次發車時，火車激烈的晃動，木橋發出嘐嘐啵啵的聲音，承受不了重量，拚命喊疼。情況危急，他們趕緊放掉水箱的水，連灰箱、沙箱、石炭箱的東西全丟下深不見底的河谷，直到橋樑不再痛響。搞完之後他們心情糟透了，無疑的，火車不能動了。沒有動力的火車，就像把相撲力士的丁字褲脫掉，剪掉那又油又亮的銀杏髮式，成了站在竹竿上露餡的死胖子。

天霸王擱在輕便車木橋上，十幾天來，鐵道部動員大批人救援。他們運來硬木，從近百公尺深的橋基往上疊，好穩固橋樑。但是梅雨困擾，工作進度老是落後，救援隊甚至發現幾天前架上的木頭竄出芽或長細根。欠缺人手，那些晨跑回來的白虎隊，也加入救援工作。

晨跑是白虎隊的福利時間。他們穿雨衣跑七公里，雨下不停，汗也是，雨衣內外都是水。到了目的地——郡役所旁的深巷底，大家火速的肉迫麵攤，吆喝一碗來，或站或蹲，用雨衣蒙著頭吃陽春麵，用筷子和吹涼的時間都沒，窸窸窣窣的吸，還探頭看巡察的蹤影。飯罷，整隊點名，幾個餓鬼還急忙把舌頭往碗底掏油花。他們套上黏膩的雨衣，帕又帶著他們跑過街，邊跑邊唱軍歌，刻意回頭到派出所，讓站崗的巡察對他們敬禮。然後跑上數公里回關牛窩，到達火車救援地的臨時寮，把那裡準備好的早餐扒淨，這才感到粗飽有活力，能上工了。體格壯的學徒兵，兩人為一組，扛枕木下河谷；體重輕的則推台車接近天霸王，從火車上把卸下來的座椅、電扇、窗戶等零件後送，對冒雨工作迭有抱怨，還動怒的踢起火車。

「拜託，你們怎麼可以對機關車這樣？」趙阿塗在車外咆哮。

火車內的學徒兵頭探出窗外。趙阿塗就垂掛在車頭的汽缸附近，用繩子確保，拿著粗布刷去連接桿的鏽漬——這像苔蘚一樣，雨後遇到陽光就在沒上漆的地方蔓延。某位隊員很好奇，趙阿塗是真知道有人踹火車，或湊巧應口，便再次踢火車，那種力道是出不了聲的。

「踢什麼勁，你們幹什麼事，我都知道。」趙阿塗停下手邊工作，轉頭看著探頭的白虎隊，說：「你們不要亂拆火車，沒有我的同意，不准動。」

白虎隊彼此相覷，心想只不過是稍微踹一下，並沒有動手拆，趙阿塗那傢伙未免想像力過頭，便回嘴說他亂說。趙阿塗聽了，拔下軍用手套塞進口袋，拉了繩子回到車廂，一副要幹架的樣子走去，讓白虎隊神經緊繃起來。沒想到趙阿塗不是衝他們而來，是擦身而過的走進爐間，對著在那裡東摳西摳的人大罵。大聲吼完，趙阿塗羞愧起來。眼前不是誰，是帕在拆爐間的座椅好減輕重量。趙阿塗為了掩蓋那聲斥喝，連忙叫帕別拆機關士的席位，要拆就先把自己那張機關助士的先拿走。只見帕點點頭，拔掉列車長的座位，又掀掉助手的，夾在兩腋下，跳上橋時不忘回頭喊，要隊員把拆下的東西快拿走，不然這火車隨時要栽落山谷了。

忽然趙阿塗叫住了帕，打開爐門，用鏟子在冷煤塊當中翻，挖呀弄的，翻出半顆拳頭大、燒紅的炭，遞還給帕，說：「請拿回去，不收這個。」

帕否認那是他的，說他對石炭一點都沒興趣，更不會放進火室內，那顆炭一定是上次熄火後留下的。

這伎倆騙不過趙阿塗，他知道什麼是車上的，什麼又不是，落在車頂的一滴雨，吹上車的微風，他都感覺得到，甚至是更輕微變化，車停在積水車站，陽光折射後落在車腹的晃漾水光。既然這塊燒紅的石炭找不到主人，拋棄又何足惜，趙阿塗把鐵鏟一揚，將它丟到河谷。

發亮的石炭掉下谷，帕縱身撲去，當然也跌落谷了。在場的人都震懾不已，又鬧人命了，都湊在車門口瞧，只見底下一片霧濛濛的，有幾片白雲與一群藍鵲拖著長尾飛過，更底的幽谷夾了一條嘈雜的白水。白虎隊沒有看到帕，峻谷太深了，害得他們腳板發癢，只能拚命大叫，希望帕能回應。這時有個人從後頭擠過人群湊鬧熱，走路之狂，力道之大。白虎隊用拐子架開都痛了自己。

「看不到屍體，就沒人死，哭個屁，巴格野鹿。」說話的是帕。之前他跳下山谷時，一手抓炭，一手抓橋樑，迅速的從橋的另一側翻上來。帕看出大家的驚駭，聊盡義務的探頭看橋下，說：「收隊，回去了。」他手中握個像包著蠟的東西，跳上木橋離去。

這時起霧了，從底下潑來。霧是谷底的水蒸汽順著氣流上衝，氣勢強。橋晃著，疙瘩著，空氣又溼又涼。眼看霧氣快把帕的影子沖淡了，可是趙阿塗還記得清楚，帕是徒手抓住燒炙的炭，也不叫痛。不只如此，帕怕霧氣弄熄熱煤，走一段路後把它揣入褲袋，褲袋那上了一層光蠟似的。趙阿塗的疑慮可濃了，比眼前的霧更濃，難道是唬人把戲，他摸了鏟盤，又迅速脫手，鏟過炭火的餘溫快把死豬燙得跳起來了。白虎隊見怪不怪了，焦點只放在帕怎麼從這頭縱身，又從那頭現身，有人朝外吐口水，好確定揚升的谷風能否強得把它捲到另一邊。沒道理呀！他們自言自語，也走下火車離開了。

其中有位隊員回頭說，「那是人炭，尾崎的一塊肉。」

「你是說螢火蟲人。」趙阿塗說，「幹嘛放在機關車的火室？」

「那是尾崎給火車的祝福，火車會好起來的。」

晚睡前的兩小時是白虎隊的自由活動時間，現在哪都去不成，他們被梅雨困在到處爬著蚰蜒與蜈蚣的宿舍。整座森林的雨聲大，快煩死人，總不能叫大自然閉嘴，最好是自己閉嘴。吃東西是好方法。年輕人容易肚子餓，消夜吃著家人寄來的食物。早些時候，他們會藉機躲在廁所或樹林深處偷吃，避開別人嘴饞的眼神，現在不避了，乾脆盤坐在通鋪，從罐裡拿了就自顧自的吃。沒得吃的人，聽別人咀嚼聲的清脆高低，判別他們吃什麼，算是乾過癮。有些怪食物反而引起話題，比如有人吃醃生薑或酒泡蒜頭，聲稱能治痛風。有人還吃拇指大、黑錚錚的東西，挺有嚼勁，額筋跳呀跳的。問了才知是鐵蛋，是將熟蛋反覆風乾和用醬油滷成的，開了眼界。

至於聊天主題仍以鬼故事最熱門，越晚越恐怖。大家裝不怕，堅稱看過死人了當然不怕鬼，但是有人的腳不小心碰到了床柱下因潮溼長出的木耳，嚇得鬼叫。這反而加深大家愛聽鬼的興致。梅雨季，也是李子脹熟時，紅中透著果粉。附近農人常免費裝一斗笠送給學徒兵。他們邊聽鬼故事邊吃李子，故事不嚇人，可是牙齒發毛，原來是李子酸爆了。李肉吃多也會咬舌頭，讓人頭皮緊，膀胱倒縮了，紛紛跳離通鋪，到外頭的屋簷下小解。有人尿急，踩壞走道上用來烘溼衣服用的成排竹篾罩，火炭濺開，碰到溼地板立即化成一股難聞的焦煙，也把衣服燒得坑坑疤疤。主人連忙去救，一時間幹譙聲四起。也不知哪根筋怪，年輕人愛瞎鬧，什麼都抱怨，罵得不盡興，最後把趙阿塗當成公幹的箭靶，好像連便祕這種腸子打結的問題也是他造成的。這種情緒一來再來，是報復他上次在火車上羞辱帕。

接下來的時間，乃至幾天，白虎隊把有關趙阿塗的傳言拼湊出個大概了，都說，難怪他會去燒煤：

原來，趙阿塗是在廚房的灶邊誕生的。他的母親燒柴時產痛，胎兒難產，叫破嗓子也沒用，那天的冬風大，屋外的風聲吼過她了。她勉強產下趙阿塗後暈過去。照理說，寒冬天澀，嬰兒的趙阿塗應該失溫，即使不是凍成鐵鏟，也是長板凳了，多虧他躺在母親胯下汩汩流出的血攤，與爐灶的餘溫撐下來，直到父親傍晚回家才剪臍帶。趙阿塗這才醒來，嘶聲大哭，生命鬧鐘響不停。他母親則因為失血過多，成了植物人，但對趙阿塗的照顧沒少過，仍分泌奶汁，讓趴上去的趙阿塗吸個夠。父親照傳統習俗給趙阿塗取個賤名，叫**火屎**，要他活下去，沒想到這成了同伴間取笑的綽號，把客語趙（ceu）火屎，故意唸成了噍（ceu）火屎，嚼炭的意思。這個綽號，好記又好笑，往往掩蓋了他母親用流血傳導體溫，好延續趙阿塗這個生命成為家族的傳奇。再加上，他身材黑黑瘦瘦，臉上總是掛著風鏡和鼻涕，對火車有些癡迷，老是窩在火車爐間工作，這印象讓外人更容易把他噍火屎的綽號延伸為：吃炭長大的人。

也許是久困梅雨，搞得他們心情發霉，關於趙阿塗的傳言越來越多。有人甚至傳言，火車轉彎時，切風最大，旅客的帽子和手帕容易飛出窗外，有次竟然掉下一個木殼便當，有人看到是從火爐間掉下，打開看，標準的日丸旗便當，在滿滿的石炭中間配個紅酸梅，姓趙的竟然吃這東西。另一個更是言之鑿鑿，說：某次趙阿塗內急，趁火車進站的空檔，跳車衝進便所。等到要出發時，機關助士席還是空的，機關士趕緊下車找，一間間敲，見鬼，人呢？都是空的，循聲到木屋後方，發現有人蹲在糞池旁，掀開鐵蓋，用杓子一口口喝糞汁，滿口是蛆，還用那種有人拉稀不小心弄髒、丟到糞坑的丁字褲擦嘴。機關士驚異莫名，大吼著阻止。趙阿塗回頭，嘴流著臭水，笑說：前輩，挺好喝的，還有玉米粒，你也來一口吧。事情每每膨脝到這，總是煞不住的發展，趙阿塗不是橋邊吃狗屎，就是豬圈下狂飲糞尿，大喊乾杯，這類的傳言讓聽者竊笑，直到有人大吼下結論：「巴格野鹿，好噁心，他終於吃屎吃飽啦！」大家笑翻天了，躺在通鋪上，雙腳凌空踩，雙手猛往床敲，那些激動的音量蓋過窗外雨聲，這才過癮。

幾日後，難得的陽光露臉，樹葉上是折光，穿山甲爬出洞穴，鉛色水鶇在溪石上抖尾巴，白鶺鴒在水草邊小碎步疾行，非常悠閒。遠方的山谷冒出鬆軟的雲朵，噗哧噗哧的冒，白虎隊都說那是山屁股在放屁。趁天氣好，大家把棉被、衣物、布鞋拿出來，披在竹竿上曬個夠。有的人覺得骨頭生鏽了，來段西式操；有的打著哈欠深呼吸；有的脫去上衣，把暖陽留在背上。這時候，小徑那頭跑來兩個人，一個是端著木槍頂都長了菌菇的小哨兵，一個是滿身摔得泥濘的練兵場傳令，往帕的休憩室去。隊員的眼神聚焦在那，以為神風特攻隊將趁天晴出發。但是，帕發布的是新命令，要全體隊員拿起盤在屋簷下的粗繩索，往輕便車木橋移動。隊員穿上曬得半乾的衣服，多跑幾步就會烘乾的，朝山下去。粗繩約有一百公尺，得拉直由隊員上肩走。小徑很溼濘，一滑就摔個眼冒金星，身上糊了泥巴，即使很小心，但林冠下的草蕨未乾，水露紛紛，經過的白虎隊員很快弄溼了衣服。

久雨洗刷，陽光好新，世界好亮，上了蠟似。白虎隊從遙遠山徑跑來時，透過構樹葉的縫隙，能看見機關車懸在遠方的山谷間，橋太細，車頭太重。他們被那詭異景象吸引，跑得不專心，一手張開平衡，一手抓住肩上繩索，要是踩到路上熟落的橙色構樹果，跌倒就算了，害同伴連環摔那就是罪人。到了橋頭，他們看到那很熱鬧，鐵道部的人推著輕便車，往機關車運送炭，有人還在橋頭管制出入人數，免得把便橋壓斷。火車不如想像中的沉悶，幾位車工忙著擦亮。煙突也冒煙，偶爾響出汽笛以示它還能呼吸。不久，道路又跑來一中隊的士兵，縱著跑，手上提著長約百公尺的繩索，只要一人跑歪，整隊傾斜，樣子滑稽。白虎隊抿嘴笑，心想自個剛剛就是這副怪樣子，好在先到先笑別人。接著，馬路另一頭又跑來了三十餘人的警防團，推來簡易的幫浦式消防車，殿後的人推板車，板車上擺著一坨大繩索。這三個單位拿的粗繩是郡內警防團運動會的拔河繩。繩子有手臂粗，泡過水後更耐扯，好把機關車從橋上拖出來。白虎隊心裡早有數了。幾日前，他們多了項訓練，在微雨中裸著上身，練習拔河，甚至用粗繩拉倒一株三十年的山黃麻，把手都磨出繭。現在是實戰開打了。

人都到齊了。車工把鐵鏈鎖上車頭。鐵鏈拉到橋頭後，繫上三股拔河繩。道路上間隔幾步早就埋好了枕木，只露出數公分，方便腳踩使力。光這樣分配人力與嘗試拉繩子，又耗掉一早，大家好不容易掌握力道分配與步伐調整，又是中餐時刻。大家拿了便當，找樹蔭下坐，扒幾口飯，肚子有墊底，嘴巴就閒了。練兵場的古兵先是抱怨飯菜越來越難吃，只有筷子好啃，連味噌湯都淡得能飛出鳥，接著，鳥不拉嘰的都扯出來，包括警防團救火不力，白虎隊太倚賴隊長，最後怪起火車閃炸彈閃到了便橋，說來說去，唉！一切都是米國的陰謀。原本有幾人聽不下去，正要來反駁，聽到古兵把責任推給米國，真是好氣又好笑，心想，還好慢半拍，不然自己就被怪罪成米國間諜了。

這時，從山谷的小道爬上來一位守橋基的老道班房伕。他喘著氣，支支吾吾的說，橋快撐不住了，發現新裂痕。

成瀨列車長聽了略有所思，說：「即刻發車，各位，就照上午的演練，把機關車拉開。」才說罷，他立即補上訊息，「車上再放二十五包沙包。」

二十五袋沙包約一噸，放上車增加車輪的黏著力。如今橋發出警訊，再加一噸重，可能是壓死它的最後一根稻草。當大家猶豫不決時，成瀨把一袋沙包上肩，扶了扶歪斜的盤帽，走上便橋。趙阿塗見狀不落人後，左右肩各扛一袋，倒是走上橋時遲疑一下，好像怕橋懋不住。老道班房伕也提了一袋走，上不了肩就揣在懷裡。連老頭都拚命了，年輕的還敢說話，豁出去，都提了沙包上橋。

午後的陽光刺烈，世界白亮。河谷的溪水跌跌撞撞，流過樹蔭，在陽光充沛處的地方稍不留神就被烤成了雲飄起。這讓橋上的天霸王忽而藏在雲裡，忽而亮在陽光下，忽而又埋在雲影中。不多時，車兩側滮出蒸汽，成瀨啟動空氣壓縮機將氣體灌入沙箱，細沙馬上從鐵管噴出，增加輪胎摩擦力，並鳴短笛示意要出發了。三百位士兵、學徒和警防團已把拔河繩扯緊，再藉鐵鏈傳到車頭，待汽笛再鳴，大夥卯足勁的拉。汽缸動力也在一分鐘內漸次加足力了。便橋隨著火車的動力搖晃，直到激烈顫抖，火車才勉強移動一下。他們試了幾次，才移動半呎。其中還加入了一票輕便車伕幫忙拉。輕便車伕恨死火車了。火車是強盜，搶光了他們的飯碗，要是車廂中的貨物用台車來分批運送，他們會運到死，也賺到死。即使如此，他們仍捲起袖子幫忙，至少那些不講理的強盜一列的馳過山野時仍然擄獲他們的眼光。多了輕便車伕幫忙，火車也無法移動，問題出在車胎卡在巨大的木頭縫，每次難以爬動。

隔天早上，同班人馬再次出動拉車，鐵道員從公車修護廠借來了八具千斤頂，把火車頭頂高，順利車胎移動。這樣搞下去，火車一天前進一公尺，前進速度一天比一天慢，因為有三具千斤頂跌落深谷中，成了一攤廢鐵碴。五天後，梅雨又來了，溼黏的微雨除了養活青苔和鐵鏽，只剩河流接納它們。拉繩者的手掌都破皮了，幾天前的熱情如今全耗在抱怨上。直到第六具千斤頂因火車移動而震落，扯斷了確保繩子，掉落山谷，他們連怨言也省了，心情像泡在積水的夾腳鞋中走上十公里。帕把雨衣脫掉，敞著胸膛走上便橋，拿起一具千斤頂，高舉它大喊說，「這牙籤能當千斤頂嗎？」不等大家回應，帕活活把它折成殘廢，照樣又把另一具千斤頂扭成廢鐵，丟進大垃圾桶——那個幾天來令他們困頓的山谷。

然後，帕中氣十足的吼：「巴格野鹿，我就是最強的千斤頂。」說罷，整個人滑進火車底盤。那些原本當一輩子兵也只懂得罵人的古兵，也激情回應，說：「那我們就是槓桿。」

帕伏在橋上，雙手抓住輕便車鐵軌，做伏地挺身樣，胸膛擠出一聲吼，把全身都吹滿力量，連寒毛都豎成針了。他背脊一頂，火車就動。最細微的震顫，讓成瀨與趙阿塗驚愕，憑經驗，那力道不是從主動輪傳出的，倒像是火車有生命的翻動。那股力量也藉著繩索傳開來，士兵和學徒兵感到火車醒了，灌入靈魂，鋼鐵自然呼吸，這是鐵的事實。

趙阿塗抓住梯口的扶槓，趴貼在車板上往下探，看到帕肌肉上竄滿蚯蚓似青筋，把衣服都繃了，臉膛漲得大，充血的耳朵又紅又亮。帕不斷移動，背囊不時挪來挪去，好找出車重心挺起。

「在第一主動輪和第二主動輪之間有一片較平坦的『制動樑』，頂那。」趙阿塗整個人倒掛著大喊，好方便指出位置，忘了自己有懼高症。

帕蛇到那兒，果真是好位子，一頂，車頭就馴了，臣服的蹬身子。大夥看到了契機，齊一拉繩索，機關車慢慢前進了三公尺。原本十天的進度現在濃縮到半小時完成了。倒是成瀨不停的怒吼，要帕停下來，並鳴笛警示，命令大家放下繩索。那些汽笛迴盪山谷，尖銳昂揚，不像警告，反而鼓勵大家再加把勁使力。猛然間，繩索拉動的速度快過帕的前伏，一個不穩，帕癱在木條上，被九十噸的天霸王重重壓下，痛得他怒吼後，安靜得像棺材。成瀨的預感成真，不怕帕頂起火車，就怕像無頭蒼蠅沒默契的亂拉，把事搞砸了。成瀨連忙匍匐，只見帕被制動樑壓住，呼吸有出無進，呻吟也快沒了，神佛化身華佗來救也難了。十來位學徒兵趕忙上橋，也不怕橋斷，站在車頭前使勁要抬起來，卻怎麼也不行，急得快哭了。忽然間，橋發出斷裂聲，清脆無比，火車一沉，學徒兵抱成團大喊，火車上的人也閉上眼，緊抓彼此的手。過了幾秒，大家發現不是橋垮了，紛紛低頭看那木頭響亮的崩析聲從哪來，只見帕吊掛在橋下，手緊抓車盤樑子，雙腳懸空晃著。原來是帕忍著一口氣，用肘捶破胸口下的厚木條，那一響便是木斷。帕忍痛抓著車底，盪上來，爬進火爐間，癱在地上不動，接受掌聲。但是，傷勢幾乎摧毀帕的肋骨和肺部，他聽不到子弟兵的歡呼，淺淺笑，鼻孔湧出血，一泡泡的掛在臉上。大家收拾喜悅，抬起帕去就醫，一動手，帕連忙抓住車門柱拒絕，痛得連說話的力氣都沒了。正當大夥分頭找醫生或救兵時，帕說話了，每一字都是虛弱無比：「我死不了。這是軍令，要是誰告訴我的家人我受傷，尤其是我祖父，誰就完了。」

帕從小愛玩，愛衝撞，愛受傷。比如他為了幾顆百香果，和同學打賭，敢到深山去摸狗熊的卵葩。帕不只想摸熊卵葩，還想拔一撮卵毛為證，可是用力過頭把熊的子孫袋拉歪了。牠一卵葩火，把帕抓得肋骨具見。帕不敢回家，躲在外頭休養兩禮拜。又有一次，帕披上灑有母牛尿的稻草，胯下夾一支裝熱炭的竹筒，挑逗那隻發情的公牛趴上去交配，好報復牠亂啃學校的菜園。誰知，這隻牛把帕看成一隻野豬，卻有母牛體味，心想這專吃屎的傢伙也敢玩過界，牛角侍候，捅傷帕的大腿。害他躲在外頭休養一禮拜，反正他說去哪，劉金福都不管，改天能回家就好。對帕來說，跌斷手骨顛倒勇，越是受傷越敢玩，從出生以來，傷疤沒一擔也有一桶多，流的血足夠全庄人來碗豬血湯配鴨血糕。但是，這次被火車壓傷與往日的傷勢不同，呼吸中，肋骨錯裂的聲音可聞，能保留半條命，則屬萬幸了。到了晚上，溼氣瀰漫山谷，直往上衝，嚇得帕以為火車頭往下掉。不然就是好不容易克服傷痛睡著，無意間翻身，傷口又痛醒了。當番（值夜）的趙阿塗破例在晚間休爐時，繼續燒煤取暖，用木板擋住兩側出口，不然初夏的夜風也能冷死人。爐門打開，火光如虎撲，頗刺眼，而且煤煙味不好聞。帕要他燒些木柴，這些黑石頭燒了會放臭屁。趙阿塗堅持要燒石炭，要是燒別的，火車會「沒擋頭（沒勁的）」。帕聽了也笑，不是笑趙阿塗對火車近乎癡迷的能力，而是笑自己癱軟在此，也沒擋頭了。

「世界有這樣的火車嗎？是藍色的。」帕抬頭看見機關助士席的上頭，懸著玻璃罐。罐裡頭放一張捲成筒狀的彩色明信片，詭異的是，機關車是子彈頭形狀的，沒有稜角，藍色塗彩，像不真實的卡通畫。

趙阿塗把玻璃罐的懸線卸下，一拍，罐子隨勁轉動，明信片隨之旋轉，上頭機關車便奔馳了，還因為有小機關，發出車輪滑過軌節的聲音。「亞細亞（あじあ）號，它是滿洲國鐵道部的列車。」趙阿塗說罷，用鐵鋏從爐間夾出火炭，放在玻璃罐底的凹盤，火光通透罐中，旋轉的火車美極了，卯足勁的藍光。

「這叫，一抹藍天疾馳。」趙阿塗用詩意口吻說。

「一抹藍天疾馳？」帕覺得這詞真帶勁，頗難唸，舌頭幾乎痙攣。但隨即想，詩句不就會讓人有腦袋打結又解開後的順意。

趙阿塗以為帕也懂火車，來勁了，把亞細亞號的內裝全抖出來，說這客車有冷暖空調、絲絨座椅、食堂車，車尾有密閉流線型的展望車；也有自動加煤和給水系統，不用靠人鏟石炭；整列車都是藍彩，爐間也是藍色塗裝，火室是半球狀，所有控制閥有加長鐵桿，像小孩子的玩具。在兩米高的紅色輻狀動輪的牽引下，最高時速能破一百公里，比起腳下這種要死要活也只能撐到時速六十的車種，能想像火車也有翅膀這件事。而且，那種極度流線的列車，所有的稜角在高速中，融成一顆彈丸模樣。夕陽下，淡藍色塗裝，夢樣的彈丸車種，像藍天從接軌到地平線那頭的鐵道來，不是一抹藍天疾馳是什麼？說到這，趙阿塗轉起罐子，繩扣和鐵蓋交合的機關發出聲響，裡頭的明信片圖案又跑起來。他看得出神，罷不了手，便問：「你知道為什麼亞細亞號的構造像玩具嗎？」這一問，覺得多餘了，因為躺在地上的帕已睡了。他幫帕蓋上軍毯，輕掩爐門，這火光會螫醒人眼。然後，把稻稈繩與油布繫上後腰，來到門口往下眺，除了河流湍瀨處的白水花折射，山谷幽黑；至於天空，星斗鬧得很，銀河竄流而過。天上人間，各有一條河，不知誰是倒影。趙阿塗來到車旁的走道，腰部用繩索確保好，往下爬，用稻稈繩先把火車鐵件上的鏽斑或塵土擦乾淨，以油布抹油。上油後得看起來光滑，摸來沒油。油不夠厚易生鏽，太多又容易黏塵埃。這些活得自己來，假手那些來支援的機關助士，總認為他們不夠仔細，而且，得趁夜晴幹活比較爽意，白天不是下雨，就是曬死一層皮的太陽。趙阿塗喜歡一個人和火車相處，比面對人更自由。不過，他最近多了個伴，一隻吃飽的貓頭鷹趁下半夜來到車上休息，咕咕叫不停，抓過小動物屍體的腳爪帶血，老是弄髒車，混合昆蟲硬殼的鳥糞也掉入車縫，挺難處理。他不喜歡這隻怪鳥，恨不得用煤鏟拍成肉餅，但感覺火車似乎挺喜歡牠的，也就配合了，反正漫漫長夜，多個鳥陪伴也不寂寞。

第二天，晨光還未露出，帕被寒涼凍醒了，雞母皮活躍得很。他看到趙阿塗坐在機關助士席上睡著，手上還握著油布。他咳了一下，提醒趙阿塗給他蓋上掉落的軍毯，怎知胸口悶痛，連出個氣都沒力，勉強用腳勾起爐門上的鐵鍊好打開它取暖，沒想到裡面的火苗又小又沒用，燙死螞蟻都不夠。尋思間，門口來了兩位憲兵帶著一位醫生。醫生來自大街，凌晨三點被鬼中佐派去的人挖醒，由三位快腿的輕便車伕連夜推來，一路把鐵軌軋出火花。一小時後到了關牛窩，車伕腿軟。醫生也腿軟的不敢上顫巍巍的便橋，欺過來的憲兵馬上併靴子出聲，催他上橋。醫生診療後發現帕的肋骨斷了幾根、胸膛淤血像紫蘇園，還有要命的氣胸，能活下來算是奇蹟，得趕快送院開刀。帕聽到要動刀，連忙搖頭說，他的命硬得像抹布一條，越髒才對，這點傷死不了。又說，他小時候被竹子刺到肚子，祖父用香灰塗，傷口就迸疤了。說罷，要趙阿塗幫他撩起衣服出示傷口。除了累累的腹肌，大家看不出哪有舊傷，又震懾帕的態度，都說傷口真大，連憲兵也跳下去扯謊，直誇厲害，醫生也只能應和說這真是醫學上的奇蹟。巴格野鹿，平躺的帕罵起來，勉強把身子拉直，露出腹肌間的肚臍，發現忘了肚臍如何說，便朝那吐口水。眾人一看，肚臍有個老疤痕，穿刺的力道之大，一時間都感同身受的肚子痛起來。既然帕不肯治療，移動又讓他痛得大叫，醫生只好開青黴素與止痛藥丸，職業性的回答要多休息，還說自己沒幫上什麼忙。

「你救了我。」帕很肯定的說，「我剛剛快冷死了，是你們來之後叫醒趙阿塗生火。」

對帕來說，亞細亞號像不像玩具不重要，雖然他還記得昨夜睡前趙阿塗說過的那句話。隔天中午他又想起的原由，是獨自待在車上很無聊，太陽又辣，要不是山風吹入，消弭一些暑氣，肯定脾氣又壞了。身子動不了，他拿起煤碴，用指頭使力亂彈，聽聽看車內各種鐵器被擊中的金屬聲。遊戲正疲時，他彈起掛在機關助士席上頭的玻璃罐，打得它轉起來。這時候，成瀨走上車巡視，發現來支援的菜鳥機關助士沒有把火車擦乾淨，又看見帕在彈玻璃罐，便抽出口袋的工作手套，戴了上，把罐上被彈中的煤漬抹乾。末了，成瀨把罐子取下，從罐底往上瞧，還透著窗外明亮處，想看出什麼似的。一個大人像孩子似的偷麥芽糖吃，引起帕的好奇，卻礙著不敢問。成瀨先開口，說趙阿塗平日把這罐子當平安物，四處帶著走，這幾天卻掛在這，看來是有目的。說罷，把玻璃罐拿給帕，問他能看得到明信片後頭的字嗎，又說：「這後頭藏著鐵道界的傳說，名之為『愛子的祕密』。」

明信片捲成筒狀貼在罐子的內緣，鐵蓋封死，罐底又厚又凹，擰得模糊，裡頭看不清有啥。帕看不出名堂，說：「直接打破，不就看出什麼『愛子的祕密』，對了，這是什麼東西？」

成瀨笑了起來，把脫下的手套放回衣袋。他說，關於「愛子的祕密」沒有人比趙阿塗還熟，他暫且不表，等改天請趙阿塗來說。他又說，外頭現在有不少人批評趙阿塗，說他傲慢、自大，尤其是紫電受困便橋上後，他本性更顯露。

「我回去會好好管教白虎隊，這話是他們說出去的。」

「鹿野殿這樣說，我回去也好好管教趙阿塗。」

兩個人都笑了。成瀨坐了下來，聊了一些話，最後拉回來這的目的。他把趙阿塗的故事說給帕聽，或許可以理解他的個性，也就對他那些古怪難解的行為有些底了。他說：

趙阿塗從小有個怪習慣，可能跟他的出生有關，就是喜歡蹲灶前看火，大口聞煙味，不聞會流鼻涕，聞了會流眼淚。因為這怪癖，長大後愛上火車煤煙，喜歡蹲在鐵軌旁等車過，稍微聞一口即通體舒暢。如此，他成了火車迷，喜歡畫火車，蒐集火車飾品與車票，光是看到遠方的煤煙濃淡或聽到汽缸運轉就知道車型，立志將來要開火車。趙阿塗有個植物人母親，平日由祖母照顧，下課由趙阿塗餵食與洗澡，晚上睡在她身旁照顧，一晚要起來好幾次抽痰拍背。有空時，趙阿塗會揹著母親走上幾公里路，到鐵道旁等待火車經過，或者走上幾倍的路到最近的車站搭車，坐最靠近機關車的車廂，感受強風與煤煙的味道。結果有次揹太久，忘記用軟管幫母親吸出喉嚨的痰。她呼吸哽塞，差點死掉。自此，趙阿塗不敢怠慢，隨時注意母親呼吸，深怕有意外。公學校畢業那年，趙阿塗考上「鐵道現業員教習所」，一種鐵道員訓練機構，並接到通知將往台北進修。幾經掙扎後，為了照顧母親，他放棄自己的理想，選擇繼承父業在市場擺攤賣炒米粉與粄條。就在入學報名的前幾天，趙阿塗的父親突然不適，要他自行挑擔前往市場。不料，到了中午就有人匆忙來通知他，說家中出事了，要他趕緊回去。趕回去的路上，趙阿塗特地到附近的廟，祈求保生大帝保佑父親平安。誰知到家，死的是母親，躺在客廳以白布覆面。父親不斷自責，一時大意，沒有注意到餵食妻子後她嘔吐而嗆入氣管。她活活哽死。坐在一旁的祖母、祖父也難掩悲傷，要趙阿塗的父親別自責。趙阿塗大慟，揭開白布瞻仰母親遺容，赫然發現她嘴巴大張、眼睛僨張，但面帶著微笑，憑多年來照顧的經驗，感到母親不是嗆死，但這疑雲還沒解開，隨即墜入一連串瑣碎的喪葬事宜而不可開交。事後，趙阿塗認為是父親支開他，好趁機悶死母親，始終無法諒解，也藉由上台北讀「鐵道現業員教習所」，好淡忘悲傷。等到兩年後，這樁謀殺才若有若無的傳開，讓趙阿塗拼湊起來：家族的八個人，除了他，都參與謀殺，那天他們特地煮好了豬肝粥與雞湯餵食趙阿塗的母親後，有人摀嘴，有人撳手腳，直到她斷氣。震撼的是，主謀不是趙阿塗的父親，是躺在床上的母親。早在她死前的半個月，除了趙阿塗，母親連隔幾天託夢給家人，要大家殺她，連方法都有。她求死的理由很簡單，要趙阿塗追求自己的理想，不要管她了。家人起初不以為意，託夢頻繁才認真，向神主牌詢問後，祖先以連續的七個聖筊同意，最後痛下殺機。

帕聽完成瀨所言，只微微頷首，躺著看外頭的白雲穿過車門，又流去，只留下一陣清涼無數。到了傍晚，趙阿塗回到天霸王時，又累又睏，身體幾乎像是吐出的一口痰。往常他會回到郡內鐵道場洗個熱水澡。那有個提供廠區電力的燃煤動力室，鍋爐排出的熱廢水會輸到澡堂，抹完皂，跳入池，呼喊一聲，一天疲勞當下泡爛了。但他目前須當番，將就在瑞穗驛的值勤室澡堂洗，打桶水抹淨，趁夕陽還在不用打燈，回到天霸王。趙阿塗坐上席椅打盹時，躺地上的帕問：「你不是要說亞細亞的構造為何像玩具？」這讓趙阿塗的勁頭點燃了，但過度的疲困很快澆熄話題的引信，他勉強的點點頭，即刻墮入夢境，鼾聲灑遍。

帕哪睡得著，一天下來，他幹了幾回吃飽睡、睡飽吃的豬活，入夜反而睡不著，挪著快長褥瘡的屁股，竟發現身子能移動了。他坐到門口，把腳懸空，看著對山不知誰提盞燈在那裡走，走得好，幽幽滅滅，淡淡花花的。但他轉頭，忽然發現扶手處繫了小袋子，紅繩子極為眼熟。他解開看是香灰，立即了解那是劉金福拿來的。他有些微怒，到底是誰去通報，而劉金福又哪時拿來的，他完全想不到。倒是帕記得，小時候老師告誡他們香灰要是能治病，水就能當汽油了。可是劉金福偷偷在香灰中加肉桂或黑糖粉，讓帕恨不得多生幾場病，多嚐甜頭。這時的帕挺懷念那種感覺，便把指頭吮溼了，沾著摻了肉桂的香灰吃，不愧是兒時的小零嘴，要是搵著生地瓜吃就棒極了。他吃幾口後收起香灰包，又克不住的打開嚐，如此反覆。許是心理作用，不久後感到周身的氣血奔踏，憋了口氣，痛快放了屁，差點把內褲噴髒了。之後帕揣了幾塊煤，權充草紙，蹲在枕木上大解，憋口氣下衝，讓屁眼哆嗦，大腸便一陣行雲流水，向山谷撒下一片穢物。他自豪真是屙得好，痛快是痛快，但是大腸鬧空，唉！肚子又餓了。

到了半夜，醒來準備擦車的趙阿塗，看見帕坐在車門邊睡著，手上的小袋子沒拿穩，撒了腿上一片香灰。山風野，黑夜濃，帕低頭打鼾，手中拿著啃剩下半條、沾了香灰的地瓜，吃法真邪門。這時候，趙阿塗遙見對山有幾葩燈火，順著山徑下飄，蹦呀跳的，像火車的窗燈滑行，煞是美麗，眼神便扯不開。忽然間趙阿塗聽到清爽的一聲，低頭看是醒來的帕在啃地瓜。帕把番薯往褲子上散落的香灰沾來吃，說：「夜戰開始了。」鬼中佐每禮拜安排夜戰與拂曉戰各一。拂曉戰是選在敵軍於拂曉時刻最易疲態時的反攻擊戰；夜戰則是趁夜偷襲，擾亂敵軍要塞。

遠山的燈火全然照帕的解說方式表演。一下子擠靠，一下子拉長，一下子消失後浮現，順山腰下滑。趙阿塗這才了解，燈火是白虎隊所持，消失後浮現不過是繞過山背。霍然間，帕說出分開，遠處燈火立即拆成兩伙；再說聲分開，只見一盞電土燈立即飛射出去，速度油滑，難以捉摸它的火光。趙阿塗面有疑惑。帕解釋，先前是路陡，部隊怕受傷以急行軍進行，到了平緩之路，腳程快的學徒先去支援，部隊才拆散。而衝最前頭的那盞燈是鐵馬先鋒隊。

鐵馬是帕提供，戰術由鬼中佐提供——太平洋戰初期，素有「馬來亞之虎」的日軍山下奉文大將，要求士兵腋下夾槍、胯下夾車，騎腳踏車移防，速度像一群雲影飄移，嚇得聯軍的褲子從來沒有尿乾過，也無法在覘孔瞄到他們——那騎鐵馬的傢伙像鬼火趕著投胎，在山路毫無罣礙，要是有就是嫌煞車太緊了。帕還沒誇完騎鐵馬的，只見那盞電土燈往下墜，敲到個什麼似，打翻成了一攤火花。帕把手中地瓜捏爆，大喊有弟兄掉下山谷了。電土燈是由鋁罐滴水到下層的塊狀乙炔，乙炔化成燃氣點燃。電土燈撞翻，動靜可大，乙炔塊爆燃，快把那騎鐵馬的學徒燒著，一路往下打滾。

帕吸口氣大喊，不料胸口傷重而喊得薄，倒不如趙阿塗拿鐵鎚敲火車鐵板的聲音。可是在深遠山谷，鐵板聲還嫌弱呢！只見腳程快的學徒兵跑了過去，沒注意到山道下有人摔了。趙阿塗越敲越急，手臂都麻了，只恨爐火熄了，不然拉響汽笛，幾座山外也可聽到。忽然間，他持鎚的手動不了，轉頭看是帕抓著他的手站起來。

帕忍痛，鼓起胸，對著那頭喊起話，內容不外是停下來、回頭顧、有人跌落山谷之類的。但聲量如泡沫，一戳即破，跳不過山谷。看那火勢越大，帕越急反而喉嚨小器，使不出力，最後他索性閉眼，眉毛挺滿怒火，再張眼，一股肺氣衝炸喉頭，發出獅吼功：「巴——格——野——鹿。」

一聲巴格野鹿，滿山有了回音。還是主子的口頭禪好用，山那頭的火炬不再移動。趙阿塗趁機敲鐵板，發出火警的警示響。沒多久，白虎隊很快發現那個栽進山谷的夥伴，爬下山谷，救了他，還揮著火炬向帕示意。趙阿塗敲出解除警報的聲響，對山的晃燈才收手。清脆鐵響的回音，在群山間淡了，最後剩下車上的貓頭鷹在叫。牠哪時來的？趙阿塗回過頭，看到帕坐在地上，用手背拭去嘴角的流血，看來傷口要復發了。

「本來要跟你一起去擦車的，現在不行了。」帕依靠著車門，把地上的番薯拿給趙阿塗，說：「這顆是從車上偷翻出來的，給你，我吃膩了。」

亞細亞號與螢火蟲人

現在他們聚在天霸王上，燒著爐火，吃著練兵場送來的紅豆飯糰，邊歡呼邊說好奢侈呀！他們是螢火蟲人尾崎和幾位白虎隊員，另有成瀨敏郎與趙阿塗。這樣的聚會多少是促進彼此的和諧。帕的傷勢一團糟，但搞不死他。而且，他吃到更多的番薯沾香灰。龍眼園還送來蜂王乳、花粉餅，還有奇怪藥品，要是說裡頭摻有隕石粉也不會奇怪。帕覺得要是誰送顆蘋果來，這場病就值回票價了。一群人吃到好康的，感到這是託帕的病，無以回報。大家聊著聊著，便聊起「愛子的祕密」。

先講的是機關士成瀨，「我希望大家以後不要再叫我『運將』了，我不是開巴士的。我寧願去推火車的小表弟——輕便車，也不願開巴士。」運將是運轉手的簡稱，屬於開車性質的司機，難怪成瀨不同意。

「傳令下去，誰再亂稱呼，就一起去推輕便車。」帕說。

先來笑鬧性開胃小菜，拉近彼此距離。之後成瀨切入正題。他說，第一次聽到「愛子的祕密」是大正十一年（西元一九二二年）左右，之前在訓練所沒聽過，或許這傳說只有在奔馳的火車上才有生命力吧！大正十一年那年，鐵路縱貫線海線完工，好替代陡峭又浪費火車動力的山線。這讓台中市居民不滿，因為火車不走山線，來往得在追分站搭乘轉車，浪費時間，於是上千人走上街抗議。抗議人太多了，快把街道淹死了。他們像萬國遊覽會遊行，有人穿西裝、戴著紳士帽；有的穿和服或武士裝；有的扛著支那神像，跳著暈頭轉向的步伐；有的吹嗩吶，乩童拿刀把自己砍出血；連打鐵匠、餅師傅、雕刻師、看板師都走上街頭；自動車鳴喇叭，三輪車伕大吼沒山線、沒觀光人潮。夜晚熄燈抗議，大家在街頭遊行請願行駛山線火車。但鐵道部不妥協，還調動豐原和彰化的巡察來維持秩序。那時他在一輛由豐原調回彰化車廠的空客車上，還是剛上手的機關助士，衣服一天要給火舌燒壞幾個洞的人。成瀨說，一路上，黑得像沒清過的煙管，只有車大燈照亮的兩條鐵道發光到遠方。他脫去手套，拿鋁壺喝水時，壺蓋掉落，滾入座席下方的小空間。他伸手拿，冷不防被莫名的熱源燙著，只能握著冰鐵板才使得疼痛釋緩。他的手掌燙出個怪圖案，是立體三角型，中間有線條，像柳條那樣，說是火車的修繕符號也行。他記得那次的機關士叫廣田次郎。廣田次郎瞥了一眼後繼續從駕駛窗監看路況，說：

「那是愛子的祕密，你很幸運，有人一輩子都碰不到。」

「愛・子・的・祕・密？」

成瀨說，那時他默唸著「愛子的祕密」，搞得自己笑了，心想廣田桑也真會開玩笑，想給燙傷的新手一個安慰。成瀨又說，廣田次郎也看破他的心思，要把「愛子的祕密」說出時，火車進入台中市範圍，竟然出現詭異的風景。軌道旁點滿歡迎的蠟燭，約一公里長，車過便搖晃，像是夢中水影一樣軟了。廣田次郎鳴笛警告，反而告訴大家火車來了。大家從小巷跑來，不論騎單車或跑步的，不論穿木屐或光腳丫，不論是小孩或撐楞杖的，他們眼裡泛著黑暗中也能看到的淚光，提燈大喊，火車來了，火車終於來了。成瀨說，他還記得廣田次郎再次鳴笛回應，對窗外熱情的揮手，對他說：「再怎麼混亂與悲傷，火車都不會消失，是大家的夢，我們把夢載來了。」廣田要成瀨加足煤，開車廂燈迎接。成瀨餵火車吃飽了煤，抓住空檔，往後頭車廂跑，臉上的汗水和煤煙灰攪成一道黑河，摸過的椅背，拉開的門把，全是黑糊，這才把九節車廂的燈全打開。這時候，成瀨看到窗外鐵路沿線的民戶燈也開了，以扇型的方式蔓延下去，直到全台中市燈亮，遠方放煙火慶祝，那好像地上沒處跑的燈火衝到天空。成瀨感到這車廂不空，而是載了滿滿的燈光來釋放，他只消開窗，火光傳染下去，直到世界都亮了。他說，這或許是燙到「愛子的祕密」後帶來的美妙經驗，一次就好，就此生滿足了，那是鐵道員最好的回憶，好到能在每餐吃飯時，子孫要脅你再說一回，很煩人了。

「前輩，我是第二次聽你說。」趙阿塗記得很清楚：「上一次是在火車行駛大典的前一晚。」

「你不是我的孫子，也不要逼我再講第三回。」

帕催問，「那『愛子的祕密』長什麼樣子？」

「長什麼樣子？各式各樣的都有。」成瀨繼續說，「故事的源頭很遠，這是那次之後廣田桑跟我說的。」

成瀨說，「愛子的祕密」的源頭來自內地，事情是這樣：有個少年要去打日露戰爭，在車站遲遲等不到情人愛子前來送行，便走了。他被編入戰況最激烈的陸軍第三軍，沒死也半條命的那種。日本贏了，少年只輸了一雙眼睛，戰火中被霰彈炮擊瞎。少年回到內地後，才聽說了女孩曾去送行。女孩算錯日期，比實際日期早去一天，等沒人，整列車都沒軍人，傷心的坐上那班車消失了。少年聽了，只發出啊的一聲嘆息，已不再說話。足足有三年時間，少年搭上經過那車站的任何班車，從最後一節車廂摸索到第一節，找什麼似。找過的班車用貼紙在隱密的車椅底下作記號，不再重複找。有一天，少年碰觸車窗玻璃，說，愛子，我找到妳了。那玻璃上什麼都沒有，當男孩哈氣，依稀出現某個女孩的剪影。少年把窗玻璃拆下後，帶走了。人沒再出現。這個奇怪的傳說後來成為不少火車設計者的迷魅，也在自己監製的機關車上放入愛子的祕密，用來紀念父母、愛人、妻子或一條寵物狗。

「不如這樣說，如果把機關車當作少女，『愛子的祕密』是設計者在少女身上黏了一顆痣，那是少女最美的地方。」成瀨說。

白虎隊都睜大眼，認為這譬喻再妙不過。這時趙阿塗接話了，說：「前輩說得沒錯，有人把『愛子的祕密』叫作『少女之痣』。」

「要碰到這顆痣很難。不過，如果你從小就愛上這位少女，不用碰觸她的身體也能知道痣在哪。」成瀨看得出大家很驚訝，又說：「眼神，每輛機關車都有眼神，她會用眼神暗示出那顆痣在厚重和服下的哪裡。」

「那不就從小就要跟火車戀愛，才有這本事。」尾崎笑著說。

「沒錯，從小愛戀的人。趙阿塗，你說說看，如何與火車談戀情。」成瀨的肯定讓大家笑得更大聲。接著，他把話題丟給趙阿塗，指著火室旁、那個玻璃罐裡的藍色機關車明信片，說：「就從亞細亞號說起吧！」

成瀨說得嚴肅，毫無笑意。白虎隊笑不下去，把頭轉向趙阿塗。趙阿塗扭捏了好久，在成瀨的肯定下才說出。他說，那是小三時，他的打掃工作是把辦公室的報紙裁成衛生紙，掛在廁所的鐵絲勾。有天，報紙上有幀照片吸引他，是奇特造型的機關車。他把那張半開的報紙拿給一位本島老師，硬著頭皮討下報紙，還要求說明。本島老師用客語說，那台火車叫亞細亞號，在滿洲行駛，而且整台車是藍色的。之後，趙阿塗跟同學要了點水彩，把車身塗成藍色，貼在房間，常看著看著就笑了。而且每天放學會繞路到三公里外的鐵路，等亞細亞號經過。四年級開學換了教室，他看到黑板邊掛的亞洲地圖後流淚。滿洲不在台灣，亞細亞號不可能經過這附近的。趙阿塗說，說來好笑，擦乾淚，放學後照樣到三公里外看火車，又對自己說，既然亞細亞號不會來，有一天一定要去滿洲找它。接下來幾年，趙阿塗成了廁紙王，義務剪報紙，看到有關亞細亞號或其他火車的新聞，一概剪報，遭同學笑為「火車憨（火車迷）」也樂。到了六年級，他郵購到一張英文版的滿鐵時刻表與亞細亞號解說。滿鐵是打造成穿過露西亞銜接歐洲的示範性鐵道，難怪有英文版。拿到這份說明，他樂極了，買了字典自學英文，拼音也勉強學。

趙阿塗當場秀了英文，「你們聽聽看，斯科久（schedule）叫時刻表，絲等訓（station）叫驛。」

趙阿塗又說，不出一禮拜，翻譯翻完了，還加上手工繪圖當作畢業展。後來考上了機關助士，在「鐵道現業員教習所」學透視圖與立體圖課程後，繪圖精進。他整整花了三個月，用五張全開的壁報紙畫成了帕西納（パシナ）——亞細亞號系列中最流線型的機關車，有兩米高的紅色輻狀動輪，子彈型弧度，車身會爆開藍色光芒——可是在繪圖過程，他發現帕西納的主從輪之間多了輔助桿，千也想，萬也想，想不透道理何在，便寫了信到滿鐵設計部請求釋疑，那時他是毛頭小子，語氣狂傲，又愛開玩笑，信中說輔助桿不會是「愛子的祕密」吧！一個月後意外有了音訊，回信的市山先生說，沒錯，「那就是愛子的祕密，當帕西納時速超過一百公里時，多虧那根輔助桿，機關車會發出奇異的節奏聲，那是火車跟荒野間的私密呢喃。」隨信寄贈一組十二張以亞細亞號為主題的明信片，並貼上四分錢郵資的亞細亞號郵票，未蓋郵戳。趙阿塗說，此後他與市山先生成了莫逆之交的筆友，每月通信一回。市山是設計部課長，五十餘歲，亞細亞號設計團隊的總召。彼此熟稔後，他吐露了亞細亞號的設計靈感來自愛女。那時，他女兒是十餘歲得了怪病的人，慢慢失去記憶與身體萎縮，唯一愛做的事，是每日下午由她母親推著輪椅到附近的田野看火車。但是，繁瑣的工作讓市山先生無法回鄉探望，就在為亞細亞號的設計工作傷腦筋時，母女坐船「熱河丸」來到大連，給了他大驚喜。當時愛女已對為父的市山先生毫無記憶，只會傻笑，加深了他的愧歉。某日，市山先生在宿舍的藤椅休息，被庭院裡笑聲驚醒，他看到妻子推著坐輪椅的愛女在兜圈子。愛女不只笑，還對他招手，似乎她的病好了，能無憂無慮的過下去。市山先生被這安靜美好的時刻打動，淚流滿面，便把愛女的形貌融入亞細亞號裡。

「這麼說來，亞細亞號是市山桑的愛女的化身。」帕說。

沒錯，趙阿塗接著說，車子配備自動加石炭與加水系統，它不只車身是藍色，爐間也藍色塗裝，火室是可愛的半球狀，控制閥是加長鐵桿，說穿了，是獻給女兒的玩具。尤其是時速破百時，車輪的輔助桿會發出愛女的輪椅聲。時速一百二十公里時，會出現第二個愛子的祕密，看似武士頭盔的機關車會被強風揉成溫和的女孩面孔。

「哇！時速一百二十公里！」眾人驚呼。

「亞細亞號還有第三個圖騰。除了市山先生，沒有人知道第三個圖騰，因為她目前的最高速紀錄是一百三十公里。」趙阿塗說。

「你好熟，果真是火車迷呀！」尾崎說。

「說來遺憾。」成瀨說話了，「趙阿塗本來可以到滿洲的，一定能解開亞細亞號的第三個『愛子的祕密』。」

這時接力棒回到成瀨手中。趙阿塗希望就此打住，倒是眾人懇求講下去。成瀨藉機數落人，他說，他聽到一些有關趙阿塗的耳語，這都不是對火車了解的人會說出來的。就成瀨所知，趙阿塗在訓練期間，不只學科好，術科更是嚇人。很多人以為這是天生的，或許是，但努力更重要，趙阿塗光是投煤練習，掌握了快狠準，開爐門，趁火舌吐出前餵進石炭，照著十二個複雜區塊平鋪，厚度剛剛好，太少火力不足，太多會悶燒。平日在拋煤場鍛鍊，假日隨車見習。這種天天面對爐火，會得眼疾，閉上眼仍有火光亂跳的幻影，像直視太陽後灼傷眼，眼膜上烙下了殘影。苦練有了回報，等他擔任機關助士，日日跟火與炭搏鬥，一年後搏出成績。每鐘要一公斤石炭，能十分鐘內連投半噸重，一小時不停，三個小時多便把爐水燒到「蒸汽升騰」。這是行話，就是汽壓夠了，汽缸每平方公分有十六公斤的蒸汽壓。這比常人快上一小時，奪魁了新竹州區域賽，繼而摘下總督府鐵道部的優勝，派往滿洲國參加「日台滿機關助士石炭賞」，得不得獎是天命，能親炙亞細亞號才是福氣。成瀨說，就他所知，大膽說好了，市山先生邀請趙阿塗參與亞細亞號的新紀錄，也許在下坡路段，少拖幾節車廂，多拋些煤，就能突破一百五十公里。結果戰爭吃緊，那年之後的「日台滿機關助士石炭賞」停辦，趙阿塗也去不成了。

大家聽了都插不上話，只能意思到的搖頭，或發出嘆息，用沉默的方式表達了無奈。過了一段時間，才有人惋嘆，大家心想是誰的神經短路，反應慢，循聲看過去，發現竟是趙阿塗。他已眼眶紅潤，再度嘆息，不過眾人看出那是讚嘆。

「學長，」趙阿塗用上比前輩或列車長更親密的稱謂，說：「謝謝你這麼提起，不然我快忘了自己曾是怎樣的人。」

趙阿塗說道，他剛入行時最有熱忱，也糗事一籮筐，簡直能用「我有兩顆心臟面對工作」來形容。

他記得那時，把夜班車駛入廠房已十一點，清灰箱時還是生手，水太少洗不乾淨，太多竟然把煤灰沖飛了，搞得自己眼睛痛。湧起的煤灰還弄髒了車廂，得拿抹布擦每張椅子。他記得整裡火室時，還因為爐內餘溫，打個盹，舒服睡著了，半夜冷醒才跑到車廂椅躺著睡。隔天又輪七點的早班車，得四點上工投煤。值班人員在宿舍找不到人，從廁所喊到廠房。他聽到了嚇醒，跳起來，大喊：「我早就待命了。」還被誇獎一番。又比如行車時，得每分鐘往火室丟四鏟煤，上坡再多三鏟，靠站時又得添水加煤，整趟車沒多少休息，得邊吃飯邊投煤。有一次車上坡，急了，誤把石炭丟入嘴，便當丟進火室，拿出來時已經是一塊扭曲的鋁塊。他又說：「看各位笑，我還有更有趣的，某次尿急了，等個偏僻的路段對外解決，誰知風把尿吹回來，褲子溼答答，又自作聰明的靠近火室烘乾，不料火車急煞，害我又整個人撞上去，幸好！沒燙壞子孫袋。」

輕鬆的話題引人發噱，又是一場驢打滾場面。笑罷，滾罷，大家的話題又繞回「愛子的祕密」。有人想，趙阿塗對火車如此熱情，應該見過不少圖騰，要他說出幾個特別的，給大家開眼界。

「到目前為止，沒一個。」趙阿塗說得令人失望，但隨後說的卻引爆另一個話題，「沒一個的意思是，我現在就碰到了半個。」

除了成瀨，大家都不理解其中的意思。趙阿塗丟個眼神，向成瀨詢問可以說這個話題否。成瀨要趙阿塗仔細的說出原委，一字不隱。既然如此，趙阿塗毫不忌諱的說：

「紫電就有個愛子的祕密，不過，至今沒出過，也不可能出現。」

眾人喧嘩了，你一言、我一語的。有人事後諸葛，說他早就看穿天霸王這鐵殼子有個夢。「鐵夢」，大家都承認這詞用得好，又說，萬物都有夢，唯有人能召喚它出來。說來說去，大家又把眼神集中在趙阿塗身上，要他說下去。

趙阿塗說，這也是市山先生說的。紫電由川崎重工業負責召集規劃。滿鐵設計部與他們多少有些聯絡，消息便是這樣流出的。原來是這樣，川崎團隊的吃住都在神戶的宿舍。負責打掃的歐巴桑把庭院整理得好，茶花與紫陽花怒放。坐在門廊一邊抽菸與喝茶，一邊賞花，是團隊最棒的享受。後來歐巴桑走樓梯摔倒，摔了腦袋傷重死去。好長一段時間，院裡的茶花無人照顧，黯然不少。有天，團隊在門廊喝茶時，一位團員走到茶樹邊，用平淡的聲音說：「唉！歐巴桑死了，再也不能照顧你們了。」奇怪的事發生了，幾十株茶花樹顫了一下，盛開或含苞的花瞬間落下來，不留一朵，落地聲彷彿哭泣不停。在場的團隊驚訝與感動，便在紫電嵌入圖騰，好懷念死去的歐巴桑。

說到這，眾人睜大眼，往車板摸，也許耐得住性子用手磨蹭幾下，鐵板會冒出歐巴桑的臉，或打開火室的鐵門會噴出紅通通的火焰人頭。這下輪到趙阿塗笑了起來，打斷他們的扯淡：「市山先生吐露，紫電的時速超過一百公里，便會出現愛子的祕密。」

「一百公里？」有人跳起來大叫，繼承先前開玩笑的氣氛，對帕說：「會難嗎？少尉殿你在後頭推就行了。」

眾人哈哈大笑，連嚴肅的成瀨都笑了。等氣氛散去，涼風從外頭介入時，有人打了冷顫，感覺不亞於坐在時速破百的車上。沒錯，照趙阿塗的說法，本島還沒有火車破百的紀錄。紫電擁有D51俗稱「蛞蝓」的流線型機關車車頂，融合了專跑斜坡間的E10型蒸汽車，擁有減重的非鉚釘結構、罕見的三汽缸。但是它的強項是耐重，符合丘陵地形，不是競速用，最高紀錄也是在平路無拖車的情況下到達六十公里。況且，紫電出廠就注定孤獨的命運，僅有的一台試驗車，不量產，沒有兄弟，沒有姊妹，孤單在世上。缺零件，維修困難，加速老化。它不會跑得更快，而是越來越慢。

「只能到達六十公里了。」趙阿塗說。

「聽不下去了，老是說這種喪志的話，就像開火車的怕死了鍋爐爆炸，是不能由鐵道員口中說出的。」成瀨沉穩的說，口氣不是責備，倒像在苦難中給予鼓勵。他又說，「你們一定沒聽過穿高跟鞋的歐巴桑跑贏穿布鞋的小伙子，我來說吧！」

成瀨說，各機關車有各的體能，天生的。跑得快，跑得慢，出廠時幾乎被決定了。目前世界紀錄原是德國BR05機關車，時速兩百公里，不久英國「綠頭鴨」機關車利用下坡路段創下兩百零二公里時速。英、德屬寬軌，滿鐵也是，亞細亞號能跑出一百三十公里是天時地利。這都不利本島的窄軌火車創紀錄。不過四年前，大東亞戰捷報頻傳時，本島各州趁興，費盡心思想破紀錄。新竹州佔盡地利，最好的路段在山線三義下坡，但彎度過大讓車班人員不敢放手搏。嘉南平原鐵路直，打點某幾站的站長，免得他們把火車超速過站上報。他們打算用美國ALCO公司生產的DT型機關車破紀錄。但是問題出在機關士，在高速經過斗南站，他自車窗伸手從月台拿下約一公斤重、像大型鑰匙圈的電器路牌套——某種火車的過站通行證時，或許太緊張，或許車速太快，即使戴上皮革套保護仍勾斷手臂。台南州斷臂事件，讓車班人員不敢多試。誰知紀錄竟然被花蓮港廳的搶走了。花東線屬獨立系統的五分軌，比西部幹線的窄軌還要窄三十毫米，創紀錄的是L型機關車，屬於輕便鐵軌系統，又老又耗煤，跑太快容易燒軸，算是歐巴桑級。打個譬喻，這場速度賽就像後山穿高跟鞋的老阿婆要跟縱貫線的年輕小伙子賽跑。關鍵在他們早有準備，把L型機關車的煙管通過、清爐、洗鼎，汽缸性能調好。勝負在於石炭，他們從金瓜石請了三位挖煤師傅，從堆煤場篩出俗稱的「鑽炭」——含炭高、煙少，每噸煤中只有幾公斤——老師傅憑著鎚子與數十年經驗，耗費一個月，幾乎快耗掉脊骨彈性，終於敲出半噸煤。L型機關車利用空車回送機會，拖六節車廂，平路路段，出站四公里就破紀錄了，達到時速八十五公里。目前「國內」最快速的是內地的特級列車「燕」，時速七十公里，被比下去了。

「吃飯的歐巴桑還是贏過吃番薯的年輕人。」這時候尾崎說話了，「後山的火車都能跑到八十五公里，紫電更有潛力。想想看，它有六十公里的時速了，很快就會破百的。」

「錯，還剩四十公里，這聽起來距離比較近。」趙阿塗大聲說，而且盡興得想把所有的祕密分享。

他把掛著的玻璃罐解下來，手拍得它發出火車運作聲，之後才說：「某天，市山先生把紫電的『愛子的祕密』寫在這張明信片上，寄給我，我把它封在裡頭，一直當作平安信物。」

「你在裝神祕，不怕我們打破罐子偷看。」帕說。

趙阿塗一愣，直說：「強得少女的貞操，永遠得不到她的心。」

這句話打死了大家偷看想法，沉默的點頭。這時天色濃，睏意更濃，眾人走下車。滿天星斗亂跳，大家心跳也亂著，不敢往底下迷濛的深谷看。突然，風吹來，瘦橋晃得都快糊了，大夥紛紛蹲下抓住鐵軌，有的忍不住吐了。風過了，大家仍不敢起來，覷著彼此，心想的是靠兩隻腳都難走了，何況是九十幾噸又有十顆胎的機關車呢！它要怎麼駛過橋？

颱風要來之際，鬼中佐決定要趁此驗收白虎隊的訓練成果。

身為隊長的帕在車站廣場集合眾學徒。他沒有訓勉，與大家靜靜的站著。幾公里外的火車鳴笛了。帕說：「加油，車上見。」說罷，要各小組散去，對火車發動攻擊。白虎隊迅速散了。尾崎也參與了演習。帕幫他做了一雙竹翅膀，用帆布與鵝毛紮妥，把人塞入填滿碎布的木桶揹走。帕沿著發亮的馬路跑，影子忽左忽右的。不知怎麼的，在夜奔中，帕向尾崎說了第一次發現自己力大無比的好處。那是在小二遠足時，全班走到一公里外的溪邊戲水，野餐時，老師的筷子掉入河中漂向木橋，有同學大喊幫忙撿筷子（はし）。帕一聽，幾步過去，把那段木橋（はし）拿回來，嚇得老師說你是用這個吃飯的嗎。帕又說，像風一般快跑的經驗，那是他小三時，日本老師叫他去買菸。老師很兇，說話響亮，害得帕緊張的把「菸」聽成音近的「卵」，咻一下出門買回蛋。老師氣得拿蛋砸他的頭，轉身抽出藤條要打人時，帕已經從雜貨店把木架上的十幾包菸偷回來，敷島、桃山、白梅、椿、曙等品牌都有，全兜在懷裡，求說不要打他。這下輪老師嚇壞了，把菸拿回店家說全買了。帕又說，他那天特別高興，因為頭上有顆爛蛋，用姑婆芋盛回家。勤儉的阿公弄個蒸蛋，打算吃一禮拜，水和鹽兌得兇，稀成蛋花湯，而且是蔥花加到滿出來了。

尾崎聽了大笑，笑聲太熱情，體內的螢光漸漸迸亮。帕很難相信，人只剩下胸口以上還能這樣活，還懂得短暫品嘗風的速度。跑了三公里，尾崎看到山路迎來了燈光，便喊火車來了。帕多快幾步，風景一皺，已繞道從火車尾跳上去，低頭閃過幾道門楣，來到第一節車廂。

鬼中佐就坐在那，旁邊有觀禮的十幾位軍官與士兵。帕敬禮，並且報告接下來的流程。鬼中佐站起來，走到尾崎身邊，對不忘參與演練的「愛國少年」勉勵再三，問：「還會很痛嗎？」

「很痛，但是不怕痛。」尾崎說。

「很好，這才是天皇陛下的赤子。」鬼中佐點頭說。

然後帕繼續往火車頭前進。同節車廂的另一邊，拉娃與尤敏縮在角落，眼睛明亮，眨呀眨的，讓黯澀的角落有了好精神。

「嘿！螢火蟲人。」拉娃揚著手中的小火車模型，老遠就叫，不在乎任何的禮節。

「妳好，一團融化的賽璐珞。」尾崎笑著回應，身體更亮了。賽璐珞是早期類似塑膠的東西，著火容易熔化。尾崎深覺這譬喻好。

帕走過拉娃的時候，拿起她遞來的小火車模型，塞給後頭的尾崎。尾崎忽然不再笑，睜眼看著拉娃，就在離開前他從自己傷口拔下一截悶燒的肉骨，餽贈的拋回去。但是，帕已關上車廂門，只剩下通道上的風聲撩亂，尾崎便不確定拉娃有撿起來嗎？

帕到了火車爐間，站著不動。趙阿塗在那弓腿鏟煤，拋入火室，又把燒好的煤鏟出來放入地上的幾個鋁桶，汗水灌溼了背，但還是忍不住偷瞟帕身後的尾崎。外頭的風湍急，咻咻如刀，把尾崎的翅膀振得呱啦啦。趙阿塗再也忍不住回頭，硬頸的回答他幾天來一直重複的答案：「就是不行，這不是廚灶，今天能燒人，明天你就要我當廚師。」

幾天來，尾崎希望自己的一塊人炭能放入火室，化成一股濃煙衝上天，能彌補飛行遺憾。之前他曾託帕偷放一塊在天霸王上，但是逃不過趙阿塗的法眼。懸在便橋的天霸王已停火，放在一般火車也行。「只要一小塊就好。」尾崎向趙阿塗懇求，說盡化為一縷煙的夢想。

趙阿塗無動於衷。火室被鬼中佐燒過神，再去燒人不就成了火化場，以後就是垃圾焚化爐，最後是餿水桶。他不答應，讓帕與尾崎只能乾瞪眼，看著火舌肥滋滋，把煤塊嗑個老響。

「你看，我是肉體機關車呢！」尾崎從鼻孔發出很假的笛鳴，吐著肺裡冒出的煙，還被自己嗆得猛咳。之後他拿出拉娃給的火車模型，遞給趙阿塗。這讓帕踮身前傾，才能遞過頭送上。趙阿塗搖頭，把煤鏟進火室，關上爐門，走到另一邊拿起水壺對嘴喝，喉嚨直響。這時候，尾崎聽到車外有動靜，不耐煩的說：「算了，白虎隊來了。」帕把小火車模型從尾崎手中拿了放在火室邊，後退幾步，對趙阿塗懇求：「就算是幫我一個忙吧！」然後躍下車。帕順慣性打個孔翹，把身子穩了，閃入林裡拔幾叢大竹，上頭裹了幾抹乾藤草，又追上火車，一個撲，好個蹬，撒出好姿勢，人已經站在火車頂了。

暗濛濛中，帕把竹叢扛在肩上，儘量踮低身，免得給風壓歪。不多時，幾個影子從各角落撲向火車。帕以大竹叢對他們揮去，毆個頭醺醺，倒的倒，嚎的嚎，紛紛翻落崩崗下。那些影子不久又衝來，一下子聚成軍，一下子散如煙，但一貼近火車，馬上被一支大雞毛撣子當灰塵拍走。帕大吼：「還躺著睡，鬼畜就要踏上你的肚皮。」那些學徒兵沒有太多憤慨，反而激起他們的無奈，反覆的訓練已疲憊不堪，要不是鬼中佐在車上驗收，另有憲兵監視，他們真想找個有花有水的好所在，替自己挖好床，墓碑當枕，永遠賴著這最後的堡壘。他們心靈枯竭時，聽到火車上傳來尾崎唱著〈爆彈三勇士〉，那種少年轉骨變大人時的怪腔，讓他們想起得遵守的誓言：無關乎勇氣，只是要活到某個安靜午後，寫信給一個素昧平生的父親，訴說花草，或關於風雨的閒事。然後，他們奮然朝火車再肉迫，咬著牙幹。另一邊，車上的帕把竹叢插在鐵縫，一個山猴翻落，到爐間提了地上的幾桶火炭，顧不得把柄燒紅了。他回到車頂，見學徒兵的人影，先喊聲機關槍射來了，後把燒辣的炭潑去，鏗鏗邦邦響。

如是幾回，趙阿塗根本來不及燒煤，更對車外的哀號聲心軟了，在鋁桶底偷偷墊上生煤，只有表層是紅炭。忽然間，他發現蒸汽艙壓錶邊的那個泥塑的小火車模型在發光，光源從小火室透出。他很好奇，把髒灰的防風鏡拉到額頭，朝小火室窺去，那有一塊人炭。人炭佈滿凝潤、奧祕、極光般幻動的微血管，流動血液，光影泥濘，不斷的脹縮呼吸。趙阿塗這才感受到火與炭也有生命的，終能使機關車具有魔法的疾馳在沒有軌道的世界。他很激動，靠牆流一會兒淚，才探出頭對尾崎說他會把人炭放入火室。但風很大，距離又遠，他的吼聲沒用。下個轉彎，強風把人炭颳走，卡在車外牆的銘板縫，吃風而突然飽亮了，像一盞燈突然大放光明。趙阿塗把上衣紮進褲子，沿著車廂外爬出去撿。路邊的樹葉藤蔓挨身過，拍打著他。趙阿塗抖雙手冒汗，他爬這一回就嚇驚了，同情起學徒兵得攀上爬下。最後他脫下防風鏡，把人炭夾起來。再下一個彎，火車爬上風更悍的牛背崠，趙阿塗被掠歪了，兩腳懸空在外，一手死命的抓車窗，一手握人炭。他不會放開哪一隻手，兩手都握有生命。

火車沒有停靠瑞穗驛，快速通過密集的住宅，回音在近距離的木房迴盪。趙阿塗累了，心一橫，打算顧著人炭而冒險跳車。火車又轉彎，往外拋的力量讓趙阿塗再也撐不下去，他要鬆手了。火車轉正，衝勁十足的往前奔。這時候一道影子終於掉下車，整排的輪胎輪流輾過那東西。車上的官兵與白虎隊感到車身不停的顫伏。有人任務失敗，栽進車底盤了。他們停下動作，為死者默禱，祈求那個學徒兵的英靈與逝去的先皇同在了。帕一臉死灰，心情冷涼無比，看著車廂一節挨一節的聳下去，他希望輪下的學徒兵沒太多的痛苦死去。當他撓著大竹叢追到末節車廂查看，看到路上是一塊輾碎的墓碑，興奮得大吼：「哪個笨蛋的書包掉了，給人家當磨刀石好了。」

那塊墓碑代替了趙阿塗，也救了他。之前他懸在車外，被甩來甩去，最後身子忽然一輕，不是騰空落地，是有人提起他的褲腰。一位肉迫火車的學徒兵及時攀了過來，勒住趙阿塗的褲帶，大吼：「摔下去，會弄腥火車的。」並且解下綁墓碑的背帶，把趙阿塗縛在車窗邊，方便他爬入車內。墓碑掉下火車，整排的輪胎輾過它，碎成片，成了民眾最佳的磨刀石。不過火車出了問題，劇烈往左靠，車頂機關槍的沙包震掉，沙子爆竄，廂殼發出沙沙聲。這是輪胎急速輾到墓碑，底盤傳遞訊息的齒輪丟了些記憶，火車失控了，往山壁閃去。機關士扳動韌機煞車棒，而各車廂的技工不是忙著轉動輔助煞車盤，就是校正齒輪記憶。但是火車已摩擦山壁，車外懸掛的電燈爆開，雲般的火花怒噴。濺開的燈液和碎玻璃濺入車內，火很快漫開，濃煙竄起來。車內的士兵與軍官跳了起來，躲靠在窗邊，右側窗外是更危險的陡坡。「演習視同作戰，棄守視同叛逃。」鬼中佐大吼，坐在座位不驚懼，要官兵救火，不惜與火車同生死。命令生效，官兵拿滅火棒與木桶裡的防火沙，對準火焰消滅。拉娃與尤敏坐在靠山的那排位置，見到火車最恐怖的時刻，窗玻璃與木板車廂殘缺不全，火在地上流動，堆積的濃煙在天花板擠蹭，列車彷彿是垂直開往地獄了。拉娃尖叫不停，火流過來，往她身上爬來，幾乎像是一群老鼠撲過來。她不是鬆開手，是死命的抓著等死。尤敏脫掉衣服，拍打女兒身上的火。這時一道大尾巴從破裂的窗口伸進來，撥弄幾下，很快就拍滅了火。

那根尾巴是帕手上的大竹叢。他第一次感覺列車的危險，一旦出問題，完全沒轍了。和單挑六架飛機，或扛起機關車相比較，帕發現站在列車上是多麼無助的，只能為學徒兵憂心，或拿著大竹叢幫拉娃滅火。幾分鐘後，列車再度回到行駛的秩序，朝馬路快速前行。車廂內沒火了，火在救火中跑到帕手上的竹叢。竹叢在夜裡發光，裹滿了嘰嘰喳喳響的火渣，帕舉起它，迎著風，讓那些跳開的火星佈滿了整輛列車。列車發光了，是縱谷裡的一條火龍。

車廂的官兵探頭看。回到爐間的趙阿塗也是。他們逆風看，看到足以燒烙記憶的一幕，車外湧動星火，婆娑跳鬧，像火車劃過豪雨激起的水花。帕跳過每節車廂頂，到了車尾，那裡的風因車速而凌亂，他擢著大竹叢，火光跳灑，玩得像孩子似的。趙阿塗驚心的想，戰爭多像孩子的遊戲，卻充滿成人的憤怒與暴力。而帕知道，米軍會用一種裝有火焰管的戰車攻擊，就像他手上的火叢。他用這攻擊那些爬上車的學徒兵。激烈著火的大竹叢充滿了挑釁與疼痛，把白虎隊打得身上與心底都是怒火。

見時機來了，帕大喊：「總——攻——擊。」也就是玉碎攻擊。

「天皇萬載。」白虎隊像瘋狗回應，更像瘋狗浪爬了來，赴死不惜。

演習完，學徒兵目送火車離去。機械的呢喃在山谷間淡逝，最後只剩蟲鳴了。他們用掌磨蹭手臂，火車走遠才知寒冷會揪人，風從那些被火炭燒破的衫服鑽入，又扁又兇。那些較嫩的學徒兵，識相的在外圍擋風。他們沿馬路走回關牛窩，心情有些激動，在夜裡流淚。

「呀！星星在尿尿。」一位學徒兵指著車站前的路燈說。

那是夜間的防空襲燈。電火球內層塗滿了藍黑顏料，剩底端一小圈透明，光從那落下吸管粗的光線，有照明功能，但米機是無法辨識。白虎隊傳言，此種濃縮的光落在皮膚上有針刺感。有人膨脝說，手往那兒影一下，會傷口完整的截肢；要是目珠往上瞪去會沸爆；久看落地的那圈光斑，會發現地被蒸軟了，噗咕噗咕冒泡。

「那是星星流淚了。」尾崎突然說，「我想要摸燈泡。」

帕把尾崎從木桶拿出來，直截上拋。第三次拋起後，白虎隊高呼不已，因為尾崎搧動背上的竹翅膀，像一隻受神風青睞的大鳥扶搖直上。在白虎隊激情的唱歌聲中，帕卯足勁拋，尾崎也一次比一次飛得高。「再來一次。」白虎隊喊。尾崎飛得更高。但是，他不知道自己是蛾，是破繭後去撲火，以飛翔加速燃燒自己的生命。在三十多公尺高空，他努力振翅膀，看到整個關牛窩只剩下地上一個鼻屎大的電火斑，越來越小，越高也越恐懼。這證明一件事，他不想死了，想回到地面而尖叫不止。但帕丟得手頭旺，快瘋了，繼續把下半身發亮如螢火蟲的尾崎高拋。伴隨白虎隊呼吼，只見一盞火越飛越高，快黏上天穹了。

在汗臊擁擠中，一位學徒兵頸上的護身符被扯落了，慌張的蹲下身找。在灰塵與腳蹭中，他看到地上的電火斑裡頭，有植物破土發芽，地上咕嚕咕嚕的直冒泡。他大吼：「別動，一朵從夢裡冒出來的樹苗。」講煞，他撲去救植物。忽然間，光斑不見了，大家也不動了，恐怖的寂靜塞爆一切。每個人往上看。因為尾崎沒落地。他飛走了。

跪地上的那位學徒兵這時攤開手，讓小光柱落在掌中，魔豆那種神話般力量的植物就在眼前，在掌中長出嚇人藤蔓，不停往上長。其實他看錯了，那只是洶湧的塵埃在光柱的幻影，只因幻影太美了。那位學徒兵往上看，小光柱恰巧插入他的瞳孔。他的目珠沒有沸爆，卻有幻影，足足看到一百艘載滿紙官的華麗王船在海上瞬間灰飛煙滅，夜裡爆光，海面沸騰起雲了。

尾崎走了，天空只有空蕩蕩，落下的是鵝毛與竹枝。「他化成一顆星星回到宇宙了。」有人說。他們躁動起來，猜測尾崎化成哪顆星星，這顆啦！不對，那顆才是，彼此用指的較勁哪顆最大，最後安靜的仰看。星斗綻光，瑩白無瑕，完全沒有沾上一點黑夜。人死後變成星星，天上有好多墓碑與死人。一位學徒兵難過的閉上眼，對著天空大吼：「尾崎，你說，一百年後一樣這麼多星星嗎？」

緩慢的，他們數過的星星飄下來了，好多呢！滿天星斗掉下來了，像冰雹掉落，地面充滿宇宙的聲音。白虎隊伸手去接著，它又輕又暖。

「這是人炭。」有人說。

「是王船的餘燼。」一位跪在地上的學徒兵說。

然後颱風來了，豪雨瘋狂落下，雨珠把草叢壓毀，世界的溫度正下降。過剩的地表水流向河川，帶走泥沙、樹葉、巨木和任何雨水。關牛窩溪的水位一吋吋高漲，河水翻騰，發出隆隆怒吼，像扭轉糾纏的液態閃電，就要撲倒台車橋的橋基了。要是橋垮，天霸王也毀了。早晨八點，守橋基的老道班伕從河谷跑來，路陡再加上雨也豆大，他幾乎把心臟喘壞了，抱怨鬼天氣，也抱怨這工作不是人幹的。他來到工寮，看見鐵道部的人穿雨衣在雨中已經待命很久了，整個頭髮都滲水。老道班伕發現在此刻報告警訊會打斷一場嚴肅的講話。

成瀨發配工作，給大家信念上的期勉：「照著去做吧！把零件組裝回去，我們得還原紫電的光榮。」他說到這，環視在場者，才說：「是最後一趟了，我們都盡力了。」

老道班伕懂了，天霸王要發車了，不論死活都要離開便橋。

一群人默默散開，各自工作。這時成瀨轉頭對一旁佇立的老道班伕說話，要他回工寮休息，裡頭還有稍早留給他的乾飯和熱薑湯。老道班伕泣不成聲，說自己不餓，還有力氣幫忙，你就給我個任務吧。成瀨要他進屋去拿燈，發車要燈呢，還要他把鐵道部的旗子升起來，總不能雨大就偷懶。老道班伕大聲應和，去幹活了。

另一頭，在火車上守夜的趙阿塗，一夜無眠，仔細觀察窗外風雨。他坐木板上好隔開冷鐵板，用軍毯裹住自己取暖，懷中攬個俗稱「火囪」的取暖用小提籃——外殼是篾製，內有瓦缽好盛著紅炭。但缽中沒有火炭，只有灰而已。他不是取暖，是要溫暖那些灰。但車外風雨越來越剽，木橋搖擺不止，發出嘎嘎叫，他嚇得緊抱火囪，竹條便大剌剌鑲入手臂，把皮膚割出血紋。只有風雨暫歇、木橋停擺時，他才敢深呼吸。到了清晨，天空稍微透亮，他聽到山谷傳來呼喊，有許多人在那忙碌，但仔細聽，不過是強風颾過橋的呢喃。他開個罐頭，配些乾糧權充早餐，聽到橋頭那邊的木寮傳來吆喝聲，又看見糟得不能再糟的風雨中，來了人。成瀨一手壓雨帽，一手提煤油燈，雨衣在風中亂掀。他一進入爐間，把脫下的雨衣掛上衣架，拿出衣袋裡的火車專用懷錶，很仔細的放入趙阿塗手中，說：「點火吧！我們要出發了，一小時後發車。」

終於要發車了，趙阿塗老早就料到這一刻，但令他震懾的是得在一小時內點火發車，簡直是天方夜譚。火車要十六公斤的蒸汽壓才能啟動，他的紀錄是三小時多，一小時哪夠用。但趙阿塗拿到成瀨送上的懷錶時，錶殼有暖度，想必是車長緊握手中良久才遞出，他便應答，立即開爐門，拋炭準備生火。之後，他慎重的伸手到火囱，從木灰撈出一粒瞳孔大小的人炭，火光好瘦。晃幾下，吹口氣，人炭瞬間發亮，上頭佈滿的微血管流動著液態的光。那是螢火蟲人留給趙阿塗的。火的靈魂，只消吹口氣便甦醒。趙阿塗多日來把這人炭藏入木灰當火屎——這不是賤稱，是俗稱。婦女煮完飯會在灰燼中埋下燒紅的炭當火種，供下一餐使用。這綽號意謂趙阿塗是他母親留在人世的餘脈——種入火室內的煤堆，關上爐門，用手貼上冰冷的鐵門，感受火屎漸漸將熱力傳開來。煤醒了，嗶嗶啵啵的張眼，全都露出酣紅的目珠。

砰一聲，一群用鐵桶提著燒紅煤塊的工人進門，倒進火室點火。他們看見趙阿塗閉上眼、手觸鐵爐，在搞沒人懂的花樣，事出急迫，不得不大聲告訴他可上火了。一位道班伕看趙阿塗不為所動，踏前一步去搖，雨衣碰到爐門竟然嘶嘶的冒水蒸汽，才感受爐間的空氣熱了。大家著驚，神情如見鬼，回神速度也快。一位工人急忙把趙阿塗的手拉開。趙阿塗才回過神，手掌有水泡了。他不急著把熱煤倒入火室，裡頭火已沸、炭在跳，火車的心臟逐漸甦醒，這時打開爐門很容易讓冷風灌進去，壞了火。工人悶著頭，沒見過只要摸摸鐵門就發爐了，見過也不必驗證，傳說下去即可。他們走下火車，走入雨幕，大雨劈哩啪啦落，透過雨衣把那聲音放大再放大，但仍然澆熄不了腦海中剛剛的一幕。

之後，白虎隊陸續來了，把之前拆下來的配件裝回去，窗戶、木椅或是一塊銘板。沙箱灌了沙，煤箱填滿了，車踏板也有了。紫電看來沒有那麼猥瑣了，穿上該有的配件，車身更重，更顯得風雨如何肆虐它。帕也來了，打赤膊，身上掛一個背袋，戴著銀藏送的飛行鏡防風雨。他東摸摸、西摸摸，在車上就是一副不想走的樣子。這時候練兵場的傳令來了，抖著雞皮疙瘩，好不容易才挨到天霸王，要帕趕快到河谷幫忙收拾那些危及橋樑的漂流木。帕把士兵們趕下車，即刻前往山谷。白虎隊走到一半，帕喝令他們停下，對趙阿塗敬禮。

趙阿塗打開門，挺身，持鐵鏟子碰鞋邊，以機關助士的禮回應，目送他們離開，直到對方的身影消失，直到自己心中清楚的升起一股榮譽。帕又回來了，他在風雨中走得歪斜，進入爐間後摘掉飛行鏡，從掛著的背袋倒出一堆平安物，有各種道教信仰的平安紮、千人針，或在布縫上五圓或十圓。帕對趙阿塗說，是白虎隊把家人給的轉贈，他不信這個，但也許你會信。趙阿塗很大方的收下，把那個裝有天霸王的「愛子的祕密」玻璃罐回贈給帕，他說，這世上從此又多一個知道紫電祕密的人了，並催促帕動身，趕快到山谷幫忙。帕點頭，走下車，但是沒有沿橋頭旁的山徑下河谷，是順著橋樑往下爬，幾個猴跳下去。在中途，他往上看那個大鐵塊懸在半空中，風雨錯亂的摧打。於是，他把叼在嘴裡的玻璃罐繫在某根木樑，最需要平安物的不是他，不是天霸王，是便橋。然後，帕鬆手往下跳，穿越雲霧，抄捷徑掉到河面了。

趙阿塗在拋煤之際，把平安紮、千人針與意謂超越「死線」的五圓布綁在爐間，微笑頷首。半小時後，汽壓錶到達標準。趙阿塗打開車門，沿走道來到車頭邊的汽缸，打開水閥排水。第一泡蒸汽衝入汽缸會凝成水，得排出才能運作。排完左右兩側的汽缸水，最難的是底盤下那顆。風雨灌來，他貼在枕木上發抖。好不容易排完水，他爬出車底對成瀨打出手勢，大喊：「蒸汽升騰。」成瀨拉汽笛回應。可是趙阿塗忍著風雨回到爐間，怎麼也打不開門，窗戶也被反鎖了。他沿外側走道來到駕駛室，對窗戶猛拍擊，表情和風雨一樣強悍。成瀨不開門就是不開，鐵了心要趕人。趙阿塗用鞋子破窗而入，割破了手，血漫了開來。成瀨拿著鐵棒驅趕，往趙阿塗的手狠狠的打，像面對最壞的小偷——要偷走他與紫電最後獨處的時光。

「前輩，讓我進去。我還能夠拋石炭。」趙阿塗大叫。

「走吧！你去照顧其他的火車，它們更需要你，這個跛腳的大傢伙由我來吧！」

「我們一定能讓火車平安過橋。」

「算了，你還有亞細亞號的夢想，這台是我的夢想。」

「可是亞細亞號停駛了，聖戰吃緊，它在三年前停駛了。」

「一班心目中的列車永遠不會停駛的，它只是靠站而已。」成瀨打開門，揮舞著手中的鐵棒趕趙阿塗下車，語氣深長的說：「走吧！為你死去的媽媽多想想吧！她要你開著火車到更遠更遼闊的地方，而不是卡在橋上。」

趙阿塗被逼到便橋上，知道他永遠上不了車了，便立正對成瀨行九十度鞠躬。他整個小學六年都在學這套，那時有個日本校長在每週第一堂，站司令台上，穿文官大服，五指併攏褲管，教全校學生九十度敬禮。那時他不懂誰能承受這套很假的禮數，現在他用上了。風很大，他彎腰五秒，起身離開，眼中都是淚水。

成瀨把鐵棒點在腳尖，以機關士之禮回應。他先回到爐間拋煤，「即使最後一次，也要做得像第一次。」他不是對空蕩蕩的爐間說話，是訓勉自己，便弓著腳，用鏟子仔細的把煤拋勻，姿勢標準就像年輕剛上陣時充滿熱情。打開控水閥，蒸汽壓力鎖全開。他走入乘客廂，巡視各個角落，要是這次有人逃票沒被抓到，就要以生命付出。半途中，一陣強風吹得橋亂顫，成瀨跌在客椅上，他隨即站起來摸著搖晃不止的車子，說：「紫電別害怕，我老骨頭會陪你。」邊走邊拉出褲襠的丁字褲，把自己牢牢的繫在駕駛座上。強風又吹來，紫電劇烈晃動。成瀨拉動汽笛，放掉煞車，加速棒漸次的推到底，大喊：「發車。」他的目的是讓紫電著陸，不是前方二十公尺遠的橋頭，就是百公尺深的橋底。

在便橋上往回走的趙阿塗也被切風摺倒，人趴在枕木上不能動。他擔心成瀨的安危，回頭卻看到最動人的一幕。沒錯，雖然只有短暫的一秒，但那就是「愛子的祕密」了。時速一百二十公里以上的瞬間風速，讓火車車頭的菊紋盾開了。或這樣說，風雨順著盾子的紋路散開，散成雨隙，盛開成白濛濛的茶花，風雨越強，花越開，罩住整台機關車。這是趙阿塗第一次看到愛子的祕密，在火車靜止狀況。只有一秒，這足夠了。汽笛聲驚醒了他。他趕緊起身往橋頭跑，大喊，橋垮了。便橋的木樑再也受不了，發出尖銳的脆響，聽得出它憋了好久才垮掉。帕綁在樑上的玻璃罐搖晃，繩子鬆脫，罐子往山谷墜，它被風吹得往更遠的上游飄去，掉入了溪流中。

山谷充滿聲音，湍急的河水沖來，上頭的漂流木哄咚撞擊。兩百多位的士兵用加長的竹竿撐開漂流木，免得它們撞毀橋樑。馬匹也派上用場，拉開有危險的雜木。唯有帕還是老樣子，他腰上繫了粗繩，一個人在河濤中拍浪，把自己當鐵勾好抓開漂流木。忽然間，帕看到一個熟悉的玻璃罐子從上游漂下來，隨浪跳，他奮力游過去撿。為此他錯過了天霸王掉落山谷的華麗鏡頭。

一位學徒兵最早看到天霸王掉下。天霸王的大燈、車廂燈、側燈及腹部的工作燈都開了，主動輪和連桿亢奮的轉動，快得不見渣。煙囱冒著怒煙，煞車灑水器噴開水，水霧像張開巨大的薄膜翅膀在揮動。這位學徒兵想到帕講過的**《銀河鐵道之夜》**故事，宇宙中有一台奔馳的銀河列車，在流星雨中流動，活在沒有鐵軌與萬有引力的年代。美的極限令人駭然，他尖叫，讓河邊幹活的士兵都抬頭看去。夢的景象呢。凌空掉落的天霸王在前頭罩著一朵巨大的複瓣白茶花，激情盛開，有武士斷頭的淒美。轟隆一聲，它摜入溪底，河水噴開了，金屬火花隨後濺開，山谷又亮又刺眼，瞬間又恢復該有的風雨暴怒。天霸王成了廢鐵。車殼嚴重扭曲，爐間泡水，汽管破裂，機關車的血液——水蒸汽從水中吱吱的噴出，機油在河面開成一朵朵的七彩油膜，空氣中飄著炭焦與油味，像靈魂離開的味道。剩下的是軀殼隨急流而下，它的靈魂消亡了。

帕沒有看到這一幕。天霸王摜入河底拋起的火光才引起他的注意。他誤以為是米軍的炸彈爆擊，隨即知道那是什麼了。帕扯掉繩子，身子幾個掙扎，很快來到天霸王的爐間，那裡水溫比較高，漂滿蜂窩狀的石炭碴，他大吼趙阿塗你在哪？還打開火室的鐵門找而被一股劇烈的熱氣噴傷。他有些無奈的握著到處漂的平安符，卻不知它們已經發揮作用。帕前往乘客廂與駕駛室。電扇拖著電線從頭頂掛下，椅子掀翻，淹起來的水漂著各樣的殘木。帕眼睛忽然一亮，認為世界還有希望的，他看到成瀨還活著，在那猛打方向盤，操縱火車前進。帕激動的大喊：「列車長，火車要沉了。」他游過去，揝起成瀨的領子往門口逃。衣服是提起了，人還賴在那。成瀨用丁字褲把自己綁死在座位，用領帶與皮帶把手綁死在方向盤，他也死了，一根加速棒穿過胸口，血水氾濫，染紅儀表板。他死了也堅持原則，張眼看清楚路，手隨方向盤轉——那不過是車輪輾過蜿蜒河底傳回方向盤的訊息。

帕很無奈，但隨即承認，有人走入自己的夢想不再回來，便說：「列車長，載我一程吧！」他幫成瀨整好衣服，撿回大盤帽戴回，大致整理了駕駛間，看起來像還能用的。帕好累，筋肉發抖，坐上椅子休息，看著窗外的吃水線忽高忽低，漂流木到處竄，列車泡在混濁的流光，乘客全是那些流入流出都不買票的河水。在下一根巨木撞來前，帕起身來到車門邊，一腳踹開卡死的木門，回看了一眼成瀨，便縱身大浪之中，往怒濤扎去，那氣勢彷彿要用自己的體溫把整條河加溫，事實上是被薄情的調戲一番。撲上岸，他頭也不回的爬坡，坡好陡，得用手扶著地。豪雨越下越嗆，小徑埋成了河，土石奔騰，他氣得大罵卻讓口中塞滿了雨水，拔了一棵筆筒樹當傘撐行。他回頭看了，有什麼聲音吸引他。

在怒河中行駛的列車，很快消失在第一道山谷河彎。嗶，汽笛響了，笛聲傳遍了關牛窩。

神風來助，桃太郎大戰鬼王

颱風後幾日。在練兵場的升旗典禮後，鬼中佐講話了，他問在場的白虎隊和士兵：「在森林有一片樹葉落下，沒有人聽到聲音，算不算有聲音？」沒有人敢回答，問題越簡單越難回答，不是哲學問題就是有詭計。鬼中佐在操場劃條線，要大家選邊站，有或沒有聲音。兩邊的人數各半，還有人當牆頭草跨在線上。鬼中佐繼續說：「你們是樹葉。樹葉在隱蔽的森林落下，即使身在遠處的天皇陛下聽不到，也該捨身奉公，這是武士道的**葉隱**精神。如今，米軍久攻沖繩仍攻不下，有消息顯示，他們將轉攻台灣當前進的基地，從花蓮一帶進攻。台灣也是皇土的一部分，攻台就是皇土大戰，我們要護衛皇土，化身火球衝向鬼畜。你們不是父母的孩子了，是天皇陛下的赤子，是神的孩子。」說完，鬼中佐問白虎隊，願意去作戰的舉手。帕立即舉手。三小時後，有一半的白虎隊站不下去了，唯有舉手的人能出列休息。八小時後，最後的十位隊員往後昏倒時也把手攤高了。隔天早上八點，參戰的四十餘位學徒兵和三十位士兵剪下一撮自己的頭髮，用石頭互磨出粉當骨灰，放入寫好姓名的信封當遺物，戰亡後寄回家。他們把爆藥、糧食與飲水塞入背包，立即出發，隨同的有三位看護婦與五位憲兵。因為鐵、公路被炸壞，交通麻痺了，他們取徑山路，沿著早期為征伐原住民所闢的「理番道路」前進，翻越中央山脈，到東部和搶灘的米國陸戰隊死戰。

他們撐木杖走，日落時到了最後一個防番駐在所，受到日警熱烈歡迎。他們在石砌的短牆下休憩過夜，做起晚餐。雙腳瘦痛，屁股沾到地就站不起來。他們乾脆趴地上做飯，才點起火柴，竟累得睡著了，火燒到手都沒知覺。只有帕還能幹活，他埋鍋造飯，打理好了晚餐，再叫醒人爬過來吃飯。帕目光渙散的看大家用餐，站著打盹，夢見神祕小國的舊時光。醒時，他藉著尿遁往回跑，一小時後回到關牛窩深山的家。竹篙屋在月光下鏽蝕，竹影緩緩的撫摸屋脊，上頭的厚苔爆開了孢子。帕推開門時，得把門往上提些，避免碰地的軸柱出聲。他折返家門時，已先到練兵場拿回平日攢下來的軍米、乾糧和罐頭，用手舀米入缸，把罐頭放入，掩上竹篾蓋子，一切過程儘量不出聲吵醒劉金福。又像往日在幹活，他把水缸打滿，到山溝洗淨劉金福的髒衫，掛在竹籬上晾。拔去菜園雜草，灑下水和高麗菜的種子。這種菜爽甜潤牙，是劉金福最愛。因為日文報紙上說有高麗人參的藥效，強壯健身，比健腦丸還好，帕便託人買些。他很難解釋日語高麗菜，便說它是以菜葉開花的，入口喀吱，脆得像舌頭砸碎玻璃，故名「玻璃菜」。下完菜種，帕用繩子把樑木綁緊，用泥巴塞死縫隙，同時來十道風颱或十個日頭也撐得住。他給十九隻的豬雞即席教學，要牠們懂得扮鬼臉，學老萊子娛親，好讓劉金福不寂寞。

早在帕進門時，熟睡的劉金福被開門射入的月光刺醒，以為是熊來偷吃東西，摸出床邊的木棍要下手，最後發現是帕趁夜回家，用影子幹活般不發聲。直到帕脫下新長靴留給劉金福用，還把郵便局貯金簿和私章留在鞋內，劉金福這才了解是訣別來了。他刻意出聲，看著帕，安安靜靜的，讓時間凍結在這房間，怕此時看不夠，下次便以鬼相遇了。劉金福直流淚，快把帕的身影溺死在自己的淚窩。除了憤怒外，他們不敢溫情的凝視，此時也是。劉金福只好閉上眼，用雙手撫摸帕，發現他的皮膚下竟埋了有這麼多疤痕，之後從床頭拿起以細竹捆成的枕頭，裡頭塞有一帖錦囊妙計。他對帕說，這是從恩主公那求來的時間咒法，危急時，口服妙計後噴出，再多的中國或美利堅的軍隊都會瞬間變成雕像。劉金福說話時，還始終不敢張開眼看，等到山屋寂靜很久，才張眼追出門。帕已走遠了，在小徑留下目汁。劉金福想到還有好多話沒交代完，沿淚痕追去，緊追緊喊帕的小名。豬雞也跟在後跑。他們追過山溪就沒見影了。因為帕溯著溪水離開，好掩護他落下的淚。只有赤腳碰觸土地的人才能感受溪水的細微升高，劉金福不確定那變化是否與帕有關，或上游的一頭山羌正渡過溪，便蘸一滴溪水嚐，確定有淚鹹。他馬上倒在地上佯裝氣喘，有一小時之久，以為躲在附近的帕會像往常一樣跑出來討打。畜生們也有樣學樣，伏在河邊又是嚎啕、又是流淚。殊不知，帕早已跑出數公里外了。

當帕快回到原地，聽到學徒兵們躺在地上唱〈紅蜻蜓〉助眠。曲調憂傷，反而讓人失眠起來。

那天姊姊揹著我，去看黃昏裡的紅蜻蜓。
我們提小籃子，在田野摘桑椹，像夢一樣。
姊姊十五歲嫁出去，從此失去聯絡。
黃昏的紅蜻蜓，依舊停在竹梢呀！

睡不著，他們數星星催眠。夜空飽蘸了星光，開綻得鬧，不時的軋下幾縷流星，算也算不妥。忽然間，一顆大流星劃過上頭的天際，拖著數公里的濃煙，墜在群山間。就在那裡，星星落地後放光芒，他們猛眨眼瞧，興奮的大叫瑞穗驛的路燈亮了，標示出關牛窩的位置。他們用兩個望遠鏡連結看，二十公里外的村莊好清楚。路燈下，站了些人，朝東面揮手，一些出生關牛窩的學徒兵很快發現那是自己的父母，這引起其他學徒兵的嫉妒和哭泣。帕也看到劉金福。他站上梯子，接近電火球，用投射的手影向山壁放大他最後想說的話：「活著歸來，活著歸來。」他要帕看到而重複打手影，足足有一小時，直到衝來的憲兵打破路燈。學徒兵激動往回跑，但路燈烏了，關牛窩消失在群山間。「瑞穗，莎喲娜啦！」白虎隊吼去，想把聲音傳回村庄，卻聽到大山的回音：「莎喲娜啦！」怎麼熱情喊，就怎般無情的回。學徒兵黯然灰心，面對眼前的荒黑風景，想起歷史上白虎隊的悲劇結局。一八六六年，當新政府的官軍攻陷會津藩據守的鶴之城，守城的白虎隊手執武士刀、長矛或女用雉刀衝出城，前頭的人用自己的肉體為盾，擋下銃炮，讓後頭的人肉迫官軍。其中倖存的二十位小武士，在銃火中奔散到附近的飯盛山，當他們回望失火的鶴之城，自知大勢去了，全部切腹自殺，只有一位被救回來。學徒兵心想，這次到東部和鬼畜作戰，會一個都不剩了。

白虎隊各自揹了十餘公斤的爆彈，士兵則揹了步銃、乾糧、鍋具和米糧，還帶了一種能瞬間提升戰力的「檳榔錠」。暗算七天可爬過大山到達東部，但花了半個月還沒到，快吃光糧食，但無撤退的意思。森林是落葉、雨霧和時光的壙場，瀰漫神祕的死亡氣氛。他們在霧海與樹海中走，總看到似曾相識的景致，卻在興奮的衝過極為陌生的冷杉林，或穿越一條沒見過的山溪後頭，又回到熟悉的起點。他們沒輒，指北針成了手錶，每秒都在轉。那些山脈好像有生命的長大，而且趁夜亂位移，與地圖上的等高線不符。方位更不可靠，北極星在天央，回音從背後傳來，如果沿太陽升起方向前進，卻發現那是落下的月亮。部隊越拉越長，某日從後頭傳出爆炸聲，帕往回跑，是隊尾的士兵精神錯亂得拉開手榴彈自殺，頭轟不見了。帕下令部隊駐留，但憲兵執意前進，不依就照軍法開槍。帕把對準他的銃管撥開，跕地上撥開新落葉，「這地方已陷下，因為我們重複走了一百回。森林是活的，不肯讓我們走出去。」

好證明所言不虛，第二天，帕領軍出發時，把衣服的脫線綁在樹上。線絲不斷抽出，沒了換另一件。到臨暗時，他們又回到綁線頭的原點。大部分的人信心崩潰，相信是「鬼打牆」，走在迷宮中。森林不只是活的，還懂得惡作劇。他們開始砍樹、搭寮舍，在山上建造一座小村子，每天派出十人小隊尋路徑，即使晚上也一樣。其他的人則狩獵、採集可吃的植物。某暗晡，帕發現蹊蹺。那些以營火為中心而輻射出的樹影，並非直的，樹梢影子會轉彎。憑轉彎的指示，他獨自前往祕密的中心，尋找森林的黑洞核心。穿過森林還是森林，爬過山頭仍是山頭，只有溪水有源頭。帕閉上眼溯溪，不要被景觀迷魅，僅用腳上寒毛感受水的方向，跌跌又撞撞，忍受飢寒，他終於來到溪源處，那是滴著水的巨大山牆。他走一圈，發現是一座四方寬有兩百公尺的岩堡。帕心跳好快，從來沒有過這樣的奇異感覺，他趴上岩壁聽，裡頭流動各種水聲，有的像彩虹落淚，有的像雲霓成雨，還有熔漿流動的聲音。帕知道這是什麼，是他的血肉、力量和祕密來源的大霸尖山，泰雅族的聖山，稱為Pa-pak-Wa-qa，也是他全部的名字。他跪在地上，不斷複誦山的名字，希望聖山帶領他們走出森林。可是自己好寧靜，沒那種呼喊全名會湧出神力的情緒。他對山傾訴，又好像對自己呢喃。帕開始爬聖山，沿山壁上爬，他感到自己像魚快溯到源頭了，游過濃重流動的霧氣，風聲轟隆，雷聲霹靂，世界如此渾沌呢。忽然間，一切安靜了，帕終於來到大霸尖山山頂，上頭全是苔鏽的巨石塊。放眼看去，腳下的霧氣成了包圍在岩堡四周的雲海，他就站在世界孤島的頂端，身體像點燃的璀璨燭芯，劇烈震動。帕忍不住呼吼自己的全名：「Pa-pak-Wa-qa。」以泰雅聖山為全名的帕，他的呼吼啟動世界了，雲海活起來，以漩渦狀繞著聖山在旋轉、推擠和攪和，越來越快，發出隆隆的巨響。雲海最後被聖山吸盡。帕感到腳底的石塊是水釀的，有生命，會呼吸，充滿了泰雅傳說中淹沒世界的力量。月亮好亮，世界好白，視野打開了，森林和山脈就在眼前。帕看到夜探部隊的燈火，是沿著弧度前進。他知道這一月來走不出森林的原因了，探路軍隊是不斷繞著聖山走，沒頭沒腦的前進。這是山的引力，沒有聖山同意，永遠走不出去。

他們在森林滯留幾個月，摩擦日漸加大，常會為一個眼神打架，贏的人憤怒的吸食輸者傷口流出的血，好解決飢餓。缺鹽巴，他們頭髮漸漸轉淡，一夜醒來發現全變成紅色，「完了，變成紅孩兒了。」他們大笑對方的髮色，後來才氣著自己的醜樣。這期間，他們用石頭捶小量的火藥，或用放大鏡燃燒彈藥取火，維持每日的篝火。又跟原住民學徒兵學打獵，用活套作陷阱，步銃變成獵槍，但是能吃的早吃完了，方圓數公里內的動物也被狩獵光。動物早有預感，聞到人類味道，逃得比風還快還遠。再快也逃不過帕，他每日獵回的幾頭水鹿、山羌，卻填不飽所有的人。老餓鬼坂井一馬更是花整個下午把獸骨捶成粉，和水當麵糊喝，能混上一餐消夜。更慘的，是老兵新兵的階級擴大，拳頭和槍桿就是命令。帕強制把士兵和白虎隊隔開，彼此避過一條山溪建立營地，不然暴動遲早毀了大家。另外，還有一種怪病傳開來，比飢餓更可怕，患者的手腳水腫、牙齒脫落、視力退化，痛苦的呻吟聲真讓人想殺了他們。這下子，帕又在遠處建立病房，好把傷患集中管理。

一個部隊三足鼎立，老兵組、白虎隊組與病患組。帕經常對學徒兵說，他出去對邊巡視老兵組，順道獵幾頭野獸回來吃，好給大家體力。帕才離去，一些學徒兵開始哭泣，不滿的抱怨：「白虎隊最後只有一人能回去，就是帕。他最強，他躲起來了。」大家相信這理論，大罵帕的不是，還說他每次獵回獸肉，身上帶有馨香的烤肉味，一定是先吃飽再回來。白虎隊開始內鬨，互相指責、怒罵和動手腳，三位強壯精明的學徒兵奪門出去，決心找回帕安軍心，結果引來十位學徒兵的誤會，以為是逃兵，也跟著逃。十幾人不知道要逃到哪，下意識順著平日走出的小徑，有的害怕得跑回去，有的繼續逃離。其中一位學徒兵逃到病患組的寮舍，餓肚子聞到血腥和烤肉味，還看到帕的身影。他趕緊跑回山屋，召來所有的憲兵和白虎隊，緊緊的包圍帕。那一刻，所有的祕密都揭開了，那些生病或失蹤受傷者被帕尋回後，最後失去醫療而死亡。帕把他們焚毀，但燒屍體的柴薪不夠，內臟無法燒淨。帕只好砍下手指燒掉，裝入竹管標記他們的姓名，當成遺物骨灰。到最後，由於食物不夠，帕只好把屍體切割成碎狀，權充獸肉給士兵吃，剩下的人骨埋下葬。白虎隊曾在碎肉發現體毛，根本想不到帕敢這樣做。當士兵包圍帕，發現事實時，他們捫著肚子嘔，又連滾帶爬的跑到山谷喝下滿腹的清水催吐，最後坐在溪邊發呆，不顧強風呼呼的颼過，直到帕把他們一個個拎回寮舍。吃人肉一直是他們內心的祕密，而帕也發現，吃了會大量做惡夢，晚上夢到地獄景象，白天又活在人間煉獄，無怪乎大家的衝突日益加深。最後斷了這項肉源。

即使這樣，憲兵堅持不撤退，每天派出先鋒隊找出路。臨暗時節，回來的先鋒隊往往少一兩人，沒人知道為何失蹤，也不想知道，找答案不如等答案自己出現。軍心渙散之際，帕下令每天娛樂，每小時集體大笑一次，好打發會殺死人的寂寞。他們每天不是豎蜻蜓，就是翻筋斗，接著騎馬打仗、丟沙包、躲迷藏和大風吹，最後是鬧熱的「紅白對抗」，每天搬演新遊戲。遊戲結束，帕帶領大家到溪谷游泳，順著滑石溜，光屁股、甩雞雞從巨木上跳水，炸入藍透骨子的河水。瀑布一層層接上天，彷彿澄澈的天空液化成河水流下來，難怪會冰藍乾淨，手一抓就蒸發成雲，喝了滿腹都是回音呢！玩餓了，帕舉起一顆巨石，大喊爆擊，奮力把大石丟到溪水中。河水瞬間炸得乾淨見底，從天上嘩啦啦雨落，苦花的魚膽囊破裂，自動掉落到手上。他們坐在山背上吃烤魚，看著盛開的高山杜鵑綿延在草坡。這花美得真麻煩，紅紅白白的染傷眼珠，閉眼都逃不過，夜裡還強佔夢境。他們迎著風，在雲空下，開喉大唱：「春が来る来る　雲水空。やがてほの仄な　日の光ひかり（在流雲飄過的晴空，春來了。最後，陽光不再灰陰了）。」那時山上的春天已過好久了，但他們童年的歡快才剛來。

山中生活，成了白虎隊生命中最快樂的日子。他們每天遊戲，吃帕獵回的獸肉和溪魚。即使這樣，他們仍搜尋山下的訊息。一位「拉積歐（radio）」學徒兵揹個收音機來，每日定時裝上電池收聽。收音機越到大山，越是裝聾作啞，不是聽不到，就是因高山症而頭疼得傳出吱吱喳喳的雜音，好不容易收到訊號，就高興地得了口吃，一句話講成十句。為讓訊號清晰，拉積歐學徒兵每天爬上樹梢收聽，偏偏他有懼高症，很難克服高度。大家等不及，連收音機也急了，人還沒到樹梢就自動開機。幾個月後，拉積歐兵練成了爬樹高手，當他爬上九十公尺高的台灣冷杉，抱著樹梢前後晃，收音機自動嚇出聲：「……吱吱喳喳……強大的……吱吱喳喳……將從台灣東部登陸……吱吱喳喳……毀滅性攻擊……吱吱喳喳……全體軍民防備……」拉積歐兵發著抖，對底下喊：「吱吱喳喳發動攻擊。」樹幹每十公尺趴了一位學徒兵，好把訊息傳遞下來，傳到底成了：「米鬼攻擊，全體作戰。」話講完，收音機從樹梢掉下，摔碎成一攤冒著小閃電的粉末。樹梢的拉積歐兵急得喊：「是拉積歐自己掉下去，不是我推的。」這句話一路經過八位心生恐懼的學徒兵傳下來，最底端、樹根旁的那位說：「拉積歐怕鬼畜，先自殺了。」

收音機跳樹自殺，米鬼威力連鐵塊也怕。他們開始整軍備戰，綁好山屋，把平日穿的木片衣脫下，換上整套軍衣。磨亮刺刀，剃好遮耳的長髮。然而等待敵人來，真是煎熬，消耗他們的體能，任何風吹草動，馬上使他們的心跳高飆不止。帕分配給他們「檳榔錠」的藥丸，加強夜視能力，有孫悟空火眼金睛的妙用。藥丸落肚，腦殼通了，士兵們精神飽滿，不用吃飯也有好體力，甚至有人跑到前方挖傘兵坑監看敵情。等了一夜，他們累過頭、餓過頭，幾乎爆肝了，但奇怪的是靈魂爬到高峰彷彿是熟透的花朵，處在盛開的亢奮狀態，他們又吃起「檳榔錠」，把自己變成視力與戰力更強的士兵。到第二天臨暗，天色大變，強風颳過山谷，落葉成群的竄刺，大山轟隆隆吼出回音。白虎隊和士兵相信鬼畜從東部上岸，轟炸機投下無數炸彈，死亡的爆風吹上中央山脈。

面對強風，「萬載，**神風**來了，神風來保佑我們了。」帕興奮大叫，好驅走他們的恐懼，每個人都高舉雙手大叫。十三世紀末，野心勃大的元朝曾兩度派遣十餘萬兵力，攻犯日本源氏幕府，沒想到在海途中都詭異的被颱風襲毀。得以保存命脈的日本，稱這颱風為神風。那股曾吹走蒙古人的神風如今來到中央山脈庇佑白虎隊了，他們回去崗位戍守，好給敵人一擊。更晚時，風雨更強，山脈扭來扭去的，冷杉與檜木就要連根飛起來了，屋外頭活像太上老君煉壞的丹爐，瀰漫黑霧。幾個前哨的學徒兵突然跑回寮舍，喘得趴在地上，勉強才擠出話：「戰車來了，米軍攻來了。」帕嚇一跳，豎尖耳，聽夾雜在風中的微響，轟隆隆，真的是米軍雪曼戰車的履帶在刨土，朝山谷前進，他甚至聽到B29轟炸機低沉飛過的聲音。不久，隨後有一個營的米軍陸戰隊攻入山谷，不斷吼叫、噴氣和磨蹭。山溪對面的老兵組駁火，戰火點燃，火光把暴雨染成淒迷的素描線條，每束雨都充滿生命，懂得散放死亡氣息。

爆炸四起，山谷傳來米軍的哀號。鬼畜反擊了，攻上山坡，撞擊白虎隊的寮舍，門板後頭傳來地獄般的熱情呼喚。學徒兵感受到死亡逼近，這不是演練，因為死了不會重來。他們腿軟站不起，身體抖動，腦海空白，忘記了怎麼呼吸。忽然間，一朵小小的雲從一位學徒兵的耳後飄起，緩緩的震動，是蝴蝶呢！在山屋中飛呀繞的。他們紛紛從領口或筆記本放出黏溼的液體，那是從火車沾下來的蝶液，好像他們預知遠行而及早收藏。一吹氣，蝴蝶活過來，白的、黃的、灰的都有，在山屋飛得悠閒，和屋外轟隆隆的戰火唱反調。「回家去吧！飛到媽媽的夢中，說我不再回去了。」他們祈禱，每一隻蝴蝶都代表一位學徒兵的死訊。他們還彼此攙扶，咬破指頭在牆上寫下「爸媽，再見了」。

無論帕如何踹、怒罵與鼓勵，學徒兵都怕得動不了，於是他喊：「讓我們保護蝴蝶，讓牠們飛回家報信。」這招有效，學徒兵醒了，不要連死亡的報訊都沒了。他們反擊，拔掉手榴彈插銷，往頭上的鋼盔敲醒底火，五秒內丟出。一位學徒兵太緊張，把插銷丟向敵人，把手榴彈握得死死的，跪著喊要爆炸了。一時急，帕用手刀敲碎他的手腕，奪下後丟出。但拋得慢，手榴彈在近處爆炸，一塊碎片回射中他左眼。帕瞎了一眼，眼眶噴出大量的血，腦漿差點流出，在地上打滾尖叫。他知道哀號只會帶給白虎隊更大的恐懼，躺地上告訴自己不要抽搐，不要聽，也不要看他們的請求，咬牙握緊拳，懇求心臟快快安息下來。學徒兵圍在帕身邊尖叫，死命拉起帕，要他起來領軍，無視帕的痛苦，最後看著他們的支柱就賴在那，化成血攤。屋外全是戰車、飛機和咆哮的米軍，夾雜狂烈的大風暴，從木牆的裂縫發出奇妙的韻律。雨水很快流進屋內，找到路狂奔，現場成了寬闊的血泊。

在死亡的關卡，帕夢到那個場景，關於一座湖的祕密。那是有一回，他扛著柴回家，聽到草叢後頭傳來窸窣聲，循聲而去。是一隻山羌，被獵人的活套套住。牠用力掙扎而頸子的皮毛盡脫，露出猩紅肌肉。帕用柴刀砍斷綁在樹幹上的套繩，讓牠跑開，但是套繩還在牠脖子上。帕要跟上去解開，森林隱密，連獸徑都不輕易現出蹤影，在蕨影密度高得嚇人的後頭，有水光反射出來。是沼澤，一座水中森林的化身，薄暮時分的水畔，夕陽蔓衍，處處是亢奮的聲音，有蛙鳴、蟲吟與夜鳥的沉啼。帕看到山羌。牠抖著耳朵，在水中游。他好喜歡這個夢，能在夢裡死去也好。他走下水中，看到紅娘華有著鐮刀般的前腳，用屁股上的小管子呼吸。龍虱游到水面換氣，屁股帶著一顆氣泡。帕閉上眼，閉上呼吸，慢慢死去。

學徒兵哪肯帕死去，拿出更多「檳榔錠」，搗碎後摻著帕的血，用針筒打回他的體內。一股火焰從帕的施打點竄爆，他心臟高速運轉，腦漿快融化。在自我夢境中的帕，被夢中的湖水嗆到，猛咳猛咳的。然後帕醒了，回到戰火的現實中，把流入鼻腔中的血咳出來。帕從地上蹦起來，又痛苦亂翻，當他在瀕臨死亡的大力扯下自己耳朵後，有一種舒泰飄然，腦殼不卡了，身上沒病渣，彷彿神經系統都死光

光了，便用手挖出爛眼珠和碎鐵片。帕把命豁出，用棉布塞入左眼眶，戴上飛行鏡不讓布掉出來，準備發動死亡攻擊

白虎隊懼怕死亡，害怕死亡前的折磨，也害怕自己沒有力量面對死亡了。帕看穿了他們的心思，拿白布條綁上額頭。白虎隊也綁布條，血書「大和魂」，意謂武士道的精神；看護婦把白布條圈在手臂上，血書「大和撫子」。他們害怕的圍成一圈，男的揹彈藥包等待攻擊，女的拿針筒隨時往血管注入空氣自殺，他們身體疲睏得想永眠，決定和鬼畜玉碎。

帕看著大家，說：「在這最關鍵時刻，我要選出副隊長。」學徒兵互相推薦心中的第一人選，有人還毛遂自薦。

「吧嘎，你們在幹嘛？」坂井怒罵，然後轉頭對帕說：「鹿野殿，你不要丟下我們。」學徒兵這才知道帕的計畫是單獨去決戰，丟下他們，紛紛搖頭說不當隊長了。帕生氣的喊：「不服從就是支那豬、就是清國奴。給我鬢打。」肉攻隊兩兩相對，猛摑對方耳光。帕也猛搧自己巴掌，五官幾乎甩出輪廓，鮮血用噴的，他邊打邊說，好像把話從嘴裡揍出來：「我沒教好，沒人服從命令。」於是學徒兵又爭著要做副隊長了。

帕對白虎隊說：「假如我手斷了，用腳戰鬥。假如我腳斷了，用牙齒咬。假如我身體死了，用鬼魂戰鬥。不用為我難過，我會成為鬼保護你們。」帕立即選了一位副隊長，把隨身戴著的金鵄勳章別上，對他下達命令：「現在，帶部隊強行軍『轉進』瑞穗，全部回去，回去。」轉進是撤退的意思。帕講煞了，將彈藥包和手榴彈綁在自身，要獨自肉迫，給部隊留下一線生機。白虎隊說，你不要死，我們有錦囊妙計。他們拆開小竹筒，敲碎封蠟，露出一條片假名紙張，看不太懂內容，卻知道那是「喊水也會結凍」的支那和米國咒語。他們唸咒，零零落落的。帕看都不看，便帶他們唸，那是劉金福曾在菜油燈下謄的字句，是阿公耗盡棺材本三個佛銀、兩錠大清紋銀向神祕走私客買的「闇（黑貨）」，根本不

是向神明求的咒語。他們照說明把武器丟掉，雙手舉高，輪番用破漢語和爛英語吼出咒語：「我們是中國人，不是日本人。我們是娃兒，全部投降了，拜託不要開槍。」一時間凍結的咒語有效了，風雨變小，躁亂漸息。他們最後又咬破指頭，把木寮寫滿咒語，防止鬼畜大軍入侵。忽然間，帕喊：「空襲，全體掩護。」白虎隊跪落地，輕張嘴巴，拇指塞耳洞而用另外的四指摀眼，這是防空襲方法。但他們發現沒有敵軍轟炸，只是一陣風奪門而去，讓他們的衣角都掀向那。是帕離開了，獨自去肉迫。沒有一陣風回到原地。他們多麼悲傷，唱起國歌餞別：「君王世代，千秋萬世，直至小石凝成巨岩，直到岩石長青苔。」

「我們不能讓隊長落單，大家上緊爆藥包，其他的人拿竹棍。」副隊長要各班長檢查隊員裝備。白虎隊知道接下來要幹嘛了，拿起前頭綁小刀的竹棍，拿著耗盡彈藥的步銃。

副隊長高舉胸前的金鵄勳章，拳頭緊捏，大喊：「……總……攻……」卻駭懼得遲遲說不下去。

「我們去找媽媽了，衝──回──家。」坂井大喊完，率先跑出門，一路蹦蹦跳，即使隨時橫屍也不怕了。嘩啦啦！就像嘉義農林的子弟到內地參加甲子園賽獲得了亞軍，回台後在街道遊行接受歡呼的鬧熱場面，大夥衝上街放鞭炮。在中央山脈某處，三十幾位小兵拿了棒球棍似的當武器，歡歡朗朗的衝出木寮，往山谷殺去。

帕奔過巨岩、苔蘚和霧氣蒸騰的樹林。他全身共綁上十二包爆彈，一手拿六顆手榴彈，一手握配備的手槍，卻不知後頭追隨了皇國小勇士。他跑入了河谷，突進到敵陣。十餘位的米國傷兵躺在水邊，發出哀鳴和羶臭，身體是瀕臨死亡的搐跳，流出的血染紅了河。有幾個米國陸戰隊員向帕攻來。他用手槍瞄準，一勾火，沒噴銃子，因使力過頭把槍捏殘了，便丟了廢鐵殺去。

（米軍會把男俘虜的牙齒撬斷，好塞入手榴彈引爆。他們把女俘虜強暴，再用戰車履帶壓過。千拔，你要怎樣保護他們？鬼中佐說。）

肉迫到了米軍陸戰隊。帕二話不說，一出拳，轟得為首的軍官頭殼穿了，目珠迸出、腦漿花噴，頓時見閻王去。殺人很簡單了，把他們當牲畜即可，帕很快習慣這種快感了，可怕的是人比牲畜懂得求饒和哀號，那語氣竟然像失散好久後又回來的童年玩伴。

（你只會變鬼變怪，根本不會帶兵，那些小囝兵早晚給你帶死，你對得起人家的爺娘嗎？你拿目汁回失禮，有屁用。劉金福怒罵。）

敵人又來了，他迴轉身，一矮一抗，出拳打穿另一個鬼畜的胸。屍體掛在帕手上。他把屍體摜在地，甩得皮毛糜爛，血肉嘩啦嗶啵的爆炸，還大腳踹鬼畜的胸膛。屍體飛過小溪，人已死，胸腔的血流過喉嚨時還發出嗚咽聲，目珠睜得比傷口大，流淚比流血還認真。

（打仗，打仗呀，用盡殘忍才是慈悲。用憎恨、用憤怒、用死亡面對敵人，就親像面對自己的殺父仇人。鬼王說。）

忽然間，一道影子直衝帕來，刺刀刺中他的胸膛了，衝撞的力道讓帕退了幾步。他用手切斷刀柄，岔開五指，對那米國大兵的眼睛刺入，趁對方來不及哀號，扣了頭顱猛往大石摔個血肉爆炸，五臟噴跳。

（如果像歷史上的白虎隊，只剩一個活下來。我們都會死，只有隊長鹿野殿會活下來，因為他最強。一個學徒兵告訴另一個學徒兵。）

（我們會在天上相見的，時間從現在開始倒數計時。尾崎說。）

河對岸，人影幢幢。帕對他們吼出時間咒語。一個連的鬼畜嚇壞了，全速倒彈，撤往山頭去。帕要殺盡，多個鬼畜就給隊員多一分危險。他涉過血河，趁勝追擊，好爭取時機給部隊轉進。帕殺進冷杉林，突進到箭竹林，一下子往右翼的敵人拋手榴彈，一下子往左側的鬼畜丟炸藥，爆炸聲和血肉灑了回來。米軍流竄得更快，也更哀鳴了。到山頂的草原，帕得了猛，手腳並用的跑，直卯卯的往米國大軍的陣營去。他拔了手榴彈的插銷，拉開爆藥引信，騰空思緒，肉迫、肉迫、再肉迫，玉碎、玉碎、堅決玉碎，要將肉軀炸為燦爛萬朵之櫻。他怒吼自己的全名「Pa-pak-Wa-qa」，喚醒最後的一絲體力衝去。霍然間，聖山啟動了，風捲來，天頂的濃雲瞬間排空，月亮好亮，世界好白，視野打開了，現出鬼畜的真面目——百來隻的水鹿和山羌，衝浮在短草坡。帕著驚，把炸藥奮力的往外丟，爆開的死亡逮捕了外圈的野獸，血霧瀰漫，天空掉下腥臭肉塊。受爆襲的獸群往中間靠，雄鹿、雌鹿、小鹿數十個家族，牠們流出的淚和汗散成了大霧。他跳上一頭大雄鹿的背，拔去胸前的那截刺刀——某隻衝撞他的水鹿而被他打斷的鹿角。他一身血肉殘敗，高舉兩手，終於卸下心中盤旋不去的死意，痛哭失聲，往倒在鹿群鋪成的浮動大毛氈上，大喊：「對不起，差點就全毀了大家。」大毛氈載他到崖邊，滴滴答答的蹬蹄，不久安靜下來。

鹿群散去，留下帕坐在石岩上，看著雲海波盪。也不知過了多久，他聽到背後有幾絲窸窣，蹤步很熟悉，頭不轉的說：「不要藏了，出來吧！」伏在草原的小肉彈蹦出來，個個揹爆藥，跟著帕的血跡一路倒退的追來，符合「轉進」命令但又能與帕生死與共。

你看，米軍撤退了，我們贏了，帕指著東方的雲海說。只見萬壑往下墜，群山奔散，雲海浮了來。那些雲海不平坦，高聳起伏，月光下像是無數的航空母艦、驅逐艦、坦克運輸艦、兩棲登陸艇。而往山谷滑落的霧氣，簡直像上千輛撤退的戰車，發出轟隆隆響。那漸漸散去的白霧，在白虎隊眼中，還成了數萬個米軍的殘影，全是白皮膚、黑人面孔，五官全都一樣，這印象來自他們唯一看過的洋人，就是掉落在關牛窩的黑人飛行員。米軍擎槍扛炮筒，鋼盔歪斜戴，哼著歌，抽著菸，走進雲海灘邊的兩棲艇，有的還回頭對白虎隊揮手。有個學徒兵回應，揮著手，但很快被同伴制止，直到帕舉手，所有的人才揮手說再見。他們身子傾斜，站在豪氣的草坡，看雲海慢慢散去，米軍散去，一切都散去，他們打的是一場與自己幻覺的仗。因為，那種日本軍部研發用來提升夜間戰力的「檳榔錠」事實上叫**貓目錠**，是一種含有安非他命的藥，吃過量會召喚心魔，一切與米軍有關的都是自己的幻聽與幻影。如今戰事結束，狼藉的戰場只剩草葉上的霧水匯向山谷而成溪，奔騰入海，成為太平洋。在誤為米軍登台的強烈颱風侵襲後，視野好遼闊，在海的那邊，世界的盡頭，有一條鼓鼓的海平線攔下半顆地球的鹹水。他們最後都哭了，好像太平洋的海水映不滿他們的眼，得從眼眶溢出，因為被美景的撼動與征服，除了哭沒有辦法。

「回家去吧！」帕說。沒有到東部，至少已看過了。

那年夏天，帕帶領六十餘位的士兵從中央山脈撤退。山不再阻攔，他們很快找到原路，還帶回了三十頭獸肉乾。他們把誤殺的水鹿、山羌、狗熊的內臟掏乾淨，用煙燻烘乾獸體水分，木頭串起，扛回家。帕臂彎則抱著一隻戰場撿來的小狗熊。牠頭上戴鋼盔，只露出小眼睛。白虎隊一路高唱童謠〈桃太郎〉助興，不時高呼萬載、萬載，他們打贏惡鬼島上的鬼王了，扛回了鬼畜屍體為證。他們跨入第一個原住民部落，不相信自己的耳朵，他們輸了。當地駐在所的巡察拿著收音機，悲憤的說，殘暴的米國用超級炸彈爆擊廣島和長崎，兩個城市瞬間變成阿鼻地獄，死傷慘重，天皇玉音放送，向米國停戰了。帕和士兵再次聽收音機，都是投降消息，搖頭說：「拉積歐在山裡會說謊，還會口吃。」他們稍獲信心，大步往關牛窩走去。每到下個部落，他們又安慰自己下個收音機會更老實。臨暗到關牛窩時，火光燒亮，不少的村民敲鑼打鼓，大哭大笑好像被發情的野鬼降乩，抱著雞鴨亂跳，激動的說：恩主公派米國飛機，載了兩顆天公爐丟到日本去了，日本輸到脫褲底了。「苦災過去，台灣天光了。」老人大聲歡呼。這時候，白虎隊笑了，也哭了，根本搞不清楚自己是輸是贏。

幾天後的中午，日頭斗大，熱死人不償命，唯有森林涵養出流水與清風。從練兵場出來的帕要回山上的家了，腋下夾著一隻戴鋼盔的小狗熊。在小徑的入口，他放下小狗熊，任牠跑來跑去。無人煙的森林，在時光流動中，充滿影子頎長的詩意。小狗熊在落滿山毛櫸樹蔭的地上打滾，或繞圈子追自己的尾巴，或轉身時被自己的影子嚇著。牠愛玩，油亮黑毛沾滿了白絮，在地上滾。白絮飛走，往林冠飛去，飛入更高遠遼闊的天空，帕和小熊看去，層層密密的樹葉後頭，日頭秀晴，他們不約而同的被那藍天逗得打噴嚏。

帕笑了，跍身摸小狗熊，說：「『日頭辣』，走，你先行。」

日頭辣，他為小狗熊取了名字，有種「目珠會被陽光嗆傷」的味道。足聲朗朗，森林多了幾條路，埋伏在草蕨中，他停下來看得發呆，騷蟬長吟，樹下的光斑漾晃，那些新路會通到哪？小狗熊卻來勁的往那裡跑，把蕨葉推得唰唰的排開，直到沒了聲。帕久等不到，大吼一聲，才跑回一隻精力無限的小影子，在他跟前吐舌頭。帕知道了，小狗熊一直找熊媽媽。母熊死在山脈的戰場，死在帕的突擊中。帕伏地，代替了母熊，用四腳走動，靠在一株樟樹磨蹭肩膀，用手指刮出新鮮的爪痕。不知為何，帕刮完樹幹後的手隱隱發抖，體力好像枯竭了，怎麼會這樣？於是他對森林大吼兩聲。小狗熊嚇著，被母性的威勢所屈服，靠著帕的腳繞圈子。帕低頭舔小熊，嘴裡都是腥味，說：「走下吧！我們轉家去。」他與小熊獸行。牠聽不懂不重要，路會通到家，腳會自己走下去。

轉到屋家，短墳攤平，碑石被敲得粉碎，籬笆爬滿了開花的紫牽牛。帕拉開籬笆的門閂，手感竟然鈍了，用力過頭，門板轟然被扯倒，連聲響都好陌生。籬笆內的豬雞抬起頭看，認真的看著異鄉人。帕跍在籬笆後，露出頭做鬼臉，抓住小狗熊的前肢左右搖晃，說：「我是日頭辣，轉屋來了！阿哥阿姊，我知你們的名。」帕喊出豬雞的日文小名，阿魯米、橢結索、橢蔓多、林檎、哈娜、嘟嘟霧……，指出誰是誰，沒搞差。

這時，在廚房煖水的劉金福探出頭，拍響門前的鐵馬提醒。帕也用兩手做出踩腳板的樣子。豬雞才睜大眼，興奮的奔向帕。都長大了，鐵馬再也載不下一家子的畜民，帕分批載，在園裡轉圈子玩。熤好水了，劉金福放入驅邪除穢、俗稱「抹草」的金劍草，提到菜園，兌上冷水，給歸來的帕擦身子。他用菜瓜布幫帕刷背，洗掉的污垢多得能種甘藍菜，洗到腋下時，嚴肅的帕不禁笑了。他知道如此的笑有些曖昧，放眼四周，風景不殊，不久前才為天皇的赤子而煞猛努力，如今乖乖成為劉金福眼中的中國人了。

但是，劉金福要摘下帕始終掛在頭上的皮盔和飛行鏡時，被強力擋下。搞到最後，帕站起來，走出籬笆外，這才回頭，露出滿是黑窟窿的左眼和無耳的頭，然後跑走了。劉金福和小畜民追了出去，每到岔口，分批尋去。帕走入一條從未走過的新山徑，內心有無限的期待。路的盡頭，成海的菅草奔蕩了，倒向風的去向，更遠的村裡，神社熊熊燒起，灰燼被怒火拋了開來，黑煙幾乎把天空染色。帕看著煙發呆，感到那就是童話中浦島太郎從水龍宮回到陸地後打開玉匣冒出來的煙，那神社大煙多麼詭魅呀！他對山下大喊完全不懂意思的時間咒語，「我們是中國人，不是日本人……」多喊幾下，或許時間還會倒流。接著帕向前走，踏入草海，才感覺到草下有異物，就被那成片的新墳絆倒。他滾幾圈，腦袋的鐵片誘發了新傷癲癇，全身抽搐，輾落溪谷。一隻奮迅而來的豬跑去，撲去擋下帕，發出尖叫，呼喚其他的同伴。不久，從草叢竄出了其他的豬來救援，而雞從天空飛來了。

九青團與矮黑人都坐上火車了

村民從灶底、樑上、糞坑拿出偷藏的祖先牌位供養，把家中的日本大麻集中丟入神饡所，放火焚，神社燒了兩天兩夜。神社口有人在畫觀音圖，給人帶回家拜，索圖者太多，改用雕版印刷比較快。過了幾天，老村民把各自保管的恩主公神灰拿出來，再造神尊。神灰比原本的多出好多。這時候，有一半的人坦承，怕其他人的神灰被搜出，每天在自己的那份偷加一點香灰。造神的老師父焚香齋戒，虔心膜拜東方，一禮拜後，用**仙山**——紅透的紅毛館山也易成此名——仙水和上糯米、神灰。老師父雙手這裡掐、那裡捻，一座神像誕生，把三十隻能增加神威的虎頭蜂封入，再開光就行了。老師父太久沒造神了，玩過頭，又將剩餘的神土捏出第二尊恩主公。圍觀的民眾看呆了，出聲制止。有重聽的老師父已經造完第三尊。一山不容二虎，何況一廟有三胞胎神，這讓劉金福愁慮多了。劉金福的憂愁是對的，他現在是最受推崇的人，在日本人投降、國民政府來之前的空窗期，大小事包辦。看著三胞神，他思緒撇得好遠，這時候，附近有一批學生慶祝台灣光復，遊行舉牌通過，大喊，「三民主義，萬歲！」

「啊！三座神明的時代來咧！」劉金福有點想通了，「老師父，好，你的功夫是夠慶的。」

三民主義要如何用呢？麻煩的就在這，劉金福實事求是的精神，必要時會花整個下午在螞蟻的屁股上找屌。有人說創建者孫中山的照片能解謎。拿來的照片裡有兩人坐在火車窗邊，右邊是孫文，左邊是蔣中正。有好幾天，捏著照片思索的劉金福也待在火車上，穿中山裝，對窗外沉思。褲子不合身，領釦扣得他呼吸緊。他露出車窗的上半身不變，下身卻偷偷換上水褲頭，穿涼爽的草鞋。日子越來越急迫，距離要公布三民主義真諦的日子快近了，劉金福仍沒頭緒。劉金福還用稻草紮出個戴蔣中正紙面具的人，坐在自己對面，陪他吃煤煙、喝窗外落雨，聽蟲吟鳥啾，望著窗外千千萬萬的生靈，甚至狗貓打架都充滿暗示。

到了宣布答案的日子，村人聚在車站，期待偉大的一刻。火車靠站了，村民擁向前，只見劉金福倚窗沉思，喃喃自語，面貌多麼動人。其實劉金福因舟車勞頓睡死了，大說夢囈，但腦袋沒停機，他夢到三隻雞相打，再夢到六隻豬在搶食槽，最後夢裡裝滿了九隻狂亂雜交的蚯蚓。他搖頭又點頭，覺得三個老婆早已經不如蚯蚓熱情，幸好自己的也跟蚯蚓一樣軟了。這時劉金福醒來，看到窗外聚集的村民又是點頭、又是搖頭，還張口歪脖子。他閉嘴，伸直脖子，起身握拳頭的說：「憑著我和國父共樣是客家人的血脈，我發現三民主義的大道理，就是每件事由三個人鬥嘴決定，親像三隻公雞相打。」劉金福接著宣布更民主的消息，關牛窩不只要施行三民主義，更要像蚯蚓鬧熱纏綿的「九民主義」。村民不懂那是什麼，但聽起來菜色更澎湃。頓時，車站傳出掌聲，鑼鼓響個不停，大家把火車團團圍住，一早根本發不出車。

劉金福另外找八位老人，組了「九民主義青年團」以治理鄉政，自己則擔任關牛窩區隊長。九青團的功夫就是吵，早也吵、晚也吵，吵到最後搞不清楚主題是什麼，答案也千奇百怪。有一次，他們接獲申訴，內容是火車壓死母雞了。九個老人討論了幾天，結論是公雲惹的禍，它媚惑母雞去自殺了。過幾天，有一位老阿婆來求答，說以前打仗時，日警硬是要她獻納黃金買飛揚機，她把黃金偷囥起來，囥到忘了，昨天卻在木臼底裡尋著，這是為什麼？老人把「妳還嫌，賺到了」這種簡單答案收起來，將自己鎖死在屋裡，天昏地暗的吵十天，直到一位老人中風，他們才被迫公布答案：「時間老了，木頭也會狡怪的中風。」這沒邏輯又嚎痟的推理，被其中一位老人寫成籤詩，放在恩主公廟籤櫃，稱之為「九青運籤」。籤詩不外乎有「公雲無端惹春風，牝雞輪下覓真情；百物可比老臼木，千捶萬打煉成金。」之類的，在在擺弄著關牛窩的生活典故。有一天，有人撿到剛出生的孲伢仔，交給九青團處理。孲伢仔橫蠻大哭，屎尿噴得滿屋子，九位老人忙得無暇討論大事，光洗尿布就行了。過了三天，孲伢仔哭飽了，安靜睡去，非常安詳。這時候，火車經過窗外，嗆鼻的濃煙殺進來，這群在看嬰兒睡去的老人不是咳嗽就是流淚，最後大哭，體悟大道理。「我們不年輕了，而民主癲（累）死人，一切你來決定就好咧！」有位老人對劉金福說。劉金福慶幸那天在車上的夢提早結束，要是夢到蛆吃腐肉，這「萬民主義」得全村的家畜來才能湊足。在燥瘧的炭煙中，劉金福看到火車走遠了，車殼在夕陽下染紅，說：「做得，我們去解救拉娃。」

有好幾個星期了，車站前的路燈下吊了一個籮筐，裡頭裝礱糠。路過的人往礱糠裡塞入紙票或銀角仔。礱糠讓有心者不因少捐而丟臉。每天打早，九青團用竹篾篩出錢財，墊付拉娃父女長年坐火車的欠款。那時候，車站四周擠了好多攤販，賣中藥、動物皮毛、各種水果和布疋，還故意把獼猴的腿打成了跛腳來吸引人，叫牠「跛麗塔」。以前要是有人在車站一百公尺內曬蘿蔔乾或衣服，通通被日警取締，不然沒收東西。現在巡察哪敢管事，大家常常爭地盤而流血。心夠硬的漢人攤販比較靠近月台，原住民在外圈，叫賣聲卻是喊最遠。九青團不想多管，事多人煩，車站髒就髒，事後全村的日本人會自動的跑出來掃地，水溝的淤泥也刮乾淨。如果心煩想找人罵，可以嫌日本人掃太乾淨，他們會很安靜的罰站聆聽。

每天早上，九個老人站在月台候車。路過的日本人會對他們敬禮。劉金福站九青團的中央，上穿中山服，下穿水褲頭，等火車進站。車從遠方來了，先看到煙噴開，天空畫出飛舞的黑潮，像醉鬼游進了村子。有人從濃煙的形狀，先猜測今天的物價，趁機賭上一把。火車還沒進站，早就有小孩先跑來報告。不過劉金福會親自看車欄上的最新票價，才敲鑼大喊：「今晡日，漲一元兩角。」四周響起嘩然，一大喊吃不消，攤販趕緊照最新的票價調整物價。到了後來，新物價不再由早班車帶來，而是每班車，一日五漲的速度讓九青團說不出話來。這時候，九個老人排成一縱隊，由帶頭的劉金福提著籮筐，向每個攤販收稅，好墊付拉娃的車資。

關牛窩火車站進入前所未有的髒亂與活力，牲畜到處翻滾，糞便一坨坨，蒼蠅螞蟻也到處爬。車站附近搭建一排的戲棚，採茶戲、歌仔戲、傀儡戲連番上陣一個月，鬧熱的鬥戲，好慶祝光復。九青團舉辦「打鬥敘」活動，村民把家中的方桌搬到火車站廣場，各自掏錢辦外燴請客，連續十天，上桌的是又鹹又肥的客家食物。到了第四天下午，三十位原住民從五公里外趕來，背袋有小米酒、豆薯、山蘇之類酒蔬，自然少不了山豬。山豬自知死期將至，牠從背網放山下來，掙脫繩索落跑，漢人與原住民追得汗垢黏在一起，體味纏綿悱惻才逮到野味，結束餐前的聯誼熱身賽。把山豬宰了，刮淨粗毛，切成塊下鍋煮，煮熟倒在桌上蘸鹽或搵豆油下肚，有酒作伴，遇夜上燈。

到了隔天傍晚，哈勇頭目若有所思，邊吃邊嘆息，到潮陰的山腳砍回了姑婆芋葉子，塾在地上盛食物，人坐地上吃。劉金福見狀，主隨客便，也坐在地上吃飯喝酒。幾杯酒下肚，哈勇頭目又嘆起氣。劉金福便推去幾杯酒，覺得他有話要說，欠酒把喉嚨打通而已。

「你有沒有看過猴子吃生豬肉？」哈勇說。

「猴子食齋的，吃果子之類，有時嚙自己的跳蚤，不可能吃豬肉。」

「錯了，猴子最愛山豬肉。」哈勇說。接著他的舌頭蘸飽了口水，好像裂成三瓣，用雜糅了泰雅、客語、日語而成的話對劉金福說：他年輕時獵過的動物比星星還多，沒看過猴子吃豬肉。日本人來之後，部落附近的猴子反而吃豬肉了。說來話長，沒錯，是你們害的。以前日本人來時，你們雪候（客家人）很嚎痟的說以後什麼都要繳稅，連放屁都要繳，又笑「番人」更慘，得穿木屐打獵了。下山的部落的人不懂木屐。雪候說，那是踩在兩根大木頭上走路。消息帶回部落後，長老叫人砍倒兩根樹幹，叫一百人上去用樹藤綁緊腳才穿得動木屐，大家在上頭吃喝拉撒，花了三天才走出部落。這時族人緊握拳頭，心想這樣哪能去打獵，遲早把野獸嚇走。日本人一來，沒等他們開口，族人先攻過去。日本人扛著炮、拿槍的逼族人投降，不聽就轟。族人死得慘，部落也掉下床，就是輸到從山頂滑到河谷呀！說來說去，都是你們雪候亂講話。

頭目哈勇沉默一會兒，喝了酒，湧出了精神，又說：族人打輸了，沒死的人通通站在兩根像橋一樣長的檜木上，走下山投降。長老要求日本人只要不要再殺族人，他願意一輩子站上大筷子。日本人看了，笑得半死，說族人不用穿木屐，學日語就好。教日本話的是部隊指揮官，叫松門什麼的。他叫人拉來一頭山豬和一籠的猴子，喝令族人聚在廣場聽訓，說：「現在開始，我教你們日語。」這話由一個雪候通事翻譯完，松門不說話了，抽出刀，對準那頭活蹦的山豬揮去，攔腰宰成半。豬屍丟進猴籠。一群猴子靠過去，哪敢吃，有猴子撲過去，其他的才跟著搶。大家第二天又回到廣場，再看松門殺豬餵猴子。哈勇他終於懂了松門的把戲，要是族人不學日語，就跟猴子一樣過著跟以前不一樣的生活。那天解散時，有族人講了一句日本話「我很高興」，被松門一掌打得嗡嗡響，好像耳朵飛出蜜蜂。松門嚴厲說，還沒教，不准說日本話。一個禮拜後，還是沒教日語。老是延後的主因，是有一隻懷裡賴著小猴的母猴不肯吃豬肉。松門認為母猴唱反調，看牠能撐多久。族人很讚賞母猴的骨氣，久了又希望牠趕快吃肉，免得大家待在廣場受苦。連日本兵也不耐煩，硬是把豬肉塞到母猴嘴中。母猴抗拒，士兵便把牠雙手綁在後腰，拿刀撬開牙板，強塞豬肉。只有老獵人才知道，母猴不吃肉是為了小猴，吃肉後斷奶，餓死小猴，這是母性使然。有個日本兵把獵人的道理轉達給松門。松門閉眼冥思後，把刀片塞進香蕉，丟給母猴。母猴雙手被綁，吃不著。小猴便拿香蕉給媽媽吃。母猴咬一口，刀子割入嘴皮，不吃香蕉了。但不知道原因的小猴還是送上香蕉，眼神傳達了渴望更多奶水。母猴索性坐在地上讓小猴餵，一口吃蕉，換來一口刀割，舌頭最後割成一片片的，死時的雙眼微笑的看小猴。太陽光像熱糖漿澆下來，這個插曲卻讓族人發抖，雞皮疙瘩直冒，看著母猴死掉，讓小猴吸足了奶水。有一位百歲的長老，死也反對族人學日本話，免得身後無法跟祖靈溝通。他看了這一幕頓悟，硬著骨頭站起來，說：「我的舌頭還很軟，能講日本話。」接著他折斷竹菸斗，用尖銳的部分刺入舌頭，撕成兩半。族人開始割舌頭，婦人用口簧，勇士用石片。大家割開舌頭學日本話，廣場都是血。這麼做是因為泰雅有傳說，一條蛇為學人類講話，好嚇走老鷹，代價得把自己的舌頭割成兩半。

哈勇頭目講完這故事，聽者的酒意全消。他張開嘴，用手拉出舌頭，指著舌板上的某條裂痕，支支吾吾的說：「這裂痕比蚯蚓還長，花了兩年才癒合，每吃東西會痛。那你們知道，為什麼還有旁邊這條蚯蚓線？這是要學你們客家話才割的呀！」哈勇見大家沉默，又說：「可是我現在老了，舌頭硬得像被苔睡死的石頭，好辛苦呀！現在，台灣光復，不用講日本話了，但又要講普通話。我不想當蛇，我是泰雅人，不想再割舌頭了，也不想族人再被割舌頭了。」

在場的聽了不說話。劉金福感到大家的酒意退了，氣氛也侷促，便邀了酒一大碗，說：「我花了一年研究，發現普通話不難啦！照我的方法就對了。」此話一出，在場的抬頭相覷。見大家眼光卯過來，劉金福也有三千扁擔的憂愁似，唉唉唉的說起來。他說，他關在火車站的地牢有三年多，吃盡苦頭。有一次，日警把腐爛的動物內臟丟進來，世間就是這最臭，發酵的廢氣往鼻孔鑽。從此，地牢成了大家的垃圾桶，啤酒盎仔、米酒罐仔、罐頭殼、菸蒂頭和車仔廢氣全滾進來。他把有字的紙片貼在牢牆上，啤酒標籤、香菸盒、防空宣導單，沒錯，有報紙更好，即使被人用來擦過臉油或包過豬肉而變得透光，他都用酒罐壓平，黏成壁紙。他說，他這麼做，不是打發時間，是想鑽研日本的文字與唐山字的關係。他經常抬頭問那些馬路上經過的小學生，這個字怎麼唸。漸漸的，他發現日本人聰明，但是，偷吃了我們唐山字後，沒擦乾淨嘴巴。比如，日本人愛顛倒講，像「運命、紹介」這詞，倒過來就是普通話。又像「豆腐、發現、利用、價值」等多到算不完的詞，唸法跟普通話差不多，差就差在日本話講得快，普通話講得慢。四腳仔做事急，講話也快，生魚片也不煮就吃。說回來，客家話跟普通話也有關，像「康健、鬧熱、人客」顛倒講，就跟普通話一樣。總之，例子說不完，反正學普通話，有日本話和客家話當底子就行了，遇到不會講的，顛倒過來講、慢慢講就對了。

這是關牛窩語言學上的大發現，結論有力，像把一條活跳跳的鰻魚塞入大家的耳朵，把耳膜當鼓打了。劉金福知道大家都聽到世界的聲音，趁氣勢旺，決定幾天後成立國語研習班，請老師教大家講普通話，也不枉費一張嘴只懂得吃飯吹牛呀！一時間，眾人起立歡呼。哈勇頭目一掃心中陰霾，終於有台灣光復的心情了。

在日本天皇宣布投降的當天，鬼中佐集合了士兵收聽消息。收音機放在司令台，大家站在操場。不久，收音機發出嘰嘰喳喳的怪調，好像它是昆蟲箱。軍人聽不懂天皇的玉音，但聽懂語氣，隱約告訴他們停戰了。老兵一臉悲淒，暗自鬆了口氣，倒是新兵哭出來。有人自知不只輸了，往後還得受人統治，解散後將水銀包覆麥芽糖，吞入肚自殺。日本人情緒激烈，表情卻無比沉默。到了隔天，有個台灣新兵藉由廁所被弄髒而打了剛路過的日本教育班長，一腳把他的頭踹在尿溝，報復班長之前訓練時老是找碴。班長被踹，立刻彈了起來，指頭併在褲縫，低頭賠罪。新兵笑了幾聲，回房收拾包袱，吆喝幾位同期的新兵，到街上搭火車回家。

臨暗時，誤點的火車還沒來，幾個要回家的新兵坐在長椅上，看著廣場上的怪景象。村民叫喊慶祝，亂敲臉盆，好像用老方法面對日蝕；還有人把那幀B29鐵皮的洋女圖扛著走，到處搖擺，大呼米國人萬載；有人推著一板車的稻草所燒出的火衝過廣場，鳩集眾人，大夥合力推，像神風特攻隊一樣衝進神社轟炸。新兵沒加入，也沒有助聲，安靜的看著路上的牛筋草，巴不得火車快快進站載走他們。火車今天不會到站了，被沿路慶祝的民眾凝著，停在二十公里外。唯一靠站的車再也不會動，那是一輛被米國飛機打壞的車廂，就停在廣場附近，牽牛花是唯一的乘客，從地上蔓延上去霸佔那些沾滿血的地板。就在這時候出現一列士兵，他們衣服襤褸，步履歪斜，髒亂的頭髮隨性的披在額頭，在黃昏下特別嚇人。

「那是傳說中的鬼兵隊（軍隊）。」新兵們站起來，驚訝的睜眼。

新兵們聽說過，曾有一隊遠征東部的年輕士兵消失在中央山脈。鬼中佐派出數百人次去搜尋，出動頂尖的泰雅老獵人——能嗅出人的味道。獵人聽見年輕士兵的歌聲和爭執，循聲而去，不過尋常的溪水聲。獵人抓到吸滿血而變成茄子的螞蝗，把螞蝗咬破，嚐出是人血，而且他們缺鹽巴而味淡，但方圓一公里內沒有任何動物。獵人最後下結論，這支軍隊早死了，鬼魂被**矮黑人**設下的迷宮困在山林，在大山徘徊。有人也聽過另一種說法，說那些是逃兵，不敢面對世界才躲在山林。此刻，新兵眨眨眼看，廣場上的鬼兵隊莫非是傳說中消失的士兵。他們衣裝破舊，眼神疲憊，扛著恐怖的野獸屍體。有的斷臂，有的腳折，有的躺在擔架上呻吟，前頭士兵的胸前還用白布掛著骨灰箱，為首的人把旗子抬高，夕陽把日丸旗照亮了。

「兵隊聽令，踢正步。」領隊的帕大喊。鬼兵隊抬高腳前行，配合腳步。拿柺杖的學徒兵把杖子舉起；躺在擔架上的甩起手臂，代替受傷的腳。慶祝日本人戰敗的村民停下動作，原以為這支是逃跑的日軍，卻踢正步走過。車站前的幾位新兵，被這幕震懾，忍不住把屁股從長椅上拔開，站起身敬禮，並且跟隨在軍隊後頭走。

鬼軍隊踢正步到練兵場。帕大吼，要求開門。沒有門了，因為剛剛被大膽的村民拆去當牆，只能在原處放一條竹竿來擋人。吼完第三聲，哨兵才驚醒似的移開竹竿，讓軍隊走進操場，整好隊，等待鬼中佐的校閱。好多村民聽說消失的鬼軍隊下山了，跑來鬥熱鬧，等到有人趴在圍牆上觀看也不受衛兵阻攔時，大家紛紛跳上牆坐。等了半刻，鬼中佐才從辦公室走出來，看來是費時整理思緒，好對這批軍隊講話。鬼中佐站上講台，發現下頭的士兵多麼殘破，遭受比煙硝更大的折磨，用檜木片當釦子、構樹皮當皮帶、鴨腱藤當綁腿，有的人衣服破爛得能見到洗衣板似的肋骨，沒有完整的衣料，但精神無比完整。鬼中佐只告訴他們，你們辛苦了，便不多說話，讓大家沉湎在各自的心緒，贏就贏、輸就輸，各自盤算去了。這時帕腰側的防毒面具袋鑽出一顆熊頭，愣著眼神看世界。鬼中佐微笑，上前摸小狗熊，要解下帕的鋼盔。但帕不依，也不伸手拒絕，便支出下巴好繃緊帽帶讓鬼中佐解不下帽帶釦。鬼中佐才瞧見帕甚為怪異，飛行鏡裡充滿流光似，出其不意的掀開那。一邊風鏡裡流出熱情的淚，另一邊卻流出又黑又爛液體，分不清楚是淚是血。

「說吧！大聲說出來吧！」鬼中佐看到帕有話要說。

於是他大吼出來：「報告，白虎隊完成任務，請求歸建。」

鬼中佐環視四周，上百位士兵在觀看，還有逃走又跑回來的新兵，更遠處的牆上跨滿村民。他知道，大家等待他如何處理鬼軍隊，便說：「特攻隊聽令，建制解散，等待中國政府的接收。」說罷，他脫下軍衣，露出白色汗衫，也命令帕要下令特攻隊脫下衣服和卸軍備，彼此不再以軍人身分面對，然後說：「走吧！到河邊洗澡把自己洗乾淨，誰跑最後，晚上來個海軍制裁。」帕下令後，大家往河邊衝出去，彼此無傷大雅的碰撞和抱怨，越跑越快，快把肋骨喘斷了，唯有這樣短暫的全力衝刺，才能甩掉微酸的心情。小徑的盡頭是一片乾淨河水，他們飛跳去。水波亂顫，夕陽已盡，恰好那些水聲輕輕又微微的值得他們沉湎片刻。

後來，他們離開河壩時都扛著石頭，回到練兵場。那些石頭疊在練兵場四周，並和上紅毛泥，成了城牆。士兵每天壘高城牆。城牆長高的速度很慢，甚至比牽牛花還慢。每天中午，鬼中佐趁天氣好，用高炮望遠鏡朝關牛窩掃視。他往村口瞧去，那熱鬧得像踏翻的螞蟻窩，攤販爭地盤，野狗爭骨頭，靠著幾位九青團的義警指揮。義警穿藍衫，腰繫紅布條，穿包鞋，遇到區隊長劉金福不是日式的鞠躬或西式敬禮，而是單腳跪地，全然是清國那套。至於往原住民部落的山路那頭，鬼中佐看見不少人拖來木頭。木頭沒曬乾，木工就架起來當樑，蓋起了廟，屋頂還未成，就有不少老婦朝廟裡的三座神像持香跪拜，表情激動。他又往火車站眺去，村民在車站附近蓋草寮，把那個B29機頭的洋女人圖供在裡頭，廟楣掛有刻著「米國宮」的木匾，主祀的是瑪利亞•觀世音娘娘。村民用油漆畫回祂的原樣。祂穿泳衣，兩顆奶子大得要噴出汁。香火頗盛，煙氣一蓬蓬，把屋頂掀得像煮沸的鍋蓋在動，得放石頭壓。再往遠眺，村盡頭駛來一輛火車。車靠站後，旅客紛紛下車，有人從窗戶直接下貨，吆喝聲大。一位穿便服的日本軍官最後下車，他壓低臉孔，沿著馬路前進，稍後追來的火車幾乎掀飛他的帽子。

便服軍官來到練兵場。城牆又厚又硬，而且會長高，累積上去的新砌水泥顏色較淡，爬上去的牽牛花盡情開花。要不是三天前他來過，還以為走錯了，而且看情況，他三天後還會再來傳達軍部的重大命令。他從中午等到傍晚，厚重的水泥門沒回應，便把公文塞入門縫，搭最後一班車走。黃昏中，鬼中佐走上城牆的鷹架，從望遠鏡中看到火車載走便衣軍官，也把要求投降的公文撕碎後往天空一拋。這一個月來，鬼中佐宣布獨立，以練兵場為據點立國。在憲兵持槍戒護下，高炮部隊一天內把六座炮拉進練兵場。八匹戰馬、三條軍犬、八十名依附的日本兵和台灣兵盤據，準備長久對抗。六位憲兵每天駕馬，駿蹄翻風，在村子裡揮旗子，宣示主權。其餘的士兵趁夜從河邊拖回大石塊，慢慢的壘起巨大的城牆。一個月後，城有半丈高，耐得起火車撞。完全不顧總督數度下令，要他們卸下武器，靜待國民政府軍的接手。

到了一九四五年十月，久不見的六節火車來到，車頭好久沒這麼喘了，從五公里外能看到濃煙。車上的吳漢上校第十次要求減速，怕過快，車子翻落谷，他對日本製的東西沒多大信心。一個下坡，發怒的吳上校從椅子上跳起來，要兵把子彈上膛，要是車再快，把車班人員斃掉。說罷，他暈車吐，酸餿味更讓其他士兵也吐起來，整輛車的魚肉爛汁從車縫流到路上。車比預計的晚六個鐘頭到達，但是劉金福卻利用這些時間，多給大家勤前教育，好扭轉國軍第七十軍從基隆上岸時穿爛衫褲、揹大鑊、擎破傘的舊觀念。

他站上講台，對車站前的百姓解釋：「國軍如果揹大鑊頭（鍋子）？那一定是……」

劉金福還沒說完，孩子們接下去說：「那鐵鑊是用來擋銃子的。」

「他們衫服穿得爛爛的。」劉金福再次提醒。

「那是鐵布衫，用來擋日本人的銃子，因為钁頭被打爛了。」

「很好，他們會揹爛遮仔（雨傘）。」

「那像是蜘蛛精的芎蕉扇，打開就會搧出風災，把人噴走。」

「千萬記得，他們的綁腿特別腫。」

「我們背下來了。那裡面放鐵沙，國軍在練輕功。」

劉金福最後下結論，要不是國軍有真功夫，怎能打贏，千萬別小看他們。大家等到腿快發芽時，火車來了，白天開大燈，煤煙雄赳赳的，通過廣場上頭寫有「還我河山」的華麗歡迎門。車站響起掌聲和樂隊聲，歡聲沸騰。九青團團長劉金福一喊，四周喊起台灣光復、歡迎祖國的呼喊。火車的煤煙還是令人厭，惹得大家咳嗽，幾乎遮瞎了視線。風吹來，火車現形了，流出爛魚臭肉，窗口掛著士兵頭，涎著幾乎垂到地的膽汁。村民嚇一跳，以為這是地獄來的列車，只有狗最快活的跑出吃嘔吐物。風停了，火車煤煙很快又囤起來，把整列火車巧妙的藏住，在吳上校的一陣咆哮後，整頓好的數百位雜牌軍搖搖晃晃的從煤煙中走出來。眼前的官兵穿得筆挺威武，長靴夠嗆眼，根本不是外頭傳說中的穿草鞋、揹大钁、衫服很破舊的阿山兵，也就是說他們什麼功夫也不會，也許喝口水就拚命咳。

「那不是國軍。」一位孩子忍不住大哭，「他們什麼功夫都不會。衫服淨淨俐俐，也沒打過仗。」

但這些軍備很眼熟，說不上哪不對。一位小兵踢腿走，沒幾步就把一隻靴子撇飛了，露出的腳還穿著草鞋。「穿鬼子的靴還挺不慣呢！」小兵抱怨。可是這招讓孩子樂死了，更用力鼓掌，他們看到那隻靴子飛進火車的煙囪，簡直會輕功。頓時廣場響起掌聲，村民鬆口氣，原來傳言不假。那些阿山兵只是套上接收來的改裝日本軍服。

這是個新的時代，一個營的國軍來到關牛窩。左撇子的劉金福用舉手禮歡迎。吳上校硬是扳下他的手，要他用另一隻手。其餘的八位老人搞混了，乾脆兩手舉至眉。「這是靠右的時代，」吳上校露出門牙，嚴正的說：「火車也要走右邊了。」然後要那些高舉青天白日滿地紅旗子的孩子，一律用右手舉搖。吳上校馬上要士兵搬來桌子，和區隊長劉金福簽了協定，每日提供米糧、蔬果和肉品給國軍，好打贏那盤據在練兵場的日本殘兵。劉金福畢生就等這一刻，一個苦等五十年的消息，他拿出紅絨布包裹的總統玉璽，畢恭畢敬的呈上，說契約不用簽，他說了就算。在吳上校的堅持下簽約，劉金福落款寫九民主青年團的頭銜，也給其他八位老人一起簽名沾光。「他媽的屄，九民主義，聽起來像共產黨。」劉金福聽到吳上校笑著說，以為讚美無須言傳，等不急口譯翻出最後幾字，也哈哈大笑起來。吳上校也拿筆簽名，但是桌子直跳，害他以為是眼皮跳災誤看了。當他派十個人也捉不住桌子時，腦殼冒煙，掏出俗稱駁殼槍的毛瑟C96手槍，凌空勾一響，說誰再搖桌就斃了誰。大家滾開一丈遠，但桌子還在跳，滴咑的聲，像馬兒頂起了吳上校跑，四處撒歡，直到它跛斷了隻腿還翻在地上來勁的跳。吳上校知道有神力影響，力量來自附近。他推開人群，走到車站邊的水塔下，看到有人拿起大石頭往地上摔，地上凹成穴，每次都讓整個車站跳動，連帶使桌子也成了馬兒跳。那人是帕，他戴上飛行鏡、飛行皮盔，身上纏滿凸出的筋脈，照例給來賓表演摔石頭，順道把凹穴裡一隻只有自己看得到的六腳雞給砸死死。可是雞被砸扁後，牠一呼吸又恢復原樣，還大聲蹄叫。

「身強體壯，好個當兵的料呀！蔣委員長會喜歡的。」吳上校驚喜說。

「他荷爾蒙太濃了，腦殼裡有幻影。」劉金福很抱歉的說，「昨晡日，他看到這洞裡有一隻長角的馬，看差了。」

口譯不太清楚荷爾蒙該翻成什麼，便說：「他力量太濃，昨天的頭上還長出角。」

「長角，龍種呀！能當兵更好。」吳上校說。要是有人說帕是盤古後代，他也信。

劉金福聽懂當兵的意思，穿過一群圍著帕的少年，扯下他的飛行鏡，急說：「他目瞙了，只剩一隻目珠能看。」

帕露出駭人的左眼。裡頭塞了用乾燥牛眼膜製的假目珠，只有瞳孔，沒有眼白，看來鬼烏烏的。劉金福用針刺入義眼，證明是假的。那支針太細長，觸痛帕的腦袋神經，他癲癇發作，倒在坑裡掙扎，像隻螃蟹不斷口吐白沫。那些還堅持留下來的白虎隊員，抽出腰際的竹刀，刀尖向外的圍著帕保護，怕有人趁機對主子不利。「壓住他。」劉金福對白虎隊喊，然後拿出玻璃針筒，往帕的心臟附近插入荷爾蒙藥劑。他不知道，這種安非他命劑再多半筒會搞死帕，以為是萬能的解毒劑。帕的體內又流竄暴熱，不再翻眼白，癲癇暫停，手一翻，把壓在身上的十多位少年灑個半丈高。這時候，那些落地後的少年又把刀尖對向帕，怕他發狂衝來。劉金福轉移帕的注意力，拎起半捆的稻繩，往剛出發的火車拋去，大喊：「去抓煙。」帕一個豹躍，叼起地上的繩子，往火車頂攀了上去，輕盈得沒有把車殼刮花。帕攤開繩，要捆住車煙囪噴出來的濃煙，空忙一場，又忙翻天了。安毒引起的幻影，讓他整個腦袋都冒泡泡，也越來越失控。火車經過練兵場時，帕跳下車，趁自己的影子還沒落地，人已輕得爬上半丈高的石牆。牆下的日本軍大呼精采。帕在牆上回頭，往驛站那頭看去，國軍開拔而來，軍樂轟隆隆響，槍上的刺刀在陽光下刃亮，像一群魚鱗的折光。國軍高唱「起來，不願做奴隸的人們，把我們的血肉，築成我們新的長城……」國軍的後頭，一群百姓敲鑼盆、吹嗩吶，拿著蔣中正的人頭牌，或扛著綵帶，浩浩蕩蕩跟著來。

「萬歲！萬歲！」村民用國語大喊，不再用「萬載」了。

國軍到距離練兵場前一公里停下。吳上校決定在河谷邊的竹林紮營，建立基地，趁機突襲日軍，用最強的火力與最少的傷亡，拿下小不啦嘰的練兵場。劉金福使個眼色，村民們就知道要幹活了，拿出柴刀把整片竹子砍倒，又把竹子扶起來架營舍。幾天後，營舍好了，國軍吃完大鍋飯，前進到練兵場前，躲進早已挖好的壕溝，隔著火車路與日軍城堡對峙。不過，對吳上校來說他有不費一兵一卒就致勝的計謀，那是時間消耗戰，他只要包圍那群關在籠裡的狗，直到牠們自己打開狗籠，搖尾巴投降。時間一天天過去，包圍戰讓國軍閒得發慌，槍桿子幾乎能當鋤頭用，他們在壕溝種菜與養雞，甚至萌生蓄水養魚的念頭。到了晚上，他們點燈玩起竹雕麻將，半夜還在碰呀吃的，大喊槓上開花，自摸。透中午，伙房兵在碉堡前煮飯，甚至烤出鍋巴焦的香味，趁火車來時捲動的風把飯香吸進練兵場。這是吳上校的欺敵策略，城外大吃大喝，城裡快沒糧了。這能崩潰日本人的意志力，即使是鐵打的人，總會被這些國軍娛樂的幻影嚇壞。

國軍最強的實力是發揮在飛機場。機場停了幾架日本戰機，已三個月無人管，國軍接收後，吳上校派兩個班的兵力去管理。往那的山路被雜草吞噬，颱風也毀了一段，他們進入機場時被所見震懾。啊！如此輕嘆。眼前的跑道長滿了帶絮的昭和草，風吹來，白絮迸飛，機坪停的那架日本戰機彷彿自在翱翔。他們走去看，飛機像剛出廠，罩艙玻璃明亮，輪胎縫也沒有灰塵。機堡停的三架也好乾淨，找不到戰敗痕跡。「有鬼。」一個小兵以大吼驅趕自己的恐慌，指著遠方：「還有一匹馬兒。」跑道盡頭有匹棗栗色的馬，馬低頭啃草，上頭由老人倒騎著。老人戴斗笠，腰上插了根簫，不論是馬或人的動作都緩慢得很，難怪誤認成鬼。

「是仙人才對，他倒騎馬，是八仙的張果老。」另一位士兵說，「祂不騎馬時，把馬一拍，喝啦呼的，能把馬摺成一張薄紙，放口袋。」

「你們終於來了，那些飛機都給你。」仙人用客語對走來的國軍說，「但是馬仔是我的。」國軍聽不懂仙話，卡了腦殼，僵在原地，只有拚命搖頭。這時有另一位士兵大吼：「哇，他拉屎了。神仙不拉屎，他不是神。」

老人屎尿都拉在褲襠，臭液滲在馬背，蒼蠅繚繞。怪就算了，更怪的是倒騎的老人抓住馬尾，身體鮮有動作，頭也不動的凝視前方。老人看到士兵仍糾集在馬邊大吼大笑的，他心躁了，一邊抽泣，一邊低聲的哀求。他說，日本人撤走時請他清潔與管理機場，共有四架飛機，他天天擦得金炙炙的，房舍那裡有三桶汽油，一台歐多拜，統統去拿，別站在這。士兵沒有離開的意願。老人說出更多的籌碼，包括碉堡裡還有桌椅與軍毯，甚至說家有金項鍊一條，日本人以前拿不走，現在都送你們，走吧！不論老人如何哭泣與說話，身體總是僵著不動。這反而引起士兵的好奇。

惡夢還是逃不掉。士兵將老人拉下來，把軍馬當戰利品帶走。馬不依，士兵拉得更緊。軍馬亂跳，昭和草在激烈碰觸中吐出棉絮，起先是一點點，再來一簇簇，最後一雲雲的飛起，機場連鎖反應的冒白霧。戰馬像是陷在白雲中掙扎的麒麟，沒輸的士兵只能站在外圍，免得遭殃。之後馬的鼻孔與嘴巴噴血，越動噴得越激烈。棉絮沾了灑開的血霧，成了疙瘩，溼黏黏的落下。這馬是完蛋了，長痛不如短痛，老人拿出腰間的簫，給了牠幾棍子。馬吃疼，跳了幾回亂，頭栽在地上，翻肚打滾的安靜下來。死了？留下士兵們滿頭包的疑問。雲過崗，風轉涼，白絮都黏在那攤馬血上，很快鼓成大墳包，搖來晃去，一陣風把它吹走，滾過整座飛機場不見了。只聽見簫聲擱在草原上，幽哀得很。老人已走遠，誰也追不上了。

「我就說他是張果老，甭搶他的馬，一搶都沒了。拉屎只是障眼法。」一位士兵說。

士兵最後在機場外三公里找到死馬，卡在十公尺高的山黃麻上。他們砍倒樹取馬，拿來當晚餐肉。他們有的幹過大刀隊，拿刀比拿槍溜，利索的劃開馬肚皮。馬的腸胃成了狼牙棒，全被鐵釘刺穿。過了三天，馬快吃光了，馬頭肉也燉了吃，馬骷髏當凳子。一位士兵在機場四公里外，發現那位帶簫的張果老在撿柴，跪叩一番，畢恭畢敬的請回來給班長問話。老人要了班長坐的馬骷髏才說出實情。老人說，他原本是幫日軍種菜的。日人輸了，把機場的東西都動手腳，交給他管，要他擦飛機，好好照顧馬，才撤退到練兵場。馬餵了鐵釘，騎太快會大量吐血，能栽死人。不過這馬懂人性，喜歡人倒騎。但老人騎馬時不敢亂動，怕牠跑太快死掉，自然在上頭拉屎屙尿了。

士兵看著老人拎著馬骷髏走，鬆了口氣。要不是老人先騎在馬上，誰跳上去不是摔成瞎殘，也是斷手腳。接下來幾日，士兵幾乎被自己搞瘋了，懷疑軍毯裡藏針、桌椅會噴出鐵釘、山泉被下了細菌，誰放的悶屁可能是毒氣戰。他們把桌椅燒成灰，軍毯拆開，誰放屁得先大聲告知。日軍軍毯扎實，兩面縫成一條，這拆出了學問，他們把一面拿去報繳，另一面賣掉換酒喝。山裡多溼氣與鬼怪，風也強，只有酒能抗衡。有一天，一位無聊的士兵偷騎機車摔到山谷，摔斷腿，也把機車摔爛。他們把報廢的爛機車運下山變賣，換了半箱酒、兩隻雞與一位女人陪睡三天。偷竊是癮，做多就以為是對的。半個月後，這些陸軍摸熟了空軍的門道，懂得發動飛機了。他們把飛機推到跑道中央，拆開罩艙方便逃生，之後發動引擎，用木板與鐵絲固定油門，然後緊急跳逃。飛機沒有升空，捲起了三丈高的白絮，逆向撞上另一台同樣操作而來的無人飛機，轟然發出巨響，雙雙炸成了碎片。四台飛機的下場一樣，被拆成碎片，檢查裡頭有沒有殺人的鐵釘，再運下山賣。好長一段時間，火車載出去的都是飛機零件，載回來的是回製的鋁盆。

變賣所得的錢落入士兵口袋，不久又掏出來，刺激了關牛窩的經濟，大家都賺到了。關牛窩的新鮮事對國軍來說棒極了，鐵殼子的陰氣讓水結冰，茅廁地上有張吃大便的白嘴巴。他們出手闊綽，撒錢像是在戰場上抖機槍，但是銀彈很快散盡。此後，他們到商店看到好貨，習慣賒帳；上酒家喝酒玩女人，總要記帳，要是頭家敢攔下說不，他們把隨身揹的仿德式中正步槍或接收的三八步槍取下，說，行！這抵上錢。國軍快吃乾用乾車站附近的商家。此後，很多店家看到國軍來，趕緊關上門，只有懂門路的才知道從後門進入。有位五金行人員不甘損失，送給國軍神奇的水龍頭。士兵樂壞了，需要這種被譽為強力抽水機的東西，扭開就有水。他們裝在樹幹、槍托與牆上，扭開後什麼也沒有，氣得抓人。五金行人員早就落跑了，只留下一則天大的笑話。只有一位士兵成功，他夜間頻尿，把水龍頭卡進了那話兒。不站夜哨時，一覺到天亮，醒後開水龍頭放尿了。

有一段時間，恩主公廟的副祀媽祖降乩，吵著說要坐火車。被降乩的是別地路過的乩童，九青團嫌他鬧事，給了錢打發。不久，宮裡的乩童也甩頭跺腳，用女人生氣的聲音：「我要坐火車，包袱拿好了。」九青團嫌他醉了，請他回家休息。然後，山羊、母雞被降乩聚在廣場，傲慢霸氣，能肯定是一哭二鬧三上吊的女人脾氣。九青團開會，對近日的異象想破頭了，他們仰頭看天花板，打發時間，上頭都是小學生在這讀書時丟板擦造成的粉筆痕。劉金福蹺兩腳椅仰看，不小心倒栽了，臉部充血，起身時扶著掃把當關刀，一看就是恩主公降乩。祂拿掃把敲著其他八位老人的頭，說：「阿姆唉！『那個女人』要上火車去。少在宮裡煩我。」

「讓媽祖婆上火車去。」八位老人驚懼極了，對著清醒後的劉金福說，「『請』你帶祂去。」

這不是請，而是命令。到了媽祖出宮上火車的日子，廟前擠滿了信眾，大家拈香祈禱，有的跪哭。媽祖上了輦轎，一臉素樸，也沒有喜氣的晃轎。神轎前往車站的路途，民戶前大多備以素果恭送，也不掛燈籠。有人放了一串鞭炮，世界突然變得好熱鬧，很快被廟方的糾察潑了一桶水。傳言果然不假，大家都說恩主公與媽祖婆這對公婆鬧翻了，媽祖要是不出去散心，準會鬧家暴，讓恩主公跪上算盤了。就在廣場一片肅穆之情時，火車來了，靠站後他們看到那個被精美裝潢的窗口，綴飾了金粉燈籠、金瓜木雕與墜穗。窗邊並插了營旗，意謂車上有三千營神兵駐守。火車開了，買票的村民上車陪坐，沒票的跑步送到村口，媽祖坐在窗口向他們告別，迎風顧盼。一天過去了，一禮拜過去了，乩童沒被降乩，沒有任何動物聚集在廟廣場，媽祖不說話。恩主公更不回應，即使劉金福故意去蹺兩腳椅摔昏自己也就昏倒了。此後，「火車媽祖」出名了。不少失婚的婦女來請祂指點迷津。她們先練熟在短時間內上香跪拜擲筊抽籤，還有架拐子。趁火車靠站的五分鐘，她們在人擠人的月台上邊用拐子邊跑流程，手腳慢的得追去，而不是等下班車，因為永遠有人會插隊。

媽祖得有人服侍。劉金福自然是首選。每日奉茶上香，供上鮮花素果。香客頗多的，大家熱情的擠火車上香，香油錢也多。香炷飄起濃煙，車頂積了一層又厚又黏的油，不少蠅蛾黏在那。當旅客與香客都少時，劉金福仰頭，看那些黏住的昆蟲揮翅膀揮到死，甚至黏死的壁虎已爛成殘骸。他擔心的正是這，火車煤煙再加上香炷薰滷，媽祖快變成黑木炭。

「那些神都是黑人。達爾文說非洲是人類的起源，你在拜人類的祖先。」說話的是尤敏。他是小學高等科畢業，憑著旅客丟落車上的日文版《讀者文摘》，頗懂得一些知識。

劉金福聽得霧煞煞。尤敏再次講解，陸地的生物是從水中進化的。劉金福點頭說沙悟淨是從河裡爬出來的，說得真好。尤敏又說人是從猴子進化的。劉金福點頭，孫悟空就是證明。尤敏說人類進化得很慢，要經過很久。劉金福嘆了一口氣，說積習難改的豬八戒就是一輩子被當豬哥牽。可是當尤敏說到人類祖先來自非洲時，劉金福終於大罵了，他說唐三藏最多走到印度，那個姓達的傢伙亂說，沒讀通《西遊記》。一場談話就此結束，尤敏覺得自已對牛彈琴，快氣翻了，倒是拉娃已笑翻了。

「神像外加個玻璃罩就行了，就能防煙又防風。」拉娃說。

繞了一大圈，劉金福終於喜歡上這答案了，滿心歡喜的看著拉娃。她笑容燦爛，深邃的眼眸沒有世俗味，像一朵百合，這是劉金福能想的最棒譬喻。這一聊便開啟了話題，兩人比手畫腳。劉金福娶的三房中第二房是原住民，多少會幾個可憐的字彙。這一比，比出感情，他在車上住了半個月，還要求九青團每日在火車上辦公五小時，審理那些雞毛蒜皮的案件。比如，有人問九民主義比三民主義多了哪六項。火車是偉大的九民主義孕育處。九位老人想呀想，車震得難受，還要被那些案件折磨，媽祖也不顯靈一下，搞得他們難受。這時拉娃開口了，她說每個主義下加上乘3，能勉強過關。又比如，有人陳情說，那些阿山兵常去狩獵，只打野生動物，也打開農家的柵欄讓豬羊變成野生的。八個老人對國軍的行為拍桌搖頭，第九個拍桌搖頭的劉金福說，少幾頭豬算什麼，國軍練槍法，才能早日打到四腳仔。坐在附近的拉娃也跳出來解圍，她說，請居民把圍欄做大一些就行了。

「沒錯，」劉金福說，「把關牛窩圍起來就沒事了。」

干擾九青團辦公的不是車窗外強風，不是煤煙，也不是車震，是那些參觀拉娃父女的遊客。小女孩能言善道，多給些錢，還能幫你解運。這時拉娃與尤敏在車上待了五百一十九天。情況不似戰前受矚目，但遊客仍不少。父女大方的掀開布，展示肉體相黏的部分，以便索費用來度日。不過，拉娃的腳還不鬆開，她相信戰火沒結束，隨時爆發，帶走尤敏的性命。要把尤敏這條山豬樣的人鎖在車上也不簡單，他習慣了，自嘲成了平地人養的那種神豬，身體太胖了，得吹風、聽汽笛，在搖晃的環境下才能入睡。他們用夜壺盛尿，大便就拉在姑婆芋或報紙上後丟到窗外。洗澡用乾洗。有錢人會在車靠站時買攤販兜售的溼毛巾，擦掉臉上的煤煙，用完即丟。這種丟在車上的溼毛巾對父女很好用，洗淨能拭體。還有尤敏寧可花時間運動，也不願花時間生病，伸手抓住窗戶上方的置物箱當作單槓，把緊抓椅子的拉娃扯得上上下下，也達成運動目的。他們在車上發展出生存法則，吃喝拉撒，歌唱跳舞，一派山地人的樂觀。而且，父女倆精通火車，算是火車迷了，比如機關士在光復後改稱**司機**，機關助士稱作**司爐**；知道每班車的起訖時刻，車誤點了會在哪個直線路段加速追點，拉汽笛的節奏能分辨是哪位司機；蒸汽味腥，是水箱長苔了；爬坡無力，該通煙管了；煤煙味道能分辨出石炭好壞；還有哪位司爐經驗不夠，清理灰箱時加不夠水，搞得全世界都湧塵不堪。

尤敏把父女的生活寫成日文文章，再請人翻譯成國語。插畫由拉娃來。她死也不肯放開手，用嘴叼筆畫，線條有些亂，可愛又俏皮。圖文以週刊發行，賣給參觀的旅客，造就不少常常上火車探望的死忠粉絲。而拉娃幫旅客素描，每天只畫五張，以價制量。父女賺了不少錢，如此商業化是必要之惡，尤敏把錢花在訂月票、買伙食，多租幾張椅子放日用品，甚至捐錢幫助部落的三位又窮又多病的孩子下山治療。拉娃也得利，她最後用日文向每個觀光客宣導她的想法：「這個世界的仗打不完，這個停了，那個又來了。」尤敏不會打壞拉娃與旅客的興致，也不會照拉娃的意思翻譯，他用很破的國語說：「她會畫得更好，也許明天，或是明天的明天，你們一定要常來看她喔！」可是尤敏衷心希望那些旅客明天不再來，後天也是，永遠不再來。哪位父親會想把女兒當商品展示，自比是圓山動物園的怪物，慷慨的給參觀者指指點點。而且拉娃長大了，要是經期一來，可難收拾呢！

就在那天的末班車上，拉娃睡了，尤敏在列車震動中還清醒著，看著不遠處的劉金福也打盹了，唯有又黑又矮的媽祖神像與他四目交接。那一刻，尤敏笑了起來，眼前的分明不是漢人神明，是矮黑人化身——神話中會法術的矮黑人，他們品行不良，常調戲婦女，最特別的是沒有肛門，聞食物香味就飽了——難怪平地人常點香給祂聞，祂只吃這。接著尤敏向矮黑人神明道歉，他承認，當年是祖先的錯，誘惑矮黑人吃小米飯。誰知道，矮黑人肚子膨脹，沒有肛門排泄，急著拿竹子往屁股挖肛門排泄卻捅死自己，沒死的逃下山。他想，今天平地人的神明就是矮黑人當年集體遷徙的後裔，改邪歸正，躲在廟裡，化成各種神，施法幫漢人。

趁此之際，尤敏向矮黑人神明祈禱，希望祂泯恩仇。然後，他把紙鈔折成小團狀，投向六公尺外的香油錢筒，花了數千元都沒中，頂多只是擊中沉睡的劉金福。最後他把拉娃畫的圖搓成團，又失誤的丟中劉金福的頭，不料擦板得分，掉入筒內。有了香油錢，尤敏才敢許個身為父親的願望，希望早日下火車，回到部落生活，任何的犧牲他都肯。他如此虔誠，眼眶塞了一泡淚，和白日與觀光客說鬧的神情不同。忽然間，火車來到一段直路，月光落下，罩著媽祖的玻璃框染上了月光，反光照亮車廂，像泡在海中般皎美。那絕不是月光，是比月光更強的神聖之光，尤敏知道，那是矮黑人答應的暗示。

隔天早上，八位老人魚貫上車，最後那位端了一大碗公的雞血。晃蕩的速度中，劉金福把今早散落座位附近的「鬼口水」用筷子撿起，扔到那碗雞血。這麼做是他昨晚夢見一群鬼上車，又黑又矮，向媽祖許願。鬼許願的怪方式竟是吐口水，多虧他飛撲以身擋下那些唾液。現在，他把鬼口水——滿地的紙鈔團——泡入雞血，它絕對會變回冥紙。一群老頭低頭圍著碗公，看到他們最不願意見到的結果，紙鈔是紙鈔，雞血仍是雞血。這時火車為了閃避一隻牛而煞車，害那碗雞血跳起了，往劉金福的臉撲去。劉金福往後栽，起身後扶著椅背，滿臉是血，舌頭外吐。八個著驚的老人直呼，看到鬼了；隨後又改稱看到神了。因為劉金福拈鬍鬚說話了，化成面紅啾啾的恩主公，氣若洪鐘的說：「阿姆唉！『那女人』生氣了，說拉娃還在車上，你們這些人沒用，我去救好了。」

九個老人再次嚇壞了，包括劉金福自己。他是在朦朧意識下聽到自己的夢囈，稍後他醒了，看見八張狡怪的表情，深知那夢是真的。九青團相對無言，恩主公要御駕親征，上火車救拉娃，這對關牛窩是何等重大的事。更丟臉的是，恩主公還罵他們沒用。正當他們低頭無言時，隔壁車廂傳來槍聲，聲響雷動。九位老人立即跳起來，走過去瞧，稍後發現自己還是有用的。

隔壁車廂熱鬧極了，也安靜極了。熱鬧的是牲畜，一隻牛跳到椅子上，兩隻豬到處竄，還有十隻被綁住腳的雞在地上亂跳。安靜的是人。他們被槍聲驚擾，僵在那，動也不動的任牲畜蹂躪。當劉金福走入那間車廂時，有人尖叫：「你中彈了。」劉金福抹乾淨臉上的血，說沒關係，自己的頭殼硬，流點血沒關係。不久，他才終於搞懂狀況：國軍的卡車壞了，伙房兵只好由火車運食物，違反了大型牲畜不得帶上車的規定。而且，帶隊的班長不幫七位伙房兵買票，向查票的列車長說他們都是鬼，鬼不買票。雙方堅持不下，列車長用日語罵他們坐「霸王車」。班長聽到日語，揍了一頓列車長，大罵一聲他媽的屄，死日本鬼子，罵完開槍洩憤，子彈射到隔壁車廂。稍後劉金福從那頭走來，滿臉是血。

班長震懾，語帶驚恐的問劉金福：「你，是人是鬼？」劉金福鄭重的說他體內已有兩顆子彈仍死不了，不怕第三顆，還指責列車長，已禁講日語，何況用日語罵人。列車長支支吾吾的，說他不是罵「霸王車」，而是說國軍是「薩摩神」，並且把日文漢字寫下。日文的坐霸王車（無料乘車）與薩摩神音近。劉金福看到寫下的三個字中有「神」，這個字可是蒙著眼也懂透透，便向班長說，「人家說你是神，你還嫌少喔！」然後他做個人情，轉頭罵起了列車長，說國軍打日本人這麼辛苦，少賺幾張車票算什麼。這場風波結束了。火車到關牛窩站，派出所警察據報指出九青團區隊長中彈，率領三位下屬，衝上車逮捕開槍的班長，發現一場虛驚，為了顧面子，堅持班長要補票才行。

「算了，這點錢我能出。」劉金福說罷，從口袋掏出沾雞血的鈔票，覺得用帶血的錢太失禮了，又掏出兩張月票給列車長軋孔，權充車資。

其中一張月票掉落地。警察幫忙撿起，用湖南口音問：「區隊長，這是你老婆的呀！嘖嘖，林默娘，名字美透了。」

「亂來。」劉金福沒好氣的說，「祂是我頭家娘。」

國軍在關牛窩的聲勢跌到谷底。遞交九青團的狀紙沒斷過，九個老人批閱後，轉交吳上校處理。吳上校很懷念還在大陸打鬼子的日子，軍民一條心，路過每個窮困的村子，村民仍勒緊褲帶擠出點油水犒賞他們。如今來到這，這些喝日本奶水的人，講國語分不清楚四聲，連南京大屠殺死了三十萬中國人都不知，何況國軍大勝的長沙大捷。現在好了，還嫌他們沒知識，老是數落國軍的德行。吳上校和幾位連長開了會，對狀紙沒法子，要這些連名字都不會寫的士兵像個讀書人，懂得安分，不如一槍斃了，下輩子投胎當蠹魚。為了扳回下跌的聲譽，吳上校決定在二十四小時內對日軍城發動突襲，要鬼子爬出來投降。

國軍集結在城外的壕溝，擦亮槍，掛手榴彈，甚至架起接收自日軍的重機槍與榴炮。又啃了饅頭夾大醬，個個氣勢飽滿。突襲行動並沒有擴大管制村民，以免給日軍抓了蹊蹺而戒備。那是秋末的季節，國軍瞇眼，躲在任何有障礙物的後頭，空氣好乾淨，乾燥而且充滿柿子腐爛味。一隻狗叼著老鼠從馬路走過去，幾個士兵想宰了用鋼盔煮。幾隻野鴨飛過天空，傳來粗糙聲響。遠來的風還夾藏煤煙味，那是火車體味，帶著汽笛聲，彎過山腰來。吳上校掏出盒子炮，等到火車過去，便開槍示意攻擊。火車似乎傳來一股神祕又難以解釋的力量，說不出來。伏在壕溝的吳上校安靜呼吸，感到一股悶澀，他往味道那看去，幾堆著火的稻草堆跑來了。他沒看錯，失火的稻草會跑。

吳上校再也忍不住憤怒，從壕溝跳起來，大喊：「攔下火，還有那煙。」幾個士兵從竹林跳出來，攔下三十位推著板車經過的村民。板車上堆滿溼稻草，燃了大火，火舌不斷吐濃煙。村民戴上從黑市買來的日式防毒面具，不怕煙。倒是沒攔住的國軍嗆翻了，眼淚一把，鼻涕一把。又跑來了三位村民，把吹脹的、塗上七彩的數百個保險套包在蚊帳裡，用板車運。又來了位養鴨師傅，趕了百隻鴨，功夫自比鴨母王朱一貴還刁。「這是惡夢！」吳上校再也忍不住脾氣，率領十餘位士兵跳上馬路中央阻擋，大吼：「還有啥？都滾出來。」然後嚇得全都跳開。因為滾著三十餘顆輪胎的火車來了，姿態雄渾，地面震動，像條巨龍滑馳而過，意外的把一場戰爭擋下來了。

火車衝入煙霧，捲起了風。保險套氣球被放出蚊帳，養鴨師傅用一根竹竿指揮起他的子弟兵。這讓拉娃看到夢境了。白雲上，鴨子飛翔，把氣球銜著飛，拉娃興奮大喊：「是星星呢！」星星飄進車廂，在廂頂的電風扇帶動下，它們跳來跳去，撞到媽祖，也撞到拉娃的頭。

「摘顆星星給我，拉娃。」尤敏說話了。

拉娃鬆開一隻手去碰保險套氣球。好柔軟，碰到的指尖都快化了。「是真的。」拉娃驚懼的說，縮回手抓住椅子。

「這是一場夢。」尤敏溫柔的說，玩起星星，還唱起了豐收歌。

難道是夢境？拉娃想，她從沒有聽過父親唱過歌，現在有了。白雲流入，二十隻白鴨站在窗檻上鼓翅。她大膽的伸出手，抓了一顆星星。保險套爆炸了，裡頭的金粉屑散開。拉娃打了個噴嚏，高興說這就是夢。

這就是「夢境分離術」了。半個月來，劉金福在車上觀察拉娃，與她聊，趁她睡覺時瞧著她緊抓車椅的手。劉金福最終了解，拉娃也有鬆手的一刻，那是在她進入世界的另一側時——安全無礙的夢裡。既然無法潛入拉娃的夢境，就把世界變成為拉娃的夢吧！劉金福動員村民，把火車布置成拉娃的夢。就在那天，村民戴上防毒面具，用推車推著濃煙，又在路旁堆稻稈，燒出一公里的火線。火車進入煙幕陣時，星星、白鵝到處是，拉娃鬆了一手，但還要更濃的夢境她才敢放開兩手。這時候車門開了，隔廂流過來風琴聲，拉娃看到美惠子在那彈奏自己最喜歡的〈荒城之月〉，淡淡的哀傷。然後更稠的夢境來了。拉娃記得那是黃昏，將落下的日頭非常溫柔，輪廓好清楚。一隻寶馬從天空飛下來，踢翻了青雲，踩出了晚霞。馬上坐了帕，面膛紅，體力旺，眼神箭衝遠方。他剛打完一針安非他命，手臂上的針孔還滲血，但是精神彷彿要撐爆軀殼似的嘎嘎作響。馬是固定在講台上的竹馬，插滿像鬃毛的竹葉，由十位白虎隊員抬著跑，繞著火車，忽左忽右的。

一個撓住窗框，帕從竹馬上跳入車廂，到處是濃煙在跑，害他撞翻了那尊媽祖婆，玻璃破了滿地。他把祂夾在腋下走，還沒走到那，早已看到拉娃鬆開雙手，用生死無悔的口氣對他說：「我願意用自己的命，換得你的真名。」反正是夢境，拉娃多麼真情、大方與無悔。

他是她的神了。可是帕的名字比神還遙遠，帶著毀滅的力量。他不應該告訴她的，但動搖了，只為了她說的話令他感動。火車繼續動搖，孤零零的影子隨著路彎移動，帕再走向前一步，開始說出名字Pa-pak-Wa-qa。一個音，一吋險，也一吋強的力量。帕說出第一音節時，她情緒非常激動。第二音節，她流淚了。第三音，她要張開雙腿脫離尤敏，就像要把父親從未成熟的子宮生出來。帕卻遲遲未敢說出最後一個音，被煙嗆得咳嗽，淚水直流。

但是，尤敏猜到了，早在帕說出第二個音時就知道了全名。尤敏看到拉娃張腿要離開他的肚子，皮肉相黏著，使他的肚皮被扯得像一把張開的傘。多少日子來的困頓、遲疑與不解，在此刻通了，他想起了巴鹿長老講過的「螃蟹人」，沒有比這個故事更能解釋他與拉娃的命運。他試著拿起地上的玻璃罩碎碴，割開彼此，但是拉娃緊繃的腿讓他動不了。猛然間，那昔日在山林間打獵的尤敏醒了，一頭撞破車窗玻璃，拿了又尖又利的玻璃片，往肚肉割去，多往自己割一點，拉娃就少痛一點。這是夢境，一個不痛不癢卻情緒逼真的世界，也是車上最動人的時刻。帕還沒說出全名，拉娃已經張腿離開父親了，嚎啕痛哭。那是新生的哭泣，也是難過的眼淚，因為尤敏往自己切割太多了，鮮血直流，整個車廂都是的血漬。

火車到站了，眾人都等待這刻來臨。車門打開，尤敏抱著拉娃出現了，再也不是連體的父女，他們獨立了。眾人的掌聲停不下來。尤敏忍痛走下階梯，肚子大量滲血。他朝部落一帶靜觀，那裡多雲，風會吹開一切，祖靈看到了，多少日子來就等這刻。最後尤敏失血過多，倒地上死去。而拉娃雙腿夾太久，骨骼彎曲，只能在地上爬行了。

聖母瑪利亞・觀世音娘娘下凡

九青團區隊長劉金福老早就看穿鬼中佐要搞獨立。他要搞的事情也多，光是與八位老人鬥嘴，能把舌頭磨短一吋。只有在休息時刻，他才會蹽出恩主公廟的會議室，朝練兵場看看。那牆還不夠高，越高越好，也越容易倒下，省下多少麻煩呀！他時常對那些老人們說，我撐了五十年，要是那些四腳仔能撐四個月，我就跳下去陪他們玩。然而不到四個禮拜，他就覺得權力好玩極了，每當他坐在臨時的恩主公廟草棚，儼然成了土皇帝，還坐上三輪車巡視村莊，視察他一手創辦的國語補習班。地點就在公會堂，學生老老嫩嫩的都有，有手拿鋤頭路過的，腰掛刀而追獵物到這的原住民也有，聽說這裡有糖果吃的更多，大家用北京話學喊：「一二三，三二一，這裡是鬪牛窩，那裡不是鬪牛窩。」一課結束前，學唱國歌，劉金福激動的唱，歌聲之大，已到完全不懂自己在唱什麼的境界，唯有幫忙彈風琴的美惠子撇頭對窗外流淚。

劉金福當九青團區隊長，好在三餐有人服侍，壞在全村的雞毛蒜皮事都要管，雞跑掉也要找，要是不管，還會被民眾回以「以前『大人』都會管」。這到了國軍來以後，民事糾紛更多，他煩死了，找機會開小差回家，這時他才發現走路能暴露自己多麼老了，左腳痛風，肩膀長年痠痛，喘到不行，連路旁撒泡尿都得瀝了好久，又滴溼鞋子。他把皮鞋、襯衫、西裝褲子脫掉，到小溪邊抓把乾土搓掉頭上的髮油，用水洗淨，只著一條寬大的水褲頭。比起每株都是裸裎的樹，劉金福還嫌自己多穿一條。樹林小徑又變了，誰走出來的都不知道，他迷路一小段才回到竹篙屋。

沒人管的豬都野了，毛又長又臭，屋子附近佈滿豬鼻子拱出來找蚯蚓、竹筍吃的洞。雞很怕生，遇人飛上樹頭。帕打赤膊，躺在雜草多過石頭的菜園，闔眼面對日頭，身上爬滿了螞蟻與汗水，左臂上插著玻璃針筒。劉金福撥開草走去，驚擾了帕。帕跳起來，睜大目珠看人，拳頭握緊，看清楚後才鬆手，轉頭從附近的相思樹下拎出個竹籠，裡頭全是粗皮爆跳的攀木蜥蜴。他先把蜥蜴塞入發情的母牛陰道，再放入竹籠為牲餌，一下午少說能誘抓十幾隻的公蜥蜴。剖肚去除內臟，剝了皮，沾鹽烤了吃。牲畜都聞香味而來，坐在火坑旁，要是誰嘴饞去搶，帕就往誰的腦殼拍出火花。焙熟了，每隻家畜分得半條，其餘的生內臟就丟給從樹後頭走來的小狗熊。劉金福盤腿坐，也吃一口，味道不錯，和著紫蘇吃更棒。

此後劉金福在下午結束公務趕回家，半途把衣服掛在路邊樹上。蚊子越來越少叮他，螞蝗不靠近，他覺得血液可能又回到綠色的，呼吸中盡是樹味。不久他的聽力更尖，能分辨風吹過構樹與九芎的差異，能嗅出空氣中的蕨類孢子。沿途他摘了馬櫻丹、烏桕、咬人狗等微毒植物，回家攤曬，又將日前曬乾的拿出來用柴刀剁碎，三碗水熬成半碗藥，趁熱給帕喝。帕側身縮在屋前，臨著夕陽，安靜讓整個人顫抖不止，把手上的鐵塊捏爛，看不出那原是一把好劃開皮膚緩解痛苦的菜刀。倒是小熊伸舌舔去帕臉上的汗，冷不防被一肘搡開，滾出個丈外，腦漿濁了，久久爬不起。劉金福遞上湯藥前，遠遠的先用棍子捅幾下帕示意。帕喝了，舌頭把碗底摳淨，過不久藥效發作，他全身僵麻，稍有舒緩。劉金福哪知道帕是安毒上癮，以為是人抓狂，千也試、萬也試，最後用上以毒攻毒的險藥，麻痺神經。他暗算，可用些大花曼陀羅與魚藤，要是帕已經瘋到要殺他的話。

到了夜晚，空氣中浮滿薑味似的曼陀羅花味，劉金福睡在床上，甚至聽到那些不怕死的蝸牛在啃曼陀羅葉。有時他會猛然驚醒，伸手摸床邊的棒子，不是打那隻黑熊，而是防著帕。夜更深時，荒廢菜園成了夜總會，蟋蟀在那做窩，鳴叫如雷，讓劉金福恨起下午沒先朝那裡的小洞先灌尿水。這時遠方響起沉雷，要下雨了，雷聲瀏著山溝來，有潮溼味道，劉金福期待隨來的大雨澆熄蟋蟀聲。忽然間，門開了，風竄進來，一隻大蝸牛爬出去。劉金福驚著，定睛一看，是水缸被頂走了，溜溜的跑，肯定是傳說中的鱸鰻上岸來偷水缸。劉金福手中悶著棍子，追了去，人老關節硬，出門就跟丟了。他蹲下身摸，地是乾的，沒黏液，知道誰幹的了。是帕。

帕得了戰爭症候群，晚上不易入眠，有動靜，立即翻落床匍匐，即使是去尿尿也用爬的。夜間的雷響讓帕以為是炮擊，驚得從床上滾下，揹了大水缸爬到外頭。滿園是蟋蟀忙過頭的求愛聲，熾熱摩翅，聽到有人爬來，便收聲安靜。帕拔下陰毛，不斷逗弄那些尾巴露在洞口的公蟋蟀叫。只要蟋蟀還叫，叢林那頭的米鬼不會發現有人靠近。帕爬入森林，月光如水，萬物的影子在飄，世界盈滿靜謐的光波，他看到什麼，也好像沒看到，聽到什麼，而什麼也沒聽到。帕忽然衝著暗處大喊：「肉迫攻擊。」一陣風吹來了，什麼鬼都沒有。這時帕才清醒，知道自己又像昨日一樣陷入惡夢。他沒有任何情緒，有也是忍一下就過。他身體縮進背上的大水缸，直到睡了。第二天，劉金福來到一片被壓倒的蕨處，看到倒覆的水缸在陽光下閃著釉光，裡頭還有個人。

帕沒有想像中的虛弱，還能在大家面前表演如何跳進火車，解開拉娃的腿。吳上校便請某位少年帶路，領著一連的士兵去抓帕。逮捕理由很簡單，時機到了，中國戰場需要他。森林的岔路真多，像樹根一樣散開，一會兒遇到割人的菅草，一會兒又是擋人的藤蔓，帶路少年憑著多年前的除夕來過劉金福家要過糕餅的記憶。在斜徑上，一條黑影撲出來大吼，皮毛竄亂，眼神銳利得很。眾士兵沒有防備，一時嚇得往後倒栽。帶路少年也驚醒了，要是帕發狂不知道比這怪獸可怕多少，用蹩腳的國語喊：「那是他養的熊，走下去就行了。」說完人也跑不見。那隻站哨的黑熊嚇完人，一溜煙的也跑了，留下子彈上膛的士兵們繼續前進。

幾公里外的車站，大家圍著一攤肉泥觀察。有個日本警察看見車站快到便跳車，重心不穩跌倒，給輪胎輾成一張肉餅。不過又有人說是算舊帳，日本警察是被人推入車底，這種把守規當職業的人不可能跳車。劉金福是驗屍的見證人，等撿骨師來收拾血肉。怕腥的他坐在遠處的樹下等，他對其他的八位老人說，這個死日本人不會辯駁了，以意外結案。現在劉金福做大頭，其他人用點頭的。之後，劉金福往山崗望，那裡跑來幾隻自己家的豬。他知道事情來了，是官兵去逮帕了，他一路上佈下的狗熊黑鬼陣、山豬八卦陣、飛雞迷魂陣只能勉強撐一下，很快會被破解。他馬上在車站前叫了兩人轎出發。轎伕跑了數百公尺，喘息不已，多顆心臟也不受用。坐上頭的劉金福叫停，走下轎拿石頭砸它，砸不壞，要轎伕把空轎抬到駁坎上摔下來，錢他來賠。轎夫照實從高處摔岔了它。劉金福從中挑了個T字竹槓，叫跟隨的兩隻豬銜了竹槓頭兩端，尾端觸地，他則蹲上了竹槓抓好重心，抽出皮帶揮打豬，便衝出去了，留下滾滾灰塵與在原地叫好的轎伕。劉金福年輕時在牛墟看過賣牛郎如此大膽的表演，一時技癢，如今也把家畜試試。幸好豬不是圈養的，野性足，頑性也強，往牠屁股抽打，就溜出了數公里外。

到了家，劉金福聽到遠處傳來槍聲，約是抽一根菸的時間遠，趕緊喚帕入門。帕人癱在菜園，拖也拖不動。劉金福急呀！還沒忙到就汗水崩堤，他乾脆先煮飯備戰。誰知飯甑拿出，帕就聞聲拍門走入，砰一聲，讓劉金福以為國軍來了，想拿飯甑打去。牽硬殼牛還得用草誘，劉金福竊笑，摸出了藏米，全倒入甑內蒸熟。這時候軍隊到了，手持步槍。劉金福驚訝他們來得快，難不成自己的牲畜被殲滅了。他裝鎮定的說，帕就在家裡，你們去抓那畜生。幾位士兵照先前的演練把劉金福按倒，另幾個人也照演練的用槍托撞開門。門是虛掩的，士兵都跌入屋內，這點沒演練過，而且看到駭人的一幕：帕食量驚人，頭悶入飯甑，把沒煮熟的飯捲入嘴中，發出咬沙的聲響；手也沒閒，拿瓠杓往缸中舀水喝，喝得滿頭淋漓，索性砸了杓，頭插入缸飲，大呼過癮，還撒個屁，滿室回音嘹亮。

泰山崩於前而色不變呀！士兵驚訝。大口吃飯，這嘴上功夫還裝得過去，可是放屁的功夫，沒幾兩氣，撐不出回音。士兵連忙退出，遇吳上校問話，膨脝個不停，說那個日本軍官厲害，眼睛嵌火，嘴巴都是銳齒。話沒說完，屋內傳來一陣似機槍似的連環屁，大家臥倒，唯獨劉金福趁機站起，給趴在地上的吳上校哈腰，說對帕這傢伙來硬的，不如他去說服。吳上校盤起了腿，拍拍袖口的泥巴，揮手要劉金福去辦。劉金福進了門，連舒緩一口氣都嫌多，對帕說出逃脫計畫。

可是劉金福每講一句話，帕用「食飯吧！我肚枵了」和「先食飽再講」頂回去。劉金福覺得自己熱腸，帕拉出的是一坨冷屎。但是帕接下來打動了劉金福。他說他從來沒有感自己恁虛弱，骨肉像是被刮淨，站起來就抖，今晡日能不能帶阿公離開這，也沒暗算呢！將就食一餐再打算。劉金福忽然釋懷，平日沉默，寧願多放屁也不願對他多說話的帕，如今告解似，承認自己也會懦弱與害怕，也會擔心他。劉金福大笑起來，笑中有淚，帕也大笑，那些潮溼得連灰塵都快飛不起的屋內，飛出朗朗笑聲。他們共桌吃飯是半年前的事，一起大笑，可能是一年前。下回要如此，不知何時？笑聲過於澎湃，一位士兵被命令前來觀察，再向吳上校回報：那老頭說，吃飽飯就出來。吳上校的耐心還沒用光，也怕帕的拳頭，下令士兵們找地方坐，也拿出冷饅頭充飢。這一耗就是三小時，大戰才開打。

劉金福把中山裝丟進灶內燒，皮帶剁成丁，摻入辣椒，大火炒成一盤很下飯的辣味牛皮；皮鞋斬成片，加了蘿蔔燉成湯。那些菜又綳又辣，嗆得找不到舌頭說話，只顧扒飯。帕吃得狠，把筷子使壞了，索性用手。這時候大門開了，夕陽照進來，爆開扎眼的光，走進來的不是頻頻催降的士兵，而是那幾隻豬雞與黑熊。劉金福見戰鬥夥伴來齊了，把飯甑踹倒。飯粒爬了一地，牠們發出高八度的歡呼後趴一塊搶。那些歡樂與搶食的聲音惹毛了吳上校，下最後的通牒要帕馬上出來就縛，不然衝進去逮人。最後時限終於到了。當士兵衝入時，帕出現在窗口，夕陽下，身影大得歪七扭八，跟剛剛消瘦的樣子不符。士兵被這一幕驚擾，心思卻想：眼下哪是人，是吃飯急驚風，吃一口飯，脹一吋，再多幾口下肚，咱們會給嗝打飛了。尋思間，不耐煩的吳上校把槍口對著帕噴火，眾士兵也駁火，山屋早已埋藏在硝味中，附近的鳥飛光了。槍法再差，但距離近，也把帕扎出百來個窟窿。帕搖幾下，砰一聲摔落地，隨即彈起來，扭動身軀。士兵又是一陣身體與火花亂顫，砰砰砰砰，到處瀰漫硝煙。帕倒下後再彈起，又是被亂槍射成蓮藕。如是幾回，打得士兵頭皮都麻了，真是見鬼，打不死的不是鬼是誰？又是槍管一陣砰砰砰的嘶吼，鬼也打成死鬼吧！

但是帕從來沒有站起來過，站起的是「影子」。他躺地上，繼續扒飯吃，把湯喝得喉結亂跳。劉金福早有計謀，收集上千張香菸的鋁箔包，攤平，貼在木板上，角度傾斜便把躺地上的帕投射在上面。錫箔板被槍打倒，再撐起，如此重複，直到士兵沒了子彈。板子也起火了，冒出火苗，錫箔捲縮，上頭的帕縮成了小人兒，換來士兵的大吼：「他媽的屄，他是義和拳，剛剛是刀槍不入，現在是縮骨功。」說罷，朝裡頭丟石頭或木棍，擊入窗口的少，落在外頭的多，那些分量多麼像一條怒河帶來了堆積物。時間到了晚上，只有薄薄的月光，劉金福叫熊肩起了豬之後站起來，跳什麼牽豬哥舞也行，要用影子戰術了。然後他燒起夜火，火光冒，火光跳。士兵又嚇壞了，這下看到帕武壯的身影，只見他嘴巴氣得像豬鼻子，寒毛豎立像熊毛，大力蹬地板。於是士兵繼續把石頭往屋頂扔，再來是鋼盔、帽帶、軍靴，越積越多，要壓垮房子逼出人來。屋樑疼得呻吟。屋裡的劉金福爬著，持香前進，給天公上香祈福，因為接下來要幹一件大事了。忽然間，咻一聲，一根鐵棍子破牆卡在牆上，那是插著刺刀的槍桿子。那把槍引來無數的同伴，其他的槍也飛插牆上。還能慢嗎？他把香腳插在地板縫，回頭對帕說：「做得行了。」

帕老早立在大柱邊，雙手撓著，牙齒咬個沒縫，喊：「不孝子孫劉興帕，永遠出家門。」

「不孝子孫劉金福，趜他出門了。」劉金福也大喊。

這是逐出家門儀式。兩子阿孫要走了，什麼都不想留。帕骨頭鬧火，筋肉嘩啦嗶啵的竄不止，就摘了樑柱，叫竹屋往上跳，那些花了時日爬上屋簷的絲瓜藤迸斷，豔黃的花飛揚。吳上校恨死這一刻，深覺被陰了，要拆了這座被鬼附身的房子，揮手要士兵殺去。屋子一下子左、一下子右的，上百位士兵只能裝膽似的在旁邊吼。有幾人跳上竹牆，持大刀砍，要拆了竹屋。劉金福早就料到這招，關鍵在他手中那條尖刺有一吋長的黃藤。他用黃藤趕那些牲畜，要牠們爭氣點，跑起圈子，很快的房子轉起來。面對湧來的士兵，竹屋不是甩得他們見血，就是搡得他們牙齒豁開，之後擺著那胖墩墩的身材往山上走去。

劉金福蹲靠在大柱邊，那裡轉圈小，不夠暈人，也好幹活。他知道帕與這些牲畜很快會餓，空胃會吸乾力氣，他把糙米倒入飯甑，不用淘，煮成飯，柴火則把桌椅都燒了。屋裡跑著煙，多得往外衝，窗戶自動被沖開了。不消半小時，房子越走越慢，也轉得意興闌珊，米飯正好熟，但誰也沒有閒吃。帕力氣將竭，全身走汗，屋子就要倒了。劉金福用飯鍋擊退兩位在窗口的士兵，右手腕也扭傷，趁疼痛還沒控制腦袋，他從樑縫摸出蠟球，捏碎，碾了裡頭的黃藥錠，和水放入玻璃針筒，打入帕手臂。

那是貓目錠，從國民政府接收貨品中流出來的黑貨，自然花了劉金福不少錢。藥液竄開，帕的筋骨綻了，力量按不住，要命的熟悉感又附身了，他大吼一聲巴格野鹿就讓世界再度掉入他的掌中。場子由他控制，房子乖乖聽話，要停就停，要轉就轉。外頭那些骨子發痠的士兵也是，是配合他演戲的跑龍套。現在他不要房子往山上走，往山下。屋內的柴煙往外流，自然而然的形成一條澎湃洶湧的河流，順著煙河走就行，浮力好，也省力。於是這晚的森林充滿各種怪聲，吆喝、衝殺、哀號，甚至柴火四濺，釀出不少小火災。半天過後，天光了，竹篙屋來到關牛窩，它外牆一路上給障礙物攔破，襤褸得徹底。居民跑來鬥熱鬧，看見帕就在房子中央舉著，像廟會的宮傘那樣，把房子扛著轉。對關牛窩人而言，危難來時他們是機會主義者，幫不上帕的忙，也不肯助國軍一臂膀之力，旁觀一切。一旁的國軍也不攻擊了，只搬來大棍或石頭，往房底扔，當絆腳石，要消耗帕的體力。士兵還下令早班火車停在村口，又在另一頭把被炸壞的車廂翻上路面，權充路障，把帕和大房子堵死在村內。房子就在村裡轉悠，有時在河邊徘徊，有時在橋邊快轉，有時在樹林掙扎，最常是哪也去不了。國軍是對的，他們只消喝茶散步，偶爾開小差，到部隊後頭向緊跟來的米苔目、貢丸湯攤販買碗吃的，吃完抽菸，要是這時像看京戲般來把瓜子服侍門牙，慢慢等大陀螺自己停下來就好。

到了第三天，竹篙屋沒了牆，牲畜也被甩出屋外，遭國軍逮捕。帕累了，也沒有貓目錠了。他花最多力氣的只是撐起眼皮子，眨下眼皮，呼呼大睡。劉金福策略用罄，叫不醒帕，還剩下的伎倆就是大叫，對官兵說他還有方法，誰要是走近就完了。士兵很快知道這老頭沒用了，圍了上去，不開槍，不出刀，拳頭也省了，用各省份的方言、笑聲與粗陋帶有生殖器的言語罵回去，好像一群在市場的女人為了多要棵蔥吵破嘴皮。

這時，劉金福從屋樑邊抽出一把鋤頭，腳踩在帕的手臂上，大喊：

「你莫怨怪我，要怪，就怪自己的命。」

然後用鋤頭砍帕的手臂，一次不成，再砍。帕的血噴得真遠，嘶嘶發出水管破裂聲，那些靠最近的士兵被噴倒，連遠處觀看的村民也濺到。他們這才發現帕的血好熱，得趕緊拍掉，才不會燙傷。

帕早就醒了，在第一鋤砍入他的右臂關節時。這夢太真了，帕咬著牙想，而且想不通，這夢為何這麼痛。他懶得動，只是靜觀夢境會帶他到哪裡去。他看見劉金福在耕田，把一根蘿蔔的筋挑斷，肉斬死，關節撬開，然後把整根蘿蔔從土裡拔出來。地面留下一個洞，血從洞口噴出來。帕在想，這根蘿蔔怎麼看都像他的手臂。

「來，你們要他擎槍吧！就讓這隻手去做兵吧！」劉金福把砍下的斷臂丟給官兵。

國軍看多了糟糕的戰爭場面。在中國戰場，人要不是被日軍姦殺，就是被砍人頭、潑熱油、剝人皮、剁四肢、挖眼珠。對他們而言，能殺敵就殺敵，能跑就跑，跑不了就傷疤碗口大，二十年又是一條好漢。但是他們第一次活生生看到如此令人費解的畫面：只見帕爬起來，盤坐地上，把斷臂撿起來，往肉稀巴爛、骨頭歪裂的斷口接回去，可是左手一放，斷臂又落地。帕解下綁腿，纏上傷口，綁腿很快染滿血。然後他努力捶右掌，希望它有知覺的醒來。

「它死了，比我早死了。」帕抱著自己的斷臂大哭，像個孩子把玩具玩壞掉般難過，喊：「誰來救救我的手臂。」

一輛火車從縱谷進入，汽笛迴盪，在每站激起了濃濃的掌聲。鬼中佐聽不到掌聲，只能從望遠鏡看到沿途民眾對火車熱情揮手。火車頭除了插上青天白日旗，還有米國星條旗。憤怒擦亮眼，他連旗上的四十八顆星都算得出。他就等這刻，等待宿敵米國人到來，好殲滅他們，或者說用自己肉體炸死他們，一起玉碎。他走下瞭望台，要傳令去命令廚房煮好吃的，儘量餵飽士兵肚皮，讓腿能攢些力氣。這命令很明瞭，那些少尉要士兵子彈上膛，甚至揹上爆藥隨時衝去。

聽說米國人來了，幾個聯庄的人聞風跑來，農夫扛鋤頭湊熱鬧，警察暫管的這些「武器」就有上百把。臨時司令台上，區隊長劉金福位列首席，隔座的是吳上校。其他的八個老人像風乾標本坐在藤椅上打盹。這時候帕走過廣場，身後揹著麻竹筒，斷臂纏著繃帶。沒有人知道他要去哪，只在村中失魂走著。多虧劉金福一禮拜前把帕的手鋤斷，才把孫子留下。劉金福趁此告訴吳上校，再逮一次，他會砍帕的腳，現在當兵不是很缺腳伕嘛！吳上校知道這老頭瘋了，要罵時，劉金福帶著八位老人站起來，要車站的觀眾開始鼓掌。火車來了，沿著河谷進站，窗口伸出長短不一的手揮著。火車靠站了，喘著白煙，鐵輪發燙，好像再不停下來休息會死於心肺衰竭。即使劉金福老早教育過村民，看到白人時，不要驚，保持國民風度。村民還是震驚得忘了呼吸，也終於肯定米國人有才調能打敗日本人，因為他們有魔法。白人不用拿行李，隨身攜帶的衣物全跟在身邊飄來飄去，在關節處彎曲自如，多神奇呀。等到衣服飄到較亮的車廂外，村民懂了，用笑聲代替掌聲，原來是衣服穿在黑人身上。這群黑人像黑洞，把大家的眼光吸進去，尤其黑色的糖果更迷人。一位胖黑人婦從口袋掏出巧克力發放，見者一擁而上，不分老嫩，嫌手少一隻。甜味總是最好的外交大使，能鎮定孩子。

米國人來關牛窩是尋找戰前的親屬遺骸。不論P38駕駛或B29機組群的遺骸都不好找。黑人飛行員不知被埋在哪裡，白人機組群又死在深山。米國憲兵說，在士兵上戰場前，國防部憑著憲法與聖經的宣示，即使士兵死在最遠的海外，也要帶他們的遺骸回國。如今他們飛過了整座太平洋來這，多幾座山也擋不了。

美國人先來到最近的P38墜機地。那是臨河的水田，田中央有老樹，樹下有座伯公廟，樹上有一台鐵盤子在飛。飛碟是帕造出的，用繩子繫在樹上，螺旋槳隨風轉不停。米國人對飛碟很好奇，還沒到樹下，眼神就盯著看。劉金福要解釋時，一位被大轟炸炸死親友的村民跳出來說：「那是伯公的鐵斗笠，能夠遮涼；對你們來說，那是血滴子，可以剁下人頭。」數十位觀看的民眾都點頭稱意，有人還鼓掌。

口譯的臉上驚訝，指著鐵盤子好掩飾自己的表情，說：「看有多像呀！他說那是土地神的電扇。不過，我看像風箏呢！」

「那是耶穌十字架，喔，約翰會喜歡的。」黑人婦激動的往前走，還踏垮了田埂。時值春夏之交，田中的綠稻子輕晃，樹旁插了十字形架子，架子上有個稻草人。黑人婦女指著稻草人說是上帝之子耶穌，指著樹下放養的羊說是上帝的羊群，而土地公廟成了教堂，教堂裡坐著的土地公是巴多羅買——耶穌十二門徒之一，前往東方佈道而失蹤——這讓同行的米國人受不了大笑起來。口譯窮於應付，轉頭對村民說，這黑人信伯公了。民眾都點頭稱意，有人還鼓掌。接著黑人婦跪下去，指著小廟，對著其他的米國人說，你看，那是耶穌十字架。廟中的土地公果然戴了一個耶穌十字架項鍊，那是帕從飛機失事現場撿來而掛在石尊上的。因為這個項鍊，先前笑的米國人認真了，眼前的文化越看越像基督教，稻草人就是耶穌，他們把手在胸前畫十字架，說聲阿門。「現在，他們全都信伯公了。」口譯說完，群眾報以熱烈的掌聲，說這些炸死人的米國人有誠意了。

「你們怎麼稱呼聖徒巴多羅買？」黑人婦女問。

「田頭伯公。」劉金福用客語說，他也被黑人的誠意感動了。

黑人婦接著跪在地上，上半身快鑽進小小的土地公廟，只留下大屁股對準外頭的人。那麼近的距離，幾乎對土地公耳語，她祝唸：「神呀！這兒的教堂太小了，我進不去，只好跪在門口。這樣說好了，我這輩子上過兩次教堂，今天是第二次。我第一次進教堂是四年前，跟約翰一起進教堂。我說的約翰，就是開飛機摔在這的人。他是我第八個小孩，從小愛打架、愛惹事，在我的十二個孩子堆中，一把就可揪出他，因為他連睡著時都手腳揮來揮去的打空氣。十八歲時，他說他要去開飛機了，拎著包袱，穿牛仔褲，跑進軍營，成為美國第一批黑人飛行員。說也奇怪，那個像密西西比河從來沒有停過的約翰，結訓受頒時，動也不動。他分發前，我和他前往營區附近的教堂。我不相信神，但約翰信，我進教堂是給約翰安心的。不過那次我也向約翰相信的神懇求，希望上帝讓約翰的飛行翅膀永遠不歇。現在想想，我那時說錯話，是要上帝讓約翰平安退伍，不要掉飛機，沒想到上帝讓他成了天使。所以，我告訴自己，對神講話時，舌頭要正，不要有閃失。我懇求您聽懂我的每個字，我只有一個身為母親的請求，我要帶回約翰的屍骨，田・頭・伯・公，請您幫幫忙。」黑人婦用客語默禱完土地公名字，鑽出身體。她抬頭，一陣風吹開眼前的枝葉，看見一列火車從山崗馳過，噴出的煤煙，卻如神明的手指點沿線的景致，有傾壞的便橋、成群飛的白鷺、瀰漫甜味的芭樂林、龍眼樹成片的莊園，最後是亂葬崗。喔！買尬，田・頭・伯・公，黑人婦激動，拚老命的喊，她把亂葬崗的墓碑與納骨墳看成了差不多樣子的伯公廟，心想滿山都是廟，這是上帝應許之地，滿山是神的房子呀！多麼神奇。她淚流滿面大喊，她的約翰就住在那。

大家驚著，不是她說了什麼，而是她竟然哭了。戰前的教育影響下，他們相信米國人沒血沒淚的，內心住著惡魔。但是，眼前的女人滿臉是淚，哭得像摔碎的愛玉亂顫，像被關牛窩的溪水附身，淚水狂流，還喊著本地的土地公，又打動了在場的村民。

沒等到口譯出面翻譯，一位村民走了出來，說火炭人確實埋在那塚埔。那個米國黑人死了後，日本憲兵找了他與幾個村民，趁夜抬去那埋了，事後每個人得到一包菸。他沒抽那包菸，偷偷跑去，用拜**有應公**的方式，把竹籤插上香菸的濾嘴當香拜，他知道米國人埋在哪。這答案讓黑人婦女釋懷，吆喝大家去尋骨。他們在塚埔邊的約略位置挖，立即有斬獲，先露土的是頭顱，米白色，不大。「這不是那隻烏骨雞！」撿骨師搖頭說。黑人婦卻說找到了，沒錯，這顆扁頭她打過、也疼過，要不是生他時屁股夾太緊，頭型會比杜魯門帥上幾倍。她親自撿骨，挖出一具穿飛行裝的骸骨。骨骸魁梧，卻像嬰兒縮著，吃自己的拇指，好像玩累的孩子睡了就等待母親叫醒。黑人婦不忍剔除骨頭上的泥土，說要帶回約翰的肉才算數。

另一方面，B29機組員的遺族也上山尋屍。山青與壯丁分別用十八頂雙人轎扛人，經過部落還受到歡迎，敬上小米酒。入林的空氣像開罐的香檳，潮溼且透澈；溪水乾淨，想要喝口水，不怕人的紅螃蟹舉起大螯捍衛水權；樹冠落下光束，成群蚊蚋嗡嗡叫。米國人沒心情欣賞，只想早點到，內心煎熬的火像鍋底的炭漬一樣頑強，鏟掉它又燒出來。走到最後哪有路，都是啞巴樹木，除非你有本事跟它們溝通得到路訊，不然就乖乖找路。當初是憑著轟炸機墜落時冒出的濃煙而去，現在總不能叫那些米國鬼魂燒些狼煙報位置吧！他們爭辯要從哪去找，米國人、原住民、客家人比手畫腳的溝通。這有可能，那也行，除了後退，任何方向都能到達的樣子。最後他們又回到中午停歇的地點，那是藤蔓與落葉盤據的一小塊空地，早先撒的尿漬還未乾。他們起爭執了，山青、壯丁與米國人用各自的語言相罵，這時候，天頂的雲移走了，陽光落下，四周爆開金屬光芒，瀰漫著一股鐵鏽味與汽油味。原來找得半死的地方就在咫尺，這是墜機地。他們靜下來，不再吵，深怕打擾了鬼群的登機儀式：空氣中有雪茄菸味、刮鬍子水的薄荷香，與衣服漿洗的味道，好像幾年來這些鬼魂不信自己死了，雲散去，就等著上飛機去炸人。最後，家屬在附近挖出了七具頭顱和散亂的骨骸，沒有衣服殘絲。一位山青坦承，當初屍塊掉落，全丟在這個坑，沒埋衣服是怕鬼魂穿衣跑出來作怪。說罷，他指著墳堆邊的大樹說，看，這當初只是矮杜鵑呢！多虧這些飛行員的血肉照顧。然後樹晃起來，沙沙作響呢！

米國人很快的把軍人遺骸運走，過幾天後又來了，舉行盛大的揭碑儀式。除了遺孀與家人外，還來了六位帶著小號的軍人。他們往田埂走。稻子晃得浪，田中央的伯公廟與老樹更加美。稻田上還插滿了各式各樣的稻草人，有胖有瘦，有白也有黑的，綁在各自的十字架。「這是上帝應許之地，看看祂的門徒們。」一位米國人感動的說，「祂們在這受難了。」算了算總共有五十幾位稻草人豎著。口譯唯一翻錯的是把門徒說成兒子。劉金福聽了哈哈大笑的說，「祂該結紮了，這裡的閹雞師父很厲害。」嚇得口譯只能對米國人嘿嘿嘿的笑。

劉金福對隨來的米國人說明：村民聽說要建立紀念碑，鳩資買下土地公廟附近的地，屯了土，蓋成一座小公園。劉金福也親自擲筊請示伯公。祂願意擔任基督教的駐外使節，反正當牧師不用離婚，土地婆就不反對。米國人聽得糊塗，上前看就懂了。土地公廟頂安了十字架，上頭綁了稻草人，廟楣上設了寫有「巴多羅買・田頭伯公」的石匾。這是迷你教堂。有位遺族的小孩說，那小教堂裡的神比較像聖誕老人呢！然後所有的米國人都笑不停，直到有人喊，阿門。

這時槍聲響起，遠在練兵場附近的國軍對日軍猛開槍，煙硝飄起。新一波的攻擊展開，也是鬪牛窩槍戰中最驚心動魄的一刻，歷時十分鐘左右。劉金福望了一眼那，對槍聲習慣了，這幾日來零星出現，今日最激烈而已。他對米國人說那是放紙炮慶祝，用祝福的口氣要求儀式開始，唱雙方國歌。在米國軍人用小號的伴奏下，歌聲漫過，「三民主義，吾黨所宗」，乃至「烈火熊熊，炮聲隆隆，我們看到城牆上那面英勇的旗幟」，混合了遠方的槍聲。槍響停了，國歌也唱完了，他們共同揭開紅布，露出底下的大理石碑。那個石碑一直是祕密，數天來由外地的師父雕刻，如今現身在村民眼前，上頭都是英文字。村民走前瞧清楚，把每個不懂的英文字看透，有人掉淚，說這塊石頭是冷的，沒有感情。

「刻錯字了？」米國人好奇的問。

「是沒有刻上。」劉金福看著碑石，說：「上頭只有你們的名字，沒有我們的。」

紀念碑上面只有八位米國陣亡戰士名字。劉金福指著附近的稻草人，說那有的是白人，有的是黑人，還有四十六位被炸死的本地人。它們都是由村民紮出來的，站成一塊，吹同樣的風，沒理由有人可以刻上這個大墓碑，有人不行。劉金福講完，大家往四周看。每個稻草人擺動身體，死亡與種族沒有困擾它們，它們在風中呼嘯出同一曲歌曲。美國人懂了這活動對雙方的意義，他們把紅布蓋上石碑，過幾天後再揭開。

「你們不該這樣匆忙走，該多看看我們多麼保護基督教。」劉金福說。

他帶外國人來到車站附近的聖母廟。那裡的信徒不斷，得高舉香才不會燙到別人。他們持香不是手晃著拜，是跪在地，右手持香在胸前晃十字架。這吸引米國人上前一步瞧清楚。攤平的B29轟炸機機頭釘在牆上供人膜拜。神圖是穿連身式泳裝的女人，把誤以為比蓮花指的OK手勢上又加畫淨瓶，受香火燻，幾乎失去原貌成了黑人。一群米國人看不出端倪，否認曾看過這號人物，但是受虔誠的香客感動，他們嘰哩呱啦討論，最後勉強說那是聖母瑪利亞的東方版。只有一位洋女人沒參與討論，獨自站在神圖前，被煙逼出淚水，終於看出蹊蹺，說：「我要帶走這神像。」

劉金福面有難色，有朋自遠方來，自然要待之以貴賓，然而神圖出國，是村子大事。他肯，未必香客肯；香客肯，未必聖母瑪利亞・觀世音娘娘肯。為今之計是直截問祂肯出國旅行嗎？劉金福持香跪拜，七次擲筊為憑，但遲遲得不到聖筊，讓圍觀的信徒發出勝利的微笑，鬆了一口氣。等洋女人搞清楚兩片半月形的木片用意後，更大膽了：「你說的話，祂完全聽不懂，當然不同意。但我相信祂非常同意我的想法，還會親口答應。」

「這是神明的兩瓣嘴。」劉金福托著兩瓣筊強調，「祂們都用這講話，自古如此。」

「祂現在就親口說了。」洋女人指著鐵板神像說，「因為我就是祂，叫艾莉絲。」

村人很懷疑，這阿督仔拿雞腿比大腿，真見笑。眼下的洋女人，臉上沾滿俗稱「蒼蠅屎」的雀斑，鼻子像筍龜一樣長，臉頰如馬，上了油漆厚的妝還是遮不了憔悴。而鐵板神像泳裝縹緲，姿態輕盈，說祂喝露水、吃青草維生的也行。只有劉金福心有不妙，鐵板確實有署名艾莉絲，已找人上漆塗掉，封祂為瑪利亞・觀世音。觀世音會三十三變，變成米國神沒問題。但是眼前的洋女人有如何的本事看穿這個祕密，劉金福很疑惑。自稱艾莉絲的洋女人更看穿了大家的疑惑，無意阻止大家的嘲笑，換作她也會這樣。她只提出解釋：曾有一年，身為鎮婦聯會會長的她，帶一群女人到喬治亞州的馬里塔（Marietta）機棚幹活。這些鉚釘女工拿著螺絲鈑、鐵鎚或氣動工具，蹲在悶熱空間為B29的機翼上裝，廠區有三個機棚，約有一百五十名婦女，每天做同樣工作，不同的是休息時吃麵包配大蒜醬或蔓越莓醬，偶爾爭執要聽歐洲或亞洲的戰況廣播，聽到好消息會歡呼跳舞，如果是壞消息，則擁抱一起。有天，機棚外傳來躁動，大家拉她去看，一架從佛州埃格林（Eglin）陸航基地來的B29停在棚外，還刻意把機頭撇向草坪那頭。從機梯走下來的正是她的丈夫泰勒。他手持查拉薊（Cherokee）玫瑰，好大一束，整個喬治亞的陽光就醉倒在那，後頭跟來的俊俏機組員都遜掉了。那天是他們結婚五週年，他正式晉升為中校。泰勒拉她到草坪那側看，機頭上畫了她的圖，肖像比了代表成功的OK手勢，署名艾莉絲。泰勒是B29駕駛機長，對飛機有命名權，便把座機呼之她名。她看似鎮定，心情已從淚眶滿出，什麼都看糊了。她當然記得那穿泳裝艾莉絲圖案的神情。那是他們之前坐火車到邁阿密度假，路途討論《飄》。泰勒說郝思嘉（O'Hara）是整個喬治亞女人缺點的垃圾桶，自私、自大、自以為是全扔在她身上，她不同意，兩人鬧彆扭。氣氛僵到底時，他用腳趾戳她，趁她微笑時，用價值他兩個月薪水的相機拍下。至於那泳裝，是在邁阿密海灘照的。泰勒把她的微笑與她的泳裝照組合一起，畫在飛機頭，當作幸運女神。

等艾莉絲講完，口譯對這麼長的故事無從譯起，一堆俚語與地名真帶渣，卡死在腦神經，便對圍觀的居民說：「鄉親聽過來，她說她先生死了，大家哭吧！」

鴨子聽雷、在旁邊打混的村民有活幹了。他們哭了，哭得慘。米國人也哭了，被艾莉絲講出的故事感動，更感染了在關牛窩人的哭調。就在哭聲融合得你儂我儂時，有人從練兵場那頭跑來，邊跑邊喊，臉上只能看到一張窟窿嘴嘶吼。那個人見聖母廟人多便衝進來，大叫：「日本人輸了，國軍贏了，練兵場倒牆了。」這好消息讓哭著的關牛窩人馬上甩乾淚，像油鍋裡的水滴亂跳，發出快樂的呼吼。最後在劉金福的帶領下，全跪在聖母瑪利亞前面感謝：「關牛窩天光了，四腳仔輸了了。」「他們說，聖母瑪利亞終於顯靈了，讓一家壞工廠倒閉了。」口譯對米國人說，發現自己站著很奇怪，只好一起跪下去了。只有艾莉絲很尷尬，她就在鐵板神像旁，接受大家一跪。

米國人後來走了，艾莉絲也帶走了她的鐵板照片，他們從海外匯款在聖母廟原址蓋起了教堂。那也曾是一甲子前馬偕要漢人與原住民排隊拔牙的地方。幾天後，大石碑落成了。關牛窩孩子學會的第一個英文字來自這石碑。上頭只有兩行字，第一行是兩個中文字——謹記，底下是英文Remember。記得的少，遺忘太長了。不少跑去的孩子看出端倪，說那英文是象形字，像黑人躺著，而且b像老二勃起。

帕斷手後，國軍暫時放了他。他纏著綁腿的右臂腫脹，除了蒼蠅靠近，黏最緊的剩下影子了。他成天在村裡走，盯著路，雙腳無意識的擺動，似乎要把力氣一點一滴用光。喚他也沒用，笑他也無所謂，怎麼都由人。有時候，他看到草藥——只要叫不出名字的植物都有神祕功效——摘一把在嘴裡嚼，嘴唇不麻的都是無毒性的好草藥。藥糜糊在斷臂處，然後從背後揹著的麻竹筒抽出一隻手臂，試著黏回去。時日一久，斷臂腐爛且發出噁心的臭味，麻筒塞不下，便拎在手中走路。他走過墳場、河流等，晚上穿過民宅，白天穿過上課的教室，沒有障礙物阻擋，連覺也不睡，就這樣慢慢的走下去。有一回，帕走在路上，一班火車自後鳴笛而來，他不讓，它也不讓。雙方碰撞了，要不是帕走得失魂落魄沒重心，今天破了一層皮的會是火車。他晃前幾步，被撞的左臂疼痛，但手中拿的爛臂不見了。斷臂掉在一面石壁邊。他在石壁前停下，沿牆繞了一圈，它如此堅固完美，爬滿牽牛花的藤蔓。烈日下，紫色的花朵捲縮。帕扯開一片花藤，彩亮的四腳蛇與螞蟻竄開，他趴在石壁聽，以為它是死的，裡面卻充滿各種風在衝撞的雜聲。風在這好聒噪，它不是通過樹葉、山谷與喉嚨才留下線索嗎？帕爬起石壁，像他爬大霸尖山那樣，要到頂端去。但石壁是堵水泥牆，冷酷又光滑，帕爬上去，馬上翻落來。他不放棄，抓著藤蔓爬，也照例翻落。忽然間，砰的槍響了。子彈射向帕，他鬆手，呈大字往地上摔落。

開槍的是一位盡責的國軍年輕士兵，人沒槍桿高。上頭的命令是誰敢爬牆進日本人的狗窩，儘管開槍。「我打到他了，有準頭呀！」士兵大吼，好像對那些蹲在壕溝、屁股快得溼疹的班兵講。所有的士兵探頭看，牆面現在什麼也沒有，只留下一道血痕。

「你打死那個日本軍官了，你不是挺喜歡他的？」另一位士兵說。

年輕士兵頗欣賞能把房子盤起來轉的帕。他看著牆，生氣吼：「我操我自己祖宗十八代呀！我不是真的要殺他，我只想警告他。」說罷，哭了起來，哭得槍桿都快泡在淚水中。

帕沒死，卻摔得腦漿快潑出來，老是站不起。他勉強從圳溝爬起，身體溼漉漉的。平滑的牆上現在多個被子彈鑿出的小坑，很淺，也不高。帕用指頭扣那洞，往那上爬些，可是上頭再也沒有新彈痕，他又倒了。

「他沒死，他沒死。」年輕士兵大喊。那些蹲在坑道、約一個連的士兵紛紛敲著鋼杯，看著帕爬上牆，又掉下溝。牆上沾了水，也塗了帕傷口上的血。他們有些糊塗，也有些震撼，沒有人想開槍。

吳上校很快的聞風趕來，看見帕還在爬牆，真帶勁，便吼：「他媽的屄！你們這些狗日的丘八（兵），當他啥？是英雄，也是漢奸，算盤撥減幾下，他還算是賊呀！」吳上校拿出皮扣裡的盒子炮，朝那頭甩上一槍。這一響，帕又掉下來。吳上校見狀，趁機喊：「給我儘量打，但要是誰敢打死他，我扒了誰的皮。」他要給帕一些顏色瞧瞧，打醒他的鬼子性格變成人，不是打成廢鐵。

隨後的槍響像頑強的瘟疫漫開，連續且高昂，每支槍都有了，牆面佈滿了彈孔。槍法凌亂，牆面疤疤的，隨彈擊噴出了土沫。塵埃中，帕重重跌落後再爬起，再往上爬，沒考慮會被打死。吳上校再度大吼，他不要打得這麼拚，一個班一個班來開槍。一小時過了，一天過了，帕越爬越慢，卻沒有停下手腳的意思。士兵吃飯也打，夜裡也上燈打，白天瞇著日頭打。那些彈孔也幫忙了，帕單手能扣住，往上拱起身，越爬越高了。到了第三天早晨，疲累的國軍突然振奮起來，眼見帕差一公尺就要爬上城垛，不得不搬出機關槍震下他。四挺的機槍瘋狂掃射下，塵埃瀰漫，瞇瞎了視線。這巨大的聲響漫開，穿越河谷，遠在幾里外給大石碑揭幕的劉金福和米國人都聽到了。他們唱國歌遮掩，「三民主義，吾黨所宗」，乃至「烈火熊熊，炮聲隆隆，我們看到城牆上那面英勇的旗幟」。歌聲也傳回了戰場。在那裡，烈火熊熊，炮聲隆隆，忽然從牆上重重的掉下一塊東西。「他掉下來了，快停火。」一位國軍排長大喊，拍打機關槍手的鋼盔提醒。灰塵沉澱了，帕不見了，他爬過牆去了，只留滿牆血跡，與牆下那截發黑腫脹的斷臂。他們沒看過這樣怪的斷臂，腫得像人一樣大，五指怒張，一副要擋下全世界的樣子。幾天來它給帕揹在背上擋下無數的子彈，佈滿彈孔。

帕爬進城去了，跌落在預先放好的棉被上。他站起來的那刻，雄渾的歌聲響起，眼前五十幾位久候多時的日本兵唱起軍歌。他們看來沒有困頓失意，像下一刻要慶功的戰士，土綠服乾淨，步槍發亮，牆外都可以聽到他們歌聲。帕感到只有自己是髒的，他來到臉盆旁，抹把臉，用掛在盆邊已舊但乾淨的毛巾擦臉。他拍去衣上土漬，鞋破就破吧！他脫下鞋，現在他有乾淨的腳了。鬼中佐來到隊伍前，主動先敬禮，卻沒說話。然後，他帶隊來到城門邊，要光明正大的攻出城外去了。

日本的安魂曲傳出城外。吳上校知道日本兵這幾個月來憋急了，下一步是同歸於盡，衝出來亂廝殺。他下令所有的士兵繃緊神經與子彈，圍住重要據口，有任何動靜，就讓對方躺下。時間一秒秒流逝，對國軍很難捱，眼皮子不敢眨，深怕一群瘋狗就要咬過來了。鬬牛窩仍處在戰火外的無知狀態，河在流，土狗在橋頭睡，一列載著甘蔗的火車正鳴笛離開，還有一群民眾與米國人窩在聖母廟。而農民繼續耕田，脫下帽子問蒼天，哪時會落水？吳上校為這閒適的畫面捏把冷汗：憑著日軍在大陸「殺光、燒光、搶光」的戰略，要是國軍把不住，讓那群瘋狗從狗籠衝入鬬牛窩，眼前安靜的畫面，不久會像岩漿流過，流過更安靜，也淪為人間地獄。

這時城門開了，沒有槍聲，沒有人流血，勝負也決定了。有幾分鐘，國軍全呆住了，被日軍的戰略迷惑得像一鍋美味的牛肉燉蘿蔔，只差一張桌子享用，更貼切的說，只缺一張桌子簽署戰勝書。沒錯，國軍贏了。鬼中佐腳蹬烏亮的高筒靴，軍服燙出線紋，牽著馬，舉白旗從大門後頭走出，投降也要很派頭。裡頭的日本兵排列整齊，站立不動，唯一在動的是嘴唱〈海行兮〉，不是唱給別人，是唱給自己聽。步槍三支為組的架地上，高炮則架在後方，它們嶄亮發光。他們必須這樣對待自己的武器，細部分解，上油保養，投降也該如此，就不用惋惜國軍往後對它們如廢鐵了。

「我們等最後一位士兵鹿野千拔歸建，才願意『停火』。」鬼中佐在公會堂裡受降，他不說投降而是停火，甚至為屬下解套，「一切都是我的命令，他們只是聽命行事，責任由我扛下。」

劉金福進入練兵場時愣住了，跟來的八個老人也是。到處是坑洞，彷彿方圓數公里內的洞都長腳跑到這。九青團閃來閃去，掉下坑可糟了。圍牆邊有棵番樣樹，樹下坐了幾個日本軍官，帕也在。那個監牢不過是在地上畫個方方正正的線框，把日本戰犯關進去，圍籬也省了。戰犯逃也行，但服從的念頭壓過一切，況且鬼中佐把責任扛下了，士兵只等待遣返。九個老人朝監牢走去，有人吐口水，盡情罵他們是土匪皇帝的狗奴才，卻對裡頭的帕譏謗個不停，都說，多虧他爬過牆叫日本人投降，不然這仗不知道還要打多久。劉金福問旁邊的吳上校何時能釋放帕。吳上校打趣的說，行，要是劉金福把九青團散了，把實權交給官派的鄉長管，他就放了帕。八個老人頭也不回頭的走了，劉金福猶豫後跟上去，走之前又數落了日本軍官，表示他慢走就是要多罵。

九青團進入練兵場當然不是來罵人的，是擔任點交見證人。國軍變賣日本軍品的歪風猖狂，上頭有了條規，點交從嚴。吳上校對點交有些煩，但是他知道日本人也沒老實過，在敗降前把搜括來的黃金珠寶偷埋起來。此事全關牛窩人都知道了，只剩日本兵不承認。最可能藏的地方是練兵場，日本人在此盤據很久，建高牆掩護自己偷埋，時間多得夠他們挖到地心用了。那些坑洞是國軍的傑作，想挖出埋藏的藏寶。不過數天來他們挖了無數坑洞，也挖到「無價」之寶，找到無數破瓦與殘骨，是早期原住民的文化遺址。

點交儀式很煩人，細節太多，幾棵樹、幾片瓦也要點。當國軍翻到磚頭厚的簿冊底時，要日方代表交出上頭寫的「金鋏十把」，拿來卻是十把生鏽剪刀。不管日方如何解釋，金是金屬的意思，不是黃金。滿腦黃金夢的國軍就是聽不下去。

「他媽的屄，我名字有『金』字，難道我不懂這是黃金的意思。」劉金福大吼，舌頭激動，隨後對自己罵出髒話稍有驚愕。他這麼生氣是有道理的，日軍曾強迫村民繳鐵器，鎔鑄為武器。還派日警拿著木箱，挨家挨戶，要大家獻納金戒指、金項鍊、金手鐲去買武器，要是誰表明沒好捐，會被臭罵一頓。

吳上校又指著清冊上的「一百公斤的大金鎚」，說這下沒話說了！誰會用上雷公鎚，難道雷公是日本鬼子？日方畢恭畢敬，表示鐵鎚太重了，搬不動，勞駕各位到倉庫點交。打開門，空蕩蕩的倉庫擺有一支大鐵鎚，鎚頭抵地，鎚柄靠在木架上。倉庫中，還有一隻受驚的麻雀飛來飛去，繞呀繞，撞擊玻璃，最後停在窗格上喘息。吳上校上前，試了一把，果真斤兩有足，多憑幾人之力也舉不了，竊笑日本人有種，想拿雷公鎚打美國坦克，便說這是幌子，當他愣子，到底黃金鎚藏到哪兒。

但劉金福看出蹊蹺，這是把他從地牢搥出來的那把。他上前，撫摸鎚柄，腕粗的柄上留下帕的歷歷指痕。劉金福掉落什麼似的，心頭發出咚咚聲響。他抬頭看，有隻麻雀想飛出去，撞擊玻璃，也發出咚響。他打開窗，窗軌卡得緊，死拉活拉的，忽然整片窗戶往外倒，砰一聲，玻璃全破了，伴隨著湧入的風，倉庫塵埃亂竄。

「散了，我在這宣布九青團解散了。」劉金福突然覺得舒暢，「我名字有個金字，也未必要逼自己當黃金。」

劉金福說罷便走，留下八個老人愣著。他走出門外，閃過坑洞，跨入畫線框的監牢把帕帶走。帕不依，監視的國軍士兵也不肯。劉金福賞去耳光，在線框畫個門，拉著帕的手從門口走出，留下監視的士兵喊：「把門關回去呀！」劉金福拉著帕回家。走了一半，帕掙脫阿公的手，自行走。兩人發生爭執，帕走得快，多罵幾句劉金福就溜了。劉金福肚裡還有怨，越走越悶。他忽然想到什麼似的，走入一條他久未拜訪的小路。路盡頭長滿了葎草，這種草的葉片粗糙，當砂紙也行，容易刮傷人。劉金福曾把它的嫩葉當野菜，如今被刮傷也不忍苛責，誰會吃鯉魚時罵牠有鱗。他走過草叢，發出沙沙沙聲，腳踝不久被刮花，滲出血珠。那個大石碑還在，上頭的字跡更糊了。他摸了數回，好像有很多話說不出來，沉默了好久。

大石碑旁有幾株遮蔭的樹，被白蟻窩佔了。要是白蟻蛀太久了，直到內部，樹會糜骨的，看似樣子，一碰就癱。他拿粗樹枝把蟻巢刮除，發現有人在上頭留字。數十棵雜樹都有了言語。

「一切有為法，如夢幻泡影，如露亦如電，應作如是觀。」

「生苦，老苦，病苦，死苦，愛別離苦，怨憎會苦，求不得苦。」

「花氣薰人欲破禪，心情其實過中年，春來詩思何所似，八節灘頭上水船。」

……

這刮出樂趣來了，他順每棵樹刮去。大部分給白蟻啃食，難辨字跡，即使字跡鐵然，劉金福也沒懂幾個字。來到某樹下，他從麻子皮的樹幹挑出一行：「桃李不言，下自成蹊。」頂著老花眼看，他懂得中有個是李字，心想，想當然耳這八字在說這株是李樹。他往上瞧，纏著藤蔓的樹上迸了一朵花，孤單一朵，是李花？還是藤蔓開的？他把細長的李枝拗彎，摘下花。花蕊白豔，朵瓣光瓷，味道有股淡雅，是李花沒錯，怎麼只開一朵，季節也不對？劉金福躺在草叢中，尋找樹上還有遺珠之花嗎？眼神越過那些找不到線頭的藤纏樹，流雲過天了。遠處的昆蟲鳴叫，彷彿牠的肚裡遼闊得藏了一座山谷。他真累，不久淺眠，夢卻濃得要命的那種。他夢見沙洲上有百萬株的甜根子草，白茫茫的絮浪。大風吹，教它們撒了陣勢，草海沸騰，澎湃掩倒，唯有一盞路燈立在中間，忽明忽暗的閃。他穿西裝，抹髮油，口袋捎了塊繡布，準備上工去擦燈了，走過草海來到那燈下，發現路燈竟是李樹。

一樹的盛宴花朵，李花開得好曬呀！

開得真鬧，劉金福流淚說。只見落英繽紛……

他拿布，擦起花瓣，每一瓣……

橘樹不言，下自成蹊

竹篙屋附近有片構樹林，那是靈魂之樹。帕喜好坐在樹下等花開。夏季的微風吹來，花朵瞬間啵一聲開放。凡是第一朵開，傳染力爆開了，整個構樹林啵啵的開花，冒出花粉，濃密如雲，多喘口氣會被花粉嗆傷。觀賞花開聲與花粉雲要等待，也許耗等一天也沒有，才走開，整片構樹林就沸了。也許忘了這件事，哪天經過構樹下，反而被瞬間花開的大合唱嚇壞了。要是有幸遇到花開，花粉雲會嗆走附近百公尺內聒噪的鳥。夏天的鳥總是舌頭很長，沒了牠們，森林安靜多了。帕喜歡這樣的恬靜。

過了不久，構樹結果，橘色果實掛滿樹。蝴蝶飛來，吸食地上的爛果。鳥又飛來了，把樹上的果實啄落，吃兩顆掉一顆。倒是獼猴很霸氣，一來就是洗劫一空，吃十幾顆就膩了，也不走，就賴著不肯讓其他動物如石虎、山羌靠近。石虎吃果子時聽見聲音，先蹲伏觀察；山羌是先逃離，再回頭張望。帕養的那頭熊也知道甜點在哪，循著味道，來到構樹林，往樹幹撞，果子自動跳下來。要是哪隻獼猴不知禮讓，在樹上像剛進地獄的觀光客撒野似的咆哮，不知閻羅王，熊準會爬上樹咬潑猴的腦袋。熊進食時，帕總是安靜在一旁，要是打擾牠就翻臉。帕記得熊幾個月大時不是這樣，好動頑皮，牠吃東西時，抓住後肢倒懸也行。熊越大脾氣越野，像森林，抓不準深淺範圍。而且，帕覺得熊的脾氣越來越像自己，簡直就是自己的翻版。

有一回，黑熊為了爭吃構樹的熟果，豎起身對帕咆哮。帕一掌往熊的齒頰揊去。牠眼睛被打出一大泡的金星，回神已翻落在幾公尺外。然則，這一掌動了筋骨，帕漿汗了，且毒癮又發作，身子側縮在地上顫抖不止。他從口袋掏出大花曼陀羅的乾燥花與種子，勉強吃下，那種麻痛很來勁，至少稀釋癮頭。被打痛的熊乖乖的從山谷爬上來幫帕舔汗。帕笑得很勉強，盤坐地上休息，漸漸的呼吸，覺得自己就要變成一株樹那樣安靜。鳥囀很動人，從小溪那頭吹來的風帶有甜滋滋的爛木瓜味，風也吹動樹葉，闔上的眼皮感覺到一亮一亮的陽光。來了，他聽到聲音，好多傢伙來了。即使闔眼帕仍感到，一隻母山豬帶著一群小豬仔從山道爬來，低頭吃著落果；山羌徘徊在遠處，動也不動，很想靠過來湊食。稍遠處的草叢，有穿山甲在吃螞蟻，伸出細長舌頭。帕猜想，或許他身上有熊味，讓牠們失去戒心靠近。尋思間，聲音又近了，這下是人聲，從山下方向來，唱著日本歌〈海軍進行曲〉。他豁然站起，躺在身後的熊也嚇醒，跑去趕那些來吃食的動物。鳥飛走，蜻蜓亂飛，山羌逃跑，小山豬群嚇得四散，久久聽到母豬的呼喚聲才往那聚合。帕蹲下安撫熊，不是牠嚇壞了動物，是打擾了遠方來的動靜。

帕知道是誰了，大步往那靠近，步伐多麼青春，情緒完全激動，毫不顧忌毒癮的餘痛。在一道山路彎處，帕戰鬥蹲姿，一手按壓住熊，看到來者從山路那頭冒出身影，便喊：「戰鬥戒備。」前頭幾位哼著歌的白虎隊少年愣住，接著齊一動作的蹲下，邊做邊唸戰鬥口訣：「調緊爆彈包帶、兩手抵地，屏氣凝神，雙眼凝視前方。」「肉迫。」等到躲在暗處的帕下達攻擊命令，他們興奮的衝去，但迎來的竟然是黑熊。牠皮毛隨著全身運動的肌肉律動，眼露憤怒，嚇死人，彷彿戰死方休。少年有的逃上樹，有的意識到命令如山，硬著頭皮衝過去。遠方忽然傳來一聲口哨。那隻熊立即趴在地不動，整整滑行幾公尺，把迎來的少年全鏟翻了。這時候帕才現身，幫人仰馬翻的人拉一把起來，深情拍他們的肩，稍後則嘉許那些看到熊就爬上樹的人很聰明。

來不及寒暄，帕就被隊員拉走。邊走邊聊都不行了，疲累的他光顧呼吸就行了。他不知道要去哪，不久就想到了，因為沿路場景越來越熟，比如他曾在不遠的山坳抓到五個學徒兵在野戰訓練時偷懶；在下方的山溪邊撞見一位想家的學徒兵哭得唏哩嘩啦，抱著筆筒樹喊媽媽；至於右前方那棵楓樹藏有野蜂巢，五個自告奮勇的原住民學徒兵燒了把草，煙燻之，放倒樹，剖出樹窟甜死人的蜜，蜂蛹用月桃葉包著烤，蠕腴多汁，輕咬發出吱吱聲，幾乎讓小兵們一個月內走路沒魂，老是張望路邊的樹窟有沒有蜜蜂出入。還有，那山坡上的野草莓，又甜又酸，眾學徒首次撞見時根本不顧刺。而那株茄苳下有半埋的戰鬥靴，一株樹苗穿過開口的鞋縫，帕看過一回就忘不了。當然了，一切的記憶核心在那小操場，白虎隊的練兵地。穿過幾叢密林，帕終於來到了。

幾近一年的荒廢，它又恢復如昔。操場上的車前草拔光了，單槓上的草藤砍除，木屋毀圮的牆用竹片替代，木門軸重新上油，旗竿豎新的，牆腳糊土，標語用漆描過，經過修修補補，練兵場還能挺上些歲月。仍在場子裡幹活的十餘位學徒兵都打赤膊幹活，汗水與泥灰髒兮兮的，見主子來了，都上前去迎接。想不透該說什麼，盡是又短又窘的對應。有位學徒兵打破這沒營養的問答，他說他在後山上發現了好玩的東西，邀大家去看。後山是寮舍附近的土丘，有株山黃麻當標的。土丘早被挖開，一群人尚未靠近，就知道那埋有軍衣、軍毯及一堆牛肉罐頭——在小笠原群島被米國拿下時，鬼中佐即命令他們在此挖些坑藏軍錙，以備不時之需——他們現在看見那些軍品，雨水滲過包裹的雨衣與油布，讓軍衣沾了髒水；罐頭生鏽，鼓得像囤積祕密的腮幫子。最下層的軍毯保存很好，飄出新洗的肥皂味道。引人好奇的是最上頭有一疋用玻璃罐蠟封的白布。敲開罐口，展開白布，寫著「七生報國」四大字，下頭用毛筆工整的寫下一百二十二個日本名。答案揭曉了，那位帶大家來看的學徒兵，趁當天埋下軍錙後，偷寫了這疋白布，還先在墨汁裡頭加了粉筆灰好讓字跡快點乾，之後趁空檔再回來偷埋下玻璃罐，以待來日掀土時，振奮軍心。「我那時想，如果那時打開，肯定是戰爭了，也是最困頓時，總需要些慰藉。」他補充說。

如今在場的二十八位白虎隊員，難免無言，看著山風吹動白布，心情幾乎是洗冷熱澡。他們仍花了些時間，看了名單，討論哪些人去內地造飛機，哪些又如何，敢講出來的都是些突梯的天兵謬事；看在心裡又不願講的，都是死去的班兵。最後，他們把挖出來的軍衣，照原序擺回去，要填回土，一切都埋在這森林某處也好。

「拿去洗吧！」帕開口說，「要埋回去也要乾淨的。」

這句話啟動他們的心思，從地窟拿出物品，往坑壢的小溪走去。用石頭屯出個小水池，把布物丟入；又從寮舍床底拿出乾硬龜裂的肥皂，不夠用的，就到後山的無患子樹下找，敲開龍眼乾似的種子肉也能當清潔皂。肥皂打了泡，人跳上去踩衣物，注入活水，反覆操作直到乾淨。之後絞乾水，晾在樹枝、單槓和溪石上待乾，到處都晃動著衣服。等到肚子餓了，把過期的罐頭撬來吃，飢餓沒有期限，吃飽就行。順道生個大營火圍著烤，火能讓情感加溫。風大，晾著的衣服像套了人在跑，跑久了，乾了，收了整理。白虎隊把吃過的罐頭裝上炭當熨斗，在通鋪上燙衣服，連領子袖口這些小細節都要燙勻。對新燙、乾淨的舊衣表現的最大誠意是穿起來。因此有人對穿上衣的人讚賞時，其他人紛紛效尤，熱情的玩起來，回到他們剛當兵時的模樣呢！在床上滾、拿臉盆打人家的頭，坐沒坐相，站沒站樣，看人用斜眼，這讓帕受不了，已經污辱了那套國防色軍服。

「巴格野鹿，這還像軍人嗎？」帕大吼，「給我全副武裝，左去右回，寮舍跑三圈。」

一切暫停，大家中了魔咒化成雕像。帕覺得自己失言了，但不會道歉，只低下頭略表愧意。但是白虎隊玩真的，儘量找出裝備，沒鋼盔，沒水壺，沒防毒面具，卻在門口邊找到主要裝備，那個代替死亡爆彈的墓碑，揹了就衝去。他們繞宿舍左去右回。帕透過木牆縫，看見那些繞場的士兵影子，除了跑步與喘息聲之外沒有鬧笑聲。帕也玩真的，穿好軍服，在腰間插一把竹子權充軍刀，連自己都覺得好笑，便丟了。跑好的士兵在操場整隊，沒有怠慢的動作。帕對他們說，你們不是穿白色的約翰貝爾（水兵服），是步兵服，最大的光榮就是在上頭沾滿汗水、泥土，甚至是血。訓完話，帕命令他們原地踏步，答數聲要大，要能震落百公尺外的樹葉。之後又下令他們匍匐、滾進與衝刺，一點都不馬虎，要是誰慢的，還真的朝屁股踹去。

操完了，時間也不多了。他們此番回營，是回家前的巡禮，與老長官的惜別會，未料搞得筋骨痠痛，心裡卻滿足得很。帕要是在往常會親自下場帶操，匍匐時屁股貼地，翻滾時多翻幾次，吼聲也不馬虎，好給下屬示範，如今他卻站在場子外，不時嚼曼陀羅的種子解毒癮，強忍撬開全身關節的痛楚，最後要他們回到操場中央集合。軍服終於像樣了，又皺又髒，能擰下一桶的汗泥。

帕點名，仔細唸他們的日本名字。從左側的藤田新平、成岡文夫、竹內二郎唱名下去，記下他們的名字不難，除了朝夕的近距離相處，此刻他們揹著的墓碑也吐露訊息。碑石上有漢姓與堂號，許多人當初改日本名時從這著手。比如姓宋的改成複姓森木，森木昭男，隊伍左邊第五位，缺門牙，在一次演習中撞斷，這傢伙還堅持把斷牙吞下去，相信能長回來。還有板橋克己，個子矮小，日文溜極了，五十音能在二十秒內倒背出來，熟知日本古詩《萬葉集》，剛認識時大家笑說他台北板橋來的，從冷水中誕生。至於為何說從水中誕生？是白虎隊練習水中打坐時，凍僵時只好默唸「克己心」安慰。後來熟了，板橋克己才說，這名字是教私塾的祖父取的，克己出自孔夫子的「克己復禮」之言；板橋也不是地名，是支那詩人，叫鄭板橋，他畫的竹子總是翠莖蔥蔥，枝葉扶疏，吹口氣就在宣紙上舞動了；因為祖父愛竹成癡，過於耽溺才取這名字警惕自己。又如，姓廖的屬清武堂，清武近雄，他膝蓋軟，常跌倒，騙大家他有遺傳的腳氣病才這樣，不過脾氣最好，個子最高，最常出的公差就是曬衣服。也有人用墓碑上的本姓，加馬太郎，頭最大的那個，當兵都三個月了補給官還調不出合適的鋼盔，他漢名叫林什麼的，很忌諱人家講他是平地番。帕記得某次查夜哨時，冷風削人，便把身上披的防寒大衣脫給加馬穿。人回身要走，不知為何，加馬以懺悔的聲音在夜裡說：「我是**斗葛**（taukat），不是他們說的什麼番的。」帕後來才想通所謂的斗葛就是道卡斯族的自稱，加馬是斗葛姓氏的漢譯，當日本姓很順。這樣看來沒錯，墓碑沒死，還幫死人說話，活生生道出很多的祕密，把漢姓像詩人天馬行空般的聯想，便領有一本日本護照了。如今那些穿得比內褲還熱的日本名要丟掉了。接下來帕又大聲的唸出水杉實信、水池幸雄、竹間義富等等，難唸難記，更難得的是帕都記得。小兵們大聲應答，這是這輩子最後一次聽到別人在唸這名字時，能勇敢答覆。此後，這名字成了一組混亂的密碼，就像明知保險櫃裡有重要的東西，密碼也沒錯，卻不清楚旋轉鎖要先右轉，還是左轉，再也打不開了。

唱完名，帕大聲宣布，所有的人晉升為軍曹，在他們胸前黏上構樹葉。葉子有絨毛，拍上衣服即可，權充是陸軍的橫排雙山胸章。等到晉階儀式完成，帕再度大喊：「軍曹們，聽我的命令。」

那些軍曹沒有整齊回答，鎖在各自的情緒。

「巴格野鹿，眾軍曹，聽令。」

這下他們回應整齊，短而急速，還發出齊一的併腳聲。

「加油，從這裡離開後，以後不論遇到什麼困難，不要放棄自己，也不要放棄希望。記得，你們是我最棒的子弟兵。」帕最後才慎重的宣布：「從現在開始，白虎隊解散，你們**復員**了。」所謂「復員」即解除軍職，返回戶籍地。

他們站著不語。帕當眾褪掉軍服、戰鬥帽、汗衫，連內褲也脫了，露出滿是小魚乾似疤痕的身體，其他人也照做。他們把換下的軍裝掛在營舍，開窗讓風灌進來擺動，看起來比較不像有人在懸樑自縊。又在操場撒下咬人狗、咬人貓的種子，經風雨的澆灌，不必太久，這些碰到便會灼痛人的植物會像燃燒的綠火蔓延，而且猖狂得不近人情，沒人敢接近。他們回望空蕩蕩的營舍、單槓、衛兵所、倉庫、曬衣場，還有矮小的營倉（禁閉室）。訓練場雖然在世界角落，卻最接近宇宙，因而有了最藍的天。這裡的風很潮溼，是流動的霧。他們不敢回望太久，怕情感牽扯，才能冷靜離開。

往火車站的山道上，他們快步走，在稍微平坦的地方還小跑步，一路上，他們遇到以前整隊到練兵場升旗、經過時得敬禮的對象，是瀑布、杉木、苦楝或整片構樹，如今他們照樣喊瀧殿、杉殿、栴檀殿、梶殿，沒有踢正步敬禮，只有喊莎喲娜啦，如此深情的說再見意謂從此不再見了。繞過小溪，視野沒阻攔，他們撞見一片開成強光的紫花酢漿草原，想起那個開飛機的金田銀藏，便喊：「三葉草閣下，莎喲娜啦。」整片花海回應的晃起來，這幕教人嘆為觀止。等到他們到達車站時，火車為他們耽誤了五分鐘。運輸官氣得罵他們沒時間觀念，命令他們把揹來的墓碑丟掉，免得嚇人。這群少年哪會聽話，擠上車，大喊到齊了，出發了。火車啟動，漸漸離開，他們往火車最後一節擠去，好多回顧關公窩，撞倒不少走道上的物品。一位落在後的少年突然停下，看見某個熟悉的身影坐在靠窗車位。是坂井一馬，要乘這班車轉車到基隆，再坐船遣返日本。

「坂井桑，是我。我們在找你。」少年小聲的用日文喊。

坂井一馬穿軍服，把軍背包放腿上，雙手放在背包上，安分得像是被嚇壞的小學生。他使個眼色，要少年離開，不回應就是不回應。

那些衝過去的少年都走回來，你一句、我一句的喊坂井桑。那個四十幾歲除役的老兵無動於衷，只有露出戰鬥帽底下的幾莖白髮在陽光下發光，好像有種心事。

「看這裡，你這萬年二等兵。」一位領袖氣質的高大少年吼著。

坂井跳起來回應，雙眼凝視前方，喊：「嗨！」

「給我用中國話大聲回答。」高大的少年吼完，用國語講了句粗話，「他媽的屄。」

「知道。」坂井大吼，那音量幾乎夠一個軍官對整連使用。

兩位督車的國軍走過來瞧，佩手槍的軍官出口詢問。高大的少年用閩南語說，這日本兵不是人，以前當兵時常欺負他，現在遇到了，可不可以罰他。經過旁人的翻譯，軍官點頭，不要玩過火就好。說罷，軍官從褲袋掏菸抽，風大只好躲到車廂底去點。

高大的少年下令坂井一馬出列，把背包倒出來檢查，三秒內完成。走道立即散落衣物、筆記與一罐不知塞滿什麼的玻璃糖罐，另有一大罐桔子醬與十來顆檳榔。糖罐是丘比（Kewpie）娃娃造型，特色是光頭上留一撮金髮。戰時缺砂糖，糖果少，一粒四色糖可以讓過動兒失能的坐在那兒回想半天。可是坂井一馬總會想辦法填滿糖罐。白虎隊曾傳言，糖罐是坂井的媽媽留的，被他當命根子，誰要是偷動那東西，那傢伙會殺人。此時，少年打開軟木塞，慣性的聞聞看罐內，再把裡頭的小東西倒入手上，有月桃、蓮蕉、無患子、倒地鈴等，這種子對坂井有深沉的記憶，少年便小心倒回，塞緊木塞，深恐玻璃糖罐是冰塊做的會打壞。可是包了荖葉與白灰的檳榔嘛！要是能種活，頭殼給你坐，少年諷刺後，便模仿軍官的挑釁語氣：「這是違禁品耶，嘿！兵隊哥（阿兵哥），你敢帶就給我現在吃掉。」

坂井知道人家要整你時，要嘛就抵抗，要嘛就徹底點當乖孫子。他傾身，喊聲知道，撿起十幾顆檳榔往嘴裡塞，又拿起那罐桔子醬，啃掉鐵蓋，把黏稠的醬料往嘴巴灌，勉強用舌頭在檳榔渣中頂出一條路嚥下。他猛咳，嘴角黃一片、紅一片，腮幫子鼓得彷彿有女鬼會從嘴巴爬出來。還不只如此，坂井匍匐地上，往車廂那頭爬去，又爬回來，來回幾次。之後，又將少年帶上車、暫卸在椅角的墓碑放在背後，猛做伏地挺身，真把老命拚了。有幾個少年看不下去，要坂井站起來，別這樣。坂井完全不理，這命令誰下的，就得由他收回去，不然還是當不完的兵。

那個高大的少年推開同伴阻止的手勢，在坂井背上多放一塊碑，然後又再放。接著，他把桔醬倒地上，空瓶放在墓碑上。現在坂井背上有三塊墓碑，五十餘公斤，還有一個當水平儀的罐子，倒了就麻煩。高大的少年要他伏地挺身做下去，要是火車沒有喊痛，不准停下來。坂井大吼知道，一上一下伏地挺身，但抖得厲害，幾乎貼上那攤看得出自己臉的醬汁，最後力量不敵，面孔趴進去，從鼻孔滲出血絲。這對坂井而言是臉丟大了，在同車遣返、沉默得轉頭向外看的日本兵當中，被年紀小兩輪的小毛頭整，讓他恨不得溺死在那攤果醬。他哭了，流淚不止，保持伏地挺身的模樣，整張臉埋進醬堆裡哭，表達此刻內心的怨恨與無奈。

操罰結束。高大的少年一揮手，其他人幫忙拿掉墓碑與罐子。他蹲下身，從坂井的衣物堆翻出一面旗，白虎隊一直找不到的隊旗，原來被坂井拿走。高大的少年攤開隊旗觀看，又摺上，從口袋拿出一枚紅絨底、鵝黃線的一線二星的軍曹襟章，說：「這是少尉殿給的。」他邊說邊拉起坂井，「他說，你也有分，你脫離萬年二等兵了。」

坂井沒有站起，坐在醬堆裡，身體隨著火車震動，把用隊旗包裹的襟章緊緊握著。

「你所有的屈辱都用光了，你自由了。」高大的少年說，「少尉殿有留話給你，要你去內地好好生活，堅強點，像個大叔好嗎！」

「看，少尉殿在那裡。」一位少年突然說話了，大家朝他的指示往窗外看，群山無言，半點人影都沒有。忽然間，爆出一點折光，斷斷續續的，那是陽光轉折後的輕聲呢喃。火車很快就要轉彎了，捲起沙塵，乘客盡是咳嗽，眼見就要經過山洞群，內心咒罵那群少年快關上窗。他們不但不關上窗，還把手伸出窗外，用鏡子、筆盒、硬幣、眼鏡等平滑東西反射陽光，向山區射光芒，向帕標明他們的位置。列車長勸說這樣危險，有人因此整隻手被對向會車削掉，血噴不停。這小兒科的畫面，無法勸阻看過世面的人，他們依舊揮手。最後在那一刻，坂井對窗外大喊莎喲娜啦！千頭萬緒，這句最受用，而且那種音量幾乎夠營長對一營的士兵用。然後，滿車的少年就跟著莎喲娜啦的喊回去了。

那個反光確實是帕的，來自他手上的一片破鏡。那是半小時前的事了。少年在山道上走，向景色告別。帕好累，好像爬過灰的蝸牛一樣感到可供潤滑的黏液越來越少，腿好折磨人，老是落隊，面對少年的回頭催促，他揮手裝瀟灑，彷彿是說：去，我不送了，你們走吧。可是又老想緊跟下去。然後，他發現路旁有片破鏡子，水銀膜脫落不少。他很快想到這鏡子的主人可能是那些師範女生中的某一位。她們戰前從都市疏開到這小山谷，繼續讀書、耕作與鄉土服務。這些大他們幾歲的女生，成了白虎隊的焦點。這得感謝吸血蟲的牽線。虱子與跳蚤會藏在棉被衣物中，神出鬼沒。虱子是米國坦克，速度慢，火力強，在夜間偷襲人，沿著針縫處下整排的白蛋。跳蚤是米軍B29，把人的手腳炸出紅豆斑。誰要是吃飽沒事幹，可以練習堅壁清野的戰術——不多，三天而已，能用針插死一張榻榻米大的軍毯上的米鬼們。不然，揹棉被衣物到十公里外的溫泉池泡死牠們，這招最有效。這時白虎隊也會順道幫師範女學生揹些寢被去泡。她們的被寢含有一種奇特的味道，混合好聞的香皂與體汗，還有令人遐想的捲體毛。他們偷偷稱女味為戰鬥荷爾蒙，聞一聞，可以強行軍四小時不停。到了目的地，把溪畔的溫泉露頭用軍鏟挖大，什麼都丟下去，包括裸身的自己。最後把東西撈上來曬，包括自己也攤身在石頭上。這每隔半個月的活動幾乎讓他們失魂。

帕趕不上送行，越跑越累，落隊也越遠了，想用這破鏡片給他們訊息。山下火車發動的那刻，帕才來到酢漿草園，深受紫花吸引。他走上花海，後頭跟來的熊亦步亦趨，踩過時褲管沾了綠液，還聞到酸味，嘴頰頓時痲起來。忽然間他聽見火車汽笛，聲音好近，就在前頭。他跑過去，途中被草中隱藏的石塊絆倒好幾次。穿過竹林，是個大斜坡，他爬上榕樹，勉強看到火車離開的身影，他晃動破鏡片好迎合陽光而製造反光。那火車不久也閃爍出光芒，依稀傳來少年的吼叫。等到他撥開榕樹上那擾人的吊絲蟲子時，火車沒了，光芒也沒了，只剩濃煙，整座天空只剩那些髒污。他繼續往上爬，不顧體力負荷，最後失足，重重摔落地上。

昏迷的帕幾小時後回到深山的竹篙屋，不是自己走的，是被熊拖的。這超過劉金福要求帕回家的時間，擎了火把，在充滿死亡呼喚的森林找。火把上的番油快耗盡時，他發現一團黑影在啃食帕的精髓，不敢上前，便以驅鬼的老方法應付——大聲叱罵出各種粗話。那鬼不走，連害怕都沒有。劉金福才摸出木棍，壯膽上前，將這忠誠的大黑影毆得目珠泛白，逃得遠遠。帕的傷勢說不上嚴重，比起瞎眼與斷手，大腿因磨蹭而刷掉一層皮算是沒什麼了。劉金福很快發現，那再度欺近的黑鬼是帕養的熊，頭被他打暈，走路也怪怪的，猜測是牠把帕拖回來時受傷。劉金福沒愧疚，這種胸前白毛的狗熊滿山都是，比土匪還恐怖，搶劫民家的番薯與玉米最行，這邊打死，那邊又冒出來，冷不防還是母熊帶幾隻小熊的態勢。這會兒他又大嗓門罵熊，像是罵鬼，用盡粗話，要熊把帕馱回家。牠安分的走過來，頭一低鑽去，就把帕撩上背。劉金福扶著帕別掉下來，還在罵熊，罵累了，用火炬往熊的屁股狠狠戳去，要牠走快點。

那個曾在全村跑透透的竹篙屋，劉金福託人搬回來。經過補補貼貼，勉強能住人。但謝絕訪客，尤其是風雨。強一點的風被劉金福說成是日本狗警察，蠻橫無理；大一些的雨又像阿山兵的陰險狡詐。這世界沒好的，就屬他最正常。這麼危險的房子，劉金福不怕外患，卻要防內亂——帕只要痛得滾圈，朝牆撞去，房子倒了讓大家露宿森林。於是他把帕牢牢的綁在地板上，繩子把手腳咬出痕，也纏得密不透風。他根本不知帕生什麼病，他認真研究過，帕有畏寒懼熱、體重驟降、氣血不通、瘋瘋癲癲，病灶幾乎結合瘧疾、癌症、精神病與中邪，但分不出孰輕孰重。他也承認研究出來的以毒攻毒，快把帕搞死，認罪也無所謂，反正房裡聽得懂他懺悔的人，一個是自己，另一個快死了。

帕也懂自己很糟，把生病當飯吃。為了避免毒癮來時的無理智抓狂，他先綁牢自己。過程是他坐地上，先縛緊雙腳，接著躺下綁左臂，最後等著劉金福來捆上他上不了繩的部分。帕仰看，屋頂縫灑下的陽光裡有塵埃急旋，肯欣賞的話，絕對是高貴又不花錢的戲。但是他等著主菜上桌，無暇顧他，身陷自己無助、害怕、憤怒與錯覺的情緒中。慢慢的，毒癮來了，他用一半的力氣對抗它，用另一半的力氣壓抑自己，不然繩索多綁幾圈也綁不住他，綁多一點也是慰撫劉金福的擔憂。有時候毒癮未犯，但是帕怕得亂顫，耗盡耐心與力氣，等了幾小時，心想該過了，可以放鬆了，未料毒癮劈上身，好像有人把他的神經當魚刺般一根根挑掉。最無助的算是劉金福，他待在那裡不知道要幹嘛，一手抓住帕，一手拿菜刀。眼前的是瘋子，也是至親，要是幫不上忙，他會一刀砍死帕。劉金福永遠有時機下手卻下不了，他在等待機會，他信神，信就有機會。

有一回，劉金福再也忍不住，要一刀殺了帕，大聲叫那些家畜先躲先逃，往森林逃得越遠越好，就怕未能引刀成一快讓帕反擊。之後他砍下去，在最後一瞬間他仍須與不離他信的神，只砍斷繩子，拎著刀逃了。解開繩子的帕好受些了，盡情的在屋內亂搗。但是劉金福今夜是回不去了，帶著家畜倉皇辭朝，在森林繞呀繞，最後順路徑到那個大石碑。他把刀子一丟，跪拜在碑前，也要家畜一起跪下來。他淚流滿面，祈求統領給他點子，他願意減壽來換帕的痛苦。但是大石碑沒有回應，夜風呼呼吹過。劉金福伏在上頭，疲累睡去。

然後，他夢到了鬼王，也是他的主子。四十年來夢見他無數次，就屬這次距離近得最恐怖。主子窟窿瞎眼，衣著破爛。劉金福大叫，統領你怎麼變了，卻不知這是主子最真實的模樣。

「我怎麼了？」連鬼王也被劉金福的話嚇著了。

兩個月後，帕的毒癮已治好了。治療方式很簡單，由鬼王獻計，要劉金福拿火車上的那個大鋏子把帕這阿片鬼（鴉片成癮者）夾起來便可。劉金福醒後，隔天叫人到後山把拉娃扛來。當拉娃爬進竹屋看到帕躺地上，一塊瘍影，就知自己的任務什麼。她大腳一夾，把帕圈在胯下，繫在一棵巨木上，三餐則由劉金福餵食。兩個月後帕戒毒完，也排完毒。帕沒有跟拉娃道謝，甚至趁她睡覺時像一條影子溜出她的胯下，偷偷塞回木頭。拉娃醒來時以為帕變成木頭人，哭了一會兒看到木頭插了一朵百合，想通了，拿了這謝禮慢慢爬回部落。這時躲在巨木上的帕才跳下來，看著拉娃吃力的爬回部落，最後不忍的叫台轎子來。拉娃對前來的轎伕說沒錢，甭想從她這兒撈到好處。轎伕拉開布簾，拉娃笑了，轎椅坐著另一朵百合，她說：「要我陪它可以。」上了轎子去。轎子快活的跳呀跳的，有著花的芬芳，溜進一襲山坳間的霧氣。又從部落裡頭傳來一聲歡呼，拉娃在門前發現第三朵百合了。

「你應該娶那個『番妹』的。」劉金福對回山屋的帕說。

帕起先沉默，後來聽多了，又回到以前頂嘴的方式。劉金福覺得帕脾氣越爛，帕覺得劉金福也是。兩人難待在同一空間。帕常跑出去，晚上也是，在森林野來野去，帶著熊去掏蜂蜜、木瓜與百香果。他越跑越遠，終於突破劉金福規定不得跑進關牛窩的禁忌，有時徹夜不歸。劉金福追也追不上，光看到公熊就嚇人，何況是熊的主人。趁天亮帕回到山屋熟睡時，劉金福想知道他跑去哪玩，便檢查他的指甲縫。又黃又髒，還挑出刺，他拿到陽光下看，是一枚鬼針草的種子。他再檢查時，踏到熊從床底下伸出來的掌。嚇醒的熊一掌撥倒劉金福。劉金福趕緊逃開山屋，邊罵邊叫，帶著家畜逃到三公里外的大石碑邊躲。

帕睡到第二天下午才起床，傍晚出門，熊也跟去。他有些擔心劉金福，夜裡阿公會跑到哪。森林又活過來，越黑越有活力，蛞蝓蝸牛爬出來，啃食嫩葉發出唰唰聲。石虎慢行，眼睛火亮，腳步穩當，只有互相奪食才發出嘶咬聲。在小溪邊，佈滿姑婆芋葉的下頭，帕誤以為是家豬而撞見一隻皮毛釉亮的水鹿。踏破鐵鞋無覓處，幾天來在森林忙著找，如今卻意外抓到這隻寶貝，他想鬼中佐會喜歡的。那天深夜裡，帕揹水鹿來到練兵場外。他蹬個衝，影子沾了牆，人就跳進去，來到一個土牢。土牢原本是防空洞，如今充當關禁閉室，上頭開滿白花的鬼針草，只有一個拳大的通風口從土頂通貫，把食物吊給重犯。帕靠近風口，對著衝出的屎尿味喊一聲，要鬼中佐閃邊點。他來過數十次探望，今天要劫獄了。他徒手往下挖到堅硬的水泥牆，一拳揍爛。他喊，多桑，出來吧！然後一隻枯瘦的手從殘洞伸出，還不斷發抖。帕撓起鬼中佐，在看守的國軍追來前趕緊翻出牆。他們來到河壩邊，帕卸下身上的水鹿，又把鬼中佐放在石上，幫他解釦子。鬼中佐隔開帕的手，自己寬解臭衫，走到河水中央洗澡淨身。月光把河染成一條闃靜流域，河曲處的芒草垂得尖彎彎的勾水，搔得水面泛紋。帕拿出帶來的留聲機，放上唱碟，搖出女伶李香蘭的〈夜來香〉：「那晚風吹來清涼，那夜鶯啼聲悽愴，月下的花兒都入夢，只有那夜來香……」歌聲清清婉婉的，沒有死韻，沒音渣。菅草在風中輕晃，順歌曲節拍擺動，滿河畔都招搖。帕拉了一把草，綁在留聲機的把手上。風一吹，草轉起把手，喇叭自動流出女伶聲。

帕把構樹皮扒下，捶爛成菜瓜布般的粗纖維，幫鬼中佐拭背。這時節，一條魚在鬼中佐的腿上啄，鱗身一側，把月光殺亮了，皎白淋漓。那是香魚呀！鬼中佐驚嘆，伸手卻撈個空。香魚游走，甩個尾來，又偎在鬼中佐腿上磨蹭。帕見著，伸手往水中一晃，水一皺，兩指就夾起一條活蹦亂跳的魚。擺尾的香魚嚇得噴卵，啾聲的，一蓬黃色的光液灑出，空氣中瀰漫淡淡的瓜香，淡得令人神傷。「好個夜來香呀！」鬼中佐遙想內地，憶起在秋日河邊釣香魚的時光，釣到時魚腸也不擠掉，沾把鹽活活的吞下。一切已遠，如今想到又近得很。鬼中佐讚嘆，帕撈了好魚，可惜沒鹽。帕往黑暗中看去，山腳邊有棵鹽膚木，它的果實上有層薄薄的鹽粉。誰知鬼中佐卻已經拎著魚尾，仰起嘴巴吞。他兩目癡迷，喉嚨鼓浮，咕一聲，魚就像一首俳句那麼簡潔的滑進肚囊。這時岸上傳來聲音，一道影子豎起，醒來的是被帕迷暈的水鹿。月光下，水鹿的皮毛褐亮，睜著澄明的兩眼，不時搧著耳朵，響出清脆聲。

「媽媽，媽媽。」鬼中佐看了好久，忽然大喊。他走上岸，撫摸水鹿直至牠情緒穩定，才抱到河裡，用清水洗淨俐，然後對帕喃喃的說：「那時鹿媽媽懷孕了，我怕自己隨鹿弟妹生出來，才掐死牠們，屍體膨脹讓媽媽爆炸了。」

在河岸草畔，一棵台灣櫸向上承散，枝枒盛美，如長了細骨的流雲把綠葉網了滿，風中搖擺。鬼中佐仰看櫸樹，想起了它冬日褪盡殘葉的蕭枯模樣，便說：「有一回，有人向德川家康請教，杜鵑不啼要如何？德川將軍說：『等待，除了等待還是等待。』等待何其久呀！帕，那麼，櫻花不開要如何呢？」

櫸樹這時飛來一隻貓頭鷹站著，好孤獨，咕咕叫，梟頭凜然，不時靈巧的轉動。「鳥叫了，花要開了。」帕說完，撿了一束乾草綁在櫸樹腰，放火燒。火拚命往上爬，流向每根枝頭，逃無所逃，在枒尖上堆著，火光多麼的燦燦。

空氣中都是捲曲的樹皮灰。鬼中佐閉眼，盤坐在樹下，感受熾熱，灰燼像是雪蓋住他的身體，然後從身上崩落。他復又張眼，睫毛上的積灰掉入眼睛內，他沒有痛，只消流些淚洗出。

「無論盛開或是落瓣，都在跳阿波舞，它們多快樂。」鬼中佐發出自然的微笑，沒有痛苦。

帕沒看過阿波舞，看怒火在樹上跳舞就有譜了。火太熱，熱得空氣膨脹，簡直聽到嗶啵的裂聲，連鬼中佐在牢裡養出來的虱子都從身上跳下來，但他仍有雅致賞火，把它當櫻花。帕沒有回應，他坐在不遠處的石上靜觀，任何回應都是尷尬。

鬼中佐張開手，接了些落灰，用指頭拈成粉，舔了味道，說：「真美呀！就像小學校園內的那棵，得打著火把瞧。」這句話其實饒有深意，但對少言的鬼中佐來說，濃縮了一段祕密。

那是小學四年級的事。同學嫌小鬼中佐的口音怪，舌頭太硬。他一下反駁說是關西方面的舞鶴腔緣故，一下又扯到鼻腔長瘤，一下又說腔調沒問題，怪聽者的耳膜厚，最後反而被大家恥笑說口臭的人自己聞不到。他便偷偷在嘴巴裡含石頭，練習說話，讓舌頭不那麼硬邦邦。石頭磨圓，刮破的舌頭長繭了，他的怪腔也漸漸磨掉了。但是，某次被同學抓到小鬼中佐嘴叼石頭，說他是狐狸變的，怪胎一位。同學開始跟蹤他，不久把他是水鹿孩子的身世抖出來，嘲笑他是支那仔，常敲他的頭，要把鹿角給打出原形。沒有比支那仔這種嘲謔更嚴重。他是懷疑親生父母就是支那人，因戰亂把他藏在水鹿肚子，好逃離戰區。懷疑不等於事實，他才更討厭同學這樣叫他，討厭在牆壁上公開寫他如何，討厭敲他的頭。他反擊，誰再說就打誰，生活幾乎靠打人來打發時間。但也得到同等回報，他被群毆，找書包要到糞坑找，課本老是夾著一隻壁虎乾或蒼蠅，背後出其不意的被貼上「支那仔」紙條。有一回，還捶了一位罵他的小兒麻痺的同學，折斷枴杖，叫人家爬回家。他成了全校公敵，連低年級生也知道該找誰取笑。大家接著笑他拳頭硬，腦袋卻是氣球，裝的是屁。他不服，比文的也行，找了全班功課最好的前三位，說：「你們三個比我一個。輸了，我從此爬著進校門。」七天後，也就是四月初的新學期開始，中午約在圍牆邊的櫻樹下決鬥。小鬼中佐以受傷理由告假，中午才到校。他們早就等在那兒，拿木棍等他輸了。然而，他們嚇了一跳，小鬼中佐帶傷上陣，全身傷口的量夠他們任性的打架撒野一年。這不代表他們就此心軟。文鬥開始，小鬼中佐以一鬥三，方法很簡單，他在圍牆磚頭上寫下從開國的神武天皇到大正天皇的一百二十三個年號，另三位則合力寫出。午休結束，比賽也結束一半，三位學生合寫七十三個磚頭，再也擠不出東西。小鬼中佐則寫了二十一個，卻沒有停筆。跑來趕人上課的老師嚇著，以小學程度能寫出二十個天皇年號算是秀異，即使合寫也是紀錄，而且小鬼中佐還用日文漢字寫出。跑過來的校長看到怪現象，小鬼中佐先撥弄身上傷口，然後再寫下答案，血弄溼了身體。每個答案必須花五分鐘思索與寫下。校長讓他寫下去，想知道小鬼中佐的能耐。放學了，黃昏了，學生沒散去，緊張氣氛也沒散去，附近的居民趕來看。小鬼中佐已寫到第一百零四個磚頭，後柏原天皇。教師捧著書本核對，緊張得發抖，是那種等待奇人誕生的心情。校長盛裝上陣，穿上春天的黑色文官大服，腰佩刀，掛一對金色肩章，親拄火把替小鬼中佐照明，並要求所有男老師也照做。在小鬼中佐的眼中，全然沒有看到這些火光，或圍過來的數百位群眾。他心思沉靜，腦海沒有雜紋，照他幾日來背誦的過程反芻答案：他把身體從頭到腳分成一百二十三區塊，用諧音方式記下天皇年號，那些諧音不外乎拔毛、刀傷、撞擊、戳刺、水燙等等，現在他只消找到區塊傷口，重新撥裂，便能憶起。待小鬼中佐寫下最後一位時，校長上前阻止：「孩子，行了，不論你曾有多大的委屈與困頓，你完成了。今上陛下不用寫了，以示對祂的尊重。」這時小鬼中佐才回頭看，人群擠爆了，表情詫異，而且竊竊私語，光是雙眼的反光已足夠讓附近幾個町趕來看熱鬧的人有了憑靠的定位。那時候，櫻花盛開，櫻瓣又狂放的落下，顏色瓷白，迸裂無悔，火把幾乎被淹滅了。他站起來，盤坐的雙腿沒有力氣，撲倒地上。校長把小鬼中佐的腿按摩一番，慢慢扳直，把文官大衣脫給他披，請人用板車送他回家。小鬼中佐一直記得那櫻花，好美，好美呀！離開那好遠了，還看得到櫻花的光流動在數條巷子內。

或許是體內那股不清不楚的血液，讓鬼中佐在中國戰場有顧忌，終致受重傷收場。現在一切要結束了，包括他最擔心的——他的妻小還留在滿洲，而蘇聯紅軍（蘇聯共產黨）一路南下姦淫虐殺，將她們發配到最寒冷的西伯利亞戰俘營後便沒有消息。

火樹要熄了，他的血才沸騰。他把白布圈在腹腰，朝滿洲的方向正跪，以短刀切腹自殘，往肚臍方向横切，鮮血漏不停。這是最好的待遇了，他擔下虐殺美國飛行員與軍國復辟的罪責，死罪難逃，不如選擇自己的死途。

「千拔，送我回家吧！」鬼中佐咬牙說。

帕依照武士切腹的「介錯」程序，要斷下鬼中佐的頭好減輕痛苦。他抽出長刀，一道銀光輝煌，往鬼中佐的頸削去。刀法到位，頭已斷，喉嚨的皮還連著，鬼中佐駭目張口，不久便垂頭死在自己的胸臆間。但頸口緊縮，熱血狂噴，觸到燃燒的樹。忽然間，一條香魚從鬼中佐斷頸的喉口鑽出，甩幾下尾順血掉落地，劈哩啪啦的跳，把血拍得四濺。帕出手敲昏了母水鹿，剖開牠的腹肚，把鬼中佐的頭顱和屍體縫入，放在燃燒的櫸樹下火化。

那條血泊裡的香魚還在掙扎，一時喝多了血而有了人面的憂愁表情，嚶嚶哭起來。帕拾起牠，走入河央。他背對大火。櫸木的火焰嘶嘶叫，它怒燃，它垮了，火瀑使得整條河川流動琥珀金碧的光芒。他聽著義父屍體的內臟在熌燠中傳來爆炸聲，便把香魚悶入水中。魚活了，掙扎幾下，潛入水中匿藏。帕追到更深的水底，那兒落滿了火焰的幻影，香魚也一步步誘引他進入地獄之門。他在某個佈滿水草的石頭後頭，斷了魚蹤。牠游進洞裡了，用眼睛和帕對望，火光把魚穴照得忽遠又近的。帕伸手到洞中卻摸了個空，留下掌中一個發光的鱗片，好亮呀！於是他對著洞口竭力的吐水泡，說：「多桑，莎喲娜啦！」他知道香魚還活著，水中充滿那香味，甚至整條河都是味道了。

往七重天之路

一九四六年十二月。他們要離開關牛窩了，離開房子都憋出了苔的深山，離開到處是溼氣、安靜與山魈的森林。兩子阿孫整夜都沒睡得好，輾轉反側，竹床嘎唧不停。天才透光，帕就坐在床緣發呆。牆頭有一張亞細亞火車的圖畫，是趙阿塗從中國東北寄來的，那傢伙真的跑去找火車了。趙阿塗把自己畫進去，成了開火車的駕駛。帕每每看到難免一笑。這時劉金福也起床了，帕便起身到菜園撒泡尿，順道澆退那些來偷吃的蝸牛。晨霧還沒散，樹林在有無之間，樹葉滴滴答答的落水。他再次檢查三輛板車，因疑慮而用力過猛的把一根把手折斷，只好趕工做。劉金福下廚蒸番薯籤，轉念間又煮起糙米飯。吃完餐，把三台連結的板車銜在鐵馬後座，衣物與煮飯工具放第一台板車，五條豬趕上其他兩台車，至於五隻雞則綁了腿，把兩腳縫穿過車把倒掛。這樣子頗像機關車拖三台車廂。狗熊呢？劉金福想了一下，叫牠掌屋（顧家）吧！不用跟著去。

帕叫躺在屋簷下的熊進屋，把窗戶上釘，能封的封死，這才叫熊坐下，用梳子仔細梳那又硬又粗的黑毛，說你就是主人了，好好等他們回來。帕又從車上拿下一小袋番薯與青芎蕉，丟進屋內，吹口哨要熊躺下，便關上門，在門後面頂上兩根棒子。劉金福不放心，還拿了一把山下撿來的馬蹄鎖鎖上，鑰匙插入鎖心後用力折斷，把手上那截扔得遠遠的。

森林的小徑難走，崎嶇狹小，有時板車卡著進退不行，只好趕下畜生跟後頭。到了山下，再把牲畜趕上車。帕踩著腳踏車，拖著三台板車走。他騎車出村口時，哨口衛兵正打哈欠，悶著頭把菸抽得卡滋響，濃煙也遮住視線，沒看到帕離開村子。帕沒騎太快，原因是每隔一段時間要換輪胎——實心的後車胎在戰前騎壞了，戰後的物資缺貨，乾脆用替代品——他從板車上拿出一捆捲成像汽車輪胎大的稻稈繩，抽出幾公尺，捲在輪圈上。稻繩的收尾處因打結凸起來，輪胎每滾到那裡會跛起，帕會拱起屁股。坐後座的劉金福這也彈，那也拱，脊髓彎得失去彈性，便抱在帕背上。這時火車通過，汽笛尖拔，原是驅趕帕的聲音對他有如仙樂般親切。他把劉金福放肩上，鐵馬放板車上，趁火車剛過，從後頭拉板車追去，坐上火車的車門口，三台板車也用草繩拖在後頭。這下能喝口水，把掉入鞋裡的小石倒掉，帕靠在門邊小盹，享受回籠覺，誰教此時的陽光與微風如此甜美。但豬隻口水氾濫，擠竄使竹籠快被撐破了。牠們暈車了。帕一早在牠們脖子上掛一圈的香草植物，九層塔、山胡椒、香茅、肉桂與艾蒲，香味不濃，是能安心的暈車藥。這藥是他花半天幫泰雅獵人蓋房子換來，現在看來是唬爛藥，反而把豬搞得像要上斷頭台的死犯。但隨即發現擾動牠們的是一團黑影，他養的熊，那暴戾又忠心的傢伙，在火車後頭百公尺緊追。牠曾在某個黑夜，擊退另一隻來偷吃雞的七年公熊，把對方屁股咬破，如今肚皮上一呎長的傷疤就是那場戰爭的紀錄。家畜視牠為保鑣，難怪對熊的追來充滿歡舞的心情。

帕笑了，站起來眺望。他有一種主子被追隨的感覺，大喊：「遽遽來，快上車。」

牠怎麼脫困的？從一座封死的竹屋逃出。尋思間，貼地飛行的黑毛氈飄來了，飛奔之快，完全不費力的樣子。近距離下，帕才看到了真相：牠的頭毛被血水黏塌了。牠是撞倒竹屋逃出來，留有一根從臉頰穿入嘴巴的竹條，嘴上又叼著一袋番薯。但是，一身傷口攔不住野勁，朝帕奔來，一個大跳撲，把前腳掛在最後一台板車上，後肢踏地奔跑，模樣像是在推著板車。

「這條**狗嬤熊**對你有感情了。」劉金福冷冷的說，「莫給牠跟來。」

可不嘛！熊叼著那袋番薯來。那是留給熊的糧食，牠拿來還了。板車被拖得快，熊的腳步一亂，往後栽了孔翹。牠趴落地，鏟出一大泡塵埃，但沒癱死，壯起身子又跑。這下牠嘴上的竹子刺得更深，從臉頰刺入、從下顎穿出。要是沒人拔掉竹子，熊即使沒死於失血，也可能嘴顎發炎，吸自己的膿水，最後被敗血症折磨到死。

帕要把竹刺拔掉，一個躍身，跳撲到板車上。三台連結的板車劇烈起伏，晃不停，簡直是一道大浪，浪尾的載豬車跳起來，籠裡的豬哀號，差不多是要淹死的表情。帕捉住車緣，很快調好站立的位置，讓板車安定。他又依序跳過兩台板車，這次學會了，落在車重心。先拿香蕉安慰豬群，再把竹籠繩上緊些。這下又更近的看到熊，樣子很糟，牠的頭皮破爛，有塊削起的皮像耳朵垂掛。這是撞開竹篙屋的代價。帕最後跳上馬路，抱住熊，他沒有回應熊熱情的舔他臉頰，只檢查竹條有沒有倒岔，這很重要，看過有倒勾的魚鉤從魚嘴上失敗取下的情形就是。還好竹片平滑。趁熊的情緒高昂，帕把牠壓在地，兩腳夾住牠身體，快速拔去竹片。牠哀號一聲，獲得自由了。

「轉去，快轉屋家去，莫來。」帕大聲說，不斷揮出手勢。

熊聽不懂，繞著帕跑，甩晃腦袋，在主子旁歡樂。

要阻止熊跟來有些難。帕蹲下，發聲攻擊，拾一塊石頭往自己抹些體味，要牠去找回這塊石頭。熊匍匐待命。去，帕喊了，側身子以打水漂的方式把石頭沿路彈去。它最後落入邊坡下草叢。熊的視力不好，但嗅覺能鎖定一座山後頭的青剛櫟落果。牠追去，先是一攤攤停下來嗅，後來直追，好像百公尺外有太陽碎片，閉上眼都看得見。帕陸續又丟出好幾顆石，以為人離開關牛窩，忠心的熊還為哪顆石頭才是真的而困擾。錯了，熊又跟來了，嘴巴塞滿石頭，固執硬頸，跑得又快又歡暢，毫不顧忌自己身上的血會加速流光。帕這次從板車上抽出一截稻草繩，跳下車，抱著熊玩，趁隙把熊的後肢綁在路旁的茄苳樹下。熊向前追去，身體被拉癱在地，牠憤怒拉繩索，又倒立爬上樹好拉開死結，最後用牙齒咬斷前肢的索結，咬爛腳了。牠成功了，緊追前去，什麼也阻止不了，好像這下輪到火車欠牠而該停下來等牠呢！

「算了！給牠跟來吧！」劉金福暗算，熊的體能已差，最後會跟不上火車速度了。

帕可不認為，他懂牠的脾氣。熊追下去，今天追丟了，明天會找到你，追到天涯海角。很多年後你應門，看見門後是一頭毛幾乎用脫毛劑拔光、胸口傷痕多到誤以為肋骨的老熊。你忘了牠，牠沒有。牠的熱情仍保溫到跟離開時一樣，直撲向你猛舔。唯一阻止的方式是讓熊對你絕望。帕跳下車，脫下衣綁住熊的嘴，他猛力的扳斷熊的前肢。熊在地上滾，掙脫嘴的衣服，發出痛苦的吼聲。牠最後站起來，一拐一拐的往前，斷裂的右肢甩著。牠停下來了，不再往前追，發出悲鳴，那聲音顯然不是來自喉嚨，而是源自更深處的內心。

帕很快追上火車，心有所憾，反射性用殘缺的右手抓車槓上車，一個落空後跌地上。但他很快挺起身，跳上車，坐在劉金福身邊。劉金福碎碎唸幾句，不過一頭狗嬤熊，幹嘛打斷牠的腳。帕掉過頭迴避劉金福的眼神。但劉金福看到帕那張染滿黃土的臉頰被淚水滑過，便不再講話，隨著火車震動慢慢靠過身，想給他一些安慰。當兩子阿孫肩碰一塊時，帕站起來，往車廂頂爬。那裡的視野很棒，能看到道路蜿蜒，熊還在原地悲鳴，皮毛在秋陽下發光，很刺眼，像是道路流出的一顆眼淚。

「日頭辣，不要跟來了。」帕大吼，即使整個關牛窩聽到又如何，反正他要離開了，「再跟來，我就殺了你，就像殺了你的媽媽。」帕要去的地方是不能讓熊去的。牠跟來，帕會打斷牠的腿，拆掉牠的肋骨，拔掉牠的喉嚨，如果必要他會一拳打死牠，就像牠的母親一樣。

那是中央山脈一役。當帕失去左眼而單獨攻入山谷時，一隻母熊豎起身保護小熊。帕帶著幻視、痛苦與暴怒，把母熊當米軍，一拳打得牠腦殼爆炸，成了斷頭熊。斷頭熊沒有馬上死，倒退幾步，立在那兒不動，直到一頭小熊湊過頭去吸奶頭，才啟動母性按鍵。牠放下前肢，把小熊慢慢壓在肚子下，避開戰火。隔日白虎隊清理戰場，山谷到處是獸屍，有的掛在樹梢，眼睛沒闔上，讓人覺得牠們還活著。帕在母熊肚下發現小熊。牠還活著，伸出舌頭舔他的手，帕才發現他手上都是乾涸的血塊，而且全身都是血塊呢！

沒錯，帕會殺了熊，如果牠再跟來。他站在車廂上，看村子越離越遠，看著熊在那兒遲疑與悲鳴。火車轉來轉去，九拐十八彎，把一切甩後頭，剩下滾燙的琉璃色的天空。遠行的帕記得關牛窩的簡單線條，簡單的陽光，簡單的風，風裡有單純味道，這些很折磨人，簡樸的記憶會是最完美的孤寂，他第一次感覺關牛窩的孤獨，而非自己的。他好平靜了，卻因看到這些風景而流淚，也說不上來為什麼。

火車帶他們來到苗栗火車總站。大街就是大街，一切比鄉下繁榮，空氣浮動各種味道，連牆角爬的螞蟻都貴氣不少。帕卸下板車與腳踏車，要劉金福在外頭顧，自個到站內買票。這下他懂了，全世界的火車站都是天然的屠宰場，大廳都是上繩的雞鴨鵝豬，好像等一下把牠們的頭放上鐵軌，火車鍘過就行了。火車永遠誤點，有時候等上數小時，乘客屁股快養出一窩的痔瘡。沒有人會抱怨，這是家常便飯，要是碎碎唸嘴巴會長痔瘡，還不如找樂子消磨時間，下棋、睡覺、玩牌、鬥蟋蟀，不然到廣場邊的榕樹下小賭，那裡的賭資大小與嘶吼聲等同，路人永遠懂得哪時可去下注。乘客多，一票難求，老是有人穿梭在賣黃牛票。這時會為插隊的事打架，有兩人在地上扭，帕偷踹不守規矩的那人。那人不打了，跳起來大吼，罵盡粗話，對稍後來維持秩序的警察也不滿。鬧哄哄時，火車來了，大廳迴盪車聲，讓人以為活在獅子大吼的嘴巴裡，耳膜和窗戶都震個不停。大家趕緊上下車。帕第一次看到真正的火車，煙囪冒煙，汽笛尖銳，機關車頂仍有被大家稱為膿包的汽包，一樣都不少。火車最後開動，他在柵欄內學人家猛揮手，卻不知道給誰送行，算是給火車再見吧！之後，他到票窗打了兩張車單，也給那些牲畜與貨物打單。火車沒這麼快來，還有餘閒，走到外頭透氣，看劉金福坐在板車上睡回籠覺。帕這下緊張，大喊鐵馬被偷了。沒錯，那台又破又爛、歷經摧殘的鐵馬不見了，帕原本把它依在板車邊，現下除了地上的腳架痕外，什麼也沒了。他往附近找，每台腳踏車都上了大鎖。帕心想，難不成鐵馬到了都市比較兇，得綁腳才不會偷跑。

找遍車站附近，沒有一台是他的。小偷還跑不遠，要是腳程快能找到。他跟蹤自己的車輪在泥路上的胎痕，那是古怪的草繩痕跡。他追下去，在每個岔口檢查路面，但是街上來往的車輛與行人足跡往往掩蓋最珍貴的胎痕。最後在陸軍野戰醫院附近斷了線索，帕蹲在地上檢查，不顧車況。停，他對一輛駛來的巴士大吼，要司機後退。司機不屑，像這種傷殘的日本兵滿街都是，個個都有妄想症，便按喇叭，踩油門前行。忽然車晃起來。司機很詫異，往後視鏡去找共犯，不然眼前的年輕人怎麼可能只用一隻手抓保險桿搖晃，整台車就震動，害乘客大叫。他只好依帕的，把車子往後退，不這樣今天可能只能拿方向盤回車廠了。帕終於在公車下找到線索，朝一條小徑跑，順利抓到兩位小偷。一對十幾歲的乞丐兄弟，眼白發黃，鼻涕亂流，激情的大哭求饒，只有聽施主說算了才會停下來。帕一路追來，越追越火，老早有念頭想把小偷打得像馬路上的蟾蜍皮乾，如今看到這兩位天生演員，只好唸上幾句便罷。

不過回到火車站後，帕被澆熄的怒火再度爆開。剪票員說帕錯失了原班車，能坐下班車，但得補足物價上漲帶動的票價。也就是說，物價一日三市，車票也是。劉金福快氣死了，如今物價像褲子被人扯掉的處女，她跑得快，你永遠追不到。他們坐在火車站前生悶氣，看火車一班班過去，手上車票也一班班的折價，天色也晚了。兩人在路燈下，晚餐含糊的吃下乾糧，劉金福飯後那種深山中無燈無火過日子的習性來了，得上床睡，人鑽入板車上的稻草堆，打呼聲便鑽出來。帕不擔心牲畜被偷，牠們懂得叫，反而擔心不會開口的東西被偷，比如那匹鐵馬。他耗盡一大捆稻草繩，把鐵馬後輪綁三十個死結，還繫在自己腿上。經一日奔波，帕也睡著了，夢見有人放火解開草繩結，又偷走鐵馬。他嚇醒，看見有人正在拉動草繩，要一拳賞去時，發現那是劉金福在測試繩索牢靠嗎。兩人對這樣的上鎖都不滿。帕有了一計，自豪有效。他把車扛到燈柱下，用牙叼起鐵馬背脊的橫桿，抱著燈桿爬上去，最後用草索把它纏在路燈邊。電火球很亮，下頭亮出一團草蛹，只露出輪胎。人越聚越多，搞不懂一台鐵馬怎麼會在那裡。帕這下安心了，顧著地上影子，慢慢睡去，一覺到隔天，直到凌晨五點準備上路。他們決定不搭火車了，賣掉火車票，用鐵馬拖著三輛板車上台北。

帕換上銀藏送給他的飛行服，也戴上風鏡與皮盔，還遮個大斗笠避免太招搖。帕起先騎得快，轉而放慢騎，感到在地面慢速滑行是享受，連呼吸都可以遺忘。從白天騎到晚上，幾乎能不睡覺的騎下去。只有上廁所時暫停，從板車上抽出稻草當衛生紙，找個草叢就範。事後順道換個草繩胎。餓了就拿飯糰或番薯就口，渴了路邊到處是奉茶桶，免費喝到飽。他騎車時，很認真觀察影子，路不是直的，影子便跳來蹦去，有時跑遠，有時縮在腳下，只有夕陽下的影子又長又瘦，橫掃過田野。到晚上，四面埋伏的蟲鳴與月光把人殺得剩下孤寂，他聽著輪胎輾過道路，聲響細微，像馬路在對他私語，比任何鳥叫還悅耳。他喜歡這樣騎車，認真呼吸，慢慢流汗，汗水在深夜裡揮發成一團裹著他飛行的雲朵。最後他會停下來，因為月亮西下，看不到路了，他會牽車走上一段路等汗水乾了，才鑽入板車上睡覺。隔天繼續上路。

路途上也有插曲。那是在一段和鐵軌平行的鄉間道路，火車從後頭追來。他猛踩踏板，要與它拚這段路的高下。他騎太快了，後頭的三節板車快被拖壞，輪軸又累又嘰嘰叫，一顆石頭都能掀倒。於是帕放棄尬車，對車上的人揮手說再見。那一刻，他近距離看出那是運兵車，十二節車廂塗上又黑又厚的瀝青，車窗焊上鐵窗，車門反鎖，荷槍的士兵站在門口。當帕揮手回應時，座位上穿著草綠服的士兵從鐵窗伸出手，緊握拳頭。車道上的衛兵大吼，用棍子敲他們，命令縮回手。數百雙的手在那裡揮，有人求救，他們最後放開拳頭，手裡飄出五顏六色的紙片，就像鳥兒獲得自由往外撲。火車走遠了，紙片落地，隨風滾來滾去，帕走去看時幾乎驚著，那些色紙全是鈔票。劉金福見了也不可思議，錢多到夠他們坐車玩透透。劉金福阻止帕撿錢，說光明正大放在地上的錢，都有陰謀，像冥婚紅包，代價是被空氣似的女鬼糾纏得沒完沒了。「有影喔！」帕反諷完，彎腰去撿錢，攤開看，人就像女鬼纏身般不動。他又撿了幾張鈔票，都綁著紙條，上頭寫的是求救訊號。最後，帕把紙條拿給劉金福看，向只懂幾個字的他解釋字條內容：「我是國軍139師，幫幫忙，請告訴我的家人，我正被押去中國當兵。」「轉告家人，我會離開台灣很久，這幾年沒辦法回去過年。」「我要去打仗了，幫我寫信給家人，我會回來。」「請告訴我妻子，務必認真生活，好好照顧小孩。」每張字條末尾附上救助者的戶籍地址，或者電話幾號之類。

如何處理這些字條？它們字跡凌亂，不知從哪倉卒撕下的紙條或布條，邊緣破爛，倒是摺得方正，而且附上的紙鈔擺明像是貼上郵票，找個郵筒投遞便行。帕後悔撿了紙條，但沒有流洩表情，要是有，劉金福會用「我早就說過」的話罵他。他把三百零八張的紙條疊好，用稻稈捆妥，兩萬多元也整理好。但是劉金福又碎碎唸，錢不能拿，放在地上給其他人撿，三百多人怎麼救，你能攔下火輪車去救？帕不理他，越是回應，劉金福越是唸。他一手盤過劉金福的腰，放在板車上，繼續上路。他真佩服這老貨仔，全身上下，就屬舌頭最靈活，要說就讓他說破嘴也好，省得以後再說。

這時有一群人引起劉金福注意。他們是十二人組合的腳踏車隊，倒騎車前進，反過身，屁股坐在龍頭上，不時回頭看路。帕靠邊騎，好讓他們先過。為首的隊長騎看到帕頭戴飛行帽、飛行鏡，單手抓龍頭，車後頭拖三輛板車，甚為勇猛，用閩南語說：

「看，我們是『嘉義十二少顛倒駛』，啊你是啥咪隊？」

帕聽不太清楚，直到對方用日語說上一遍，才回應：「利阿卡（板車）隊。」

「我們要從嘉義騎到基隆港，去看大船拉尿，啊你咧？」

「去台北逛菊元百貨，坐流籠。」

菊元百貨是台北戰前的摩登地標，高七樓，人稱「七重天」，有流籠（電梯）升降。這是戰前小學生的畢業旅行習慣，憑濁水溪把台灣一分為二，以北的去逛菊元百貨，感受電梯給人暈吐的感覺；以南的學生，坐森林鐵道上阿里山看神木和櫻花，拿火把到祝山看日出。

嘉義十二少你一句、我一句，說菊元百貨是戰前的事了，現在改成新台百貨了，不過在那裡還能看到假裝禮貌，其實是妝厚到得低頭的電梯小姐。又說，現在流行看大船排水，再到基隆廟口吃一碗公的麵線羹與米腸，直讓人上天堂。一大碗公喔！嘉義十二少齊口說出，裝出翻白眼、猛吸麵的表情。帕中了食蠱，肚子餓了，完全懂得他們表情的含意。他嗆了齒縫，說他堅持到台北而已。嘉義十二少又我一句、你一句，說看你這麼行，一個人拖三台板車，他們十二少也不是省油的燈，腳踏車能一起騎，就比看誰先騎到台北。說罷，拿出後座行李袋中的柴刀把路邊的竹子劈了幾根，把十二台車綁成一台協力車，一人在前頭掌控把手，其餘的人倒騎。帕這幾天騎得慢，關節都生鏽了，趁此除鏽正好。比賽開始了，帕故意漏個慢，看十二少耍寶。他們簡直是馬戲團特技表演，一下是千手觀音拍蚊子，一下子蜈蚣游泳；有的人頭抵在坐墊倒立，有人站在坐墊上張手平衡。帕看夠了，把車慢慢超過去。嘉義十二少很快追上來，比個尬車手勢，發出「好啦！我先走了」的告別。起先互有消長，差距不大，最後嘉義十二少發揮了，屁股離開椅墊，兩腿猛踩，喉嚨爆開嘶吼，一排快轉的輪胎快把泥土路刨壞了。他們耗盡吃奶的力氣，卻只能目送前頭的斷臂少年蹺二郎腿騎車，單腳踩著落落叩叩、隨時會拆解的鐵馬離開，整台車在下一個轉彎後消失了。他們發出怒吼，推託見鬼了，也深覺一路苦苦建立的嘉義十二少名聲在桃園路段被玩殘了。

帕直往前騎，不顧劉金福在後頭發抖。傍晚時，騎到一座如彩虹般拱起的斜背式鐵橋，才感覺台北到了。那座橋舊稱明治大橋，帕曾在畢業紀念冊看過。一入台北深似海，隨時會把人淹死，什麼都很多。他們現在得圖一塊棲身處，憑著介紹信的住址去找，問人最方便。但是那些人對生活範圍的幾條街之外全然陌生，沒有方向感，隨意亂指，而且語氣非常肯定，好像那些道路會像拼圖瞬間打散後照他們的意思重組。帕走了很多冤枉路，要不是繁華夜色滿足了好奇，他可不敢領教下去。幾小時後，他們來到目的地，一間木造的旅館。門前遊戲的小孩熱誠的幫他們找房東。帕邊吃乾糧邊打量房子。它用磚牆圍著，上頭掛有青天白日滿地紅的國旗，庭前種有黑松、銀杏與楓樹，不太像旅館，倒像日本時代的鐵路局或電火局的員工宿舍，只有日本人才種這些樹。房東來得慢，手中拿扇子，拖著嘎哩響的木屐，說要租房間是有，四坪大小，衛浴共用，一個月五萬塊，先付三個月，漲價也要補足。

「有沒有那種又大又便宜的房間？」帕恭敬的問。

「又大又便宜？」房東收起扇子，敲敲自己的肩，說：「買張報紙攤在騎樓睡就行了，那真是又大又便宜。」

等到帕遞上介紹信。房東看完後哈哈大笑，說你連住址都找錯了，差個天南地北，還要再過淡水河找才行。帕聽不懂。房東也懶得解釋，推開扇子，說：「算了，又大又便宜的房間當然有，不過是鬼屋，看你們自己。」

劉金福在外顧著牲畜與家當。房東帶帕進入旅館，十燭光的照明燈，格局是中間一條走道，兩旁客房，傳來各種吵鬧聲，空氣瀰漫陳腐味道，蟑螂螞蟻老鼠到處爬著歡迎他。房東介紹起來：以前是日本警察訓練所的宿舍，光復後一群人跑來搶地盤，把日本人趕到街上。後來國民政府軍又接收了這間房子當營舍，又把人趕到街上。沒想到最後還是「日本鬼子」贏了，把一連的軍隊趕走。囉！這就是日本鬼子的房間，唯一格局沒有變的。

房間到處是黃底紅字的符，和各式用來鎮壓的軍徽、軍旗、軍階等。房間窗戶上鎖，有檀香味道，角落有插著香腳的一碗米，落滿香灰。房間有獨立的西式廁所，還有一張極其誇張又笨重的老式眠床。這間房子鬧鬼的原因沒什麼，這種故事到處有：一位日本巡察部長在光復後，被昔日不滿的台灣人重擊頭部，不敢張揚，摀著頭喊疼，回到宿舍後流血而死，就坐在窗戶下的藤椅。他的鬼魂徘徊在房裡，淒厲的叫聲沒有間斷，最高潮是一連的軍隊連夜撤走。而這間鬼屋是連長住的，老眠床是他的癖好收集，搬都沒搬走。目前的房東便租下整棟房子當二房東，隆重的做法事，簡單的裝潢隔間，專租給來台北發達的人。帕對這房間頗滿意，格局方正，窗戶通風，後頭還有個小庭院能養牲畜，唯一不滿意的是一個月一萬元的房租。他目露難色，這邊嫌那邊嫌，連格局正、窗戶大才招鬼這種屁話也是臨時掰的，好與房東一番價格拉扯，以九折價成交。

房子租好了。帕把符咒撕了，拿掃帚把牆上的蜘蛛網去除，打開窗戶，讓一陣闖入的陰風把灰塵都吹乾淨。大概清理後，他叫劉金福進入休息，將台車與鐵馬疊在窗戶外，牲畜撒到小庭院去幹活。他累到骨子裡，要好好躺這張大眠床，剛坐上床緣脫鞋，劉金福就指著牆角的那碗米說，怎麼有拜死人的東西。帕邊解開鞋帶，邊說那是給雞仔食的，丟後院就行了。剛講完便覺得鞋帶越解越緊，而且像章魚觸腳拚命纏著他的手。他動作越來越遲鈍，睡了。再度醒來時天亮了，帕的頭磕在膝蓋上睡一夜，全身僵痛疼硬，鞋帶未解完。他乾脆又綁上，走到小庭院深呼吸。庭院雖亂，但仍有盎然之氣，蝸牛昨晚爬過的液痕在牆上發亮，兩只灰瓦色的玻璃罐在草叢透光。銀杏透著陽光，多麼青嫩，甚至看到水分在葉脈舒展的速度。他伸展筋骨，撒泡尿，放個響屁算是朝氣無限。劉金福醒了，是被帕的放屁聲驚醒的，他從板車上的稻草堆鑽出，滿臉倦意，說這一夜極難睡，還是稻稈堆好睡。

「你是看到鬼了。」帕一夜沒夢，也沒聽到啥，但有義務告訴劉金福，「盡好的辦法，是接納『它』。」

「比見鬼還驚人，我這輩子頭一次看自己的屁眼。」

是**轆轤首**出現了，帕心想。轆轤首是長頸鬼，脖子伸縮自如，能像一縷煙往上冒，樣子像是打井水時用來控制繩索的轆轤，才有如此名號。帕肯定劉金福被這種鬼附身，頭能往褲襠鑽，不要說是看透屁眼，連大腸結構也行。但劉金福說的不是鬼，是蹲式馬桶。他帶帕到廁所看，指著地上的傢伙說，他昨晚把褲子又脫又穿了二十次多次，一次比一次急，但都沒有辦法，這個東西乾淨得能反射屁眼。

帕哈哈大笑，說別往下看就行了。劉金福反駁說，怎麼行，他上慣了老式的屎缸，還沒脫褲子就先往下叫，要下頭的屎蟲醒來，他把褲子脫了，那些屎蟲看到白白的屁股，發出吵雜的鑽動聲，好像說，來吧！我王，賞我食的吧！可能是人到台北精神爽，劉金福繼續說下去，他說這新式的廁所上不得，便到後院蹲在兩個板車間，手抓輪胎，喝一聲，屁股頓時輕了，還有人用溼溼黏黏的溼毛巾幫他擦屁股。他低頭一看，唉！那些豬搶食他的落屎，互相鑽鬧，讓板車抖不停。豬仔好像吃不飽，有的直舔他屁眼，搞得他既舒服又暢快，屁股欲拒還迎，他看沒人偷看，便大方的賞屁股給豬舔了。他興致夠了，就鑽入到草稈堆睡去。

帕當然知道那種奇異的感覺，是土皇帝，不，應該叫「屎皇帝」君臨城下的快感。既然找不到蛆當城民，找豬也行，這下連衛生紙也省了。不過，帕自覺有義務介紹馬桶給阿公，不然劉金福會把它當鏡子。他拉了條繩條，一股水從上頭水箱衝入便斗，水花激烈，幾乎像放閘的惡狗去搶食什麼。他邊做邊示範，只差沒有脫褲子，最後補充說，城市人都這樣上廁所，你遲早要習慣的。

劉金福比較關心的是，這些排泄物被怪物吞下肚後，還拿得回來嗎？還好帕的答案讓他很滿足，糞便藏在地窖中，像酒一樣越陳越香。劉金福聽了，巴不得拿尿杓舀給滿園發亮的菜苗吃。沒錯，他想在後院闢個菜園，好節省菜錢，這要些水肥，能自己拉的自己用更好，菜吃起來也甜得有感情。他在山上生活大半輩子，快被葉綠素與芬多精給麻痺了，剛到城市就懷念那兒。這裡的空氣讓人咳嗽，陽光毒辣，水中有塵沙，夠糟了，要是不能夠像在山上時拿鋤頭，安靜的刨上半天，聆聽鋤頭與土地的對談，簡直折騰他，也浪費後院的土地。

劉金福繼續說下去，意思又重複。帕卻無心再聽了，他知道劉金福碎碎唸其實最內層是希望有人陪伴，這是老人症頭。但帕需要安靜，而且是孤獨。他走到小庭院，從板車卸下些番薯籤與芎蕉葉，撒給牲畜吃。這時從街角來了賣閩南式早餐的挑伕，沿路叫賣油糋粿與杏仁茶。帕好餓了，跳上牆頭，立刻叫賣家備一份給劉金福，自己則點豬油糕配米奶。油糋粿即是雙股油條。劉金福吃一口，酥爆了，嘴窩好像有著鞭炮爆炸的碎片，他嚇一跳，多使些力便捏碎手中油條，便宜在地下討吃的牲畜。帕只好再點份豬油糕給他。早餐吃罷，帕胸中自有千萬的氣力，得揮霍一下，站在牆頭上走得顛顛簸簸，不時張手平衡，也不時秀個翻筋斗。他拿了兩塊磚豎在頭頂，從牆這頭走到那端，又跑回來，躲過那些鬆動的牆角。他也看到鄰居的樣貌與居家裝潢。他們是洗衣服的老人、老是對他揮手的痴呆少女、準備上工的工人，還有搬藤椅坐在庭院曬太陽的蒼白少年。帕不吝表演他的牆頭功夫，化身成馬戲團的小丑。

「看！圓山動物園跑出來的猴子。」曬太陽的少年說。

「我是鬼屋跑出來的猴子。」帕回答，忽然他好喜歡這句話。他在牆頭轉身面對街道，從這裡看過去，籬笆牆、泥土路、鈴鐺響的牛車、急忙上學的孩子，更遠還有噗噗轉的轎車。帕岔腰，面對眼下的風景大吼：「我是鬼屋來的猴子，你們要倒大楣了。」然後他笑起來，要整條街的人回頭看他。他對路人揮手，但沒有人回應，於是他的揮手，好像對著充滿鼠灰色的天空問安呢！台北，全新的世界等他挖掘呢！

鬼屋是窮人的樂園

不料，帕快樂的日子結束了。劉金福用頭髮把他軟禁在旅館，用直徑不到一釐米的繩子。劉金福曾是掉到無毛的電火球，光復後不久又長髮，好像頭殼也懂得慶祝，而且頭髮長得快，白中摻黑，密得看不到頭皮。他將拔下的頭髮放在大腿搓，兩縷搓成一股，髮繩便成了。帕看得津津有味，原來頭髮也能這樣。早期製繩的方法是把月桃的莖搗爛、曬乾，纖維放在大腿上搓合就行了，綁什麼都行。用頭髮製繩索，帕開了眼界，而且過程中帕還指點哪裡太細了，得多搓幾根。最後帕把髮繩拉拉看，漸漸施以由輕至重的力量，大聲叫好，說這是天蠶絲索，怎麼綁都好，綁我看看。劉金福把髮繩套在帕的脖子，另一端繫在哪？椅子？不行，太輕了；樑柱？房子會被拉垮。沒有比大眠床更好的，便繫上去。綁完，劉金福出門去，拄著枴杖傴哩傴哩的離開，消失在街道。

帕對這種待遇極為詫異，不亞於一根剛吸收雷電的避雷針，頭髮豎直，全身發著抖，然後在旅館整整被軟禁兩個半月。剛開始時，他大吼大叫，把指頭伸入髮絲與脖子的間隙狂扯，不是脖子就是手見血。一位鄰居被帕的叫聲吸引，忍不住從鑰匙孔偷窺，碰開了虛掩的門，撞見坐在床邊的帕脖子以下全是血，嚇得他邊跑邊叫，說鬼出現了，鬼屋的鬼現身了。整間旅館頓時安靜極了，帕也嚇得不敢動，唯有走道盡頭的紗門因彈簧鬆了，被風吹得砰砰響。然後，旅館最勇敢的小孩爬過來，丟出符咒手榴彈——鞭炮外糊上層層的名廟的符咒——要炸死眼前穿日本軍服的鬼。符咒手榴彈被帕撿起來握，引信燒完，發出類似青蛙打嗝的爆響，便安靜下來。帕走向小孩，把手榴彈還他，才到門口人就被長度有限的髮繩扯死，轟然一聲，摔得仰躺地上。

小孩嚇壞了，沿著長廊邊叫邊吼：「鬼勒人，快勒死人了。」

「我就說是鬼，你不信，去拿關刀斬鬼。」先前被嚇著的人說罷，去拿了行天宮求來的小關刀，要往帕身上劈。

「別真的砍死，他還有利用價值，趕回去就好。」這時有婦人探頭大喊。

帕躺在地上，臉部霞紅，幾乎變成火雞了：他頸部的肉被髮繩往上托得像喉囊肉垂，呼吸困難，發出咯咯的尖銳叫聲。他提起腳，推開劈來的關刀，往後爬進房內，關上門。真是惡夢，被當成鬼還真不是滋味，帕稍事歇息，好確定不會衝進來一群人。等到外頭喧囂停止，帕繼續找出髮繩的破綻，既然扯不開繩套，找每段頭髮捻合的間隙，鐵定能拆開。他藉陽光找，太完美了，那些細繩一體成形，也許靠顯微鏡都找不到線頭。最後，他的腦筋動到大眠床上，髮繩纏在上頭，怪哉，憑著根柢好的功夫，解開也難，乾脆劈了床板才行，但是劉金福離開前丟下「把床拆壞，賠也賠不完」的話。帕除了錢之外什麼都多，時間多、力量多、脾氣更多，得忍著點搞這張床。傍晚時，劉金福提著晚餐回來了，看到帕坐在床緣，稱讚他守本分，沒扯斷髮繩。殊不知帕今天沒心情困在這兒，也沒能耐走出去，完全坐困愁城。到了夜裡劉金福也不想解開繩索，要帕將就著睡。劉金福睡得半死不活的，帕快活活氣死，情況持續了幾天。到了第七天，終於有了轉圜，劉金福中午起床時，把髮繩放在腳趾甲摩擦，割斷後再多搓一段髮絲。這下子帕的活動範圍多了約三十公分。他高興極了，沒有顧到自己仍是階下囚的身分。

帕的範圍擴大三十公分，劉金福的睡眠品質卻倒退三百分鐘，他得晏起或睡個回籠覺，到中午才出門。這一切是鬼出現了。鬼在旅館裡住了一年半，算是老房客了，沒付過房租，也沒有人看過「它」。但描述幾乎把它說成易容高手外加變裝客，有時候是穿披風、頭上長角、手拿鐮刀的西方死神；有時候是拖著鐵鏈的牛頭馬面；有時候是穿長靴、掛佩刀的日本警察。有人還說是以上的綜合體，就算你唬說它是一隻麒麟或老虎，都有人信。對方還指著壁虎說，看，它出現了。繪聲繪影下，它成房客最難堪的猜謎。

沒人看過鬼，卻聽過鬼。每到午夜，鬼叫開始，像打更那麼準時，它坐在帕的房間內叫著。劉金福剛開始以為是強風穿過窗隙所為，叫帕把窗關密。帕反而打開窗，外頭沒風，只有月光，但鬼叫聲更大。劉金福很生氣，叫帕把窗下叫春的貓趕走。被髮繩限制的帕出不去，拿張板凳放窗邊，站上去對外撒尿，佯裝趕走貓。外頭的牲畜以為有人撒飼料，全擠過來搶。劉金福這下懂了，房間內有個好兄弟在，也了解為何搬進來時床邊擺有幾尊媽祖、恩主公與天公的神像，現在全淪為沒有神威的公仔了，趕不走好兄弟。這個鬼越晚越亢奮，叫聲越激昂，旅館的人都習慣性的醒來，下棋、打牌或在走廊聊天。有的小孩趁此寫功課，因為他們白天都玩掉了。這是旅館生活的一部分了，有鬼才正常，他們比較擔心新來的房客會不習慣，尤其是那個白日被鬼附身的帕。他們敲帕的房門。許久，劉金福顫巍巍的應門，從門後露出小眼睛，幾乎流淚，說著沒有人能懂的客語。

「他真能睡。」有人從走廊看進去，看到帕躺在床上睡著，還打呼。

帕當然睡得著，如果跟戰場上士兵的傷病與哀號比，鬼叫算什麼。而且，他把鬼叫聽成華格納歌劇裡的男高音表現頗欣賞的。帕在鬼聲中睡著，卻被結束時的寧靜嚇醒，他醒來趕緊鼓掌，知道今晚的戲結束了。到了凌晨兩點，鬼聲停止了，旅館的人才上床，走道上的小型夜市生活也散會了。劉金福哪敢再睡，好兄弟就在房裡。他跑到後院，鑽入板車的稻稈堆，睡眠斷斷續續，再加上氣溫溼冷，常搞到隔天中午才出門。打開房門時，常被走廊上的血跡嚇著，罵上夭壽啊。等到有老花眼的他懂得蹲在地上看時，已是好幾天後的事了，他又嚇著，那攤血變成一張嘴，吐著細長的舌頭。他趕緊跑掉，大喊看到鬼咧！大白天的。

其實，那是朵扶桑花，安安靜靜躺在門口。帕走去拿，髮繩還不夠長，便拿鋤頭把它勾進來。好美的花，花蕊昂然，花蒂還在，細賞無處不美。他一下子把花叼在嘴巴玩，一下放在瞎了的左眼窩，最後把花蒂摘了，吸吮花蜜，那種甜味比不上家鄉的濃郁龍眼蜜，但這時候來上些，夠解饞，苦澀的舌頭也軟腴了。之後，把扶桑花具有黏性的花瓣撕開，貼在臉上，拿著鋤頭到後院開墾。

自從劉金福買回鋤頭，命他到後院整地後，菜園稍具規模。如果他把大眠床往後門移去，髮繩的轉圜空間大，能開墾半個後院。這後院太貧瘠了，雜草除盡後，石頭多，黃土多，種什麼都難。直到他在後院東南角挖出寶藏才解決困境。那有水泥蓋，底下是馬桶管線末端的化糞池。把曬乾的雜草燒成灰，加入糞水養地，一段時日後，他種起荷蘭豆、玻璃菜、胡蘿蔔等冬季菜。他時間多得希望粉蝶來產卵生菜蟲，他可以一隻隻抓起，放在交換的兩手間讓毛蟲爬到累死。他也會把鋤頭當成球棒，把放在腳上的石頭勾起，用鋤腳的鐵片擊出。砰！如果石頭沒有擊成碎沫，會飛過磚牆，越過電桿間的電線，往河岸的方向盡情飛去。

「哇！紅不讓（ホームラン）。」這時「扶桑花少年」從隔壁用日語大喊。

「好爛，差好多，掉到人家屋頂了。」站在牆頭上的「為什麼男孩」瞇著眼睛，把手拱在眉前遮光。

扶桑花少年與為什麼男孩是兄弟，相差六歲，住帕的隔壁，是帕在旅館中最熟悉的朋友，也是帕對整座旅館的消息來源。為什麼男孩是好動與好奇寶寶，來的第二天就朝他房裡丟符咒鞭炮，熟了以後老是問他為什麼。從最近的問帕為什麼眼睛瞎一邊、手臂少一截、老是穿飛行衣？遠一點的問兩隻狗的屁股要黏多久、鬼死掉後跑去哪。帕不是開學校的，問久了會煩，不過他知道這年紀的小鬼有打破砂鍋問到底的精神，好像為什麼三個字有毒，得不斷問才能排毒，不然腦筋遲早會被疑惑哽死。最後，帕想通為什麼男孩總是纏著他問了，因為其他的人被問煩了，不是答非所問，就是譏笑他，甚至擺出一副想殺人的模樣回拒。孤單的帕缺少對談，起先對小男孩有問必答，最後被搞煩了，也被問得要死不活，才撂下重語：「你一天只能問一個問題，再多我就不回答了。」

「為什麼？」十二歲的為什麼男孩問，眼神很無辜。

「這是今天的最後一個問題了。」帕蹲下來回答，很仔細的看著他，「我會把你問的那個問題想清楚，仔細回答，絕不馬虎，就像回答大人。」

十八歲的扶桑花少年更難面對，因為少言。他臉頰凹陷，身體裹入氈毯，喜歡在庭院曬冬陽，闔眼看太陽，更喜歡把扶桑花在手中把玩，或別在耳朵上，最後把花放在帕的房門。劉金福就是這樣被嚇著。帕剛開始想得臭美，以為花是獻給他的，但他發現門邊有不少風乾或被踩成漬的花屍，顯然習慣這早已成然。要知道答案不難，整棟的鬼屋廣播電台就屬為什麼男孩，他那張嘴不知問破多少人，也不吝解答。

小男孩認真回答：「因為哥哥就要變成鬼了，他要先跟鬼做朋友，才送花給你房間裡的那隻鬼。」

帕笑了，為這童言童語，但是看到扶桑花少年的病狀，心裡有個譜了。

一月初的某天，天氣清朗，早晨的薄霜已融化，附近以扶桑為籬笆的住家發現紅花一夜間沒了，情況持續好一陣子，但今天最糟。帕一早在床邊縫衣服，這時有人敲門，他去應門，看到一束最火的花朵，附近的扶桑花全集合在這裡了。獻花的是扶桑花少年。他今天與弟弟特地來拜訪「它」。他把花束放在藤椅上，扶著椅背當助行工具，一步步走進帕的房內。即使父母告誡進入別人家要守本分，但家規僅止於哥哥，弟弟在隱忍幾分鐘後，腦細胞充血了，指著劉金福從棉被露出的那隻枯手說，鬼就在那呀！帕指著牆上那枚鐵釘，強調鬼才是在那裡，而且他把鬼像大風衣掛得好好的。當然，白天誰也看不到鬼，當然到了晚上誰也沒膽量靠近看，想看也看不到，除非有陰陽眼。這滿足不了弟弟，眼睛貼近，差點用猛眨的眼皮把釘子頭拔出來，直到哥哥制止才停下來。扶桑花少年這時走到牆角，每一步都好慢。「早安，謝謝你。」他對鬼這麼說，並獻上花，合十膜拜，虔誠得好像日本鬼已升官成有應公了。

這時候，哥哥才娓娓道來這幾年對鬼的看法，再加上長舌婦弟弟平日已補充的資料，帕對這家庭的生活有了幾分掌握：十三年前，扶桑花少年得了怪病，腹部長了腫瘤，他們居住的花蓮鄉下醫療資源有限，西、漢醫罔效，但是日本敗降給他們契機，立刻坐公車通過擠滿白雲與危崖的蘇花公路，來台北求醫。開始時賃居不是問題，到處是空屋，租金像白開水便宜，但疏開的人潮從鄉下返回後，房價止跌回升，很快的連走廊也租不起。卻發現鬼屋與兇宅不只俗又大碗，還歡迎你去充人氣。他們住過北門附近的發電機鬼屋，鬼像液態的靜電在房間流來流去，讓人的雞母皮與寒毛從來沒有倒下過。也住過錦町的兇宅，屍水漬牢牢的滲入地板了，母親怎麼刷都刷不掉，用木頭蓋上去還會浮出來，無奈的父親只好躺上去消遣的說，看，這是我的影子而已。大稻埕的下奎府町有間鬼屋，夜晚有上吊的紅衣女出現，用繩子把自己勒頸在樑下，盪鞦韆玩。屋主不只免費招待他們全家去充人氣，還送錢。夜晚時，陰風在樑上盪來盪去，他們全家在樑下煮火鍋。往好處想，夏天住鬼屋，陰風颼颼，還可以免費吹電扇呢！但是令人沮喪的不是鬼，而是病，哥哥沒有好轉過，皮囊成了漢醫針灸的插針包，胃成了西藥的貯藏庫。他幾乎精通各種民俗療法，腦袋也充滿信仰，道教、佛教、基督教與伊斯蘭教，一場信仰爭奪戰開打，誰能以神蹟治好他就是唯一真神。唯有霞海城隍廟的道士挺幽默的，由城隍爺降乩說：「找鬼拿掉腫瘤就行了。」找鬼開刀也行，扶桑花少年躺在兒玉町，也就是寧波西街的厲鬼屋，等鬼上門。據說屋主是有名的外科醫生，執手術刀高妙，被情婦的老公用大菜刀砍死後就不是了。到了夜晚，厲鬼嗔怒了，整棟房的接榫顫抖，鐵釘噴飛，木板發出人踩步的咿呀聲響，陪伴的父親嚇昏了，只有哥哥醒著獨自面對命運的折磨。他躺地上，緊閉雙眼，體內器官像撈上岸的活魚亂跳，任一團冰冷的氣團籠罩，感受到一雙鬼手塞進肚臍，攪呀攪，翻呀翻。鬼發出嘖嘖聲音，玩起各種器官，就是不碰到處轉移的腫瘤。他大哭，手腳亂踢，好把死亡蹬開。怪事發生了，鬼的雙手最後包覆他的心臟，喃喃說：「哎呀！心臟好鹹。」說出荒怪詭誕的話，但語氣完全像酒醉的祖父在逗逗愛哭的孩子，不帶半點傷害。那一刻扶桑花少年懂了，有一天他會成為鬼類，這只不過是「它」教他如何成為鬼的勤前教育。或者說，「它們」飄飄忽忽，沒有想像中可怕，有點像街上的野貓，白天躲得嚴，晚上又怕人，冷不防從街角竄出的老鼠還會害它們惡夢連連。

「所以我們今夜要在這等它出現，跟它說話。」哥哥說。

「好耶，我活得不耐煩了，等不及要見鬼了。」弟弟說完，還裝出尿急的樣子，惹得大家笑。

兄弟倆希望今夜能拜訪鬼，好好的跟它道謝。這時候，劉金福起床，中斷了這場談話。他到廁所撒尿，用水箱引出的水洗臉，漱個口，吃完早餐。他走之前宣布了天大的消息：他暗晡夜（今夜）不轉來睡。劉金福說話時不是面對帕說，是對著牆上的鐵釘，好像說給鬼聽：「是吧！我今晚不用受你的氣了。」事實上劉金福在被窩裡早就聽出幾分對話內容，好製造兄弟與鬼相遇的機會。等到他走出紗門後，兄弟倆爆開歡呼，商議今夜如何與鬼廝混通宵，恨不得把時鐘撥快些就能消化時間。不到傍晚，兄弟倆在帕的房外徘徊，聲音亢奮。到了八點，他們全家人敲門進來，圍坐在鐵釘附近，像觀賞一場異次元電影，手中拿小零嘴，哥哥吃五香滷豆乾，弟弟的舌頭被燒酒螺辣傷，只能銜著螺殼當哨子吹。時間一分一秒過去，牆上沒有動靜，兄弟倆累得睡著了，父母也眼皮鬆垂了。時間到了，帕叫醒他們全家，嚇醒的弟弟以為見鬼而發出最怖厲的叫聲，喉嚨深處的小肉垂幾乎跳出來。叫聲透過牆，整間旅館的人以為鬼在叫了，紛紛醒來做愛或到走廊聊天下棋。有人還靠在帕的房外偷聽，知道此刻在裡頭進行「通靈」。帕搬來凳子，站上去關燈，把螺旋狀的燈泡頭自燈座稍稍轉鬆便烏了電火。然後，他打開窗，讓冷風進來醞釀氣氛，誰也知道，鬼最討厭沒有雞母皮的環境。一切都就緒了，鬼歌劇卻沒上演，連帕也覺得詭異。他走到鐵釘看，原來是掛在上頭的鬼被釘頭卡到喉嚨了，稍微調一下，鬼叫聲便瞬間跳到最高音，完全沒有收音機轉鈕由小調大的功能。他們一家子抱成一團顫抖，臨場感十足，但是弟弟馬上脫口說出，「它」還要叫多久？帕以為他們要聽通宵，這麼沒耐心，暖場都沒結束呢！

「它為什麼要叫？很痛苦的樣子。」扶桑花少年問。

「鐵釘，」帕指著自己腦殼，說：「它被人用帶鐵釘的棒子打，鐵釘穿入腦袋拔不出來就死了。」

「我可以跟它說話嗎？」

「可以，不過它哭得很慘，我幫你說更好。」

扶桑花少年站上凳子摸鬼，順著帕的說明撫摸它的肩膀。那是鬼嗎？好虛空的形體，哥哥連寒毛也沒翹起來，顯然鬼叫不是來自眼前，是來自四方的共鳴。扶桑花少年起先懷疑帕的指導，手中空無一物，但他最後相信了，從那刻起他感到平靜，有了雞皮疙瘩，不是寒冷，而是感動引起的，周身流動一股暖流。哥哥吞了口水，說起話來，說他謹代表這裡的居民向這位「好朋友」致意（弟弟在旁邊插嘴說是「好兄弟」才對），感謝它的存在，他們才能住這麼便宜的旅館。他帶了些等路（禮物）給它，父母送潤喉的膨大海，弟弟送哨子，它叫累了可改用吹的（弟弟又說那是高音哨子，很符合你的叫聲）。至於他自己，想破頭殼也想不出足以相稱的等路。他只有一雙手，用這當等路了。說罷，哥哥虛抱著眼前的空氣，輕輕的，溫柔得像他至今十八歲以來的第一次初戀，是跟一隻鬼。忽然間，奇妙的時刻來了，漆黑的房裡，鬼的身體有了線條，瞬間迸出淡光後又消失了。它說來就來，說走就走。長久來必須嚎上三個小時的鬼哭，突然提早兩個半小時結束，好安靜，只有走廊丟骰子入碗的聲音很激動。很快的，整棟旅館的人也停下遊戲，驚駭萬分，要是鬼不再叫下去，房租會漲的。他們聚在帕的門口，祈禱鬼叫聲響起。

然後，哭聲響起來，尖銳嚇人，卻不是熟悉的鬼叫。是為什麼男孩在房裡大吼大叫，對哥哥喊：「你把它弄死了，你要賠我一隻新的鬼。」還將哥哥推下凳子，快摔成一攤玻璃碴了。最後整家人吵起來，怪罪彼此出了又餿又爛的主意，明天睡七張犁墳場好了。帕坐在床緣，乾脆掩被睡去，懶得下去攪和。也使得原本是上演一場溫馨的鬼片，瞬間變成家庭武俠片，旅館的人也叫罵到天亮才散場。

帕很早就醒來，但冬天的早晨卻來得慢。他爬上凳子，把整理成圈的電燈線鬆放到地板附近，把電火珠轉入燈座。十燭光的燈亮了，他握著電火珠，指甲與肌肉透出紅咚咚的光。僵硬的手指暖了，他拿出託為什麼男孩買來的筆硯，磨好墨，攤開紙，趴在地上寫信。他右撇子改用左手生活，劈柴的力道不變，但細膩度差多了，拿筷子夾豆腐絕對會餓死人。拿筆的時候，帕感覺手抓的是雲，飄來飄去，不受控制。於是他告訴左手，好好對待你的新朋友，也告訴毛筆要多擔待笨手，也告訴自己慢慢來，當作在修行悟道。說是悟道，因為帕發現漢字寫久，會懷疑這個字寫對了嗎？劉金福便從棉被鑽出頭，講了古，隨意謅：倉頡（他說成蒼蠅）發明漢字時在墨裡下蠱，讓字有魔力，才使後人看久了會忘記，會懷疑這個字形。那個蠱就是倉頡用自己的屎磨墨，字裡有屎，看久了字會見笑的，要你忘了它。可是帕卻很認真的反駁劉金福，說那個傢伙是用淚磨墨，字裡含淚，有感情的，當你看糊時是字流淚了。此後，帕每寫完一個字，會伏身去吹乾字上的淚痕，要它們不難過。這樣寫，通常寫幾個字就累了，得盤坐休息。寫錯了也不塗掉，換張紙重寫，務必保持乾淨，讓收信者感到一股寧靜。

如果太冷時，帕會把燈泡放入衫內、靠近心臟取暖，就著一點光寫字。有時候後院會傳來撞門聲，牲畜在騷動。帕應門打開，幾隻豬靠在門邊取暖。帕說今天沒「空襲」的遊戲好玩，進來取暖可以，要是敢惡搞，亂拉屎尿，行，就把豬們活活製成存錢筒。於是牲畜趴著看，下巴磕地板，時光靜默，點點滴滴流逝。天亮了，帕繼續點燈，再寫上半張信，冬陽才從窗口射入，把牆敷上虎焰焰的光芒，讓貼在上頭的百來張信書顫抖。帕站起來，豬隻也起來，一起走到那面牆邊。帕把每張的內容唸出：

敬啟者：

貴子弟XXX因為軍務需求，日前已調往中國地區服務，一切平安。本軍團本著愛護子弟的心，視如己出，全力保護他的安全，慎勿掛念。

中華民國陸軍少尉劉興帕

好亮的牆呀！每封信的字句疏密有致，每個字燒起來似，充滿力量。能挑剔的是用了低廉信紙，吸了墨水，字緣有些緊皺，也不夠平坦。帕檢視每個字的筆劃有沒有錯，他會寫，不會唸，會唸也是用日文漢字的發音。這封信的內容不是出自他的手，他對國語沒轍，程度跟幼稚園的小孩一樣糟。這封信是他求教旅館中的某位老先生，代價是劈三捆柴。

至於那些三百零八張的求救紙條中，要是只留電話，可折煞了帕。旅館的電話在走廊盡頭的紗門邊，即使劉金福把髮繩放長，帕奮力往前扯仍有六公尺距離。多虧為什麼男孩把電話拉過來。電話是先進的撥盤式，不是手搖式的，幸好又有男孩教導。電話通了後，他沒有說明事由，含糊的說自己是某某的同學，想寫信給他，你說他去當兵了，這樣喔，那方便給個賜教處，好日後聯絡之類的理由搪塞。帕不敢當著電話陳述紙條上的意思，會不知所措。還是寫信好，簡潔明白，不必遭對方問個半死半活，自己卻插不上嘴。

然後陽光從牆上灑下，慢慢往窗口收回去，一釐釐，一吋吋。冬天寒冷，帕隨著那塊溫煦的光毯移動，坐在裡頭寫毛筆。有時不寫了，他愣著看那塊陽光照落的地方有什麼微物。那是全新的小世界，有著他沒注意過的細節，也許是牆角泛著七彩的蜘蛛網，也許是染灰的彈珠，或萬國博覽會門票，角落有兩張過期報紙和歐米雜貨的型錄，反覆閱讀直到破裂。或牆角的紅漬，他舔了一下好確定那鹽味獨屬於血；木板有刻痕，每道有來意，能分辨是鞋跟、刀尖或落物造成的。帕還透過地板縫，看到架高通風用的屋底有貓走過，或說不上什麼的鬼影忽然嗖了過去，竄得快，或許是日本鬼跑出來夢遊？然後，他發現一株植物從木縫鑽出芽尖，他趴下去瞧，好美呀，用玻璃杯罩著，避免踩壞。有時候他褪盡衫服，躺著像狗摩擦地板給自己搔背，陽光落不停，直往身上揉呀捶的按摩，舒服極了。難怪扶桑花少年著迷於此道，每日到院子裡泡陽光。之後，越近中午，陽光越辣，帕全身滲出小汗珠，冒著蒸汽，蔚為壯觀，他感到自己就要揮發為一朵又白又涼的雲，心無罣礙，亦無阻攔。

到了午後，陽光躍出窗外，慢慢的移過菜園。帕會趁傍晚日頭沒太烈時，舉鋤整理，鋤到的石頭會朝河那邊揮棒打去，石頭飛好遠，陽光也撒得好遠。天色逐漸暗下來，夜來了，遠方有些燈，招牌或路燈之類的。帕這時走到廁所，從水箱接出水，抖瑟瑟的沖冷水澡，用菜瓜布大力搓皮膚直到發紅發燙。隨意抹乾身體，回房內，旋開燈，就著一盞小燈盤坐，這時身體便有股回甘的暖意。他在等劉金福回來。有時要等好晚，劉金福才拎著帕隔天的早、午餐回來，通常是乾糧類的飯糰。帕一天也只吃這兩餐。

不要以為兩子阿孫只會乾瞪眼，把時間當酷刑，有項「空襲」的遊戲，頗適合闔家歡，這麼說是連雞豬也能加入。牲們誰要是贏了，可以隨劉金福去台北逛街。牲畜巴不得每天能玩，天才亮就在門邊騷動，恨不得有手能開門進來，也恨不得有喉嚨能大喊，我們等不及了，來玩吧。牲們都知道關在後院沒趣味，那不過是較大的牢籠，能走出鬼屋放風多好。遊戲約半個月玩一次。玩遊戲時，劉金福開門，歡迎豬雞進房內，撒些麵包、豆餅之類的東西犒賞。雞拍翅膀，豬吸著鼻子，爭食聲不絕。吃飽了，劉金福站在床上，敲響飯鍋，宣告遊戲開始了：他閉眼，深深的呼吸，發出B29轟炸機沉悶的引擎聲，聽起來像刷蘿蔔的刨籤器活刨人的頭皮。原本歡快的牲畜板起臉，身體發抖，死亡的陰影籠罩臉龐，看得出戰爭的後遺症不是小得可憐的傷疤，幾乎是從骨髓中抽汁的恐懼。然後，牲們陷入想像的深淵，大火蔓延，灰塵猛下，瀰漫焦味與哀號，熱空氣太多，大力喘的話，氣管會燙傷。

倏忽，劉金福敲飯鍋，大喊「轟炸了」。這一喊非同小可，渾身哆嗦的牲畜跳了起來，往床鋪底下鑽，過程還用盡心機，推擠拉扯，連拐子都用上，誰先佔了床下的中心位置就贏。勝者獲得一朵扶桑花。輸者也有賺到，牲們藉由每次的轟炸遊戲，釋放內心的舊記憶。不然燒夷彈燒成烤肉或炸成肉餅的畫面會化成惡夢，傳輸超出了神經線的負荷。遊戲結束，劉金福拍拍手，把輸者趕回後院，要帕把勝者帶到廁所洗，豬蹄縫與雞腋下都好好刷。帕把贏者挽進廁所，不忘說，來，給你個沙密斯（service）

了。廁所傳來乒乒乓乓的聲響，服務真特別，幾乎是拆骨頭的馬殺雞，難怪牲畜樂得發出哀號聲。最後，由劉金福帶乾乾淨淨的勝利者去逛街。

出了門的牲畜再也沒回來鬼屋，是樂不思蜀？抑或是逃竄？這是其他牲畜的困惑。不過這種困惑對動物來說只維持一天，接下來的日子，牠們開始思念轟炸遊戲，想念遊戲的前菜麵包，想像出門前的馬殺雞多麼誘人。到了一月底，寒風來襲，哈出去的氣幾乎瞬間變成霜，一隻雞撲飛到了屋簷下的氣窗口避寒，目睹了房內的真相。那時結束了轟炸遊戲，帕衣服脫光光，只戴個飛行鏡，把勝者帶入廁所，果真來個馬殺雞，殺得那條豬骨頭酥軟，哀號不絕。

在歡愉的最高潮時，豬死了。帕從後頭夾著豬下肢，用斷肢勒豬脖子，另一手持刀插入牠的咽喉，直到斷氣。豬血放入錫桶，又剖開豬肚掏出內臟。臟器很新鮮，腸胃還蠕動著。沒有一項是浪費的，豬腸的糞便沖入馬桶，充當後園的菜肥，連豬毛都可以轉換成台北摩登小姐的假睫毛。沒錯，劉金福每日出遊得花費，攜帶的錢財與變賣家當所得的資款，仍趕不上物價上揚，牲畜便是最佳存款，牠們也隨著物價上漲，而且價格好到不行。轟炸遊戲後，劉金福用籮筐挑著殺得乾乾淨淨的勝利者到街上賣，出門前對後院方向大喊：「舒爽吧！帶你出去玩了。」

那隻躲在氣窗邊的雞害怕無比，隨即轉為憤怒，牠信奉的皇帝竟然如此對待牠們，殘害、虐殺與分屍，連空氣都被玷污了。盛怒衝上腦門，讓牠頭暈目眩，雙腳發軟，從高處重重摔落，摔得什麼都忘了，只記得該死的轟炸遊戲呢！第二天凌晨兩點多，牠早就醒來了，撲上圍牆，高聲嘶啼，幾條巷子內的雞都學牠大叫，都知道牠多麼期待要玩轟炸遊戲。

帕在這遊戲中扮演屠夫角色，殺死曾在國軍抓兵行動中救他的牲畜。他不敢想太多，屠夫要是有感情，沾血的屠刀就能盛開出蓮花，成佛了。他殺完豬，用菜瓜布刷乾淨身體，抹上肥皂，務必不留下血腥味，免得屋後那些畜生聞了想太多了。對帕而言，他只能幹這些事，待在屋裡殺雞殺豬，如果劉金福沒解開髮繩，也許一輩子待這，慢慢的病倒，最後在床邊死成一付枯骨，讓鬼屋又添了一位成員。

不過事情有了轉圜。隔天中午，鬼屋有了騷動，走廊有人細聲說「阿山仔」來收錢了。過了不久，房東帶兩個警察上門，門沒敲就闖入帕的房間，看他盤坐在窗口射落的陽光中寫毛筆字。房東來收房租，警察則收地盤費。帕從口袋揣出一疊紙鈔，拍在地板上，警察彎身去取。一旁的房東竊笑，心想要是這頭水牛沒點頭，誰也別想佔便宜。果不其然，帕連忙用筆頭壓住那疊紙鈔，憑兩個警察的蠻力，連紙鈔角都撕不下來。警察哪肯鬆開快掉到嘴巴裡的肉，他們踢斷筆管，撲身搶。帕這時改成用一根手指頭壓住錢。警察火大了，現在他們不是為了錢，是為了面子，誰敢讓他臉上掛不住就別想在這裡混下去。帕理解他們的心思，當下放手，把鈔票散一地。他這麼做是有道理，要是現場亂了，毀了後頭牆上的數十封信，吃虧的是他，還要再抄一個月久。年輕的警察曲腰去撿錢時，被資深的警察喝止，揚言還會再來拜訪，要是不乖些，那就要先練練把皮繃緊一些的功夫。說罷，甩門離開了。

房東聳聳肩，說這些阿山仔不好搞，你有天大的才調，惡搞下去，也準備剉咧等。說罷，把錢一張張拾起，隨著手中紙鈔變厚，乾涸的表情也豐厚了，最後給帕下個通牒：下個月房租漲三倍。這麼收也是合理，他是二房東，那位頭家連長要多收，他也只好跟著水漲船高。

「如果我不給呢！」帕說。

「只好把你的分算在別間，由他們多繳補足。」房東說完離去。

帕不在乎房東怎麼做，在這旅館，他不欠誰了。上次扶桑花少年把男高音的日本鬼搞啞了，房內安靜了幾天，房東連忙趕過來漲房租。在後院種菜的帕得知了，拿鋤頭在牆角往下掘一公尺，找到了骨骸。那是日本警官的殘骸，警衣爛得差不多，腦殼上有一根快鏽掉的鐵釘。日本鬼多次懇求帕掘開後院，幫它拔掉腦殼上的刺，化成厲鬼恐嚇都沒用。現在帕自動掘出骨頭，心狠手辣些，在它腦門多下根釘子，再用繩子勒緊喉嚨。男高音跑出來了，白天也哀號了，旅館頓時傳出淒厲的鬼叫，激烈迴盪，房子微微顫動，彷彿每根木樑起痟了，蛀蟲與白蟻全都落地死亡。房東嚇壞，白日撞鬼不成，二話不說衝出門，很快的帶回三牲酒禮祭拜，猛燒冥紙與香炷求饒，照三餐拜，連續三天，似乎這些宗教用品不用錢買的樣子。

到了二月初，帕出關的日子來了。

空氣中充滿淡水河的味道，衣服是，頭髮是，連房裡的每根木頭都有。帕認真的嗅，懷疑那是上一次大淹水留下的嗎。這時候，門外傳來敲門聲，沒等到回應就闖進來，為什麼男孩就站在門口，眼睛紅潤，鼻頭酸楚，雙手放在小腹像蒼蠅腳搓著，全天下最能打動人心的孩子模樣就是如此了。帕嘆氣，從床板下的縫裡拿出蘿蔔乾當零食請他。男孩吃完了，大哭起來，說他不能住這了，沒錢付房租，月底要走了。帕再請他吃一片蘿蔔乾。男孩吃完大哭，說他哥哥陷入昏迷了，大概快死了，沒辦法醫治了。男孩說完，得不到帕的回應又眼淚潰堤，用力哭不停，淚水之多，淚腺從膀胱通上來似的，他最後說：「我哭得透心肝，你怎麼沒有再請我吃蘿蔔乾？」帕聳聳肩，表示如果再給零食，換來的仍是哭聲，他不喜歡有人哭哭啼啼的，不像男子漢。更無奈的是，帕也幫不上什麼忙，他夠窮，也許過幾天會把靴子煮來吃。他也不是醫生，是屠夫，絕症者來找他結束性命還行得通。男孩深知帕是鐵石心腸，根本說不動他，騙上幾片蘿蔔乾也許可以。哭過一場，男孩也動了友情，從口袋掏出酒瓶蓋送給帕。

「這是我最有價格的財產，就送給你了。」他指著滿牆的信，說：「你有很多朋友要說話，這酒矸仔蓋能幫你。」

帕翻過齒緣的瓶蓋，蓋內塞了兩張郵票，心中油然升起暖意，說出心中一直想說的話：「行，我們出門寄信去，順便想個賺錢的辦法。」前一句話是說給自己的，後一句則是給男孩的犒賞。這個瓶蓋，值得帕這樣付出。

「賺錢，我啥咪都不曉？」

「那好，你負責幫我帶路。」

「沒問題，少尉大人。」男孩立正，敬個舉手禮，

「但是我啥咪都不曉，做你的小兵好了。」

「你什麼都不會，做將軍最好。」

「沒問題，我們出門去。」男孩講完就懊惱了。誰都知道帕是屬於宅男，成天窩在房間，旅館的人私下取笑他不是打手銃就是睡懶覺。最煩惱的是，帕只要離開房間過遠，霎時被一雙隱形的日本鬼彈簧手勒死著，呼吸困難，整顆頭紅得快滲血了。

帕老早想走出鬼屋散心，心中已謀算好久。他把大窗脫軌拿下，又將大眠床扛起，從窗口打斜出去，過程難免仔細得像孕婦生子，免得床或窗框剉傷了。男孩看了，先是說這眠床這麼輕，是日本紙糊的吧！又看見大床落到院子時，是扎實的，四腳磕出巨響，也碰出上斤的塵土。男孩駭呆了，也不知道站在後院是要幹嘛的。

帕把床扛過菜園，一邊磕在牆上，一邊放地上，將床形成斜坡，他站在牆頭對男孩大喊，上來吧！將軍，這床是你的寶座，我得隨身帶著呀！為什麼男孩眼睛紅潤，鼻頭酸楚，全天下最可愛的孩子模樣就是如此了。他又叫又跳，蹦上大眠床去了。帕沒有多費力氣，一拍，一翻，一聳的，莫非武松來了，床便癱在他頭上像個孬種的吊眼白額大蟲，足足有五百來斤。男孩在床上翻滾，快活得很，引領帕來到河邊，從床緣翻下頭，用顛倒的姿勢對帕說：「台北在河對面，我們過橋去。」

帕始終沒進台北城，只差一條河。原來那天看到的橋是誤會，這也難怪，看到鐵製桁架橋就以為是跨越基隆河的明治橋，看到吊橋就誤認為跨越新店溪的昭和橋，都是知名度太高引起的誤會，害他以為大台北只有這兩座橋。

帕望著淡水河，野風大，把衣領翻弄。江上有數隻白鷺鷥，逆風而飛，過了好久也沒多大進展。

河的對岸，便是囓狀的天際線，由高高低低的黑瓦屋、洋房組合而成。橋在哪？帕往上游看去，大橋在上游數公里遠，真遠啊！簡直像瘦巴巴的小骨頭。巴格野鹿，帕咒罵一聲，要橋時它卻躲得這麼遠，那就自己過江去吧！他在河堤邊隨意拔了一管的麻竹，用牙齒撕去骨節上的枝。之後便把飛行衣脫下，將兩封欲寄的信塞入裡頭，交給男孩保管，一身只晾著日本丁字褲。過了泥灘，迎面來的是冰河水，帕迎面而去的是用沸騰的熱血。他把眠床滑入河，單手使勁的撐竹篙，便航向對岸了。床到江心了，河水湯湯，冬洋乍暖，人生多麼暢意無比呢！

「過橋？呵！我等不及了。」帕大笑說。

我是鬼子，也是來寄信的

在城市裡，建築、祕密、政治終將會淪為塵土，只有傳奇還活著。

傳說來自耳語的膨脝，到底誰先說的，沒有人知道。人們都說，那個壯漢住在江子翠的二條通與三條通之間，某次砍柴時，刀柄迸裂，斷刀剁斷腳動脈，血噴光了。無計可施，壯漢的父親用牛血輸入，意外活下來，故力大如牛。錯，有人反駁說，那個「牛屎人」是個泰雅族，是往來烏來瀧（瀑布）與新店之間的台車伕，一次推六台車，一餐拚一鍋飯，每次進城沿著火車新店線的鐵路跑。錯，有人說那是個穿飛行衣的日本兵，住在火車北淡線唭哩岸站附近，站前不是有成排剪有英文字母的榕樹，注意看，如果英文字消失了，那天他就會出現。錯，有人拍胸脯保證，在金山沿海看過那傢伙，半暝三點就等漁獲上岸，四個鑼筐夯過草山（陽明山），夜奔二十公里到大稻埕，批發完，再回金山夯一轉到士林市場，要是有人刁工說他的魚不鮮，他頭一歪，呸，口水落筐，那魚全醒來尖著尾巴跳；然後他說不賣了，把魚全擔走。錯了，有人說那少年來自八里的老坑猴洞，誰死在那，廖添丁，那少年是廖添丁轉世，知道吧！有人信誓旦旦的說，你們看過他跑嗎？夠快夠狠，銃子打不死，房屋壓不垮，人也沒有影子呢！那傢伙不是人，是鬼，要是我說錯，把我浸豬籠算了。

這些傳說都是帕離開台北後才傳開的，對他而言，也終歸塵土。不過他忘不了頭一次進台北城的感覺，那是一九四七年初的事，水泥建築乾淨整齊，電線桿林立，騎樓深邃，抬頭看到的多是招牌，低頭到處是垃圾桶；街道寬闊，得在中央闢個菜園種樹，三線道馬路上總有走不完的行人、牛車、三輪車與冷風。牛多沒什麼大不了，怪的是都往相同方向走。二戰末期的台北大空襲，米軍精準的把總督府炸毀了，這個台北最明顯的箭靶壞掉後就難修，戰後改為長官公署也還一時修不完，每天不知道有多少牛載運磚材去補牆。帕後來才知道，這城市有十萬頭以上的牛幫人幹活，集體出動，頓時陷入非洲大草原的恐怖，代價是有些道路在大熱天成了沼澤，泥濘的是牛糞，沼氣是糞臭。

最難適應的是通貨膨脹的壓力，除非像宮燈不吃不喝，還能照亮他人，錙銖必較的功夫讓人足以長出第三隻手精打細算，或多張嘴好討價還價。米是算粒不算斗，吃東西得先付錢，以防飯後又漲。至於寄信，最好多貼郵資，不然由火車運的可能改由牛車送，對方收到喜帖時，新娘可能已生出嬰兒。這嚇壞了帕，他進城打算寄上兩封信，現在只能先寄一封。也不知道是過於興奮，還是物價上揚讓空氣充滿銅臭，帕沒吸幾口空氣就退回河邊，划回自己的鬼屋了，狼狽收場。

「將軍閣下，早點回家的原因是，我滿腦子想的都是如何賺錢。」帕一邊對為什麼男孩說，一邊把衣服的河水擰乾。賺錢是早日把牆上的信寄出去。寄不出的信是惡夢，帕老是夢見一班列車上的士兵哀號，問他家書寄到了嗎。

為什麼男孩回答得乾脆，「還用想，工作多到能用扁擔挑。」口吻不符他十二歲年齡，但是回答的工作全是他母親做過的。可以做女工，比如幫忙縫冬天手套，鬼屋裡有幾位阿桑都是幹這活。洗衫褲也行，勤一點，保證能餬口飯，不過這份工作大家搶得兇。其他還有幫傭、託嬰、廚工等等，多到做不完。帕聽了只有搖頭的分，他寧願拿槍桿，也不拈那種掉地上就融化似找不到的針。洗衣服更慘，誰家願意把大家閨女的內褲送到帕的手上把玩。說來道去，這些都是女人工作，帕下輩子才有分。

無計可施，為什麼男孩求助母親，幫帕覓得一職。母親從木箱子拿出各種用來治療扶桑花少年的漢藥，有菲律賓海馬、暹邏虎骨、高麗人參、印度熊膽、非洲犀角，足足能開小型的萬國動物標本展覽會。她說：「這是所有的家當，今下用不上，拿去賣吧！」言明買賣事成，五五分帳。

帕他目前幹最好的職業是軍人，精神是寧死不屈，現在要他求別人買藥，簡直要命。他想了一夜，夢裡夢外都輾轉反側，隔天陽光從窗外爆亮，牆上百來封的信在光亮中翻動，發出輕微聲。帕再度檢視那些內容，沒錯字，也沒語病，唯一令人不安的是那些寄不出的信有靈魂，彷彿張口大喊著回家。劉金福不久醒來了，抹把臉，吃個冷早餐，便要帕殺隻雞好帶出去賣。劉金福出門前，帕扯了個謊，跟他開口要了些銀角仔（零錢），下午吃個麵糊解饞。劉金福早就看穿帕的心思，要把牆上的信寄出，便說，現實更灰心，你寄出去，就是讓家人多個擔憂。說罷拖著木杖與沉重腳步，打開紗門，離開鬼旅社。

才傳來關紗門的聲音，為什麼男孩又來纏著帕，也多虧這雞婆的功夫，帕才有出門賣藥的衝動。男孩「引蛇出洞」的計略很簡單，很短，打破帕一夜的猶豫不安。他說：「少尉大人，我是將軍，聽好，出門賣藥去了。」

「是的，將軍閣下，但請用敬稱『殿』，警察才用『大人』。」帕中氣十足的回答。照例的，帕開窗遁出床，在頭上墊幾件的舊衣服，頂著床出門，並且特地從後院帶一台板車，划床過河。到了水深處，竹篙探不到底，帕奮力拆了一塊稍大的床板當槳，划往下游的河岸，中途還得避開橋墩與來往兩岸的竹排船。經過大橋時，帕慌張的蹲下身，嚇得為什麼男孩也依樣畫葫蘆，還以為橋垮了。只因帕看到劉金福駝背走在橋上，連忙閃躲，怕他撞見。劉金福拄杖，另一手拎著才殺的雞，血水弄得褲管黏答答。這老頭為了省錢，花三小時繞遠路過河，全靠腳走，省下的渡船費能在中午吃上一碗切仔麵。床很快溜到橋的另一邊，帕在這頭看不到劉金福。不知怎的，想到祖父在冬風割人的橋頭上，每走一步如搏命演出，隨時會煙消似，帕心中湧起一股悲涼。

進城後，這股情緒延續好久都散不去，而且屢屢與他作對似。帕把帶來的板車載著大床走，避開路人的眼光。他昨日進城寄信，來去匆匆，黃昏下扛著大床走，嚇壞幾位居民。今後進城，別太囂張，一隻老虎太逍遙的走在大街上不會成為英雄，結果很慘，不是被民眾趕回圓山動物園，不然就是樂壞警察，有理由持槍狩獵你。他們到幾家漢藥鋪兜售中藥，忍受店家嫌東嫌西，不是菲律賓海馬發黴了，就是熊膽潮腥了。其中一家很惡劣，說虎骨是用牛骨冒充，要是敲開的關節梗裡頭沒有蜂窩狀的骨巢就是假的。帕用牙齒啃開驗貨，有骨巢，很扎實。這中了店家的伎倆，說，貨對了，但是品相不好，被啃壞了，不過他可以打折買下。帕氣死了，把虎骨啃下肚，也不願便宜賣給店家，還撂下話，「我可以免費給你，就等我拉出的屎吧！你剉著等。」店家被帕的吃相嚇壞。帕的牙齒磨得很響，眼露殺氣，讓人以為是虎姑婆來了。

「現在只有你吃過中晝（午餐）了，我能吃海馬嗎？」男孩沮喪的把海馬尾巴放嘴裡，恨不得吃下去。

虎骨不好吃，有股精液的味道，難怪有人說壯陽，而且堅硬的骨片讓帕感到自己的胃變成絞碎機器，發出各種難堪的聲音。帕為自己的憤怒感到抱歉，嘴上沒說，但手表達了，將男孩抱放在板車上，好減緩他的疲累與飢餓。帕說，他不介意有人吃了海馬，肉雖然小塊，看起來比虎骨好吃且營養。這下男孩反倒吃不下去了，他先前暗算，只要帕阻止，便狠狠吞下這隻脫水的小怪獸。他把又瘦又小只能餵飽盲腸的小肉乾放入口袋，黯然低頭。這時帕拍拍男孩的肩，指著百公尺外的街角說，把那個蹲在騎樓下磨藥的人找來，他可能願意幫我們。說罷，帕翻開衣領內側，用牙齒撕下一塊緋紅色步兵肩章。它向來被縫在衣服內裡。男孩半信半疑，憑著百公尺外的人影，就評斷他能幫忙？這種人影滿街都是，每個看來都比眼前的更有誠意。

男孩硬著頭皮前往，中途經過騎樓下的麵攤時，誘人的一幕在眼前。有人正要離席，碗內留下兩口粉腸湯。男孩失去了意識，現在控制他的是擰成一堆鹹菜乾似的胃，他二話不說，把湯汁喝下，趕緊逃開。男孩跑到街底，見到那個背對他磨藥的年輕人，他二話不說，或者更帶情緒的「廢話少說」，立即拿肩章給他看。他受夠了這樣求人，要就要，不要就拉倒，多費唇舌就是浪費他剛剛偷喝來的湯渣。那個跛腳的年輕人先是一愣，然後靈魂最深處的蜘蛛網像是被人摘除，撐起枴杖，緊跟著小男孩走。

回到原處，帕不見了，找了一會兒才看到床板在某條小巷幽幽處。男孩帶著年輕人靠近時，帕從床板後頭走出來迎接。男孩嚇到了，撞鬼了，眼下的帕露出自己的原形了。陽光下，籬笆邊，帕勒起袖子，刻意露出斷臂。又摘掉了平日戴的飛行皮盔與飛行鏡，左眼是骷髏眼，沒耳朵，臉上佈滿坦克鋁帶輾壞般的傷疤，惹得幾隻狗跑來對他咆哮不停。帕的習慣是，凡是現場有第二人在，即使是劉金福，他也遮上這種面具，包括睡覺時。

年輕人表情驚訝的看著帕。之後，他撩起右腳褲管，把露出的鐵架義肢整個甩掉，又丟掉枴杖，只靠單腳不斷在原地跳著找平衡，停下來就跌倒。彼此有點像小孩子在比慘。帕攔下要幫忙扶起年輕人的男孩，示意讓他自己來。最後，單腳年輕人扶著籬笆從地上站起來，對帕敬以舉手禮。

帕回禮，端視對方良久。然後單刀直入，拿出漢藥材，不卑不亢的對年輕人說：「頭一次來台北，沒有錢生活，這些可以賣嗎？」

年輕人拿下東西，也不檢視，一握就知道分量了。他猛點頭的說跟他去，拿錢給他。說罷，年輕人也不管帕有沒有跟去，連義肢與枴杖都不要了，興奮的跳回家，在轉角還摔得滿身是土，連忙爬起，又連忙跳回家。

終於有著落了。帕臉上露出了笑容，笑得眉毛幾乎浪起來。他用衣角把風鏡內側的玻璃擦乾淨，皮盔抖一抖，戴回原位。唯獨瞎眼那邊的風鏡不擦，不是不用看，是不讓人看透。一旁的男孩卻哭了，原本聳聳肩而已，最後嚎啕大哭，淚汪汪的把眼睛快泡皺了。

「跟你回失禮，把你嚇到了。」帕蹲下身，對男孩說。

「沒有。是看到兩個阿兵哥這樣，才突然難過。」男孩猛搖頭。或許這種難過像打噴嚏，哈啾兩下便沒了。但他也詢問帕，為何整條街那麼多人，唯獨看到街角的年輕人肯幫忙。

人總是在絕望中遇到貴人，端看運氣與緣分。偌大的通衢街道，從日治時的「丁目」改為「段」，「條通」改為「巷」，隨處望去，五個年輕人中總有一位是退伍軍人，流露那種膽怯、害怕與無奈的眼神，帕一看，約略猜中誰是誰，只是彼此心照不宣。那個年輕人蹲在一百公尺外，用戰鬥蹲姿磨藥，牆角倚枴杖，露出褲管的右腳踝在陽光下閃著金屬光，再遠也看到義肢的光芒。帕的心中也有那道光，只是藏得緊，曾奮鬥的信念瓦解了，新來的國民政府又視他們這群老兵如破瓦。帕需要被認同與理解，知道那個年輕人也是，便大膽露出自己的面目，與其說那是比殘比缺比悲哀，不如說是取暖，彷彿說：我們是同類，別躲起來。這類的人會幫忙彼此，帕這樣想，深知對方也這樣想，故出此策。

不過，帕要對小孩講出這心情，實在頗難，便說：「我是憑著他的衣服，上頭寫著米國字POW（戰俘），很遠就看到。」戰後，不少南洋回來的士兵都穿這種衣服，由當地的聯軍發配的。

「POW是啥咪意思？」

「輸、了、了。」即是輸光光的意思。

男孩驚嘆原來是這意思，台北好多年輕人這樣穿，還以為是流行。接著，他抹乾淚說出自己難過的原因。他說，戰爭剛結束時，保正伯（里長）說有阿兵哥要回來了，動員大家去車站迎接。火車靠站，大家熱情的搖著旗，大喊歡迎回家，給那些大哥哥鼓勵。拖了些時間，那些阿兵哥才一個個走下車廂，臉上沒有好表情。車站也變得好安靜，沒人搖旗，也沒人叫好。那些阿兵哥全穿著病院的灰色衣服，身上都少了零件，有人斷腿、有人斷手，有人沒長頭髮，只長出被火燒過的疤痕。他們排隊，安靜走開，只有鐵柺杖咖哩咖哩的聲響。男孩又說，你跟那些阿兵哥比起來，算最慘的，他才難過。

「我不是最慘的，最慘的永遠回不來。而且，告訴你一個祕密，我有再生的能力，像壁虎。」帕很神祕的往胯下夾個東西，又說：「不過常長錯，斷手長不出，卻長出一條腿。」

男孩又流淚，不過這次是被逗翻了。帕把年輕人先前留下來的義肢夾在雙腿間，走起路來，假裝自己有三條腿，扭扭捏捏極了，還拉著推車，用令人噴飯的動作前行，慢慢往漢藥鋪去。男孩則拎起那根柺杖，斜在肩上前行，踢正步，大聲答數。

漢藥鋪的頭家給足了價碼，對帕甚為感謝，表示家中的後生很久沒如此快活了，但也勸帕別穿著日軍服在街上踅來踅去，會被抓的。之後，將家中的剩菜蒸過，炒了道青菜與菜脯蛋招待。帕被髮繩繫在床邊，只能坐在店門口的板凳上吃，他起先裝客氣，回答年輕人好奇的詢問，比如在哪當兵？在台北住哪？但久了，他只點頭回應，眼神放在稻黃中帶點微焦的菜脯蛋，他獨鍾此味，蘿蔔乾彈牙，煎蛋滑舌。最後他臉色蒼白，雙手發抖，因為血液已聚集在胃，準備好應付長久來的待廢狀態。直到男孩鴨霸的把菜脯蛋吃了半盤，帕出擊了，把煎蛋夾進嘴。夠狠的吃相，換來神祕的感覺，啊！一朵被夕陽烤焦的雲落下胃了，也許低頭能看見肚臍在發光呢！再胡亂扒些飯，喝兩口湯，已滿足了，真想到空曠的淡水河邊高喊，真爽。

吃飽了，口袋也有了錢，今天的活幹完了，年輕人送帕到巷口，還偷偷塞上兩瓶的藥酒，說這是祖傳的，拿來賣有好價錢。帕點頭道謝，在街角告別，回途順道到郵局寄出六封信，又買了豬油半斤、橘子八顆，好感謝男孩的母親。有了這次經驗，帕覺得做生意不能太縮頭縮尾，像大丈夫賣女內褲，不敢大膽的敞開心胸，如此下去，賣什麼都虧本。回到鬼屋後，他與男孩重新擬出作戰計畫，好把兩瓶藥酒賣出去。兩人你來我往，儘量把重責給對方，要求對方該如何扛責任，自己頂多是插花玩票而已。最後只好採折衷方案，兩人深覺明天不要來，計畫真丟臉。

隔天，帕脫下飛行裝，穿上灰棉襖與長褲，足蹬草鞋，口叼菸桿子，一副鄉巴佬進大城的憨樣，不過那張鱷魚臉太恐怖，還是套上飛行盔與風鏡。至於男孩則走摩登路線，戴草帽、穿女性連身洋裝，裙下套著昨日從淡水河撈上來的玻璃絲襪，他反對化裝，出門那刻卻回頭把臉塗上又厚又濃的妝，恐怕連子彈也打不穿，好讓誰也認不出他來。兩人以「**黑狗**」與「**黑貓**」互虧彼此，這是戰後的流行語，型男與辣妹的意思。而且兩人在耳邊別上扶桑花，更能吸引人客。照例是乘床過河，進城討生活。不過這次不是把大床用板車拉，是頂在帕的頭上，床上站著男孩。就是要嬈擺，就是要熱情招搖，就是要往人群熱鬧處鑽。男孩拿著小鼓敲打，咚督隆咚，把紅皮鞋往床板大力跳踏，喀哩喀啦，還不時撩起裙子，露出用草繩繫緊的玻璃絲襪，惹得路人大笑。男孩見人多了，喉嚨敞開，把擬好的廣告稿大聲的唸：「喲，俗俗俗！俗又大碗。緊緊緊！趕緊樓頂招樓下，厝邊招隔壁，阿爸招阿嬤，阿公招孫仔，阿母負責招全村喔！來喔！」

帕見人群都把眼神拋過來後，大喝一聲，把床板放在地上，那不過是重重舉起、輕輕放下，床腳把地磕出了灰。眾人知道這床是真的，不是膨脝的，而帕更是。接下來就是郎中賣藥的那套，帕把上衣褪了，含口藥酒後往胸膛噴，日頭一照，呦！看，金光閃閃，瑞氣千條。帕不廢話，要群眾拿磚或石頭往他胸口敲，敢拿槓鎚更好，把心臟挖出來也行。觀眾看了，卻沒人敢動。帕又賞出一把錢，誰要是往他胸口打破皮，錢就歸誰。一位旁觀的大漢仔捲起袖子，往掌心吐唾沫，搓乾淨，拿起磚頭，說聲失禮了，就往帕的胸膛重重砸，打得手麻而且有股脊髓透腦殼的暈眩，差點跌倒。帕扶穩大漢仔，奪下他手中的磚往自己胸口拍，磚頭沒了，胸口也沒半點痕。帕說聲歹勢了，錢自己賺回了。這一來一往，兩瓶藥酒賣了，生意好得能躺著幹，還有人因為沒買著而氣呼呼的喘。帕微笑道歉，末了，大喝一聲，步伐甩開，把散場詞邊走邊唸了：「我是下港來的電鍍鐵牛人，身高六呎四，頭毛是鐵釘，肌肉像雞胲（氣球），戰車輾不死，坦克壓不歹，顛倒來幫忙打磨拋光。」這閩南語唸得破，群眾大笑。忽然間，聲音沒了，眾人望去，只見一位大漢仔頂著床，床上站了摩登的反串男孩，消失在街角了。追過去找，地上只留下一朵扶桑花。

沒有人知道賣藥郎從哪來。有時從新店的山裡來，往河邊去。有時從火車站來，往淡水海邊去。有時帕上岸時陷了一身泥濘，有人就說他是泥牛化身。有時帕在嘴邊叼根草莖，有人就說他是大道公（保生大帝）的馬伕出來迌迌。光是整個台北市的好事者替帕捕風捉影所耗掉的口水，能養活一甲的稻苗。後來，大家說他來無影，去無蹤，唯有扶桑一蕊紅，乾脆叫「一蕊紅」。那花別在耳上，跟天師鍾馗在耳朵別上的鬼豔豔的石榴花一樣，醜殘的面貌也跟鍾馗差不多，也有人叫他「鬼王」，而且是白日上演鍾馗嫁妹，看他頂上的妹子多妖嬌呀。帕不在意被叫什麼，在意的是賺足錢：他把一部分錢拿來寄信，一部分墊鬼屋房客們的房租，剩下的拿來進貨用，如此循環。生意做得紅，不消七天就把信寄得差不多了，而且城裡被他攪得沸沸揚揚，他想趁此平息風波。但是他仍要入城，不為別的，他想查出劉金福入城幹嘛。

劉金福到街上玩什麼？早出晚歸，上床就睡，下床就出門。他越來越少回鬼屋，多則三天，少則一夜，回來時疲憊不堪，躺在床上隨時會死的樣子。這時候帕會靠過去聞味道，充滿菸酒與老人體臭，甚至在皮膚皺褶還有火藥硝味，完全嗅不出來他的行蹤。帕覺得，劉金福早已成為不會腐爛的屍體，趾甲從裂開的鞋頭露出，衣服襤褸，褲帶用月桃繩，頭髮用清國樣式的髮帶綁，鬍碴與成撮露出來的鼻毛又硬又白；牙齒只剩八顆，寧可銜筷子，也拒絕牙刷伸進嘴；不喜歡洗澡，污垢多得耗盡兩塊肥皂也打不出泡，身上永遠飄著乞丐的餿味。最常吃的零食是枸杞，說要明目，別瞎了自己，好看清楚冥府之路。帕心想，他老的時候會這樣嗎？人家說相親時，看媽媽就知道女兒將來模樣。他有一天會成為如此的糟老頭吧？放棄文明，視整潔為糞土，不在乎外人的眼光。但是帕多麼討厭劉金福，甚至厭惡，經歷那麼多戰火、挫折與屈辱仍活得好好的，偏偏算命師說他的命就是跟劉金福一樣，活得夠老不死。帕恍惚看到床上的老人不是別人，是自己的原形，一根倔強的老木，不發芽，更是拒絕腐朽。

這天早，劉金福又叫帕殺了頭豬，肢解後放在板車上，加條繩子掛在胸前輔助，拖著走了。帕也隨後出發，穿上飛行衣與皮盔，用板車拖著眠床，在街角的楊楊米工廠買了稻稈堆上床偽裝。男孩照例跟來，一隻死纏爛打的跟屁蟲，不讓他來還在地上哭鬧。帕懷疑男孩整天把耳朵貼在牆上竊聽，有動靜都逃不過他的掌控呢！只好給他跟。出了門，過了橋，進入城，人潮就多了，靠左靠右都隨便走，帕為了閃人與避開車潮，幾度跟丟了劉金福。多虧男孩匍匐在床頂的稻草堆中，眼尖的找出，他似乎愛上這種間諜跟蹤遊戲，一路罵帕沒吃鹽，走得慢。沒想到劉金福對街道熟悉如入自家灶房，沒有浪費半步，很快找到市場賣屠體，閩南語也沒有罣礙，因為他裝啞巴，用比手畫腳的功夫，再裝些可憐，肉品很快告罄，留下最有價值的豬心與後腿。之後，劉金福買了兩罐紅露酒、三斤狗肉與雙炮台香菸，拉板車四處踅，也不知去哪，累了就坐板車休息，渴了就借騎樓下的水龍頭喝，餓了吃麵攤。一天下來，劉金福的行程很無聊，連帕都跟到打瞌睡。帕總結他的重點行程：劉金福在某大官的豪宅前與管家很熟絡的聊天一小時，送上豬腿與狗肉。離開時，管家指著藏在板車稻草裡的豬心，也被拿了。接著，他花兩小時行程，到某民宅送上兩罐紅露酒，隨意扯聊。一天就結束了。這時天色已暗，劉金福趕回鬼屋得穿過整個市區，還可能會迷路，他推著板車到公園，那裡人少，符合他的企圖，尋塊幽靜處，脫了褲子大解，事後用芭樂樹葉擯淨。

這樣過生活與羅漢腳差不多，帕用廢木屐形容，而且當著男孩面前看見自己祖父大解還有些窘。帕認為後頭沒好戲了，如果這種邋遢的老貨仔還能上酒家喝酒，體臭會熏壞大家的酒興。只見劉金福上完廁所，到處撿落葉，嫌不夠，還搖樹蒐集，幾乎讓每株樹疲憊的應付寒風與這個老頭。整個公園尋了一回，劉金福用垃圾桶把落葉裝了運上板車，拖到死巷，把板車掀倒，擋起冷風，人便鑽入塞滿落葉的垃圾桶睡著了。

帕突然有種憤怒想對自己吼：這老貨仔不知照顧自己，風這麼透，天氣如此寒，摩娑了一天，只圖個垃圾桶就好。他關在鬼屋那段時間，日思夜想，所想的劉金福遊台北的地圖，應該是打早出門，到巷口嘬碗麵糊，配盤蘿蔔粄；之後到公園看人耍猴戲、賣膏藥，再剃個頭髮之類；中餐吃封肉配竹筍湯，飯後去電影院睡午覺，下午逛百貨公司。晚餐後，到日式澡堂泡湯，皮膚搽油霜，走在寒冷的街道，嘴中哈著氣，最後找家不貴也不便宜的旅館，睡到天亮。但是劉金福的行程沒有照帕的譜去走，連邊都沒沾到。難道帕的一路跟蹤被發現，劉金福走苦情路線？帕不認為，除非他阿公腦後也長眼。

帕決定耗在這，觀察劉金福的動靜，他從褲帶掏出一把鈔票，要男孩坐三輪車回鬼屋。男孩不依，堅持留下來作戰。帕正在氣頭上，一手拎著男孩，一手拉著拖車到街上，隨意招了三輪車，就把人丟上去，喝走車伕。回頭時覺得缺人揍，一拳就把路燈柱打歪，嗡嗡鬧，燈泡爆裂熄了。燈暗了，這順了他的意思，只要把大眠床扛下車，稻草掩蓋，能圖個好地方睡，也好監視不遠處的劉金福。也不知過了多久，手中無錶掌握不了時間，帕全身發抖，熱量彷彿從每個毛細孔漏出來，完全堵不住。而且他晚餐沒吃，肚子空空，忽然靈光一閃，他從床縫摸出了蘿蔔乾吃，那泡過淡水河而有了鴨糞味，就當鴨肉乾好了。

「你偷食我的菜脯，這才是你的。」為什麼男孩大喊。

帕嚇一跳，頭鑽出稻草堆看，是男孩捧了一大碗的擔仔麵前來。這條巷子冷清清的，從頭通到底，只有墳場整理後變成的公園傳來鬼叫聲，哪來一縷油爆香蔥的味道？看來這麵攤可遠，端來費功夫。帕心頭怔揪，嘴上罵他幾句，卻下手把麵端了來，掌心燒燙，一股暖意從手中灌滿了全身。他根本不用筷子上場，先吸口湯，把舌頭燙醒了幹活，伸個老長，把麵條、蝦仁、香菜、豆芽菜都踢下肚子去。啊！帕讚嘆一聲，要不是男孩阻止說「碗公不能吃，那是有押金的」，他牙齒也用上了。吃飽了，帕的眼皮也要塌了，暖和的胃囊讓他覺得肚子裡塞了盞路燈，全身流蕩著陽光，挺亮的。他便對男孩說起了個故事：從前從前有個地方，叫關牛窩，那裡的山好高，水好透，最棒的是路燈由掉下來的星星點亮。男孩說不信，星星點燈，哪有這樣的路燈，可是帕沒說完就睡翻了，男孩只能相信了……

睡到半夜，帕凍醒了，張開眼時嚇著，為什麼男孩抱著他縮在旁邊。帕連忙在稻稈堆中搖醒他，急問他怎麼沒回家。男孩說，他搖電話回家了，說今天跟帕大兄出門去北投泡湯、吃土雞，不用回家過夜，媽媽答應了。

「看來你長大了可以住外面。」帕說。

「才不是呢！爸媽都不管我了。」為什麼男孩駁斥，「他們偏心，比較喜歡哥哥，不喜歡我。」

又是一場兄弟之戰。帕聽著男孩抱怨，抖出家庭內的糾紛，父母不睦，說得嘴皮亂抖。帕聽了好久才釐清男孩的意思，原來扶桑花少年在五歲發病後，焦急的父母到處找醫生，時日一久，雙親開始抱怨這是對方上輩子造的孽，害了扶桑花少年。有一回兩人吵得兇，怒火和慾火越撩越大，床頭打了一架，床尾又爽一下，意外種下了為什麼男孩的種。父親後來把這件事當家族笑話說出去。男孩多少會認為他在家中是「插花」性質的，不是主流。帕聽完了不回應，他不擅長勸慰，面對白虎隊是吼的多過於輕聲的安慰。帕是軍人性格，深覺命令很好用，包括曾經這樣面對向他吐情的白虎隊。

「將軍閣下，這時我該抗命了，顛倒過來命令你了。去，你馬上去那邊的街角罵過來。」帕說。

「這樣夠遠了嗎？」男孩真的跑到街角對帕回應，然後吼著：「我是台北城第一大將軍，恁爸今晚真不爽，詳細聽我講，我家有個快死的阿兄……」

帕笑了，男孩樣子真狡怪。一個片腿，一個雲手，然後來個小踹，又追加個箭腿，用歌仔戲的那套把兄弟鬩牆演出來。武功很拙，倒是喉嚨有彩，罵得整條街有了回音，他也流汗了。最後有觀眾回應，不知誰家受不了這狂吼，放狗咬。男孩從那頭狂奔回來，一頭撲進稻草堆藏，後頭跟一隻瘋狗追，狼狽得像是快被戲迷逼瘋的大明星。狗盤桓了兩圈，最後走了。

這頭喧鬧，那頭有了動靜。帕與男孩立即安靜。劉金福從垃圾桶爬出來，拚命的把自己的手背與兩頰搓熱，對著牆壁小解，然後拖著板車離開，經過帕躲藏的稻稈堆時，沒發現任何異狀。帕立即跟上去，凌晨的街道空盪盪，即使保持距離，但拖著床的龐然身影幾乎在告訴劉金福說，我就在你背後，你最好佯裝不知道。男孩馬上跳下板車，說自己常玩躲貓貓，從來沒被人抓過當鬼，此時他自願當報馬仔，到前方刺探情資，再回報給帕。帕笑幾聲，順了他的意。最後劉金福來到中山北路的一條小巷，附近多是茶坊或酒店等聲色場所，不時傳來女聲笑鬧，空氣中也瀰漫著香菸、酒味與香水味，他沒有進入那些胭脂味的樓房，是走到巷底的公共澡堂。澡堂徹夜開，滿足附近尋樂的男客，他們洗到一半時會下身圍著毛巾到門外的攤販，就著氤氳的茶水蒸汽，邊喝上一碗麵茶配油條，邊品論女人與生意。劉金福在澡堂外徘徊，見無人，撬開路邊的溝蓋，用澡堂排放的廢水泡腳與洗手，再蓋回去，縮在被蒸汽燻熱的石板上睡去。帕看到劉金福找到好床，也安心了，心想不如到澡堂好好泡澡，去除幾個月來的霉味。兩人便付了錢，拿個理由推託，扛了大床進去，徹底的把身體泡成熟蝦了。

隔天，照例是一段可有可無的跟蹤行程。同樣是劉金福買酒走訪人家，吃騎樓下的麵攤。這折了男孩的興致，認定劉金福是全台北最糟的老頭，像馬路上隨處可見、被公車輾乾的蟾蜍屍皮，別妄想從他身上再榨出一滴樂趣。但是到了傍晚，事情卻有了變卦，帕與劉金福大吵起來，幾乎扭打起來。那時天色逐漸昏暗，行人漸多，三輪車伕的吆喝聲大了，劉金福拉著板車靠邊走，無視騎樓下掛面相布條的算命師在揮手招攬。忽然，車輪掉進水溝，憑他個人之力，難以脫困，還好騎樓下的畫師走來幫忙。這開啟了機緣，劉金福參觀了畫攤，在慫恿下，他揣入口袋摸了鈔票，坐上板凳，決定在物價飛漲的壓力下，給自己先畫遺照。這種遺照叫福壽圖，格局固定，大多是女的坐太師椅，男的站立在蘭花桌邊，背景是富貴人家的廳堂。由於畫師早已畫好圖案的格式，只消把人頭描摹上即可。時近黃昏，自然光不足，考驗畫師的經驗與技巧，打著油燈，求細膩的畫工難免會慢些。

帕也等了，而且等出憤怒。他不顧男孩的阻攔，走近到劉金福身後看圖，慢慢看出蹊蹺，才繞到畫師旁把畫筆搶下，折斷它。帕討厭這張福壽圖，這意謂劉金福大聲宣告，他活夠了，有圖為證了。帕也討厭劉金福畫遺照，這不就間接證明，這個自認什麼都行的孫子沒才調保護自己的阿公。這舉動驚擾了畫師，深呼吸後壯起膽子，發出粗啞的怒罵，幾乎讓人肯定他的喉嚨著火了。

但是有人罵得更火，那是劉金福。他顫抖，站起來，耗盡力氣的大吼：「你仰般走出來？你這野靈鬼，行到哪，都會害死人，你會害死這裡的人，回去藏起來。」對劉金福來說，帶著帕來台北只是就近看管。寧願把帕鎖死在鬼屋，也不願放他出來一步。他比誰都相信，而且體驗到，帕是家神三太子哪吒轉世。祂會刮肉換身，落身在哪個地方，那就變成阿鼻祖地獄。鬬牛窩被他搞得天翻地覆就是證明。

帕哪聽得下去，他現在氣得充血的耳膜像犀牛皮厚，還能聽下去的，只有自己說出來的話：「我要去哪，就去哪，你沒有權把我鎖在鬼屋。」

沒等帕說完，劉金福抄起小桌上的油燈，往帕的身上砸去，大吼：「你這身日本鬼衫，滾回去穿吧！」

帕的飛行衣燒起來，火跳著，也瘋著。騎樓亮了，行人停下來看，帕身上跳著金屑的油沫，完全像根蠟燭照亮了大家。

男孩尖叫，脫下衣服拍打帕身上的火，說：「你救救自己。」

僵硬的氣氛持續著，帕站這，劉金福站在那，兩人不動，也不說話。倒是旁邊的人像燭光下亂顫的影子跑來跑去，擔心帕被燒死，因為眼前的傢伙存心變成灰似的待在原地，不在乎身上有多少火。沒錯，帕是麻痺的木頭人，摔爆在他身上的油燈燒不痛他，更痛的是來自帕心中的怒火。帕捺不下情緒，生命中最親近的人，往往也是最恨的人，那是同脾氣相碰的棄絕。帕告訴自己，今後再也不要跟這死老貨仔在一起了，不要受盡怒罵、委屈與指責。斷絕關係最好的方式，是離開他，頭也不回的離開。

帕轉身拖走板車，這時才感到疼痛，發現身上著了火。飛行衣有基本的防火功能，皮肉傷不大，但是油漬燃燒起來挺嚇人。帕趕緊拍去大火，回頭看，心頭抽搐，他拖的哪是板車，簡直是一顆發爐的天公爐。原來火苗跳到稻稈堆，得意的啃食易燃物，馬上冒火，板車三兩下燒起怒火。這還得了，帕連忙把大眠床拉車下，叫男孩去騎樓下取水。還好稻稈燒起來聲勢大，後勁小，床沒燒壞，頂多燻黑了。晚一步救的板車則沒這麼幸運，在火堆中劈啵嘆著，癱成灰。也罷，帕覺得多了兩個輪胎反而像坐輪椅礙事。他拉了拉髮繩，它還是跟牙槽一樣緊，這玩意細小，卻連火都燒不捲。算了，他抹了把稻灰在頸根，把那潤滑一番，別給箍著的髮圈咬了。接著，腳一頓，脊一彈，那張大眠床就好像自動跳上帕的頭。人就走了。這頭頂功夫太醒目，走在大街，自然引起轟動。一群人緊跟在後頭，喊喊喳喳談論，說那就是傳說中吃了仙丹的賣藥郎，得靠一張床鎮壓自己才不會飄走。

有個孩子膽子大，跑到街中央，大吼：「來喔！來看喔！地方有出名、名聲透京城的鐵牛拳頭師來囉！有嘸？」

「有喔！」眾人回應。

「大人頭頂有眠床，身後跟一隻老鼠沒洗澡，有鼠味嘸（有趣味嗎）？」

「有喔！」街上群起歡呼，歡聲雷動。

前句話是衝著帕，後句是衝著跟在帕身後的男孩。男孩怯了，這下了解到女人為何依賴化裝品粉刷臉龐，最好是歌仔戲那種會淹死人的厚粉，因為他臉紅透了。男孩找不到地方躲，頭低低，拉著帕的衣角走。帕對劉金福的氣未消，啥也聽不下，街頭的歡呼也充耳不聞，他只感覺到有人拉衣角。回頭看，是男孩，也嫌他這樣拉很礙著，便一手提拋上床，大步走下去。

走不出兩條街，前頭是人海，回頭是人牆。帕咒罵一聲，這才明瞭眾人是跟他來的，躲哪去？走左邊，巷子太小，床會卡著；走右邊，騎樓空間更小，除非有能耐把牆都推倒。這下走不開了，帕只好往人牆薄的地方鑽去，冷不防把一位湊過來的報僮推倒了。帕轉頭要走，偏偏看到熟悉的訊息，就在散落一地的報紙上。他拾起一份，看了一下，成篇的漢字報導有看沒懂，便指著上頭的某條新聞要報僮解釋。報僮哭了，說他不懂幾個字，也不是故意要擋路的。帕揚起報紙，高聲問有誰看得懂新聞。有個年輕人擠過來，拿下報紙，就著閃爍的路燈解釋成帕熟悉的日文。

「李香蘭遣返日本後，重回映畫（電影）舞台了。」年輕人解釋。

原來是這樣呀！帕心裡又驚又喜。戰後，帕只知道滿洲人李香蘭被國民政府逮捕，以為日宣揚的罪名，定她為漢奸，判死刑。不料看報紙翻譯的年輕人說那是舊聞了，他又說，事後李香蘭證明自己是移民滿洲的日本人，被無罪釋放，遣返日本。帕心想，真是戲劇性轉變呀！還以為風靡一時的女優就此香消玉殞，他曾著迷李香蘭圓熟的京片子，狠命的學〈夜來香〉與〈何日君再來〉兩首歌裡的漢字意思。原來她是日本人，叫山口淑子。

帕大笑了，大家也跟著笑起來。帕掏錢買下兩份報紙作紀念，圍觀的群眾也立即搶買報紙。帕大步往前走，踅到電影院前的零食攤，買燒酒螺、甘草醃芭樂和五香滷豆乾給男孩。跟來的群眾也搶著買，把吸盡的空酒螺當哨子吹，滿街都是哨聲。帕覺得該慶祝一下，到麵攤吃乾麵，上些小菜如滷魚肚、燙下水、豬頭皮、醬豬肝。附近幾攤馬上擠滿人客，站著、蹲著或盤坐地上，人人手中一雙筷子，嘴中全是麵。沒錯，帕去哪，人群跟著跑，攤販跟在後頭拉生意。人群後頭還跟著幾位流浪漢或乞丐，撿拾掉落的圍巾、鞋子、鈕子，甚至是錢幣。

帕問男孩：「吃飽了要去哪續攤呢？」然後故意聽不清楚回答似的，要男孩更大聲回答。

「飲酒啦！」男孩用吼的。

「啊！這才對，」帕大聲的說，「去飲酒吧！」他為李香蘭的境遇高興，順便慶祝他與劉金福斷絕了祖孫關係。

街道上有數百人跟著來看頂床的功夫，把帕圍得死死的。另有穿日本軍服的年輕人來指揮交通，在十字路口揮旗，車陣排得好長。帕也不急，腳步正熱，心情正濃，慢慢培養喝酒的興致。晚風穿街過巷，從各處匯聚來，有河水與山林的氣味，他邊走邊唸：「我是下港來的電鍍鐵牛人，身高六呎四，頭毛是鐵釘，肌肉像雞胲，戰車輾不死，坦克壓不歹，顛倒來幫忙打磨抛光。」唸法不是一氣通貫唸到底，是帕唱一句，群眾喝一句，學他用彆腳的閩南語。最後帕帶大家唱日本軍歌，不會唱的就哼，哼不上的就打拍子。二十來個穿日本軍服的年輕人就圍在他身邊，緊握拳頭唱和。他們的衣著除了摺痕之外沒有皺褶，說明平日疊得好，趁此拿出來穿，不過穿得有些倉促，有的上衣沒塞好，有的領釦沒扣緊。帕指點衣著不整處，很快獲得他們的回應。

原先趴在眠床上驚愣的男孩，這下可以優雅的盤起腿，看盡大街風景。人們說，台北曾是湖泊，自從一片乾燥的雲帶走水氣後它就日漸乾燥。男孩體會到這句話的含義，湖泊殘影此刻重現，人潮淹沒街巷，像是元宵夜熱鬧。好多孩子把才收好的燈籠從家裡拿出來用，不外乎是打洞的鐵罐或麻竹筒，從遠處跑來。更遠的巷底，一位約四歲的女孩焦急的往這跑，半途跌倒，提燈烏了，被最後的燭光照得驚喜的臉龐也滅了，只剩漆黑。男孩為了看清楚這幕不由得站起，希望小女孩沒受傷，天好黑，床又移動，他失去那片視野。男孩再看，騎樓下的招牌邊，那位小女孩出現了，提著熄滅的燈籠對他招手。他高興得拚命揮手，而且把害羞全丟光，大叫大跳，感到再多些人，再多點歡呼或激情，或許床就會浮起到屋頂呢！

壯大的聲勢很快結束了。經過南京東路時，來了一批佩槍的警察，他們大聲斥喝吹哨子趕人，往帕衝來。男孩從制高點看到，連忙警告，有「大人」來掠人了。不消說也能感受得到，前方騷動了，原本緊湊無比的人群頓時潰逃了。不論如何閃，頭頂著眠床太招搖了，逃不過數十雙目珠金金的警察。帕不逃，站原地，等待時機再落跑。群眾也沒有散得乾淨，在不遠處逛街、打香腸攤販，不然上樓頂看。穿日本軍服的年輕人趕緊脫衣，主動把人群推開一條縫，暗示帕可以從這逃走。帕就等這刻，有了路才好逃，人牆厚多礙事呀。只見警察衝來時，大吼大叫，男孩嚇得跳下床。帕照例龍骨一頂，腰一彈，又把男孩盛回床上，在人群中慢閃，跟警察玩起老鷹抓小雞的遊戲，搞得團團轉。末了，玩興淡了，帕自報家門的吼「我是下港來的電鍍鐵牛人」，吼完沒下句，化成一陣風順著人縫逃走。倒是現場有數百位群眾躲得遠遠的吼完，從樓上到樓下，從大街到小巷，從大人到小孩，好像帕有無數的分身在吼，說他們戰車輾不死，坦克壓不歹，顛倒來幫忙打磨拋光了。

也不過瞬間，眠床像是流過了無數的街鬨與喧鬧。床上的男孩感受到輕舟已過萬重山，水泥鑄造的山水也有好景色。左踅兩圈，右兜三轉，不久招牌與燈光全沒了，一路由穿日軍服年輕人的指揮下，帕駐停在一條街道。闃寂無聲，兩旁的圍籬森森，黑松昭然，偶有風吹過門縫的嗡嗡響。與三位穿日本軍服的年輕人寒暄幾句，要道別時，帕深深吸口，聞出酒香，道：「我朋友家住這附近，走，去他家喝酒。」幾人大聲叫好，沒多疑的跟去。小巷底，接上泥土路，先是凌亂的菜園與竹林，後頭便視野大開。那是汪洋的稻田，正值一期稻作初始，水田灌滿水。星光落下，感覺田裡不是剛種上稻，是種滿一顆顆燦亮的銀河之光。田塍縱橫，清澈無比的水圳，連水聲都嫩得像是咬迸的甘蔗頭。男孩對美景很著迷，但狐疑的問，這邊靠山，不是轉家的方向。他們沒有往淡水河方向。三個年輕人更是好奇的四顧，眼前毫無人煙，哪有酒？

帕回應說，「看，那是我朋友開的『高麗亭』，還有，那是『江山樓』，『天馬茶坊』在最邊邊。最遠的是『吟松閣』，可惜關燈了。」這一路唸下來，台北有名的聲色場所都有了。

大家放眼看，附近哪有酒家呀！帕也看了過去，盡是朋友，但是要選一家有酒有餅的才行。帕最後相中兩百公尺外的一間屋舍，點著長明燈，傍著老樹一株。一群人走去才知是土地公廟，好小一間，廟內有米酒，也有紅龜米糕。帕說這是伯公廟，用碑取代神像，老遠就看到，而且今天是伯公生日，客家習俗在蒔田時會敬上米酒，以示祈福崇敬。說罷，自行取出酒菜，把床板豎起來擋瑟瑟吹來的北風，開宴了，帕把三個神杯內的茶水灑入田，給三位年輕人倒酒。男孩年紀可以了，斟個小瓶蓋給他。帕說自己沒有盛的，把嘴巴當酒杯了。他仰瓶喝了，暢快，又到附近幾家廟搜回了能吃的東西，酒蔬糕餅都有了，呵呵大笑，叫大家別客氣。一時間氣氛都闊了。帕喝多了，醺醺然滿臉通紅，身體正熱，走到水圳處把飛行衣脫下，脫不下的胸口處是因為皮肉與燒燬的衣服黏合，泡了冷水，果然舒服，舒坦得把衣服上的焦肉剝下來吃。泡冷水，吃人肉，眾人見狀，都皺起眉頭，全身的雞母皮都傻了。

一個眼下有疤痕的年輕人別過頭，胃囊急促，把酒都吐了。吐完了，他把嘴角牽絲的唾沫擦淨，說：「人肉不能吃。」

人肉自然不能吃，誰會無聊得拿來塞牙縫。除了帕，他是怪胎，身上永遠有奇觀，要是哪天他魔術般把頭拔開肩膀也不足怪。不過眼疤年輕人身材乾癟，臉色灰黃，從他嘴裡迸出人肉不能吃，肯定有文章。無論大家如何吆喝與灌酒，眼疤年輕人只乾笑，喉嚨勒緊，不肯發聲。帕抖著身子爬出來水圳，冷得大吼，猛往身上拍，好讓身體熱起來。大家被獅吼嚇壞，杯酒差點晃落。帕這才說：「你在哪吃過人肉？」帕雖然直截問，但語氣並不斬絕，對方要保持緘默也行。

眼疤年輕人說他沒吃過，但是遇到吃過的人。他說，他在拉寶爾（Rauabl）駐守時被米軍圍困，海面上是天天炮擊的艦隊，密密麻麻，像條金屬色的海浪靜止在那；天空更不安，日日轟炸，爆擊機像鯨魚游過上空，然後忽然噴蛋，密密麻麻的炸彈就掉下來，轟隆一響，叢林那些兩米寬的蝙蝠與一米長的蜥蜴全跑出來。沒糧食時，就吃這些蝙蝠蜥蜴。後來日本輸了，他被運送到新幾內亞的戰俘營，日本人和台灣人分開管，待遇比困在拉寶爾時好太多。過兩個月，又送來了兩位高雄人，瘦巴巴，眼睛愣滯，據說米軍登陸他們駐守的島，他們在叢林躲了很久，沒得吃便割死人的屁股肉吃。後來搭船回台灣的路途上，關係熟了，他問那高雄人，人肉的味道如何。

「人肉吃了會作惡夢。」帕這時插嘴說。

「沒錯，那個高雄人說，人肉吃了會做惡夢。」眼疤年輕人說。

這時大家目光轉移到帕，疑惑他怎麼知道這點。唯獨男孩問了：「你怎麼知道吃人肉會做惡夢？」

「我剛吃過，吃自己的肉，馬上做惡夢。」帕指著自己的胸口說。大家頓時笑了起來。帕笑得不夠泰然，因為只有他知道，他確實吃過人肉，也有一群少年吃過人肉，在中央山脈的那幾個月。

這時風越緊了。帕有些冷，大家也是，不覺間距離拉近。帕起身從老樹折了不少枯枝，用長明燈取火，就地烤起龜粄。龜粄受熱後噗吱響，冒起泡泡。帕邊吃邊問大家，是不是有些孤單。男孩沒說話，點了頭。其餘年輕人低頭。帕指著田野，說，怕孤單，就把這仙、那仙，還有那幾仙請過來，把附近的土地公搬過來一起烤火吧！大家嚇著了，連忙搖頭說不敢，因為他們誤會帕的意思。帕說這些土捏的公仔又不是鬼，還怕什麼不成。說罷，他用頭頂起床去請神，請神的過程像撿田螺那樣，無禮又粗暴，把手伸進每座小廟裡撈呀撈，大喊：「看你逃哪去，喲！撈到了。」便把神尊給拎上床。方圓五百公尺的土地公都來了，十八尊神坐床板上，搖搖晃晃，鬍子飄飄，要是想逃的光是掉落床就粉身碎骨了。帕又回到篝火邊取暖，把神明都圍著火堆擺，拍拍祂們的背，說不用怕，要祂們看著帕大瓶喝酒、大口吃龜粄。帕瞇眼陶醉，刻意發出吱吱嚓嚓的讚美，害得土地公差點沒氣得把鬍子掉下來了。附近開荒拓土以來，就屬這次讓各區的土地公聚會，理應好好敘舊，這下只能互吐苦水了。

看著眼前的人喝酒，玩土地公取樂，男孩深覺帕無法形容呢！不怯神，也不怕鬼，也沒有人樣，毫無規矩，不服禮教。帕到底是何方神聖？還有多少的能耐他不曉得的。男孩記得父親說過，人要是活得越像自己，就越沒有朋友。眼前的人也是甚少朋友的吧！

男孩靠在床邊，看著繁星點綴，美景令人暈眩。這時候，眼疤年輕人哼著歌，說他以前常在拉寶爾仰望繁星，撥找南十字星，憑此眺望家鄉的方向，盼能早歸，死也要死在家鄉。現在看這星空，好像沒有南半球的亮，但他死也不要回到那。說完，用日語唱起了著名的〈拉寶爾之歌〉：

拉寶爾再見了，
我仍會再回來，
忍著暫時離別的淚水，
望著懷念的島嶼，
椰影上的夜空，
南極星不斷閃亮……

夜色晚，天空黑，星星才稠了起來。水田中央的一群人把脖子仰瘦了，這才低頭散會。十八尊土地公不散會。帕說，讓祂們窩在這吧！難得，明天就會有人放回各廟。他們順著田埂走，路上都不語，怕說破了萬籟俱寂，或戳壞了內心那層剛吹起來的寧靜之膜。到了住戶區聽到了些人聲，反而臉頰發瘊，想說上幾句湊熱鬧。

街角的路燈柱邊，有個長髮垢面的流浪漢坐在那，路燈不亮，黑暗中他有幾分的廢墟模樣。帕感得怪異，趁興而歸就不太有戒心。走到那，幾個人被頭上掉落的水滴著，一摸是血，駭然的往上看。這時不亮的路燈突然亮了，看見上頭吊了一具全黑的嬰屍，腸肚懸在外頭，眼睛爆裂，嘴巴也突出來。帕頭上頂著床，沒滴到什麼，也移開床瞧瞧大家被什麼嚇得大叫。那不是嬰屍，是穿著嬰兒服的黑狗。帕看到後有種腦門頓時被扁鑽刺醒的感覺，畫面見怪不怪，而是那具誘他往上看的屍體，害他下盤空了。果不其然，燈柱邊的流浪漢忽就往帕的右腳踝套上繩索，之後跑開。帕猛甩腿，男孩則機伶的撲去解開。套子是難解的特殊機關。只聽見轉角傳來卡車發動聲，帕就被拖走了。他扛著眠床，一腳被拖，只能靠另一腳以金雞獨立的跳法，男孩還掛在勒緊的繩子上晃著。跳了百來公尺，帕被眠床撞得頭殼快冒出火花，腳也發瘊。情況越來越糟，後來還來了一輛卡車緊逼，前後夾攻。忽然間，前方大亮，拖他的軍卡亮起聚光燈，從後車斗以刺眼的光芒暈了帕的視覺，趁此加速，把帕拖倒地上。男孩還掛在繩索上，嚇得沒有叫聲了。

帕翻落地，趕緊抓床緣，不然憑著半噸重的眠床，脖子上的髮圈會硬生生割斷他的頭。一個猴抓，帕爬上床，要男孩抓緊，別給甩下去。眠床可真耐用，被拖行百公尺，四腳僵著在滑，盡是亂顫，也把帕的屁股快活生生頂成兩瓣了。軍卡把帕拖入小學操場，後頭那台也跟入，不過現場來的不只這兩台，又陸續擁來數輛大軍卡，早有埋伏與準備，用接收來的八盞日式高空探照燈直照射帕與男孩，連白天都沒這麼亮。

是國民政府來抓兵了，這是帕的念頭。軍卡與探照燈是軍方的證明。怪只能怪自己太大意，帕到處招搖，鬧得沸沸揚揚，貪一時之快活，如今給人圍得死死的，能怪誰？不過這樣也好，他才發視要脫離自己的祖父，藉此加入國軍，前往大陸打仗也好斬斷這段關係。想到此，帕便寬心了，大聲說：

「你們慢慢來，我願意聽話。」

許久，沒有任何動靜。這些探照燈真強，幾公里外的跳蚤都能現形，在近距離照射下，光有夠盤，讓帕眼睛猛流汁的，搞不清楚那些軍人的虛實。帕再度吼回去，希望有人回應。

「年輕人，誰跟你慢慢說。」有人說話了，在燈光後頭邊走邊說，繞著場子走，說：「你乖乖受縛吧！別輕舉妄動。」

帕猜不透對方的來歷，但這不重要，重要的是情勢對他不利。他在凌亂不堪的雜音中，隱約聽到金屬卡榫移動的聲音，聲細微，但清脆果決，憑著職業訓練，那絕對是拉槍機與開關保險的聲音。也許下一秒，他馬上變成蜂窩或公車輾過的公雞一樣爆開羽毛。如果獨自一人，他早就落跑了，只留給對方疑團，但現在身上帶了兩個拖油瓶——大眠床與男孩。如果不帶走前者，髮繩一割，只能留下自己的人頭了；如果不帶走後者，只能一輩子留下遺憾，害一個天真無邪的男孩被子彈打爛了。沒錯，如果要帶走這兩者，又要全身而退，他得在理智、穩定與對方的弱點間周旋。頂多吃幾顆子彈吧！反正他自認爛命一條，不差再用子彈戳幾個洞，擰出幾碗血。

至於把帕圍得死死的，不是軍隊，也不是警察，是警備總部的特務。經過多日來的線報，街頭常出沒的扛床少年，今日穿日本軍服出現，便鳩集特務要將他逮捕。他們動作之所以快，是軍隊與警察也要搶帕，各自運籌帷幄，只好先搶先贏了。經過多次圍捕演練，這次終於逮到時機，用上八輛軍卡、兩挺機槍、二十支手槍與長槍，其餘的拔河繩、鐵鏈、鐵鉤、豬籠與麻醉藥劑等算是小角。這場戰鬥，帕輸了，他要顧忌的東西太多了，眠床是累贅，男孩是累贅。尤其是警備總部的頭子威脅說已逮捕了三個剛剛與他一起混的日本兵，要是帕不聽話，他們下場會被拖連得更慘。這讓帕脊骨寒涼，不得不安靜受縛，像一隻病雞等著讓人擰斷頸子。帕照特務頭子的命令，跪在地上，閉上眼，單手負在後頭。不多時，有人從帕的後頭走來，拿了一根長鐵絲穿過帕的手掌。鐵絲再分別穿過帕兩腳的踝後筋，一抽緊，把他綁成跪地的人球，再擰死鐵絲，就是一團廢肉。帕一動，全身的筋骨劇痛。這個人綁完帕，把嚇得站不住的男孩揹走。男孩忽然大哭，淚水狂噴，死命的抱著床腳不放。特務頭子吼了一聲，算了，把男孩留在那。最後，操場只剩下兩人，一個是哭得半死的男孩，還有不知怕死的帕。帕手背滲血，眼睛瞇著，搞不清楚對方下一步棋是要他死還是活。等待，帕告訴自己，等待時機出現。

對特務頭子來說，等待能製造最可怕的敵人，叫心魔。不論帕如何叫，特務頭子只發出最簡短的回應——笑。笑，不是喉嚨到鼻腔間膚淺的氣爆，是來自內心深處最氣短的鄙視，用這種方法，卻折了無數的英雄與匪賊。時間一小時一小時的過去，面對強光，帕跪著不動，猶如接受強光的審判，只要一睡著立即遭人用冷水潑醒，或被猛然丟來的鞭炮嚇醒。帕知道這精神折磨的背後，是要他臣服。要是他不肯，沒有人能拔下他一根頭髮。但是，有件事讓他莫名萬分，時間好像停了，說「好像」意謂著他也不確定，沒有蟲鳴與流動的微風，不只時間死了，連空氣也僵硬無比。等了那麼久，他肚子餓扁了，也知道對方會在天亮時收押他。可是天怎麼不亮，好漫長。而且他一說話，馬上有人從刺眼的燈光後靠近，揮鞭打在他身上。鞭尖強而有力，傷人於無形，卻讓笞傷的地方接下來的一小時紫青紅腫。或者，特務拿木棍朝帕下跪的腳板打，讓帕痛麻竄爆，腦殼嗡嗡作響。

特務倒是很優待為什麼男孩。他要什麼，免開口，火速提供什麼。時間到了送上一碗熱呼呼的湯麵與黑白切滷味，油花晃漾，蔥花綴飾，熱氣在聚光燈下冒著，似乎要他當著千千萬萬的人面前表演啃麵的滋味。男孩剛開始時有骨氣不吃，要陪帕一起受難，但胃不爭氣，擠縮蠕動，巴不得要從嘴巴深處跳入湯麵中游泳。帕點頭示意，要男孩吃了，別苦了自己。男孩豁出去，好像吃完就可以慷慨就戮，筷子免了，湯匙免了，也不用手端了，兩瓣嘴皮窸窸窣窣響，一伸舌頭就把碗底擦透了，乾乾淨淨。接下來，男孩打哈欠了，特務送上棉被。男孩腿一縮，特務送上夜壺。口渴有水，背癢有人抓。對帕來說，這也是對他用刑的方式，不准他吃喝睡覺，卻找人表演。他笑了，想起當年鬼中佐就是用這招對付拉娃與尤敏，一個人用武力屈服他人，是向更多的人宣示，懲罰是在維護大家權利。然而帕還搞不懂，對方要的宣示是什麼。就在男孩吃上第八碗湯麵，幾乎吃膩時，帕累得開始出現幻影。八盞聚光燈彷彿是洞口，從那流淌出人面獸體的怪物、長出手腳的植物、五官燒融的士兵，他們活在兩千節車廂的無軌火車上，每張臉佔據一個車窗，帕不認識他們，但叫得出他們的名字，那是他生命遇見的每個人，媸醜的面貌是他們的原形，沒有人是完整的。

不准睡、不准吃、不准動，不准亂開口，只准帕把屎尿拉在褲襠裡，折磨殆盡，特務這才有進一步動作。他們拿出一份自白書要帕畫押。帕看不懂密密麻麻的漢字，要對方解釋一遍。如果正確，他捺指紋沒問題。然而，加諸在他身上的罪嫌有妨礙交通、煽動群眾在街頭抗議、日本軍國主義復辟運動，帕心想，妨礙交通，他自然有，但煽動群眾，憑他這小角實在沒才調呢！至於日本軍國主義復辟者，他不懂，穿了飛行服、不小心溜幾句日語就犯王法了？

「這意思是，你這日本鬼子跟辜振甫一樣，在城裡亂搞，煽動群眾搞台灣獨立。」

二戰末期，辜振甫等人與在台灣的主戰派日軍結合，密謀台灣獨立運動，戰後被警備總部逮捕歸案，判刑入獄。帕不識紅頂商人辜振甫，但對台灣獨立運動諱莫如深，他的義父鹿野武雄因此入獄身亡。他不是跟這撇清關係了？或是說即使逃離關牛窩，他的舊帳永遠被人翻弄成新傷？他的阿公帶他逃到哪都沒用。帕跪在地上，心想他不是日本鬼子，他不是日本鬼子，可是除了日本鬼子，他想不到自己能是什麼了。日本天皇急忙的把他們的赤子丟了，國民政府又急忙的把日帝的遺孤關在門外，除了荒野，他們一無所有了。

「你說我是日本鬼子，我能是別的嘛！」帕伸脖子，大聲回應，「我只是來寄信的，其他的不干我的事。」

「寄信要在街上搞這麼大的遊行慶祝？」

「因為我是鬼，他們心底也有個鬼。鬼才聚在一起，沒事東罵西罵的，沒事才在街上遊蕩。」

「鬼同志，放心，只要畫押，我們不會判你刑。」特務頭子走到燈光前，他穿著中山裝、戴呢絨帽、兩手背在腰後，雙目露出精光，「蔣委員長想見你，希望你成為我們的同志。」

「我要到大陸？」帕問著。

「沒錯，同志，我們會好好待你。」

帕笑了起來，越笑越大聲。他說，他不想去大陸，也不想見當今天皇，他是個地獄跑出來亂的惡鬼，只能待在台灣這個鬼島。特務頭子聽了，只說，那你好好再考慮吧！說罷，他背在腰後頭的手指一勾，拋出暗示，立即有人跳前，揚鞭往帕的背上劈去，落鞭處，血漬飛濺。那種力道與姿態好像他是一位持剪的園丁，從帕這株旺盛的玫瑰叢身上剪下血盆花朵。玫瑰有刺，但剪刀更利。

特務頭子不再拋暗示，直接要下屬把男孩帶回「廟」裡。此廟是昆明街與西寧南路交界一帶的東本院寺，乃警備總部處所之一，是監禁與拷問的大本營。男孩再度大叫，恐懼在他嘴裡變成尖銳而高頻的哭聲。男孩的示範價值沒了，被粗蠻架走。但對帕而言，男孩是他在這最後的依靠，他不能再失去什麼了，一個虱子也不行，如果牠願意寄生，帕願意付出血肉供養。帕吼了起來，聲音劇烈且恐怖，操場發出嗡嗡的回音，天空也有了怪祕的迴響。帕又吼了，被捆縛的他沒有槍，就用手戰鬥，沒手就用腳戰鬥，沒有手腳，那就用一縷靈魂戰鬥，他大聲吼出自己的靈魂：

跳……

跳……

跳……

他張大嘴吼，那聲音從靈魂深處吼出，用腦殼當共鳴腔。跳什麼呢？大家停下動作，看著帕跪在地上大吼，他們恐懼，開始照做，有的人輕抬一隻腳，有的人繃緊神經隨時要跳起。不久，地震來了，他們蹦起來，配合帕的吼叫在跳，要是不跳開地面會被震倒。震央來自帕，他跪在地上忍受全身縛僵的痛麻，用頭撞地，不顧腦漿液化，讓地面激烈，那些震動就像他用半噸石砸在關牛窩廣場歡迎外賓。地板泛起了震波的漣漪，起先緩慢，繼而轉為激烈，聚光燈綻著眩眼的光暈，夜空轟轟鳴著，竟然掉下塊狀的雲朵。大部分的人跌翻地上，只有男孩屹立，沒被震波馴倒，原因是帕依著男孩的跳動節奏捶地。男孩往帕那裡逃，趁機幫他解開身後的鐵絲。帕極力扯開鐵絲，鐵線扯裂手掌，露出血紅的大縫，而腳筋挑出，血液噴個不停。男孩要是沒有今晚的歷練，哪有膽量面對這極為駭人的一幕，他緊握帕的手，要帕不要擔心，要他平靜下來，不然很快失血昏迷。接著，男孩用牙齒旋開鐵絲結，嘴唇被割爛，也使帕掙脫了那手鐐腳銬。

有了自由，自然有好戲，接下來的戲碼完全照帕所構思的。他把床豎起，權充是盾。有盾，也要有刀才行。帕將捆在右腳上的拔河繩後扯，奮力搏，把整台煞停的軍卡慢慢拉來，手撓之，腳踩之，呼吼之，便把粗繩扯下來。把繩子甩了幾下，能化為一丈長的大關刀。多練習幾次，如果不惜在身上留下些傷痕，機會不吝而來，很快把長繩甩得有模有樣，繩起處，劈啪響，繩落處，只見東西化成了碎片。卡車的頂篷破潰，聚光燈爆炸成碎光，空氣中瀰漫出難聞的鏽味與汽油味，這時有支步槍砰砰發出聲音，黑暗中，連鎖效應發生，八支步槍按捺不住的射擊，機槍更是兇狠的噴出火光，瞬間操場槍聲大作，子彈往帕的方向射去。直到特務頭子憤怒大喊，這些臭驢屄，誰再開火，他就剁誰的手。又陸續射擊了約二十秒，槍響才停歇，現場鴉雀無聲，只有空中響著嗡嗡回音。

在槍聲大作前，帕已用床當盾，子彈打不穿厚床板。而且帕早猜透了，對方絕不可能圍著他用槍，只從一方據守，免得子彈誤傷自己人。帕大膽的後退完全掌握了後防絕無人，最後被一堵圍牆阻擋了後路，他用手肘撞牆，回音鈍沉沉。那一刻他懂了，解開警備總部時間暫停術的手法了，不是天不亮，是亮好幾次了，他被關在類似禮堂的大建築，牆上掛滿棉被吸收音量，屋頂也掛了，剛剛被震得掉下來的塊狀雲朵就是棉被。地上的草皮也是鋪的，不耐強光而草尖凋枯。他現在唯一的出路不是打破後頭的牆，是往前鑽。牆後肯定埋伏了重兵，屆時會趁隙開槍，他只能往前頭的大門衝出去。帕豁出去了，要逃就得置之死地而後生，他要男孩趴在背上，雙腳緊緊夾牢，無論如何都不要放鬆。

現場的聚光燈倒得亂七八糟，其中一盞倒在牆上，熾熱的燈殼讓上頭的棉被燒起來，吱吱冒濃煙。這幫了帕，他趁特務忙著救火空檔，蹲低前進，繞過燈光區。很快的，幾位步槍人摸黑靠近，試圖射傷帕的腳。但是帕持床擋，用軟鞭把他們掃倒，直搗黃龍，再度把聚光燈、卡車以及特務群打亂，只剩黑暗中傳來陣陣的咆哮、哀號與呼救。砰一聲，帕用眠床撞開大門，貼著外牆走，不久就跑掉了。門外的幾位特務見狀，嚇得臉色青白，彷彿一張螃蟹殼，忘了要追下去。

帕脫逃了，離開那間巨大的審問室——前身是公會堂後來改為中山堂的地方。他緊張得亂跑，跌跌撞撞的拖著拔河繩，跑了數百公尺，思路與情緒逐漸清明了，他要往淡水河方向走。但黑夜中，接踵而來的不是人流與車潮，是濃濃的寂寥，是冷風迎面，太安靜了，甚至躺在馬路上安寢也行。帕面對棋盤式的街道沒頭緒，天上無星辰，地上沒人能問路。他掃視了周遭，蹲在水溝旁，伸手向流水問路。這裡的水都是淡水河的子民，會說出母親的方向。又試了幾條溝水，一會兒東、一會兒南的流，他最後才歸納出方位，沿河的方向跑，路途不留下任何線索。

到了淡水河，渡過泥灘，床又航向水聲潺湲的河面。帕累壞了，中途不得不把床靠在橋墩休息，不然他再無法掌控床，會順江死在海口了。帕看了自己的傷口，才知道自己多殘缺，腳筋腫大，手掌幾乎像煎焦的紅龜粄，幾乎連爬上橋墩休息的力量都耗盡了，一坐下來還不得閒，身體仍激烈顫抖，久久才平復，心想又逃過死劫了。

至此，一路沉默、恐懼的男孩才平靜不少，伸手往橋墩後頭的緩水區捉些魚蝦，想給帕充飢，或許是彌補之前他的罪過，審訊時他老是吃飽喝足，而帕只能在一旁乾瞪眼。什麼也沒摸著，男孩不顧帕的阻止，堅持到橋墩後頭的小沙洲撿鳥蛋。這也好，帕覺得飢餓幾乎腐蝕了他的腹腔，吞口水都有回音。他把拔河繩的一端繫在男孩腰上確保。不多時，男孩拿了幾顆鷺鷥蛋回來，掬把水將鳥糞與羽毛刷淨。帕接了就吃，一併把蛋殼吞下。這些蛋液填不飽，勉強把乾澀的喉嚨潤化，卻更顯得珍貴了，在極度飢餓的折磨下，蛋的滋味把舌頭暈軟了，像愛玉在嘴巴裡輕晃。忽然間晨光從山頭染出，層層變化，然後蕉黃的光芒炸迸，把薄霧掀了起，如湧起數百公尺高的海嘯，城市的天際線瞬間柔軟了。陽光也把河上整夜往來的貨船抹亮，橋頭上的車流也漸漸比橋下的水流更繁雜。男孩哭了，不明就裡的蹲在那哭，盡情又無負擔。帕沒有安慰男孩，要是他敢，他會哭個痛快，把淚水灑向這個充滿希望、也充滿失望的城市，讓淡水河靜謐的帶走一切。

再會了，下港的黑狗兄

再度回到鬼屋，是四天後的事了。一進房，帕恨不得睡死，而且非常討厭睡床，因為頭上有一頂卻被折磨得快死了。他趴在地上睡，打呼都嫌浪費力氣，安安靜靜，口水流得好遠。睡得很沉，唯一的夢是有隻天牛帶他來到光芒足以淹死人的王爺葵花海，在花海深處，他躺下，仰看天頂的紫色太陽，好美的顏色，清風柔膩，他就醒了。醒來發現自己躺在鬼屋地板，是中午的陽光把他熱醒了，他仍趴在地上，看著陽光中的塵埃，有著今夕是何夕之憾。忽然間，他笑了，看到夢中的紫色太陽，好清麗秀美呀，竟然躲在這殘舊的鬼屋。帕爬了過去，那是一朵牽牛花。它的日語漢字叫朝顏，意思是逢晨光便開了。藤蔓十幾日前從地板縫鑽了出來，當時他還拿了玻璃杯罩起來避免踩傷它。現在它把玻璃杯踢開了，多麼傲氣十足，藤蔓勃發，嫩葉鮮翠，唯獨以一蕊盛開之花來襯托此刻帕的視野。這種花粗鄙，到處是，到處煩人，有時整面牆或枯樹都纏滿這種綠色垃圾，帕從不正眼瞧，可是此時靜觀這朵卻無比喜悅，而且藤蔓上爬了幾隻螞蟻，還有蜜蜂飛來採蜜呢！

這是晴美的一天，帕等陽光撤走後，起身洗個澡，把幾日來的污穢與霉運一併洗去。這時陽光從另一邊的窗落入，再度來到室內，洗好澡的帕盤坐陽光下安靜的餐飯，一鍋乾飯配肉鬆與醬菜，吃到流汗，是何等享受。剩下的飯倒給後院的家畜吃，彌補牠們在家沒人照顧。這鍋飯是為什麼男孩的母親準備的，令帕滿是愧歉。他把男孩帶入城內四天，有三天陷入死境，這期間唯一的訊息是第一夜男孩曾搖電話回家，向母親表示與帕去做生意。幸好有這通電話，也多虧他母親接下來的日子相信帕會照顧好男孩，失聯三日也沒報警，不然在家埋伏的可能是那批特務。

吃完飯，帕趕緊收拾行李，打算離開這。原因有二，一來他是鍋熱水，潑到哪，哪的秩序會遭殃，台北城已被他搞得死去活來了。二來，他再也不要跟劉金福一起生活了，那糟老頭像條草繩無趣，還緊緊勒住他。至於要去哪，他還沒個主意，先走就對了。出了後院，才爬上牆，心肚的牽掛爬上腦海，忽然就擔心起劉金福怎麼也數日不歸呢？是被逮，或是悠哉城內？他心頭又冒起了遲疑、猜測與不安的陰霾，那些濃煙足以瞎了自己思維，那個他立誓要一刀兩斷的老貨仔，怎麼會藕斷絲連呢！他決定暫時待在院子，只要確定劉金福回房，就溜得一乾二淨。傍晚時，他把床搬到後門，晚上床已扛進房內了。他退守的依據是，只要確定劉金福平安回來，也就從此不相見了。

等待是漫長的，帕一夜輾轉反側，像是被滾燙的時間炸著的油條，越翻越感到情緒膨脹，睡眠斷斷續續的。隔天打早，陽光再度照在牆面上，那只剩一封信尚未寄出，帕坐在床緣發呆，把那封信拿來細讀後摺入信封。接下來的時間，他反覆做一些事情，老是心不在焉，去到菜園替被啃得面疤疤的玻璃菜抓菜蟲，或坐在窗台上看泥蜂築巢，或看雲相的變化，或拿小刀把床板裡的子彈摳出來，甚至拿刀替豬銼修蹄甲。最後，他坐回牽牛花邊，之後閉上眼，學著呼吸，宛如羅漢跏趺入定，讓耳朵清明，剔除鬼屋內無意義的雜音，如咳嗽、撒尿與走路，帕幾乎能聽到附近幾條巷內的活動音量，拼湊了庶民百態。先從中午開始說起吧！炊飯到了，婦人敲石取火，用打火石敲打另一顆包著薄菸紙的打火石，或用番仔火（火柴）劃過磷片。燒煤球發出規律的吱吱聲，燒木材會忽然炸出裂爆響。中午後，商販推著板車陸續來。有個白俄人是被蘇聯紅軍驅逐的前露西亞貴族，從滿洲流浪到台北，沿街「嗶玲瓏（賣布疋）」，吸引人的不是用敲鑼叫賣，是街角休息時，以口琴吹奏沙皇時民謠〈三套車〉，音律淒緩，哀愁得彷彿能讓淡水河成了家鄉冰雪覆蓋的伏爾加河。傍晚時叫賣「飛翎機碗粿」的推車來了，用鐵條敲著米國戰機墜毀的鐵片，嗶唧唧的，故名之。更晚時，戴墨鏡的按摩師由小孩引領來，吹著笛，幽晃晃的。小孩總是低頭，他瞎了一隻眼。賣烤地瓜用喊的，喊「燒番薯」或日語「亞企伊毛」，不用叫也知，底下鋪炭的鐵桶漫出香氣，烤到皮縮泛糖的熱番薯令人一時難眠。最後一攤由叫賣燒肉粽的表演，味道與叫聲越來越濃，而後一街淡過一街，長韻結束了，巷子要安靜很久。接著，賣早餐的在凌晨五點左右挑擔過巷，伴著水壺汽笛的嗶嗶聲，喊著麵茶、米乳、菜頭粿喔！尾音的喔得拉長。天光時刻，一輛三輪車停在丁字巷口，一個聲色場所打滾的下班女人會到麵茶攤坐。麵茶是麵粉炒豬油與糖，熱水沖之，蘊一碗金乳色的湯氣，又甜又香。女人沒喝，端著茶碗，直到它不再冒煙才放下離開，現實給她一個理由可以這樣，除了她，無人知曉原委。接下來，整個早上的叫賣聲緊湊又饒富趣味，不是挑擔就是推板車，吹木笛是賣豆腐，吹海螺的賣豬肉，海螺的高低聲能分辨出是賣肥肉，還是瘦肉多的挑販。喊著「補鼎煞火」的補鍋碗老師傅一走，修雨傘、磨剪刀菜刀與賣女性小雜貨的都出籠了。高潮是近午的搖小鼓的資源回收商，喊著歹銅壞鐵破玻璃。整條街的小孩聽了，恨不得能把房子舉起來，賣力搖一搖，倒出角落裡不為人知的廢鐵環、鐵釘與鏽鋏，換上些麥芽糖。戰後缺玻璃原料，五片破玻璃能換一顆甘納豆糖，這讓孩子不惜自己的腳如磁鐵般提供街上的玻璃片插入呢！

最難忘的是賣油條的女孩。她早晨五點與晚上九點走過巷子，打赤腳，在十字巷口喊：「燒ㄟ喔！燒ㄟ油糊粿。」又溼又冷的下雨天照賣，撐傘是要遮竹籃的油條，蓋油條保溫的布永遠比自己的衫服厚。有時候女孩蹲在巷口哭，沒人知道她為何哭，每個人都有值得自己在夜巷哭泣的故事，一位五歲女孩也有。帕有一回賣藥回家在巷口巧遇女孩，便向她買油條。女孩掀開籃中的毛巾，油條都躺在泛著油光的厚報紙上。帕買了整籃，包括竹籃、毛巾與廢報紙。女孩以為遇到怪叔叔，嚇得提籃跑走，只留下悵然的帕。

與其說等劉金福，不如說是等待聲音。這一等，又盤坐兩日，少吃少喝，甚至處在半夢半醒間，夢見自己的一對耳朵像蝴蝶在數條巷子內盤桓，汲取聲音的蜜，每種言語、碰撞與呼吸皆隱藏故事。然後，有股聲音越來越響，大得他無法盤坐，便醒了，耳朵又停回頭上。是有人敲門了。劉金福回來了？但他回來會拉門把直闖，非禮貌性敲門。門外有人喊，原來是為什麼男孩敲門。帕睜眼瞧，四周好漆黑，唯有門縫下投來燈光，原來已夜晚。他起身應門，感到身體發芽似黏在地上，使上些力氣扯，劈哩啪啦的扯斷根絲，打開門，走廊的光射來，讓門裡門外的人都嚇到了。帕身上纏滿了牽牛花藤，樣子古怪。帕這才理解自己枯等已久，藤蔓上身了。

「我哥哥快過身（過世）了，你可以來看他嗎？」為什麼男孩希望帕來參加喪禮，口氣一點也不難過，「你穿這身衫也不錯，很黑貓。」

帕虛應式的笑笑，答應參加。不過得先盥洗沐浴。他到廁所大號，再用冷水沖個澡，趁身體發抖得快解體前趕快衝出來穿衣服。抖著抖著，身體這大冰塊慢慢融化成暖流，通體舒暢。他回房開燈，地板爬滿藤蔓，只留下中央他坐下時空蕩蕩的屁股痕。藤蔓的活力像廢紙，一根火柴般的動力就能燒得旺盛，甚至爬出窗外，爬上那台腳踏車，沒想到野藤真有生命力。這時候的帕才驚覺，傷口都不痛了，被鐵絲穿洞的手掌癒合、紅腫的腳筋消退、胸背的鞭痕已無刺痛，兩天前才感到自己掉進絞肉機，今天傷痛就像花朵開盡，還有閒情洗冷水澡呢！自己果真是爛抹布的命，打斷手骨顛倒勇，越破越敢往髒的地方走，說不怕死是唬人的，但爛命一條總能化險為夷。

盥洗好，穿上灰色襖衣與長褲，一身素樸。帕知道自己去拜訪扶桑花少年得帶些東西，就帶牽牛花吧！他把電線圈放下，燈座降低，房間頓時充滿藤蔓的暗影。他在「孵花」。帕心想，牽牛花遇朝陽會盛開，遇燈光也有相同效果吧！最後只開了幾朵，懨懨縮縮的。等到帕心煩了，恨不得自行掰開那些花苞。最後草率為之，折了有花的藤，便到隔壁造訪了。

扶桑花少年昏迷了一禮拜，今晚是他的最後一夜。

他五歲發病，被醫生判定只剩六個月。多虧他父母的奔波，多活十餘年，就算此刻被奪走，也不枉了。他父母邀大家來陪扶桑花少年，當作喜事一樁。少年斜躺床上，腦後墊個大枕頭，身邊襯托弟弟摘來的十二朵扶桑花。這花翻遍城裡的每條街，更不會錯過台北植物園，都是摘來的奇特品種，複瓣花、菊色瓣，甚至是花蕊上又開出花瓣的品系。十二位花精靈守護以自己為名的主人，氣氛凝重。帕也受邀參加，但是他又邀了「它」加入。日本鬼特別裝扮，穿巡官服、掛佩刀，腰骨挺直，這是它第一次跨出房門，幾年來它在自己房間哭沙了喉嚨，要不是帕剛剛威脅它要在腦殼再下根釘，它不會出來散心。

時間一點點耗去，沒等到扶桑花少年長眠，有人先睡死，拚命打呼。活著太漫長，死亡又是瞬間，大家抓不住那關鍵時刻。或者說，扶桑花少年總是惦記什麼而不願走，他的臉頰下凹，眼皮微闔，醒不來也睡不去，這等下去，他身旁的十二朵扶桑花慢慢乾枯了。

「死亡是醒來，不是睡著，他需要天亮。」日本鬼以過來人的經驗分享，這裡已死過的只有它。

「他要天亮才走。不是等到日頭出來的那種，是內心的天亮。」帕說。

這考倒大家了。為什麼男孩站了起來，在櫃子裡翻箱倒櫃的拿出保溫壺，又從父親抽屜拿了鈔票就往外衝。又枯坐半小時，不曉得男孩會變什麼花樣。之後傳來紗門碰撞聲音，男孩跑回來了，手中的保溫瓶水銀膽破了，身上髒兮兮，膝頭磕破皮。他在房間裡跳著，鼓著腮幫子說不出話來，像是內急找不到廁所。男孩最後拎起茶杯，把嘴中的水吐出來。杯緣跳著一串串的小氣泡，這是汽水。他跑到三公里外的雜貨店買來的，回程跑得急摔壞了瓶子，情急之下往地上吸，總算救回一口。

帕懂得這用意，這件事男孩曾對帕說過。有一回哥哥想喝汽水，弟弟推著輪椅到三公里外的商店看。汽水不是罐裝，也不是從冰桶用杓子舀出來的，是更粗糙、由現場做的。老闆用蘇打粉、冰水與砂糖放入罐裡搖，倒出來便是。他們連這種最便宜的都買不起，看進進出出的小孩在買。連續去三天，老闆說他們兄弟是最佳活廣告，眼神都是渴盼，讓路人都想喝，就免費請他們喝一杯。哥哥含了一口，嚇得馬上吐掉，說氣泡咬人。於是只把玻璃杯裡的汽水拿來觀察。哥哥說汽水是活的，嗶嗶啵啵說話，越說越小聲。最後，哥哥說汽水死了，不會說話，之後他瘋了似，把汽水倒入耳朵聽，讓老闆再也不讓他們進店裡。回家的路上，哥哥語帶難過的說：「下次還要來喝。」下次再也沒有勇氣與錢嘗試了。

現在那杯「口水」就在那，放在少年的耳邊，成了大家目光所在，反而讓躺在那沒剩幾口氣的扶桑花少年被遺忘。汽水跳著氣泡，一串串，一顆顆，慢慢停了，最後成了一杯死水。少年的呼吸也越來越緩，似乎聽到氣泡的呼喚，有一部分的氣息被帶走了。

少年的母親腦海閃過一個念過，說：「他要走了，他怕黑。」

少年愛曬太陽，他多麼盼望血管能運送陽光而不是氧氣。旅館住戶用延長電線把自己房內的電燈泡牽來，並拿出終極武器，燭光更強的燈泡——早期用電不是電表制，是燈泡制，向電火局申請幾燭光燈泡便是，當然會偷用大燈泡，不要被抓包就行了——大家從各自房間搬來鵝蛋大的燈泡，一盞盞的亮，家具泛著一圈光。房內充滿光，大家拎著燈泡，靠近扶桑花少年。少年臉上很安詳，凹陷臉頰填滿光，多年宿疾慢慢揮發，像朵含苞十年的扶桑花就要開花了。出門的帕這時回來，拎著木箱，打開後撥開裡頭的稻草與礱糠，露出一顆小玉西瓜大的玻璃球。哇！好大的電火球，為什麼男孩大聲驚呼。沒錯，這是關牛窩火車站廣場的路燈燈泡，出發前被帕偷摘下來了。沒人看過這貨色，難免稱讚，但中看不中用。因為帕把特殊的燈座從樑上垂下後，旋入燈泡，真慘，燈泡得了貧血症，鎢絲抖著小光後熄了。帕點點頭說，我們家鄉的孩子稱這電火球是星星，要是流星從天掉落，它就會亮。

「要是泄屎星（流星）不落來，或者天頂都是烏雲呢？」為什麼男孩急問。

「那就召喚它。」

帕說罷，便把為什麼男孩扛上肩頭。照著帕的教導，男孩脫下外衣，裹著電火球慢慢擦，順著弧度，慢工撩撥，像劉金福站在關牛窩的火車頂上賣力幹活。這是召喚星星的魔法，反正它一定會來。此時電火球忽暗乍亮，鎢絲張眼，瞬間燦赤，電火球這下火起來了，來不及避開的人頭髮焦鬈。太亮了，大家閉上眼仍躲不掉，女人找帽子、男人想打赤膊。為了提供足夠的光，電火球把周圍二十條巷子的電源吸過來，街道徹底黑暗。居民奪出門看，天河撩亂，滿天都是星。這也解釋了這顆電火球在關牛窩得使用獨立的水力發電系統，不然它會把整個村的電源榨乾的。

最後，扶桑花少年謝了。

隔兩天，帕決定進城去找劉金福。他從後院搬出板車，放上床，拿了些棉被與稻草遮掩。才跨出後院，便驚覺台北之大，要找出劉金福何其吃力，困難度不亞於在淡水河撈出一塊大清國的城門磚。這並非不可能，但辦法不是很牢靠。帕把後院僅存的一隻豬與一隻雞抓了出來，先下手為強的訓誡，說牠們亂吃菜、亂刨土，罵得畜生也有感情了，低頭不語。末了，帕才提及，牠們的土皇帝現在在城裡，需要牠們幫忙找出。如果找到，他就侍奉牠們一輩子，如果不幫忙找，牠們只有流落街頭的分，好點的下場逃得筋疲力盡而死，壞的是馬上被人宰了。那兩隻畜生也懂得意思了，不是啼叫就是吸嘴。

這就行了，牲畜的鼻子最靈敏，找人最行。帕把牠們放上板車，加了條繩子拖動，慌慌忙忙上路，過了橋，來到城裡。往哪去？他往一禮拜前最後見著劉金福的浴堂找起，除了街名之外每條路看似相同，越深入城裡，不要說往前，連回頭路也忘了。過了幾條街帕就迷路了。「右轉，拿筷子那邊啦！」這時身後的板車傳出聲音，指示帕如何走。帕回頭看，板車上有喉嚨的只有家畜，而且聲音再熟悉不過了，便大喊，你出來吧。

為什麼男孩從稻草堆鑽出頭，臉上掛著預先準備好的歉意與笑容，還做鬼臉，立即消弭了帕的怒意，指導帕怎麼走。不愧是人小鬼靈精一個，認路也行，很快找到浴堂。那兒空蕩蕩的，茶坊與酒樓關門，浴堂不冒蒸汽，空著的麵茶攤只留下地面上墊平用的破磚，不到晚上，整條街的繁華與人群絕對不會甦醒。帕攔下一位恰巧走過的歐巴桑，用閩南語詢問劉金福下落，即使靠男孩在旁更仔細的描述，到頭來還是徒勞了。帕體悟到，不過是須臾的分開，他已忘了劉金福的面貌，能講出來的特徵，滿街都是這樣的老人，唯獨那份他們私藏的記憶與爭執卻難以傳述。

還好有備用的「牲畜計畫」。帕把豬抱下了車。那隻豬以為要被屠宰了，嘶聲大叫，四蹄亂揮，哪肯慷慨就戮。「嘟嘟霧，莫驚。」帕叫喚這隻豬的日語綽號。此豬小時候老是愛晚睡，才取了貓頭鷹之名。接著帕搔了搔豬肚子安撫，待牠情緒安穩，拿出劉金福穿過的衣物，要牠憑此去找人。豬也懂得了，這裡嗅嗅，那裡聞聞，靠著那種神奇的「好鼻師」功夫尋找，在附近打轉幾圈後，終於踱出巷子了，讓帕鬆了一口氣。嘟嘟霧先踅到公園，挖出劉金福拉過的屎，盡責的吃下去，又到電線杆下學劉金福撒尿，接下來學得可多了，毫無情狀之下竟然在路上跌倒，對遙遠的街口呆望，坐在行人椅上嘆氣，不然就是在騎樓下的水龍頭喝水。慢慢的，帕懂了，嘟嘟霧依據劉金福留下的氣味在表演他的行旅。牠不苟言笑的演員態度，太入戲了，搞得帕與男孩大笑。漸漸的，帕笑不出來，一隻豬的表演隱藏另一個老人的無助，把幾天前的模樣活生生呈現：一個老頭在騎樓下睡一晚，在牆角跌倒把頭皮磕破了，一路咳一路扶著牆走，他還在死巷不明就裡的嚎啕大哭，目汁把地溼透了。

「畜生，莫哭，再哭剁死你。」帕多次安慰豬無效，終於怒罵出聲。但豬的情緒正緊，哭得要死不活。帕看了也難過，掉過頭去，難過的是劉金福為什麼難過呢！

男孩早早避開這幕，去買午餐，拿回幾個報紙包的食物。帕也不打開瞧，拿了一口咬去，他大叫，音量不亞於咬到鐵板，但呼喊來自驚喜，因為他口中有股濃郁爆炸了，讓舌頭與牙齒陷在美味的泥淖中忘了該如何運作。他連忙打開報紙，看見麵包中夾了一塊黃澄澄的愛玉凍，問男孩那是什麼的。可麗姆（cream），男孩說，這是一種外國豬油，塞在「胖（麵包）」裡很好吃。帕連連點頭，說歐米的豬就是不一樣，擠出來的油都好吃。說罷，把麵包塞入嘴，連沾了奶油的報紙也吃了，頓時有了力氣。

有了吃，豬也會打回原形，不是戲子，而是拋著舌頭的貪吃鬼，黏在帕身邊巴望著。帕毫不吝嗇的賞了個奶油麵包，好犒賞牠的演出。不過，吃了重鹹，豬就饞相畢露，循著香味，跑到麵包店前插隊，搶著要剛出爐的燙嘴麵包，帕怎麼拉都拉不走。

麵包店的排隊人潮被豬逗得大笑，只好讓牠了，就在那時，帕依稀聽到雄壯的鼓聲。他不確定鼓聲的來意，但是它極具引力，讓那些街影斑駁中的人群也停下動作聽。這加深了帕的猜測，沒錯，鼓聲把台北街頭造就成一條縱谷，人潮往那流去了。豬也放棄麵包，往那移動。幾分鐘後，鼓聲更近了，也更清楚了，帕走過去，在兩條街外終於看見洶湧的人潮，足足有三千人，黑壓壓的看不見頭尾。有男有女，有老人與小孩，規律的往同一方向移動，有的閒話家常，有的低聲咒罵時局政治。人群中還穿梭各種小販，有的是挑擔賣麵茶，炭煮的熱水壺吱吱響；有的是滿臉垢面的孩童，提籃叫賣熟雞蛋或油條。他們的目的地是菸酒公賣局，抗議昨日緝私隊在查緝私菸的過程開槍打死人。隊伍最醒目的是那三十幾具大鼓，直徑兩公尺，分置在牛車上。為首的是站在牛車上的大漢仔，打赤膊，頭綁毛巾，瑟冽寒風中，身上有三斗火似的不畏寒。他周身敷滿了汗水，胸肌隨擂鼓的動作僨張，擂完一陣便用閩南語吼：

「日本人鴨霸，欺負我們，不過，人家做事有效率；國民政府也是鴨霸，但人家做事老牛拖車，擺爛又歪哥（貪污），對嗎？」

「對喔！」眾人附和，雄渾的聲音流蕩。

「我家的父母，我厝邊的老大人，從小罵我，給我剉、給我幹、給我譙，講我是吃『日本屎』大漢的；現在呢？國民政府連個屁都不給聞，好康的全給阿山仔拿去。對嗎？」

「對喔！」眾人再度附和，高舉右手表達。

帕無意加入，留在街口看。那條豬卻去湊熱鬧，在人群中跑來跑去，找掉落的食物吃。大家添笑鬧，說畜生也來鬥熱鬧抗議。豬越跑越遠，帕可急了，想要去找回來，但是拖個稻草掩護的大床太招搖，任誰在街底都能看到這個招牌。忽然間，鼓聲再度鼕鼕響，人群爆發出歡呼或咒罵聲，三條街內的玻璃皆嗡嗡響。豬受到驚擾，往人潮的另一邊躥去，離開帕越遠。那兒情況更糟了，有幾位中年人把豬視為無主之物，又逗又笑，將皮帶解下來作成活套，扯住豬的後腿。豬嚇得尖叫，這和那些糾察員宣揚的要大家遵守秩序、別亂鬧滋事，成了強烈對比。

帕再不出手，他的追蹤器可能變成人家的桌餚。但是，他不能像劫囚般的扛起床和板車，大喝一聲，使出摩西過紅海的方式令人潮剖兩半，大搖大擺的步走去抓豬，那樣會使人潮溫度沸騰無比，最後變成麥芽糖纏著他。他告誡自己，得再隱忍、再縮小，面對任何困境都得像面對正午的太陽卑微，瞇眼低頭，目的只不過是把劉金福從都市縫隙摳出來。男孩看出帕的難為處，跳下車，矮身鑽過人群，和偷豬的人一番拉扯。這原本可以討回的豬，卻因為男孩大罵白目與目睭脫窗，對方找不到下台階，不只惱羞成怒的不放皮帶，還悍然往後拖。這下子，苦了豬，嘶聲大叫，更娛樂了群眾。男孩趁機飛撲，咬開了抓豬者的手。豬拖著皮帶跑走，朝巷尾跑。男孩再撲一次，沒抓到皮帶，便追上去，一副抓回來就要殺了你的樣子，難怪豬會跑得比較快。

豬跑了。帕見狀，硬闖了，不顧那些自發性糾察人員的指揮，切入人潮。人流隨之變形，人們接著咒罵與指責，無論如何，帕一逕的低頭點頭，連忙稱是賠罪。

近午的陽光正烈，整座都市的輪廓、斑駁與陳跡都照得無所遁形。陽光也穿過那不夠厚的稻草，透出大眠床，上頭的雕花、彈痕曝光了。人群先是笑鬧，繼而有人看出端倪，向他人詢問以便強化自己的看法。事件慢慢發酵，人群竊竊私語，把目光投向帕。忽然間鼓聲又響起，那個為首的大漢仔再度擂了起，鼓聲與氣勢皆汪洋，綿密急切，這讓其他的鼓手已跟不上，只能靜聽其變化。末了，轟隆一聲，鼓聲空壯，大漢仔便徒手按了鼓皮消除餘韻，代之而起是用高分貝的音量大吼：

「坦克兄來了，我們有幫手了，今下就去公賣局討個公道。」

坦克兄在哪？不久，眾人才轉過來，莫不是一禮拜那個頂眠床，自稱戰車輾不死、坦克壓不壞的電鍍鐵人。他像熔熾的流星倏然投入城市，攪呀翻的，搞得沸沸揚揚，即使轉身而走，有關他的傳說也從漣漪變成海嘯似散開來。

「坦克兄，你來給我加持了。我們來打拚，可變天了，咱台灣囝仔可以出頭天了。」大漢仔又喊了，每說完一句，擂一段急鼓。說罷，呼應像漣漪散開，直到整條街隨之歡聲，數千人不是鼓掌就是吼叫，有人從閣樓窗戶揮手，有的商家在騎樓敲打鋁盆，連野狗也吠著。在群眾高呼的浪尖上，聲音倏忽靜下來，只見大漢仔高舉鼓槌，杏眼圓睜，就等帕回應第一句後敲起驚天動地的鼓聲，要把大家情緒擂出來。

板車上的公雞啼了，發出無人懂的心聲。牠飛上稻草頂，撲打翅膀，震著琉璃光彩的羽毛，啼聲透得遠，最遠的群眾還誤解狀況而鼓掌。帕在裝傻，那些群眾對他而言成了空氣，他繼續拉板車，渡過人潮，低頭用斗笠遮住眼神，雙手緊張發汗。他走向長長巷道，隨著男孩蹤跡走去。一些人跟著帕去，但是隨後踅回頭，他們心中驚醒的是，不了解自己為何跟去。不久鼓聲與歡呼聲再度響起了，這跟帕無關了，彼此都分開好遠了。帕終於鬆口氣，這才發現自己只穿了一隻草鞋，露出又黑又厚的趾甲，忘了另一隻掉到哪了。男孩最後拎著皮帶回來了，帶回壞消息，豬不見了。帕說沒關係，只自責沒跟緊。之後他爬上板車，抓下那隻幾乎快啼到嗽聲的公雞，令牠聞聞皮帶上的新鮮豬味，要牠去找豬。公雞跑了，樣子滑稽，不時得張開翅膀平衡，牠味覺差，常急躁得跑過頭，不然就是飛到屋頂睥睨全市，叫兩聲。帕平日就看穿牠的能力，才把牠排上板凳球員的緣故，不得已才派下場。隨著時間慢慢消逝，帕對公雞失去信心，兩個小時內，牠數度接近群眾，被帕狠狠抓回來彈雞冠懲罰，要牠認真找。正當帕又要把鑽入人群的公雞抓回來時，他理解到了，這隻雞沒怠忽過，因為牠發現嘟嘟霧混在人群裡了。而豬混在裡頭的道理簡單不過了，劉金福也在裡頭，向他念茲在茲的祖國抗議。

請願人潮沿路焚燒物品、搗毀派出所、要求罷市，現在來到這棟數層樓高的建築前抗議。建築門窗緊鎖，偶爾看得出人影在裡頭緊張移動，門前老早就架好拒馬，或堆了桌子阻擋。群眾的理智已奄奄一息，靠憤怒與不滿支撐生命似，他們敲鑼吶喊，鼓聲嚇人，幾乎讓人耳膜痛了。帕躲在遠處的民戶牆邊，蹲在一株木瓜樹後面探頭，空氣中飄著腐郁的瓜香。不過他只聞到群眾的汗味，找不到豬的蹤影，豬肯定在劉金福身邊。一個老太婆站在帕身邊，伸手討錢，拿不到的情況下，發揮碎碎唸的功夫。她說帕手中拎著的公雞要是閹過，能奪下廟會的大雞比賽獎。她還說，曾有隻會飛的母雞在城上空飛了三天不落，雞最後因為屁股裡憋太多雞蛋而掉下來。她又說，這樣蹲地上是找不到人家掉的東西，橋上風大，到橋下可以撿到許多被風吹落的東西，連嬰兒都撿得到。帕不勝其擾，倒是為什麼男孩快笑死了，而且這笑聲成了老太婆說下去的助力。

情勢突然間轉變了，那些匍匐在樓頂沙包後的機槍手，在酒瓶、石頭與數百隻鞋子的攻擊下，開槍還擊了。那一刻，群眾不知道發生了何事，停下動作與吼聲，只剩一百公尺外麵茶攤的水壺單調的響著。接下來大家躲入掩蔽物，整個廣場到處是凌亂的物品，留下來只有死人、傷者與嚇壞的人。帕心頭一抽，但多年軍事訓練告訴他，越是急迫越要張大眼瞧，有了，那頭豬在廣場上，仍低著頭到處嗅，盡責的找出劉金福往哪逃。帕看不到劉金福，只看見自己曾誓言要保護的豬陷於困境，他得去救牠。他肌肉一緊，周身箍滿活力，一手撩起大床，一腳踢開板車，人就衝了去。現在，廣場上最醒目是移動中的帕。屋頂上的機槍手找到新目標，對帕開槍。大床擋下了子彈，或者說大床成了磁鐵把子彈都吸過來。但是帕罵起豬，牠老是追給他玩，不同情帕的處境。廣場散落鞋子，在帕順道為自己找一隻合適的草鞋時，有人勾住他的腳踝，小聲喊救人。那個青年摀著中彈的腹部，血淖了下身，躺地上劇烈的發抖。帕看了豬沒跑遠，先救人要緊，用斷臂夾了青年，往後退到安全區。當他再度投身廣場，機槍手又毫不留情的把子彈打來，帕照例用眠床擋下，正要抓住豬時，又有傷患求救了。如此來回十幾趟，廣場上的人都搬光了。當帕第十八次下場救豬時，四周躲得緊的群眾探頭，他們下不了場，卻把情緒與掌聲拋出來，為帕加油。幾具死人躺在廣場礙著帕抓豬。帕乾脆連屍體也搬出來，不過眠床滿是彈痕，裡頭塞滿了機關槍子彈，有幾處熱情的冒煙，他退出廣場時馬上有幾人權充消防員前來撒尿澆熄。他們告訴帕，這小角的他們來，大條的你去。帕又被人推下戰場，拿床當盾，左衝右躲，忙著抓豬去。

鼕！鼕！鼕！這時鼓聲響起了，起初孱弱，繼而雄壯起來。四周避難的人都把眼光照過去。只見廣場中央那個躲在翻覆牛車下的大漢仔，把大鼓撥正，找不到鼓棒之下乾脆用草鞋打；草鞋打爛了，索性用手擂，把氣勢迸出，鼓聲轟了出去。末了，大漢仔收鼓，雙臂往胸膛擂了起來，砰砰砰的響亮，把肺脯之氣打出來，把多少的憤怒與不滿拍出來，對著樓頂的機關手大喊：

「把我打呀！打不死我，明天，我的囝仔就出來做台灣的主人；打死了，我明天就去做有應公，來吧！」

鼓聲不只激起群眾，也把豬吸引過去，愣愣的聽著。帕趁此抓著了豬，緊緊勒住不放，一抬頭，只看見數公尺外的大漢仔神情激動。他握拳，敞開手的胸膛要跟樓頂的警察討子彈似的，眼眶都是淚。

帕便解釋說：「歹勢，我來掠豬的。」

大漢仔誤會了，又用拳頭擂鼓，大喊，「阿山豬，我們來報仇了。」

群眾也吼起來，大聲敲擊能出聲的東西。

「好，那得要計畫，先離開這再想吧！」帕推走大漢仔。雙方一陣推擠，大漢仔覺得只有子彈與屍體的廣場不利戰鬥，但是氣勢略勝了，可先退場了。帕一手勒了豬，一手抓大床，倒退著以屁股把大漢仔拱下場。他們退到一條街外的安全區，接受群眾敬意，有人鼓掌，有人勾著大漢仔的肩認同。帕要離開，把床放上板車，叫男孩與牲畜躲在床板下，拉著走，木料屁股後頭黏著百來位群眾，趕也趕不走。帕堅持辭退來者，為首的大漢仔才再度表達謝意，深情說「坦克兄，再會了」，這意謂他們會再度見面的樣子，而且很快，不是在下一條巷子，就是在下一場夢想中。之後大漢仔帶著群眾離開。他們都無路可退，各走各的路了，巷道多岔路，遠行而分開了。

時局亂了，城市淪陷了，彷彿戰燹是人類永遠戒不掉的鴉片，總是隱忍一陣子後，劇烈發作才行。帕永遠記得，這是在民國三十六年，一九四七年二月底的事了，有時候他會換算成昭和二十二年。當時，廣播電台被群眾佔領，放送街頭的傷亡消息，數盡國民政府的腐敗與特權，呼籲有「卵葩」的人都出來把阿山豬打倒。群眾湧上街頭包圍警政、行政機關，叫囂、抗議與攻擊。帕繼續在街道尋找劉金福，轉過一條又一條街，任由豬帶領他遇見奇特的景象：民眾攔下公車檢查，有外省人即毆打，甚至趁火打劫商家。當他走到榮町時，看到民眾大聲叫喊，他們闖入一棟七層樓的百貨公司，不用付錢就搬走東西，焚火燒了，飄出嶄新家具與胭脂甜味。這棟樓戰前叫菊元百貨，戰後由國民政府接收為新台公司，是台北最豪華的百貨樓。帕想起來台北的目的就是要坐裡頭的流籠，現在大火燃燒，被濃煙燻敗了。七重天燒了起來，一重一重燒上天，成了台北城最大的火把。

帕只能走避小巷子，穿過大街時，得左右觀察後衝過去。武裝軍警與特務四處巡邏，在重要路口管制，用槍把可疑的束裝民眾打趴，到處有死傷。帕比較不怕警察，他們愛開槍，但是槍法較保守，以驅散為主。帕曾看見一台空警車，警察逃跑了。警車被推進一家外省人開的藥房焚燒，空氣中充滿中藥與汽油味。反而是軍人與憲兵比較可怕，他們好像二次大戰沒打完的精力有了發洩管道，在街道巷戰。軍卡來時發出轟隆隆聲，那種聲音讓帕膽怯，連平時聽到都不安。平時槍斃匪徒或共產黨徒時，均由這種叫「閻王車」的軍卡載送遊行，一個人犯坐一台，車上配機槍與步槍戒護，要槍斃多少人就出動多少卡車遊街。人犯由軍警架在車斗前，被抓住髮梢好抬頭示眾，五花大綁，背後插上亡命牌，一路被撬開嘴狂灌米酒麻醉。吸引群眾後，把罪犯押送馬場町槍斃。

在某個十字路口，帕看到十幾輛的機車、轎車擠一起狂燒，大火狂焚，露出骨瘦如柴的鐵架，不時發出爆裂聲，排出濃濃的廢氣與橡膠焦味，讓人擔心車裡頭還有人。這時車道的另一頭開來一輛公車，駕駛拉著喇叭槓狂鳴，可是引擎卻是很安靜，因為它是被二十來位憤怒的群眾推來的。公車撞上火堆，迅速被火吞噬，駕駛往後跑，從車廂尾的窗戶跳逃了。有圍觀的群眾大喊，還有乘客在上面。一位旁觀的中年人把手中的嬰兒交給妻子，衝上去拍醒昏迷的乘客。乘客腹部的傷口流血，說話有濃烈的外省口音。中年人猶豫了一會，把他拉下車。不過軍隊很快趕來維持秩序。軍卡發出轟隆隆的聲音，一長串響，排氣管又冒著黑煙。群眾大聲警告「閻王車」來了。軍人直接從卡車上還擊，整條街都是短促的回音。幾秒鐘後，子彈打中公車上的中年人的腦袋，他往後跌仰，雙腳勾在窗內，身體懸在車廂外。群眾跑光了，只留下他的妻子悲頹的坐地上，手中的嬰兒醒了。世界安靜得只剩下嬰兒動人的哭聲，而他剛失去了父親。然後什麼聲音都靜了，只剩一家咖啡廳傳來廣播放送，收音機流洩出那卡諾的名曲〈望你早歸〉。

帕躲在小巷子，背貼在磚牆呼吸，他不下場去了，怎麼救都沒用了。那被屋簷切割的天空，夕陽腴沃；一塊賣呢絨布料的亞鋅招牌晃著，上頭還有個類似槍眼的小洞，風吹得嗚嗚大響。他感覺躲在房屋影子下的身體有些冷。他決定走了，慢慢退到三條巷子外，經過一個驚慌失措的母親時，她面牆掩護著孩子哭了。然後，軍卡的聲響漸漸靠近，下一刻，又遠了，可以聽到引擎在很遠的地方運轉，直到消失。

「假使這時，妳的囝仔走失了，要去叨位找？」帕問那位驚慌的母親。

母親把孩子擁得更死，反而是孩子很乾脆的回答了：「轉厝，我會轉厝去找阿姆。」

動盪時刻，回家去，這句話具有安神作用。帕知道這就是答案，劉金福回家去了。相同問題帕稍早也問過為什麼男孩，答案一樣，不過帕認為男孩在揣摩他的內心纏結而頂多點頭，不付諸實踐。這時帕很篤定的告訴自己，回鬼屋去吧！劉金福或許就在那等待，總比在這混亂的城裡瞎兜來得快。

帕轉頭回去，盡是撿小巷道走，避開軍警的耳目與佈線。一路上，板車木輪叩叩響，天空偶爾傳來鳥叫。帕心思極為撩纏，一心只想回家，不久走上橋，過淡水河，晚上七點回到鬼屋。跳進屋後院，走過漆黑的菜園，帕尚未開後門就知道劉金福曾回來過，不過如今走了。因為他聞到一股草汁味從門縫漫出，那是踏破牽牛花藤的味道，表示劉金福回來過。而且劉金福要是留下來會點燈，走了便熄燈。果然，入房後打開燈看，屋內的東西稍事整理，最顯目的是牆上畫了一對牛角，潦草但昂然，使用花藤揑斷的青汁塗上去。帕對著牛角愣了一下，彷彿對它說起話：

「我要回去鬪牛窩了，阿公正在回家的路上。」帕說起鬪牛窩時，內心湧起無限的暖意，那正是他需要的，填補了內心的裂縫。

為什麼男孩沉默無語，看著眼前的大哥哥收拾東西，動作俐落，把棉被等什物放上床，尋不著繩子捆綁，將就扯下牽牛花藤蔓使用。後院的鐵馬不見了，帕想那一定是劉金福騎走了。連日本鬼也感到離別的氣氛，比往日提早出現，嗚嗚唱出高音泣曲。

末了，帕也把畜生放上床，頂了從後院離開，跨開步伐。他忽然說：「後院埋有日本鬼的骨頭，就在化糞池邊，記得你搬走的時候幫我拔掉它頭上的鐵釘。」接著很快消失在街角，一刻也待不下了，甚至沒跟男孩說再見。

男孩追了過去，不了解帕為何急著走，連道別也不說。追過兩條巷子，男孩失去帕的蹤跡仍盲目追，在必須選擇的某條岔路，有顆電火球躺在地上，男孩停下來撿。它框了月光，又圓又亮，手滑過玻璃會咕啾的響。男孩小心的往回走，很害怕帕留給他的燈泡只是幻影，或是肥皂泡泡般多使些力就破了。等他嫻熟這大彈珠時，大膽抛接，且把它盛起來對準上弦月，看見玻璃殼上留下一枚大掌紋，清楚極了。那是揮手的姿勢。之前累積的不解與微怒在那一刻被解開，男孩也對那大掌揮手。

「再會了，黑狗兄。」他流淚了。

重返關牛窩之路

台北往南的路有兩條，一是縱貫鐵路，一是縱貫路，後者就是後來的台一線省道。帕往縱貫路追去，那是他的來時路，想必劉金福也會從這回去。他跑了一段路，把豬放下來嗅味道。豬老是兜圈子，無法安心工作。在幾度瀕臨暴怒後，帕終於感受到一件事，大家都累了，一整天搞下來，在槍彈、疲憊與緊張的搓揉下，血管流動的是痠痛，鐵打的身子也會熔化。帕決定先休息一會，讓思路清晰最重要。帕選了路旁一間土地廟的後牆當安歇地，豎起床擋風，取下棉被蓋，也讓豬鑽進來。雞的體溫天生就高，窩在冷風中亦可，帕把牠抓進被窩不是怕牠冷，是給自己取暖。不過一恍神，人沉睡得能長蛆了，打呼聲比北風銳利。他夢到自己在山上的小屋前曬太陽，劉金福在菜園持鋤，空氣中飄滿了九層塔味道。他預知隨後來的一陣濃霧會把他們趕到更深的森林，但什麼都沒發生，九層塔味道害他一直打噴嚏。

睡到隔天公雞第二回啼，帕都還沒醒，牠便用爪子猛抓。帕醒了，一半是痛醒，一半是被自己嚇醒。他預計瞇一下，卻睡得不省人事，難怪嚇醒。把東西收拾好，帕決定不往縱貫線找了，往鐵路線尋去。對一位老人來說，在紛亂的時局得多花心力去辨路，不如沿著鐵軌能省下心力。這時候天剛亮。小鳥早在枝頭唱歌，大地蒙上薄霧，雜草泛滿了露水。一切看來很安靜，農民荷鋤下田，甚至忙得汗水直落，他們的生活與習俗幾乎百年來沒有改變過，也不想改變平靜的桃花源式的生活。他們看見帕頂個大床，床上還有牲畜與雜物，莫不睜大眼。帕向他們詢問鐵路的方向，深怕自己經過隧道上方而過頭。農民搖頭，主因是詫異而並非不知道。有個小孩指著日出方向，說鐵枝路在那，「不過，火車整早都沒駛了。」小孩極力強調。火車不開才剛發生，卻說成整早，似乎是感受到重大的事故。

帕往東跑上鐵軌的碎石壟，沿線南下。清晨的鐵軌發亮，兩條銀白線，在盡頭處有一輛黑色的機關車，灼烈的頭燈亮著，卻永遠也開不來的樣子。帕還沒走到那邊，就急著往旁邊的草叢躲，呼吸也不敢多喘，因為眼前來了兩連士兵，輕裝步槍，有的扛著機槍，分兩列沿著鐵軌前進。一位脫隊小解的士兵循著豬叫聲前往，發現了帕躲在菅芒叢。帕早有防備，不是逃跑或反抗，是窮極可憐的裝乞丐，抱著豬，攬著雞，尤其是一路奔波的衣服早就髒破不堪，掩蓋在斗笠下的飛行盔像個小丑面具。士兵看出帕是逃難的模樣，樣貌可憐，用湖南腔說：「不要往北走，那亂掉了，你進城去一個不注意會被砰砰！」士兵說到砰砰時，拍了背上的槍。

那些士兵是進城去鎮壓。老是裝無辜發抖的帕，對士兵來說是無害的，反而強化了昨日台北的動亂。士兵的對手是武裝青年——他們闖入警察局搶出武械到處流竄，佔據一些重要據點——他們最後走了，有的低頭，有的抽菸，隊伍沿著鐵路線拉得很長。陽光曬乾了大地的露水，鐵路碎石墩晃著蜃影。帕沿著鐵軌走下去，發現那輛運兵火車停在那的原因，鐵軌被不明的炸開，像兩隻向上彎曲的手，擋下一輛十節車廂的火車。而且低階工作人員的道班房同情武裝青年，不是脫班就是故意遲來，軍人只好步行進城。

火車上只剩下車班人員。帕停下來，主動向司機攀談桃園方面的狀況。

「你頭上的床是真的假的？」司機倒先問了。

帕搖頭說，「這是賽璐珞製品，是膨脝的，我是走江湖賣藥的，要往南做生意，想知道那邊狀況。」

司爐這時跑到窗口，奇異的眼光不下於看到外星人，他驚訝說：「那眠床上的豬也是賽璐珞做的嗎？牠會動耶。」說罷，他伸手去磨蹭豬。這動作是有意義的，賽璐珞是早期類似橡膠的製品，硬度強，添加樟腦能增加可塑性。只要用力摩擦它，會泌出樟腦味。不過司爐的手裡滿是豬臊，大喊，豬是真的。

「沒有錯。」帕說，「牠是線控的，一個傀儡尪仔，那雞仔也一樣。」

「喔！看到鬼了。牠們都會動。」全車的工作人員大吼回答，「不然就是我們青暝了。」

帕懶得回答了，繼續往南走。司機連忙大叫發車，要司爐多拋些煤，追上去瞧瞧。火車鳴笛後退了，車廂間的連結器發出密合的聲響，速度與帕行走的差不多。司機多問也得不到結果，便主動說出南方的情況。他說，這班車一早從桃園發車時，三百多位的武裝軍人進入車廂，要徵召列車去台北鎮壓暴亂。但是另一批民眾聽聞後蝟集，聚集在車站外抗議，有人在鐵軌堆石，甚至臥軌，好阻止火車出發。軍人鳴槍恫嚇，驅離了群眾。火車出發後，他一路擔心鐵軌遭破壞，還好天亮了，老遠就看到銀白的鐵軌斷線，終於鬆了一口氣的停車。

在司機的邀約下，帕跳上火車搭便車。眠床拿不進車廂，勉強放在尾節車廂的後門，用那兒的鐵鏈扣緊床。帕就近靠門邊，迎著逼人的冬風，兩隻牲畜躲在車廂內，低頭覓食著稍早軍人吃落的饅頭屑，圍觀的車班人員最後發現新大陸似的大喊，牠們會落屎，不是傀儡尪仔。一個年輕的機務見習員拿了個飯糰給帕後，纏著不走，總想伸手碰床，好試探真偽。帕警告說床是雞胲做的，摸了會爆掉。這打斷不了見習員的好奇，更加深疑惑，他看到床板上佈滿好多眼孔大的洞穴，當陽光射入，折射出蜂蛆蠕動的閃光。趁著火車轉彎後加速所產生的慣性，見習員順勢撲跌床板上，用小指探進去摳。那是彈孔，閃光是卡入的子彈，小指也染上些硝味。他震懾，接下來的時間完全沉默。不久，火車退回最近的小車站，在這可以迴避任何班車，不過整早的班次幾乎停開了，到處有鐵軌受阻，不會有火車進站了。帕拎回牲畜，道了聲謝謝，跳下車，繼續沿鐵軌走下去。

「『他們』要去拿下機場了，我聽到消息了。」見習員說。會說這句話，不只是那些彈孔暗示他，帕是從北方一路戰鬥而來，也要鬥下去。而且，見習員還看到帕的灰襖底下還穿了一件日式飛行衣，雖然只露出領子。

「他們」是誰？帕的腦海才生疑波，忽就清澈多了。那是有一群武裝青年要攻下桃園機場。消息並非無用，至少他可以避開那裡。他沿鐵道走下去，踏著枕木，一枕木跨一步嫌小，兩枕木一步又嫌大，不久抓到訣竅，途中經過一具被撞死的狗，屍體沾滿蒼蠅與蛆，時日已久，濃烈的屍臭讓床頂上的兩隻牲畜猛打噴嚏，淚水直冒。屍臭發揮了效果，嗅覺短暫的失效後，忽然澄透百倍了。帕聞到枯草後的遠處傳來淡味，香味雅潔，那是山芙蓉，甚至能聞到花色在陽光下轉紅而泌出光澤呢！這時候路畔的雜木漸漸被瓦屋替代了，桃園火車站快到，遙遠的就能看到月台邊機關車的煙囪冒煙。牲畜激昂，絕對不是那些煤煙味刺激鼻腔，而是嗅到熟悉的味道——牠們的老皇帝體味，劉金福獨特的魚腥草似汗餿味。豬快樂極了，在床板邊不斷跑，把鍋碗與棉被頂下來，讓帕忙著收拾。帕喜歡這種感覺，他知道只消把床放下，豬會像土狗一樣衝出去，把獵物咬在嘴裡猛甩。他得抓住這個時機。帕跳下鐵軌，往鐵道邊的田間小路鑽去，路上攔下一位牛車伕，殺價都免了，掏乾了口袋的錢買下那輛又破又髒的牛車，便把眠床抛上去。

冬風吹拂下，這城市多麼灰調乾冷，快被灰塵稱霸了，路樹蒙上了一層薄灰紗。天乾物燥，不要說是燭火，只要情緒上的怒火就可以燒燬整座城。但是塵埃擾亂不了牲畜的嗅覺，家豬跳下車，在道路跑，又快又狠，幾乎是豬八戒進洞房般猴急。帕一把擰住豬的耳朵，罵牠幾句，怕牠跑丟了。不過顧此失彼，公雞的腎上腺分泌旺盛，揮翅就在空中盤桓了，邊啼邊飛，續航力與耐力真不凡。這下帕只能追下去，要拖著牛車，又要仰看公雞方位，沒多留意路況，幾乎在路上橫衝直撞，撞翻了水果攤與扛著工具箱修雨傘的人，還撞倒了一位扛米的人。米轟散了一地，陽光下燦亮。扛米的人要罵回去，看到帕滿臉疤痕，還戴飛行盔，嚇得自己唯唯諾諾。這些米是他跟著一群人闖入縣府糧倉搬來的，對他而言，庫糧是被官員平日污去的，順理成章的拿來，順理成章的被撞散，只怪自己倒楣了。倒是帕極為愧歉，要開口，扛米的人自己先低頭離開。他彎身拾了一把米，繼續追公雞去。最後公雞停在一座屋頂上，喘氣便鼓著翅膀，挺著喉嚨大叫，聲音清亮。帕罵了回去，要公雞乖乖下來，不然他就爬上去抓牠，怕他不敢上去嗎？沒關係，他會一根根的拆掉房樑。

罵完了，帕伸手把米呈出來。公雞飛下來，順著屋前的廣場盤桓一圈，帕也轉身看著雞。忽然間，他嚇壞了，廣場是空的，氣氛很詭異，他身陷在警察局前的廣場。警局前擺了拒馬，鐵蒺藜掛著破衣服，大樓的窗戶下埋伏著人影，槍管從縫隙中伸出，警局樓頂與二樓窗戶也有埋伏，槍管發亮。廣場四周蹲伏著拿菜刀與老式步槍的群眾。廣場中央趴了五個死人，到處有一攤的紅液，絕對不會把那當成打翻的紅露酒或檳榔汁。不過，所有槍管與目光瞄在他身上時，帕感受到自己像掉入一缸蠟汁後爬出來的人，身體慢慢蠟乾，硬邦邦的。好死不死的，天空盤桓的公雞停在帕的手腕上，大力的啄米，尖銳的喙子啄破了手掌，米不是白的，是染滿了鮮血。帕沒有感受到疼，要是被槍管對著，還有心思管手疼嗎？

「我是土公仔（葬儀社人員），不要開銃。」帕攤開手，展示那隻斷手。幹這行的總有殘缺。然後用那隻斷臂指著地上屍體，說：「我是來帶走的。」

廣場安靜得像棺材，帕是裡頭唯一的活人。他希望有人回應，回應就是打破僵局。即使不肯也行，至少給他下台階，有全身而退的機會。四周沒人回應，對峙的雙方都等對方先開口。

「師傅，帶走他們。」一道閩南語的聲音從牆墩後頭傳來。那人跳上牆，手上拿的鐮刀在陽光下反光，給了帕明確而且感謝的手勢。

另一頭，一位外省籍的高階警官從破窗口大喊：「行，帶走。」

帕把公雞放在牛車槓上，拖著車到屍體旁邊。他真希望屍體會自己跳起來，說他只是裝死，這樣帕就省得幹活了。可是只有屍體會這樣躺，高掀的衣服露出肚臍，褲子快褪到胯下，曬著日光浴卻滿臉痛苦。有一具屍體的頸部戴了三條廟裡求來的柰——摺成八卦狀、放入小紅袋的平安符——求神太多，此人的命運成了三不管的轄區。都是男屍，帕搬上牛車。最後一具手中緊握著大鑼，鑼上沾了幾枚彈孔。帕抬起他時，落地的鑼發出聲響。不料公雞飛了過去，對銅鑼猛啄，匡匡的響亮。聲響跟戰鬥無關，像送葬之聲。

帕把五具屍體拖出廣場後就卸在街邊，之後事不關己，轉頭就走。有人嫌屍體丟在這裡不符程序，質疑他藉此揩油，只好湊出紅包錢，要他先帶走屍體。帕說他不是服務不周全，事實上他不是葬儀社的，恰巧路過，免費服務。

不過帕的特別服務也得到回報了。公雞長啼，跳下車猛跑，不過豬比牠更快的鑽過人縫，往牆邊的那台鐵馬衝去。那是劉金福騎走的鐵馬。兩隻畜生的尋寶遊戲完成了一部分，兜在鐵馬旁大叫，把它當闊別的好友。帕知道他阿公就在附近，跳上牛車從制高點往下看，沒看到熟悉身影。他吼了起來，大叫阿公你在哪？聲音之大，嚇壞了大家。那呼吼的聲音不是來自喉嚨，來自體內深處，更深更沉的地方，透過喉嚨放大到整個世界。帕不怕死，拖著牛車來到廣場中央，吼聲傳得更遠。緊張的氣氛再度加溫，躲在大樓內的警察不知道群眾要下什麼棋，再度把槍管對準帕與那些角落躁動的群眾。帕的獨角戲引起騷動，但是沒有人回應。他把腳踏車牽到廣場中央，高高舉起，就像舉著一把號召的旗幟。

「這是啥人的腳踏車？」帕大叫，並且技巧性的遠避大樓內的機槍。

「我知，我知。」一個年輕人從水溝探出頭來，大聲回應，「那是從南崁溪橋頭撿來的。」

「是你撿的。」

年輕人愣了一下，指著那頭的屍體說：「是他撿的，他死前說的。」

帕目珠金亮，凝視年輕人。他放下腳踏車，把地上那面擋過子彈的銅鑼撿了起來，憑著一隻手和嘴巴叼著，把銅片當毛巾擰，沒擰出水，流出劈哩啪啦的聲音。帕把那條猙獰的銅麻花丟地上時，廣場的人都知道接下來帕說的話是命令，不是請求。

「你帶路，去橋頭。」帕對蹲在水溝的年輕人說，然後指著遠處撿到鐵馬的屍體，說：「你也一起走。」

如果帕能回想起關牛窩的冬日山色。他會輕易發現，冬天的山景遠勝春夏的蓬勃。春夏的樹木盎然，這也綠，那也綠，擁擠又單調，大自然找不到別的顏色安插。到了冬天可精采了，水瘦山寒，山徑儼然，人在山裡走，可以看到大自然最赤裸的原始，每株樹都是一張臉，皺紋的，輝煌的，卑屈的，青春的，每棵樹顯露一段歲月流轉的故事。有的樹枯了整片，裸露了底下的山壁與野溪，視野乾淨繽紛。有的樹葉酡醉，紅的紅，黃的黃，喝了上一季的秋陽似酒，醉了整個冬天。如果要在變葉的山漆、台灣櫸、槭樹、楓香中擇一色愛之，櫸帶鏽色，槭楓又過於腥燥，莫過於俗稱「目浪子」的無患子迷人。不是因為它實用、能把種肉當肥皂用，而是它的葉子碰了冬陽就揮發葉綠素似的，透透亮亮，好嫩黃呀！是整座山唯一永續發亮的燈泡。

南崁溪的橋頭邊就有一株無患子。母株是某位平埔族凱達格蘭人在兩百年前栽種的，作為水田地標，多年來的落種繁殖與風雨摧折，如今只剩此株，距離母株的栽地有兩千餘米了。它樹齡約四十年，算是樹王。橋頭一帶的洗衣婦喜歡聚集在那洗衣，再頑強的油漬或醬汁弄髒的衣服，撿幾粒無患子，搓搓挪挪，南崁溪的水漂一漂，清潔溜溜了。方圓一公里內的居民，在冬陽下，衣色透出些微的黃光，透透亮亮，好嫩黃呀！他們甚少知道這原因是新洗的衫服並不乾淨，所謂「不乾淨」是藏含了那株樹王的皂鹼。彷彿凱達格蘭人幾經通婚與漢化，看似消失，其實血液已經藏含在附近居民的肉體深處。他們總在某個夢境的瞬間，恍惚的，隱性的，夢見有人在田埂栽下幼苗後，仰天看。這是他們集體潛意識的古老夢境。

帕沒有夢過那個古老的夢，也沒有注意到橋頭邊有棵老無患子。當他來到橋頭時，一切都有了連結。他看到驚懼的一幕：有個老人躺在橋頭下的溪邊，那是他的阿公。他大腿骨折，身體多處流血，整個早晨或許更久的時間，都躺在那呻吟，直到喉嚨也累了。帕停下牛車，把那具屍體留下，頂著床走下溪床。那個老人又老又皺，正閉上眼等死。說明白點，還是帕自己討厭的人。帕摸摸劉金福的氣息，差不多了，走快點，可以在劉金福過身前趕回關牛窩。人要死在自己的故鄉，這是習俗，劉金福也會這樣想。帕撿了細漂流木幫劉金福骨折處固定，拗了些枯草墊床，把劉金福輕輕抬上去。劉金福骨折的大腿與手碰觸到床板，傷口滴血，他痛醒了，再度輕微的呻吟。

「我走不贏你，我輸了。」劉金福說得小聲，是說給自己聽的。三月初的大遊行那天，他確實混在人群中請願。不過，看到帕大鬧現場，他不由得驚恐，帕是過動兒的家神三太子轉世，降生於斯大鬧。他把帕藏在關牛窩深山，之後又牢牢綁在鬼屋，帕還是逃出來，把台北搞成一鍋沸水。再下去，帕會毀了台北。劉金福得逃走，逃回關牛窩深山。他知道帕會追來，逃給他追，把他引回關牛窩深山就天下太平了。他拚老命的騎車追上往南的火車，火車在桃園市區就停駛了。他繼續騎車，已筋疲力盡，失去判斷力，在桃園市區迷路，犯錯的往北騎去，沒想到人算不如天算，如今栽在南崁溪。

「鐵殼仔，把它拿過來，裡頭有向城隍爺求來的錦囊妙計。」劉金福提高音量，這是說給帕聽的。

那個裝蜜斯佛陀蜜粉的鐵殼繫在劉金福腰布裡，向來是他北上時的皮夾，不見了，幸好在附近找到了，摔得歪七扭八。帕打開看，一條恩主公掛乾隆通寶的綦、一個佛銀、一疊買不到什麼的千元鈔與幾張摺妥的紙。帕打開紙，那就是城隍爺的妙計了。第一張是死亡證明，上寫著他的日本名，鹿野千拔。一九四四年六月初，戰死於印尼的比亞克（Biak）島。另一張是同僚的證明，說明鹿野千拔隸屬於日本海軍101燃料廠，支援印尼的比亞克島的機場擴建。一九四四年五月二十七日，米軍用艦炮與轟炸機癱炸三天，之後大規模登陸。日軍傷亡慘重，糧食斷絕，八十位台灣籍與四十餘位日本殘兵撤退，在海邊發動了一輛重十噸的「大發」登陸艇，西渡到新幾內亞島避難。搭船的人太多了，體能好的泡在海裡抓住船舷好增加乘載量。夜裡還好，日間成了美國戰機的攻擊目標，船艇頓時大火燃燒。抓在舷外的鹿野千拔在美機第三輪掃射時，大腿中彈，雖用丁字褲當繃帶止血，仍死在海上。歷時兩天，最後有八人橫渡成功，見證者是其中之一，松岡富宏，漢名陳阿水，原籍台北市。

帕看完，放回盒內，費了巧勁才闔上歪掉的蓋子。現在鐵盒是他的，包括死亡證明書。他死了，只是死得不夠圓滿，皇軍字典裡只有玉碎沒有「撤退」，撤退就是逃兵。不過那又如何，苟活才能傳述此事。顯然這件死亡不是虛構的，是見證者陳阿水把帕套在他親身經歷的死亡路線中。最重要的是，帕現在懂了，劉金福這次來台北耗費錢財與牲畜的目的，不是旅遊，是為了打通關節，偽造他的死亡證明。這城市什麼都買得到。唯有死亡，帕才真正自由，不受任何政權與權勢的左右。他可以回關牛窩深山，永永遠遠不再下山了。

帕把鐵盒裡的錢給了帶路的年輕人，感謝他找到劉金福，也希望他請人處理那具屍體。年輕人停頓，把錢收下後，忽然說：「有件事告訴你，他是被推下橋頭的。」說罷，撒腿就跑，鑽入了草叢中。帕改而向劉金福詢問。劉金福沉默一會，搖頭說：「自家掉下來的，騎鐵馬赴不急轉彎，撞上橋掉下來。」說罷，他不再說話。

這沉默不是肯定，反而挑釁帕的感受。要等答案來，不如去找答案。他頂著床回到橋上，把那台鐵馬翻了翻，它那麼破，傷痕多得秤斤算，看不出端倪。他走上橋面觀察，從五公尺地方跌落，大概也要有本事才沒斃命。但是橋頭另一邊聚集幾位群眾，帕走過去詢問，或許有眉目。

「緊走，有大尾的來了。」橋下傳來聲響，是跑掉的帶路青年喊的。他渡過河而一身溼淋淋，對橋上的人喊了數次，還拋石頭通報。

那群人除了一位穿日本軍服的坐在橋欄杆，其他的站橋上，盤查三輪車、牛車與巴士上的人士，凡有外省人即毆打。整個早上，那些警察不是困在派出所據點，忙著與另一群民眾對峙，不然就是棄械而逃。街上的人對動亂似乎習慣了，焚燒房子、死亡與隨之而起的零星械鬥，那像熱鬧的廟會活動，而非死亡的掙扎。而橋頭是交通的動脈，在此絕對可以找到仇家，即使你們不認識。

那群人即使沒聽到橋下的警告，也瞧到帕來了。他們看到橋那頭有個人衫服髒破，步伐傲慢，頭頂紙船。船上有兩隻牲畜，一隻是紙糊的豬，一隻是紙紮的公雞。船上躺了個稻草人，頭髮卻是真的。船舷邊掛著竹管做的腳踏車，金屬漆上得栩栩如真。他們只能這樣想，那是拿給喪家燒的，不然怎麼可能整套頂在頭上。帕來到時語氣平靜，不帶怒氣，問是誰把他的祖父打傷後推下橋。他們不敢回答，眼睜睜看著那條船多麼具體，多麼可怕，像是剛從南崁溪撈上來的，滴著河水與血水。河水是劉金福的淚水，他哭著喊，淚水從臉上滑落，從床縫滲下來，大部分流洩在帕的頭上。「遽遽走。」劉金福盡力嘶吼，叫那群人快逃，但聲音如此不堪，再大聲也只有帕聽懂。

帕會殺人的。劉金福改而求帕，呼喊帕的小名開始：「『尚風牯』，停下來。阿公拜託你莫動手。」

帕動搖了，好久沒聽劉金福這樣叫。「尚風牯」意思是像風流動的小孩，這是賤稱，意謂小男孩難養。這是他的小名，但沒有徹底動搖他。帕一個前去，抓住了其中的胖子，扭著領子，舉起後丟下。

胖子重重跌落地上，木屐發出巨響。那木屐俗稱「男子漢」，較厚實，通常是迌迌人、總鋪師或沙西米店的師傅才穿。「男子漢」笨拙，跑起來慢，打人卻很實用。胖子落地，趁勢拿它，狠狠敲帕的膝蓋。

帕料想不到這胖子頗機伶，他的膝蓋吃疼，害軟了。一個重心不穩，整張床落地，帕機伶滾開，來不及閃的胖子成了夾心餅，也多虧胖子當肉墊緩衝，劉金福沒震得痛。現在豬跑到橋欄杆邊撒尿，公雞在天空盤桓。紙紮的都活了，大家乾瞪眼。而帕趁勝追擊，一腳上下的猛踩著床緣，壓得胖子的肚子打浪。他根本不顧劉金福的阻止。

這時候，那個坐在橋欄杆、穿日軍服的年輕人，持收鞘的武士刀，一刀砍向帕的肩。帕腿往後蹦，滑了開，不過鞘尖劃開帕的破衣，飛行衣露出來。路人大叫他也是日本飛行兵，難怪會戴飛行鏡。

「是我打的，」帶武士刀的年輕人說，「那老貨仔穿著中山裝，騎一台富士霸王，騎很緊，看就是好額人（有錢人）。我們攔下他，問個詳細。」

帕閃過去，在對方舉刀攻擊前，抓住刀鞘折彎，丟下河床。「他自然不會回答，他聽不懂日語與閩南語。」帕冷冷說道。帕接下來的攻擊，把在場的人嚇呆了，那只有洋人電影裡才有的羅曼蒂克畫面，他摟著穿日軍服的人的後腦，狠狠的吻下去。唇齒相戰開始了。帕無視對方的捶打，睜大眼，以舌頭撞擊，數度打開年輕人緊閉的牙齒。對方關了齒門。之後，帕用手肘夾著對方腦勺，另一隻手捏住他的鼻子。這招管用，年輕人張嘴呼吸。帕便把舌頭長驅直入，上演法式舌戰，最後把對方舌頭抓過來，牙齒一緊，咬斷了。然後放開他。

穿日軍服的年輕人後退幾步，勉強靠在橋欄杆邊，全身發抖。他沒打過這樣荒唐的仗，失去初吻，失去禮儀，失去舌頭，也大量失血。他張開口的剎那，鮮血直噴，成了血盆大口。只有年輕人知道失去舌頭，圍觀的人駭然但沒察覺，對他們而言，穿飛行衣的人會一種吸血的功夫。

「老貨仔有回答。」被壓在床下的胖子大吼，用悲傷無奈的口吻說，「他用國語說，『我們是中國人，不是日本人。我們是娃兒，全部投降了，拜託不要開槍。』老貨仔說，他是阿山仔，我們才打的。」

那是恩主公的錦囊妙計，時間暫停咒語。劉金福曾在山屋的油燈下抄唸了數百回，告誡帕，危急時用，如今他也在急迫下唸出來，一字一句，字正腔圓，像小學生背書。咒語沒能救他。或者說，那些媽祖婆的海上妙計、城隍爺的生死簿計畫，全是他想出來，假託神意。自己不用，一旦打開來用已過期了。帕看著躺在床上的劉金福，又枯又瘦，橋頭一帶與他有相同體態的只有漂流木了。走吧！帕心想，轉家吧！這個老人跟他一樣是抹布命，東抹抹、西擦擦，破了，爛了，沒關係，翻過來用又三年。剛剛看他要死了，現在能躺在床上流淚，懂得委屈，帕脫下自己的衣服給他蓋上，避開圍觀者的目光。

那個胖子哭了，不像男子漢。穿日軍服的人蹲在橋邊，嘴角流血，止也止不住；其餘的同夥有的跑了，留下來的也不知所措。帕把胖子從床底拉出來，又攔下台路過的黃包車，把穿軍服的人拎上車，吐出嘴中的戰利品——半截舌頭，活生生蠕動——要他們快到醫院把舌頭縫上去。他們推著黃包車走，邊走邊喊，很快的消失在橋那頭。胖子在後頭追，赤腳跑幾步後回頭堅持穿上「男子漢」，用誇張的外八步伐跑，木屐發出巨響，遠了還能聽到聲音。

「一下子，我們一下子就轉到屋家。」帕蹲下身向劉金福說，盤起了床。能收拾的都上床去，包括兩隻牲畜與高貴血統的破鐵馬。

聽帕這樣說，劉金福的嗅覺沾滿了森林的苔味，溼氣重，夾雜些許苦腥。這味道太熟悉了，山屋都是這種綠苔，連碗底的臍盤與釦子孔都有這玩意。他不知道那不是苔味，是溢到鼻腔的血。他努力呼吸，被血嗆傷了肺，那猛烈咳嗽讓他陷入迷濛的幻境，加速的揮霍了自己的餘生。

帕帶著一家子難逃。一隻豬、一隻雞、一輛鐵馬、一位重傷的老人，全都擠在大眠床上。回家之路比預期的艱困，漫長崎嶇，瀰漫了煙硝味。帕終於承認了事實，他真是衰神，逃到哪，哪裡都陷入動盪。吆喝的群眾衝入警察局或軍庫搶出槍械，毆打外省人，到處有示威、叫囂與血腥，要睡一覺不得安寧。可是，眠床上也沒有安靜過，劉金福有了幻視，把外頭看成了五十年前的「走番仔返」戰爭。一八九五年日本人根據馬關條約接收台灣澎湖，當年五月，北白川宮能久親王領兵從基隆上岸，順利進入台北城。此後日軍南下的步履，在桃竹苗受挫，一批客籍的義軍用肉體形成防波堤，阻礙了日軍的槍浪炮潮。這段歷史帕很熟，在山上時，劉金福常拿出來講古。帕想到的畫面是，劉金福坐在自己的墳頭，拿竹枝當槍，傳述戰場故事，夕陽湊過臉來，照得皺紋與白髮好清晰。劉金福的開場白是：「這不是講古，我活這麼久，只是要告訴你，我曾跟英雄一起過。」講到底，不是這個死，就是那個亡，最後只剩劉金福成了不死英雄。等帕在練兵場當上軍曹，才稍有體悟，劉金福的經驗與那些關東軍老兵一樣，都罹患了類似「感染性戰爭」的症頭——喜好把聽來、另一批老兵的戰爭經驗說成自己的，好強化自己的地位。

帕走不了直路線，兜來兜去，得聽伏在床上的劉金福指揮。要是不依，劉金福便拉髮繩，勒得他喉嚨長出繭了。睡覺時間不定，有時白天睡在市場邊，當眾表演乞丐。他們還睡過廟桌下，只能把床當供桌讓人擺上祭品。有時睡在只有劉金福知道的山洞，待在那一整天，帕找到幾把髮夾式的煉樟腦用刨刀，鏽透了。劉金福說那是三十位腦丁的兵器，要用護鐵腕幹掉三個日本兵，卻被洞口的一挺機槍堵死了，這山洞是他們的葬身地。第二天他們卻被上千隻的蝙蝠從那個墳墓趕出來，連忙到街道，這時一列火車開過來，帕想用熟悉的汽缸節奏讓劉金福回神。帕追上去，風向不對，煤煙往他這裡罩來，害他邊跑邊咳。朦朧中他看到車上的一幕，一群人持棍，用閩南語盤問，是外省人就往外丟包，包括一位對不上話的原住民。那位原住民很生氣的拿出車票，用族語說他有買，從最後一節車廂追到最前頭，對整車的人咆哮，可是爬上火車後躲入廁所。

他們沒有回關牛窩，繼續往南走。他們來到豐原，劉金福說這叫葫蘆墩。他要帕順著田路逃，越遠越好，因為這裡有個年輕人殺了一位化裝成和尚的日本間諜，隨來的日軍來屠村，把兩百多位村民用槍掃射。滄海桑田，目前眼前沒有田路，是一面學校圍牆與松樹。這可怪了，劉金福講古時都說他在這跟日本人殺得天空起血霧，怎麼到了現場就逃，帕便學鬼王的口氣：

「你這豎子，把膽肝拿出來，用屁股打不倒四腳仔。」

劉金福聽出是老長官的口氣，驚駭說：「統領，我不逃，下次不敢了，我回失禮。」

「豎子就是豎子，講講看，這是第幾次逃？」帕破口大罵。他可得意，模仿得連自己也叫好。要是這樣能讓劉金福回神，早日回關牛窩也好。

劉金福跪在床上求饒，自然不知道是床下的帕在裝腔。這回帕懂了，他阿公不如想像中的勇敢，挺孬種的，怕東怕西，只能成為旗兵隊，情況不對就跑，那兩顆子彈就是被敵人自後方打中的吧！到了第九天，兩子阿孫來到中部的八卦山，劉金福說勝利要來了，義軍會合了南部來的大清國黑旗軍，數千人要在這制高點痛擊日本人。他們在這部署大銃，炮口嗓門轟不停，與日軍較量。不過日軍的一個衝鋒隊偷襲上了山頭，像一根針把義軍的陣勢戳破了。更多的日軍湧入山頭，肉搏戰與短距離的槍戰開打，義軍只能用竹竿與菜刀對付。劉金福把中了數十槍的統領揹離戰場不久，兩個人都不行了，一個快累死，一個快死了。統領死前要劉金福挖下他的眼睛，放在彰化城牆上，終會看到日寇退出台灣的一天。劉金福不會挖目珠，兩顆都挖爛了，他自責統領死後什麼都會看不到，只好把那兩顆爛眼珠吃下去，至少還能保存在他體內，如果在陰間相逢時還能還回。死去統領的眼眶還冒著血。劉金福以為他還有救，割了三十六位義軍死屍的辮子，編成網子，與旗兵隊把統領的屍體扛回關牛窩，並帶回一尊小型的克魯伯過山炮。帕也躺在地上，給劉金福挖下他事先在左眼眶裡放的兩顆石頭，挖上兩回。然後帕跳起來，高興說，「挖完了，做得了，把統領扛回關牛窩去埋吧！」

「不能走那，四腳仔從那攻來。」劉金福大喊。

帕顧不得劉金福的指揮，戲演完，能回家了。他選了小徑往山下跑，想到要回家就像個女人快樂的扭屁股，一路撥開雜草。劉金福在床上怒喊，說前頭有日本人攻來，還把豬雞丟下床，希望阻止地板神祕的移動。帕機伶的抓回雞，但豬跑得太快，扭著屁股，身影在山徑上顯得有些邋遢。帕抓回豬時，雙腳卻陷入黏答答的泥沼中，他低頭看，全身直冒汗，劉金福也是。眼前是二十六位死去的年輕人，他們手掌遭鐵絲穿過反綁在背後，張著眼，縮在地上，腦殼上有槍洞，血水成淖了。這是國軍槍決人犯的現場。帕這時用掩護的口氣大喊，這些都是被日本人打死的義軍。來不及了，劉金福被死亡的一幕嚇醒，瞬間老了，那些在體內保存五十多年的熱血與勇氣也餿掉了。他害怕的說，帕，那些都是跟我一樣的台灣人呀！

帕扛著劉金福跑了，朝關牛窩回去，一路跑得專心。膽怯的劉金福躺在床上流淚不停，足足唸了二十六回〈般若波羅蜜多心經〉，為死去的亡魂祈禱。當他唸到第三十八回時，關牛窩快到了，這時被強風逼得眼眶裡都是淚的家畜，張眼發出怪異的呼喊。帕朝前看去，一列紅滾滾的火車在縱谷前進，幾乎沒有重量，安靜的飄浮在夜路。帕抄小徑往那列火車靠去，在一個上坡路段，他跳出來與列車近距離接觸，刁蠻的機械運轉與槍聲傳了過來。來不及了，那是一班濺滿血的列車，一路前往關牛窩鎮壓群眾暴亂的國軍二十一軍把槍管朝外射擊，火光交加。帕下意識的用床擋下子彈，那一刻豬被射死，雞也是。牠們的臉上仍浮現歡迎的眼神，而且屍首掉進車輪下，被蹂躪成一攤泥肉。劉金福中了八槍，血水瘋狂的從身體噴出來，死亡的恐懼沒有困擾他，他唸上第三十九回的〈心經〉是為了自己，祈求眾神給他勇氣與力量，因為他想趁還有一口氣在，動手把八個槍眼裡的銃子掏出來，如果可能，他也要把另外兩顆日本銃子也挖了，不然他葬在這片地底下會躺不安穩。

但是，帕阻止了一切。在下坡路段，帕與火車迅速的分開了，扛著床往山谷跑去，跳進了關牛窩溪。他抱著劉金福在水中掙扎，乃至安靜下來，帕要是不這樣狠心做，他阿公可能會在自我刑罰中哀號得連腦袋都挖下來。帕哭了，整條溪水都是他的淚水似，而劉金福已淹死了，安安靜靜的。他們暫時沉入最深的水底，一個專屬的空間，與世界暫時區隔了。最後，髮繩斷了，眠床順著溪水離開關牛窩。

日久他鄉是故鄉

十九世紀初期，清道光年間。中國廣東發生了旱災，陽光如漿澆落，灌溉不了土地與人，只能赤地千里。有戶農家斷糧了很久，能挖的、能啃的野菜早就沒了，他們決心渡黑水溝到台灣發展。族人力勸，說渡台是過鬼門關，多少人有去無回，過了海，島上還有老虎、毒蟲與「生番」砍人。那又如何？該農戶的三兄弟心意已決，離開是找新契機，即使搏命後葬送自己，總比活活在這等到餓死好多了。夜裡，三兄弟的老父受了家神哪吒太子的託夢，授予妙法。第二天，他們依妙法拆了老屋樑，花一禮拜時間勉強拼湊了艘戎克船渡海。但是，船離海岸有數公里，河無水，天無雲。造船有屁用，村人搖頭等著看戲。哪吒太子又託夢，要他們把船搬到乾得只剩下石礫的河裡，等到祂的淚水湧出就能出海了。一天過去了，一禮拜過去了，船在旱河動不了，老父餓死了，死前仍抱著哪吒太子相信自己能出海。老父死時沒有遺憾，沒有遺言，只流淚水。淚滴在哪吒太子的眼眶，成了祂的淚水。祂該實踐祂的諾言了。過不久，海水倒灌成災，沿著溪床緩緩流入了八公里，戎克船這才順利出海。歷經海難、颱風與各種險阻，三兄弟幾乎把命摧折了，終於順利在新竹外海上岸。

他們上了岸，可是哪吒太子仍坐在船艙裡，請不動，搬也搬不了。老大、老二不耐久候，自行上岸生活，務農為主。只有老三劉道明不願走，他認為哪吒太子是老父的化身，是父親的淚水召喚海水倒灌才出海的。劉道明以船為家，在沿海一帶從事買辦生意，十年過了，二十年過去了，奔走的範圍因溯河而漸漸深至內陸，除了茶葉、樟腦與鹽，還從事火藥與槍的買賣。十九世紀中葉，五十八歲的劉道明溯後龍溪而上，春夏之交，正是梅雨之際，水肥山壯，戎克船在船伕的竹篙忙碌下，緩緩的進入內地。船上除了貨物，還有隨扈跟船。隨扈揹了一枝前膛槍式的火繩槍，此槍客語叫作火索銃或「牛髀銃」，尤其後者顯示了槍枝的特性，它重如牛腿。槍枝是恫嚇撲來的「生番」，但真正的敵人卻是在眼前飛來飛去，用槍打不到的蚊子。牠傳染瘴癘之氣，也就是瘧疾。船最後經過牛鬥口，來到關牛窩，風景不殊，土壤豐腴，劉道明登上岸後雅興來了，隨意煮開了水，扔了一把茶葉喝。這時候，河中激起陣陣水花，可能是淡水魚吸吮船底的鹽分或死藤壺，劉道明看去，注意到舢側有片葉子浮在一吋高之地，隨風搖擺，他以為是落葉掉在蜘蛛網上。趨前一看，船發芽了，應該說是這條泡過海水的枯木逢春了，舢板長出嫩芽。劉道明流著淚，忽然有了歸鄉的心情，但是他老父死前曾以詩慰勉三兄弟渡海後「年深外境猶吾境，日久他鄉即故鄉」。唐山回不去，那就在關牛窩定居吧！

關牛窩最初不過是泰雅族的獵地與賽夏族的耕地。清康熙年間，施琅欲引清兵入台，鄭克塽徵調平埔族防備。一些不堪勞役與督運鞭笞的平埔族，順後龍溪逃入縱谷定居，很快與賽夏族建立合作關係，互稱「鄰居」，抵禦強悍的泰雅族。一八六一年，劉道明進入關牛窩，用三把槍與十斤鹽巴，向賽夏族人換了約一分地，界標是兩棵木麻黃與大石頭之間。定界標是買賣鐵律，原因很簡單，曾有漢人向原住民發誓只要買下手中一塊牛皮大小的地，事後卻把牛皮剪成線絲，圍出一大塊地。可是賽夏族又吃虧了。當劉道明把連著樹芽的舢木種入土，樹長大，樹根把地撐開，木麻黃與大石頭往外置移了上百公尺。劉道明樂死了，原住民就快氣死了。此後，劉道明在從事零星的商業交易之餘，更致力農耕開墾，招來更多的客家人移入。客家人怕被砍頭，更怕餓死，增加隘丁阻擋防衛，加深了與原住民的衝突。五年後的某個早晨，舢板芽成大樹，開花了，又結果，樹上是滿滿的龍眼。伴隨著淡淡果香，門內與門外鑼聲喧天，瀰漫一股年節氣氛。門內是劉道明老來得子，唯一的兒子劉金福誕生了。門外的是隘丁返回關牛窩，提著五撮割自擊斃的原住民的頭髮，他們憑著龐大的槍枝與子彈，把最近也最悍的泰雅族部落趕出三公里外，報復前晚的出草行動。至此，漢人鞏固自己的勢力，原住民陸續離開了，只留下一些客語化的泰雅地名。

幾年後，劉道明過身，兒子劉金福繼承了龍眼樹園。劉金福二十歲後，對龍眼樹與女人照顧有一套。他娶了三位大婆細妾，兩個漢人，一個泰雅族。女人間的醋勁戰爭，差點折損他的命。他最後找到解脫之道，日日吃蜂王乳增強性能力，讓女人陷入不斷孕娠的工作。孩子生得又快又兇，女人撇個腿，孩子就蹦出來。從短時間看來，劉金福撫熄了火藥味，卻點燃另一條龐大家族摩擦的火線。不過最讓村人津津樂道，不是女人戰爭，是看到又吃得到的龍眼。

龍眼園廣大，有樹百株，全由一棵唐山來的舢板老樹王開枝散葉而成。樹苗不需多大照顧，就等落地長大。三十年後老樹王成精了，樹冠峨然，有了自己的情感，專逗人為樂。俊男女從下頭走過，花朵能噴出雨粉，得瀟灑打傘呢！要是醜男女經過，得狼狽的穿蓑衣，別給毛毛蟲炸昏了。村人都俊俏，沒人承認淋過毛蟲雨。光吃龍眼就能鬧人命了。龍眼的客語為牛眼。園裡的龍眼大如牛眼，甜郁如蜜，落地濺出的甜汁讓螞蟻吃了忘回巢。龍眼也如牛眼，溫溫良良的，滿枝頭看人慰勞人，讓人忍不住摘一把吃。這滋味好，多少老人忘了戒急，被乳凍的果肉噎著，還拚命的往喉嚨餵，情況不對時，人咚嚨栽地，死守牙關不放一滴甜汁呢！

看龍眼何時熟，劉金福有一套。八月燥熱天，午夜子時，滿樹的龍眼偎在綠葉中，睡得跟𡥄伢仔沒兩樣。他偷偷來到樹下，順著樓梯上去摸一顆果下來。試一試，捏了有彈性恢復，汁足了。落地裂殼，皮熟了。剝皮不沾肉，餡豐了。撕肉不黏核，籽瘦了。吃起來，讓舌頭躺下來，天下第一鮮呀！夠了，劉金福邊嘆邊喝了壺饠茶，連忙沖醒舌齒，帶著三位老婆，牽手大團結的唱起了情歌：「摘牛眼啦，阿哥阿妹牽手來，兩人有情牛眼圓。」圓者，緣也。所以老少攜伴，一提燈，一拍樹，敲鑼打鼓、放紙炮的鬧進果園，非得吵醒龍眼寶寶不可，大喊：「起床，起床，早起的牛眼最靚。」再睡下去就睡壞了。龍眼須在半月內收成，要是慢一天，鐵定皮殼綻裂，露出白肉像得了青光眼，俗稱青瞑牛，只能當肥料。為此大家沒日沒夜趕工，從南方起手，那的陽光足滿，接下來順東西北三方。摘到第七天，北方那些果子熟得纍到下垂，三不五時，劈哩啪的斷枝，能壓傷路人。至於夜摘龍眼，熱鬧非凡，燒起柴火，架起高台，人來人往，忙得沒閒吃飯還得請人炒粄條或煮飯。摘完龍眼，風一吹，群樹都輕輕的仰天嘆息，沒了負擔呢！

出賣剩下的做龍眼乾，以船順江出貨，味道獨步全台灣。龍眼先日頭曬上三天，不斷翻轉，再送進木造烘焙房燻乾。當然得用龍眼炭烤，這火炭不亂燥，不苦澀，不老裂，更不沸火。烘房流出龍眼的收縮聲，發出各種古典樂器的交響曲，一種水果幾乎擔任了所有樂器的聲響。有人說龍眼炭焙龍眼，不是相煎何太急，是魚水之歡，能烘出上等的滋味。龍眼乾不只能吃，放上孕婦肚臍眼，眼眼相覷，能看出嬰兒的性別：剝開殼，肉蒂連的是男，反之則女。當然，用龍眼乾拜床母，孩子又俊又美，爭著要撐傘過老樹王下頭。

一八九五年，日本人來了。劉金福帶了火繩槍北上迎戰，吃了敗仗回到關牛窩，賭氣跑到山上隱居，住出了癮，丟下龍眼園不顧。之後小山屋添了熱鬧，加入了二房孫子帕，這已是很後來的事了。女人鬥給男人看，男人不在沒興致，從此龍眼園的女人安靜多了，各自為政。等到劉金福再次回到龍眼園，坐上那張始終被擦得嶄亮的太師椅，已是日本投降了，他順勢當上九民主義關牛窩區隊長。園子裡的龍眼樹長了又枯，枯了再植。老樹王仍勃發，多少的綠光在上頭不墜，分株移植，但是劉金福自覺老了，大婆細妾有的早已過身，在世的也情同兄妹而非夫妻。劉金福在屋院繞一圈，當年院落有一百零八間房舍，木工耗時三年不歸鄉過年才打造而成。一九三五年的中部地震塌毀了大半房舍，之後的幾場小火又收拾了一些，其餘的被風霜侵蝕。房舍自有其命運，兒孫自有兒孫福。劉金福最後來到樹王下，時值龍眼採收完的八月底，地上有些落果，吃甜的果蠅與蜜蜂飛來飛去。劉金福摸了摸縱裂的樹紋，心裡湧現難以言詮的滋味。樹冠蓋住了半邊天，風吹來，才賒了些天色給人看。當年劉金福碰觸樹王時，它必定顫動，開花落粉。如今他摸了幾下老樹也沒反應，正絕望時，樹王隨風動了，未摘落的果實全掉落了，砸得他湯湯水水。

「你看，他還識得我。」劉金福激動的說，「他在罰我呢！」

劉金福過身後葬在老樹王旁。他死後七天，下起夜雨，闢牛窩陷入又溼又黏的水氣。他陰魂甦醒，從墳中爬起，拍拍水漬與塵土，沿小徑入門，雨珠潤亮他的身影。一入家門，屁股找到了太師椅坐，脾氣就辣了，怎麼大白天，大家睡得不知佛神來了。這時他那種睡醒後尚不知身在何處的感覺醒了，他死了，死得一乾二淨，沒有屁，沒有痛，連呼吸的力氣都省了。他大笑幾聲，笑得目汁都掛出來，不是沒有痛了，幹嘛還有淚水這種廢物？他跳下椅，給神桌上的祖公祖婆的牌位叩頭，叩完這頭，大家都是同類了。滿堂的妻兒子孫入睡，打呼聲成了交響樂，聲響迴盪在樹林間。他走了一遭龍眼園，三月的夜晚多麼淒涼，貓頭鷹的叫聲從河岸越過來，一隻白鼻心沿著落葉小徑來到木棚下偷吃蜂箱裡的蜜，蟋蟀瀕臨爆炸般的鳴唱。萬籟俱寂都是如此。劉金福深覺自己的同伴是大自然，不是硬邦邦的建築，就連低頭，都能看到金龜子爬在他腳上歡娛。一陣風來，樹梢的雨珠跌落，砸得他渾身來勁了。他想起了帕，多麼重要的牽掛。

雨停了。山稜線很清楚。森林的雨還沒停，樹葉滴滴答答的落水珠。帕整夜睡了又醒、醒了又睡，盤算著劉金福哪時會來。翻來覆去，鬧得竹床嘎嘰響。這時匍匐在門前的黑熊醒了，站起來凝視遠方。帕知道劉金福回來了，突然有些怯情，七天來的期待在這刻縮水了，只好佯睡。劉金福走了五里路來到山屋，不喘也不累，覺得身體死得好，再走過中央山脈也沒關係。他先巡視了菜園，極為滿意的點頭，韭菜活了，番薯長藤，嫩亮的芥菜像惡作劇般塗滿了油彩。門後掛的鐮刀磨亮了，向來鬆動的鋤頭鐵舌也塞緊了。最擔心的桌腳也修好了。他走到帕邊，輕聲說：「起床咧！阿公知你沒睡著，帶你去看阿興叔公了。」

帕賴床不起，嘴瓣還呼啦啦的裝鼾。劉金福坐桌邊發呆，手撐得腮發痠。等帕鼓足勇氣，藉尿意起床時，桌邊空無鬼影。劉金福早走了。帕翻下眠床，追了出去，與劉金福偷偷保持了一段距離。潮溼的山林滾動著月光，浮白一片，劉金福的鬼魂反而成了暗影，朝山下飄去，頓時無跡，沒有鬼魂了。帕找了一會，下了結論，阿公走得真快，幾乎適應了鬼，但是留下些蹤跡。水攤上浮著油光，是劉金福掉下的目汁。帕捨不得那些泛著光彩的淚花就此遺棄，他脫下衣褲，吸回來。淚光閃閃帶他走入森林，渡過湍急的山溝，那裡的青蛙流動繽紛的色彩，牠們喝醉了劉金福的淚水。帕最後來到了塚埔，光著肉身，甩著胯下的朘子，走近古樹下。

鬼王老早就坐在那。他死過五十餘次，包括他殺與自殺，沒有一次不醒來的。還有他最討厭的就是下雨，雨刷乾淨他刺下的細孔，又得重來一次。不過多年來努力也不是白費，至少他知道鬮牛窩的實力了，有五百多人、一百間左右的房子、三十八條牛、二十三隻羊，最討厭的狗有十六條，把他當郵差追著跑。其中還有一條河與八條支流，每天製造六十二朵雲。其餘的像樹木、石頭的數量，除非它們像狗，具有敵意才要算清楚。至於鬼，才是他最關心的，他們帶來新世界的訊息。鬼王要是懶得拿針刺出鬮牛窩大小，問他們就行了，保證能得到惱人的正確數字。

劉金福走到樹蔭下，單膝叩地，說：「喝，義勇軍營三哨哨長劉金福拜見統領。」講著講著，身子忍不住顫抖起來。到後來，劉金福嘶吼起，喉嚨湧出辣燙燙的情緒，聲音迴盪山谷。

「旗哨哨官劉金福聽令。」鬼王說話了，他長久以來的等待就屬此刻最動人，那死去老兵來報到了。

「喝。」

「哨官劉金福聽令。」

「喝。」

「劉金福聽令。」

「喝。」

「劉金福。」

「喝。」

「你也老了，終於也死了，阿金。」

「喝。」劉金福一愣，伏在地上，報得更大聲。

「莫強忍，卸甲。」鬼王揮手說。

「卸甲？那是什麼意思？」

「死後萬事皆空，不用打仗了，知吧！」鬼王頓了一會兒，又說：「不用打仗了，那講講看，外頭世界有什麼大事？」

劉金福伏落地，早已哭得目汁滾花了，孩子似唏唏嚇嚇：「統領，你過身五十多幾年了。大清已亡，民主國已敗，日番來了又走，現下是民國了，而世界更亂了。」

「更亂？」

「都自家人跟自家人相打了。」

「閉嘴！莫說了，我說不用打仗了。」鬼王暴怒，隨後安撫情緒，「我雖然看不到，但此事我知了。還有呢？」

劉金福被怒氣一震，膽怯無聲。這本該是溫馨的會面，五十餘年一別，卻充滿了無奈與抱怨。他抬頭，看著鬼王黑魯魯的眼眶，當中無一物，便說：「今晡日來，是專程來送等路的，五十年來沒有弄壞過。」說罷，他毫不考慮的把眼皮子撕下來，低頭睜大眼，一切像是在夢裡無痛無懼的練過上千回，往自己的腦勺猛敲，要把禮物——那雙吃枸杞明目、用熱毛巾敷而保養一輩子的眼珠——拿出來。不能用手挖，眼珠子會挖破，得敲出來的。

眼前的老兵用拳頭掄自己後腦，鬼王看不到，卻聽到咕咚響亮。不久，聲音由沉悶傳為清脆，彷彿西瓜破裂，果汁濺開，紅的白的灑得鬼王滿臉糊塗。鬼王隨手一抹，往嘴裡嚐出東西。那紅的是血，白的是腦漿，眼前的老哨官正往自己腦殼敲，要把眼珠敲出來。這嚇得鬼王當下從碑石上跳起來阻止，要往聲響撲去。滿地都是劉金福熄滅不了的熱血與腦白，鬼王滑倒了，在上頭幾乎站不起來，也疑慮眼前的老兵是不是活太久，腦筋用壞了在修理。鬼王憤怒，也充滿無奈，高喊：「何必！我不要眼珠，我適應黑暗了。」

對劉金福來說，五十年來就等這刻，要不是當年親自把主子的眼挖下來，主子今日不會在此徘徊，早就找到黃泉路，投胎轉世，成為好人家。可是這眼珠子真頑強，腦殼破了，腦漿噴了，它頂多快蹦出眼眶。他還有方法，眼窩內有淚腺通到鼻腔。他捏住口鼻，把氣逼出，一股氣經過淚腺衝入眼眶，把左眼珠子撞出來。同樣逼出另一顆眼時，一股外力籠罩過來，強悍但充滿溫柔之力，讓他什麼別的也看不見，更不用想了，最後睡了。

那是帕，裸身的他從古樹後頭閃出來，又快又急，抱上去，暖暖的裹住鬼魂。劉金福睡了，嘴角掛血，夜風在腦勺與空洞的眼眶裡打哨響，表情卻是孩子大年夜領到紅包的喜悅。接著，帕用衣服把滿地的血水與腦漿沾了起，連同先前蒐集的淚水擰進去，用竹殼當腦殼貼上，以山棕為縫線，還給老戰士一個完整有尊嚴的魂體。抱起劉金福，往山溝的小溪走去，那裡的溪水洶湧像火炬。鬼王跟來，他哭了，沒眼珠子的人流淚只是一種心情。

「都過去了，去你該去的地方了。」帕把他阿公的鬼魂放在水面。竹殼縫流出腦汁與淚水，整條溪水觸之發光，看得出它在黑暗中如何流向遠方。蟲子被光吸引，盤桓在水面，發出激烈的翅聲。帕放手，溪水接手了，帶走那老靈魂。溪流穿過月桃與野薑的地盤，來到長滿蕨類的山壁繞兩匝，接著在一株山黃麻底下勾個彎，切開大山而去。劉金福的鬼魂也走了，只剩山谷響亮的水聲。

「我也要轉家了，帶我走吧！」鬼王說。

帕在大石碑邊往下挖，下頭有一付龍骨，不見其他殘骸。龍骨被凝固的黑水包裹。黑水是三十六條義軍的辮子，黑魯魯、亮啾啾，它們五十多年來纏著鬼王，吸收他肉體朽頹的汁液，仍成長個不停。帕拈了一根髮絲，一抖就數丈長，隨風起伏，把風的波浪都畫出來。他坐上大石碑，將整理後的辮子放在大腿上摶髮繩，揉成了十丈長的黑繩，他手一甩，繩子辣爆一響，有著三十六人齊一發出的怒吼。

帕又把那一付龍骨拿去洗。尋月光染滿的小溪，將鬼骨沉入，挑盡骨縫中的沙土。帕還挑出三顆鐵丸，斑駁殘薄，一捏就酥。月光下，水中的骨頭溫潤如玉，多少的憤慨此刻都沒了，多少的感嘆都隨水流走。這時樹上停了幾隻貓頭鷹叫，撲破溪鳴，成了最佳的見證者。帕脫下衣，洗淨扭乾，擦去骨頭上的水漬，把它攤在溪流石上用月光曬乾，最後用柳條串起中空的龍骨，掛在胸前帶走。

帕撥開菅草，循小徑走回大石碑。鬼王已坐上大石碑，無笑也無語，將髮辮纏繞在頸根，辮尾叼上嘴。現在，帕要把大石碑也帶走，不過他嫌鬼王礙事，叫不走，便搬走他。他左手在石碑上摩挲好一會，尋個下手的所在，等他挺起身，就把石碑拔起，揹上背了，再連忙用義軍的髮繩把大石碑繫穩。帕大力跺地，要那些孤魂野鬼出來送行，但是現場冷清，符合墳場風格。鬼王說話了，他要帕不要視鬼為無物，鬼與人不只是差在肉體，更在於它們常常膽怯。陰暗裡的貓眼，永遠比太陽下的老虎更可怕，人們就是把貓當作鬼。他說，也不要以神的態度對待鬼，那些蹲在廟堂成天由人服侍、吃吃喝喝的神，哪懂得鬼的心思。帕反而問鬼王，該用怎樣的方法對待鬼。鬼王笑說，用人方法，它們是人的靈魂。「再會了，各位兄弟，我先回家去穿新衣了。」鬼王拍拍手。墳場很快飄出一縷縷的手，向鬼王揮手說再見，有點像水中的紅蚯蚓在擺動。帕揹了鬼王走過手陣時，壯觀得讓人掉疙瘩皮，不敢多留，直呼這些貓真恐怖。

走下山，帕沿著馬路走，硬颼颼的風中，火車從後方來了。這身後的大石碑還不重，但磨著背痛，總算有便車可以搭了。帕跳上火車，大石碑卡在門上，他爬到車頂，跳過每節的廂頂，最後躲在機關車上頭，排煙板讓那裡的風速與煙害少了些。帕探頭望了爐間，那是一位他不認識的司爐在拋煤。帕恍惚以為下一刻之後趙阿塗就在那，事實上他人已在東北，還寄了信與一張亞細亞號的手繪圖。圖掛在山屋的牆上。趙阿塗在信上說，東北就像一頭病牛，戰後攻來的蘇聯兵到處劫殺，剝了一層牛皮，之後接收的八路軍（共產黨）又扒一層，後來的國軍再撕一層，早就殘破不堪，大家甚至挖道路的瀝青來燒爐火。他現在鐵路局從事祖國災後的復建工作，並且讀大連中學夜間部，短期不回台灣了。趙阿塗還在信上說了一個亞細亞號的故事：一九四六年三月，他搭船到北京，再坐火車到東北，那到處是蘇聯兵。他說，他前往滿鐵的大連廠找亞細亞號，那裡的鐵軌被拆掉很多，據說是道班房拆的，防止蘇聯兵把火車搶回去西伯利亞。他靠近廠房時，幾個驛伕仔拿鐵條阻止，不讓他進入。他掏出關金與手錶賄賂，卻激怒了對方，可是當他說他是來自台灣時，台灣，這個字像有魔咒。驛伕仔有些愣著，說你終於來了。然後用鐵條撬開鎖，讓趙阿塗去參觀那些因為太平洋戰而改漆成黑色國防色的亞細亞號，都不是藍色的亞細亞號。之後驛伕仔又帶他去幾百公尺外的隱密廠區，邊走邊說，日本輸了之後，有一個日本人沒日沒夜的躲在這裡上油漆，並且交代他們，有一天會有個台灣來的趙姓小夥子來看亞細亞號，帶他來。之後來搶東西的蘇聯兵用機關槍把鎖打開，也把那個日本中年人打死。驛伕仔說罷，帶趙阿塗來到那間小廠房，裡頭有一部藍色漆裝的亞細亞號機關車，全新的，嶄亮的，好像女媧補天掉下來的一塊藍彩就藏在那，好像火車要從那一刻闖出去，有了新旅程。

「帕西納，我來了。」趙阿塗有些激動的喃喃自語，然後對它大喊：「市山桑，我是趙阿塗，我來看你了。」

火車離開關牛窩時，笛聲響起，嚇壞了車頂的鬼王，說這是哪種牛在叫？帕說他們正在火車上頭，靠近車牛頭的鼻孔附近。鬼王俯身摸了一把，這確實是關牛窩那台巨大的鐵鋸子，他不知被鋸壞過幾回。

「真希望能看到這東西。」鬼王說，「我從來沒看過火輪車。」

「沒問題，這不難。」帕說。

帕從口袋拿出捲成團的姑婆芋，從裡頭拿出一顆眼睛。那是劉金福敲下來的。帕把它塞進鬼王的眼窟窿，過程粗暴。鬼王還沒適應這一切，眼眶不斷冒出淚水，怪罪起風大，颳得眼睛痛。這時火車經過關牛窩車站，停留載客，又往下一站駛去。在離別時刻，鬼王終於看出他逗留數年的村落，如此新奇，卻不耐看。路燈會螫人眼，車站建築硬邦邦，花種在水泥台內，而且一群孩子在榕樹下打架，穿的衣服像是從善書的地獄圖剪下來的。火車快跑，他失去關牛窩，也失去他還是瞎子時把關牛窩摸透的朦朧美。接著他的頭越來越痛，淚水多得流入鼻腔內，猛咳嗽起來，用手指要把眼珠挖出來。帕要鬼王忍著點，火車煤煙就是這麼壞，會讓人流淚，還會咳個不停。

鬼王沒看清楚火車是什麼，坐在車裡，怎會知道火車模樣。他說，現在這顆目珠讓他覺得地獄不遠了，他原本能看到外頭，但很快失去視覺，看到的是劉金福留在裡頭的記憶，屈辱、不滿與慚穢都濃縮成小藥丸，有毒的那種。他說，真正的劉金福早死在五十年前的八卦山，活下來的不過是憤怒。鬼王好不容易挖下眼珠，帕又塞回去。這是他阿公餽贈的，鬼王再不喜歡，也不能當著孫子的面丟掉。在一番拉扯後，帕氣得收回來，塞入自己瞎掉的左眼，混亂的影像瞬間爆開來，他的腦袋有兩股記憶交纏，一組是他的，一組劉金福的，要是不趕快拔下插頭，強大的電流會燒壞他的腦神經線路。帕的頭猛往車頂撞去，眼珠掉出來，一陣風捲走了，往荒野飄去，什麼也沒有了。

劉金福的眼珠搞得大家頭暈目眩，要是再坐著這輛跳動的三節鐵板凳，人會瘋的。帕跳下火車，循著路跑，也比火車快多了。背部的傷口又被石碑磨痛了，漸漸轉而麻痺，一旦停下來，會更加疼痛。帕跑過了每個村落，月光灑在路面，輕便車鐵道發亮，生鏽招牌在風中輕撞。有人朝屋外潑水，一陣清風中，村民看見一位揹墓碑的少年而驚訝。在某個狹窄的谷口，強風和溪水在此激烈撞擊，翻出滔滔聲浪。風中還有一股歌聲。鬼王聽了鬆開手，從帕背後翻落地，循著歌聲，走過吊橋，往山谷的村落去。鬼王問帕，這是哪？誰在那唱歌。帕說，這是出磺坑。

出磺坑，素以生產硫磺油（石油）聞名，舊稱硫磺窟。鬼王聞到空氣中的臭油味，更加深了自己的評斷。他對帕說，那時候，劉銘傳設油礦局抽硫磺油，請洋人來勘地脈。地方人說，這硫磺窟的山形如龍脈，洋人故意找個龍穴鑿，分明是要抽乾龍血鳳髓，便要知縣上呈朝廷好擋下這件事，但是在台灣府就被按下來了，斥為無稽。現下想來，言猶在耳，不勝唏噓。

夜色下，這個依山而建的村落豎立無數的路燈，大放光明，好像罩著一層光膜，高脊的山脈可見。鬼王在村口徘徊，帕卻一步步跨入這巨大的陷阱。說是陷阱，因為附近十幾座山的昆蟲，全死在這。蟲蛾在電火球下飛懸，灑下斑駁的黑影，安靜的撞擊，安靜的死去。街道下起昆蟲雨。帕可以輕易撈起街上死亡的蜻蜓、樹蟬以及飛鳥，全放入口袋，直到鼓滿。這是神的所在嗎？帕想，這些跟太陽偷來的光，使睡眠不存在，唯有死亡如此安靜。帕走過煉油機房，巨大的機器轟隆隆運轉，像村子的心臟。酒館、工作寮、住宅都裝上電火球，沒有黑暗，連建築都被光照透得變薄。工人在酒醉中高聲唱歌，把酒瓶往窗外摔碎，或者睡在馬路上，嘴上叼一罐酒。他終於想到剛剛鬼王說的，那些硫磺油都是龍血，在地底暗伏千萬年，吸收日月精華，觸火為光，讓萬物炫迷。人也會如此瘋狂。

鬼王呢？帕和他失聯了，大吼：「死老貨仔，你在哪？」帕走過每條街，太亮了，太多人了，帕擔心鬼王在強光下蒸發了。他背上的大碑石沉重起來，傷口傳來痛楚。帕跑過每條街，嘶聲吼叫。大家探出頭，看著少年狂叫，以及那塊沾血的墓碑，他們用酒瓶或石頭丟他，嫌帕背上的大石碑夠晦氣。帕撞開幾個要來趕走他的大漢仔，殺出重圍，在街的盡頭，便是河川，他看見鬼王站在開白花的甜根子草間。

路燈加速了那片河草的開花，它們現在開得鬧，有無比冷豔的白絮。河風吹拂下，草甩著長葉，瀰漫草絮。鬼王坐在石上，草浪幾乎讓他像在大洪流中的一尊蠟燭，而且亮光。帕可就心煩意亂了，他看到鬼王在拆自己肉體的零件。鬼王先從下肢拆掉，剝掉皮，撕掉肉，把骨頭拆下後嚼碎，當風揚其灰。要不是說從自殺的遊戲能得到快感，就是死意甚堅，這下真的想求好死。鬼王再陸續摘下耳朵、鼻子、髮絲，又大力的敞開肚胸，掏出五臟六腑，腸子一丈丈的抽出，全丟入風中。對於這樣拆臟器式的自殺，他有好幾次經驗，苦惱的不是事後怎麼塞回去，是再生能力。他死不了，也活得不耐煩。這次他拆得徹底，連帕也不忍看下去。

「那些歌聲讓我想起了當年與義軍弟兄，在沙場上如何把酒言歡。可是，眾軍勇都不在了，歌曲真折磨人。」鬼王說。

「那也不用這樣，把肝膽都拿出來玩。」

「就到這了，我不轉家去了。」鬼王扯下自己的臉皮，拿來手裡，說：「當初帶了三千子弟兵打日寇，全死了，我怎麼有臉回去見江東父老？」

「那我去牽頭牛，你藏在牛裡，轉家去，誰也看不出你。」

「那又如何？我心愧歉，身為牛也是。我輪迴千世萬世，做牛做馬，都報答不了父老之情，我連一個子弟兵都帶不回去。」鬼王又從耳後拔下一根髮簪，又說：「這是當年上戰場時，輔娘（妻子）給的，就讓它代替我回去吧！讓它回去告訴她，我連她的夢中都無法回去了。」

帕拿來髮簪，撫摸一遍。簪子是黑檀木配上銀鈿雲紋，簪腳鈍了，菱狀的簪盤刻著詩：「入山看到藤纏樹，出山看到樹纏藤；樹死藤生纏到死，樹生藤死死也纏。」帕看不懂詩義，不過這支插遍關牛窩的小牙籤，是怎麼也忘不了。之前有一回，鬼王突然想念起妻子的狀況，託了帕回家探看，順道把這支髮簪插在她的髮上，她的夢裡便有了鬼王。帕回到鬼王家鄉找來找去，只找到一口井，便把髮簪插在井緣。這道理是他妻子在他戰亡後，也投井殉情了。帕之後拿了髮簪回去交差，撒了謊，先是說妻子改嫁，後又說改嫁的丈夫又死了，她最近出家了，跟釋迦牟尼佛過得快樂極了。鬼王哪會理帕的鬼話連篇，但是他把髮簪插入腦殼，看見一座老古井的譬喻時便知道妻子的心意了。如今，帕反而把髮簪交還給鬼王，將他妻子已死的實情說了。鬼王聽了更對求死有加分作用，他在二十八歲死去後，就屬現在對死亡最樂觀。

帕懂了，他卸下大石碑，拍碎胸前的那串龍骨，用一片銳利骨頭割斷自己的手腕動脈。他要鬼王喝下他的血，血又熱又嗆，很快便腐蝕身體。鬼王悶著頭喝飽了血，感到一股醉意，也感到血流得好快，他無法形容那種感覺，彷彿熱血沸騰得快爆炸，肉體逐漸融化，血珠子滲出來。

「革命。這是我剛學到的詞，多麼令人沸騰。這一仗沒完咧！義軍在哪，我也跟去哪。他們在地府，我也要向閻王爺一個個討出來。不給，我殺得地府雞犬不寧。」鬼王笑著說，「帕，帶我下地獄吧！」

「沒問題。我是爛人，最後也會下地獄的。」

「那好，我幫你鋪好路，將來下地府，要革閻王的命，要革神的命，我陪你去。」

帕點點頭，把大石碑扳正，要在風漬的碑面重新刻名字，吼一聲：「喝，關牛窩的死老貨仔報上名來。」

「就叫我鬼王吧！」

帕下好了字跡，抓起大石碑，往鬼王衝去。那一刻鬼王把髮簪插入自己的心臟深處，對鬼而言那是最迷人的記憶中心。呔的一吼，分不清是誰吼的，大石碑往鬼王砸去。碑石化為碎屑，鬼王也是。就在帕躍起的那一刻，他撿來放入褲袋的昆蟲翻弄出來，撒了一地。一陣風來，所有的甜根子草晃起來，昆蟲活了，努力的抖翅膀。唧一聲，像暴開的豪雨，嘩啦啦又嘩啦啦，像炸開的玻璃，嘩啦啦又嘩啦啦，所有的昆蟲重生似活了，翅膀晶亮，飛入夜空。有那麼一刻，帕感到自己浮了起來，越來越貼近那星空，肉體成為某個星座。然後汽笛響起，火車正經過山谷，發出規律的節奏。帕睜開眼，仍盤坐在溪石上，有一陣子搞不清楚自己身在哪。不過那不重要了，他心緒盈滿，有些承受不住，決定待在這裡慢慢消化，直到天亮才起身。可是離天亮還很久呢！

甘耀明談《殺鬼》

一、何時開始有創作《殺鬼》的念頭？

要找出最初的念頭，太難了，比寫這本小說還要棘手。不過，有些「執念」甩不去，比如小說中的火車。火車的發想，來自鄉誌上的耆老訪談。他說，日本時代，在大東亞戰爭時期，缺汽油供給車輛，家鄉便出現一種奇異的公車，後頭有蒸汽鍋爐，動力是石炭（煤）與水。這段談話使我對「有鍋爐的公車」滿是遐想。沒錯，肯花些想像力，絕對有精采的模樣，有煙囪、有汽笛，車子尾巴像熱水壺冒著蒸汽。

在尋找寫作資料時，竟找到了實物照片，跟初始的想像落差大。我把那隻史前巨怪想得太美了。但是，我小說動筆了，那種結合公車與火車的機械怪，開出站有上萬字了。如果要召回廠整修，回到又笨又醜的真實模樣，真難。而且筆下的無軌火車的確有了生命，無法停止。之後，我仍數次動念，要為小說中的列車多裝兩鐵軌，符合傳統想法。但是，腦海又發出了怒吼，告訴自己，再大膽些，即使像日本動畫導演大友克洋的《蒸汽男孩》，充滿蒸汽動力的怪械也無妨。小說是魔術戲法，生活的、具象的、情感的，卻是私人的操作手法，我不相信自己，又如何變戲法給觀眾看呢！

二、是否須大量閱讀各種史料？

確實讀了不少資料，日治時期的警察制度、軍中文化、庶民生活等，這些資料散落各書中，多虧近年來口述歷史與本土文化調查蓬勃，我得利了。關於蒸汽機關車的操作，有些得靠日文書，這方面他們比較強，對保存與尊重蒸汽機關車，展現專業與情感。

史料是小說主要的靈感來源，有時寫不下，翻翻史料，還比在桌前枯等來得有進度。至今我還記得，哪本書的哪句話或段落，提供了我哪些靈感。

我也不希望小說變成歷史資料庫，書中對於專有名詞，沒有太多的解釋，讀者有興趣，可上網查一下，會有更多訊息提供篩選。

三、《殺鬼》的背景設在關牛窩，和你自己的成長環境有關嗎？

關牛窩是我小時候的冒險地，它範圍約十幾座山，由墳墓、果園、森林與鬼怪傳說組合。我常在那出沒，很多地方沒深入，多少是孩童時的害怕。翻過關牛窩就是祖母的娘家，那是原住民部落邊。祖母是客家人，她為家族帶來了一些原住民傳說的故事。

我小說中的地景，多是取景於童年的村落，距離地圖上的關牛窩有些距離。至於小說中的關牛窩，多是虛構的，是個大型村落，更精確的說應該是這個社會的縮影。

如果關牛窩這地名有什麼精神上的意義，可能是個人童年的縮影了。

四、為什麼將《殺鬼》的背景設定在日據時代？有特殊的意義或考量嗎？

設定在日治時期是早就選好的，並無特別考量。但是，有意思的東西反而出現在書寫與閱讀資料的過程中，因當時的國族與身分認同，找出不少的著力點，更能顯現角色間的張力。

另外，那樣的生活環境，與現今有了距離，提供我不少發揮的空間。我筆下的人物絕對不是活在那段歷史時期，活在我的小說中，是我想像的，大膽想的，有不少錯誤的聯想，但是人物也更有血肉。我要是活過那個時代，會寫得保守，甚至走安全路線。

五、《殺鬼》是三十萬字的長篇小說，花多久的時間完成？有沒有遇到瓶頸或困境？

二〇〇四年我以《殺神》通過國藝會長篇小說寫作計畫，預計兩年，得完成十五萬字。《殺神》是中短篇小說集，其中有篇叫〈殺鬼王〉。一年後，我寫完規定的一半字數，繳上去，通過期中審查。當時〈殺鬼王〉只寫了數千字，不成篇章，無法呈去審查，但是我對這篇有期待，不想接下來的一年就這樣粗糙的完成，它應該被寫成完整的長篇。

我突然申請計畫展延，延後一年。這一年主要是花了半年寫完《水鬼學校和失去媽媽的水獺》。寫《水鬼學校》令我腦筋頓開，早期寫作的死結化開。我決定不照《殺神》的計畫寫下去，只是中短篇小說集而已，便把作品丟進抽屜，將〈殺鬼王〉寫成長篇《殺鬼》，也就是現今大家看到的成果。

寫這部小說，我卡了好幾次，尤其是前十五萬字，在結構、情節、語言上有轉不開之處，還曾使用客語書寫，遇到瓶頸不得不放棄。二〇〇七年生了一場大病，工作停了，心情亂了，花八個月治療。我生命中第一次出現得專注面對兩件事，治療與書寫，肉體與心靈，我花了不少時間除病，同時花不少時間對付小說，那些轉不開的關卡，這時反而打通不少。

二〇〇八年十月開始，真是神奇的一刻，可能是小說人物長大了，長了翅膀，想從我筆下死命飛出。我幾乎每天寫作，一天寫上八小時左右，除了工作，全耗在書寫上，半年寫了十萬餘字。五年來與我糾纏不清的小說，此時完稿了。

六、完成《殺鬼》後，最想做的一件事是什麼？

最想做的，是該殺一隻「鬼」慶祝，當然，這鬼不是陰魂之類，而是內心的遲疑與徬徨。在寫作之路，總有許多的不安與路障，外在的、內心的，疊沓紛亂。希望再寫幾本小說。多努力些，還是這句話最牢靠。

今後，多利用文字呼吸，這是腦袋的有氧運動，同時多回到內心找那隻純真、初衷的小鬼聊聊，是他帶我走上寫作之路的。

七、最期待讀者從《殺鬼》一書獲得什麼？

我的想法已盡付小說中了。讀者讀完它，便知道我想表達什麼。這本小說是充滿「人與力量」的故事，至少身為第一位讀者的我這樣認為。

八、完成《殺鬼》後，未來的創作計畫是什麼？

計畫是有的，有的進行中，有的純屬想法。進行中的是短篇小說集，每篇約兩、三千字左右的鄉土傳奇故事！

至於其他尚未做的計畫，不談也罷，沒做完的都不算數。它們看起來像珍寶，放久了就像垃圾，而且怎麼被丟出腦海的都不曉得。

九、延續《水鬼學校和失去媽媽的水獺》，《殺鬼》將中文活潑化到極至，這是刻意形成的風格嗎？

寫作《水鬼學校和失去媽媽的水獺》提供我練筆之處，沒有這本書，《殺鬼》難以成形。和《水鬼學校》比較起來，我認為，《殺鬼》的語言比較保守，也較質樸，更適合閱讀。如果這樣也算刻意形成的風格，也說得通。

十、為什麼一直專注於「鄉野傳奇」的題材？

我以前寫了一些小說，開發自我風格，卻徒勞無功。誰知，在「鄉野傳奇」寫得滿順手，取得文學的辨識度。說故事是種「癮」，像是魔術，像是電影中的吊鋼絲輕功。「鄉野傳奇」這區塊，目前適合我說故事，讓我盡情的耍魔術，或吊鋼絲，或耍白癡，我樂在其中。

國家圖書館預行編目資料

殺鬼／甘耀明著. --初版. --臺北市：寶瓶文化, 2009. 07
面； 公分. --(Island；110)

ISBN 978-986-6745-75-1（平裝）

857.7 98010560

寶瓶 AQUARIUS

island 110

殺鬼

作者／甘耀明

發行人／張寶琴
社長兼總編輯／朱亞君
副總編輯／張純玲
資深編輯／丁慧瑋　編輯／林婕伃
美術主編／林慧雯
校對／張純玲・陳佩伶・余素維・甘耀明
營銷部主任／林歆婕　業務專員／林裕翔　企劃專員／李祉萱
財務／莊玉萍
出版者／寶瓶文化事業股份有限公司
地址／台北市110信義區基隆路一段180號8樓
電話／(02) 27494988　傳真／(02) 27495072
郵政劃撥／19446403　寶瓶文化事業股份有限公司
印刷廠／世和印製企業有限公司
總經銷／大和書報圖書股份有限公司　電話／(02) 89902588
地址／新北市新莊區五工五路2號　傳真／(02) 22997900
E-mail／aquarius@udngroup.com

法律顧問／理律法律事務所陳長文律師、蔣大中律師
如有破損或裝訂錯誤，請寄回本公司更換
著作完成日期／二〇〇九年五月
初版一刷日期／二〇〇九年七月二十八日
初版十一刷日期／二〇二三年七月二十日
ISBN／978-986-6745-75-1
定價／三五〇元

財團法人｜國家文化藝術｜基金會
長篇小說創作發表專案補助

AQUARIUS 寶瓶 文化事業

愛書人卡

感謝您熱心的為我們填寫，
對您的意見，我們會認真的加以參考，
希望寶瓶文化推出的每一本書，都能得到您的肯定與永遠的支持。

系列：Island110 **書名：殺鬼**

1. 姓名：＿＿＿＿＿＿＿＿ 性別：□男 □女
2. 生日：＿＿＿年＿＿＿月＿＿＿日
3. 教育程度：□大學以上 □大學 □專科 □高中、高職 □高中職以下
4. 職業：＿＿＿＿＿＿＿＿
5. 聯絡地址：＿＿＿＿＿＿＿＿＿＿＿＿＿＿＿＿＿＿＿＿

   聯絡電話：＿＿＿＿＿＿＿＿ 手機：＿＿＿＿＿＿＿＿
6. E-mail信箱：＿＿＿＿＿＿＿＿＿＿＿＿＿＿＿＿

   □同意 □不同意 免費獲得寶瓶文化叢書訊息
7. 購買日期：＿＿＿ 年 ＿＿＿ 月 ＿＿＿ 日
8. 您得知本書的管道：□報紙／雜誌 □電視／電台 □親友介紹 □逛書店 □網路 □傳單／海報 □廣告 □其他
9. 您在哪裡買到本書：□書店，店名＿＿＿＿＿＿ □劃撥 □現場活動 □贈書 □網路購書，網站名稱：＿＿＿＿＿＿ □其他＿＿＿＿＿＿
10. 對本書的建議：（請填代號 1. 滿意 2. 尚可 3. 再改進，請提供意見）

    內容：＿＿＿＿＿＿＿＿＿＿＿＿

    封面：＿＿＿＿＿＿＿＿＿＿＿＿

    編排：＿＿＿＿＿＿＿＿＿＿＿＿

    其他：＿＿＿＿＿＿＿＿＿＿＿＿

    綜合意見：＿＿＿＿＿＿＿＿＿＿＿＿＿＿＿＿＿＿＿＿＿＿＿＿
11. 希望我們未來出版哪一類的書籍：＿＿＿＿＿＿＿＿＿＿＿＿

讓文字與書寫的聲音大鳴大放

寶瓶文化事業股份有限公司

（請沿此虛線剪下）

廣　告　回　函
北區郵政管理局登記
證北台字15345號
免貼郵票

寶瓶文化事業股份有限公司　收

110台北市信義區基隆路一段180號8樓

8F,180 KEELUNG RD.,SEC.1,

TAIPEI.(110)TAIWAN R.O.C.

（請沿虛線對折後寄回，謝謝）